Jours de tourmente
de Marie-Claude Boily
est le neuf cent trentième ouvrage
publié chez
VLB ÉDITEUR.

VLB éditeur bénéficie du soutien de la Société de développement des entreprises culturelles du Québec (SODEC) pour son programme d'édition.

Gouvernement du Québec – Programme de crédit d'impôt pour l'édition de livres – Gestion SODEC.

Nous reconnaissons l'aide financière du gouvernement du Canada par l'entremise du Programme d'aide au développement de l'industrie de l'édition (PADIÉ) pour nos activités d'édition.

Nous remercions le Conseil des Arts du Canada de l'aide accordée à notre programme de publication.

JOURS DE TOURMENTE

Marie-Claude Boily

JOURS DE TOURMENTE

Montréal au temps de la variole

roman

vlb éditeur
Une compagnie de Quebecor Media

VLB ÉDITEUR
Groupe Ville-Marie Littérature inc.
Une compagnie de Quebecor Media
1010, rue de La Gauchetière Est
Montréal (Québec) H2L 2N5
Tél. : 514 523-1182
Téléc. : 514 282-7530
Courriel : vml@sogides.com

Maquette de la couverture : Martin Roux
Illustration de la couverture : Suzanne Duranceau

Catalogage avant publication de Bibliothèque et Archives nationales du Québec
et Bibliothèque et Archives Canada
Boily, Marie-Claude, 1970-
Jours de tourmente : Montréal au temps de la variole : roman
(Roman)
ISBN 978-2-89649-130-8
I. Titre.
PS8603.O342J68 2010 C843'.6 C2010-942011-X
PS9603.O342J68 2010

DISTRIBUTEURS EXCLUSIFS :

- Pour le Québec, le Canada et les États-Unis :
LES MESSAGERIES ADP*
2315, rue de la Province
Longueuil (Québec) J4G 1G4
Tél. : 450 640-1237
Téléc. : 450 674-6237
* filiale du Groupe Sogides inc.,
filiale du Groupe Livre Quebecor Media inc.

- Pour la France et la Belgique :
Librairie du Québec / DNM
30, rue Gay-Lussac
75005 Paris
Tél. : 01 43 54 49 02
Téléc. : 01 43 54 39 15
Courriel : direction@librairieduquebec.fr
Site Internet : www.librairieduquebec.fr

- Pour la Suisse :
TRANSAT SA
C. P. 3625, 1211 Genève 3
Tél. : 022 342 77 40
Téléc. : 022 343 46 46
Courriel : transat@transatdiffusion.ch

Pour en savoir davantage sur nos publications,
visitez notre site : www.edvlb.com
Autres sites à visiter : www.edhexagone.com • www.edtypo.com
www.edjour.com • www.edhomme.com • www.edutilis.com

Dépôt légal : 3e trimestre 2010
Bibliothèque et Archives nationales du Québec, 2010
Bibliothèque et Archives Canada

ISBN 978-2-89649-130-8

Heureux les affligés, car ils seront consolés.

Évangile selon saint Matthieu, chap. 5, 4

Dans toutes les larmes s'attarde un espoir.

Simone de Beauvoir

Chapitre premier

Tout en prêtant attention d'une oreille distraite au babillage de son amie, Amélia Lavoie admirait les devantures des boutiques le long de la rue Sainte-Catherine. En cette fin d'après-midi ensoleillée d'octobre, la rue grouillait d'activité : des ouvriers en route vers la maison, des flâneurs, des mères de famille qui conversaient entre deux courses tout en s'efforçant de retenir auprès d'elles une marmaille turbulente. Le bruit des carrioles se mêlait aux cris des enfants qui se pourchassaient en riant. Un gamin passa en trombe près d'Amélia, la bousculant légèrement. Les hommes levaient leur chapeau au passage des dames dont les longues jupes soulevaient de petits nuages de poussière. Amélia chassa d'une main distraite une mouche qui s'attardait près de son visage. Il faisait chaud en cet automne 1884 et Montréal laissait entrevoir une foule animée et joyeuse malgré les tracas du quotidien et l'approche d'un hiver qui augurait maints soucis. Un tramway, tiré par une paire de chevaux suant sous l'effort, passa bruyamment près d'Amélia et de son amie, faisant fuir une bande de chiens errants en quête d'un quelconque repas. Le véhicule s'éloigna et il y eut un courant d'air où se mêlaient les diverses odeurs que dégageait la rue : arôme du pain de la boulangerie tout près, relents âcres des chevaux, senteur de la poussière chargée du labeur de centaines d'hommes et de femmes.

Plongée dans ses pensées, Amélia faisait méthodiquement le calcul des maigres économies qu'elle avait durement amassées sur son salaire d'ouvrière à la buanderie. Elle rêvait secrètement de la jolie jupe et du corsage assorti qu'elle avait vus chez Dupuis Frères. Son bon sens lui disait qu'elle avait tort de s'attarder à de si futiles préoccupations. Mais rêver ne coûtait rien et cela, elle pouvait se le permettre. Le profond soupir que poussa Amélia fit cesser le bavardage de sa compagne.

– À quoi penses-tu, Amélia, pour soupirer ainsi ?

Amélia émergea de ses pensées et ses grands yeux noisette se posèrent sur son amie. À dix-neuf ans, presque vingt, Élisabeth Prévost, « Lisie » comme tout le monde l'appelait, en paraissait sensiblement moins. Son visage rond au teint rose, encadré de souples boucles dorées, et ses yeux d'un bleu intense lui donnaient l'air délicat et enfantin d'une poupée de porcelaine. Amélia lui enviait son insouciance et sa spontanéité. Malgré sa condition de simple ouvrière, Lisie était heureuse et se complaisait dans une vision du bonheur qui tenait plus du rêve que de la réalité.

– Oh ! À rien d'important, lui répondit Amélia. Que disais-tu ?

– Je te parlais de madame Vigneault. Tu sais bien, la modiste, ajouta-t-elle devant l'air interrogateur de son amie. Elle a dit à maman qu'elle aurait bien besoin d'aide pour la confection. Ses chapeaux sont de plus en plus en demande et elle n'arrive pas à satisfaire toutes ses clientes. Il paraît même que des dames de la haute, des Anglaises, lui passent des commandes. Eh bien, maman a tout de suite pensé à moi et madame Vigneault a répondu qu'elle y réfléchirait.

Un large sourire éclaira son visage.

– Tu imagines ? Ce serait une vraie bénédiction du ciel !

– Ça me fait bien plaisir pour toi, Lisie, vraiment.

– Je sens que ma vie va changer. J'ai envie de fêter ça ! Que dirais-tu d'aller faire un tour au square ?

– Je ne sais pas, Lisie. Maman m'attend. Je dois l'aider pour le souper.

– Allez, s'il te plaît ! Ils peuvent se passer de toi un moment. On ne restera pas longtemps, c'est promis, insista Lisie d'un ton cajoleur.

Elle avait l'air si heureuse qu'Amélia ne put se résoudre à lui gâcher son plaisir.

– Bon, d'accord. Mais il faut d'abord que je passe à l'épicerie.

Les deux jeunes filles se dirigèrent vers l'épicerie Corbeil. Un auvent rayé jaune et blanc projetait son ombre sur le trottoir. Des cageots vides et des barils remplis de pommes de terre et de pommes bien rouges étaient posés près de la porte. La vitrine de droite exposait au regard un assortiment de victuailles joliment agencées.

Amélia pénétra dans l'épicerie à la suite de Lisie. Sur les étagères, une profusion de denrées attendaient qu'une main se tende vers elles. Il y avait du sucre, de la farine, des pois secs et des cornichons enfermés dans des bocaux de verre sagement alignés, du tabac, du thé, du café, du sirop contre la toux, mais aussi de l'huile à lampe et divers alcools – du whisky, du rhum – aux noms bizarres. Amélia demanda au gros homme rougeaud derrière le comptoir s'il lui restait du *baking soda*. Il hocha la tête et, sans se presser, tendit à Amélia une petite boîte de métal portant une étiquette rouge tout en la reluquant de la tête aux pieds. Elle se hâta de payer et les deux jeunes femmes retrouvèrent avec soulagement les bruits et les odeurs de la rue. Elles se dirigèrent d'un pas rapide vers le parc situé à quelques rues de là.

Le square Viger était une véritable oasis de verdure. Situé dans le quadrilatère formé par les rues Saint-Denis, Saint-Hubert, Dubord* et Craig**, tout près du faubourg Québec, c'était un véritable petit coin de paradis au cœur de la ville.

* Aujourd'hui, rue Viger.

** Aujourd'hui, rue Saint-Antoine.

De grands arbres étiraient leurs branches sur toute la superficie du parc, caressant de leur ombre les larges sentiers qui ondulaient à leurs pieds. Des bancs de bois et des parterres de fleurs agrémentaient les talles d'herbe verte qui ponctuaient la surface du sol comme autant de points dans un ouvrage de broderie.

Au centre du parc se dressait la grande serre. C'était dans cette immense structure de verre et de métal qu'étaient cultivées les fleurs et les plantes destinées à orner les places publiques de la ville. De chaque côté de la serre se trouvait une fontaine, entourée d'une clôture et d'une multitude de bancs. En soupirant d'aise, Amélia se laissa tomber sur l'un d'entre eux. Le répit qu'elle accordait à ses pieds meurtris par ses chaussures trop petites lui fit presque oublier le col de son corsage qui la piquait désagréablement.

– Ce monsieur Corbeil est tellement dégoûtant! s'exclama Lisie en plissant le nez et en prenant place près d'Amélia. Je ne sais pas pourquoi tu tiens à faire les courses chez lui.

– C'est sur mon chemin, répondit Amélia.

– Eh bien moi, j'aime mieux faire un détour et aller ailleurs. Ces bonshommes-là s'imaginent toujours qu'ils sont assez bien pour nous et ils se permettent de nous regarder comme des femmes de petite vertu. Non mais quand même!

Et elle entreprit, pour la énième fois, de dépeindre sa vision de l'homme idéal.

– Moi, ce qu'il me faut, c'est un docteur ou peut-être bien un notaire ou un banquier. On aura une grande maison avec des serviteurs et un chauffeur. J'aurai de belles toilettes et on organisera de grandes réceptions pour nos amis.

Comme toujours, Amélia l'écoutait en souriant avec indulgence. Lisie était d'une naïveté désarmante. Comment pouvait-elle imaginer, ne serait-ce qu'un instant, faire un mariage aussi enviable? Amélia était, elle, consciente du fossé infranchissable qui séparait leur monde de celui auquel appartenait la minorité mieux nantie de la ville. Elle voyait déjà le chemin tout tracé qu'emprunterait sa vie : un époux de son milieu, de nombreux enfants et une vie faite de sacrifices. Elle secoua la tête. Non, la vie ne pouvait être aussi triste. Il devait exister une issue plus gaie. Elle l'espérait en tout cas de toute son âme.

Amélia fut tirée de ses pensées par l'exclamation de Lisie.

– Ah non !

Elle tourna la tête en direction de l'endroit que lui désignait Lisie. Quatre jeunes miliciens s'approchaient en riant et en se bousculant. Ils portaient l'uniforme vert foncé à col montant et le shako à plumet réglementaire caractéristique du 65th Battalion Mount Royal Rifles*. Ils dépassèrent Trinity Church, au coin des rues Saint-Denis et Dubord, et se dirigèrent vers le parc.

– Fais comme si de rien n'était. Tiens, fais semblant de regarder par là, ordonna Lisie en obligeant Amélia à tourner la tête vers la fontaine et le kiosque à musique.

– Lisie, arrête de faire l'enfant…

– Chut ! Ils viennent par ici.

Amélia réussit à se libérer de l'emprise de son amie et se retourna. Les jeunes gens étaient presque arrivés à leur hauteur lorsque l'un d'entre eux tourna soudain son regard dans leur direction. Il sourit et les pointa du doigt tout en disant quelques mots à ses compagnons. D'un pas décidé, ils se dirigèrent vers les deux jeunes femmes. Celui qui les avait désignées, le plus petit et le plus blond du groupe, s'approcha de Lisie. Retirant son shako avec grâce, il lui prit la main et lui fit une courbette. Une mèche de cheveux glissa devant ses yeux.

* Le 65th Battalion Mount Royal Rifles ne put porter son titre français de 65e régiment des Carabiniers Mont-Royal qu'au début du XXe siècle.

– Chère demoiselle, laissez-moi baiser cette main délicate et admirer ce visage dont la beauté me subjugue, déclama-t-il avec sérieux.

Lisie retira brusquement sa main et lui tira la langue.

– Tu es vraiment pénible, Eugène Prévost ! On dirait que tu n'as que dix ans !

Le jeune homme éclata de rire et se tourna vers Amélia.

– Bien le bonjour, mademoiselle Amélia, dit-il en réitérant sa courbette.

– Quel gentleman ! répondit Amélia en souriant.

Décidément, le frère et la sœur ne pouvaient renier leur air de famille : la même allure enfantine, le même caractère enjoué.

– Mais je suis d'une impolitesse ! Mesdemoiselles, laissez-moi vous présenter mes camarades, poursuivit Eugène en se redressant.

Amélia et Lisie regardèrent les trois jeunes gens qui se tenaient légèrement en retrait. Dans leur uniforme, ils formaient un trio plutôt séduisant. Eugène désigna le plus grand d'entre eux. Une fine moustache, aussi noire que ses cheveux, ornait sa lèvre supérieure. Distrait, il fixait un point au-dessus de la tête des jeunes femmes.

– Voici Victor Desmarais, annonça Eugène. Digne représentant de la haute société de Québec venu vivre l'aventure de notre grande ville. Son père est docteur, s'empressa-t-il d'ajouter, faisant un clin d'œil à sa sœur tandis que Victor leur adressait un signe de tête poli. Voici Alexis Thériault, originaire de Saint-Hyacinthe, poursuivit Eugène en désignant le jeune homme réservé qui se tenait un peu en retrait des autres. Son regard s'éclaira et il gratifia les deux jeunes femmes d'un sourire poli. Et Georges Lévesque, conclut-il en posant la main sur l'épaule du garçon qui se tenait près de lui et qui lui ressemblait comme un frère.

– Voulez-vous nous tenir compagnie ? demanda Lisie en souriant.

Eugène se doutait bien que son invitation ne visait que Victor Desmarais. Aussi, pour faire enrager sa sœur, il s'empressa de répondre en leur nom à tous.

– Merci, ma chère, mais nous sommes attendus à la salle d'exercices dans une heure. Nous n'avons pas vraiment le temps de piquer une jasette. Alors, bien le bonjour!

Les garçons saluèrent Amélia et Lisie d'un hochement de tête. Dans un même mouvement, ils se détournèrent et s'éloignèrent à grands pas.

– Il fait exprès pour me rendre ridicule, c'est sûr! Et devant un tel homme en plus. Non, mais quelle allure il a, ce Victor Desmarais! s'extasia Lisie.

– Tu trouves? Je n'ai pas remarqué.

– Tu es aveugle? Grand, beau, élégant en plus. Et un futur docteur. Le parti idéal, je te dis!

– Voyons, Lisie! D'abord c'est son père qui est docteur, pas lui, ensuite tu ne l'as vu que quelques minutes. Tu ne devrais pas te faire autant d'idées.

– Et alors, qu'est-ce que ça fait? s'entêta Lisie. J'ai l'œil pour dénicher les bons partis, moi. Ce n'est pas comme d'autres…

– Qu'est-ce que tu racontes? demanda Amélia, étonnée.

Visiblement déconcertée par l'air surpris d'Amélia, Lisie leva les yeux au ciel en soupirant.

❧

Amélia remonta la rue Saint-Hubert et déboucha sur la rue Dorchester*. Elle s'arrêta un court instant devant l'hôpital des sœurs de la Miséricorde, une lourde construction en briques de cinq étages. C'était derrière ces murs que se réfugiaient les pauvres filles tombées enceintes hors des liens du mariage,

* Aujourd'hui, boulevard René-Lévesque.

obligées de cacher leur grossesse et d'accoucher en secret. Ces filles-mères venaient de Montréal, mais aussi des campagnes environnantes qu'elles avaient quittées pour cacher leur faute et sauver leur honneur et celui de leur famille. Chaque fois qu'elle passait devant l'imposant bâtiment, Amélia s'efforçait d'emprunter le trottoir situé de l'autre côté de la chaussée. Si elle s'y était attardée de trop près, les mauvaises langues auraient pu s'imaginer des choses à son sujet.

Plongée dans ses pensées, un pied déjà dans la rue, Amélia évita une charrette qui passait. Elle transportait une famille de paysans. Les cageots de bois vides empilés à l'arrière indiquaient que c'était jour de marché public. Trois jeunes enfants, installés entre les caisses, la suivirent des yeux pendant que la charrette s'éloignait, cahotant au rythme du lourd cheval bai.

Amélia s'engagea dans la rue Saint-Christophe et hâta le pas. Les maisons de brique d'argile rouge disposées en rangée se dressaient en deux murs de part et d'autre de la rue. Le quartier Saint-Jacques était devenu l'un des bastions de la bourgeoisie canadienne-française. L'aménagement du square Viger dans les années 1860 avait attiré l'élite francophone et les alentours étaient vite devenus un lieu recherché. Les belles résidences en pierres de taille des rues Saint-Denis, Berri et Saint-Hubert faisaient paraître encore plus misérables les logements ouvriers qui s'étaient multipliés à l'est de Saint-Hubert à compter des années 1870 afin de loger le grand nombre de travailleurs qui affluaient en provenance des campagnes. La plupart d'entre eux s'étaient exilés vers la grande ville pour venir travailler dans les manufactures et les ateliers de la rue Saint-Laurent.

À la faveur de l'essor industriel des dernières années, les maisons poussaient comme de la mauvaise herbe sur la rue Saint-Christophe qui ne cessait de s'étirer vers le nord-ouest. C'était dans ce quartier, à deux pas des belles demeures bourgeoises, qu'Amélia avait grandi et qu'elle finirait ses jours, à en croire Lisie. Les maisons, collées les unes contre les autres, ne laissaient passer qu'avec peine la lumière du soleil, donnant à la rue un aspect triste et gris. Aucun ornement ne venait briser la régularité monotone des habitations. Seules les portes cochères, qui ouvraient à intervalle régulier un passage dans les murs, permettaient de les distinguer entre elles. Des enfants jouaient sur les trottoirs de bois ou sur la chaussée de terre battue sans se préoccuper des flaques d'eau sale dans lesquelles ils pataugeaient.

Les pas d'Amélia résonnèrent sur le trottoir tandis qu'elle remontait la rue, indifférente aux odeurs et aux bruits familiers. La maison qu'elle habitait dévoila sa façade haute de deux étages avec son toit mansardé revêtu d'ardoises et pourvu de lucarnes aveugles. À l'une des extrémités du rez-de-chaussée, se trouvaient deux portes jumelles, l'une donnant sur l'escalier qui menait au logement du premier étage, l'autre à celui du rez-de-chaussée habité par leur propriétaire, Berthe Dumas, une veuve dans la cinquantaine, à l'humeur austère et chagrine. Les enfants du voisinage s'en moquaient ou en avaient peur, mais ceux qui connaissaient son passé faisaient preuve d'une plus grande indulgence : en quelques années, elle avait perdu ses deux jeunes enfants, emportés par la maladie, puis son mari, tué accidentellement par la chute d'un chargement de blocs de glace. Édouard Lavoie, le père d'Amélia, avait connu Cyprien Dumas peu de temps après leur emménagement à Montréal. Ils occupaient alors tous les deux un poste de manœuvre chez Armand Aubry & Fils, une ferblanterie située rue de Lorimier. Cyprien Dumas était plus âgé qu'Édouard, d'au moins une vingtaine d'années, mais les deux hommes étaient rapidement devenus bons amis. Tout naturellement, Cyprien avait pensé à Édouard lorsque le logement situé au-dessus du sien s'était libéré. « C'est pas le grand luxe, mais ça vous fera une bonne partance », lui avait-il dit alors.

Édouard avait immédiatement accepté, trop heureux de quitter le village de Saint-Jean-Baptiste qui le déprimait tant. Cyprien Dumas était mort deux années plus tard.

Amélia traversa la rue et se dirigea vers la porte cochère. Elle s'engouffra dans le passage obscur suintant d'humidité et déboucha dans la cour arrière ceinturée d'une haute clôture dont la peinture grise se détachait par larges plaques. Comme toujours, il y régnait un véritable capharnaüm. Sur la corde à linge, des draps usés et un tapis beige crocheté se balançaient doucement. Une bouffée d'air chargée de relents fétides lui fit plisser le nez. Le « parfum » que dégageait la cour lui était familier, mélange de pelures de patates du souper de la veille, de terre humide et de déjections animales.

Amélia enjamba quelques jouets cassés et gravit les marches de l'escalier menant au balcon. Les planches grincèrent sous ses pieds. Elle ouvrit la porte et pénétra dans la cuisine. Le cadre de la porte moustiquaire rebondit mollement derrière elle.

– C'est toi, Amélia ?

– Oui, maman.

Il faisait sombre dans la cuisine. C'était la plus grande pièce du logement et aussi la plus chaleureuse, mais l'obscurité y tombait tôt pendant les journées d'automne et d'hiver. Sa mère, assise sur une chaise en face du poêle à deux ponts, lui tournait le dos, occupée à éplucher les éternelles pommes de terre du souper.

– Je vous dis que c'est collant aujourd'hui. On se croirait en juillet, soupira Amélia en embrassant sa mère sur la joue.

– C'est l'été des Indiens, je pense bien, répondit Mathilde Lavoie en s'essuyant les mains sur son tablier d'un blanc jauni par les nombreux lavages.

Amélia observa sa mère en silence. En dépit des nombreuses grossesses, sa taille menue était restée celle d'une jeune fille. Mais les fines rides accrochées au coin de ses yeux et à la commissure de ses lèvres, de même que les fils argentés qui parsemaient sa lourde chevelure brune rassemblée en un chignon serré, assombrissaient son visage et la faisaient paraître plus âgée. Amélia scrutait ces traits aimés et essayait de s'imaginer à quarante-six ans, dans un corps et un décor semblables, et n'y parvenait pas, ne le voulait pas.

– Amélia, va donc me remplir la chaudronne qui est là !

Elle lui désigna d'un signe de tête la casserole en fer-blanc posée sur le poêle, se leva et commença à décrocher les chemises étendues sur la corde qui s'étirait de part et d'autre de la pièce. Amélia saisit la casserole et ressortit de la maison. Elle descendit l'escalier et se dirigea vers la pompe à eau située au fond de la cour. Son récipient rempli, elle se retourna et faillit entrer en collision avec un petit garçon qui se jeta dans ses jambes. Sa jupe fut légèrement éclaboussée d'eau.

– Paul, fais attention ! le réprimanda-t-elle.

– Excuse-moi, Amélia, rétorqua le garçonnet d'un air faussement contrit, en tendant son visage aux joues rebondies vers Amélia. J'ai pas fait exprès.

Incapable de résister au sourire adorable de son petit frère, le benjamin de la famille, Amélia déposa la casserole et le souleva dans ses bras.

– Tu sais que tu deviens lourd, bébé.

– Je suis plus un bébé ! J'ai cinq ans, je suis grand maintenant. C'est ça que maman dit, rétorqua-t-il avec sérieux en fronçant les sourcils.

Amélia éclata de rire. Elle posa Paul, reprit sa charge et revint vers la maison, l'enfant sur ses talons. Elle arriva au pied de l'escalier au moment où sa jeune sœur Marie-Louise pénétrait dans la cour, ses cahiers sous le bras.

– Bonjour, Loulou, tu as eu une bonne journée à l'école ?

– Oui, bien sûr, Amélia, répondit Marie-Louise en se dépêchant de monter l'escalier, son bras gauche serré contre son ventre.

Marie-Louise était née handicapée. Son bras gauche atrophié, plus petit que l'autre et un peu tordu, ne s'était jamais développé normalement. La parenté en avait beaucoup parlé au début, mais avec le temps, tout le monde s'était habitué. Sauf peut-être Joseph, le frère aîné d'Amélia. Il avait toujours un drôle d'air lorsqu'il regardait sa jeune sœur; comme si elle le mettait mal à l'aise.

Amélia suivit lentement Marie-Louise, à la suite de Paul qui avait vite fait de doubler bruyamment ses deux sœurs dans l'escalier.

– Les enfants, lavez-vous les mains avant de passer à table. Paul, enlève tes souliers, je viens de lessiver le parquet, lança Mathilde, en sortant un pain tout chaud du poêle.

Elle jeta dans la marmite patates et oignons coupés en morceaux, quelques lanières de lard et une poignée d'orge. Marie-Louise s'était assise à la table et était plongée dans son cahier de devoirs. Occupée à terminer de décrocher les chemises fraîchement lavées et prêtes à être repassées, Amélia ne vit ni n'entendit son frère Henri s'approcher à pas de loup derrière elle, un doigt sur les lèvres pour que Paul garde le silence.

– Bouh! cria-t-il dans les oreilles d'Amélia qui sursauta en laissant échapper un cri de surprise.

– Tu as fini de me faire peur? Un vrai démon!

– Ah, ah! Tu devrais voir ta tête! se moqua-t-il effrontément.

– Henri! lança Mathilde, veux-tu agir comme un homme?

Le garçon se calma aussitôt. Le rouge lui monta aux joues, ce qui fit ressortir davantage les nombreuses taches de rousseur qui lui couvraient le visage. Mathilde ne s'y laissa pas prendre. Elle connaissait trop son fils. Son air coupable trahissait davantage d'irritation à l'égard de l'obéissance dont il devait faire preuve que de culpabilité. De tous ses enfants, Henri était celui avec lequel elle avait le plus de difficulté. De fait, son tempérament enjoué de jeune chiot dissimulait une insatisfaction mal contenue que Mathilde semblait la seule à percevoir. L'avenir de son fils l'inquiétait parfois. Ce n'était pas comme celui de ses filles qui était si prévisible, ou comme celui du petit Paul, trop jeune pour lui causer déjà des soucis. Henri travaillait comme ouvrier aux fours à chaux Olivier Limoges. Les rudes tâches telles qu'alimenter les fours, défourner la chaux, la charroyer, accomplies douze heures par jour, l'avaient renforci. À quinze ans, il avait déjà la force d'un homme, même si sa carrure manquait encore d'épaisseur, comme aimait à dire son père pour le taquiner.

– Allez, va te laver, ajouta-t-elle plus doucement. Cette odeur d'œufs pourris est insupportable.

– C'est vrai ça, tu sens mauvais! rigola Paul en se pinçant le nez.

Devant le regard menaçant que lui décocha sa mère, le petit garçon regretta aussitôt sa plaisanterie et baissa les yeux.

Amélia s'approcha avec une pile d'assiettes. Marie-Louise se leva et ramassa ses cahiers pour libérer la table. Alors que ses frères et sœur se chamaillaient, pas une seule fois elle n'avait quitté des yeux ses devoirs. Elle était parfois si concentrée qu'elle donnait l'impression d'être ailleurs. Ses grands yeux intelligents rappelaient à Amélia l'expression insaisissable et détachée qu'arboraient les statues des saints à l'église.

La table fut mise rapidement. « Juste à temps », se dit Amélia en entendant le pas lourd de son père qui montait l'escalier. Il entra dans la cuisine, suivi de Sophie, l'aînée des filles. Marie-Louise se hâta de lui retirer son chapeau des mains tandis que Paul lui enserrait les deux jambes de ses petits bras.

– Ça suffit, tout le monde à table! lança-t-il d'une voix forte.

Lorsqu'Édouard Lavoie parlait, ses enfants se taisaient. Non par crainte. Plutôt par respect. Car cet homme costaud, aux membres courts, au cou fort et aux larges mains, n'usait que rarement de son autorité et toujours avec discernement. Par conséquent, une punition donnée était toujours méritée.

Sophie prit place entre ses deux sœurs tandis qu'Édouard s'installait à l'une des extrémités de la table. Mathilde commença à servir le bouilli tandis que le pain circulait de main en main.

– Marie-Louise, le bénédicité, intima Édouard.

Les mains se joignirent devant les assiettes fumantes et les yeux se baissèrent humblement.

– Seigneur, bénissez la nourriture que nous allons prendre et donnez du pain à ceux qui n'en ont pas et... soyez assuré que par nos bonnes actions nous tâcherons de vous remettre les bontés que vous nous accordez. Amen.

– Amen, répondirent les autres en chœur en attaquant sans plus tarder leur assiette.

Édouard jeta un regard légèrement agacé à sa plus jeune fille. De la vraie graine de bonne sœur, cette enfant-là! Mais en même temps, c'était aussi bien comme ça. Une fille infirme, c'était quasiment impossible à marier, surtout si elle avait un caractère aussi taciturne. Édouard espérait seulement pouvoir continuer à lui payer le couvent. Ce n'était pas donné.

– Encore du bouilli au lard! s'exclama Henri en réprimant avec peine une grimace.

– Mon gars, tu devrais te compter chanceux d'avoir quelque chose à te mettre dans le ventre, rétorqua Édouard.

– Il n'y a que des bonnes choses là-dedans, renchérit Mathilde. Des patates, du blé d'Inde, du chou...

– J'aime pas ça le chou, moi, l'interrompit Paul.

– Force-toi, chuchota Amélia dans l'oreille de son jeune frère. Tu ne voudrais pas que papa se fâche, non?

Le petit garçon soupira profondément et, d'un air concentré, se mit à trier les légumes qui se trouvaient au fond de son assiette.

– Allez, bébé, mange ton chou.

– Henri, cesse d'étriver ton frère et finis de manger. Est-ce que c'est trop demander d'avoir droit à un souper tranquille dans cette maison-là? demanda Édouard.

Tout en mangeant avec appétit, Édouard contempla la tablée d'un air ravi qu'il s'efforçait de dissimuler. Ses enfants, malgré tous leurs petits défauts, étaient sa fierté. Sophie, l'aînée de ses filles, si raisonnable et si peu encline aux amusements de la jeunesse. Amélia, avec son tempérament volontaire et impétueux. L'espiègle Henri, à l'esprit vif et frondeur. Marie-Louise, plus sérieuse et réfléchie que bien des adultes. Et le petit dernier, Paul, attachant et coquin comme seuls pouvaient l'être les jeunes enfants. Édouard étira le bras et saisit une épaisse tranche de pain. Il sourit à sa femme. Le reste du souper se déroula dans un silence respectueux, à peine troublé par le tintement familier des couverts sur les assiettes.

Amélia tentait de faire le vide dans son esprit en fixant les fleurs jaunes de la tapisserie qu'un rayon de lune éclairait d'une lueur blanchâtre. Gênée par le genou de Sophie appuyé contre sa cuisse, forcée de rester allongée sur le côté de peur de tomber du lit, Amélia avait du mal à trouver le sommeil. La chaleur du jour s'était dissipée et une brise froide pénétrait par la fenêtre entrouverte de la petite chambre que les trois filles partageaient. Pour tout ameublement, celle-ci comportait un lit à deux places pour les aînées, un autre plus petit pour la cadette, une vieille commode à cinq tiroirs dont l'un des pieds menaçait de céder à tout instant, et une chaise en bois, jadis pimpante avec sa peinture vert tendre et son siège en forme de haricot. Au-dessus de la commode, Mathilde avait accroché une image sainte qu'Amélia détestait. Plus jeune, elle avait l'impression que le Christ, auréolé de lumière et découvrant son cœur, bougeait lorsqu'elle le fixait trop longtemps. Cachée sous les couvertures, elle voyait dans son esprit la main se tendre. Confondant les battements de son cœur avec ceux du cœur sanguinolent, elle était sûre de sentir ce dernier battre tout près de sa tête, imaginant la taie d'oreiller, d'un blanc immaculé, tachée de sang. Encore aujourd'hui, si elle voulait s'endormir, elle devait éviter de regarder l'image, surtout dans la pénombre. Tel un soupir excédé, bref rappel de ses terreurs d'enfant, un souffle d'air lui effleura la nuque.

De la cuisine lui parvenait le bourdonnement monotone de la machine à coudre sur laquelle sa mère s'épuisait jusqu'à tard dans la soirée pour quelques misérables – mais nécessaires – dollars de plus. Mathilde toussa. Le ronronnement de la pédale ralentit puis s'arrêta. La lueur de la lampe qui filtrait sous la porte de la chambre s'affaiblit jusqu'à disparaître. Amélia ferma les yeux et, tout comme sa mère, s'efforça d'échapper à la réalité du quotidien en sombrant dans le seul monde où les rêves pouvaient devenir réalité.

Chapitre II

La cloche annonçant la fin de la journée retentit. Trois tintements brefs. Les femmes déposèrent les unes un jupon, les autres une chemise, et ôtèrent leur tablier de toile grossière. Amélia déposa le lourd fer à repasser en fonte qu'elle tenait et, du revers de la main, essuya la sueur qui lui couvrait le front. La buanderie était étouffante. Les fenêtres, couvertes d'un grillage épais, laissaient filtrer une chaleur humide. Les ouvrières passaient plus de quinze heures par jour dans cette atmosphère surchauffée, où la ventilation n'était assurée que par les portes et les fenêtres. Pendant l'hiver, il fallait attendre le milieu de l'avant-midi avant que les lieux ne se réchauffent. Amélia détestait cette période de l'année, lorsque la glace, accumulée au plafond pendant la nuit, commençait à fondre sous l'action de la vapeur et se mettait à tomber en fines gouttelettes sur leurs têtes. Et que dire du brouillard épais qui les enveloppait ensuite pour le reste de la journée, laissant leurs vêtements et leurs cheveux détrempés.

Mais il y avait pire comme conditions de travail et Amélia en était consciente. Ici, du moins, le patron, Jake Blackburn, refusait d'engager des employées de moins de seize ans, ce qui n'était pas le cas des grosses manufactures où de jeunes enfants pouvaient effectuer de petites tâches parfois dangereuses pour un salaire misérable.

Les ouvrières commençaient à sortir dans la rue en jacassant et Amélia se dépêcha de rejoindre ses amies qui terminaient d'étendre des jupons sur l'une des nombreuses cordes tendues dans la pièce. Grande et maigre, Marguerite Sénéchal n'était sûrement pas ce qu'on pouvait appeler une beauté. Elle avait un visage anguleux et inexpressif qui cachait en fait une grande timidité. Blanche Villeneuve était tout son contraire : petite et grassette, affublée d'une énorme poitrine et d'un rire sonore ; elle ne ratait pas une occasion de se moquer de l'une ou de l'autre de ses amies. Amélia se trouvait peu de points en commun avec ces deux jeunes filles et elle se demandait parfois ce qui l'incitait à rechercher leur compagnie.

– Allez, rentrons, dit Blanche. Je suis morte de fatigue.

Elle se dirigea vers la sortie, Marguerite sur ses talons.

– Eh ! Attendez-moi ! leur cria Lisie.

Leurs yeux, habitués à la pénombre, furent momentanément aveuglés par l'éclat du soleil. Lisie s'arrêta sur le pas de la porte et se tourna vers Amélia qui s'attardait.

– Amélia, tu viens ?

– Non. Partez sans moi. J'ai promis d'aller voir ma belle-sœur. Elle relève tout juste de ses couches.

Lisie hocha la tête et gratifia Amélia d'un sourire obligeant.

– D'accord, Amélia, à demain alors. Eh ! Mais attendez ! Je viens avec vous !

Et, soulevant sa jupe à deux mains, Lisie partit à grandes enjambées à la suite de Blanche et de Marguerite qui s'éloignaient déjà.

– Vous ne partez pas avec vos amies ? Serait-ce que vous m'attendiez ?

Amélia pivota sur elle-même et se retrouva face à un jeune homme élégant vêtu de noir. Il lui souriait et Amélia sentit tout à coup ses mains devenir moites. Simon Blackburn, le fils de son patron, lui faisait toujours cet effet-là. C'était un bel homme. Élégant et distingué, il dégageait une assurance et un magnétisme étrange qui ne laissait aucune femme indifférente. Amélia ne comprenait pas pourquoi il la rendait aussi mal à l'aise. Sans doute était-ce dû à l'expression de ses yeux mi-clos. Un curieux regard perçant qui vous regardait toujours par en dessous, comme un chien méfiant, prêt à mordre à la première occasion. Sa réputation n'était probablement pas non plus étrangère à son malaise. Simon Blackburn était reconnu pour son penchant à séduire les pauvres filles. Il pouvait en effet se montrer charmant : il dispensait compliments, cadeaux et invitations sans compter, éblouissant avec son portefeuille bien garni les jeunes femmes sur lesquelles il avait jeté son dévolu, pour ensuite les laisser tomber sans plus de considération. Mais Amélia n'était pas dupe. De toute façon, riche ou pas, il ne lui plaisait guère. Elle détestait par-dessus tout le ton neutre et un peu traînant avec lequel il s'exprimait. Cela lui donnait l'air hautain. Certains ragots étaient probablement exagérés, mais Amélia ne souhaitait pas se risquer à en vérifier l'inexactitude. Elle était bien résolue à le repousser jusqu'à ce qu'il se décourage et fixe son choix sur une autre jeune femme.

– Monsieur Blackburn, je partais justement, lui répondit-elle les lèvres pincées, feignant de ne pas avoir entendu la question qu'il lui avait posée.

– Je peux vous raccompagner, j'ai tout mon temps.

– Non merci. Je peux me débrouiller seule.

Amélia lui tourna le dos. Elle traversa la rue et s'éloigna d'un pas décidé sans oser se retourner de peur de croiser le regard insistant du fils de son patron posé sur elle.

Une foule se pressait à l'arrêt du tramway. Amélia se serait bien passée de faire tout le trajet jusqu'à Pointe Saint-Charles, mais elle avait promis à sa mère d'aller faire un tour chez son frère. On était samedi, ce qui signifiait que le lendemain était jour de congé. À cette perspective, Amélia ne put retenir un soupir de soulagement. Elle irait peut-être au parc avant de se rendre chez Lisie qui l'avait invitée pour souligner son anniversaire. Autant en profiter avant que l'hiver ne s'installe pour de bon. Il serait assez long comme ça.

Amélia gravit l'escalier qui menait à l'étage. La rampe bougea et elle la lâcha de crainte qu'elle ne cède sous sa main. Elle ouvrit la porte du palier et se retrouva dans la cuisine du petit logement où habitaient son frère et sa famille. Assis près de la table, le nez sale et les cheveux emmêlés, ses deux neveux levèrent la tête. L'aîné, Edmond, âgé de cinq ans, se jeta dans ses bras pour quérir un câlin. Le plus jeune, Charles, se mit à pleurer en réclamant sa mère. Elle leur manquait. Mère de trois enfants, après seulement sept ans de mariage, Françoise n'arrivait pas à reprendre le dessus. Fille unique d'un commis comptable, elle n'avait pas été habituée à cette vie qu'elle avait choisie en acceptant d'épouser un ouvrier. Aussi amoureux soit-il.

Le logement avait besoin d'un bon ménage et le souper n'était pas prêt. Amélia décrocha doucement Edmond de ses jupes et essuya le nez du petit Charles.

– Ce ne sera pas long, les garçons. Je vais vous préparer à souper. Votre mère est couchée ?

– Oui, elle dort, je pense, répondit Edmond en reniflant.

Il prit Amélia par la main et la conduisit devant la porte de la chambre de ses parents qu'il ouvrit doucement.

– Maman, c'est Amélia qui est là. Maman, réveille-toi.

– Chut ! Edmond. Va jouer, je vais m'occuper de ta maman, chuchota Amélia en caressant d'une main distraite la tête de son neveu.

Edmond lui lança un regard hésitant et s'éloigna presque en courant.

Amélia entra dans la chambre. Le rideau tendu devant la petite fenêtre laissait passer un peu de la lumière du pâle soleil de fin d'après-midi. Françoise était couchée sur le dos et respirait doucement. Dans le petit berceau, près du lit, le bébé s'agitait faiblement. Amélia le prit dans ses bras et entreprit de changer sa couche humide. Il lui semblait bien peu robuste, ce dernier petit Lavoie, et elle ne se faisait pas trop d'illusions sur ses chances de passer l'hiver. Mais, savait-on jamais ? À part Dieu, qui pouvait prédire la chance des uns et des autres ?

– Edmond ?

Françoise émergea lentement d'un sommeil trop court.

– Oh ! Amélia, c'est toi.

– Attends, je vais t'aider, dit Amélia en lui souriant

Elle déposa le nourrisson près de sa mère et aida Françoise à s'asseoir.

– Merci. Peux-tu ouvrir les rideaux que je profite un peu du soleil ?

Dans la lueur orangée, Françoise paraissait moins pâle. L'accouchement avait été difficile et le médecin avait eu bien peur de la perdre. Mais elle était restée parmi les vivants.

– Comment vas-tu, Françoise ? demanda Amélia en s'asseyant au pied du lit. Tu as l'air fatiguée.

– Oh ! Bien mieux, ne t'en fais pas.

Le bébé tétait son sein, les yeux fermés. Françoise le regardait, le sourire aux lèvres.

– C'est pour les petits que c'est le plus difficile. Mon état fait beaucoup de peine à Edmond, qui aimerait bien m'aider, et Charles pleure tout le temps. Et Louis, on dirait qu'il ne profite pas. Je pense que mon lait n'est pas assez riche.

Le bébé agita ses pieds minuscules tout en continuant tranquillement à téter.

– Je suis certaine qu'il va bien, la rassura Amélia d'un ton faussement convaincu. Il est un peu plus petit que les autres, c'est tout. Repose-toi, ajouta-t-elle après un court silence. Je vais préparer le souper et nettoyer un peu.

Elle se leva et se dirigea vers la porte.

– Amélia... Merci. Tu ne peux pas savoir combien ton aide m'est précieuse.

– Mais non, ce n'est rien, répondit Amélia.

– Ne sois pas si modeste. Je suis consciente de ma chance, tu sais.

Amélia lui sourit tendrement, referma la porte et laissa échapper un soupir de découragement à la vue du désordre qui régnait dans la cuisine. Sans plus attendre, elle se mit à l'ouvrage.

Assise à la table, seule avec son frère, Amélia se demandait comment lui parler sans avoir l'air de se mêler de ce qui ne la regardait pas. Joseph ressemblait beaucoup à leur père : la même silhouette courte et trapue, bien que moins empâtée, le même regard sévère aux sourcils invariablement froncés. Mais le fils n'avait pas hérité de l'assurance tranquille d'Édouard. Plus distant, il donnait l'impression d'être constamment sur ses gardes. Amélia le considérait encore aujourd'hui comme le grand frère inaccessible de son enfance, d'humeur austère et orageuse. Celui qu'on ne devait pas contrarier, sous peine de douloureuses représailles.

Joseph et Françoise s'étaient mariés par amour, et cela aurait dû leur porter bonheur. Mais Françoise était trop docile. Elle était incapable de s'opposer à l'autorité de son mari qui n'en faisait alors qu'à sa tête. D'autant plus qu'il détestait se faire régenter. Malgré tout, Amélia ne doutait pas du fait qu'il éprouve un sincère attachement pour sa femme et c'est ce qui la décida à prendre la parole.

– Joseph, il faut que je te parle, lâcha-t-elle finalement.

Joseph leva lentement les yeux en continuant à mâchonner le bout de sa pipe qui s'était éteinte. Son visage ne trahissait aucune émotion.

– C'est au sujet de Françoise... Ça me tracasse de la voir ainsi. Elle met du temps à reprendre des forces et pourtant voilà déjà deux mois qu'elle a accouché.

Joseph prit le temps de réfléchir avant d'ouvrir la bouche.

– Elle va s'en remettre, même si c'est plus long cette fois-ci. Cesse de t'en faire, laissa-t-il tomber d'un ton qui n'admettait aucune objection.

– C'est possible, mais la prochaine fois ce ne sera peut-être pas le cas. Tu devrais...

– Je sais ce que tu vas me dire, l'interrompit Joseph. Tu penses que je devrais me retenir un peu et arrêter de lui faire des petits. Mais je pense que ça ne te regarde pas. Mêle-toi de ce qui te regarde.

Amélia rougit et baissa les yeux. Même si la réaction de Joseph ne la surprenait pas, elle tremblait de colère contenue. Pour ne pas empirer les choses, elle s'efforça de garder son calme.

– Excuse-moi, Joseph, articula-t-elle péniblement, je ne voulais pas te contrarier.

– Bah, ça va. Je sais combien tu l'aimes, ma femme, et je suis content que tu viennes l'aider à la maison. Mais à ta place, je parlerais plutôt à Françoise de tout ça. Pour ce qui est d'empêcher la famille, elle est plutôt contre. C'est le curé qui lui met toutes sortes d'idées bizarres dans la tête. Alors moi, que veux-tu que j'y fasse? ajouta-t-il plus doucement en haussant les épaules.

Il ignora le regard accusateur que lui lança Amélia et s'empressa de changer de sujet.

– Henri a-t-il toujours l'idée d'aller travailler comme manouvrier*? Je me demande à quoi il pense, le jeunot? C'est ici, en ville, qu'est l'avenir, ajouta-t-il en fronçant les sourcils.

* Ouvrier agricole qui possède sa propre maison et peut utiliser le matériel du fermier pour lequel il travaille afin de cultiver son propre jardin ou une petite parcelle de terre.

– Qu'est-ce que ça fait ? répondit Amélia. S'il veut aller voir ailleurs, je ne vois pas qui ça dérange.

– Au moins s'il partait pour les États, je ne dirais pas, mais là, aller s'enterrer sur une terre au fond d'un rang, j'ai mon voyage…

Résignée, Amélia se tut. Aussi bien laisser son frère continuer à penser ce qu'il voulait au sujet de la ville et du progrès. Déjà, elle ne l'écoutait plus. Captivée par le tic-tac hypnotisant de l'horloge, elle attendit que se présente l'instant où elle pourrait lui fausser compagnie sans avoir l'air de se défiler.

Couchée à plat ventre sur le lit, Amélia observait sa sœur qui se coiffait tout en essayant d'apercevoir son reflet dans le petit miroir posé sur le dessus de la commode. Sophie ressemblait à sa sœur cadette, mais avec un quelque chose en moins qui lui donnait un aspect effacé et fané avant l'âge. Son regard dénué d'éclat et sa bouche légèrement tombante faisaient ressortir les traits un peu relâchés de son visage. Sans son épaisse chevelure brun châtain, elle serait passée inaperçue.

Avec un art maîtrisé, Sophie remonta ses cheveux en un assemblage compliqué, ses mains piquant des pinces ici et là, disciplinant les mèches rebelles qui s'éparpillaient sur sa nuque et son front. Elle se tourna vers sa sœur, le regard inquisiteur.

– Alors, qu'en penses-tu ? Ce sera bien pour demain ?

– Oh oui ! Tu es très jolie, répondit Amélia. Armand ne pourra pas te résister, c'est certain.

Armand, c'était le prétendant de Sophie. Un jeune homme tout ce qu'il y avait de plus convenable, mais qu'Amélia trouvait plutôt ordinaire. En fait, elle doutait qu'il remarque les efforts de coquetterie de sa sœur. Sophie remua énergiquement la tête, sans se préoccuper des pinces qui tombaient pêle-mêle sur la catalogne multicolore, et s'allongea sur le dos, près de sa sœur. Elle souriait de contentement.

– Armand a prévu de faire sa grande demande aux fêtes, annonça-t-elle.

Amélia hocha la tête d'un air entendu.

– Ce sera étrange de te voir partir, répondit-elle.

– Pour moi aussi, qu'est-ce que tu penses !

– Vous avez trouvé où habiter ?

– Les parents d'Armand nous laissent le logement sous les combles au-dessus de l'épicerie, si on veut, après les noces. Avec son salaire de commis et le mien à la manufacture, on pourra faire assez d'économies pour se trouver quelque chose de convenable dans le quartier. Et je vais travailler à l'épicerie. Crois-moi, la manufacture ne me manquera pas du tout !

– Sophie, dis-moi franchement, se risqua à demander Amélia, crois-tu que tu seras heureuse ?

– Que veux-tu dire ? Bien sûr que je le serai.

– En fait, je parlais de ta vie après le mariage. Tu sais, une petite vie avec des enfants et une maison à entretenir. Enfin, une vie comme celle de nos parents, précisa Amélia.

– Quoi, qu'est-ce qu'elle a, la vie de nos parents ? Elle est comme celle de tout le monde ! Et toi, ça ne te ferait pas plaisir de te marier et d'avoir des enfants ? demanda Sophie, l'air surpris en se soulevant sur un coude.

– Bien sûr que si, affirma Amélia d'un ton qui sonna faux à ses propres oreilles. Non, je ne sais pas en fait, reprit-elle après un court silence. Parfois je me dis que ce serait bien d'avoir une vie différente. Une vie qui m'apporterait plus de surprises. Tu sais, moins… prévisible.

– Commence donc par te trouver un prétendant et on verra bien s'il sera si différent que ça. Je me demande de quel genre de famille je fais partie. C'est vrai, avec Henri qui ne pense qu'à vivre sur une terre et Marie-Louise qui s'use les genoux à force de prier, il ne manquait plus qu'une moderniste.

Une moderniste ? Jamais Amélia ne s'était perçue ainsi. Il ne fallait rien exagérer. Tout ce qu'elle voulait, c'était… Au fait, c'était quoi ? Elle l'ignorait elle-même. Peut-être sa sœur avait-elle raison après tout.

Chapitre III

Tournant le dos à la place d'Armes, Amélia admirait l'édifice qui se dressait de l'autre côté de la rue. La basilique Notre-Dame exerçait toujours le même charme sur les passants, qui ne pouvaient s'empêcher de lever les yeux vers le ciel lorsqu'ils la contemplaient. Leur regard suivait la façade de style néogothique, effleurant au passage les contours des statues de la Vierge, de saint Joseph et de saint Jean-Baptiste installées confortablement dans les niches de forme ogivale qui surmontaient les ouvertures du portique d'où s'échappait lentement le flot des fidèles.

Le soleil frappait de plein fouet les imposantes tours carrées à la bordure crénelée, qui s'élevaient de part et d'autre du portique jusqu'à deux cent quinze pieds de hauteur. Comme le voulait la coutume, elles avaient été baptisées au moment de leur érection. « Tempérance » abritait un carillon de dix cloches, tandis que sa sœur « Persévérance » logeait le « Gros Bourdon » d'airain de douze tonnes.

La foule continuait à sortir lentement de l'église, formant des attroupements sur le parvis. Les paroissiens profitaient de ce moment propice aux échanges pour discuter de tout et de rien. Des petits groupes d'hommes élégants, coiffés de hauts-de-forme, discutaient de politique municipale. À quelques pas de là, leurs épouses, corsetées et enrubannées, s'échangeaient les derniers potins. Des fidèles plus pressés, la plupart tirant des enfants derrière eux, se hâtaient de retourner à la maison, certains à pied, d'autres en voiture. Le brouhaha des conversations se mêlait au son harmonieux des cloches.

Les rues fourmillaient de promeneurs déambulant, savourant la caresse des chauds rayons du soleil. Amélia aimait à profiter de cet instant pour admirer les toilettes des dames, des Anglaises pour la plupart. Elle-même avait revêtu sa toilette la plus présentable, mais elle ne pouvait évidemment pas faire ombrage à ces belles parées de soie colorée, arborant de coquets chapeaux garnis de plumes et de rubans. Son petit chapeau de paille pourvu d'un ruban de soie crème lui paraissait bien modeste et l'ombrelle de crêpe noir, surmontée d'une petite rose de mousseline qu'elle exhibait avec fierté, avait en fait appartenu à Lisie avant que sa grand-mère ne lui en offre une nouvelle, plus ravissante, pour souligner son dix-huitième anniversaire.

– Alors, Amélia, tu viens ?

Amélia reporta son attention sur le jeune couple qui venait de la rejoindre. Elle hocha la tête en signe d'acquiescement et emboîta le pas à Armand et à Sophie, qui avait glissé sa main sous le bras du jeune homme. Il fallait vraiment qu'elle ait envie d'aller flâner un moment au parc pour accepter de bonne grâce son rôle de chaperon. Les serrements de mains et les mots doux que s'échangeaient discrètement les amoureux lui semblaient pourtant des plus inoffensifs. Amélia regarda sa sœur et son insipide compagnon et se dit que, même en l'absence d'un chaperon, la vertu de sa sœur n'avait pas grand-chose à craindre.

La place d'Armes était attrayante. Des portails de pierre et une clôture de fer forgé en délimitaient le pourtour. Un jardin à l'anglaise et une fontaine de pierre y avaient été aménagés à l'ombre de quelques arbres encore tout jeunes. Des voitures de louage étaient garées tout autour de la place.

Sophie et Armand se dirigèrent vers un banc où ils prirent place en prenant garde de laisser une distance respectable entre eux. Le doigt levé, Armand montra quelque chose à Sophie, et Amélia se dit qu'il n'y aurait pas grand mal à les laisser seuls quelques instants. Elle s'approcha de la fontaine et observa distraitement les enfants qui s'amusaient avec un petit bateau grossièrement sculpté dans un morceau de bois. Les nuages se dissipèrent soudain et la lumière du jour aveugla Amélia. Elle se retourna d'un coup en ouvrant d'un geste vif son ombrelle.

– Eh, faites un peu attention, mademoiselle, vous auriez pu me crever un œil !

– Oh ! Excusez-moi, je n'ai vraiment pas fait exprès ! s'exclama Amélia. C'est à cause du soleil, balbutia-t-elle, gênée.

Le jeune homme qui se tenait devant elle avait un air vaguement familier.

– Ce n'est rien, ça va, répondit-il en lui adressant un sourire poli et en la dévisageant avec curiosité. Pardonnez mon insistance, mademoiselle, mais ne vous ai-je pas déjà vue quelque part ?

– Je ne crois pas, répondit Amélia.

Elle chercha dans ses souvenirs, essayant de se rappeler où elle aurait pu rencontrer ce jeune homme élégant à l'air fier.

– Ah, mais oui ! s'exclama Amélia. Nous nous sommes rencontrés il y a quelques jours… au square Viger… Vous étiez avec le frère de Lisie.

– Mais bien sûr !

– Excusez-moi, mais j'ai oublié votre nom…

– Victor Desmarais, dit-il en se découvrant.

– Amélia Lavoie.

– Mademoiselle Lavoie, c'est un plaisir de vous revoir, bien que vous ayez failli me trucider, la taquina-t-il en souriant.

Amélia sentit le rouge lui monter aux joues. Cela aurait été vraiment dommage de défigurer un si beau jeune homme, se dit-elle. Sainte Mère de Dieu ! Qu'allait-elle penser là ! D'autant plus qu'il semblait visiblement s'amuser de la voir rougir ainsi.

– Je vous ai dit que j'étais désolée, monsieur Desmarais, répéta-t-elle, de plus en plus agacée par son air impertinent.

– Ne vous emportez pas ainsi... Amélia.

– Ma-de-moi-selle La-voie ! rétorqua Amélia en appuyant fortement sur chacune des syllabes.

Quel effronté ! L'appeler ainsi par son prénom alors qu'ils ne se connaissaient ni d'Ève ni d'Adam.

– Pardonnez-moi, mais je dois partir, ajouta-t-elle en espérant le voir s'éloigner. Ma sœur m'attend, se crut-elle obligée d'ajouter pour se justifier.

– Mais faites, faites. Ce fut également une joie de vous revoir, Ma-de-moi-selle La-voie, ajouta-t-il en l'imitant.

Il lui fit un léger signe de tête, se retourna brusquement et s'éloigna d'un pas alerte.

Amélia resta plantée là. Sa main, posée sur le manche de son ombrelle, tremblait légèrement. Quel culot ! Comment Lisie pouvait-elle trouver un tel personnage intéressant ! C'est vrai qu'il est séduisant, se surprit-elle à penser, avec ses cheveux bien brillants et sa petite moustache soignée, mais tout de même, son impertinence gâchait tout. Amélia se rappela tout à coup la présence de Sophie et d'Armand et se dirigea vers le banc où elle avait laissé les amoureux.

– Ah, Amélia, te voilà ! s'exclama Sophie. J'étais inquiète. Où étais-tu passée ? demanda-t-elle en se dirigeant vers sa cadette, son promis sur ses talons.

– Je regardais la fontaine et je n'ai pas vu le temps passer, mentit Amélia.

Sophie scruta le visage de sa sœur d'un air soupçonneux.

– Allez, rentrons. Tu as les joues bien rouges, je trouve. Ça m'a tout l'air d'un coup de soleil. Tu devrais ouvrir ton ombrelle, Amélia, ce n'est pas bien raisonnable de rester ainsi au soleil.

Amélia ouvrit la bouche pour répondre, mais la referma aussitôt. Après tout, quelle raison aurait-elle de lui mentionner sa rencontre avec Victor Desmarais ? Il n'en valait vraiment pas la peine.

⁂

– Amélia, chuchota Lisie, passe-moi la cruche d'eau.

Amélia étira son bras, souleva le récipient presque vide et le tendit à son amie. La mère de Lisie, assise près d'elle, s'était assoupie, la bouche légèrement entrouverte, la tête penchée sur son épaule. Amélia regrettait d'avoir accepté cette invitation qui l'obligeait à être de bonne compagnie en dépit de sa fatigue et de la chaleur du soleil de l'après-midi. Mais Lisie n'aurait admis aucune excuse. Elle avait en effet décidé de souligner son anniversaire en invitant quelques amies à la maison. Et quand Élisabeth Prévost voulait quelque chose…

Le plancher du balcon du premier étage craqua au-dessus de leurs têtes, laissant tomber un peu de poussière sur la jupe de madame Prévost. Elle se réveilla en sursaut au moment où trois jeunes enfants dévalaient l'escalier en courant et en se chamaillant. D'une voix ferme, leur mère leur intima de cesser leurs cris. La porte du logement au-dessus claqua et le silence revint.

– Les tartes doivent être prêtes, déclara madame Prévost en se levant.

La chaise à bascule, libérée de son poids, se balança doucement. La mère de Lisie sourit à Amélia et entra dans la maison. De l'intérieur leur parvint presque immédiatement le bruit des plats qui s'entrechoquaient. S'armant de courage, Amélia se leva à son tour.

– Je vais aller donner un coup de main à ta mère, dit-elle à Lisie qui lui tournait maintenant le dos, accoudée à la balustrade.

– D'accord. Moi, je vais guetter l'arrivée de Blanche et de Marguerite.

Dans la salle à manger, séparée de la cuisine par une arche, Amélia put voir que la table avait été mise, avec sa nappe d'un blanc immaculé et ses couverts du dimanche. Toute la maison sentait le savon frais et brillait de propreté. Même l'image de la Vierge, accrochée au mur, semblait sourire. Chaque fois qu'Amélia venait chez les Prévost, elle sentait monter en elle un sentiment mêlé d'envie et de tristesse. Sentiment qu'elle ne pouvait réprimer lorsque venait se superposer à cette image celle de leur logement de la rue Saint-Christophe. Joséphine Prévost fredonnait tout en s'affairant. Décidément, la vie avait fait un cadeau à cette femme lorsque Dieu, ou la nature, avait décidé que sa famille serait complète avec deux enfants.

Une odeur de pain chaud et de cannelle flottait dans la cuisine, un parfum de bonheur qui faisait tourner la tête, un bonheur tranquille, loin du raffut habituel qui régnait chez elle. Et pourtant, cela la rendait mal à l'aise, comme si Dieu, de son paradis, attendait le moment idéal pour tout bouleverser. Amélia secoua la tête et rejoignit madame Prévost à l'instant où celle-ci ouvrait la porte du poêle pour en sortir une tarte fumante.

– Laissez faire ça, madame Prévost. Je m'en occupe, lui dit Amélia avec, à la main, le tire-plat blanc parsemé de minuscules fleurs rouges.

L'odeur des pommes chaudes à la cannelle et de la croûte dorée lui mit l'eau à la bouche.

– Elle a l'air vraiment bonne, votre tarte aux pommes, ça fait longtemps que je n'en ai pas mangé.

Joséphine Prévost sourit, visiblement flattée de la réaction spontanée d'Amélia.

– Ce n'est pas tous les jours qu'on a vingt ans. Si ma fille peut en profiter et toutes ses amies en même temps, ça me fait plaisir. Allez, va retrouver Lisie, tu es notre invitée, tu n'as pas besoin de t'occuper de la cuisine. J'ai presque fini de toute façon. Regarde, la table est mise, la nourriture est prête. Il ne me reste plus qu'à tout déposer dans les plats.

– D'accord, mais n'hésitez pas à m'appeler si vous avez besoin d'aide…

Amélia fut interrompue par l'exclamation excitée de Lisie.

– Amélia, tu viens ? Blanche et Marguerite arrivent ! Elles ne sont pas seules, ajouta-t-elle après un bref moment d'hésitation. On dirait… non, je n'y crois pas ! Mais qu'est-ce que tu fais, Amélia ? Viens voir, elles sont avec les amis d'Eugène… Oh mon Dieu !

Lisie s'engouffra dans la maison, relevant sa jupe d'une main tout en se parlant à elle-même. Elle disparut dans le corridor sans même jeter un regard à Amélia et à sa mère. Les deux femmes s'esclaffèrent. Leurs rires résonnaient encore dans la pièce lorsqu'Eugène Prévost pénétra bruyamment dans la cuisine, suivi par Marguerite et Blanche, l'une babillant, l'autre tentant de reprendre son souffle. Le sourire d'Amélia se figea sur ses lèvres lorsqu'elle aperçut les deux jeunes hommes qui les accompagnaient. Alexis Thériault lui adressa un sourire poli qu'elle remarqua à peine tandis que ses yeux restaient fixés sur Victor Desmarais. Le jeune homme haussa les sourcils et redressa légèrement les épaules. Sous sa fine moustache, ses lèvres esquissèrent un sourire complice.

– La sœur d'Eugène a l'air heureuse, c'est un bel anniversaire, vous ne trouvez pas ?

Amélia tourna la tête vers Alexis, à qui elle n'avait pas accordé beaucoup d'attention depuis l'arrivée tapageuse du petit groupe une heure plus tôt. Madame Prévost leur avait servi de la limonade et des tartelettes aux raisins tout en guettant impatiemment le retour de sa fille. Vêtue d'une jupe crème et d'un corsage de la même couleur parsemé de fleurs roses, repoudrée et recoiffée à la hâte, Lisie avait enfin fait son entrée dans le salon où les jeunes gens s'étaient réunis. Amélia s'était assise sur le canapé et Alexis Thériault avait rapidement pris la place laissée libre à ses côtés. Blanche et Marguerite ne quittaient pas des yeux Eugène qui, encouragé par ce public féminin plus rougissant qu'attentif, s'évertuait à convaincre son ami Georges Lévesque de l'inefficacité des unités rurales.

Lisie riait aux éclats, pendue au bras de Victor Desmarais. Agacée, Amélia se raidit et se tourna vers Alexis.

– Monsieur Thériault…

– Oh, appelez-moi Alexis !

– D'accord… Alexis, reprit Amélia en rougissant légèrement. Dites-moi, vous ne venez pas de Montréal, je crois ?

– Non, je suis né et j'ai grandi à Saint-Hyacinthe. Mes parents ont une ferme là-bas.

– Et vous vous plaisez ici ? Votre famille doit parfois vous manquer.

– J'aime bien Montréal. C'est animé. On ne s'y ennuie jamais, c'est certain. Je me suis fait de bons amis, ajouta-t-il en désignant de la tête les autres jeunes gens présents dans la pièce. Alors pour ce qui est de la famille, j'essaie de ne pas trop y penser. Et la vôtre, votre famille, enchaîna-t-il rapidement, a-t-elle toujours habité à Montréal ?

– J'ai grandi ici, mais je suis née à Saint-Norbert, dans les Bois-Francs. Presque toute la parenté vit encore là-bas, mais il y a longtemps que je n'y suis pas allée, précisa-t-elle d'un air légèrement absent.

Elle baissa la tête de manière à se soustraire au regard insistant d'Alexis.

– Avez-vous fini de vous dire des secrets tous les deux ? lança Lisie.

Troublée par la proximité d'Alexis, Amélia accueillit avec soulagement l'intervention de Lisie.

– On ne se disait pas de secrets, la rassura Alexis. On discutait de tout et de rien.

Alexis tourna la tête vers Amélia et leurs regards se rencontrèrent quelques secondes avec suffisamment d'intensité pour que tous deux s'en trouvent gênés. Alexis, le premier, détourna les yeux. Il reporta son attention sur Georges et Eugène qui argumentaient haut et fort.

– Non ! Je te dis que plus on est nombreux, plus on est forts ! insistait Georges, le visage buté.

– C'est ridicule, voyons, les ruraux ne connaissent rien à l'entraînement militaire. Imagine-les pendant un combat réel. Ils pourraient bien nous tirer dans le dos, répliqua Eugène avec conviction. Et dire que le gouvernement compte sur eux pour défendre le pays !

Georges réfléchit quelques secondes, cherchant les mots qui pourraient convaincre son ami.

– Le gouvernement n'a qu'à prolonger l'exercice d'été et leur donner une meilleure formation, c'est tout.

– Ah, la bonne idée ! Et tu penses que c'est gratuit tout ça ? Déjà que la solde n'est pas haute. Soixante cennes par jour. Tu parles ! On le sait bien que le gouvernement ne se gênerait pas pour prendre l'argent dans nos poches. Certainement pas dans celles des officiers, en tout cas ! Alexis, qu'est-ce que tu en dis, toi ? l'interpella Eugène.

– Bof, j'imagine que je suis d'accord avec Georges, admit Alexis en espérant que son parti pris ne ferait que clore le débat plus rapidement.

Georges adressa un sourire triomphant à Eugène qui fit semblant de l'ignorer.

– Quel est ton avis là-dessus, Victor ? lança Eugène.

Tous les regards se tournèrent vers Victor, appuyé contre le chambranle de la porte. Il haussa négligemment les épaules.

– En ce qui me concerne, déclara-t-il d'une voix posée, nous aurons toujours une armée pleine d'incultes et mal équipée.

– Mais ça va changer, lui dit Alexis. Avec les nouvelles écoles permanentes de la milice qu'on nous promet depuis des années...

– Ça ne changera rien du tout, s'obstina Victor. Aussi longtemps qu'on misera tout sur les corps d'officiers, nous n'aurons que les restes.

– Justement, vu qu'on en parle, j'aimerais bien comprendre pourquoi tu es entré dans la milice, ajouta Georges. Avec l'argent de ta famille, tu aurais pu te les payer, les trois années à l'école militaire.

Victor préféra ignorer la question et murmura quelques mots à l'oreille de Lisie qui pouffa de rire en affirmant sa prise sur l'avant-bras du jeune homme.

– Moi, je te dis que j'aurais fait l'école d'officiers, si j'avais pu, poursuivit Georges. Tu es respecté quand tu as de l'instruction. Non, sérieusement, pourquoi es-tu entré dans la milice, Victor ? Tu peux nous le dire, on est entre amis.

– Justement, nous ne sommes pas ici pour être sérieux, coupa-t-il pour clore la discussion.

– C'est vrai ça, c'est ma fête après tout ! renchérit Lisie en fusillant son frère du regard. On en a plus qu'assez de vous entendre parler de vos histoires !

Les bavardages reprirent, les rires se mêlant aux chuchotements. Songeuse, Amélia s'efforçait de suivre le fil des conversations. À plusieurs reprises au cours de l'après-midi, elle surprit le regard d'Alexis fixé sur elle. Celui de Victor Desmarais aussi. Qu'elle se força à ignorer du mieux qu'elle put. Le souvenir de sa rencontre avec le jeune homme, le matin même, ne cessait de lui revenir en mémoire. Elle s'était attendue à ce qu'il y fasse allusion à un moment ou à un autre, mais il semblait se contenter de l'observer d'un air malicieux, le sourire aux lèvres.

– Tu n'es pas très jasante aujourd'hui, Amélia. Ce ne serait pas par hasard le beau Alexis Thériault qui t'aurait mangé la langue ?

Amélia sursauta légèrement et tourna la tête vers Blanche qui lui avait chuchoté à l'oreille.

– Que vas-tu chercher là ? protesta Amélia, à voix basse.

Victor, qui avait saisi quelques mots de la conversation des deux jeunes femmes, laissa échapper un ricanement moqueur. Lisie crut que cette réaction était liée à l'anecdote qu'elle venait de conter au sujet du chien des voisins et elle joignit son rire cristallin à celui de son compagnon qu'elle trouvait, décidément, de plus en plus à son goût.

Tous les jeunes gens présents dans la pièce cessèrent de parler. Georges, qui semblait s'ennuyer à mourir, se retrouva d'un seul coup sur ses deux pieds.

– Tu sembles drôlement bien t'amuser en compagnie de notre charmante hôtesse. Qu'y a-t-il de si drôle, Victor ? Peut-on savoir ? demanda-t-il.

Victor souriait tranquillement.

– Je préfère ne rien dire. Ce serait pour le moins inconvenant, finit-il par avouer d'un air mystérieux.

Les yeux s'écarquillèrent, les bouches s'entrouvrirent.

– Allez, voyons, dis-nous ! Qu'as-tu dit de si drôle, Lisie ? Ce ne peut pas être grand-chose, s'étonna Eugène.

Lisie regardait autour d'elle d'un air méfiant.

– Ce que j'ai dit ? Je ne m'en souviens plus. Je crois que je parlais du chien de madame Bécotte, tu sais celui qui est tout noir avec une tache blanche autour de l'œil.

Elle s'apprêtait à reprendre son histoire du début, mais elle fut aussitôt interrompue par son frère.

– On saura te tirer les vers du nez bien assez tôt, Victor Desmarais ! C'est la présence de ces dames qui te rend aussi discret ?

– Évidemment, renchérit Georges en s'affalant lourdement dans le fauteuil. Mon petit doigt me dit qu'il y a anguille sous roche.

– Je dirais même plus, jupon sous roche ! lança Eugène en s'esclaffant tandis que Georges se retenait visiblement pour ne pas en rajouter. Victor les regardait en souriant, d'un air indulgent.

Alexis se leva d'un trait.

– Ça suffit ! Vous exagérez. Un peu de tenue devant les dames, voyons ! les réprimanda-t-il, les sourcils froncés.

Intervention qui fit redoubler de rire Eugène.

– Cesse de rire ! Eugène, ce n'est plus drôle maintenant, se plaignit Lisie.

La silhouette corpulente de Joséphine Prévost apparut dans l'encadrement de la porte.

Embarrassé, Georges se mit à fixer le bout de ses chaussures tandis qu'Alexis triturait d'un air gauche le tissu de sa veste. Tous les regards étaient tournés vers l'impertinent Eugène qui, soudain, ne sut plus s'il devait continuer à rire ou se taire. D'un air sérieux, Victor fit un pas en avant.

– Je crois que nous avons suffisamment abusé de votre hospitalité, madame Prévost. Mes amis, il se fait tard nous devrions partir, annonça-t-il.

Comme s'ils n'attendaient que cette invitation, Georges et Alexis se levèrent comme un seul homme, presque au garde-à-vous. Victor ne put retenir un sourire.

– Mais saluons d'abord ces dames, ajouta-t-il en se dirigeant à dessein vers Amélia qui avait rejoint Lisie.

D'un air protecteur, Amélia avait glissé son bras sous celui de son amie.

– Au revoir, mademoiselle Lavoie. J'espère avoir le plaisir de vous revoir bientôt, dit Victor à l'attention d'Amélia.

– Ça m'étonnerait, monsieur Desmarais, lui répondit Amélia sur le même ton, se surprenant elle-même de son impolitesse.

Elle lui avait répondu sans même lui adresser un regard.

Lisie manqua s'étouffer de stupeur devant l'effronterie de son amie. Ses yeux allaient de celle-ci à Victor. Elle ne savait plus si elle devait s'en mêler ou non. Elle se tourna finalement vers Victor tout en essayant de se soustraire à la main d'Amélia dont les doigts raidis meurtrissaient la chair tendre de son bras.

– Mais certainement, monsieur Desmarais, nous nous reverrons prochainement, susurra Lisie en se rapprochant du jeune homme qui daigna finalement la regarder. Nous pourrions organiser un pique-nique sur le mont Royal. Ce serait merveilleux avant que le froid reprenne, s'emballa Lisie, les yeux brillants.

Elle lança un regard agacé à son amie et entraîna Victor vers la cuisine. Le couple s'éloigna bras dessus, bras dessous. Amélia laissa échapper un profond soupir de soulagement qui n'échappa pas à Alexis, resté un peu à l'écart.

– Alexis, vous n'êtes pas encore parti, constata-t-elle en souriant.

Le jeune homme s'avança et saisit la main qu'elle lui tendait. Il la serra et sentit son cœur cogner dans sa poitrine. Amélia leva les yeux vers Alexis et fut gênée de constater que sa main devenait moite dans la sienne. Elle la retira brusquement et regretta aussitôt son geste.

– Amélia...

Comme la jeune femme ne disait rien, Alexis hésita une seconde. Puis, prenant son courage à deux mains, il s'enhardit à répéter son prénom.

– Amélia... Pourrais-je vous rendre visite chez vos parents jeudi prochain ? lui demanda-t-il, penché vers elle, la voix presque chuchotante afin d'éviter d'attirer l'attention des autres.

Plus amusée que surprise, Amélia s'attarda à détailler le jeune homme. Sans être particulièrement beau, on ne pouvait lui dénier un certain charme avec son visage basané et ses cheveux châtain pâle, presque blonds qui adoucissaient ses traits anguleux.

– Ce sera un plaisir de vous recevoir à la maison, Alexis, répondit-elle avec sérieux. Toute ma famille sera certainement bien contente de vous connaître. Vous n'avez qu'à venir vers six heures trente.

– C'est parfait pour moi, lui répondit Alexis avec un large sourire. Je suis vraiment content, Amélia.

– Alexis ! lança Eugène.

– Oui, j'arrive ! répondit le jeune homme, rompant la magie du moment.

Il se dirigea vers les voix et les rires qui s'éloignaient déjà et Amélia lui emboîta le pas.

Le petit groupe ayant fait ses adieux avec force remerciements, Amélia rejoignit Lisie et sa mère qui s'étaient assises à la table de la salle à manger. Légèrement empourprée, Lisie s'extasiait déjà sur les qualités de Victor Desmarais, sous le regard indulgent de sa mère.

– Il est tellement charmant, maman ! Et je crois qu'il m'aime bien. Tu as vu la façon qu'il avait de me regarder ? Il faut ab-so-lu-ment qu'on l'invite à souper ! Dis, tu veux bien ? Allez, dis oui. Après tout, c'est un ami d'Eugène, ce ne serait pas inconvenant. Je suis sûre que papa l'adorera. Il est tellement intelligent ! N'est-ce pas qu'il est charmant ? demanda-t-elle à Amélia.

Celle-ci ouvrit la bouche pour répondre, mais Lisie enchaînait déjà.

– Pourquoi ne l'aimes-tu pas, Amélia ?

– Je n'ai jamais dit ça, la contredit mollement Amélia.

– Peut-être pas, mais tu aurais pu être plus gentille avec mes amis. Victor a essayé d'être aimable avec toi et tout ce que tu as fait, c'est le rabrouer ou l'ignorer. Je pense que tu es jalouse!

Regrettant déjà ses paroles, elle baissa les yeux vers le sol.

– Voyons, les enfants, vous n'allez pas vous disputer pour si peu? Deux bonnes amies comme vous, s'interposa Joséphine Prévost, prévoyant que l'impulsivité de sa fille allait la mettre dans l'embarras.

Elle s'inquiéta vraiment lorsqu'elle vit les traits d'Amélia se durcir.

– Ça va, madame Prévost, je m'en allais de toute façon. Merci pour tout, c'était vraiment délicieux. J'aurais bien aimé vous aider à ramasser, ajouta Amélia en désignant la table où s'entassaient les assiettes sales et les restes de nourriture. Mais j'ai promis à maman de m'occuper de Paul pendant qu'elle irait faire ses courses.

– Amélia, attends! s'écria Lisie, les larmes aux yeux.

Elle repoussa brusquement sa chaise. La retenant d'une main, elle tendit l'autre vers son amie qui avait déjà ouvert la porte. Elle jeta un regard paniqué à sa mère et s'élança derrière Amélia avant que la porte ne se referme sur celle-ci.

– Ce n'est pas ce que je voulais dire, bafouilla Lisie avec un léger tremblement dans la voix. Mes paroles ont dépassé ma pensée, tu sais comment je suis, à toujours dire des bêtises.

Elle toucha l'épaule d'Amélia du bout des doigts.

– Excuse-moi, lâcha finalement Lisie. Tu me pardonnes? ajouta-t-elle d'une toute petite voix en priant pour que son amie ne lui en veuille pas

Amélia soupira. Bien sûr qu'elle lui pardonnait, elle le faisait toujours. En vouloir à Lisie, c'était comme de garder rancune à un enfant parce qu'il s'était sali en jouant. Impossible. Lisie n'était pas méchante, juste un peu sotte parfois. Pourtant, malgré l'attachement qu'elle éprouvait pour son amie, Amélia prenait parfois plaisir à la voir se sentir coupable.

C'était rassurant. Observer la tristesse assombrir ses yeux, c'était comme voir un nuage passer dans un ciel bleu trop parfait. Étrange comme la joie de vivre des autres pouvait parfois devenir irritante.

Lisie attendait, figée sur place, qu'Amélia lui dise enfin quelque chose.

– Bon, je ne t'en veux pas, lâcha-t-elle finalement.

Le visage de Lisie s'éclaira. Elle sauta au cou de son amie.

– Que je suis contente que tu ne sois pas fâchée contre moi ! On est encore des amies, n'est-ce pas ? lui demanda-t-elle avec une légère trace d'inquiétude dans la voix.

– Mais bien sûr, espèce d'idiote. Qu'est-ce que tu crois ?

Elle dénoua les mains de Lisie qui la tenait toujours par le cou et la repoussa doucement.

– Je dois vraiment y aller maintenant.

– Alors à demain, Amélia. Et bonne nuit.

Alors qu'Amélia se dirigeait vers chez elle, le visage de Victor, son regard insistant et son sourire moqueur s'imposèrent à son esprit. Vision fugitive qui s'estompa rapidement. Elle se rappela avec plaisir que, jeudi prochain, Alexis lui rendrait visite. Pourvu qu'il plaise à ses parents.

CHAPITRE IV

Amélia essayait de se concentrer sur son travail, mais ses pensées s'envolaient dans l'air étouffant de la buanderie. Les images affluaient à son esprit. Les regards qui se croisaient discrètement lorsque personne d'autre ne faisait attention, une parole prononcée, des sourires échangés. La soirée du jeudi précédent s'était déroulée à merveille. Sa mère avait semblé rassurée par le tranquille aplomb d'Alexis, par son charme discret, ses compliments sincères et son intérêt non feint pour la famille Lavoie. Grâce à sa prévenance et sa galanterie, il avait eu raison de la réserve de Mathilde qui, à plusieurs reprises, avait même ri aux réparties du jeune homme. Paul l'avait tout de suite adopté, n'hésitant pas à se jucher sur ses genoux, riant aux éclats sous les chatouilles et les petits galops dont il raffolait. Édouard avait dû rester travailler plus tard que prévu à l'atelier, nouvelle qu'Amélia avait accueillie avec soulagement. Son père pouvait se montrer fort intimidant lorsqu'il s'y mettait. Quant à Henri, d'abord taciturne face à cet étranger qui accaparait l'attention, il avait vite changé d'humeur en apprenant qu'Alexis venait de la campagne. Il l'avait alors bombardé de questions jusqu'à ce que sa mère le somme de cesser de harceler leur invité. Même Marie-Louise avait délaissé sa lecture pour écouter les histoires qu'Alexis racontait avec un visible plaisir. Après avoir salué chaleureusement tous les membres de la famille, le jeune homme avait pris congé en annonçant à

Amélia qu'il devrait bientôt aller passer quelques jours à la ferme paternelle, à Saint-Hyacinthe. Son père s'était blessé en tombant du fenil et il devait aller donner un coup de main à sa mère.

Ils s'étaient revus avant son départ, quelques jours plus tard, le temps d'un souper chez les Prévost. Lisie avait fait des pieds et des mains afin de convaincre son frère d'inviter Victor Desmarais. Victor avait décliné l'invitation et Eugène avait finalement, au grand bonheur d'Amélia, convié Alexis à se joindre à eux. Le lendemain, le jeune homme avait pris le train pour Saint-Hyacinthe.

– Amélia, tu repasses cette chemise depuis au moins quinze minutes, je pense qu'elle est bien lisse maintenant ! la taquina Blanche.

Amélia reprit ses esprits et regarda autour d'elle. Ses trois amies et quelques autres filles l'observaient avec curiosité.

– Est-ce que tu te sens bien ? Tu frissonnes, s'inquiéta Lisie. Peut-être que tu couves quelque chose.

– Mais non, je vais bien, les rassura Amélia. Il fait trop chaud ici. J'en ai les jambes et la tête toutes ramollies.

– C'est sûr que c'est la chaleur qui te la ramollit, la tête ! s'esclaffa Blanche en regardant Marguerite, qui joignit son rire au sien.

– Ça n'aurait pas plutôt quelque chose à voir avec ton prétendant ?

– Qu'est-ce que tu racontes, Blanche ? demanda Amélia en remerciant le ciel qu'il fasse si chaud et que la rougeur qui lui montait aux joues passe ainsi inaperçue.

– Allez, Amélia ! Cesse de nous faire languir. On le sait bien que tu fréquentes Alexis Thériault. Il faudrait qu'on soit sourdes et aveugles pour ne pas être au courant, renchérit Marguerite.

Amélia jeta un coup d'œil à Lisie qui baissa machinalement les yeux d'un air coupable.

– Ne fais pas attention, Amélia, lui dit Lisie. Elles ne peuvent pas être sérieuses deux minutes. Toujours à inventer des histoires pour se rendre intéressantes.

– Je me demande bien qui a pu leur mettre des idées pareilles dans la tête, dit Amélia en dévisageant Lisie.

Lisie sourit malgré elle et haussa négligemment les épaules en guise de réponse.

Amélia attendait avec impatience que ses frères et sœurs se mettent au lit. Henri semblait ne devoir jamais s'y décider, ce qui mettait Amélia à bout de nerfs. Elle attendait le moment propice pour parler à sa mère depuis des jours. Alexis avait quitté Montréal quatre longues semaines auparavant. Et maintenant, tandis que l'absence se prolongeait et que la routine des jours la rattrapait, Amélia avait peur d'avoir manqué de discernement. Pouvait-elle vraiment s'être éprise d'un homme qu'elle connaissait si peu ? Elle commençait à en douter. Et qu'arriverait-il s'il ne revenait pas, ou pire, s'il revenait et qu'elle n'éprouvait plus rien pour lui ? C'en était trop pour sa petite tête ! Et Henri qui était encore debout. Amélia le foudroya du regard, ce qui, bien entendu, n'eut aucunement l'effet escompté. Résolue à patienter aussi longtemps qu'il le faudrait, Amélia souleva une chaise qu'elle posa près de la machine à coudre où sa mère s'activait déjà. Elle s'y assit puis se releva et se posta près de la porte de la cuisine. La fumée qui s'échappait de la pipe de son père s'étirait en minces volutes dans l'air frais du soir. Elle frissonna, serra son châle autour de ses épaules et revint s'asseoir près de sa mère.

Tout en pressant du pied la pédale de la machine à coudre, ses mains suivant le défilement du tissu sous l'aiguille, Mathilde observait le manège de sa fille qui se tortillait sur sa chaise. Elle devinait bien qu'Amélia attendait qu'elles soient seules pour lui parler. Cette fébrilité qui l'agitait, l'inquiétude qui se lisait dans ses yeux, tout cela allait à l'encontre du tempérament spontanément franc d'Amélia. Quelque chose la bouleversait et elle croyait deviner ce que c'était.

– Amélia, cesse de bouger ainsi, tu me donnes le tournis. Va te coucher.

– Je ne suis pas fatiguée, maman. Est-ce que je peux vous donner un coup de main ?

– Eh bien, tu peux repriser les bas des garçons si tu veux. Avec tout cet ouvrage, je n'ai même plus le temps de m'occuper du mien.

Amélia saisit le panier rempli de chaussettes posé à côté d'elle. Énervée, elle dut s'y reprendre à trois fois pour enfiler le fil dans le chas de l'aiguille. Puis, ses doigts s'agitèrent, l'aiguille entrant et ressortant à toute vitesse dans la laine grise. Toute occupée à sa tâche, elle n'avait même pas remarqué que son frère était allé se coucher jusqu'à ce qu'elle lève la tête en entendant la porte de la cuisine se refermer.

– L'hiver n'est pas loin, annonça Édouard en accrochant sa veste au portemanteau.

Il embrassa Mathilde sur la joue.

– Je vais me coucher. Ne tarde pas trop non plus. Bonne nuit, Amélia.

– Bonne nuit, papa, répondit Amélia sans quitter son ouvrage des yeux.

Elle entendit son père chantonner en s'éloignant. Comme si elle rendait son dernier soupir, la vieille machine à coudre ralentit et s'arrêta.

– C'est assez de raccommodage pour ce soir, déclara Mathilde.

Amélia leva les yeux vers sa mère. Un sourire attendri éclairait le visage de cette dernière. Amélia fronça les sourcils, étonnée, et rangea docilement la chaussette à moitié raccommodée dans le panier. Sans cesser de sourire, Mathilde lui tapota la cuisse.

Il lui semblait si proche, le jour où elle tenait encore sa fille dans ses bras. À quel moment Amélia était-elle devenue cette jeune femme épanouie, prête à se lancer dans la vie? Un souvenir fugace revint à sa mémoire et elle se vit, au même âge, assise près de sa propre mère, sur le perron de la cuisine d'été. Elle reporta son attention sur Amélia qui ne l'avait pas quittée des yeux.

– Que veux-tu me dire, Amélia? Tu peux parler, on est fins seules à présent.

– Comment savez-vous que je voulais vous parler? s'étonna Amélia.

– Bien voyons! Tu ne t'es pas vue aller depuis tantôt. Une vraie queue de veau. Il aurait fallu que je sois aveugle pour ne pas me rendre compte que quelque chose te tracasse. Qu'est-ce qu'il y a? C'est à cause de ce monsieur Thériault, c'est ça?

– Oh maman! Je ne sais plus quoi penser! s'exclama Amélia, soulagée que sa mère aborde le sujet.

– Tu éprouves des sentiments pour lui?

– Je ne sais pas. Je croyais que oui, mais maintenant qu'il est parti, je ne sais plus trop, avoua Amélia en triturant le tissu de sa jupe. J'ai peur qu'il ne revienne pas mais, en même temps, j'ai peur de ce qui va arriver s'il revient.

– Vous ne vous êtes vus que deux fois...

– En fait... On s'est revus une autre fois, avoua Amélia. Chez Lisie. Mais ne vous inquiétez pas, s'empressa-t-elle d'ajouter. Ses parents étaient avec nous.

– J'espère bien. Et lui, est-ce qu'il ressent quelque chose pour toi? demanda Mathilde après un moment de réflexion.

Le souvenir de sa discussion avec Alexis, sur le chemin qui la menait chez elle après le souper chez les Prévost, s'imposa à l'esprit d'Amélia. Avec courtoisie, il s'était proposé pour la raccompagner, prétextant que l'obscurité s'était installée et que ce n'était vraiment pas prudent pour une jeune fille de s'aventurer par les rues sombres et mal fréquentées. Alors qu'ils arrivaient au coin de la rue Saint-Christophe, Alexis s'était arrêté et l'avait poussée dans l'ombre du mur de la maison tout près. Avec une légère brusquerie, il avait pris la main d'Amélia et l'avait appuyée sur son cœur. À travers le tissu épais et rêche de son manteau, elle avait pu sentir le cœur du jeune homme battre avec force.

– Chère Amélia, je sais que ce n'est pas convenable. En fait, jamais je n'oserais si ce n'était de la situation dans laquelle je me trouve...

Il avait repris son souffle et regardé Amélia qui attendait la suite, en silence.

– Je pars demain comme vous le savez. J'aimerais faire autrement, mais ma mère n'y arrivera pas sans aide. Je dois lui donner un coup de main, le temps que mon père se remette.

– C'est normal, l'avait rassuré Amélia en hochant la tête d'un air sérieux. Ne vous excusez pas pour ça.

– Je serai absent quelques semaines sans doute. Ça serait bien mal vu de repartir en plein temps des fêtes. C'est pour ça que je voulais vous parler, Amélia. On ne se connaît pas depuis longtemps, je sais, mais je me demandais... je pensais que... qu'on pourrait peut-être se revoir, à mon retour.

La timidité du jeune homme avait arraché un sourire à Amélia.

– Chère amie..., avait-il dit doucement. Je ne vous demande pas de me faire des promesses. Mais allez-vous me pardonner si j'ose vous demander si... vous allez m'attendre ?

– Oh oui ! s'était écriée Amélia.

Elle avait aussitôt regretté son empressement.

– Oui, Alexis, avait-elle repris sur un ton plus mesuré. Je suppose que je peux attendre votre retour avant de me promettre à n'importe quel autre homme qui pourrait croiser ma route, l'avait-elle taquinée en souriant de plus belle.

Cette tentative visant à atténuer l'impétuosité de son premier « oui » ne les avait toutefois pas trompés.

– Je suis le plus heureux des hommes ! s'était exclamé Alexis en serrant les mains d'Amélia dans les siennes. Je pars le cœur plus léger. Si vous le voulez bien, je prendrai la liberté de vous écrire, si je le peux.

Elle avait acquiescé poliment, comme il se devait, puis ils s'étaient dit au revoir.

Émergeant de ses pensées, Amélia jeta un regard anxieux à sa mère.

– Je ne sais pas. Je pense que oui. Enfin, il m'a demandé de l'attendre. Est-ce que vous pensez que ça veut dire quelque chose ?

– Eh bien, peut-être, répondit prudemment Mathilde. Mais ne te fais pas trop d'acroires. Il faut que tu attendes d'être certaine de tes sentiments et des siens aussi, comme de raison. Et l'amour, ce n'est pas tout, ajouta-t-elle après quelques secondes. Il y a bien d'autres considérations à prendre en compte pour qu'un homme et une femme soient bien assortis.

– Que voulez-vous dire ? Toi et papa, vous vous aimez, non ?

– Bien sûr qu'on s'aime. Mais des fois je me dis que le bon Dieu aurait mieux fait de créer les hommes et les femmes sans mêler l'amour à ça. La vie serait bien plus simple.

– Je ne comprends pas pourquoi vous dites ça, s'étonna Amélia.

Mathilde poussa un profond soupir. Parler de ce qu'elle ressentait lui demandait beaucoup d'effort. L'expérience des années lui avait appris que se laisser aller à rêver, à éprouver des désirs et des sentiments, n'apportait que tristesse et désillusion. Et maintenant, elle devait expliquer tout ça à Amélia. Elle ne s'était pas donné cette peine avec sa fille aînée. Peut-être parce qu'elle ne se faisait pas de soucis pour Sophie. Amélia, au contraire, l'inquiétait beaucoup. Elle n'avait déjà que trop tardé.

Elle prit une grande inspiration et se lança.

– Vois-tu, Amélia, je crois que ce n'est pas certain qu'un homme et une femme doivent s'aimer pour être mariés ensemble. C'est sûr qu'au début, ça semble important, il n'y a rien d'autre qui compte. Quand on est des jeunes promis, tous les défauts de l'autre sont comme des qualités. Tout nous rappelle notre amoureux et on a l'impression que le temps n'avance jamais assez vite, que le moment où on doit se revoir n'arrivera jamais. Tout ce qui n'est pas l'autre nous semble fade et sans intérêt : la nourriture, le soleil qui brille, les conversations avec nos amis. Et pourtant, la vie ne nous a jamais semblé aussi belle. Être en amour, Amélia, c'est être aveugle au monde qui nous entoure et ça, c'est dangereux. Parce que le monde, lui, ne change pas, il est toujours pareil et, un jour, tu le vois à nouveau comme il est vraiment, et tu dois y faire face parce que ça aura été ça ton choix et que tu devras vivre avec jusqu'à la fin de tes jours. Des fois, l'amour ça nous empêche de voir les vraies affaires, et dans ce temps-là c'est facile de faire des choix mal avisés.

Je sais que tu es éprise de ce garçon-là, Amélia. Ça se lit dans tes yeux. Il va te faire des promesses, te dire qu'avec lui tu ne manqueras jamais de rien, qu'il va t'aimer pour la vie. Et toi tu vas le croire. Je le sais parce que c'est ce qui m'est arrivé quand ton père m'a fait les mêmes promesses. Quand il me parlait de la ville, ton père, il me faisait rêver. C'était comme si je m'y trouvais, mais sans avoir quitté la maison de mes parents. Tu vois, Amélia, je l'aimais et pour lui et pour ses rêves j'ai quitté ma famille, mes amis, mon village. Au début notre vie n'était pas si mal, on était amoureux, on se contentait de peu parce qu'on était ensemble et que ça nous suffisait. Et puis après, la famille s'est agrandie. Des bouches à nourrir, je te dis que ça te remet les pieds sur terre. Les petits qui crient, les corvées, la maladie et les tourments qui nous épuisent quand on ne sait même pas si le salaire va rentrer la semaine ou le mois d'après. Et pourtant, Dieu m'est témoin que je ne regrette pas d'avoir épousé ton père. C'est un homme dépareillé, fiable, vaillant, et un bon chrétien en plus. Mais peut-être que si j'avais été moins éprise...

Je me dis souvent qu'on est mal faites, nous les femmes. On veut plus que tout être de bonnes mères et des épouses dévouées, mais en même temps, on donnerait n'importe quoi pour être venues au monde dans un corps d'homme. Je me rappelle qu'une fois, je devais avoir dans les dix ou onze ans, l'abbé Gratton était venu faire sa tournée dominicale pendant laquelle, comme chaque fois, il s'employait à faire entrer dans la tête de ses paroissiens ce qui n'y était pas entré durant son sermon du matin. En tout cas, c'est ce que disait mon père. Ce jour-là, il faisait très chaud et monsieur l'abbé, qui était plutôt bien portant, suait à grosses gouttes. Le sujet de son sermon du matin, c'était ce qu'une femme doit faire et surtout ne pas faire pour rester à sa place. Il disait que Dieu avait créé la femme pour une raison bien précise et que son destin sur terre était d'aimer, de soigner et de consoler, et que pour cette raison, sa place était dans sa famille et qu'elle devait en prendre soin. Il répétait tout ça à ma mère, debout devant le perron, parce que personne ne l'avait invité à s'asseoir. Je trouvais ses paroles bizarres, parce que dans ma tête à moi, ma mère n'avait rien à se reprocher. Elle l'a écouté sans dire un mot, tout en continuant à équeuter ses haricots. Les petites queues craquaient sous ses doigts et j'attendais qu'elle dise quelque chose. Je ne comprenais pas, dans ce temps-là. Mais j'ai su plus tard pourquoi elle n'avait rien dit au curé. Il ne pouvait pas comprendre, lui, ce que c'est d'être une femme avec la tête pleine de folles espérances quand on nous répète toute notre vie qu'il faut se retenir, rester à sa place et faire ce qu'on nous dit.

Ce long monologue avait essoufflé Mathilde. Quoique légèrement embarrassée d'avoir ainsi dévoilé, sans pudeur, ses pensées les plus intimes à sa fille, elle se sentait étrangement plus légère, libérée d'un poids qui l'écrasait depuis des années. Le poids de la longue et morne marche des jours. Lorsqu'elle tourna la tête vers sa fille, l'expression qu'elle lut sur son visage lui fit comprendre que ses efforts avaient été vains.

– Amélia, comprends-tu ce que j'essaie de te dire ?

– Je n'en suis pas sûre. Ce que vous me dites, c'est que l'amour ne sert à rien ?

– Mais non, répliqua Mathilde avec un geste apaisant. C'est seulement que je ne veux pas que tu te fasses de la peine pour rien.

Amélia regarda sa mère. Son air suppliant la contraria plus qu'elle ne l'aurait cru. Pourquoi tous les gens autour d'elle, à part Lisie peut-être, s'entêtaient-ils à lui rabâcher la même chose ? Elle avait l'impression de lutter contre tous ceux qu'elle aimait, alors qu'elle aurait voulu leur ouvrir les yeux, leur faire voir les choses autrement. Amélia croyait, ou voulait croire, que l'amour était tout ce qui comptait. L'amour et la passion étaient indissociables dans son esprit. Et aimer parce qu'on n'a pas le choix, faire semblant d'aimer pour se faciliter la vie, était au-dessus de ses forces. Elle se sentait trop vivante pour tourner le dos à la passion. Quand on aime, on se sent moins imparfait, plus fort. S'en défendre, c'était comme rejeter Dieu, c'était refuser de vivre. Elle aurait aimé pouvoir ouvrir son cœur à sa mère, la convaincre qu'elle se trompait.

– Qu'est-ce qui vous dit que ça ne peut pas se passer autrement pour moi ? se borna-t-elle à demander sans réellement attendre de réponse.

– Tu es bien romantique, mais ça te passera, reprit Mathilde, plus doucement. Tuer l'amour, ce n'est pas difficile. On se réveille un matin et on se rend compte qu'on ne reviendra pas en arrière. Les épreuves, ça use l'amour. Au début, ça fait mal de dire adieu à nos illusions, on s'affole parce qu'on se demande comment on va faire pour continuer sa vie sans rêver. Et puis on s'habitue et on se dit que peler des patates pour l'amour de son mari et de sa famille, ça a autant de valeur aux yeux du bon Dieu que d'aimer passionnément ou de construire des églises.

Elle se sentait à bout d'arguments. Cette conversation l'avait épuisée.

– Il est tard, ajouta-t-elle en levant les yeux vers l'horloge dont les aiguilles indiquaient 10 heures 20. Va te coucher.

Amélia déposa un léger baiser sur la joue de sa mère. Elle avait envie de lui enlacer le cou, comme elle le faisait quand elle était toute petite, mais une étrange pudeur la retint. Incapable de prononcer un seul mot, elle lui tourna le dos.

Chapitre V

Les flocons tombaient comme de gros morceaux de coton chiffonnés et s'accumulaient sur la tête et les épaules des passants. Amélia et Marie-Louise ne discernaient rien devant elles, que la blancheur d'un ciel sans vent qui leur donnait l'impression d'avancer sous un linceul. La neige mouillée, mélangée au sable et à la terre amassés dans les rues depuis l'été, souillait leurs bottines, s'infiltrait sous leurs jupes, déjà alourdies d'une eau sale et malodorante. Les dernières lueurs du jour rampaient entre les immeubles, éclaboussant de lumière et d'ombre les façades humides des édifices. Malgré la relative douceur du temps, Amélia frissonna. Sans dire un mot, Marie-Louise l'entraînait d'un bon pas, son bras glissé sous le sien.

L'hôpital était situé rue Notre-Dame, à proximité du château Ramezay, du port et du faubourg Québec. C'était de ce quartier ouvrier que provenaient la majorité des malades et des blessés qui y étaient soignés. L'édifice, composé de trois bâtiments en pierres de taille, était percé de nombreuses petites fenêtres carrées garnies de volets. Une clôture de fer forgé courait le long du trottoir devant l'édifice principal. Les deux jeunes filles gravirent les quelques marches menant à l'entrée et pénétrèrent dans le vaste vestibule. Elles furent immédiatement enveloppées par l'odeur si caractéristique des hôpitaux, faite d'un mélange de médicaments, de désinfectant et de cire à plancher. Au centre de ce vestibule se trouvait un grand escalier qui permettait d'accéder aux étages supérieurs. Il était difficile de croire qu'il avait naguère été gravi et descendu par de nombreux voyageurs*.

La salle d'attente du dispensaire général était vide, les consultations étant terminées à cette heure de l'après-midi. Marie-Louise adressa un salut poli à une jeune religieuse qui passait près d'elle, les bras chargés de pansements.

– Tu vois le docteur, là-bas, avec la blouse blanche ? demanda Marie-Louise en désignant à Amélia un homme d'une cinquantaine d'années. C'est le docteur Hingston. Et là, ajouta-t-elle en lui montrant une religieuse occupée à remettre à un homme courtaud une bouteille remplie d'un liquide brunâtre, c'est sœur Marie-Josephe. C'est elle qui a la charge de la pharmacie. Allez, viens, ajouta-t-elle en prenant Amélia par la main.

Deux salles communes accueillaient les malades « ordinaires », c'est-à-dire ceux qui n'avaient pas les moyens de s'offrir une chambre privée. Les hommes étaient installés dans la salle Saint-Joseph, au rez-de-chaussée, l'ancienne salle à manger de l'hôtel Donegana. La salle Sainte-Marie, réservée aux femmes, était située à l'étage, et Amélia se laissa entraîner vers l'escalier.

Elle s'arrêta dans l'embrasure de la porte de la salle commune. De part et d'autre de la longue allée centrale, une vingtaine de lits en fer étaient disposés en deux rangées bien rectilignes. Les hauts plafonds donnaient une allure spacieuse à l'endroit. La pièce était même pourvue de quatre cheminées dans lesquelles brûlaient quelques bûches. Une statue de la Vierge et un grand crucifix étaient fixés au mur, de chaque côté de la porte.

– Ne restez pas là, mademoiselle.

* En 1885, l'hôpital occupait le site de l'ancien hôtel Donegana.

Amélia sursauta et gratifia d'un sourire contrit la religieuse qui avait parlé et qui passa sans même ralentir le pas. Amélia haussa les épaules et se hâta d'aller rejoindre sa sœur qui s'était déjà éloignée vers le fond de la salle.

Elle osait à peine jeter un coup d'œil aux femmes qui l'entouraient. Certaines avaient de la visite. Un époux, un enfant, des parents qui venaient apporter un peu de réconfort et de joie à celles dont le séjour pouvait se prolonger pendant plusieurs semaines. On savait à quel moment on entrait à l'hôpital mais jamais quand on en ressortait. Une banale petite opération pouvait tourner en maladie grave, l'infection étant toujours à craindre.

Amélia s'arrêta face à l'avant-dernier lit de la rangée de droite et observa en silence sa sœur qui échangeait à voix basse quelques mots avec la femme qui y était allongée. Marie-Louise lui avait raconté que cette jeune mère de vingt-trois ans avait contracté une mauvaise grippe qui, faute de soins, avait dégénéré en pneumonie. La fièvre élevée qui ne la quittait plus depuis quelques jours minait le peu de forces qui lui restaient pour combattre la maladie. La jeune femme fixait Marie-Louise de son regard brûlant. Elle respirait avec peine et chaque inspiration lui arrachait une grimace de douleur.

Marie-Louise s'était récemment donnée comme mission de soutenir les malades dans leur souffrance. Malgré son jeune âge et son inexpérience, elle avait su se faire accepter par les religieuses. On ne refusait aucune aide surtout lorsqu'elle était proposée par une enfant aussi pieuse, respectueuse et dévouée que l'était Marie-Louise. D'autant plus qu'à elles seules, les religieuses suffisaient tout juste à la tâche. Au contraire de sa sœur, Amélia ne se sentait pas du tout à l'aise dans cet endroit. Tous ces corps étendus côte à côte sur des lits étroits, condamnés à l'immobilité, avaient l'air abandonnés à leur triste sort. Les religieuses allaient silencieusement d'un lit à l'autre. L'odeur âcre des médicaments et des antiseptiques, qui prenait la jeune femme à la gorge, ne parvenait pas à masquer les relents fétides et douceâtres de la maladie. Cela aurait pu être supportable s'il n'y avait pas eu, en outre, les râles, les quintes de toux et les gémissements incessants.

Un hurlement assourdi fit sursauter Amélia. Par la porte de la grande salle, elle aperçut deux sœurs passer en courant dans le corridor, leurs voiles gris flottant derrière elles. Un autre cri plus strident se fit entendre. Quelques femmes tournèrent la tête vers la porte. Une vieille femme, assise près de l'une des patientes, redoubla d'énergie dans la prière qu'elle marmonnait, tête baissée.

Malgré toute sa bonne volonté, Amélia ne parvenait pas à puiser en elle suffisamment de courage pour s'approcher de l'une ou l'autre des malades. Elle reporta son attention sur la jeune mère allongée devant elle qu'une toux violente avait pliée en deux. Marie-Louise lui soutenait le dos en lui prodiguant des encouragements. Elle leva les yeux vers Amélia et lui sourit. Elle semblait transfigurée, comme illuminée de l'intérieur. À cet instant-là, Amélia trouva sa jeune sœur étrangement ravissante. Elle ne semblait ni sentir les odeurs ni entendre les bruits qui soulevaient le cœur d'Amélia. Pour Marie-Louise, la souffrance humaine était un cadeau de Dieu, et la refuser équivalait pour elle à repousser Dieu lui-même. Amélia se considérait comme une bonne chrétienne, mais elle n'arrivait pas à saisir le sens de tout ce qu'elle découvrait ici. Comment la souffrance pouvait-elle aller de pair avec la miséricorde divine ? Depuis sa plus tendre enfance, on lui enseignait que le chemin menant à la sainteté était nécessairement jalonné de tourments et de douleurs. Elle avait beau s'évertuer à trouver un sens au malheur, rien n'y faisait, et l'idée même que l'on puisse accepter de souffrir et de mourir lui semblait absurde. Elle était en bonne santé et en vie. Accepter la mort, c'était comme l'attendre déjà. Le sang qui coulait dans ses veines, les battements de son cœur, les rêves qui l'habitaient lui criaient le contraire. Le sourire qu'affichait Marie-Louise lui parut en cet instant à la limite de l'indécence. Elle éprouva tout à coup l'envie folle de fuir la salle étouffante, de sentir la neige sur son visage.

– Amélia, est-ce que ça va ? Tu es toute pâle.

– Je ne me sens pas très bien, répondit Amélia. Un simple étourdissement, ajouta-t-elle devant l'air inquiet de sa sœur. Ce doit être l'odeur des remèdes. Je pense que je vais sortir un moment.

– Vas-y. Je te retrouve bientôt.

Avec soulagement, Amélia quitta la salle Sainte-Marie. Elle croisa une religieuse dont les bras étaient chargés de serviettes, descendit l'escalier et se hâta vers la sortie.

L'air frais lui fouetta le visage. La neige avait cédé la place à la pluie. Amélia prit une profonde inspiration, emplissant ses narines des odeurs de la rue qui lui parurent étrangement délicieuses après celles dont était imprégné l'hôpital.

Lorsque sa sœur la rejoignit, elle commençait toutefois à grelotter.

– Tu te sens mieux ? lui demanda Marie-Louise en l'observant attentivement.

– Oui, ça va maintenant. Je ne suis pas habituée, je pense. C'est tout. Viens, rentrons à la maison.

Le soleil n'était déjà plus qu'un pâle souvenir. L'obscurité leur fit presser le pas. Elles étaient seules à l'arrêt du tramway et Amélia se félicita d'avoir apporté un peu d'argent. Elle n'aurait pas eu le courage de rentrer à pied.

La neige s'était remise à tomber et Amélia commençait à s'impatienter. Les tramways commençaient à se faire de plus en plus rares, et leur nombre irait encore en diminuant à mesure que l'hiver s'installerait. Il n'y avait pas beaucoup de neige, mais cela ne durerait pas. Quand elle s'y mettrait pour de bon, qu'elle aurait envahi les rues jusqu'à les obstruer complètement, les chevaux ne pourraient plus avancer du tout. Prenant son mal en patience, elle cessa de guetter l'arrivée du tramway et fixa son attention sur la vitrine illuminée du petit restaurant situé de l'autre côté de la rue. Quelques hommes assis à une table discutaient autour d'un repas chaud et cela lui fit prendre conscience qu'elle avait vraiment froid. Elle serra plus étroitement son manteau autour de son corps.

Marie-Louise, immobile à ses côtés, se racla la gorge.

– Merci d'être venue avec moi, murmura-t-elle en tournant le regard vers sa sœur aînée.

– Ça m'a fait plaisir, mentit Amélia. Mais je ne sais pas comment tu fais pour endurer ça.

– Ces gens ont l'air malheureux mais ils constateront bientôt que c'est grâce à leur souffrance qu'ils auront une place au ciel, répondit Marie-Louise avec assurance.

– Je t'envie de voir un sens là-dedans. Moi, ça me révolte! s'indigna Amélia.

La déception qu'elle lut sur le visage de sa sœur lui fit aussitôt regretter son emportement.

– Tu ne devrais pas parler comme ça, Amélia, répondit simplement Marie-Louise en fronçant les sourcils. Pour moi, la vie a un sens et la souffrance aussi. Je sais que ça peut paraître difficile à comprendre, mais les desseins de Dieu sont un mystère et on n'a pas besoin d'en connaître les raisons. Tout ce que je sais, c'est qu'il se sert de nous pour les accomplir. Ça me suffit. Tu devrais accepter les choses comme elles sont, ajouta-t-elle après un court silence.

Amélia haussa les épaules. Elle ne parvenait pas à concevoir qu'on puisse se résigner à souffrir et y trouver un sens en plus. Mais avouer cela à Marie-Louise n'aurait servi à rien.

– Tu dois avoir raison, approuva finalement Amélia, à contrecœur.

Marie-Louise esquissa un sourire indulgent. Elle avait trop bon cœur pour s'enorgueillir de son avantage.

– Amélia, je peux te demander quelque chose? reprit Marie-Louise.

– Bien sûr.

Elle resta silencieuse un moment.

– Tu crois que papa et maman seraient déçus si j'entrais au couvent ? Je veux dire pour vrai, ajouta-t-elle tout en continuant de regarder fixement devant elle.

– Tu veux devenir bonne sœur, constata Amélia en hochant gravement la tête.

– Rien ne me rendrait plus heureuse.

– Tu en es certaine ? Je te trouve plutôt jeune pour penser à ça. Tu n'as que treize ans. Ce n'est pas une décision que tu peux prendre maintenant. C'est toute ta vie qui en sera changée.

– Je le sais bien. Crois-tu que je n'y ai pas réfléchi ? Je ne pense qu'à ça depuis des mois. J'ai beaucoup prié pour être certaine que c'était bien la volonté de Notre Seigneur. Je veux consacrer ma vie aux malades et aux pauvres, Amélia !

– Tu ne pourras jamais te marier ni avoir d'enfants.

– De toute façon, il n'y a pas tellement de chance que ça m'arrive, ajouta Marie-Louise d'un air détaché en désignant son bras.

Amélia savait que Marie-Louise était davantage affligée par son handicap qu'elle ne le laissait paraître. Elle aurait voulu lui dire qu'il n'était pas si grave, qu'elle avait un joli visage et que sa légère infirmité aurait peu d'importance pour l'homme qui tomberait amoureux d'elle, mais elle savait pertinemment qu'aucun de ces arguments ne parviendrait à la faire changer d'avis.

– Papa et maman seront d'accord, tu crois ? insista Marie-Louise.

Elle se mordit nerveusement la lèvre inférieure.

– Je ne sais pas. Tu sais ce qu'en pense papa. Pour lui, les bondieuseries ne sont bonnes qu'à nous farcir la tête d'idées toutes faites. Mais il ne fera probablement rien pour t'en empêcher, ajouta rapidement Amélia en voyant les yeux de sa sœur se remplir de larmes.

Marie-Louise laissa échapper un profond soupir.

– J'espère que tu as raison, Amélia. Je ne veux pas leur faire de la peine mais, en même temps, j'irais contre leur volonté s'il le fallait.

Amélia avait l'impression que Marie-Louise allait assurément gâcher sa vie. Et pourtant, cette dernière semblait heureuse et confiante. Amélia lui enviait cette assurance, mais sans parvenir à en saisir la nature. Sa sœur était un vrai mystère pour elle.

Le tramway arriva enfin et les deux lourds chevaux s'immobilisèrent docilement. Une fine buée blanche s'échappait de leurs naseaux humides. Amélia tendit leurs tickets au conducteur et elles grimpèrent à bord. Elles prirent place sur l'une des deux banquettes avant. Au centre du tramway, la « tortue » à charbon dégageait une relative chaleur qui embuait complètement les vitres. Quelques passagers entrèrent à leur tour et le véhicule se remit en mouvement.

Assise dans la chaise à bascule, Mathilde observait son mari. Édouard était occupé à sculpter dans un morceau de bois le petit cheval qu'il comptait offrir à Paul comme étrenne du jour de l'An, tâche qu'il ne pouvait accomplir que lorsque le petit s'était enfin endormi. Absorbé par son travail, il ne fit pas cas du silence de sa femme. Mathilde triturait distraitement la lettre que lui avait remise Sophie et qu'elle avait glissée dans la poche de son tablier. Elle fut tout à coup secouée par une violente quinte de toux qu'elle étouffa maladroitement avec son mouchoir. Édouard leva les yeux vers elle et fronça les sourcils.

– Vraiment, cette toux ne me dit rien qui vaille. Tu devrais penser à voir le docteur avant que ça empire. Avec l'hiver qui s'en vient, ce n'est pas le temps de tomber malade.

– Ça va maintenant, réussit à articuler Mathilde en reprenant son souffle. C'est cette mauvaise grippe qui traîne depuis le mois dernier.

– Peut-être bien, mais quand même. Il faudra surveiller ça si ça ne s'arrange pas d'ici Noël...

Son regard fut attiré par l'enveloppe qui avait glissé de la poche de Mathilde lorsqu'elle en avait tiré son mouchoir.

– Qu'est-ce que c'est ? Tu as reçu de la malle ?

Mathilde fit oui de la tête.

– Quand ça ?

– Tout juste aujourd'hui. C'est Sophie qui me l'a rapportée de la poste cet après-midi. C'est une lettre de par chez nous, ajouta-t-elle d'un ton désinvolte.

– Ah oui ? Pas des mauvaises nouvelles, j'espère ? demanda Édouard.

– Non, non. C'est une lettre de ma sœur Léontine. Sophie me l'a lue tout à l'heure. Elle m'annonce le mariage prochain de sa fille. Tu sais, Antoinette.

– Antoinette ? Ah oui, je la replace... Mais elle ne doit pas avoir plus de quinze ou seize ans ! s'exclama Édouard

– Elle doit plutôt approcher les vingt ans maintenant. Elle et Amélia ont presque le même âge.

– Elle se marie... Alors ça ! J'ai dû en perdre un bout, ma foi. C'est sûr que ça pousse vite, cette marmaille-là. Dire que pas plus tard qu'hier, c'est à Joseph que je sculptais des petits chevaux.

– Ça ne nous rajeunit pas non plus, soupira Mathilde.

Elle attendit quelques secondes et prit son courage à deux mains.

– Ma mère trouve que ça fait longtemps qu'on n'est pas allés les visiter. C'est vrai, ça doit bien faire trois ans. Paul était encore bébé. Je crois... en fait j'ai pensé que je pourrais peut-être passer les fêtes de Noël là-bas, avec les plus jeunes. Ce serait bien qu'ils connaissent un peu mieux les tantes, les oncles et les cousins. En plus, mémé ne passera peut-être pas un autre hiver et, si ça se trouve, c'est la dernière chance qu'ils ont de la voir.

Elle se tut, la bouche légèrement entrouverte, appréhendant la réponse d'Édouard. Celui-ci l'avait écoutée débiter d'un seul trait son histoire en tentant de retenir le sourire qui lui venait aux lèvres. Il se composa un air réfléchi et laissa le silence s'étirer entre eux.

– Tu as des drôles d'idées, ma femme, articula-t-il en hochant la tête. Faire tout ce chemin-là, en plein hiver. Et les gros chars, ça coûte cher... Mais enfin, j'imagine que ça pourrait se faire.

Les yeux de Mathilde s'éclairèrent et un large sourire s'épanouit sur son visage. Elle se leva d'un bond et entoura de ses bras les larges épaules de son époux. Elle lui appliqua un baiser sonore sur la joue.

– Oh là là! Avoir su que ça te ferait cet effet-là, j'aurais dit oui bien avant, se moqua Édouard.

Il saisit sa femme par la taille et la fit basculer sur ses genoux. Surprise, Mathilde éclata de rire. Un rire franc et spontané qui les ramena dans le temps. Celui de leurs premières amours, dans le « fani » de la grange des parents de Mathilde. C'était si loin déjà. Mathilde se blottit dans les bras de son mari et ils se bercèrent doucement en silence pendant quelques instants. C'était dans de rares moments tels que celui-ci qu'ils parvenaient à se rappeler le temps jadis, alors que tout semblait encore possible. Quand on pensait pouvoir faire mieux que les parents, ces anciens qui avaient vu passer tant de saisons et dont la vigueur avait maintenant décliné.

Savourant ce court moment de bonheur, Mathilde laissa échapper un soupir. Comme elle aurait voulu pouvoir arrêter la marche des années. Elle étouffa un bâillement et plongea son regard dans les yeux vert mousse de son mari. Édouard lui sourit et, d'une tendre caresse sur la joue, l'incita à se lever. Ils gagnèrent leur chambre, soudés l'un à l'autre.

Un peu plus tard, incapable de trouver le sommeil, Mathilde s'efforçait de faire taire en elle la petite voix qui lui disait que ce voyage à Saint-Norbert serait peut-être l'un de ses derniers. Elle pensait à ses parents et à sa sœur Léontine, surtout, qui lui manquaient tellement. Mathilde posa une main tremblante sur sa poitrine et ferma les yeux. Elle était malade, elle le savait. Et elle avait de plus en plus de mal à le cacher à ses proches, surtout à Édouard, mais elle n'avait pas envie de s'inquiéter avec ça. Pas tout de suite. Pas avant d'avoir revu tout son monde.

Elle resta longtemps éveillée, écoutant le silence à peine troublé par la respiration paisible d'Édouard. Le sourire de sa mère fut la dernière image qui s'imposa à son esprit avant qu'elle ne sombre enfin dans un sommeil agité mais peuplé de visages aimés et de souvenirs heureux.

Lorsque les enfants entrèrent dans la cuisine le lendemain matin, ils furent accueillis par les notes joyeuses de l'air doucement fredonné par leur mère. Étonnés, ils se précipitèrent autour de la table où les attendaient déjà des assiettes dans lesquelles fumaient des saucisses et des œufs au plat.

– Des saucisses ! s'écria Paul en courant vers sa chaise. Il bouscula Henri au passage, lequel, pour ne pas être en reste, le poussa à son tour.

– Du calme, les enfants ! les réprimanda Édouard.

Il se tenait dans l'encadrement de la porte, les bras chargés de petit-bois. Des flocons de neige et un vent frisquet s'engouffrèrent dans la cuisine faisant frissonner la joyeuse bande.

Après un rapide signe de croix et un amen prononcé à la hâte, ils attaquèrent tous avec joie leur assiette. Paul jacassait à droite et à gauche, la bouche pleine, et Henri piochait dans son assiette, engouffrant son déjeuner avec voracité. Mathilde ne se sentait pas le cœur de les réprimander. Elle prit place à l'extrémité de la table, en face de son mari. Souriante, les mains croisées sous le menton, elle attendait le moment propice pour annoncer la bonne nouvelle à ses enfants.

Se sentant observée, Amélia leva les yeux vers sa mère et cessa de manger. Ses sœurs et Henri l'imitèrent, intrigués. Paul achevait de nettoyer avec un bout de pain le jaune d'œuf étalé au fond de son assiette. Henri lui donna un coup de coude. Le petit s'apprêtait à rouspéter lorsqu'il constata qu'un silence anormal régnait autour de la table. Mathilde avait maintenant tous les yeux de ses enfants fixés sur elle. Hésitant entre son envie de leur faire part de la bonne nouvelle et celle de faire durer le plaisir, elle ouvrit puis referma la bouche sans qu'aucun son n'en sorte. Agacée, Amélia fut la première à réagir. Elle n'aimait pas beaucoup les surprises. Elle soupira et lança un regard impatient à sa mère. Mais ce fut Paul qui, finalement, décida Mathilde à parler.

– Pourquoi tu dis rien, maman?

– C'est vrai ça. Pourquoi faites-vous cet air-là? renchérit Amélia.

– Je fais un air, moi?

– Mais oui, vous savez bien! s'impatienta Amélia. Quand vous nous regardez comme ça sans rien dire, c'est parce que vous nous cachez quelque chose. Et c'est franchement contrariant.

– Amélia, reste polie!

– Édouard, laisse-la dire voyons, dit Mathilde pendant que Sophie tentait d'apaiser sa sœur d'une légère pression de la main sur son avant-bras.

– Maman, vous ne devriez pas nous laisser languir, lui dit Sophie. Vous n'avez pas une mauvaise nouvelle à nous annoncer, au moins?

– Bon, silence les enfants! lança Édouard. Votre mère a une annonce à vous faire et elle va la faire maintenant. N'est-ce pas, ma femme?

Mathilde jeta un regard malicieux à Édouard.

– Eh bien…, commença-t-elle d'un ton désinvolte en faisant lentement tourner sa petite cuillère dans sa tasse. Noël passera tout droit chez les Lavoie cette année… parce qu'il aura lieu chez les Dubois, se dépêcha-t-elle d'ajouter en voyant Paul ouvrir la bouche toute grande d'étonnement.

– Chez les Dubois ? Tu veux dire chez la parenté ? demanda Henri.

Il se pencha vers sa mère.

– Eh oui, mon Henri. On va aller passer les fêtes à Saint-Norbert, dans ma famille.

– Yaou ! s'écria Henri en se levant.

Dans sa précipitation, il heurta le bord de la table assez fort pour faire s'entrechoquer les plats et tanguer les tasses. C'est ainsi que le café d'Édouard – heureusement passablement refroidi – se retrouva sur sa chemise, dessinant sur le drap beige une silhouette brunâtre aux contours de plus en plus flous à mesure que la tache pénétrait le tissu.

D'un seul coup, le visage d'Henri vira au blanc. Incapable de détacher ses yeux de l'infamie qui s'étalait lentement sur la poitrine de son père, il resta debout, les bras ballants, espérant ainsi figer le temps et éviter le pire. Comme suspendus au-dessus de la mêlée, les autres s'étaient également tus, attendant la suite avec davantage de curiosité que de crainte.

Édouard déposa sa tasse maintenant vide sur la table. Comment aurait-il pu leur gâcher à tous un si beau moment ? Parce qu'ils étaient précieux, ces moments si rares. Sans adresser un seul regard à Henri, il se leva et sortit de la cuisine où il réapparut, quelques minutes plus tard, vêtu d'une chemise propre. D'un air indifférent, il prit place dans l'une des chaises à bascule et bourra sa pipe de tabac tout frais après l'avoir profondément humé avec une visible satisfaction. Il s'y reprit à trois fois pour l'allumer, puis s'adossa à la chaise.

Ne sachant trop à quoi s'en tenir, déconcertés par l'attitude étrange de leur père, les enfants reprirent peu à peu leurs activités. Amélia et Sophie aidèrent leur mère à débarrasser la table tandis que Marie-Louise s'occupait de débarbouiller son turbulent petit frère qui avait bien du mal à manger proprement. Quant à Henri, il décida qu'il valait mieux se faire oublier. Aussi choisit-il de s'asseoir en retrait. Il aurait ainsi une chance de voir venir l'orage, si orage il y avait, et de pouvoir s'abriter avant qu'il n'éclate.

– Marie-Louise, Paul, vous irez à Saint-Norbert avec votre mère, lâcha Édouard.

– Hourra, s'écria Paul en sautant sur place. Tu entends, Loulou, on va aller à la campagne!

– Mais oui. J'ai entendu. Veux-tu arrêter de sauter comme ça, répondit Marie-Louise en jetant un regard embarrassé à son frère aîné.

Henri semblait au bord des larmes. Il s'attendait certes à une légère punition, mais pas à celle-là.

– Henri, tu iras aussi, ajouta Édouard après avoir jeté un bref coup d'œil à son fils. J'irai parler à ton contremaître. C'est un bon diable. Il ne devrait pas faire trop de cas que tu manques quelques jours d'ouvrage durant les fêtes.

Henri en aurait crié de joie. Mais il n'en fit rien. Un homme avait sa fierté, quand même! Et pourtant, pour être content, il l'était. Aller passer quelques jours chez les grands-parents, c'était le rêve! Les grands espaces, l'air pur, ça vous revigorait en un rien de temps. Et les animaux, et les champs... L'hiver était plus tranquille là-bas, mais combien plus distrayant qu'ici. La terre, il avait ça dans le sang. C'était là-bas qu'il était né. Même s'il avait grandi en ville, il ne pouvait renier ses origines. Et pourtant, à part peut-être sa mère, il semblait être le seul membre de la famille à trouver un quelconque intérêt à aller « s'enterrer au fin fond d'un rang », comme ne cessait de le répéter Joseph. Son frère aîné avait connu les années de misère qui s'étaient abattues sur les habitants de Saint-Norbert, avant que les parents ne décident de venir s'établir en ville. Il était alors suffisamment âgé pour s'en rappeler. Mais ce n'était pas une raison pour juger les autres. De toute façon, il avait bien l'intention d'aller s'établir quelque part à la campagne un jour. C'était dans cette perspective qu'il mettait un peu d'argent de côté. Jusqu'à maintenant, il n'en avait même pas assez pour s'acheter quelques poules, mais il ne se décourageait pas. On ne savait jamais quand la chance allait tourner.

Tout comme celles de son frère, les pensées de Marie-Louise s'envolaient vers le lointain patelin de ses aïeux. Contrairement à Henri, des rares fois où elle était allée voir la parenté, elle n'avait conservé que des souvenirs désagréables. Tous ces oncles et ces tantes qui l'entouraient et la cajolaient, sans parler des cousins et des cousines qui la taquinaient. Ils étaient bien trop familiers et bruyants ! En plus, il y en avait tellement. Elle ne se rappelait même pas leurs noms et encore moins qui était le fils ou la fille de qui. Paul gigotait pour se libérer. Marie-Louise le gratifia d'un regard indulgent et le laissa filer.

Amélia et Sophie finirent de ranger la vaisselle pendant que leur mère replaçait les chaises autour de la table. Les deux sœurs travaillaient en silence. Elles étaient toutes deux conscientes du fait qu'elles ne pourraient probablement pas accompagner leur mère. Tout comme leur père, elles ne pouvaient s'absenter de leur travail pendant plusieurs jours au risque de se voir aussitôt remplacées par de nouvelles ouvrières. Sophie, avec son naturel pragmatique, ne serait sans doute déçue qu'un très court moment, mais Amélia appréhendait leur départ. Si elle devait rester ici à Montréal pour Noël à se morfondre dans l'attente du retour d'Alexis avec pour seuls compagnons une sœur résignée et un père esseulé, elle en deviendrait folle, c'était certain.

Non, elle devait à tout prix trouver une solution. Elle parlerait à son patron. En tout cas, elle n'avait rien à perdre. S'il refusait de lui donner congé, elle pourrait au moins se dire qu'elle n'était pas restée les bras croisés, à s'accommoder de son infortune.

– On verra bien! dit-elle tout bas.

– Quoi donc, Amélia? demanda Sophie en jetant un regard distrait à sa sœur.

– Oh rien. Des folies...

Sophie décida de ne pas insister. Amélia réfléchissait trop. Elle se mettait toujours toutes sortes d'idées dans la tête et, après, elle était déçue ou bien furieuse parce que les choses ne tournaient pas comme elle l'avait prévu. Un jour, elle en souffrirait. C'était inévitable.

Les battements de son cœur s'accélérèrent tandis qu'elle gravissait l'escalier vers la passerelle de fer branlante qui donnait accès aux bureaux situés sur la mezzanine. Le bruit de ses talons frappant le métal attira l'attention de quelques blanchisseuses qui levèrent la tête et considérèrent la jeune femme d'un air étonné. Elle aurait de loin préféré parler au grand patron, Jake Blackburn – c'était un homme exigeant mais juste et il traitait relativement bien ses employés – mais, pour le moment, elle devrait se contenter du fils.

Amélia prit son courage à deux mains et cogna faiblement à la porte. N'obtenant aucune réponse, elle s'enhardit à cogner plus fort.

– Oui? Qu'y a-t-il?

Elle tourna doucement la poignée et entrebâilla la porte.

– Je suis désolée de vous déranger, monsieur, mais j'aimerais vous parler, répondit-elle presque en murmurant, à demi dissimulée par la porte.

– Qui est-ce ? Allez, montrez-vous !

Amélia ouvrit la porte et pénétra dans le bureau enfumé. Un plafonnier à gaz donnait à peine suffisamment de lumière pour qu'elle puisse discerner le contenu de la petite pièce. Des tas de papiers et des livres de compte recouvraient le bureau derrière lequel était assis Simon Blackburn. Le jeune homme déposa sa plume.

– Oui ? Que voulez-vous, mademoiselle... ?

– Lavoie, s'empressa-t-elle de répondre. Amélia Lavoie, monsieur.

– Amélia Lavoie, réfléchit-il tout haut. Ah oui ! Que puis-je faire pour vous ?

– Et bien, je me demandais..., hésita-t-elle.

– Allons, dépêchez-vous, je n'ai pas toute la journée. Vous avez quelque chose à me dire, alors faites-le, la pressa-t-il d'un ton glacial.

– Noël approche et j'avais pensé accompagner ma famille à la campagne... pour quelques jours. Bien sûr, je reprendrai les heures perdues en travaillant plus tard ou vous aurez qu'à les enlever de ma paye, débita-t-elle d'une seule traite.

– Et vous avez pensé que je vous accorderais un congé ? la coupa-t-il.

Désarçonnée par cette question qu'elle n'attendait pas, Amélia tenta de trouver les mots qui lui feraient gagner sa confiance.

– Eh bien, tout le monde sait que vous êtes un patron généreux et compréhensif. Et je suis une bonne employée, travailleuse. Je n'ai encore jamais manqué un jour d'ouvrage.

Les yeux de Simon Blackburn s'éclairèrent. Il resta silencieux pendant deux bonnes minutes qui parurent des heures à Amélia.

– Je pourrais vous accorder quatre jours, mademoiselle Lavoie, lâcha-t-il finalement, sans cesser de la fixer du regard.

Amélia retint son souffle, redoutant d'entendre le « mais » qui allait assurément suivre.

– Oui, cela me semble convenable, continua-t-il. Il avait repris en main sa plume et en mordillait l'extrémité d'un air absorbé. Mais laissons faire le temps à reprendre, ajouta-t-il lentement. J'ai plutôt autre chose à vous proposer afin que vous puissiez me prouver votre reconnaissance. Accordez-moi un souper à votre retour.

Son offre n'était pas une requête mais bien plutôt un ordre. Décontenancée, Amélia resta muette.

– C'est à prendre ou à laisser, mademoiselle Lavoie.

Et sans plus s'occuper d'elle, il se replongea dans ses papiers.

Amélia réfléchissait à toute vitesse. Elle ne s'était vraiment pas attendue à cela. Elle n'avait aucune envie de passer du temps en tête-à-tête avec son patron, mais ce n'était pas trop cher payé tout compte fait.

– C'est d'accord, monsieur, lâcha-t-elle avec assurance. Je vous remercie de tout cœur.

– Bien. Et maintenant retournez au travail, lui intima-t-il en agitant négligemment la main devant lui.

Amélia se dirigea vers la porte qu'elle ouvrit lentement.

– Et surtout, tenez votre promesse, lui lança-t-il sur un ton qui fit légèrement sursauter Amélia.

Elle retourna au travail, l'esprit légèrement troublé. Mais la joie qu'elle ressentait à l'idée qu'elle pourrait accompagner sa mère à Saint-Norbert balaya ses doutes en un instant.

Chapitre VI

Le berlot de l'oncle Cléophas glissait sur la neige. Seul le chuintement des patins sur la route glacée troublait le silence qui régnait sur les blanches étendues où se détachaient, ici et là, des maisons et des dépendances de fermes. Le gros berlot, une boîte rectangulaire faite de planches grossièrement équarries, prenait toute la largeur de la route, sauf là où des rencontres avaient été aménagées pour permettre à deux véhicules de se croiser. Visiblement désorienté par l'étrangeté du paysage qui défilait sous ses yeux, Paul se blottissait contre sa mère. Le berlot dérapa sur une plaque de glace et les passagers furent secoués sans ménagement.

– On a roulé les chemins, ça devrait pas être trop pire d'ici jusqu'à chez nous, les rassura Cléophas en tournant vers eux son visage rougi par le froid. Mais la côte en bas de la ferme est à pic et pas allable à ce temps-ci de l'année. On va passer par le chemin croche. Il est bien ouvert, celui-là.

Comme son nom l'indiquait, le chemin croche formait un coude juste avant d'arriver au village et le lourd cheval de trait vira sec, faisant voler la neige sous les patins du berlot.

– C'est ici, mon Paul, que la famille a pris racine, dit Mathilde. Tu vas voir, ajouta-t-elle pour le rassurer, presque toute la parenté sera là pour les fêtes. On va bien s'amuser.

Ce voyage était pour elle, à chaque fois, autant synonyme de plaisir que de nostalgie. Depuis qu'elle habitait Montréal, elle réalisait à quel point elle avait été heureuse à Saint-Norbert. C'était ici, chez elle. Tout en laissant les souvenirs affluer à sa mémoire, elle regardait les champs enneigés qui s'étalaient de chaque côté de la route. Au loin, la maison de ses parents, cernée par des bancs de neige, se découpait sur le ciel nuageux. Mathilde apercevait déjà la fumée qui s'élevait de la cheminée et le grand sapin qui se dressait fièrement à l'entrée du chemin qui menait à la maison. Le long de la route, les fermes se faisaient plus nombreuses. Mathilde connaissait presque toutes les familles du coin. À la campagne, le monde semblait tourner au ralenti et les étrangers étaient rares. On ne voyait pas l'église, mais elle savait qu'elle se trouvait bien là, au sommet de la montée, où elle avait toujours été. Ils s'y rendraient tous le lendemain, pour la messe de minuit. Elle aurait voulu y être déjà pour admirer ses vitraux, simples mais si jolis. Elle emmènerait Paul admirer la crèche que l'on dressait tout près du chœur, avec ses petits sapins à l'ombre desquels s'abritaient les figurines de la Sainte Famille ainsi que le bœuf et l'âne, les anges, les pasteurs et leurs agneaux. Ils écouteraient les cantiques et reviendraient à la maison pour la veillée, accompagnés par le joyeux tintement des cloches et des grelots fixés aux harnais des chevaux. Mathilde inspira profondément. Comme l'air sentait bon loin de la grande ville.

Tout le long du chemin apparaissaient à distance régulière de petites épinettes ébranchées dont seules la cime touffue émergeait des bancs de neige. Sans ces balises, les chevaux perdaient facilement la trace les lendemains de tempête et s'enfonçaient dans la neige molle alors que chemin et champs ne faisaient plus qu'un.

Le berlot, lourdement chargé, racla le chemin de son fond bas et dévia un peu sur le côté. À l'approche de la ferme des grands-parents, les passagers commencèrent à s'agiter. Ils avaient hâte de se dégourdir les jambes. Le chemin étroit que le cheval emprunta enfin était relativement bien déneigé. Les hommes de la famille l'avaient dégagé un peu plus tôt dans l'après-midi.

La grande maison était restée telle que dans les souvenirs de Mathilde. Toute de planches peintes en blanc, avec son toit de bardeaux gris, elle se voyait à peine dans toute cette blancheur qui l'entourait. Une étroite galerie dépourvue de balustrade en faisait quasiment tout le tour. Sur la droite, se dressait l'imposante grange, un peu de travers mais encore solide. Derrière, on apercevait le poulailler et le petit hangar qui servait de débarras.

Mathilde sentit son cœur se serrer. La lumière filtrait à travers les rideaux de mousseline bleue qui paraient les fenêtres. Elle imagina sans peine sa mère guettant leur arrivée, postée derrière l'un des carreaux de la cuisine.

Contournant la maison, Cléophas mena le cheval dans la cour arrière. Avec un « Ho ! » retentissant, il s'immobilisa à quelques pieds du perron. La porte s'ouvrit et la silhouette massive d'un vieil homme s'encadra dans le chambranle. Derrière lui, un petit groupe d'enfants aux yeux écarquillés se pressaient pour apercevoir les nouveaux arrivants, ces cousins tout endimanchés qui venaient de la grande ville.

Les passagers, aidés par l'oncle Cléophas, descendirent du berlot et secouèrent leurs habits couverts d'une fine couche de neige. Mathilde adressa un sourire encourageant à ses enfants et les poussa vers la maison. Paul s'arrêta brusquement, impressionné par la stature du vieil homme qui l'observait non sans curiosité. Il hésitait ainsi, partagé entre le désir de se réfugier dans les jupes de sa mère et celui d'entrer dans la chaude lumière de la maison, lorsque le reste de la petite bande le rejoignit. Tournant un visage indécis vers sa mère, le petit garçon s'accrocha à la main que celle-ci lui tendait.

– Voyons Paul, ne fais pas ton effarouché, c'est ton grand-père. Allez, va lui dire bonjour, l'encouragea Mathilde d'une légère mais ferme poussée dans le dos. Et vous autres aussi, ajouta-t-elle en s'adressant à Henri, à Marie-Louise et à Amélia qui se pressaient à ses côtés.

Henri, qui trouvait toute cette hésitation un peu pesante, s'avança vers Alphonse Dubois en cueillant son petit frère au passage. Il tendit la main vers celle de son grand-père qu'il serra avec énergie. Alphonse caressa la tête de Paul et poussa résolument les garçons à l'intérieur. Mathilde s'approcha à son tour, suivie de ses filles.

– Bonjour, papa, dit-elle en l'embrassant sur la joue.

– Bonjour, Mathilde. On est bien contents de vous avoir avec nous autres cette année. Ça fait un bout, ajouta-t-il d'un air embarrassé, peu habitué à montrer des sentiments à l'égard de ses enfants.

– Bonjour, grand'pa, dirent d'une seule voix Amélia et Marie-Louise.

Alphonse détacha son regard de Mathilde pour le poser sur ses deux petites-filles.

– C'est qu'elles ont pas mal poussé celles-là, se moqua-t-il gentiment en plissant les yeux. Mais entrez donc! ajouta-t-il en voyant Mathilde frissonner.

Laissant les trois femmes passer devant lui, il pénétra à son tour dans la grande cuisine où tout le monde s'était rassemblé pour souhaiter la bienvenue aux visiteurs. La vaste pièce, où la famille passait le plus clair de son temps, était divisée en deux, séparées par une large ouverture cintrée. La deuxième partie servait de salon ou encore de salle à manger dans les grandes occasions. Mais pour l'instant, toute la famille les attendait dans la cuisine au fond de laquelle trônait le poêle de fonte Bernier à deux ronds, équipé de tablettes et de portes décorées de volutes. Le réchaud de la partie supérieure était orné, sur le devant, d'un énorme castor tenant une feuille d'érable entre ses dents. Mathilde se rappelait combien cet appareil avait fait la fierté de sa mère lorsque son époux lui en avait fait cadeau à la fin des années 1860. Elle avait enfin pu délaisser l'âtre rustique qui faisait maintenant office de foyer et dans lequel chauffait présentement un bon feu de bois. Mathilde se souvenait de la douce époque où l'on disposait les chaises en demi-cercle devant le poêle afin que tous les membres de la famille puissent contempler cette merveille de la modernité.

La chaleur qui régnait dans la cuisine était plus que la bienvenue après la longue randonnée dans le froid, mais elle ne tarderait pas à devenir presque suffocante. Pour l'instant, néanmoins, aucun des nouveaux arrivants ne semblait s'en plaindre.

La mère de Mathilde, Délia Dubois, se tenait d'un air digne près du poêle, au centre d'une joyeuse bande composée de la sœur aînée de Mathilde, Léontine, et de ses enfants. Celle-ci retenait d'une main ferme ses deux plus jeunes fils qui se tortillaient pour échapper à l'emprise de leur mère. À ses côtés se trouvait Antoinette, sa fille cadette, à peine plus âgée qu'Amélia. Dans un coin de la cuisine, Malvina Parent, la mère de Délia, « Mémé », comme tout le monde l'appelait, somnolait dans la chaise à bascule. Avec ses vénérables quatre-vingt-douze ans, elle faisait quasiment partie des meubles.

Délia se détacha du groupe, s'approcha de Mathilde et la prit sans hésiter dans ses bras. Un peu mal à l'aise, celle-ci l'étreignit à son tour. Puis, Délia détailla avec une attention insistante le visage de sa fille qu'elle tenait entre ses deux fortes mains.

– Tu es bien pâlotte, ma fille. Et toute maigrichonne en plus, ajouta-t-elle en lui pinçant les joues. Et celle-là, dit-elle en se tournant vers Marie-Louise, elle est assez maigre pour faire un crucifix. Il va falloir s'occuper de ça. Avec toute la bonne mangeaille qu'on a gardée en réserve, vous allez pouvoir retourner en ville avec un peu plus de chair sur les os.

Sans plus d'embarras, elle continua son inspection, palpant chacun des enfants qui, stupéfaits, subissaient cet étrange et inaccoutumé examen sans broncher.

– Celui-là, Henri, c'est ça ? C'est le portrait craché de son oncle Léandre, dites donc. Il n'est pas bâti juste en os au moins, on va peut-être pouvoir le réchapper.

Henri bomba le torse avec fierté, ce qui fit éclater de rire sa grand-mère.

– Faut pas t'enfler comme ça mon garçon, tu en as encore des croûtes à manger avant de ressembler à ton oncle. C'est toute une pièce d'homme, mon Léandre.

Dépité, Henri rougit un peu et releva la tête, histoire de se donner une contenance devant ses cousins qui se donnaient des coups de coude en rigolant.

Amélia, désireuse de se soustraire à cet examen gênant qu'elle ne considérait plus de son âge, chercha à devancer sa grand-mère en se plantant d'un air assuré devant elle.

– Bonjour, grand'man, la salua-t-elle avec sérieux. C'est bien gentil de votre part de nous avoir invités pour les fêtes.

– Ah ! mais dites donc, s'étonna Délia, elle a bien grandi ton Amélia, Mathilde, et bien faite, à part ça. La dernière fois que je l'ai vue, elle n'était pas aussi avenante.

Rouge d'indignation, Amélia se dit que, décidément, elle aurait peut-être mieux fait de rester à Montréal. Elle se retint de justesse de répondre effrontément à sa grand-mère afin de ne pas faire honte à sa mère. Les bras croisés, debout près de la cheminée, Alphonse observait la scène avec amusement. Sa femme avait une façon bien à elle de mettre les gens à l'aise et si elle commençait souvent par les excéder, elle avait vite fait de s'attirer leurs bonnes grâces avec son franc-parler et sa bonne nature. Il ne s'inquiétait pas, malgré les joues rouges d'Amélia, l'air dépité d'Henri et le regard apeuré de Paul qui voyait son tour arriver avec crainte. Il se cachait derrière sa mère en espérant très fort passer inaperçu, mais c'était sans compter sur la détermination de Délia. Celle-ci empoigna le bras de l'enfant et le tira vers elle. Les yeux agrandis de terreur, l'enfant attendit, les larmes au bord des yeux. Délia se pencha vers lui, le fixant avec gravité.

– Comment t'appelles-tu, mon petit chat ?
– Paul, murmura-t-il, la voix tremblante.
– Quel âge as-tu ?
– J'ai cinq ans, s'enhardit-il d'une voix plus forte.
Ça, il savait le dire. On le lui demandait tout le temps !
– Tu es plutôt petit pour ton âge et pas trop jasant.
En disant cela, elle avait tourné la tête vers les enfants de Léontine qui étaient tous, à l'image de leur mère, plutôt costauds et dégourdis, forts de jambes et de bras. Elle saisit d'une poigne ferme le bras de Paul, sans doute un peu trop fort, car l'enfant laissa échapper un gémissement de douleur.

– Et il est douillet en plus, s'étonna-t-elle en le lâchant prestement. Va falloir t'endurcir, mon bonhomme, si tu veux devenir un costaud comme ton papa.

Mathilde caressa la tête de son plus jeune fils afin d'éviter qu'il n'éclate en sanglots. C'était vrai qu'il était un peu gâté, son bébé, chouchouté comme il l'était par ses grandes sœurs. Et sensible aussi, mais ça lui passerait avec l'âge.

– Qu'est-ce que vous attendez pour vous dégreyer et venir vous asseoir ? s'exclama tout à coup Délia, comme s'ils avaient déjà eu l'occasion de le faire cent fois. Attendez-vous que les poules aient des dents ? Ça fait déjà vingt minutes que vous êtes là !

Le petit groupe s'empressa de retirer bottes, manteaux, foulards, bonnets et moufles. Mathilde, Amélia et Marie-Louise se joignirent aux grands-parents, à tante Léontine, à oncle Cléophas et à la cousine Antoinette, qui approchèrent des chaises près de l'âtre et se lancèrent dans une grande conversation. Henri et Paul suivirent leurs cousins qui, après que Délia eut donné son assentiment d'un vague signe de la main, se précipitèrent dans l'escalier menant aux chambres. Autant qu'ils profitent des dernières minutes de clarté avant le coucher du soleil. Dans la cuisine, on s'échangea les dernières nouvelles.

Assise entre Léontine et Antoinette, Amélia tentait de suivre le fil de la conversation. Elle tourna la tête vers Antoinette qui lui sourit.

– Ça fait longtemps qu'on ne s'est pas vues, tu as beaucoup changé, lui dit Antoinette.

– C'est normal, on était des enfants, la dernière fois, approuva Amélia en hochant la tête avec une gravité qui fit sourire sa tante.

Léontine se pencha vers sa nièce.

– C'est vrai que tu as bien grandi, Amélia. Tu es tout le portrait de ta mère, lui chuchota-t-elle à l'oreille en coulant un regard attendri vers Mathilde. Ce ne sont pas les prétendants qui doivent manquer !

– Mais non, ma tante, pas tant que ça, se défendit Amélia en rougissant.

– C'est mon Alfred qui va être surpris, c'est sûr. Tu vas voir que lui aussi a changé. Il s'en va sur ses dix-huit ans et les demoiselles du village lui tournent pas mal autour, spécifia Léontine en se levant.

Ferdinand, l'un des fils de Léontine, dévala l'escalier en regardant derrière lui et, toujours en courant, il entra en collision avec sa mère qui perdit l'équilibre. Léontine se rattrapa de justesse en battant l'air de ses bras dodus. La jeune sœur de Ferdinand, qui le suivait, éclata de rire, nullement gênée par l'air réprobateur de sa mère, mais se sauva tout de même à toutes jambes vers la cuisine d'été, son frère sur ses talons.

– Les petits vlimeux ! s'écria Léontine. Ils ne sont pas tenables ! Greyez-vous et allez vous éventer dehors, leur lança-t-elle. Et n'attendez pas que j'aille chercher votre père.

La menace eut l'effet escompté. Les deux enfants s'habillèrent en vitesse et sortirent. Ne voulant pas être en reste, toute la troupe les suivit, la petite dernière avec le foulard mis de travers. « Bah ! Elle n'en mourra pas », se dit Léontine qui avait l'habitude de dire que les enfants, il ne fallait pas les élever dans la ouate.

Le calme revint un peu dans la cuisine et Mathilde profita de l'accalmie pour s'approcher de Mémé. Elle lui posa la main sur l'épaule. La vieille femme se réveilla en sursaut en clignant des yeux.

– Quoi, qu'est-ce qu'il y a ? marmonna-t-elle en découvrant les quelques chicots qui lui restaient dans la bouche.

– Bonjour, Mémé, c'est moi Mathilde, ta petite-fille, lui dit-elle d'une voix forte.

– Mathilde ? répéta la vieille femme en la scrutant de ses petits yeux. Elle avait encore une assez bonne vue, mais son ouïe était de plus en plus faible. Elle prit la main de Mathilde comme si le fait de la toucher pouvait l'aider à la reconnaître. « Ah oui, la visite de la grande ville » se souvint-elle brusquement dans un sourire édenté qui accentua les profondes rides qui parcouraient son visage en tous sens.

– C'est ça, Mémé. On est venus avec les enfants passer les fêtes avec vous.

Délia et Amélia s'étaient elles aussi approchées de la vieille femme. Amélia n'osait la saluer. Elle la connaissait si peu et elle devait avouer que son arrière-grand-mère l'intimidait. Elle était tellement vieille. Toute ratatinée sur sa chaise.

– Alors, Mémé, êtes-vous contente ? lui demanda Délia. C'est de la visite rare qu'on a aujourd'hui.

Puis, se tournant vers Mathilde :

– Elle est encore vigoureuse et elle a bon souffle pour son âge, Mémé. On dirait même qu'elle ragaillardit depuis l'été dernier. Elle a été malade, et elle a vite repris du mieux. On a pensé la perdre, mais c'est à croire que le bon Dieu l'a oubliée, même si l'usure commence à passer en travers. N'est-ce pas, Mémé, que vous n'êtes pas tuable ? ajouta-t-elle en haussant le ton.

– C'est ça, pas tuable, répéta Mémé en hochant la tête. Elle ferma les yeux et se rendormit sans un mot de plus.

L'obscurité commençant à s'installer, Alphonse alluma les lampes à huile tandis que Léontine s'empressait de faire de même avec les chandelles posées sur la table. Écoutant d'une oreille distraite des histoires concernant des gens qu'elle ne connaissait pas, Amélia se prit à fixer distraitement les jeux d'ombres créés par la lumière diffuse des lampes et des flammes dansantes du foyer. La fatigue du voyage commençait à la gagner. Son regard fit le tour de la grande pièce, s'arrêtant ici et là sur un détail : le grand calendrier accroché au mur près de la porte arrière, des images de la sainte Vierge tenant l'Enfant Jésus et de sainte Anne disposées de part et d'autre d'une grande fenêtre, le fusil et la corne à poudre suspendus au-dessus du manteau du foyer fait d'une pièce de bois grossièrement équarrie et sur laquelle trônaient un fer à repasser en fonte et un gros fanal. Au-dessus de la porte de la cuisine d'été, on avait cloué un grand crucifix peint en noir et décoré d'une garniture de branches des Rameaux bénies l'année précédente. On les remplacerait bien sûr au printemps prochain.

– Bon, qu'est-ce que vous diriez tous si on soupait ? lança gaiement Délia. Il se fait tard. Nos grands voyageurs doivent être fatigués et on a une grosse journée demain. Il va falloir se coucher de bonne heure ce soir.

Dans un même mouvement, les femmes se levèrent pour se mettre à la tâche.

– Antoinette, va chercher les pâtés de viande à la cave et apporte donc aussi des patates et un jambon, ordonna Délia.

La jeune fille repoussa un tapis crocheté sous lequel apparut une trappe. Elle la souleva, prit une chandelle et descendit le solide escalier de bois qui disparaissait dans la noirceur de la cave.

Pendant que Délia et ses deux filles se mettaient au fourneau, Amélia et Marie-Louise, aidées d'Antoinette qui était remontée les bras chargés de victuailles, s'affairèrent à disposer nappe et couverts sur la grande table en bois dont les battants avaient été abaissés et qui pouvait accueillir une quinzaine de personnes. Alphonse et Cléophas s'étaient servi un petit verre de vin de cerises qu'ils sirotaient en bavardant près du feu.

Léontine ouvrit la porte de la cuisine et cria aux enfants de venir souper. Elle n'eut pas besoin de le répéter.

Après avoir dit le bénédicité, Alphonse, de ses mains calleuses, prit la miche de pain frais, cuite la journée même, et y traça avec son couteau le signe de la croix avant d'en couper de larges tranches odorantes qui circulèrent de main en main jusque dans les assiettes de tous les convives. Amélia, encore dépaysée par ce nouvel environnement, se mit à manger lentement tout en jetant des regards discrets autour d'elle. Marie-Louise picorait comme à son habitude tandis qu'Henri et Paul imitaient leurs cousins qui s'empiffraient bruyamment.

– Les enfants, tenez-vous un peu devant la visite, gronda Léontine. Mais regardez-les donc, ajouta-t-elle d'un air découragé, ils ont les bajoues bourrées comme des suisses qui s'encabanent pour l'hiver. À croire qu'on ne les nourrit pas. Adèle! lança-t-elle à l'attention de la fillette qui essayait de piquer le bras de son frère avec sa fourchette. Arrête tout de suite d'étriver ton frère! C'est toujours pareil, dit-elle à Mathilde qui souriait avec malice. Ils s'étrivent tout le long du repas et ça finit par des cris et des larmes. Allez, dépêchez-vous de finir vos assiettes!

Les enfants firent la grimace, mais obéirent tout de même à leur mère à la vue des gros yeux que leur fit Cléophas, assis à l'autre bout de la table.

À la dérobée, Amélia observait sa cousine Antoinette. Elle était plus âgée qu'elle, mais on lui aurait donné un ou deux ans de moins. Elle était jolie avec ses cheveux châtains et ses traits fins. C'était drôle comment la nature pouvait faire venir au monde, dans une même famille, des personnes aussi différentes les unes des autres. Lorsqu'elle regardait Antoinette et Léontine, elle ne voyait en effet rien qui put les rattacher l'une à l'autre. Léontine était ronde, bien en chair, gaie et loquace.

Elle avait toujours une histoire à raconter sur l'un ou sur l'autre, le tout agrémenté d'un rire communicatif, ce qui embarrassait sa fille qui ne devait probablement que rarement se laisser aller à de tels élans de jovialité. Antoinette ressemblait plutôt à son père. Les autres enfants de Léontine tenaient de leur mère, tant de corps que de tempérament : robustes, enjoués et exubérants. Ils avaient aussi un peu de leur grand-mère, on ne pouvait le nier. Quant à sa mère, Amélia se dit qu'elle devait tenir de grand-père Alphonse. La même force tranquille les habitait. Elle avait hâte de revoir les autres membres de la famille.

Lorsque tous eurent terminé leur assiette, après avoir mangé « à se déboutonner », comme s'en était plaint Alphonse, les femmes débarrassèrent la table tandis que Cléophas sortait atteler le cheval. Et ce fut le branle-bas de combat alors que la petite famille de Léontine s'habillait pour rentrer à la maison. Excités par les plaisirs qui les attendaient, les enfants auraient certainement du mal à s'endormir cette nuit-là.

Après qu'ils furent tous partis, le silence se fit dans la maison. Délia et Mathilde montèrent préparer les lits à l'étage, suivies par les enfants qui, tout compte fait, avaient bien hâte de se coucher.

Ils se glissèrent rapidement dans les draps rêches qui sentaient bon le savon du pays. Emmitouflés sous d'épaisses catalognes, la tête confortablement calée dans les oreillers de plumes, les petits comme les grands s'endormirent après avoir prononcé une courte prière. Ce soir, on avait fait une entorse à la règle et négligé la prière en famille. On aurait bien le temps de se reprendre avec toutes les dévotions de la fête de Noël. Oui, on aurait bien le temps de se faire pardonner les manquements à la modération dans le boire et le manger et les fantaisies qu'on allait se permettre pendant cette période de réjouissances. Amélia s'endormit sans même penser un seul instant à Alexis qui, pourtant, ne quittait pratiquement plus ses pensées depuis son départ pour Saint-Hyacinthe.

La journée du 24 décembre se déroula dans le brouhaha et l'agitation. Dès le petit matin, la maison fut envahie par les tantes et les cousines venues donner un coup de main pour la veillée qui se déroulerait le soir même et pour la préparation du dîner du lendemain qui accueillerait toute la parenté. On avait habillé et envoyé les enfants jouer dehors et les hommes s'étaient réfugiés dans le hangar. Ils y passeraient une bonne partie de la journée à jouer aux cartes et à se raconter des histoires, bien au chaud près du poêle de fonte.

Les préparatifs pour le réveillon et le dîner de Noël avaient débuté au mois de novembre. On avait fait boucherie et préparé quantité de pâtisseries pour cette période importante de l'année. Si le réveillon de Noël se déroulait en famille, le dîner du lendemain serait quant à lui une véritable fête à laquelle seraient conviés parents, amis et voisins. Avec autant de monde à la maison, l'abondance et la variété de plats étaient de mise. Amélia avait pu s'en rendre compte par elle-même en accompagnant sa grand-mère dans la cave de terre battue où étaient entreposés patates, choux, carottes et navets, mais également de nombreux pots de marinades et de confitures, des conserves et divers autres ingrédients alignés sur les étagères qui garnissaient tout un mur de la cave fraîche. Elle n'avait jamais autant vu de nourriture. Et ce n'était pas tout. Sa grand-mère, qui avait besoin de bras pour transporter les victuailles, les avait entraînées, Marie-Louise et elle, dans la laiterie jouxtant la cuisine d'été. C'était une sorte de glacière extérieure, faite de pierres des champs et pourvue d'une épaisse porte de bois, dans laquelle on entreposait les aliments amassés durant les récoltes et les plats qui avaient été concoctés tout au long de l'automne. Les gâteaux, les tartes, les biscuits, les cretons, les tourtières et les miches de pain rebondies voisinaient les poulets et les dindes nettoyés et prêts à cuire, les pièces de viande suspendues à des crochets, les jambons, les côtelettes et les chapelets de saucisses bien dodues. D'une grande jarre de grès, Délia sortit des morceaux de lard qui serviraient à préparer la soupe et les fèves au lard qui composeraient le menu du souper. Les filles en avaient l'eau à la bouche. À la vue de toute cette nourriture, Amélia se sentit soudain triste pour Sophie et son père qui n'allaient pas pouvoir en profiter. Elle aurait tant aimé les avoir ici, près d'elle. Marie-Louise arborait la même triste mine, mais sans doute pensait-elle plutôt à tous les miséreux de la grande ville qui n'aurait rien d'autre à se mettre sous la dent qu'un peu de pain, offert par une main charitable, le soir de Noël.

Elles passèrent la journée entière à cuisiner, à nettoyer et à ranger. À l'extérieur, le vent se leva, faisant tourbillonner la neige qui tombait maintenant de plus en plus fort. Des rafales poussaient les flocons qui s'amassaient dans les fenêtres.

Le souper et la soirée se déroulèrent calmement, chacun se préparant silencieusement à la célébration religieuse qui les attendait. Et puis, sur les coups de onze heures, après qu'on eut couché les plus jeunes et que grand-père eut attelé les chevaux, vint l'instant où le temps sembla s'arrêter.

Dans la carriole d'Alphonse, Mathilde et ses enfants se blottirent sous les chaudes couvertures de laine au côté de leur grand-mère. Cléophas et sa famille les suivaient dans leur berlot. Les enfants avaient été laissés à la maison, on ne les réveillerait qu'au retour de la messe. Seul Paul avait eu la permission d'accompagner les plus grands, mais pas avant d'avoir promis de bien se tenir. Et les équipages se mirent en branle, les grelots attachés aux harnais des chevaux tintant joyeusement dans la nuit froide. Heureusement, la neige tombait maintenant un peu moins fort. Autrement, on n'aurait envoyé au village que quelques représentants par famille.

Les chevaux eurent du mal à gravir la butte au sommet de laquelle se détachait, comme un phare dans l'immensité blanche, l'église du village. Le sol était gelé par endroits et, à un certain moment, les hommes durent même descendre pour remettre d'aplomb le berlot de Cléophas dont le patin droit avait glissé jusqu'à se retrouver enfoncé dans la neige molle du bas-côté. Plusieurs chemins menaient à la place de l'église et Amélia put apercevoir de nombreuses autres carrioles qui se dirigeaient, certaines avec lenteur, d'autres avec empressement, vers la grand-place éclairée par les lumières de l'église. La paroisse entière se rassemblait au cœur du village. Les chevaux furent attachés aux limandes et recouverts d'épaisses couvertures pour les protéger du froid pendant la messe.

Amélia suivit les membres de sa famille et pénétra dans l'église. Marie-Louise et Paul écarquillaient les yeux, fascinés. Le garçonnet avait vite repéré la crèche, tout à l'avant, et il la montra du doigt à Amélia. De nombreux fidèles faisaient la file devant le confessionnal, histoire d'avoir l'âme en paix avant la grand-messe, sérieuse et solennelle.

Paul s'endormit pendant les psaumes de l'office de Matines, la tête appuyée sur le bras d'Amélia. Il fut réveillé par les cantiques qui éclatèrent avec ferveur et joie. Avec l'entrain propre aux enfants, il joignit sa voix à celles des autres pour entonner, du mieux qu'il put, le *Minuit Chrétien*, *Notre divin Maître* et surtout *Les anges dans nos campagnes*, son préféré d'entre tous. Il put assister au passage du cortège d'une dizaine de paroissiens portant l'Enfant Jésus, un bébé blond et dodu qui hurlait de toute la force de ses petits poumons, pour le déposer dans la crèche.

La messe terminée, les péchés confessés et les prières dites, c'est le cœur chargé d'émotion et de ravissement que le flot des paroissiens déborda largement de l'église dont les portes avaient été ouvertes à deux battants. Si certains se hâtaient de rentrer chez eux, d'autres restaient aux abords de l'église, échangeant vœux et souhaits de bonne santé. Les derniers échos des chants sacrés se firent entendre et tous auraient pu jurer que les anges chantaient eux aussi, quelque part dans la campagne.

Il s'agissait là d'un moment de pure exaltation. Comme si toutes les douleurs et tous les malheurs de l'année étaient effacés, l'espace d'une nuit noire de décembre. Chaque année, Amélia assistait à la messe de minuit à Montréal. Ce Noël-là allait toutefois longtemps rester gravé dans son esprit. En ville, le retour silencieux à la maison, par les rues froides et mornes, ne pouvait en rien se comparer à la joyeuse procession qui sillonnait les chemins enneigés, au son des grelots, vers les demeures qui attendaient patiemment le retour de leurs habitants. Elle se surprit à penser à Alexis et son cœur fit un bond dans sa poitrine. Il n'était peut-être pas étranger à l'allégresse qui l'habitait. Elle se réjouissait à l'idée de le revoir et chaque jour passé la rapprochait du moment où elle pourrait enfin lui parler. Encouragée par l'ambiance sereine, elle voyait venir la prochaine année avec confiance et sérénité. Bercée par le mouvement de la carriole qui les ramenait chez les grands-parents, elle ferma les yeux et s'assoupit, le sourire aux lèvres.

Chapitre VII

– Amélia, réveille-toi !

Tirée du sommeil, Amélia ouvrit les yeux. Pendant un court instant, il lui fut impossible de se rappeler où elle était. Puis, peu à peu, elle distingua le visage de Paul qui la secouait sans ménagement. La lumière entrait par la fenêtre de la lucarne et la mémoire lui revint. La maison de ses grands-parents, la messe de minuit.

– Amélia, c'est Noël !

La jeune femme s'étira lentement, sans s'occuper de Paul maintenant agenouillé sur son lit, le visage si près du sien qu'elle pouvait sentir son haleine. Il avait les yeux brillants et les joues rouges. S'inquiétant qu'il n'ait attrapé quelque refroidissement, elle se souleva et posa la main sur son front. Non, il était tiède. C'était sûrement le bon air de la campagne qui lui donnait cet air ragaillardi, plus coloré qu'à l'habitude. Tant mieux.

Elle lui sourit et le repoussa gentiment. Le lit était vide, Marie-Louise était déjà levée. Elle se demanda quelle heure il pouvait être.

– Tout le monde est debout, ajouta Paul. Et Maman a dit de te dépêcher et de venir les aider.

À présent complètement éveillée, Amélia repoussa ses couvertures et sauta du lit. Le contact de ses pieds nus sur le sol froid la fit frissonner et elle s'empressa de pousser son petit frère hors de la chambre avant de retirer sa chemise de nuit et de se vêtir en vitesse. Elle versa un peu d'eau froide dans le grand bol placé sur la table de toilette et se lava le visage. Ses cheveux furent remontés en un tour de main et le lit fait tout aussi vite.

La cuisine était déjà pleine de monde. Elle reconnut sans peine Léontine et sa famille, mais également son autre tante, Delphine. Les enfants semblaient s'être multipliés et couraient dans tous les sens.

Amélia regarda la table recouverte d'une belle nappe blanche brodée à la main avec du gros fil marron et toute la nourriture qui les attendait et elle se félicita d'avoir un peu moins serré son corset ce matin-là. C'était vrai qu'avec les grands-parents, les frères, les sœurs et tous leurs enfants, cela faisait beaucoup de monde. Lorsque les assiettes furent vides, le soleil commençait déjà à pâlir à l'horizon.

Les femmes desservirent la table que les hommes poussèrent dans un coin de la cuisine. Elle était lourde, mais à plusieurs, ce fut rapidement fait. Il fallait faire de la place pour la veillée. En attendant le reste de la visite, Alphonse entreprit de servir aux adultes et aux plus âgés des enfants un petit verre de whisky ou du vin de cerises qu'il avait lui-même concocté.

Tout à coup, la porte s'ouvrit à grande volée.

– Salut la compagnie ! s'écria le nouveau venu, son paletot couvert de neige, sa barbe et ses sourcils blanchis par le frimas. Il fait un temps du diable, sacrebleu !

– Léandre ! s'exclamèrent Delphine et Léontine en s'élançant vers lui.

Elles eurent vite fait de secouer la neige de son manteau sans se soucier des cris et des rires des enfants qui, accourus eux aussi vers l'oncle Léandre, furent aspergés de neige froide et mouillée. L'enthousiasme collectif qui avait accompagné l'arrivée du frère unique, le petit dernier et le préféré de la famille, avait presque fait oublier sa femme et ses deux enfants emmitouflés qui attendaient toujours sur le pas de la porte. Antoinette se porta volontaire pour dévêtir les jumelles de huit ans et pour les installer à la table à laquelle avait déjà pris place leur père. Comme à son habitude, sa femme Georgiana suivait derrière, silencieuse et réservée.

– Ah ! Que c'est bon, articula avec peine Léandre en fourrant dans sa bouche un gros morceau de pain de ménage dégoulinant de sauce à ragoût. C'est qu'il fait un frette à faire raidir les pattes dehors ! Allez les filles, cessez de picocher et mangez, intima-t-il aux jumelles.

Leur mère les encouragea du regard et elles firent un effort pour faire plaisir à leur père. Léandre termina sa seconde assiette et, après s'être essuyé la bouche du revers de la main, il se leva d'un seul bond.

– Je prendrais bien à boire.

Cléophas lui apporta un verre de whisky qu'il avala d'un seul trait, lâchant un soupir de contentement.

– Il n'y a pas de musique ici ? Allez, vous autres, j'ai besoin de bouger, moi.

Après qu'Alphonse eut sorti son violon, qu'il avait accordé durant l'avant-midi, le coup d'envoi de la veillée fut donné. Dès les premières notes de rigodon, Léandre se leva et attira Mathilde vers le centre de la cuisine, maintenant dégagé. Pour la forme, elle résista un peu, mais ses pieds furent vite entraînés dans une gigue effrénée. Ils furent rapidement rejoints par Léontine et Cléophas qui, à ce chapitre, pouvaient en remontrer à bien des jeunes. Autour d'eux, on tapait du pied en mesure avec la musique.

Mathilde fut vite essoufflée et son cavalier dut l'aider à regagner un siège avant de prendre Amélia par la main et de l'entraîner à son tour vers le centre. Alphonse, campé sans façon sur le coin de la table, laissait courir de plus en plus vite son archet sur les cordes de son violon. De nouveaux danseurs battaient la semelle, leurs pieds résonnant sur le plancher de bois nu. Entraînée malgré elle par son oncle Léandre, Amélia se laissa aller à la joie du moment.

Après deux heures de ce rythme effréné, les musiciens prirent une pause. Toute la famille se regroupa devant la cheminée pour entonner des chansons à répondre ou à boire. Les voix des plus jeunes répondaient à celles des plus vieux en un chœur désaccordé mais joyeux.

L'heure avançait et le souper était maintenant loin. Pour se redonner des forces avant que la musique ne reprenne pour le reste de la nuit, les femmes arrivèrent avec de nouveaux plats. Les jeunes se servirent de bonnes parts de tarte à la farlouche, aux gadelles ou au sucre.

Antoinette se laissa tomber sur une chaise à côté d'Amélia.

– Je suis bien contente que tu sois là, Antoinette. Et aussi d'être venue passer les fêtes avec vous, dit Amélia.

– C'est sûr que ça doit te changer de la ville, répondit Antoinette. C'est triste que ton père et Sophie n'aient pas pu venir. J'aurais bien aimé la revoir, Sophie. Il paraît qu'elle a un prétendant elle aussi.

Amélia hocha la tête en signe d'acquiescement.

– Je ne sais pas si c'est pareil pour elle, mais moi ça me fait tout drôle de penser que je vais quitter mes parents pour de bon, ajouta Antoinette en cherchant sa mère du regard.

– Ça doit faire bizarre, c'est certain, admit Amélia. Mais j'imagine que c'est normal.

– Et toi ? Pas d'amoureux dans le paysage ? s'enquit la jeune femme en scrutant attentivement le visage de sa cousine.

Amélia rougit malgré elle et, mal à l'aise, détourna le regard.

– Je n'ai personne encore, mentit-elle en espérant qu'Antoinette n'insisterait pas.

– Tu m'en diras tant ! continua néanmoins Antoinette en posant sa main sur celle d'Amélia. Tu peux me le dire, tu sais. Ce sera notre secret, insista-t-elle en baissant la voix.

– Et bien..., hésita Amélia en jetant un coup d'œil à sa mère, histoire de s'assurer que celle-ci ne pouvait l'entendre.

J'ai rencontré quelqu'un, avoua-t-elle dans un souffle, en rougissant de plus belle.

– Je le savais ! s'exclama Antoinette.

– Pas si fort, voyons ! la sermonna Amélia en ouvrant grand les yeux.

– Oh, ça m'a échappé, s'excusa la jeune femme en portant la main à sa bouche. Et il a un nom ce mystérieux prétendant ?

– Oui… c'est Alexis, laissa tomber Amélia.

– Alexis et Amélia. Ça me va. Ça sonne bien, s'amusa Antoinette.

– Tu ne vas pas raconter ça à quelqu'un d'autre ? s'alarma Amélia.

– Je ne sais pas ce qui t'inquiète, mais je ne dirai rien. Tu peux compter sur moi, la rassura Antoinette. Mais ça me ferait plaisir que tu me tiennes au courant. Entre femmes et entre cousines, on peut se faire confiance.

– Je suis bien d'accord, approuva Amélia en reprenant de l'assurance. On pourrait s'écrire si tu veux.

– Et comment donc ! Imagine tout ce qu'on pourra se dire sans que personne d'autre soit au courant. Allez, viens, ajouta Antoinette en prenant Amélia par la main. Je pense que j'ai un petit creux, moi. Il vaut mieux en profiter avant que les garçons aient tout dévoré !

Amélia sauta sur ses pieds et les deux cousines se dirigèrent d'un seul pas vers la table. En riant, elles attaquèrent chacune à belles dents une belle tranche de gâteau aux fruits.

Les doigts collants, les bouches saturées de sucreries, les deux jeunes femmes se sentirent un regain d'énergie pour poursuivre la veillée qui allait s'étirer jusque bien après minuit. Noël serait alors chose du passé. Mais le temps des fêtes, lui, ne faisait que commencer. Les veillées se poursuivraient ainsi pendant plusieurs jours, alors que les invitations se multiplieraient chez les uns et les autres. Amélia se surprit à souhaiter que toute cette agitation prenne bientôt fin. Parce qu'à ce rythme-là, elle allait revenir à Montréal complètement épuisée.

Le visage appuyé contre la fenêtre, Mathilde était plongée dans ses pensées. Une foule de souvenirs lui revenaient en mémoire. Des émotions qu'elle croyait éteintes, mais qui la bouleversaient étrangement au fur et à mesure qu'elles remontaient à la surface. La neige, balayée par le vent, effleurait les champs et dissimulait momentanément au regard un toit de maison qui se découpait sur le ciel délavé ; là, seules une cheminée et sa fumée émergeaient de l'amas neigeux ; là encore, un érable solitaire ou une clôture fatiguée balisait le trajet du promeneur comme autant de repères dans toute cette blanche solitude.

Mathilde se souvenait bien du pouvoir terrifiant de la neige lorsque, recouvrant les champs et les herbages, soulevée et bousculée par le furieux vent du nord, elle faisait plisser les yeux et courber l'échine. En dépit de sa clarté lumineuse, elle pouvait désorienter le plus expérimenté des hommes. Des animaux, des enfants même, y avaient trouvé la mort, aveuglés, immobilisés et gelés, parfois à quelques pas de l'abri le plus proche. En ville, où les maisons et les édifices étaient collés les uns aux autres, on ne connaissait pas ce renversement des éléments, lorsque le ciel et la terre se rejoignent jusqu'à former une masse terrifiante, où les rafales mugissent et s'apaisent au gré de la colère du vent, où la tempête se déchaîne sans discontinuer pendant des jours, ébranlant les fondations des bâtiments isolés et frappant sans retenue aux portes et aux carreaux. Il ne fallait pas beaucoup de temps aux habitants de Montréal pour débarrasser leurs rues de la neige tombée ; hommes et chevaux se mettaient à la tâche, une armée de fortune unie par la nécessité, ahanant au rythme des pelles qui se soulevaient et retombaient. À la campagne, il n'était toutefois pas rare de voir des familles immobilisées pendant des jours dans leur maison et qui n'avaient réussi à se frayer qu'une étroite travée menant jusqu'aux bâtiments, histoire de prendre soin des bêtes en attendant que quelques vaillants finissent enfin de rouler les chemins.

– Avais-tu dans l'idée d'aller faire un tour chez ton beau-père ? Il commence à se faire vieux, le bonhomme Lavoie. Juste à l'état de sa terre, on voit bien.

Mathilde sursauta et, reprenant contact avec la réalité, se tourna vers sa sœur. Léontine l'observait d'un air curieux.

– Mon beau-père ? Tu n'y penses pas ! s'exclama-t-elle. Qu'est-ce que ça me donnerait ? Tu le sais bien comment il est.

– Un vieux sans-cœur avaricieux.

– Ce n'est pas charitable de dire des affaires de même, la réprimanda mollement Mathilde.

– N'essaye pas de me faire accroire que tu ne penses pas la même chose que moi.

– C'est-à-dire ?

– Que le père Lavoie c'est juste un vieux pochard. Et pas commode à part ça. Il est tellement pas de service que même monsieur le curé va le voir à reculons.

– C'est sûr que depuis que sa femme est partie, il est obligé de s'occuper de son ordinaire sans l'aide de personne.

– S'il en avait pris plus de soin, de sa bonne femme, elle serait encore là à se tuer à l'ouvrage pour lui. C'était bon comme du pain blanc ça, la mère Lavoie. C'est tout juste s'il l'attachait pas après la patte du poêle pour être sûr qu'elle soit toujours là pour le servir.

– Oui, elle a trimé dur, la belle-mère. Édouard a toujours été convaincu que c'est ça qui l'a tuée à la longue. Et que c'est son père, le coupable. Ça a beau être son père, je te dis qu'il ne mâche pas ses mots à son sujet. Mais c'était bien pire avant, vu que maintenant il n'en parle plus du tout.

– Des ménages mal gréés, j'en ai vu, mais les Lavoie, ils ne donnaient pas leur place. En tout cas, j'ai pour mon dire que s'il avait le moindrement de cœur, il pourrait vous aider, déclara Léontine.

Mathilde laissa échapper un soupir de découragement.

– Dans le fond, il fait un peu pitié, je trouve.

– Bien moi, je trouve que tu as été accommodante trop longtemps avec le vieux mal avenant. Il y avait encore quelqu'un pour s'inquiéter de lui, mais il a préféré s'obstiner dans son péché d'avarice. J'ai pour mon dire qu'il a ambitionné et que Dieu l'a lâché. Et c'est tant pis pour lui! affirma Léontine en hochant la tête d'un air résolu.

– Tu as sûrement raison, admit Mathilde.

Elle secoua vivement la tête, comme pour se débarrasser de ses relents de culpabilité.

– Je ne vais pas me gâcher la vie avec un vieux tellement haïssable qu'on pourrait faire des remèdes avec! ajouta Mathilde d'un air plus assuré.

Les deux femmes se tournèrent l'une vers l'autre et éclatèrent de rire.

– Tu parles d'un remède! C'est sûr que je n'en prendrais pas. J'aurais bien trop peur que ça empire mon mal, renchérit Léontine en faisant la grimace sans cesser de glousser. Donc, tu ne vas pas aller le voir? s'enquit-elle finalement en reprenant un peu de son sérieux.

– Je pense que ça n'en vaut pas la peine. Si j'y vais et qu'Édouard l'apprend, il va prendre le mors aux dents et il va falloir des jours avant qu'il se déchoque.

– Il doit être à la veille de lever les pieds de toute façon. Et son argent, il ne l'apportera pas avec lui. Il vous en reviendra bien un peu. Ce monde-là, ça fait du bien juste quand c'est mort.

– Léontine! Il n'y a que le bon Dieu pour décider de ça.

– Parti déplaisant comme il est, il va bien vivre cent ans, reprit Léontine. De toute façon, ça serait étonnant qu'il couche son gars sur son testament. Juste pour mettre le diable dans la cabane, il est capable de tout donner aux bonnes œuvres, même s'il en a jamais eu rien à faire du bon Dieu.

– Ce serait bien son genre en effet, approuva Mathilde d'un air songeur.

– Excuse-moi de te demander ça, mais est-ce qu'il y a quelque chose qui te chicote, Mathilde ? demanda Léontine après un moment de silence.

Mathilde baissa les yeux. Elle était partagée entre le désir de se confier à sa sœur aînée et celui de lui éviter des soucis inutiles. Le sourire d'encouragement que lui adressa Léontine, son regard vif et perçant, achevèrent de convaincre Mathilde qu'elle avait tout avantage à profiter des conseils avisés de sa sœur.

– Je m'inquiète pour mes enfants. Les temps sont durs et ils sont si peu au fait des choses de la vie, avoua-t-elle dans un murmure.

– Tu as toujours été trop inquiète, Mathilde. Les enfants, il faut les laisser voler de leurs propres ailes à un moment donné. Tu ne peux pas les protéger toute leur vie. Ils doivent faire leurs expériences, comme nous on a fait les nôtres.

Léontine, contrairement à Mathilde, avait toujours été d'un naturel optimiste. Les épreuves de la vie ne l'avaient pas épargnée, elle non plus, mais elle semblait y avoir puisé la force de continuer malgré tout.

– Je sais bien, lui répondit Mathilde. Mais c'est plus fort que moi.

– Je ne comprends pas ce qui te tracasse tellement.

– Je me pose des questions ces temps-ci, Léontine, avoua Mathilde en se mordant la lèvre. Ma santé n'est plus ce qu'elle était, et je me demande comment Édouard et les enfants feraient pour se débrouiller s'il m'arrivait quelque chose.

Léontine se leva. Elle se rapprocha de sa sœur et, d'un doigt sous son menton, l'obligea à lever les yeux vers elle.

– Es-tu malade ? Ce n'est pas grave, j'espère ? s'enquit-elle en baissant la voix. Viens, on va aller s'asseoir dans le salon. On sera plus tranquilles pour discuter.

Amélia avait les pieds gelés. Ses minces bottines étaient plus adaptées aux trottoirs glacés de la ville qu'aux bancs de neige de la campagne. Une bonne bordée de neige était tombée la veille mais, aujourd'hui, seul le froid piquant prenait toute la place. Le chemin qu'elle avait parcouru depuis la maison de ses grands-parents lui avait semblé plus long qu'il ne l'était en réalité. Elle avait décidé de faire la surprise à Antoinette en lui rendant visite rapidement afin de profiter des quelques instants qui leur étaient encore accordés avant de devoir se dire adieu. Alors qu'elle longeait la façade de la maison, elle aperçut, par la fenêtre donnant sur le salon, sa mère et sa tante qui lui tournaient le dos. Désireuse de se soustraire aux taquineries habituelles de Léontine, elle fit le tour de la maison et ouvrit doucement la porte de la cuisine. Elle se faufila à l'intérieur. Seules les voix des deux femmes parvenaient jusqu'à elle depuis la pièce d'à côté. Antoinette devait être à l'étage. Le plus silencieusement possible, elle retira ses bottines et s'assit sur la chaise placée près du poêle pour masser ses pauvres pieds engourdis par le froid.

Les propos échangés par Mathilde et Léontine éveillèrent sa curiosité et elle s'approcha discrètement de la porte du salon.

– Cesse de te tourner les sens, disait Léontine. Il arrivera ce qui doit arriver. Et qu'est-ce que tu en sais ? Des fois, les choses tournent pour le mieux.

– Tu dois avoir raison, soupira Mathilde. Ça ne te tracasse pas, toi, qu'Antoinette ait rendu ça officiel avec son promis ? reprit-elle après un court silence. Il me semble qu'ils sont bien jeunes.

– Voyons, Mathilde, Antoinette a vingt ans, elle n'est plus une enfant. Et j'ai comme idée qu'on est mieux de les marier ces deux-là avant d'avoir du déshonneur dans la famille.

– Oh mon Dieu! Tu penses?

– Rappelle-toi comment on était à leur âge. Il n'y avait pas moyen de nous enlever ça de la tête.

– C'est drôle, je ne m'en souviens pas tellement, ajouta Mathilde. C'est vrai que mon Édouard, il était assez fringant dans sa jeunesse. Est-ce que tu te souviens de la fois où Léandre nous avait surpris tous les deux pendant qu'on se minouchait dans le fani? Il en avait fait, des grands yeux! Quoi, il devait avoir dans les douze ans? On a été chanceux qu'il ne rapporte pas aux parents! gloussa Mathilde.

– C'est vrai, je m'en souviens, mais pas besoin de te dire qu'après ça il n'a plus cessé de nous espionner. Je suppose que c'est comme ça qu'il a fait son éducation et ça n'a pas trop mal réussi parce qu'il a couru la galipote longtemps, notre petit frère. Maman en était découragée. Elle a même cru qu'il ne se caserait jamais. C'est peut-être ça qui aurait dû arriver quand on regarde celle qu'il a choisie, ajouta Léontine en baissant la voix.

– Ne fais pas ta mauvaise langue, Titine, Georgiana n'était pas comme ça au début.

Sans s'en apercevoir, Mathilde avait utilisé le surnom qu'elle donnait à sa sœur lorsqu'elles étaient jeunes.

– C'est vrai, tu as raison.

Le silence s'installa entre les deux femmes. Pendant un instant on n'entendit plus que le cliquetis des aiguilles à tricoter, puis Léontine ajouta:

– En tout cas, ne t'en fais pas avec tes enfants. Tu as de bonnes filles, sérieuses et pas manchotes. Elles sauront bien se débrouiller. Et ton Henri, ce n'est pas un mauvais diable. Il cherche sa place, c'est tout.

– Ça se peut, mais tu sais, la ville ce n'est pas comme la campagne. On ne peut même pas se fier sur ses plus proches voisins et en plus c'est plein d'étrangers pas toujours recommandables. Ça se laisse influencer facilement, la jeunesse, et les tentations de pécher sont nombreuses là-bas. Il faut avoir des yeux tout le tour de la tête et toujours les surveiller.

– On te l'avait bien dit aussi que la ville t'apporterait juste des malheurs. Mais je sais bien, ajouta rapidement Léontine, on n'a pas le choix de suivre son mari quand le goût de l'aventure le prend. Je remercie Dieu tous les jours que mon Cléophas ne soit pas de cette trempe-là.

Amélia fronça les sourcils. La tristesse qu'elle lisait jour après jour au fond des yeux de sa mère prenait ici tout son sens, dans ces confidences échangées entre les deux sœurs. Elle parvenait avec difficulté à imaginer sa mère en jeune femme insouciante et gaie. Avec son père dans le fenil… Elle secoua énergiquement la tête pour chasser les images indécentes que cette pensée avait évoquées dans son esprit. Sans faire de bruit, oubliant à l'instant la raison qui l'avait amenée à se rendre chez sa tante, Amélia remit ses bottines et ouvrit la porte de derrière qu'elle referma doucement derrière elle. Le soleil qui se reflétait sur la neige l'aveugla pendant un court instant et la fit cligner des yeux. Elle lança un bref regard à la maison de sa tante et, à pas prudents, s'engagea sur le chemin enneigé. Les souvenirs évoqués par sa mère ravivaient ceux qu'elle conservait de sa propre enfance. Très peu, en fait, des quelques années qu'elle avait vécues à Saint-Norbert. Elle n'avait que cinq ans lorsque sa famille était partie pour Montréal. Mais Joseph, lui, s'en allait alors sur ses treize ans et il se rappelait très bien cette époque. L'année 1870 avait été difficile, tout comme la précédente d'ailleurs. Des hivers particulièrement rudes, des pluies abondantes qui avaient gâché une bonne partie des récoltes, sans parler de cet enfant, Jean, dont on n'évoquait jamais le souvenir et qui était mort, à peine âgé de quelques mois, des suites d'un mauvais coup de froid. Le sort s'acharnant contre lui, Édouard avait manifesté un réel intérêt lorsque le cousin Elzéar, qui habitait Montréal depuis quelques années, l'avait encouragé à aller s'établir dans la grande ville.

Amélia se rappelait bien ce cousin de son père qui, chaque fois qu'il revenait dans son patelin natal, rapportait des bonbons aux enfants. Amélia ne put retenir un sourire en se rappelant les friandises aux couleurs chatoyantes qu'elles ne pouvaient se résoudre à manger et qui finissaient par fondre et devenir toutes collantes au fond de leurs poches. Elles disparaissaient alors soudainement, sans doute jetées par la main indulgente de leur mère.

Le cousin Elzéar avait toujours des tas d'histoires amusantes à raconter sur Montréal et ses habitants. Si l'on se fiait à ses dires, les nombreuses manufactures qui poussaient un peu partout dans la ville étaient constamment à la recherche d'ouvriers adroits de leurs mains. Édouard n'aurait aucun mal à y trouver une bonne situation. Édouard avait fini par se laisser convaincre et toute la famille avait empaqueté ses modestes biens pour le voyage vers la grande ville. Amélia se rappelait les larmes qui coulaient silencieusement sur le visage de sa mère tandis qu'ils s'éloignaient du village sur la charrette bringuebalante. Elle en avait été étonnée, d'autant plus que son père avait fait montre d'une humeur fort gaie tout le long du chemin. Il avait hissé Sophie et Amélia près de lui sur la banquette et leur avait montré du doigt des éléments du paysage qui les faisaient s'exclamer d'enthousiasme. La conversation surprise quelques minutes auparavant entre sa mère et Léontine lui revint à l'esprit. Avec le recul, elle comprenait que sa mère ne s'était jamais acclimatée à la grande ville. Son cœur était resté ici, près de sa famille.

Malgré elle, Amélia se remémora l'allusion de sa tante quant au fait qu'il était plus prudent de hâter le mariage d'Antoinette. Ce que cette remarque impliquait la préoccupait depuis un bon moment. Comment aurait-elle pu oublier l'effet étrange qu'avait sur elle la proximité d'Alexis ? Cette chaleur vive qui se propageait dans tout son corps était enivrante et déroutante à la fois. Pourtant, elle avait du mal à se représenter les rapports physiques que pouvaient entretenir deux époux. Cette intimité à laquelle aucune femme mariée ne pouvait se soustraire l'effrayait. Saurait-elle, le moment venu, ce qu'il convenait de faire pour rendre heureux l'homme qu'elle aurait choisi d'épouser ? Le visage d'Alexis, la douceur de son regard, s'imposa à son esprit et ses craintes s'évanouirent d'un seul coup. Pensait-il à elle à Saint-Hyacinthe ? L'enthousiasme qu'elle avait éprouvé à l'idée des réjouissances des fêtes chez ses grands-parents s'était estompé. Elle s'était bien amusée chez ses grands-parents. Et le plaisir que lui avaient procuré ces retrouvailles inattendues avec sa cousine Antoinette n'était pas feint. Mais elle n'avait plus qu'une seule envie : revoir Alexis. Elle réussit même à occulter de son esprit la promesse faite à Simon Blackburn. Échangée pour quelques malheureux jours de congé.

Au détour du chemin, la maison de ses grands-parents apparut enfin devant elle. Amélia soupira de soulagement en maudissant ses chaussures raidies par le froid. Elle s'arrêta un court instant, le temps d'observer le soleil qui commençait à descendre à l'horizon, enflammant le ciel d'une brève mais spectaculaire lueur pourpre.

Chapitre VIII

Le retour à Montréal se fit sous une pluie glacée. Les rues, encombrées et boueuses, de même que leurs vêtements trempés, n'arrangèrent pas l'humeur morose des voyageurs. Après des adieux touchants faits à la parenté, Mathilde et ses enfants s'étaient mis en route. Dans le train qui les ramenait à Montréal, Amélia s'était réfugiée dans un silence inhabituel. Son esprit, encombré de mille et une pensées, la ramenait inlassablement vers les mêmes souvenirs, vers le même visage. Celui d'Alexis, de leurs trop brèves rencontres, de leurs promesses échangées. Les quelques journées passées à Saint-Norbert se mirent à perdre de leurs couleurs à mesure que le train se rapprochait de Montréal et que s'affirmait sa foi dans un avenir radieux.

Une bonne nouvelle attendait Amélia à son arrivée à la maison. Une lettre était arrivée durant son absence, que Sophie lui avait discrètement remise. Amélia l'avait tellement lue depuis la veille qu'elle en savait chacun des mots par cœur.

La lettre d'Alexis était maintenant dissimulée dans son corsage, à l'abri des regards.

Saint-Hyacinthe, 20 décembre 1884

Bien chère amie,

Je viens tout juste de défaire mes bagages, et je profite de ce moment de solitude pour vous écrire ces quelques mots. J'arrive à l'instant à Saint-Hyacinthe où mes parents m'attendaient. La vue de leur bonheur m'a rassuré dans ma décision de m'éloigner ainsi de vous. Les regrets que j'avais au moment de mon départ ne se sont pas envolés, mais ils se sont un peu estompés. La blessure de mon père est moins grave que ce qu'on m'avait dit et j'ai bon espoir qu'il recouvre pleinement ses forces d'ici une semaine ou deux.

Eugène m'a dit que vous avez décidé de passer Noël dans votre parenté. J'ai été fort heureux de l'apprendre puisque maintenant je vais pouvoir profiter des plaisirs qui m'attendent ici sans m'inquiéter de vous savoir seule à Montréal en train de compter les jours qui passent. Sans doute recevrez-vous cette lettre à votre retour et j'espère que vous vous serez bien amusée dans votre famille.

J'ai beaucoup repensé aux conversations que nous avons échangées. J'en garde un très bon souvenir. Le temps que je passe loin de vous me fait quand même souffrir davantage que je ne l'aurais cru.

Si vous ne recevez aucune autre lettre de moi, j'espère que vous n'y verrez pas la preuve que je suis indifférent à votre égard. Je devrais être de retour à Montréal dans les premières semaines de janvier, dès que les affaires qui me retiennent ici auront été réglées.

Recevez, en attendant mieux, toute mon amitié et adressez mes plus respectueuses salutations à vos chers parents.

Alexis Thériault

L'émoi ressenti par Amélia n'avait pas échappé à Sophie. Elle avait essayé d'en savoir plus, mais sans succès. Amélia avait résisté. Il l'aimait! Comme elle était heureuse. Et ce bonheur, il lui appartenait à elle seule. Elle n'avait aucune envie de le partager, même avec Sophie en qui elle avait pourtant pleine confiance. Elle avait rassuré sa sœur aînée en lui faisant la promesse que, lorsqu'elle serait prête, elle serait la première à qui elle dévoilerait le contenu de sa lettre.

Une journée entière s'écoula avant qu'elle ne se décide finalement à répondre à la lettre d'Alexis. Les phrases réécrites cent fois dans sa tête lui paraissaient ennuyeuses ou maladroites, mais elle devait s'y mettre sans plus attendre. Si elle tardait trop, Alexis recevrait sa lettre après qu'il eut quitté Saint-Hyacinthe. Afin de se donner du courage, elle commença par écrire à sa cousine Antoinette.

Montréal, 1er janvier 1885

Ma chère cousine,

C'est avec affection que je t'adresse mes meilleurs vœux pour la prochaine année, ainsi, assurément, qu'à toute ta famille. Notre retour à Montréal s'est déroulé sans trop de difficulté, même si le chemin était en mauvais état à l'approche de la ville à cause de la pluie qui tombait fortement. Les rues m'ont paru bien tristes et bien grises à côté de la blancheur de Saint-Norbert.

Mais notre chagrin y était aussi sûrement pour quelque chose. Je me console grâce aux moments heureux dont mon cœur est encore rempli. Nous ne sommes plus des petites filles, mais je me suis vite sentie rassurée en voyant que le lien qui nous unissait autrefois existe toujours. À notre âge, il est normal de pouvoir compter sur l'amitié d'une amie sincère. Et qui pourrait mieux remplir ce rôle de confidente, sinon une cousine?

Je t'embrasse affectueusement,

Amélia

Satisfaite, elle trempa sa plume dans l'encre et commença à écrire la lettre destinée à Alexis. Les premiers mots qui vinrent lui firent hocher la tête de contentement. Elle serait brève et ne s'épancherait pas trop, c'était encore le mieux à faire.

Montréal, 29 décembre 1884

Bien cher ami,

Je ne vous dirai pas ici combien votre lettre m'a apporté de bonheur, il est plus facile pour moi de le ressentir que de l'exprimer.

Je suis bien contente que votre père ne soit pas trop mal de son état. J'avoue que je me suis inquiétée pour vous en ne sachant ce qui vous attendait là-bas. Je suis maintenant rassurée.

Je garde également un très bon souvenir de nos conversations et j'espère qu'à votre retour nous pourrons les reprendre là où nous les avons laissées. La distance entre nous me semble moins cruelle depuis que je sais que vous reviendrez bientôt.

Recevez les saluts respectueux de mes parents et les amitiés de votre amie sincère.

Amélia Lavoie

Elle relut sa lettre avec soin. Satisfaite, elle cacheta l'enveloppe et la dissimula à l'intérieur de sa taie d'oreiller. Elle la posterait demain, lorsqu'elle se rendrait à la buanderie.

Simon Blackburn ! Elle l'avait presque oublié celui-là. Elle poussa un soupir résigné et haussa les épaules. Le patron, il devrait se contenter de ce qu'elle aurait à lui offrir. Avec un peu de bonne volonté, elle arriverait bien à s'acquitter de sa promesse.

⁂

Assise à la table de la cuisine, Amélia hésitait à questionner son père. Depuis leur retour à Montréal, il s'était montré d'une patience exemplaire à l'égard d'Henri et de Paul qui n'en finissaient plus de raconter dans les moindres détails la façon dont s'étaient déroulées les fêtes de Noël à Saint-Norbert. Amélia avait quant à elle préféré s'abstenir d'en rajouter, sauf pour mentionner à Sophie ses retrouvailles avec leur cousine Antoinette. Amélia s'était étonnée que son père ne leur pose aucune question au sujet de son propre père. Le vieil homme aurait pu être mort qu'Édouard n'aurait agi autrement. Et le seul fait que personne n'ait pensé à évoquer l'existence de Moïse Lavoie avait suffi à piquer la curiosité d'Amélia.

Elle retint la question qui lui brûlait les lèvres et s'efforça de penser à autre chose. À son retour au travail, entre autres, prévu pour le lendemain. Elle ne put s'empêcher de soupirer en songeant que le temps passait beaucoup trop vite et qu'elle aurait bien profité de quelques jours de congé supplémentaires. Le matin même, sa mère avait décidé de se rendre au marché, pour faire quelques achats en prévision de la veillée du jour de l'An qui approchait à grands pas, et Amélia avait promis de l'accompagner.

Elle jeta un coup d'œil en direction de l'entrée. Sa mère ne tarderait pas à revenir de chez leur voisine. Comme s'il devinait les pensées de sa fille, Édouard replia lentement son journal et se leva.

– Je ferais mieux d'aller atteler le cheval avant de partir, annonça-t-il en enfilant son paletot.

Il ouvrit la porte de la cuisine et sortit dans l'air froid du petit matin.

Amélia le regarda partir sans rien dire. Elle n'avait pas bougé lorsqu'Édouard revint quelques minutes plus tard, les cheveux recouverts d'une fine couche de neige dont il se débarrassa aussitôt en secouant énergiquement la tête.

– Il neige, il pleut… C'est à se demander si l'hiver va finir par prendre pour de bon, déclara-t-il en fronçant les sourcils. Quand j'étais jeune, on ne voyait pas ça souvent de la pluie en plein hiver. Je te dis que de la neige, il y en avait des chars à pelleter à ce temps-ci de l'année.

Amélia saisit la perche que lui tendait involontairement son père.

– C'est vrai qu'il y avait beaucoup de neige, à Saint-Norbert, ajouta-t-elle en fixant son père droit dans les yeux. Un peu plus et on manquait la messe de minuit tellement il en tombait.

– Je peux très bien voir ça d'ici, approuva Édouard en hochant gravement la tête.

– Papa ?

– Oui, Amélia ?

– Je peux vous poser une question ? demanda-t-elle en hésitant un peu.

– À quel sujet ?

– Et bien, j'aimerais seulement savoir pourquoi on ne parle jamais de grand'pa Lavoie…

Édouard réprima un sursaut.

– C'est comme ça, c'est tout, se borna-t-il à répondre.

– C'est bizarre quand même, s'enhardit à poursuivre Amélia, je veux dire, qu'on ne sache rien de lui.

– C'est parce qu'il n'y a rien à raconter, la coupa Édouard. Ton grand-père et moi, on n'a plus rien à se dire depuis longtemps, ajouta-t-il d'un ton sec.

Amélia ouvrit la bouche pour répondre, mais comprit aussitôt qu'il valait mieux ne pas insister. Elle baissa les yeux, gênée.

– N'insiste pas, Amélia, reprit Édouard plus doucement, comme s'il devinait les pensées de sa fille. Ça ne sert à rien de déterrer les morts. Tout le monde s'en porte bien mieux comme ça, crois-moi.

Amélia considéra son père d'un air perplexe. Elle aurait tant voulu en savoir davantage. Comprendre ce qui le poussait à agir comme si Moïse Lavoie était déjà mort. Elle prit d'un seul coup conscience qu'elle ignorait presque tout de son père, de cet homme dont elle partageait la vie depuis sa naissance. En ce moment même, elle aurait été bien en peine de deviner le fruit de ses réflexions. Mais était-il jamais donné aux fils et aux filles de comprendre leurs parents ?

– Amélia ! Tu es prête ? Je t'attends, lança Mathilde du bas de l'escalier.

Édouard encouragea sa fille, d'un bref signe de la main, à aller rejoindre sa mère et saisit le tisonnier. D'un geste brusque, il ouvrit la porte du poêle et remua les braises.

Amélia enfila rapidement manteau, gants, chapeau et foulard et jeta un rapide coup d'œil à son père avant de se retourner et de s'engager dans l'escalier.

Le visage d'Édouard était maintenant éclairé par les flammes qui dansaient devant ses yeux. Amélia avait sans le vouloir ravivé chez lui des émotions confuses. Car évoquer son père l'obligeait inévitablement à penser à sa mère. Au début de ses fréquentations avec Mathilde, il s'était un peu confié à elle. Mais il avait rapidement choisi d'enfouir au plus profond de sa mémoire les souvenirs douloureux de son enfance. S'il n'y avait eu sa mère, il aurait pu endurer sans se plaindre la fatigue, les coups et les insultes qui pleuvaient au moindre prétexte. Il aurait pu supporter l'insensibilité d'un père qui comptait ses sentiments aussi sûrement qu'il comptait son argent. Mais lorsqu'il se faisait réveiller en pleine nuit par les cris étranglés que poussait sa mère, à peine étouffés par l'épaisseur des murs de sa chambre, Édouard redevenait un enfant. Effrayé et désemparé. Avec le temps, la crainte se mua en une haine sourde et tenace envers cet homme lâche et brutal.

Moïse Lavoie était un homme mauvais. Et pour Édouard, sa folle avarice en était la cause première. Le petit pécule dont il avait hérité à la mort de son père était probablement resté inentamé, dissimulé entre deux lattes du plancher au grenier ou enfoui dans la bourre du matelas. Comme tous les pingres, s'il prenait plaisir à afficher ses richesses en public, il comptait son argent lorsque venait le temps de dépenser pour sa famille ou d'entretenir ses biens. Et plus il ménageait, amassait et entassait les sous, plus il avait peur d'en manquer. À la longue, le rafistolage et les réparations bon marché n'avaient plus suffi et la maison comme les bâtiments étaient tombés en ruine. Privée de tout, obligée de rationner la nourriture, les vêtements et le bois de chauffage, Alma avait rapidement dépéri.

Lorsqu'Édouard s'était déclaré, Délia, la mère de Mathilde, avait fait toute une scène : « Ma fille ne va pas marier le fils de Moïse Lavoie ! C'est hors de question ! Un péteux de bretelles juste bon à bâtir dans la brume. Et mauvais avec ça. Si ça se trouve, son fils est de la même trempe ! » Édouard avait tout fait pour convaincre sa future belle-mère qu'il était un homme bien. Travaillant, ça, Délia avait bien dû l'admettre. Et relativement instruit aussi, compte tenu du fait que sa mère avait été institutrice avant de se marier et qu'elle lui avait appris à lire, à écrire et à compter, ce que bien des gens du village arrivaient difficilement à faire, ses propres enfants y compris. Délia avait également dû se plier à l'avis de son mari. « Édouard est un homme bon, lui avait dit Alphonse, ça se voit qu'il est charitable et avenant. » Délia ne savait pas trop d'où lui venait une telle certitude, mais elle avait hoché tranquillement la tête en signe d'acquiescement. Et Édouard l'avait épousée, sa Mathilde.

Édouard avait écrit à son père à quelques reprises pendant les premières années de son installation à Montréal. Pour quelle raison l'avait-il fait ? Il n'aurait su le dire. Pour se déculpabiliser de la haine qu'il ressentait pour cet homme qui était malgré tout son père ? Pour se prouver qu'il ne lui ressemblait en rien ? Les lettres que lui adressa en retour Moïse Lavoie, truffées de reproches et de menaces à peine déguisées, lui firent toutefois comprendre qu'il ne pouvait s'attendre à rien d'un homme tel que lui. Il préférait ressasser ses vieilles rancunes et se complaire dans sa misère. Édouard ne pouvait rien y faire. Couper les ponts avec Moïse Lavoie lui avait semblé alors la seule voie possible, la plus bénéfique pour tout le monde. Mathilde souhaitait qu'il puisse faire la paix avec son père, avant que Dieu ne le rappelle à lui, mais il s'y était toujours refusé. Pardonner ou non à son père ne changerait rien à ce qui avait été. Sa mère était morte par sa faute à lui.

Il se souvenait, comme si c'était hier, de la dernière fois où il s'était retrouvé seul avec son père, quelques jours avant son départ de Saint-Norbert. Les mots que celui-ci lui avait alors crachés au visage étaient restés gravés dans sa mémoire. « T'es qu'un bon à rien. Juste bon à râler et à rechigner à l'ouvrage. Comme ta mère qui passait son temps à se trouver des excuses pour se la couler douce. J'ai bien essayé de te mettre les cordeaux, mais j'ai jamais pu arriver à rien avec toi. Envoye, déguerpis si c'est ça que tu veux ! Fais comme tes ingrates de sœurs. Mais imagine-toi pas que le bonhomme va crever de sitôt et que l'argent va vous tomber drette dans les mains ! Si vous pensez tous m'avoir comme ça, il va falloir vous lever de bonne heure ! »

Édouard aurait voulu expliquer à sa fille qu'il y avait des choses, dans la vie, qui ne se pardonnaient pas. Que certaines plaies ne cicatrisaient jamais, quoiqu'on dise, quoiqu'on fasse. Il n'avait pas trouvé les mots, mais elle le comprendrait, un jour.

Les jours de marché, la rue Saint-Paul s'animait dès les premières lueurs du matin. Les premiers arrivés bénéficiaient des produits les plus frais et de la plus grande variété. Même par temps gris, l'animation était à son comble dans ce secteur de la ville voisin du port. La pluie tombée durant la nuit avait fait fondre la neige, dégageant les pavés glissants sous les sabots des chevaux. La corvée quotidienne qui consistait à enlever la neige, effectuée par les habitants et les commerçants, avait provoqué l'accumulation de quelques bancs de neige qui se dressaient ici et là, en pleine rue.

Le vieux cheval avançait d'un pas lent mais régulier. Ils dépassèrent la chapelle Notre-Dame-de-Bon-Secours, qui était presque aussi âgée que la ville, toute bâtie de pierres avec un toit à deux versants et un clocher unique à double lanterneau. La grande porte centrale était flanquée de fenêtres cintrées, surmontées d'un œil-de-bœuf tout rond. Un muret, surmonté d'une clôture de fer forgé, ceinturait le terrain à l'avant de l'église. Malgré les récentes menaces d'expropriation, la petite église, vestige des premiers temps de la colonie, avait tenu bon et continuait d'attirer les fidèles et les voyageurs. Elle était littéralement encerclée de toutes parts. Sans son clocher, elle aurait sans doute été étouffée par la proximité des bâtiments environnants : des *dry goods*, une épicerie, une tabagie. Suivant la pente de la rue Bonsecours, huit petites boutiques disposées en escalier étaient adossées le long du mur ouest de l'église. De l'autre côté de la rue, le marché Bonsecours se dressait dans toute sa splendeur.

À mesure que l'équipage s'éloignait de l'église et s'approchait du marché, les passants se firent plus nombreux. Parmi eux, des femmes, à la mise simple ou étudiée, mais aussi des hommes, jeunes et turbulents pour la plupart ; deux religieuses, là-bas, marchaient côte à côte sur le trottoir. La rue Saint-Paul, c'était aussi celle des hôtels, des auberges, des restaurants et des cafés. À proximité du port, ces établissements relativement modestes étaient devenus bien malgré eux les témoins impuissants du temps qui passe. Celui des marins de naguère s'égayant dans le quartier après une prière faite à Notre-Dame-de-Bon-Secours, celle qu'on appelait également la Vierge des marins. Celui des petits voyageurs cherchant gîte et couvert. Mais aussi celui des habitants de la ville et de ses environs. On venait de partout pour y vendre ses produits ou en acheter d'autres et tout le quartier participait à l'effervescence des jours de marché.

De nombreux marchands déambulaient entre les étalages qui se déployaient à l'extérieur du marché, le long du mur en pierre taillée de l'imposant édifice de style néoclassique. Le porche d'entrée saillant, supporté par six imposantes colonnes doriques et surmonté d'un fronton triangulaire, donnait du relief à la façade. À l'instar des promeneurs, Amélia leva la tête vers le dôme de cuivre qui se découpait sur le ciel. Par temps bleu comme par temps gris, on pouvait l'apercevoir de loin.

Devant le marché, les voitures alignées en rangs d'oignons encombraient la rue : les traînes-à-bâtons, les berlots et les carrioles voisinaient avec les *sleighs* légères et hautes sur lices. Amélia dirigea habilement la carriole au cœur de cette joyeuse confusion et réussit à se glisser entre deux attelages. Elle sauta lestement sur le sol, tendit la main à sa mère pour l'aider à descendre, puis alla attacher les rennes du cheval à l'un des meunoires encore libres prévus à cette intention. Le temps était doux, mais l'air était chargé d'humidité, aussi décida-t-elle de recouvrir le cheval de l'épaisse couverture de carriole en laine afin de le protéger du froid durant leur absence.

Les deux femmes, munies chacune d'un grand panier d'osier, se dirigèrent vers le marché. La place était une véritable foire. Assis au milieu des cageots, des barriques et des boîtes, les vendeurs tentaient d'attirer les ménagères en leur vantant la qualité de leurs produits. Ici et là, elles étaient sollicitées par les marchands itinérants qui se faisaient une chaude concurrence. Les étals étaient garnis de légumes, de fruits, de charcuteries et de fromages, protégés en partie de la pluie et de la neige à l'aide de grandes toiles de coton soutenues par de bancals échafaudages de planches.

Mathilde tâta un navet, en demanda le prix, hocha la tête en signe d'acquiescement, et en mit trois dans son panier. Amélia s'occupa de payer le marchand. Des dizaines de tonneaux remplis de pommes de terre attirèrent leur attention, mais elles dédaignèrent les choux flétris et ramollis, d'une fraîcheur douteuse, qui s'empilaient sur une table voisine. Près de l'étal d'un marchand de tabac, une fermière bien en chair présentait, dans un couvercle de chaudron, des tronçons d'épis de maïs fraîchement cuits piqués sur des fourchettes.

Les fruits et certains légumes se faisaient de plus en plus rares à mesure que l'hiver avançait, et seuls les premiers arrivés pouvaient espérer se procurer quelques denrées fraîches. Les plus prévoyants avaient plutôt profité, été et automne durant, de l'abondance relative de ces aliments fort convoités pour concocter des confitures, des gelées et des marinades. Mais dans les quartiers ouvriers, l'espace était limité et il était impossible de préparer les pâtés et les terrines, les tartes et les viandes à l'avance puisqu'on n'avait pas la place pour les conserver au froid pendant des jours. Mathilde allait devoir faire preuve d'ingéniosité afin de préparer des plats appétissants concoctés avec le moins d'aliments périssables possible. Elle réfléchit à ce dont elle aurait besoin pour préparer son souper de la veille du jour de l'An. Son panier était déjà presque plein : plusieurs pommes de terre, des navets, des carottes, de l'orge et des oignons. Elle s'était aussi procuré une livre de sucre, un quart de mélasse pour ses tartes à la farlouche ainsi qu'une bonne quantité de farine, puisqu'elle faisait toujours un spécial pour le temps des fêtes en pétrissant elle-même quelques belles miches dodues. À l'ordinaire, le pain était livré directement à la maison par le boulanger. Lorsque le laitier passerait, elle ne devrait pas oublier de lui commander un demiard de crème, une chopine de lait et du beurre. Et voilà, il ne lui restait plus qu'à trouver des poulets et aussi quelques morceaux de porc qu'elle passerait au moulin à viande pour préparer les tourtières. Du lard salé ? Non, elle en avait encore un beau morceau dans la glacière, à la maison.

Le panier d'Amélia s'était lui aussi passablement rempli. Elle devait maintenant le tenir à deux mains et, à chaque pas, il lui cognait douloureusement la cuisse. Elle suivit sa mère qui soufflait avec peine tout en se dirigeant vers le porche du marché. Car c'était à l'intérieur que tenaient quartier les bouchers, avec leurs étals garnis de volailles, de pièces de bœuf ou de porc et de charcuteries de toutes sortes. C'était là également que se trouvait la pesée publique.

Devant un étalage où l'on avait accroché des dizaines de poulets sur une forme de bois fixée au mur, Mathilde et Amélia poursuivirent leurs achats. Pendant que sa mère tentait de marchander le prix d'un poulet maigrichon qu'elle montrait du doigt au boucher, Amélia s'occupa en laissant errer son regard dans l'immense pièce où elle se trouvait. Au moins une cinquantaine d'étals étaient disposés de part et d'autre du large corridor. Un peu partout étaient suspendus des quartiers de viande, des cadavres sanguinolents dont la vue avait toujours dégoûté Amélia. Pour effacer les images de mort et de putréfaction qui lui venaient à l'esprit, elle se concentra sur le large et majestueux escalier qui se dressait en plein centre du bâtiment. Amélia se prit à rêver en laissant courir son regard le long de la rampe jusqu'au palier qui se perdait dans la pénombre. L'étage avait jadis, pour un temps, servi de local au Parlement et on y avait aménagé des bureaux. Amélia n'y avait bien sûr jamais mis les pieds, mais Lisie lui avait dit que bien avant cette époque, environ cinquante années plus tôt, on y avait construit une grande salle de concert qui avait été condamnée depuis. Amélia aurait bien aimé voir cela de ses propres yeux.

Perdue comme elle l'était dans ses pensées, elle fixait sans vraiment les voir les deux miliciens qui descendaient nonchalamment l'escalier. Ce n'est que lorsque sa mère, apparue tout près d'elle, lui adressa la parole qu'elle remarqua qu'en fait elle les connaissait. C'était Eugène et son ami, Victor Desmarais.

– Amélia, tu es prête ? On peut y aller maintenant. Je crois que j'ai tout ce qu'il me faut, lui dit Mathilde en regardant autour d'elle.

– Quoi ? Ah oui, allons-y, lui répondit Amélia en reprenant ses esprits.

Les deux femmes se dirigèrent vers la sortie, encombrées de leurs lourds paniers.

– Amélia ?

Amélia se retourna lentement. Elle ne put retenir un soupir en voyant Eugène s'approcher à grands pas dans sa direction. Un grand sourire éclairait son visage. Victor le suivait.

– Bonjour, Amélia ! Madame Lavoie, s'empressa d'ajouter Eugène Prévost en reconnaissant Mathilde.

– Bonjour, Eugène, vous êtes bien élégant. Vous êtes venu faire quelques emplettes ?

– Oh non, madame ! C'est juste que notre régiment a ses quartiers ici, répondit-il en désignant de la tête le palier du premier étage.

Pendant qu'il parlait, Victor s'était approché. Eugène tourna la tête dans sa direction.

– Victor, laisse-moi te présenter madame Lavoie, la mère d'Amélia, que tu connais déjà. Madame Lavoie, voici Victor Desmarais, un camarade de milice.

Victor adressa un sourire entendu à Amélia et se tourna vers Mathilde.

– C'est un plaisir pour moi de faire votre connaissance, madame. Bonjour, mademoiselle Lavoie, ajouta-t-il à l'attention de la jeune fille.

– Monsieur Desmarais, le salua poliment Amélia.

– Mais ils ont l'air lourds, ces paniers ! Vous devez préparer une vraie fête avec toute cette nourriture ! s'exclama Eugène en jetant un regard curieux au contenu des paniers.

– En effet, répondit Mathilde en souriant devant l'effronterie du jeune homme. C'est pour la veillée du jour de l'An.

Elle jeta un coup d'œil discret à sa fille qui lui parut tout à coup étrangement mal à l'aise.

– Mais laissez-nous vous aider à transporter tout ça, s'avança Victor en saisissant d'un geste prompt le panier d'Amélia qui se tenait tout près de lui.

Il donna un coup de coude à Eugène qui restait immobile. Ce dernier sursauta et, prenant conscience de son impolitesse, prit des mains de Mathilde le panier qu'elle tenait.

– Merci, c'est vraiment très galant de votre part, les remercia Mathilde d'un air soulagé en dépliant ses doigts endoloris. C'est par là, leur indiqua-t-elle en se dirigeant vers la sortie.

Eugène lui emboîta vivement le pas, suivi d'Amélia et de Victor.

Un silence embarrassant s'installa entre les deux jeunes gens. Amélia avait ralenti le pas, imitée par son compagnon, afin d'accroître un peu la distance entre eux et sa mère. Même si cette dernière donnait l'impression de porter une attention soutenue aux paroles d'Eugène, Amélia se doutait bien qu'elle n'aurait pas perdu un seul mot de ce qu'elle comptait demander à Victor. Elle n'osait se lancer, priant pour que le jeune homme ouvre la bouche le premier. Ce n'était pas qu'elle était gênée de lui parler, mais elle ne voulait pas non plus qu'il pense qu'elle se morfondait durant l'absence d'Alexis.

– Monsieur Desmarais, articula-t-elle finalement d'un air détaché. Est-ce que je peux vous demander si vous avez vu dernièrement certains de nos amis communs ? J'espère que votre ami Georges se porte bien ? Lisie n'a pas eu de nouvelles de lui et elle me demandait justement hier si j'en avais eu de mon côté.

– Vous êtes certaine que ce n'est pas plutôt d'Alexis dont vous vous voulez des nouvelles ? l'interrompit Victor.

Il avait délibérément évité de tourner les yeux vers elle, mais le sourire qu'il affichait en disait long sur le fait qu'il connaissait déjà la réponse.

– En avez-vous eu ? s'enquit spontanément Amélia.

Lorsqu'elle vit le sourire de Victor s'élargir, elle regretta aussitôt son emportement. Elle se mordit nerveusement la lèvre.

– Je veux dire, avez-vous eu des nouvelles récentes ? Il est chez ses parents, je crois, en ce moment.

– Tout le monde sait qu'Alexis vous a annoncé qu'il partait à Saint-Hyacinthe et qu'il vous a demandé de l'attendre. Vous ne trompez personne avec votre air désinvolte, répondit-il sèchement.

Amélia ouvrit la bouche, figée de stupeur. Elle s'arrêta net et laissa le jeune homme la distancer de quelques pas. S'avisant qu'elle ne le suivait plus, il se retourna et la fixa du regard.

– Allez, vous venez ? Je ne vois déjà plus votre mère ni Eugène avec la foule qu'il y a ici.

Amélia inspira profondément pour se calmer. Elle n'avait jamais rencontré quelqu'un d'aussi culotté. Et cette façon qu'il avait de dire tout ce qui lui passait par la tête, sans aucune pudeur. C'était d'une insolence ! Elle n'avait qu'une seule envie : le planter là. Mais c'était lui qui portait son panier et sa mère l'attendait probablement dehors avec Eugène. Elle le rejoignit alors qu'il s'éloignait déjà à grandes enjambées. Il le faisait exprès ! Elle en était sûre.

– Vous ne pouvez pas ralentir un peu ? lui lança-t-elle, en le fusillant du regard, lorsqu'elle réussit enfin à le rejoindre.

Eugène avait déposé son panier dans la carriole et aidait Mathilde à se hisser sur le siège. Amélia les voyait discuter avec animation, mais ne pouvait entendre ce qu'ils disaient. Elle hâta le pas.

– Ah! te voilà enfin, lui lança Mathilde en souriant. Dépêche-toi, on a du pain sur la planche, surtout que je disais justement à tes amis qu'ils étaient les bienvenus s'ils voulaient se joindre à nous pour le réveillon.

– Nous acceptons avec joie votre invitation, s'exclama Eugène, ravi. N'est-ce pas, Victor?

Victor jeta un regard à Amélia et hocha la tête.

– Avec plaisir, madame Lavoie, je n'avais justement rien de prévu.

– Vraiment! Mais vous devez avoir de la famille quelque part, monsieur Desmarais? s'étonna Mathilde.

– Mes parents habitent à Québec, madame, et j'avais prévu de rester à Montréal. Mais ce n'est pas grave, s'empressa-t-il d'ajouter devant la mine désolée de Mathilde, j'aurai beaucoup de plaisir à passer le réveillon avec vous.

Tout en fulminant contre sa mère qui avait pris la liberté d'inviter ses «prétendus» amis sans d'abord lui en parler, Amélia prit place à son tour dans la carriole. Ce serait réjouissant comme réveillon! Elle se força à sourire. Elle n'aurait qu'à ignorer Victor, c'était aussi simple que ça. Et de toute façon, la maison serait pleine de monde. Elle se tourna vers Eugène.

– Eugène, tu diras à Lisie qu'on l'attend aussi, bien sûr.

Et elle fit claquer sa langue. Le vieux cheval se mit en mouvement. Mathilde salua de la main les deux jeunes gens. Elle ne comprenait pas pourquoi sa fille avait l'air aussi mécontente. Elle reporta son attention sur la route et se plongea dans ses pensées. Elle allait devoir faire des miracles pour satisfaire tout ce beau petit monde qui serait sûrement affamé.

Les pensées d'Amélia volaient dans une tout autre direction. Et c'est dans le silence le plus complet que se déroula le retour.

⁂

– Allez quoi ! raconte-nous, la pressa Marguerite.

– Ce n'est pas le moment de jaser, répondit Amélia. On a du travail à faire.

– On peut bien faire les deux en même temps, insista Lisie. C'est normal qu'on veuille savoir ce qui se passe. Tu nous dis que tu as reçu une lettre d'Alexis, comme ça, et on ne doit pas chercher à en savoir plus ? Allez, raconte-nous, minauda-t-elle.

– Pas question !

– Bon, ça va. On a compris, répondit Lisie en faisant la moue.

– Ah non ! arrête de bouder, tu sais que ça ne prend pas avec moi.

À travers les colonnes de vapeur qui montaient vers le plafond, elle aperçut Simon Blackburn qui se tenait sur la passerelle surplombant la grande salle remplie de jeunes femmes affairées. Il arborait un air satisfait qui alarma Amélia. Elle en avait maintenant la confirmation : il n'avait pas oublié la promesse qu'elle lui avait faite. Sa joie de revoir ses amies fut vite oubliée et tout le reste de la journée elle travailla en silence, sans se soucier des regards perplexes que celles-ci échangeaient dans son dos.

Lorsque la cloche annonçant la fin de la journée retentit, Amélia se dépêcha de retirer son grand tablier blanc et de saluer les trois jeunes filles en s'excusant de leur faire faux bond. Tout en se hâtant vers la sortie, elle cria en direction de Lisie qu'elle essaierait de passer chez elle le soir même. Elle pressa le pas. Peut-être réussirait-elle à gagner du temps et ainsi s'épargner une rencontre qu'elle craignait plus que tout.

– Mais qu'est-ce qui m'a pris ! s'exclama-t-elle tout haut.

Les gens qui se trouvaient près d'elle sur le trottoir la dévisagèrent avec curiosité. Elle n'osait se retourner de peur de voir le visage de Simon Blackburn à quelques pas derrière elle. Mais c'était ne pas connaître ce jeune homme rusé. Planté sur le trottoir, à l'endroit même où se tenait Amélia quelques minutes auparavant, il la regardait s'éloigner d'un pas rapide. Elle courait presque. Il se sentit très satisfait de lui-même. Comme c'était grisant d'avoir autant d'ascendant sur les autres! Il éprouvait en effet beaucoup plus de plaisir à effrayer les femmes qu'à les séduire. En fait, pour lui, la séduction n'était qu'un moyen de parvenir à ses fins. Il était particulièrement attiré par celles qui avaient peur de lui. Pendant des jours, il leur lançait des coups d'œil lourds de sens, s'amusait à les suivre de loin, suffisamment longtemps pour qu'elles l'aperçoivent, puis il disparaissait sans crier gare. Le plus amusant dans ce petit jeu, c'était lorsqu'il relâchait peu à peu sa surveillance jusqu'à ce qu'elles reprennent confiance et abandonnent alors toute prudence. Bien sûr, son père ne savait pas à quoi il occupait ses temps libres, et s'il l'avait su, il l'aurait vertement semoncé. C'était un vieil idiot. Quant à sa mère, elle était morte lorsqu'il était enfant. Son père, éploré, l'avait confié à sa grand-mère paternelle. Une femme aigrie et autoritaire qui lui avait appris à avoir confiance en lui et à ne pas se laisser marcher sur les pieds. Il lui en était reconnaissant même s'il n'avait ressenti aucune tristesse lorsqu'elle était finalement morte d'un cancer après avoir souffert le martyr pendant des mois entiers. Avec Amélia, il se donnait une semaine. Elle allait voir comment il s'appelait, cette petite idiote.

Amélia arriva finalement à la maison saine et sauve mais avec le cœur battant à tout rompre. Il ne l'avait pas suivie. Elle s'était retournée à un moment donné, pour vérifier, et ne l'avait vu nulle part.

Chapitre IX

Le petit garçon se tenait immobile, le nez collé à la fenêtre. Il n'avait quitté son poste d'observation que pendant un court moment, le temps de faire un tour aux cabinets, et était vite revenu en espérant n'avoir rien manqué. Du plat de la main, il frotta l'un des carreaux de la fenêtre couverte de buée.

De l'endroit où il se trouvait, il n'avait qu'une vue partielle de la rue en contrebas. Il étira le cou tout en écarquillant les yeux quand il lui sembla distinguer dans l'obscurité un groupe de personnes qui remontait la rue. Il commença à se trémousser, assis sur l'extrême rebord de la chaise sur laquelle il avait pris place. Il ne s'était pas trompé, c'était bien ça.

– C'est la guignolée ! s'écria Paul de sa petite voix aiguë.

– Tu es certain, cette fois ? lui demanda Édouard, le sourcil relevé. Ça fait déjà trois fois ce soir que tu nous dis la même chose.

– Non, je suis sûr, c'est les guignoleux ! La ignolée, la ignoloche ! Et il se mit à danser sur place tout en chantant à tue-tête : la ignolée, la ignoloche !

– Paul, voyons, calme-toi ! le sermonna Mathilde.

Mais déjà ses sœurs et son frère s'élançaient à l'extérieur, attrapant leurs manteaux au passage.

– Attendez-moi, leur cria Paul en se mettant à courir pour les rejoindre.

Sa mère le retint au passage. Elle ne réussit à enfiler qu'à moitié son manteau à ce petit diable gigotant qui criait qu'il allait tout manquer.

– Maman, lâche-moi ! Ils vont s'en aller et je n'aurai rien vu !

– Bon, bon, vas-y. Et attache ton manteau ! lui lança Mathilde en souriant.

Paul se dépêcha de rejoindre ses sœurs et son frère qui étaient appuyés à la balustrade du balcon. Il rassembla toutes ses forces et réussit, en poussant, à se glisser entre Henri et Marie-Louise. Il se colla le visage aux barreaux couverts de glace et regarda en bas.

Un groupe de cinq jeunes garçons était rassemblé dans la cour. Chacun d'eux portait un grand bâton qu'il frappait sur le sol pour s'accompagner en mesure :

Bonjour le maître et la maîtresse
Et tous les gens de la maison
Nous avons fait une promesse
De v'nir vous voir une fois l'an,
Une fois l'an…
Ce n'est pas grand-chose
Qu'un morceau de chignée.

Un petit morceau de chignée,
Si vous voulez,
Si vous voulez rien nous donner,
Dites-nous-lé…
Nous prendrons la fille aînée,
Nous y ferons chauffer les pieds !
La Ignolée ! La Ignoloche
Pour mettre du lard dans not'poche !

Nous ne demandons pas grand-chose
Pour l'arrivée
Vingt-cinq ou trent'pieds de chignée
Si vous voulez.

Nous sommes cinq ou six bons drôles,
Et si notre chant n'vous plaît pas
Nous ferons du feu dans les bois,
Étant à l'ombre ;
On entendra chanter l'coucou
Et la colombe !

Paul frappait des mains. Henri avait ramassé le balai appuyé contre le mur de la maison et le cognait contre le plancher du balcon. Mathilde remit à Sophie les quelques biscuits qu'elle avait enveloppés dans une serviette de table de coton blanc et la jeune femme descendit les marches pour remettre à l'un des guignoleux la modeste contribution de la famille Lavoie aux pauvres de la ville afin qu'ils puissent recevoir, eux aussi, quelques étrennes en ce jour de l'An. Ils joignirent leurs voix au joyeux petit groupe qui entonnait à nouveau son chant tout en quittant la cour, accompagné des aboiements des chiens du voisinage.

La petite famille retourna rapidement à l'intérieur, se frottant les mains pour les réchauffer. Paul avait déjà disparu. Il revint en courant, la mine défaite, les larmes aux yeux.

– Maman, je ne trouve pas mes bas de laine ! pleurnicha-t-il en se frottant les yeux.

– Ils ne doivent pas être bien loin, le rassura sa mère. As-tu regardé sous ton lit ?

– Oui, j'ai regardé partout, je les trouve pas. S'arrêtant de pleurer pour réfléchir, il se tourna vivement vers son frère qui lui décocha un sourire de biais. C'est Henri qui les a pris ! s'écria-t-il en pointant vers son frère un doigt accusateur.

– Paul, ne pointe pas du doigt ! le réprimanda Mathilde.

Elle observa Henri qui arborait un air innocent.

– Henri, donne ses bas à ton frère, lui ordonna-t-elle.

– Mais ce n'est pas moi qui les ai pris ! s'offusqua Henri en arrondissant les yeux. Il les a sûrement égarés. Il perd toujours toutes ses affaires.

– C'est pas vrai, c'est pas vrai!

– Henri! gronda Édouard.

– Bon, ça va. Tiens, les voilà, espèce de bébé, avoua Henri en sortant les petites chaussettes de sous sa chemise.

À l'abri du regard de son père, il fit une grimace à son petit frère qui lui arracha son précieux butin des mains. Serrant ses bas de laine contre son cœur, il courut se réfugier dans les jupes d'Amélia.

– Allez, viens Paul, je vais t'aider à en accrocher un au pied de ton lit. Comme ça, le Petit Jésus pourra y déposer tes étrennes.

Tout en suivant sa sœur, Paul se retourna et lança un regard assassin à Henri qui lui souriait d'un air satisfait.

– Bon, ça suffit, les enfants, il est assez tard. Allez tous vous coucher, ordonna Édouard d'un ton qui ne tolérait aucune discussion.

Ce soir-là, Paul eut du mal à s'endormir. Il tenta de garder les yeux ouverts le plus longtemps possible afin de guetter l'arrivée du Petit Jésus et des anges. Mais le sommeil le gagna et il finit par s'endormir profondément. Avec précaution et sans faire de bruit, Mathilde put alors glisser dans sa chaussette les quelques maigres présents qui feraient son bonheur le lendemain matin. Elle fit de même pour ses autres enfants. Quelques bonbons, une orange et des biscuits de Noël en pain d'épice. Tous les ans, Mathilde ajoutait un petit quelque chose en plus. Rien de bien extravagant, mais elle ramassait un peu d'argent pendant l'année pour offrir à chacun de ses enfants un cadeau personnalisé. L'année dernière, ses deux filles aînées s'étaient vues offrir une jolie épingle à chapeau pour l'une, des mouchoirs brodés pour l'autre et une plume neuve pour la cadette. Henri avait reçu un canif en bois vernis alors que le petit dernier avait sauté de joie lorsqu'il avait trouvé sous son lit la petite carriole et le cheval de bois avec lesquels il avait joué une bonne partie de la journée. Cette année, toutefois, Édouard et elle avaient dû faire une croix sur cette tradition familiale: les bas de laine seraient moins garnis. Toutes les économies amassées pour l'occasion avaient été englouties dans l'achat des billets de train pour Saint-Norbert.

Mathilde se remit au lit et se blottit contre le dos de son mari qui dormait déjà. La douleur qu'elle ressentait à la poitrine était plus forte depuis leur retour à Montréal. Elle n'en avait touché mot à personne. Ce n'était sûrement rien de grave, un simple refroidissement. Mais elle n'y croyait guère. Elle finit par s'endormir, enroulée dans les couvertures, un peu de sueur perlant à son front.

Le premier jour de l'an 1885 commença tôt chez les Lavoie. Et dans la bonne humeur. On oublia les difficultés passées et à venir pour profiter de cette journée au cours de laquelle tous les espoirs étaient permis. La nouvelle année serait peut-être moins difficile que ne l'avait été la précédente.

Au retour de la grand-messe, Mathilde, avec l'aide de ses filles, s'était attelée aux derniers préparatifs du repas. Marie-Louise avait étalé sur la table la nappe brodée des grands jours et les mets qui y avaient été déposés pour le souper attiraient les garçons dont les estomacs, tentés par la gourmandise, gargouillaient déjà. Henri avait bien essayé de chiper un beignet rebondi, mais sa mère veillait au grain. Il avait eu droit au regard désapprobateur de celle-ci et s'était vite éclipsé pour rejoindre son père et son frère Joseph qui venait d'arriver avec sa petite famille.

Sophie délesta sa belle-sœur du bébé qui dormait dans ses bras. Edmond et Charles coururent se jeter sur Amélia qui se pencha pour accueillir leurs bisous mouillés. Apercevant Paul occupé à empiler des cubes dans un coin de la cuisine, ils allèrent s'asseoir près de lui, admirant la construction chambranlante avec des yeux grands comme des soucoupes.

Françoise alla rejoindre Mathilde près du poêle pour lui offrir son aide.

– Va t'asseoir, Françoise, je te trouve bien pâlotte. J'ai les filles pour m'aider et tout est presque prêt de toute façon, ajouta-t-elle pour faire taire les protestations de sa belle-fille.

Françoise obtempéra avec un soulagement évident. Mathilde aurait juré qu'elle n'avait pas pris une once depuis son accouchement. Il faudra la remplumer cette petite, songea-t-elle d'un air préoccupé. Et elle devrait en parler à Joseph. Il aurait déjà dû l'amener voir un docteur.

Alors que les femmes terminaient de disposer sur la table les derniers plats préparés – un bol de céramique bleue remplie de purée de pommes de terre bien chaude, une saucière remplie à ras bord de sauce brune, deux tourtières fumantes et un saladier contenant un mélange de carottes et de navets au beurre – la large silhouette de Joseph se découpa dans le cadre de la porte du salon. Il laissa les femmes terminer leur besogne tout en jetant un regard découragé à sa femme, assise à les regarder s'activer.

– Papa va nous donner sa bénédiction, annonça-t-il d'un ton solennel.

Toute la petite bande se retrouva à genoux devant Édouard. Charles, ne comprenant pas pourquoi il devait rester là, sans rien faire, comme en punition, tenta bien de se relever, mais son père l'obligea à se remettre en position. À demi agenouillé, à demi assis, le bambin observait son grand-père d'un air inquiet, se demandant bien ce qu'ils avaient tous fait pour se retrouver ainsi punis. Les têtes s'inclinèrent avec respect. Derrière Édouard, le crucifix avec son Christ à l'agonie semblait attendre lui aussi.

Édouard leva les deux bras, mains tendues, au-dessus des têtes des membres de la famille. Sa famille. La prière qu'il s'apprêtait à réciter ne franchit pas la barrière de ses lèvres et il resta ainsi immobile, silencieux, pendant un court instant, savourant ce moment unique. Aucune parole n'aurait pu exprimer tout l'amour qui unissait cette famille.

Sans plus les retenir, il laissa les mots familiers jaillir de sa bouche.

– Que le bon Dieu vous bénisse, qu'Il vous donne la santé tout au long de l'année qui vient et qu'Il vous accorde des jours heureux, au nom du Père et du Fils et du Saint-Esprit.

Tout en demandant à Dieu de bénir ses enfants et ses petits-enfants pour l'année à venir, Édouard se plut à contempler ces êtres pour lesquels il avait fait tant de sacrifices. Comme sa femme d'ailleurs. De jeunes hommes et de jeunes femmes à l'aube de leur vie avec tout l'avenir devant eux. Il était fier de ce qu'il leur avait transmis.

Ému, il ferma les yeux. Lorsqu'il les rouvrit, ce fut pour croiser le regard de Mathilde qui, seule, n'avait pas baissé la tête. Un fort courant passa entre eux, celui qui les unissait depuis près de trente ans. Sans même échanger une parole, ils se comprenaient. Voilà ce pour quoi ils avaient vécu : ces enfants, ces petits-enfants qui les entouraient, serrés les uns contre les autres. Édouard s'éclaircit la gorge. « Ainsi soit-il », termina-t-il.

Petits et grands se levèrent, le sourire aux lèvres. Les réjouissances pouvaient commencer. Ce fut à qui arriverait à la table le premier. Les pieds des chaises grincèrent sur le parquet alors que les plus jeunes bataillaient pour avoir la meilleure place autour du repas qui les attendait. Et pourtant, il y avait de la place pour tout le monde. Dès que toutes les chaises furent occupées, Édouard fit taire l'assemblée d'une seule phrase.

– Le bénédicité, les enfants.

Le silence se fit et tous joignirent les mains dans un ensemble presque parfait, les plus jeunes comprenant bien que plus vite ils seraient sages, plus vite ils pourraient attaquer leur assiette.

Les conversations allaient bon train et Mathilde reçut quantité de compliments pour son repas. Compliments bien mérités pour avoir réussi à faire des miracles avec si peu. Aucune ombre n'assombrit la joie des convives. Lorsqu'Armand Frappier se joignit à eux, on se dépêcha de tirer une autre chaise, qui fut glissée près de Sophie. Les deux jeunes amoureux se regardèrent avec timidité, l'émoi se lisant sur leurs visages. Alors que les enfants commençaient à remuer sur leurs chaises, repus et pressés de retourner jouer, Édouard se leva, le verre à la main. Toute la tablée se tourna vers lui.

– Mes enfants, commença-t-il avec gravité, en ce jour de l'An qui nous rassemble tous autour de ce bon repas, j'aimerais souhaiter la bienvenue dans notre famille à Armand Frappier. Avant-hier, Armand m'a fait sa grande demande.

Les têtes se tournèrent vers le jeune couple. Sophie était rouge d'émotion. Toute cette attention tournée vers elle la mettait mal à l'aise.

– Buvons à la santé des futurs mariés! s'exclama Édouard en levant son verre.

Tous l'imitèrent en criant à l'unisson: «À la santé des futurs mariés!»

Puis ce fut le tour des félicitations et des embrassades. Amélia fut la première à serrer Sophie contre elle, émue malgré elle, même si l'annonce du mariage prochain de sa sœur était attendue depuis longtemps.

Les conversations reprirent autour de la table, alors qu'ils attaquaient le dessert, alimentées par cette nouvelle source de discussion. On questionna les deux fiancés sur leurs projets futurs, anticipant déjà les réjouissances de la noce à venir et de ses préparatifs.

Plus tard, lorsque les dernières miettes furent avalées, les femmes débarrassèrent les plats vides et les hommes se dépêchèrent de pousser la table dans un coin de la pièce. Pour l'occasion, Édouard s'était procuré une bouteille de rhum et du vin. Sophie se hâta de disposer les verres sur la table et une assiette de beignets qu'on avait mise de côté pour les visiteurs qui pourraient se présenter dans le courant de la soirée.

Édouard remplit quelques verres de fort pour les hommes et de vin pour les femmes, puis s'installa sur la chaise à bascule autour de laquelle s'attroupèrent ses enfants et ses petits-enfants. C'était un fin conteur et il prenait plaisir à puiser dans sa mémoire les légendes et les contes appris durant sa jeunesse, de la bouche de son propre grand-père.

Il commença par la légende préférée de tous : la chasse-galerie. Si les plus grands connaissaient par cœur cette légende, les plus jeunes ouvraient grands les yeux. Les aventures des coureurs des bois les émerveillaient et les effrayaient à la fois. Puis ce fut le tour de la légende du cheval blanc et de celle de Ti-Jean le violoneux. Joseph prit ensuite la relève de son père. Il n'avait pas le talent de ce dernier, mais il ponctuait ses histoires de bouts inventés, souvent comiques, qui déclenchaient des éclats de rire, surtout lorsqu'il faisait exprès d'y ajouter des épisodes sans queue ni tête.

C'est dans cette ambiance animée que les nouveaux invités s'annoncèrent. Lorsque Lisie, Eugène et Victor apparurent dans la cuisine, une ombre passa sur le visage d'Amélia. Elle tenta de dissimuler le profond dépit qu'elle se mit à éprouver à l'instant où son regard croisa celui de Victor. Le jeune homme lui sourit et elle tourna vivement la tête en direction de la porte de la cuisine. Elle aurait tout donné pour voir Alexis. Elle fit un effort pour se ressaisir en voyant son amie Lisie s'élancer dans sa direction. La jeune fille la serra contre elle et lui assena un gros baiser sur chacune des joues.

– Bonne et heureuse année à toi, ma chère Amélia ! s'exclama-t-elle en lui saisissant les mains. Bonne et heureuse année à vous aussi, madame Lavoie, s'empressa-t-elle d'ajouter en embrassant Mathilde. C'est bien gentil à vous de nous avoir invités.

Mathilde lui rendit ses baisers, vite contaminée par la joie de vivre de Lisie. Un vrai rayon de soleil cette enfant-là, pensa-t-elle.

– Vous connaissez déjà mon frère Eugène… Et Victor Desmarais, ajouta rapidement Lisie en faisant signe aux deux jeunes gens de venir les rejoindre.

– En effet. Bienvenue chez nous, leur dit Mathilde en leur adressant un large sourire.

Eugène et Victor embrassèrent sans plus de cérémonie la maîtresse de maison.

– Venez, laissez-moi vous présenter les autres, leur dit Lisie, en les entraînant dans son sillage.

S'il n'en avait tenu qu'à elle, Amélia serait partie en courant se réfugier dans sa chambre. Passer davantage de temps en compagnie de Victor Desmarais ne l'enchantait pas vraiment. Mais avait-elle le choix ? Elle n'était plus une enfant. D'autant plus qu'elle ne se sentait pas la force de s'opposer à la volonté de son amie. Gagnée par l'enthousiasme contagieux de Lisie, Amélia leur emboîta le pas.

Peu enclin aux futiles mondanités de sa sœur, Eugène leur faussa rapidement compagnie tandis que Lisie, pendue au bras de Victor, présentait le jeune homme à chacun des membres de la joyeuse assemblée. Lorsque vint le temps de présenter Victor à son père, Amélia prit toutefois les devants. Édouard aurait sans aucun doute désapprouvé que les honneurs de la maison fussent faits par une personne étrangère à la famille, tout avenante soit-elle.

– Papa, laissez-moi vous présenter monsieur Desmarais, un camarade de milice d'Eugène… Et d'Alexis Thériault, ajouta-t-elle après une légère hésitation.

Édouard tendit la main à Victor qui la serra avec assurance.

– C'est un plaisir de faire votre connaissance, monsieur Lavoie. Et celle de toute votre famille également.

Amélia sentit le regard de Victor se poser sur elle tandis qu'il prononçait ces mots. Mine de rien, elle reprit la parole.

– Monsieur Desmarais vient de Québec, précisa Amélia.

– Et vous restez à Montréal pour les fêtes ? s'étonna Édouard en haussant les sourcils.

Victor gratifia Amélia d'un regard dénué de toute expression et se tourna vers Édouard.

– Mes parents reçoivent leurs amis ce soir. Comme à chaque année, répondit-il en haussant les épaules. Ils s'apercevront sans doute à peine de mon absence.

Édouard fronça les sourcils et se pencha légèrement vers le jeune homme.

– En tout cas, vous êtes le bienvenu dans ma maison, assura-t-il d'un air sérieux.

– Merci, monsieur Lavoie. Croyez-moi, c'est un plaisir pour moi de passer cette soirée en compagnie de votre famille, répondit Victor en tournant la tête vers Amélia.

La jeune femme l'observait d'un air légèrement agacé, impatiente de le voir mettre un terme à la conversation. Malgré lui, Victor se remémorait les confidences que lui avait faites Alexis la veille de son départ pour Saint-Hyacinthe.

« Je voulais être seul avec toi pour avoir ton avis sur une question assez personnelle », lui avait avoué Alexis alors qu'ils étaient attablés devant une pleine assiettée de jambon et de pommes de terre bouillies, dans un restaurant de la rue des Commissaires*. Après avoir longuement hésité, Alexis lui avait relaté sa visite aux parents d'Amélia. Il lui avait fait part des sentiments qu'il éprouvait pour la jeune femme, mais avait aussi admis que les événements prenaient une tournure plus officielle qu'il ne l'avait prévu et qui l'inquiétait un peu.

* Aujourd'hui, rue de la Commune.

Victor avait exprimé son étonnement et n'avait pu dissimuler son agacement à l'égard des hésitations d'Alexis. Il avait préféré taire le fait qu'Amélia l'intéressait également et avait recommandé la patience à son ami. S'il était aussi peu sûr de vouloir s'engager auprès d'Amélia, il valait mieux qu'il s'abstienne de la revoir. Alexis s'était alors emporté, prétextant qu'il était assez grand pour savoir ce qu'il avait à faire. Il était parti sans même dire au revoir à Victor.

Resté seul devant son assiette complètement refroidie, Victor avait suivi du regard le jeune homme qui s'éloignait en direction du marché. Les confidences d'Alexis l'avaient mis de méchante humeur. Et ce sentiment refaisait surface tandis qu'il observait Amélia. Qu'est-ce qu'il en avait à faire des sentiments qu'éprouvait Alexis Thériault pour une femme qu'il ne méritait même pas ? Cette dernière pensée l'étonna lui-même. Il comprit soudain que l'intérêt qu'il portait à Amélia était peut-être plus profond qu'il ne l'avait d'abord cru.

Victor fut tiré de ses réflexions par l'exclamation de Lisie qui appelait Amélia en lui faisant de grands signes depuis l'entrée du salon. Amélia salua Victor d'un bref signe de tête et s'empressa de rejoindre son amie. Le soupir de soulagement qu'elle avait poussé en entendant son nom n'avait toutefois pas échappé à Victor.

Vers les onze heures, Sophie et Mathilde aidèrent Françoise à emmitoufler ses enfants endormis et, après avoir salué et remercié leurs hôtes, la famille quitta vaillamment la chaleur de la maison pour disparaître dans les bourrasques de neige.

Comprenant que le temps était venu de quitter les lieux, s'ils ne voulaient pas être impolis, Eugène, Victor et Lisie y allèrent de leurs derniers saluts, ponctués de vœux de bonne année, et se préparèrent à leur tour à affronter le froid de cette nuit de janvier. Profitant de cette occasion qui ne se représenterait pas de sitôt, Victor s'approcha d'Amélia, bien décidé à lui voler un baiser.

– Encore tous mes vœux pour la nouvelle année, lui dit-il.

Son haleine sentait le tabac et l'alcool. Amélia savait qu'elle ne pouvait lui refuser le baiser qu'il s'apprêtait à lui donner si elle ne voulait pas le froisser et, surtout, si elle ne voulait pas attirer les commentaires. On les observait discrètement, d'un air amusé. Comme elle détestait cette coutume du jour de l'An qui voulait que les hommes puissent embrasser qui ils voulaient comme bon leur semblait ! Devançant Victor, elle lui tendit sa joue droite avec un détachement calculé. Il eut à peine le temps de l'effleurer d'un baiser que déjà elle reculait de quelques pas. Piqué au vif, Victor se redressa brusquement, bousculant Lisie qui se trouvait juste derrière lui. La jeune femme en profita pour glisser son bras sous celui du jeune homme et ils se dirigèrent vers l'escalier, suivis de près par Eugène et Armand.

Les invités partis, les derniers membres de la famille encore debout se hâtèrent de gagner leur lit. Amélia s'attarda un peu derrière les autres. Elle enleva ses chaussures en soupirant et repensa au baiser que lui avait volé Victor. Elle aurait tant aimé qu'un autre puisse le lui offrir, ce baiser. C'était injuste qu'Alexis soit si loin d'elle à cet instant. Même entourée de ses proches, elle se sentait seule.

Elle souffla la lampe posée sur la table, s'assura que le feu brûlait toujours dans le poêle et alla se coucher à son tour.

La maison se retrouva plongée dans un silence paisible. Tel un invité indigné à qui l'on aurait refusé l'hospitalité en ce premier jour de l'année, le vent continua à souffler, arrachant des cris de protestation à la charpente de la maison.

Chapitre x

La rue Sainte-Catherine était plutôt animée en cette fin d'après-midi de janvier. Les nombreux ateliers, entrepôts et commerces se vidaient peu à peu, au fur et à mesure que les ouvriers et les employés s'en retournaient vers la chaleur de leur foyer.

L'immeuble carré de plusieurs étages situé au coin des rues Sainte-Catherine et Saint-André logeait le très populaire magasin Dupuis Frères. Sa façade était percée de dizaines de grandes fenêtres qui reflétaient la lumière du pâle soleil d'hiver. La ravissante jupe et son corsage assorti, qu'Amélia avait vus dans la vitrine quelques mois plus tôt, n'y étaient plus. Cela n'avait aucune importance. Les vêtements de confection étaient de toute façon bien au-dessus de ses moyens. Elle irait se procurer tout ce dont elle avait besoin et ferait elle-même sa toilette. Mais il lui faudrait se dépêcher ; Alexis allait bientôt revenir à Montréal et elle voulait être la plus élégante possible pour leurs retrouvailles. Sophie et leur mère lui donneraient un coup de main. À elles trois, elles y arriveraient bien.

Sophie et Amélia pénétrèrent à l'intérieur du magasin. Un souffle d'air chaud leur caressa le visage. Le magasin était un véritable festin pour des yeux avides de fantaisies. Les clients, des Canadiens français, circulaient lentement entre les différents étalages, s'attardant à l'examen de tel ou tel autre article, s'arrêtant pour interroger un vendeur. Amélia suivit machinalement Sophie qui se dirigeait vers le rayon des tissus.

Deux femmes, l'une âgée, l'autre d'âge moyen, étaient assises sur des tabourets disposés autour d'un comptoir en U dont la surface miroitante disparaissait presque sous l'amoncellement de laizes de tissu, de dentelles, de rubans et de garnitures. Tout près, un étalage de gants savamment présentés voisinait avec les articles de lingerie et la parfumerie. L'air était alourdi par les effluves capiteux que dégageaient les parfums, les eaux de toilette, les crèmes, les savons, les poudres et les lotions de toutes sortes. Les fragrances à la rose, à la violette, au jasmin s'entremêlaient et provoquaient une confusion d'odeurs qui chatouillèrent les narines d'Amélia et lui donnèrent envie d'éternuer.

Ce qui la fascinait le plus lorsqu'elle admirait les articles qui s'étalaient à la vue de tous, c'était les emballages – délicates et fragiles bouteilles de verre, petites boîtes de carton enrubannées, boîtes métalliques aux couleurs éclatantes – qui avaient le pouvoir de rendre attirante la plus menue des fantaisies et d'en accroître sa valeur. Amélia aurait bien aimé pouvoir s'offrir le joli corsage de drap brodé couleur bordeaux qu'elle effleura doucement de la main ou encore ce coquet chapeau de velours noir garni de plumes au revers brodé de perles.

Sophie s'était assise sur l'un des tabourets. Penchée au-dessus du comptoir, elle avait entrepris de questionner le jeune vendeur qui lui faisait face et qui la regardait de haut, le menton relevé, la bouche pincée sous sa fine moustache. Amélia s'apprêtait à la rejoindre lorsqu'elle se sentit légèrement bousculée par une jeune femme élégante. La femme se dirigea vers la parfumerie où elle rejoignit un homme de haute stature, tout aussi élégamment vêtu. Elle portait un manteau ravissant en matelassé de soie et de velours, décoré de franges de marabout disposées autour du col et au bord des manches. Deux jolies appliques de passementerie décoraient l'arrière du manteau, juste à la hauteur de la taille. Elle posa une main gantée sur le bras de l'homme qui ne prit pas la peine de la regarder alors qu'elle se glissait à son côté.

Amélia ne les voyait que de dos, mais cela lui suffisait pour se faire une idée de l'image qu'elle-même projetait. Celle d'une pauvre fille ordinaire. Sans être repoussante, elle n'avait rien de particulièrement attrayant même si, depuis peu, elle constatait que l'attitude des hommes avait changé à son égard. Depuis les deux dernières années, son corps s'était beaucoup transformé ; à dix-neuf ans, ses mignonnes rondeurs de jeune fille avaient commencé à disparaître. Sa taille, tout comme les traits de son visage, s'était affinée. Petite de stature mais énergique de tempérament, elle dégageait une sensualité brute dont elle avait à peine conscience et qui attirait le regard des hommes.

Elle se mit à frotter ses mains sur le tissu de son manteau comme pour en chasser la saleté de la rue, soudain embarrassée par sa mise modeste. Incapable de détacher les yeux de la femme qui lui tournait le dos, Amélia n'entendit pas Sophie qui la pressait de venir la rejoindre. Elle secoua la tête, tentant de retenir la puissante vague d'envie qu'elle sentait déferler en elle. Une dame âgée la dévisageait d'un air curieux. Amélia sursauta lorsqu'une main lui empoigna le bras. Elle fit volte-face et se retrouva nez à nez avec sa sœur.

– Amélia ? Est-ce que tu vas bien ? s'enquit Sophie en fronçant les sourcils. Je t'appelle depuis au moins deux minutes.

– J'étais dans la lune, c'est tout, répondit Amélia en haussant les épaules. Alors, on le choisit ce tissu ?

Sophie glissa son bras sous celui d'Amélia et l'entraîna vers le comptoir où elle avait choisi pour sa sœur un beau drap brossé de couleur bleu nuit. Elles se procurèrent ensuite plusieurs boutons de métal qui seraient recouverts du même tissu et deux modestes appliques de passementerie pour décorer le corsage. Sophie avait montré les appliques à Amélia sans s'imaginer que celle-ci les achèterait réellement. En fait, Amélia hésita bien quelques secondes à se procurer cette garniture luxueuse qui repousserait encore plus loin l'achat de bottes plus chaudes pour l'hiver. Mais un seul regard vers la jeune femme blonde au manteau de velours chassa son hésitation. Pourquoi n'aurait-elle pas le droit, elle aussi, de se vêtir avec goût ?

Leurs achats payés, Amélia glissa sous son bras le paquet bien ficelé et, d'un pas assuré, entraîna Sophie vers la sortie. Les deux jeunes femmes remontèrent le col de leur manteau, resserrèrent les brides de leur capote et se jetèrent dans les bras hostiles du grand vent de janvier. Sans un mot, elles s'engagèrent sur le trottoir glacé. Étroitement soudées l'une à l'autre, autant pour conserver leur équilibre que pour gagner un peu de chaleur, elles remontèrent la rue Sainte-Catherine. Le vent les malmenait, brûlant la peau délicate de leur visage, relevant leurs jupes et fouettant leurs jambes. Amélia serra plus étroitement son paquet, qui menaçait de lui échapper, et elle se plut à s'imaginer vêtue de bleu. Elle serait superbe et Alexis n'aurait d'yeux que pour elle. Comme elle avait hâte de le revoir ! Si son amour se mesurait à l'intensité du manque qu'elle ressentait, à l'état quasi fiévreux dans lequel l'avait plongée l'absence du jeune homme, elle ne pouvait être qu'éperdument amoureuse. Et pourtant, elle souffrait de son absence et de l'attente qui semblait interminable. Comment pouvait-on être amoureuse et souffrir en même temps ? Se tourner vers l'inconnu et ressentir autant d'ivresse que d'appréhension ? Ce premier grand amour, elle le vivait comme une aveugle qui aurait perdu ses repères. Elle se sentait démunie face aux nouveaux sentiments et aux sensations étranges qui l'habitaient depuis quelque temps, se bousculant et la plaçant sans cesse face à la perception qu'elle avait d'elle-même. Depuis qu'elle avait pris conscience de l'amour qu'elle ressentait pour Alexis, tout lui semblait plus vivant, plus doux, plus éclatant.

Mais en même temps, elle se réveillait tous les matins avec, au creux du ventre, une peur irraisonnée, convaincue d'avoir tout imaginé et découvrant que cet amour n'existait que dans ses rêves.

Une rafale plus forte que les autres les frappa en plein visage, les obligeant à faire dos au vent. Le temps que la bourrasque s'apaise un peu, elles décidèrent de s'abriter sous une retombée de toit. Elles s'adossèrent au mur de l'édifice le plus proche, serrant frileusement leur manteau autour de leur corps tout en sautillant pour se réchauffer. Quelques silhouettes floues se devinaient à travers la poudrerie. Certaines s'étaient elles aussi mises à l'abri de la tempête alors que d'autres, plus téméraires, décidaient d'affronter le vent et le froid. Amélia se souvenait du temps où les tempêtes de neige lui faisaient une peur bleue. Surtout lorsque le vent, courroucé, faisait trembler les murs de la maison, cinglant les fenêtres de son haleine glaciale, s'infiltrant à l'intérieur de sa chambre par les interstices entre les planches, courant sur le sol, se glissant sous les couvertures pour mordre la chair tendre de ses pieds et de ses mollets qu'elle n'arrivait pas à dissimuler sous sa chemise de nuit toujours trop courte. Mais ce qui l'épouvantait le plus, c'était les gémissements du vent. N'y tenant plus, elle sautait du lit, sentant à peine le froid pénétrer ses petits pieds, et courait d'un seul élan jusqu'au lit de ses parents dans lequel sa mère, éveillée elle aussi, l'attirait d'un signe encourageant. Et Mathilde lui racontait, encore et encore, jusqu'à ce qu'elle s'endorme enfin la joue contre son sein, l'histoire de la neige et des anges. Cette histoire dans laquelle les flocons de neige devenaient les plumes des ailes que les anges tendaient au-dessus des pauvres pécheurs pour les protéger de la colère de Dieu.

Appuyée contre la pierre froide, Amélia sourit à l'évocation de ce souvenir. Elle ne se rappelait pas les détails de l'histoire, mais cela n'avait pas d'importance. Le vent avait faibli. Amélia se perdit dans la contemplation des flocons de neige qui tourbillonnaient autour de son visage en tentant de se convaincre qu'il s'agissait bien de plumes séraphiques.

Les deux sœurs venaient de se remettre en route lorsque le regard d'Amélia fut attiré par une forme sombre de l'autre côté de la rue. Une trouée dans le banc de neige qui se dressait au milieu de la rue lui permit d'apercevoir l'homme qui se tenait sur le trottoir opposé. Il était debout près d'une carriole attelée à un cheval dont elle ne distinguait que l'arrière-train. L'homme la regardait, une main placée en visière devant ses yeux pour se protéger de la neige. Il regardait dans sa direction, pas de doute. Elle crut voir un sourire s'épanouir sur son visage. Son cœur bondit dans sa poitrine et une peur irraisonnée lui comprima la poitrine. Elle l'avait reconnu. Elle était certaine que c'était lui. Elle ferma les yeux quelques secondes. Lorsqu'elle les rouvrit, l'homme avait disparu. Remuée, Amélia saisit fermement le bras de Sophie qui sursauta.

– Mais qu'est-ce que tu fais ?

Sans tenir compte des protestations de sa sœur, Amélia raffermit sa prise et la poussa vers l'avant, la pressant de hâter le pas.

– Aïe, tu me fais mal ! se plaignit Sophie.

Le visage d'Amélia était pâle comme un linge. Sophie jeta un regard nerveux par-dessus son épaule.

– Amélia, tu me fais peur ! Qu'est-ce qui se passe ? Mais parle, voyons !

– Ce n'est pas le temps. Allez, dépêche-toi, la pressa Amélia en accélérant le pas. Il nous suit, j'en suis certaine.

– Qui nous suit ?

À l'affût d'une fripouille quelconque, d'un vieux pervers à l'œil malveillant, Sophie se retourna mais ne vit rien d'autre que quelques passants qui, la tête rentrée dans les épaules, tentaient tout comme elles de se protéger du froid mordant.

Sophie stoppa net, bloquant Amélia dans son élan. Déséquilibrée, cette dernière manqua de perdre pied et glissa sur le trottoir glacé. Elle parvint à éviter la chute en se retenant au manteau de Sophie.

– Amélia, est-ce que ça va ? demanda Sophie, l'air aussi apeuré que sa sœur.

– Je vais bien. J'ai cru voir quelqu'un qui nous suivait, mais j'ai dû me tromper, la rassura Amélia en tentant de se convaincre elle-même.

– Qui nous suivait ?

– Personne, je t'ai dit ! s'impatienta Amélia. Viens, rentrons maintenant, il fait déjà noir et on va geler si on reste plantées là comme ça.

Voyant qu'elle n'obtiendrait rien d'autre de la part d'Amélia, Sophie scruta les alentours. Elles étaient seules. Les deux jeunes filles reprirent leur marche et se dirigèrent d'un pas rapide vers la sécurité de leur foyer. Amélia avait serré si fort son paquet sous son bras qu'il s'était déchiré à l'une de ses extrémités. On voyait poindre par l'ouverture le tissu de la robe, déjà mouillé par la neige qui tombait de plus en plus abondamment. Elle s'amoncelait sur le trottoir, rendant leur progression difficile. Elles marchèrent en silence. Sophie ne disait mot. Elle connaissait sa sœur cadette. Lorsqu'elle avait cet air buté, mieux valait la laisser tranquille.

Toute à ses pensées, Amélia ne remarquait pas les coups d'œil que lui lançait sa sœur. Elle avait eu peur. De cette peur qui vous prend aux tripes et vous serre le cœur. Elle avait paniqué, la peur exagérant son angoisse et rendant son adversaire plus inquiétant qu'il ne l'était en réalité. Elle ne savait pas ce qu'elle aurait fait si Sophie ne l'avait pas obligée à se ressaisir. Et maintenant, son tempérament d'un naturel combatif avait repris le dessus. Son air taciturne dissimulait en fait une grande contrariété. Elle s'était laissé gagner par la frayeur, perdant toute maîtrise d'elle-même. Elle ne comprenait vraiment pas pourquoi elle avait été aussi effrayée. La perspective du retour prochain d'Alexis la plongeait dans un état d'esprit qui la privait de tout bon sens. Simon Blackburn n'était pas un monstre. Pour quelle raison l'aurait-il ainsi épiée et suivie dans la rue, en pleine tempête de neige ? Pour l'agresser ? Décidément, son imagination la rendait ridicule. Et elle ne laisserait certainement pas Simon Blackburn lui gâcher son bonheur !

Un sourire satisfait éclaira son visage. Elle serra le paquet sous son bras et imagina le regard admiratif d'Alexis lorsqu'il la verrait dans cette robe. Elle n'était pas d'un naturel coquet, mais elle se surprenait chaque jour à davantage soigner sa mise et sa coiffure. C'était comme si elle découvrait tout à coup qu'elle avait le pouvoir de séduire. Que ce corps auquel elle n'avait pas vraiment accordé d'attention depuis son enfance et qu'elle considérait avec pudeur recelait des vertus étranges et puissantes qu'elle commençait à peine à découvrir. Le seul fait d'y penser la faisait rougir.

Elle regarda Sophie et se demanda si elle aussi éprouvait ces sensations. Elle était beaucoup trop gênée pour aborder le sujet avec elle, ou avec qui que ce soit d'ailleurs. Elle glissa son bras sous celui de sa sœur. Rassurée de voir qu'Amélia avait repris son air des bons jours, Sophie lui sourit.

Bras dessus bras dessous, les deux jeunes filles poursuivirent laborieusement leur route. La neige tourbillonnait autour d'elles, mais Amélia n'en avait cure. Les jours à venir seraient heureux, elle en était certaine.

Dissimulé par les tourbillons de neige, Simon Blackburn regardait s'éloigner les frêles silhouettes des deux jeunes femmes. Serrées l'une contre l'autre, elles donnaient l'impression de ne faire qu'une seule et même personne. Oubliant la présence de Sophie, Simon se concentra sur Amélia. Elle avait eu peur ! Parce qu'elle l'avait reconnu, c'était certain. Il l'avait vue empoigner le bras de l'autre jeune femme et accélérer le pas tout en jetant des regards effrayés par-dessus son épaule. Il s'était vite dissimulé mais n'en continuait pas moins de l'observer, confortablement installé sous les couvertures et les fourrures qui garnissaient la carriole de son père. Profitant de cet heureux hasard qui l'avait mis sur la route d'Amélia Lavoie, il aurait pu décider de la suivre. Mais il s'était retenu. L'heure n'était pas encore venue. De toute façon, la présence de l'autre femme l'aurait empêché de faire quoi que ce soit, et c'était tant mieux. Patience et persévérance. C'était à ce seul prix qu'il savourerait sa victoire. Il rejeta d'un mouvement brusque la peau de mouton qui le recouvrait, prit les reines en main et d'un claquement de langue mit son équipage en branle. La voiture s'éloigna rapidement et disparut, comme les contours des édifices, dans le nuage de poudrerie qui recouvrait la ville.

Amélia ouvrit les yeux et s'étira longuement, savourant ces quelques minutes de pur délice. Un soleil radieux perçait à travers le mince voilage des rideaux. Elle aurait pu rester ainsi des heures durant, allongée bien au chaud sous la catalogne, mais elle ne put ignorer plus longtemps les protestations insistantes de son estomac affamé. Puis, la fébrilité la gagna lorsqu'elle prit soudain conscience qu'elle reverrait Alexis le soir même. Il était revenu à Montréal une semaine plus tôt, elle en avait eu vent grâce à Lisie. Incapable de dissimuler plus longtemps les sentiments qu'elle éprouvait pour Alexis, elle s'était confiée à sa mère quelques jours auparavant. La visite du jeune homme chez les Lavoie, avant les fêtes, s'était bien passée, mais avec son départ pour Saint-Hyacinthe et le brouhaha causé par les réjouissances de Noël, toute la famille l'avait un peu oubliée. Amélia avait avoué à sa mère qu'elle souhaitait le revoir, à son retour à Montréal. Mathilde n'avait rien dit et s'était contentée de hocher la tête d'un air grave.

Le lendemain, son père lui avait bien fait comprendre que si ce jeune homme souhaitait fréquenter sérieusement sa fille, il se devait de respecter les convenances. Une visite le mardi soir suivant avait été prévue. Quelques mots avaient été rédigés à la hâte par Amélia et postés à l'état-major de son régiment. Il y eut une réponse brève mais positive de la part d'Alexis. Et le grand jour tant attendu était enfin arrivé.

Elle sauta lestement du lit, se lava le visage à l'eau glacée, sans même sembler en ressentir la morsure, brossa rapidement ses cheveux qu'elle noua en un sobre chignon et se vêtit à la hâte. Elle effleura de la main le tissu de sa nouvelle tenue posée sur la chaise et sortit de la chambre.

Tous les membres de la famille, déjà attablés pour le déjeuner, levèrent les yeux vers elle, l'accueillant de regards curieux ou malicieux. Faisant comme si rien n'était, Amélia prit place près de Marie-Louise, marmonna quelques mots en guise de bénédicité et se servit une épaisse tranche de pain qu'elle badigeonna d'une généreuse couche de confiture de framboises. Elle y mordit à pleines dents, ignorant les regards qu'elle sentait posés sur elle.

– Veux-tu un peu de thé, Amélia ? lui demanda Mathilde tout en soulevant la théière émaillée dont le bec fumait encore.

– Oui, merci, répondit Amélia, la bouche à moitié pleine.

Elle tendit sa tasse à sa mère. Mathilde souriait, d'un sourire qui en disait long sur le fond de sa pensée.

– Quoi, pourquoi me regardez-vous comme ça ? demanda-t-elle à ses frères et sœurs qui arboraient tous un air moqueur.

Henri s'empara de sa cuillère et de son couteau et les frotta l'une contre l'autre en imitant le bruit d'un baiser. Marie-Louise dissimula un sourire derrière sa main tandis que Sophie assenait à son frère une légère tape sur la tête.

– Henri, veux-tu cesser, le gronda-t-elle gentiment.

Paul, désireux de se joindre à l'hilarité du moment, décida d'imiter son frère en riant, sans comprendre de quoi il retournait, mais tout de même conscient que ce jeu inoffensif semblait faire bien rire les grands.

Gagnée par la bonne humeur qui régnait autour de la table, Amélia se laissa aller à sourire, son rire s'accordant bientôt à celui de ses frères et sœurs.

Ce fut dans ce climat de bonne humeur que les enfants terminèrent en vitesse leur repas, puis qu'ils se préparèrent à quitter la maison.

Postée à la fenêtre, Mathilde regardait s'éloigner ses trois aînés. Fidèle à elle-même, Marie-Louise marchait la tête inclinée, seule, dans la direction opposée. Sophie et Amélia, qu'Henri précédait de quelques enjambées, disparurent de sa vue alors qu'ils tournaient le coin de la rue.

Mathilde se perdit dans la contemplation de l'édifice d'en face. Amélia occupait toutes ses pensées. Quand sa fille lui avait avoué son amour pour Alexis Thériault, elle n'en avait pas été étonnée. Elle avait cru que l'éloignement du jeune homme aurait permis à sa fille de redescendre un peu sur terre. Mais au fond d'elle-même, elle savait qu'Amélia avait décidé de l'attendre. Heureusement, les sentiments qu'elle éprouvait à l'égard d'Alexis semblaient partagés. N'avait-il pas accepté leur nouvelle invitation ?

Elle laissa retomber le rideau et se dirigea d'un pas lent vers la cuisine. Elle n'entendait plus Paul, c'était mauvais signe. Elle ferait mieux d'aller voir. De toute façon, une autre longue journée l'attendait et elle avait suffisamment perdu de temps à rêvasser comme ça.

Chapitre XI

La journée s'éternisait, les minutes avançaient telles des heures. Au moins, Simon Blackburn ne s'était pas montré à la buanderie depuis plusieurs jours. En fait, Amélia ne l'avait pas revu depuis cet instant où elle l'avait aperçu dans la tempête. L'un des employés affectés à la livraison du linge avait confié à Blanche que le patron avait envoyé son fils aux États-Unis pour quelques semaines. Pour le travail, semblait-il. Il n'en avait pas appris davantage et Amélia ne savait pas trop si elle devait accorder foi à cette histoire, mais elle pouvait au moins, pour un temps, le rayer de son esprit.

Dans le but d'éviter les questions indiscrètes de ses compagnes de travail, la volubile Lisie en tête, Amélia s'était composé une humeur taciturne, prétextant un mal de ventre. Lisie, Blanche et Marguerite, bien que peu convaincues, n'avaient pas insisté. Lorsque la journée s'acheva enfin, Amélia prit à peine le temps de saluer ses amies et se dépêcha de rentrer à la maison.

Elle n'avait réussi à avaler que quelques bouchées de son assiette, l'esprit ailleurs et l'estomac noué par l'émotion. Malgré ses cris de protestation, Paul avait été mis au lit sitôt la table débarrassée. Le petit garçon avait obéi à sa mère d'un air boudeur. Édouard avait pour sa part sérieusement intimé à Henri de se tenir convenablement et de ne pas faire honte à sa sœur.

Les filles donnèrent un coup de main à Mathilde et rangèrent la cuisine. S'occuper les mains aida Amélia à patienter, mais les aiguilles de l'horloge continuaient de se déplacer à un rythme cruellement lent. Cette première visite d'Alexis, après un mois d'éloignement, elle l'avait désirée et espérée plus que tout. Et maintenant qu'il était si près, cet instant lui semblait hors d'atteinte. Elle était si fébrile que tout l'exaspérait : le tintement des assiettes qui s'entrechoquaient dans l'évier, les cris de protestation de Paul, le grincement de la chaise à bascule.

Ce fut donc avec un soupir de soulagement qu'elle s'enferma dans la chambre en compagnie de Sophie et de Marie-Louise afin de se préparer pour la soirée. Les mains agitées de tremblements, Amélia laissa à Sophie le soin de la coiffer. Celle-ci ne semblait pas être embêtée outre mesure par les boucles indisciplinées d'Amélia qui lui glissaient sans cesse des doigts. Marie-Louise, assise en retrait sur son petit lit, les observait en silence. Toute cette excitation pour si peu de chose lui semblait bien démesurée. Elle n'avait jamais vu quelqu'un se mettre dans un tel état pour une simple visite. Surtout que Sophie réagissait tout à l'opposé lorsqu'elle recevait son promis.

– Cesse de bouger, Amélia ! Je n'y arriverai jamais. Tiens, passe-moi les pinces, ça t'occupera, suggéra Sophie.

Cela lui faisait une impression étrange d'aider ainsi sa sœur à se préparer pour son premier vrai rendez-vous galant. Elle prit conscience du fait qu'elles avaient toutes les deux franchi une étape cruciale de leur vie.

– Bon, je crois que ça pourra aller, lâcha finalement Sophie en admirant le résultat. Tu peux te regarder maintenant, ajouta-t-elle en tendant le miroir à Amélia.

Cette dernière resta sans voix. Coiffée ainsi, elle avait vraiment l'air plus âgée. Les quelques mèches qui retombaient sur son front lui donnaient un air plus doux, moins volontaire.

– Oh ! Sophie, je t'adore ! s'exclama-t-elle en se jetant au cou de sa sœur.

– Tu vas abîmer mon travail, dit Sophie en la repoussant. Habille-toi maintenant ou tu devras accueillir ce jeune homme en jupon !

À l'idée d'une telle éventualité, elles éclatèrent de rire. Avec le plus grand soin, Amélia entreprit de revêtir les différentes pièces qui composaient sa toilette. Le corsage ajusté affinait sa taille, soulignant joliment sa poitrine ordinairement plutôt menue. La jupe retombait en plis parfaits jusqu'au sol et la tournure discrète mettait en évidence la cambrure de ses reins d'une manière tout à fait ravissante. Et la couleur ! Ce bleu profond, qui faisait paraître ses cheveux plus foncés et éclaircissait son teint, l'avantageait vraiment.

Tout encore à sa surprise, Amélia tourna sur elle-même, quêtant l'approbation de son modeste public.

– Alors, qu'en dites-vous ? Je suis ravissante ou pas ?

– Quelle vaniteuse ! lui répondit Sophie d'un ton faussement outragé. Tu sais que le péché d'orgueil est le pire, la sermonna-t-elle en agitant un doigt menaçant. Mais oui, tu es très jolie, Amélia, ajouta-t-elle en voyant que sa sœur ne la laisserait pas en paix tant qu'elle n'aurait pas été complimentée.

Amélia sourit d'un air satisfait et se tourna vers Marie-Louise qui n'avait toujours pas dit un mot.

– Et bien, Loulou, qu'est-ce que tu en penses ?

La fillette hésita quelques secondes, cherchant ses mots.

– Tu es… belle, lâcha-t-elle finalement.

– C'est vraiment gentil de me dire ça, dit Amélia, légèrement émue.

Marie-Louise lui sourit.

Laissant Amélia tenter d'arracher de nouveaux compliments de la bouche de leur jeune sœur, Sophie avait entrouvert la porte et glissé sa tête par l'entrebâillement. La disposition des pièces dissimulait heureusement la porte de la chambre aux personnes qui se trouvaient dans la cuisine.

– J'entends des voix, chuchota-t-elle, en faisant signe à Amélia de se taire. Je crois que ton visiteur est déjà arrivé.

– Mais on n'a rien entendu, protesta Amélia dont le teint vira tout à coup au blanc.

– C'est sûr, avec tout le bruit que tu fais.

Elle s'approcha et lui pinça les deux joues.

– Aïe ! Ça fait mal !

– C'est pour te donner des couleurs. Bon, tu es prête ?

– Je ne pourrai jamais, j'ai les jambes toutes molles, se plaignit Amélia en se retenant d'une main au pied du lit.

– Bien sûr que tu vas y aller. Tu ne vas certainement pas rester encabanée dans la chambre ce soir, la sermonna Sophie tout en la poussant sans plus de ménagement vers la porte.

– Bonne soirée, leur lança Marie-Louise qui se préparait à se mettre au lit.

Suivie de Sophie, Amélia sortit de la chambre et arriva dans l'encadrement de la porte de la cuisine sans même avoir eu conscience d'avoir marché jusque-là. À son arrivée, les voix se turent et les visages se tournèrent vers elle. Embarrassée, ne sachant plus où se mettre, elle chercha les yeux de sa mère puis ceux de son père. La surprise et la fierté qu'elle y lut lui redonnèrent confiance. Alexis s'était levé rapidement à son arrivée, le regard admiratif.

– Bonsoir, Alexis. C'est un plaisir de vous revoir, dit-elle poliment en essayant de calmer les battements effrénés de son cœur.

Le visage d'Alexis s'anima enfin et il s'avança vers Amélia en souriant. Il lui saisit la main et y déposa un léger baiser, conscient de son manque de retenue, mais incapable de s'en empêcher. Il plongea son regard dans celui de la jeune femme puis recula d'un pas en voyant son visage s'empourprer. Ses yeux brillaient d'émotion et il en fut attendri.

– Bonsoir, Amélia, dit-il enfin, vous êtes ravissante, cette robe est bien jolie.

Avant même qu'Amélia ait pu répondre, Édouard s'était levé. Il se glissa entre les deux jeunes gens et effleura d'un baiser le front de sa fille.

– C'est vrai ma fille, tu es pas mal belle ce soir, la complimenta-t-il.

Édouard présenta son bras à Amélia et la guida jusqu'à une chaise où elle prit place. Alexis s'assit sur la chaise laissée vacante à son attention, près de la jeune femme. Sophie s'installa près de sa mère et les deux femmes se plongèrent aussitôt dans leurs travaux de tricot. Maintenant que les salutations d'usage avaient été prononcées, elles pouvaient se faire discrètes. Et pourtant, elles ne perdraient aucun des mots qui seraient échangés durant la soirée. Sophie irait bientôt se coucher de même qu'Henri, mais Mathilde resterait debout, concentrée sur son ouvrage, jusqu'au départ de leur visiteur, vers les onze heures. Elle pressentait tout de même un peu qu'Édouard remonterait l'horloge bien avant cette heure-là, signifiant ainsi au prétendant qu'il était temps pour lui de se retirer.

Henri mourait d'envie de questionner Alexis, mais il n'aurait jamais osé adresser la parole le premier à leur invité. Ce privilège revenait au maître de la maison et tant qu'il n'aurait pas ouvert la bouche, le silence perdurerait. Mathilde leva les yeux de son tricot et fronça les sourcils en fixant son époux. Édouard ne s'y méprit pas. Il ferait mieux de dire quelque chose s'il ne voulait pas se faire passer un savon par sa femme. En fait, il le trouvait plutôt bien, ce jeune homme. Un peu coincé peut-être, mais visiblement bien élevé.

Il tapota consciencieusement sa pipe sur la petite assiette posée près de lui, puis se leva et se dirigea vers l'armoire. Il en sortit deux petits verres qu'il remplit à ras bord de whisky. Sans dire un mot, il se dirigea d'un pas mesuré vers Alexis et lui en tendit un.

– Merci, monsieur Lavoie, c'est bien aimable à vous.

Édouard laissa passer une minute de silence, tout à fait conscient du malaise qu'il causait. Amélia ne savait plus où se mettre tandis que Mathilde le regardait avec insistance. Cela lui fit plaisir. Il ne voulait pas abuser de la situation, mais il pensait que, après tout, rares étaient les moments où un homme pouvait se permettre de mettre son pied à terre et d'affirmer son autorité sans crainte de se faire rembarrer par les femmes de la maisonnée.

– Alors comme ça, vous êtes dans la milice ? lança-t-il sans plus de préambule, tout en faisant mine d'être perdu dans la contemplation de son verre d'alcool.

Alexis se tourna vers Amélia, qui avait à peine conscience de sa présence tant elle était nerveuse. Il ne pouvait donc compter que sur lui-même pour faire bonne impression.

– Oui, monsieur, je fais partie du 65e bataillon, répondit Alexis d'un ton posé.

– Et qu'est-ce qui vous a fait quitter votre coin de pays pour rentrer dans l'armée ? Car j'ai eu vent par ma femme que vous n'étiez pas d'ici, continua Édouard, toujours plongé dans son verre.

– C'est vrai, monsieur Lavoie, je suis né à Saint-Hyacinthe. Toute ma famille habite encore là. Mais il faut croire que j'avais besoin d'autre chose. Je ne me souviens même plus pourquoi j'ai pris la décision de m'engager, ajouta-t-il, hésitant.

– Vous n'aviez peut-être pas toute votre tête ce jour-là ? le taquina Édouard.

Il retint le rire qui lui remontait dans la gorge devant le regard furibond que lui lança Amélia. Alexis avait rougi, ne sachant quoi répondre. Il éclata finalement de rire. Un peu gauchement, Amélia joignit son rire au sien.

Elle avait à peine conscience de la présence de ses parents et de sa sœur, car elle n'avait d'yeux, ce soir-là, que pour Alexis. Il était revenu pour elle. Il ne l'avait pas oubliée. Son cœur battait à tout rompre dans sa poitrine et elle s'étonnait que personne autour d'elle n'en ait conscience. Les regards de biais qu'il lui adressait discrètement lui semblaient à chaque fois plus révélateurs des sentiments qu'il éprouvait pour elle. Elle en avait assez de lutter contre sa nature, à l'inverse de ce que son cœur et son esprit lui dictaient : vivre, ici et maintenant. Elle essayait de toutes ses forces de se montrer douce, calme et réservée. De ressembler à ses deux sœurs, en fait. Et pourtant, elle ne voulait pas être comme elles. La confiance tranquille et réfléchie de Sophie l'agaçait et elle était souvent exaspérée par la dévotion dont faisait preuve Marie-Louise. Ne pouvait-elle être à la fois réfléchie et passionnée ? Aimer avec réserve, elle ne pouvait s'y résoudre. Plutôt s'en passer que de laisser son cœur s'ouvrir seulement à moitié.

Perdue dans ses pensées, elle n'avait pas pris conscience que la conversation avait repris bon train dans la cuisine. Les rires et l'alcool avaient détendu l'atmosphère. Amélia tenta de se raccrocher aux paroles qu'échangeaient avec animation son père et Alexis. Henri, le buste penché en avant, les écoutait avec attention. Le sujet le passionnait, car il était question d'armée, de guerre et de politique. Amélia se sentit obligée de se montrer, sinon intéressée, du moins attentive.

Mais en fait, la situation des Métis dans le lointain Nord-Ouest la laissait plutôt indifférente. Depuis l'été dernier, on ne parlait plus que de ce Louis Riel. De l'avis d'Édouard, les journaux exagéraient, comme toujours, l'agitation qui gagnait depuis peu les plaines de l'Ouest. Alexis était plutôt convaincu que les choses étaient bien plus graves qu'on ne le croyait et que la situation pouvait dégénérer rapidement si aucune mesure n'était prise pour répondre aux demandes des Métis qui avaient trouvé en Riel un chef à la mesure de leurs aspirations. Il faudrait peut-être même penser à une répression par la force si l'instigateur du soulèvement de 1870 réussissait à convaincre ses compatriotes de prendre les armes. Édouard doutait que cela se produise, préférant croire que le gouvernement trouverait un terrain d'entente avant d'en venir à une solution aussi draconienne.

Amélia prêta davantage attention à la conversation lorsqu'elle constata que celle-ci avait glissé vers un autre sujet.

– … Et reprendre la ferme de vos parents, ça ne vous tente pas ? demandait Édouard à Alexis.

– J'y ai pensé, bien sûr. Mais ce n'est pas vraiment fait pour moi. Mon plus jeune frère est plus attiré par ces choses-là. C'est presque sûr qu'il reprendra la ferme lorsque mes parents seront trop vieux. Et pour vous dire la vérité, cela me convient parfaitement. Comme ça, je m'inquiète moins pour ma famille même si je suis loin.

– Et vous avez pensé vous établir un jour ? demanda Édouard.

– J'attends de voir comment les choses vont tourner pour moi, répondit Alexis.

Une légère rougeur monta au visage du jeune homme. Il répondit évasivement qu'il y songeait et qu'il n'attendait que le bon moment pour envisager plus sérieusement cette éventualité. Amélia fut convaincue qu'il pensait à elle en disant cela. Il attendait de pouvoir aborder la question avec elle avant de s'avancer à exprimer à d'autres ses espoirs et ses projets, c'était certain.

La conversation avait ensuite dévié sur un autre sujet plus banal. Amélia ne se souvenait plus si cela avait été à l'instigation d'Alexis ou de son père, mais elle s'en était réjouie. L'interrogatoire l'avait mise mal à l'aise. Elle avait bien senti que le jeune homme était embarrassé par les questions insistantes de son père, mais n'avait rien pu y faire. C'était ainsi que cela devait se passer. Et maintenant, tous reconnaissaient tacitement qu'Amélia et Alexis se fréquentaient officiellement. La prochaine visite du prétendant serait moins pénible.

Alexis se retira un peu avant onze heures après avoir chaleureusement remercié ses hôtes de leur aimable hospitalité. Amélia avait dû se contenir pour ne pas sauter au cou de ses parents tant elle était heureuse. Elle avait un soupirant.

Chapitre XII

En cette fin du mois de janvier, la température était au plus bas. Le matin même du mercredi 28 janvier, le thermomètre marquait -23° Celsius. Avec cela, il soufflait un fort vent du nord-est qui soulevait des tourbillons de neige. Un véritable blizzard qui paralysa la ville jusque vers les quatre heures, obligeant les organisateurs du carnaval à annuler de nombreuses activités.

Amélia avait longuement hésité avant de se rendre aux supplications de Lisie qui s'était mise en tête de faire de la luge. Elle se rappelait les avertissements du curé contre cette folie nouvelle qu'il considérait comme un péché et comme « un risque certain pour la frêle santé et la vertu des femmes », comme il se plaisait à le répéter. Mais elle avait cédé, toute à sa joie de passer du temps avec Alexis qu'elle retrouverait sur le mont Royal.

Comme la presque totalité des habitants de la ville, la famille Lavoie assisterait, le soir même, à l'attaque simulée du palais de glace. Amélia était partie plus tôt, annonçant qu'elle se rendrait au square Dominion avec les parents de son amie. Ce mensonge lui pesait à peine, car elle n'aurait manqué pour rien au monde son rendez-vous avec Alexis.

Les deux amies avaient pris le tramway pour se rendre dans l'ouest de la ville, jusqu'au mont Royal. Lisie pourrait faire quelques descentes en luge avant de se rendre au square Dominion. L'attaque du palais était programmée pour sept heures du soir.

Amélia chercha Alexis des yeux dans la foule. Elle repéra rapidement le frère de Lisie. Debout côte à côte, les cous étirés pour mieux voir la course, Eugène Prévost et Georges Lévesque criaient haut et fort leurs encouragements à l'endroit de leurs raquetteurs favoris. Tous les deux petits, élancés et blonds, ils étaient un plus âgés que son frère Henri, mais n'en donnaient pas l'impression. Pour eux, tout n'était que prétexte à rire, à s'amuser et à folâtrer. Son cœur bondit dans sa poitrine lorsqu'elle repéra tout à coup Alexis. Il était un peu en retrait et regardait la course avec attention. Amélia s'attarda à admirer sa large stature et son profil séduisant.

Elle poussait son amie du coude en lui désignant Alexis lorsqu'elle s'aperçut qu'il n'était pas seul. Elle eut à peine le temps de formuler un nom dans son esprit que déjà Lisie s'exclamait :

– C'est Victor ! Est-ce que tu le vois, Amélia ? Là-bas près de l'arbre avec le tronc tordu, précisa-t-elle en pointant le doigt vers l'arbre. Viens, allons les trouver ! la pressa Lisie en l'entraînant derrière elle.

Elles n'étaient qu'à deux pas derrière Alexis et Victor lorsque Lisie aperçut son frère.

– Ah non, pas lui ! Il va encore me gâcher ma journée avec ses blagues idiotes !

– Lisie, tu devais bien te douter qu'il accompagnerait ses amis, lui fit remarquer Amélia.

– C'est juste qu'il ne m'avait pas dit qu'il serait là. Comment je vais faire moi, maintenant, pour avoir une chance avec Victor ?

Les jérémiades de Lisie avaient attiré l'attention des gens autour d'elles. Alexis se retourna d'un bloc.

– Amélia ! s'exclama-t-il en la reconnaissant. Il se dirigea vers elle, lui prit les mains puis, après une brève hésitation, la serra contre lui. Comme je suis content de vous voir.

Amélia se libéra de l'étreinte du jeune homme.

– Vous allez bien sûr passer le reste de la journée avec nous, n'est-ce pas ? demanda Alexis à Amélia et à Lisie, qu'il salua d'un signe de tête.

Il aurait de loin préféré être seul avec Amélia, mais il s'arrangerait bien de la présence des autres. De toute façon, il trouverait bien un moment pour la prendre à part. Il avait tant de choses à lui dire.

– Certainement ! Je compte bien faire une ou deux descentes en traîne sauvage, annonça Lisie tout en glissant son bras droit sous celui de Victor.

Afin de sauver les apparences, elle glissa également le gauche sous celui de Georges Lévesque qui semblait n'avoir d'yeux que pour elle. Victor l'ignorait avec une évidence telle qu'Amélia en fut peinée pour son amie.

– De la traîne sauvage ! Vous êtes sûre ! s'étonna Georges. N'est-ce pas trop intrépide de votre part ?

– Je ne sais pas. À vous de me le dire, monsieur Lévesque, lui dit-elle tout bas de manière que Victor ne puisse l'entendre. Je suppose que je pourrai compter sur vous si le courage vient à me manquer ? ajouta Lisie, d'une voix plus forte, en tournant innocemment son visage vers Victor.

– C'est sûr, vous pouvez compter sur moi, mademoiselle Prévost !

Lisie regarda Georges qui lui adressait son plus beau sourire, puis Victor qui n'avait pas répondu à son invitation, et elle se dit que, tout compte fait, se rapprocher de Georges pouvait peut-être aider sa cause. Si Victor se montrait jaloux, elle aurait sa réponse. Et sinon ? Eh bien tant pis ! Georges était beau garçon et son empressement à vouloir prendre soin d'elle lui plaisait bien.

– Je glisserai en votre compagnie, annonça finalement Lisie à Georges, tout en jetant un coup d'œil à Victor et en retirant son bras de sous le sien.

Georges bomba le torse. Elle l'avait choisi, lui, et il était confiant de réussir à la conquérir d'ici la fin de l'hiver.

Le soleil avait disparu depuis un bon moment lorsque le petit groupe descendit la rue Windsor* à destination du square Dominion. La place grouillait de gens qui, bravant le froid, s'étaient rassemblés pour participer aux activités de clôture du Carnaval. Le gigantesque palais de glace, dont la tour principale s'élevait à plus de soixante pieds, dominait la foule de ses douze mille blocs de glace, découpés à même la surface du fleuve. Illuminé de toutes parts, il semblait en feu. Les rangs de la foule se resserrèrent rapidement et, bientôt, il devint impossible de faire le moindre mouvement.

La sérénité du moment fut perturbée lorsque la centaine de membres des clubs de raquetteurs de la ville, portant des flambeaux et chantant des refrains populaires, prit place devant le palais. Les spectateurs se mirent à taper des mains et des pieds pour encourager les attaquants qui attendaient avec fébrilité le début des feux d'artifice pour passer à l'offensive. Lorsque la première explosion de couleurs illumina le ciel avec fracas et fit sursauter Amélia, Alexis lui prit la main et la serra avec force. Quand les assiégeants entreprirent avec force cris de bombarder le magnifique palais, elle se blottit contre lui. Ce moment magique, elle ne l'oublierait pas de sitôt. Des milliers de chandelles romaines lancées par les raquetteurs firent comme une pluie d'étoiles au-dessus de leurs têtes et du palais assiégé. À chacune des détonations assourdissantes qui se produisaient à l'intérieur de la forteresse pendant l'heure que dura le siège, la foule reculait instinctivement de crainte de voir le palais exploser.

* Aujourd'hui, rue Peel.

Vers neuf heures, l'armée assiégeante cessa le tir et s'éclipsa dans une dernière explosion de gerbes enflammées. Les raquetteurs munis de flambeaux se mirent en route et marchèrent vers le sommet du mont Royal. De longues minutes durant, Amélia et ses compagnons suivirent des yeux l'ascension du long serpent de feu tandis que la garnison, composée pour l'occasion de volontaires anglais et de pompiers, évacuait enfin la forteresse sous les acclamations de la foule et de la fanfare.

God save our gracious Queen,
Long live our noble Queen,
God save the Queen!
Send her victorious,
Happy and glorious,
Long to reign over us,
God save the Queen!

Tous se rendirent ensuite à la place d'Armes pour admirer le lion de glace. L'énorme bête figée dans un rugissement silencieux recouvrait entièrement la fontaine qui se trouvait habituellement au centre de la place. Tout près, l'hôtel Windsor fourmillait d'activités. De nombreux touristes, américains pour la plupart, y résidaient durant les festivités hivernales, se mélangeant dans les rues aux nombreux habitants de la ville. Le surlendemain s'y tiendrait le grand bal du carnaval.

Pour se réchauffer, Amélia se serra contre Alexis qui lui passa tendrement un bras autour des épaules. Elle se remémora avec plaisir les glissades de l'après-midi. Elle avait eu peur lorsque, bien calée entre les jambes d'Alexis, ils avaient dévalé la pente neigeuse sous les cris de joie de ce dernier. Arrivée au bas de la pente, elle s'était relevée avec précaution. La promiscuité du corps du jeune homme lui avait procuré des sensations étranges. Ce devait être de cela dont voulait parler monsieur le curé. Ils avaient néanmoins recommencé, maintes et maintes fois, le sourire aux lèvres et la joie au cœur.

Vers les neuf heures, Georges proposa à Lisie de la raccompagner jusque chez elle après avoir constaté qu'Eugène n'était pas en état de le faire, abruti par les vapeurs de l'alcool qu'il avait ingurgité tout au long de la soirée. Georges jugea plus prudent de le raccompagner lui aussi.

– Il est tard, je vais rentrer, annonça Victor. Nous nous voyons demain ?

– Oui, bien sûr, répondit Alexis. Mais on peut faire un bout de chemin avec toi, si tu veux.

Victor en avait bien envie. Chaque minute qu'il pouvait passer en compagnie d'Amélia lui était précieuse. Mais devant la froideur qu'affichait la jeune fille, il se dit qu'il ferait mieux de ne pas s'imposer.

– Je préfère marcher seul, dit-il finalement. Je vais peut-être m'arrêter quelque part en chemin, de toute façon.

– Alors bonne nuit ! lança Alexis en tentant de dissimuler son contentement.

– Portez-vous bien, Victor, ajouta Amélia en lui adressant un sourire chaleureux.

Elle appréciait le geste du jeune homme. Et de l'appeler ainsi par son prénom lui sembla approprié, dans les circonstances.

Victor parti, Amélia et Alexis se rendirent compte qu'ils étaient seuls. Aucun chaperon, même discret, pour sauver les apparences. C'était le moment ou jamais, ils avaient tant de choses à se dire, à l'abri des oreilles et des regards indiscrets. Une chance pareille ne se reproduirait peut-être plus jamais.

Sans prononcer un seul mot, ils se mirent en route. Trois jeunes gens passèrent près d'eux d'un pas rapide, la tête rentrée dans le col de leur manteau, sans leur adresser le moindre regard. Les mots se bousculaient dans leur tête. Le cœur d'Amélia battait à tout rompre. La bouche entrouverte, elle essayait de reprendre son souffle, alors que dans sa tête les mêmes mots tournoyaient en une folle sarabande : Je vous aime. Je vous aime. Je vous aime… Elle devait le lui dire. Peut-être qu'en exprimant ce qu'elle ressentait, elle parviendrait à éteindre ce feu qui la brûlait, la mettant au supplice. Mais que ferait-elle s'il lui avouait ne pas partager ses sentiments ? Après tout, elle avait peut-être présumé de l'aspect officiel de la dernière visite d'Alexis chez ses parents. Non, cela ne pouvait être possible. Il l'aimait, elle en était certaine.

– Alexis…, hésita-t-elle un bref instant avant de se lancer. Je dois vous confier quelque chose.

Le jeune homme attendait, les yeux brillants, et Amélia eut un regain de courage.

– Je sais qu'on se connaît à peine. Mais je me sens tellement bien lorsque je suis en votre compagnie. Les sentiments que j'éprouve…

Alexis, visiblement ému, prit la main d'Amélia qu'il emprisonna doucement dans la sienne.

– Est-ce que vous voulez dire que vous… que vous m'aimez ?

La jeune femme hocha gravement la tête et, intimidée, baissa les yeux.

– Je dois être le plus heureux des hommes, c'est certain, s'exclama Alexis. Je ne savais pas comment vous dire, sans paraître inconvenant, que je vous aime, moi aussi. Je l'ai compris il y a longtemps déjà.

Si Amélia avait pu fondre de bonheur, elle l'aurait fait. Elle le sentit se pencher vers elle et leva les yeux. Avec délicatesse, il effleura d'un baiser ses lèvres glacées. Elle frissonna et il recula lentement d'un pas, sans cesser de la couver du regard.

– Mais vous êtes gelée ! C'est vrai qu'il fait froid, ajouta-t-il en constatant que le soleil était couché depuis un bon moment déjà. Venez, on n'est plus très loin de chez vous.

Un jeune couple élégant passa tout près d'eux et les dévisagea d'un air réprobateur, la femme chuchotant quelque chose à l'oreille de son compagnon. Amélia eut tout à coup conscience de la simplicité de sa tenue, des mèches de cheveux qui voletaient librement autour de son visage, de la rougeur de ses joues et de ses vêtements trempés. Elle s'en moquait. C'était le plus beau jour de sa vie.

Saint-Norbert, 10 février 1885

Ma chère cousine,

J'espère que tu te portes bien ainsi que toute ta famille. Il y a longtemps que je ne t'ai pas donné de mes nouvelles, mais je dois avouer que les dernières semaines ont été très bien remplies avec toutes les invitations à souper et à veiller qui n'ont pas cessé depuis votre départ.

Maintenant, tout le monde a recommencé son ordinaire et le temps passe lentement. C'est toujours comme ça, l'hiver. Il était temps que les veillées s'espacent, car il en faut de peu que ma robe de mariée ne me fasse plus avec tout ce que j'ai mangé depuis Noël! Pour une fois, je suis contente que le carême soit commencé. Ce ne sera pas plus mal de se priver un peu.

Papa et Alfred sont partis bûcher. Ils en ont au moins pour deux semaines. Heureusement, par chez nous, il y a assez de bois pour que nos hommes ne soient pas obligés de partir pour les chantiers. Quand ils vont revenir, on va avoir une corvée de cordage de bois. Est-ce que j'ai besoin de te dire que les plus jeunes vont faire la tête pendant des jours?

Je suppose que vous êtes bien occupées à préparer le trousseau de mariage de Sophie. Ici, toutes les femmes de la famille se sont offertes pour nous aider. Au rythme où les choses vont, mon coffre d'espérance sera rempli avant les sucres!

J'espère avoir de tes nouvelles bientôt,

Ta cousine,
Antoinette

La vitre du cadre réfléchissait la lumière du soleil, masquant à demi la photo qui y était emprisonnée. Amélia n'avait pas besoin de la regarder. Elle en connaissait chaque détail par cœur. Elle savait que le cadre ovale était couvert de poussière et que la vitre encrassée était toute jaunie. Personne n'avait pensé en sortir le vieux daguerréotype pour vérifier si ce n'était pas plutôt les couleurs de celui-ci qui s'étaient fanées avec le temps. Ou, plus probablement, personne n'en avait vu l'utilité. À quoi bon soupirer sur le temps passé, sur des souvenirs, sur des rêves de jadis lorsque vous ne vous rappeliez même plus les avoir déjà eus en tête? Ses parents étaient si beaux sur la photographie. Même les couleurs fanées de celle-ci ne parvenaient pas à affadir les sourires adressés au photographe inconnu, à estomper l'impression de paix tranquille qui s'en dégageait. Une image comme tant d'autres, anonyme et figée dans le temps. Une femme, un homme, tous deux visiblement enthousiastes face à ce qui sera; fixant d'un œil confiant, bien que désorienté, l'objectif de l'appareil servant à immortaliser les illusions.

Amélia n'aimait pas cette invention diabolique, même si tout le monde s'entendait pour dire qu'il s'agissait là d'un progrès renversant. En fait, elle trouvait plutôt malsaine cette façon d'immortaliser pour toujours des personnes et des moments qui ne seraient jamais plus. C'était aussi morbide que de contempler un mort sur les planches. Quand elle-même serait toute desséchée par le temps et que ses enfants auraient leurs propres enfants, qui se souviendrait de l'identité du couple sur la photo, de ses pensées, de ses certitudes et de ses angoisses ? Qui se préoccuperait de regarder au-delà du papier jauni, des vêtements démodés et des postures ridiculement figées pour découvrir des êtres, avec une vie bien à eux, remplie de joies et de drames ? Personne, probablement. Et ce qu'on aurait tant voulu préserver de l'oubli serait oublié malgré tout.

Amélia tourna la tête vers la forme allongée sur le lit. Où donc était passée la femme souriante de la photo ? Elle plongea la serviette qu'elle tenait à la main dans l'eau froide de la bassine et la déposa sur le front de Mathilde maintenant endormie. La fièvre, les frissons et les sueurs nocturnes avaient diminué, mais elle grimaçait à chaque inspiration et elle était encore très faible. Amélia contempla le visage de sa mère : les pommettes saillantes, les joues creusées, la peau tendue sur le front. Elle avait beaucoup maigri depuis Noël, mais personne ne s'en était vraiment rendu compte. Jusqu'à ce dimanche matin où, à la suite d'une quinte de toux particulièrement violente, elle n'avait pas eu le temps de sortir son mouchoir. Les gouttelettes rouge clair qui avaient éclaboussé son tablier blanc avaient fait tressaillir Sophie. Amélia s'était levée brusquement, repoussant sa sœur qui était restée là, debout près de sa mère, sans rien faire d'autre que de presser ses mains contre son visage, les yeux agrandis par l'effroi. Avec l'aide d'Henri, elle avait aidé sa mère à gagner son lit. Paul, les yeux remplis de larmes et d'appréhension, les avait suivis à distance respectueuse, une étrange pudeur le retenant de se précipiter en pleurant vers sa mère.

Après avoir mis sa mère au lit, Amélia avait envoyé Henri quérir le docteur Boyer, qui habitait à quelques coins de rues. Mathilde continuait à tousser à fendre l'âme et Édouard était auprès d'elle. Craignant d'être sollicitée pour quelque tâche auprès de la malade, Sophie s'était dévouée pour border Paul qui pleurait maintenant à chaudes larmes.

Henri était finalement arrivé avec le médecin. Philippe Boyer, âgé d'une cinquantaine d'années, avait une allure plutôt avenante, sa panse généreuse et ses joues pleines donnant le ton à la rondeur de son crâne dégarni. La famille Lavoie l'aimait beaucoup. C'était un homme bon et dévoué. Il ne comptait pas son temps et ne traitait pas les petites gens avec la complaisance dont faisaient souvent preuve les médecins de l'hôpital. Ce qu'Amélia appréciait le plus chez lui, c'était sa façon d'expliquer les choses. Il ne discourait pas pendant des heures sur tel symptôme ou tel diagnostic. Il allait droit au but sans user de grands mots.

Le médecin avait examiné Mathilde, mais n'avait osé se prononcer. Il leur avait seulement recommandé à tous de s'éloigner lorsque leur mère toussait et avait prescrit beaucoup de sommeil, des compresses d'eau froide et des infusions à base de vin de quinquina. Il reviendrait dans trois jours pour voir comment la malade se portait.

Depuis cinq jours donc, tous les soirs au retour du travail, Amélia et Sophie se relayaient au chevet de Mathilde pendant que les autres s'affairaient à ce qui ne pouvait attendre. Et ce serait probablement ainsi pendant quelques semaines encore. Mathilde avait pris un peu de mieux, mais n'était toujours pas sur pied. Par chance, la famille pouvait compter sur une aide providentielle, celle de Berthe Dumas, leur propriétaire. Durant la journée, elle s'occupait de Paul, préparait les repas et prenait soin de Mathilde. Sa compagnie n'était pas des plus divertissantes, mais sa présence était à elle seule rassurante. Amélia avait même l'impression qu'elle commençait à se plaire dans leur famille : elle avait surpris un sourire sur son visage, la veille, et elle avait de son plein gré raconté une histoire à Paul. Peut-être avait-elle le sentiment de retrouver ainsi ses enfants perdus ? Quant à Henri, il avait pris l'habitude de rentrer à des heures de plus en plus tardives, d'abord surpris puis franchement content que son père n'en fasse pas de cas. Édouard voyait bien que son fils était plus attaché à sa mère qu'il le laissait voir. De toute façon, la santé de sa femme le préoccupait trop pour qu'il s'inquiète des frasques passagères de son fils, somme toute normales pour un garçon de cet âge.

Amélia n'avait pas entendu le docteur Boyer arriver. Il se tenait maintenant dans le cadre de la porte, attendant en silence que la jeune femme prenne conscience de sa présence. La voyant profondément plongée dans ses pensées, il se racla la gorge pour attirer son attention. Amélia sursauta et leva les yeux vers lui.

– Docteur, vous êtes là ? Excusez-moi, je ne vous avais pas entendu arriver.

– Comment va notre malade ? s'informa-t-il en se dirigeant vers le lit.

Il déposa sa trousse en cuir noir sur la chaise laissée vacante par Amélia et, sans attendre la réponse, en sortit un thermomètre qu'il commença à secouer avec vigueur.

– Je crois que la fièvre a baissé et elle dort mieux depuis la nuit dernière, répondit Amélia en se postant de l'autre côté du lit, face au médecin.

Elle secoua doucement l'épaule de sa mère.

– Maman, réveillez-vous. Le docteur est venu vous rendre visite.

Les paupières de Mathilde tressaillirent, puis la malade ouvrit lentement les yeux. Elle distingua d'abord sa fille, qui la considérait d'un air soucieux, puis le médecin, penché sur elle et qui brandissait son thermomètre.

En levant la tête, Amélia aperçut son père dans l'encadrement de la porte.

Le docteur leva le thermomètre à la hauteur de ses yeux et l'examina avec attention. Il aida Mathilde à s'asseoir et glissa dans son dos, sous sa chemise de nuit, l'extrémité arrondie de son stéthoscope.

– Ce sera un peu froid, madame Lavoie, la prévint-il gentiment. Maintenant, prenez une grande inspiration, puis relâchez-la lentement.

Avec docilité, Mathilde obéit. Chaque expiration lui arrachait une toux sèche qui rendait soucieux le médecin. Après quelques minutes, il rangea son attirail dans sa trousse.

– Comment vous sentez-vous ce soir, ma chère dame ? demanda-t-il doucement à Mathilde.

– Ça va un peu mieux. Avec tous les remèdes qu'on m'a fait avaler, ça ne pouvait pas faire autrement, ajouta-t-elle en jetant un œil entendu à Amélia. En plus, rester couchée pendant une semaine, ça vous remet une femme d'aplomb.

– Tant mieux, tant mieux. La fièvre a en effet diminué. Des douleurs quelque part ?

– Je suis un peu courbaturée, surtout dans le dos.

– Et quand vous respirez, cela vous fait mal ?

– Un peu, mais pas plus que d'habitude.

– Depuis combien de temps est-ce que vous ressentez du mal comme ça ?

– Ça a commencé avant les fêtes, répondit-elle après quelques secondes de réflexion. Mais c'est pire depuis quelques semaines.

Le docteur Boyer se pencha légèrement vers Mathilde, le doigt levé pointé vers elle en signe d'avertissement.

– Vous allez devoir prendre soin de vous, sinon...

Il s'arrêta, désireux de faire son devoir, mais hésitant à donner le coup de grâce. Il opta finalement pour le statu quo et garda le silence.

– Prenez beaucoup de repos pendant encore quelque temps et mangez de la viande et des produits laitiers aussi souvent que possible, reprit-il sur un ton moins alarmiste. Et pas un mot sur le fait que cela vous obligera à rompre votre carême, ajouta-t-il rapidement en voyant Mathilde ouvrir la bouche. C'est une prescription médicale. Dites à monsieur le curé de venir me voir s'il vous fait des difficultés. Vous restez au lit, lui intima-t-il en terminant. Je reviendrai prendre de vos nouvelles la semaine prochaine.

Mathilde resta muette, surprise par le ton autoritaire du médecin. Mais elle s'attendait à bien pire que cela. Elle avait besoin de souffler un peu, tout simplement.

Amélia était sortie avec le médecin, suivie de son père. Sophie et Marie-Louise les rejoignirent rapidement. Philippe Boyer observa la famille réunie dans la cuisine, visiblement rassurée par sa présence. Il les connaissait depuis tellement longtemps. En fait, depuis l'arrivée du couple à Montréal. Il observa Sophie et Amélia et les revit petites filles, à demi dissimulées derrière leur mère. Elles avaient bien grandi. Il prit conscience qu'il n'était plus de la première jeunesse. Une génération était sur le point de passer, une autre de lui succéder.

– Docteur, vous n'avez pas à nous raconter des histoires, dit Édouard. Je ne suis pas fou, je vois bien que ma femme est mal portante depuis Noël et qu'elle n'en mène pas large ces temps-ci. Je n'en peux plus de me tourner les sens comme je le fais depuis des jours. Et c'est pareil pour mes filles.

Philippe Boyer prit quelques secondes avant de répondre.

– Il faudrait que je vous parle en privé, annonça-t-il finalement en désignant à Édouard, d'un discret signe de tête, ses trois filles.

– Elles peuvent rester, déclara Édouard.

– Très bien, très bien, répondit-il, hésitant, tournant son chapeau entre ses mains. Pour vous dire la vérité, son état m'inquiète, lança-t-il enfin.

– Cessez de faire des détours, docteur. C'est les poumons, c'est ça?

– Oui, les poumons. J'ai bien peur que votre femme ne souffre de phtisie*.

– Comment?

– De consomption, si vous préférez.

– Oh mon Dieu! s'écria Sophie en se laissant tomber lourdement sur la chaise qui se trouvait – heureusement – tout près d'elle. Marie-Louise ouvrit grand les yeux. Amélia leur lança un regard irrité. Son père, secoué par la nouvelle, restait silencieux, mais son visage exprimait déjà tout le désespoir qui le submergeait devant une telle injustice.

– Ça suffit! s'exclama Amélia. On ne va pas partir en peur. Il n'est pas trop tard pour faire quelque chose, n'est-ce pas docteur?

– Bien sûr que non, si tout le monde y met du sien, elle la première, il y a toujours de l'espoir, les rassura-t-il.

– Alors dites-nous ce qu'il faut faire. Tout le monde ici fera de son mieux, ajouta-t-elle en regardant ses deux sœurs puis son père.

Un peu honteuse, Sophie se hâta de hocher la tête en signe d'acquiescement.

– Ce n'est pas très compliqué. D'abord, beaucoup de repos et de l'air pur. Une sieste suivie d'une courte promenade tous les après-midi serait l'idéal. Elle aura aussi besoin d'aide pour son ordinaire. Finalement, elle doit manger copieusement, surtout de la viande et des œufs. Il faut qu'elle prenne du poids.

– C'est tout? s'étonna Amélia en le voyant enfiler son manteau, déjà prêt à partir. Vous ne lui donnez aucun remède?

Il secoua la tête, puis se mit à réfléchir.

– On pourrait l'hospitaliser. Mais à mon avis, cela ne serait pas très utile. En ce qui me concerne, un malade a bien

* La phtisie était le nom donné autrefois à la tuberculose pulmonaire, que l'on nommait plus communément consomption.

plus de chance de guérir à la maison qu'à l'hôpital. Continuez à lui faire prendre ses infusions et soyez attentifs à tout changement dans son état.

Comme si elle reprenait soudain pied dans la réalité, Sophie constata qu'on avait omis une question d'une importance capitale.

– Et est-ce qu'il faut prendre des précautions particulières, vous savez, pour éviter d'être malades nous aussi?

– Ah oui, bien sûr, la contagion! Il faut y penser, répondit le docteur comme s'il se parlait à lui-même. Les risques ne sont pas si grands. Lorsqu'elle tousse, protégez votre visage avec un mouchoir, mais à part ça, non, je ne vois pas. Vous êtes bien portantes, je ne suis pas tellement inquiet. Il y a peut-être les enfants qu'il faudrait tenir éloignés autant que possible.

Amélia songea à Paul, si jeune, si assoiffé d'affection. Il trouverait cela vraiment ardu de devoir se détacher de Mathilde, ne serait-ce que temporairement.

Le docteur Boyer quitta finalement la maison. D'autres malades, d'autres maisons l'attendaient. Chacun retourna à ses occupations, évitant de regarder les autres, faisant comme si les paroles du médecin avaient été prononcées ailleurs que dans leur foyer. Et pourtant, tous ne pensaient qu'à la même chose, se remémorant chacun des mots tombés de la bouche du médecin comme autant de sentences de mort.

Histoire de s'occuper l'esprit autant que les mains, Amélia attaqua la pile de repassage qui s'accumulait depuis quelques jours tandis que Marie-Louise, installée à la table de la cuisine, fixait d'un air distrait la bible posée devant elle. Édouard s'était rendu auprès de sa femme, Paul était couché et Sophie terminait la vaisselle.

– Est-ce que maman va mourir?

Amélia sursauta. Sa main, armée du fer à repasser, s'immobilisa en l'air.

– Où es-tu allée chercher une idée pareille, Marie-Louise ? Elle ne va pas mourir, dit-elle en fronçant les sourcils.

– Amélia a raison, ajouta Sophie. Le docteur a dit qu'elle prendrait du mieux si elle suivait bien ses recommandations. Tu l'as entendu comme nous.

– Tu passes trop de temps à l'hôpital. Tu vois du malheur partout, reprit Amélia en se remettant à l'ouvrage. Et tu es bien mieux de ne pas répéter de telles sottises en présence de maman. Elle va guérir et tout ira bien, conclut-elle, l'air buté.

Le regard de Sophie croisa celui de sa jeune sœur. Amélia s'était faite très protectrice avec leur mère. C'était comme si elle ne voulait pas regarder la réalité en face. Sophie était plus lucide. Elle voyait bien que les jours de leur mère étaient comptés.

Montréal, 27 février 1885

Ma chère cousine et amie,

Notre très chère maman nous cause bien du souci depuis une semaine. Le médecin nous a dit que c'était les poumons. Mes sœurs et mon père semblent convaincus que ses jours sont comptés, mais je trouve quant à moi qu'elle prend du mieux et que chaque jour elle a les joues un peu plus roses et un air un peu plus vaillant. Maman sait que nous nous écrivons depuis le mois de janvier et elle souhaite que tu puisses donner des nouvelles encourageantes de son état à la famille. Qu'ils soient rassurés, car nous prenons grand soin d'elle.

Avec la maladie de maman, le trousseau de Sophie a été pour un temps mis de côté. Contrairement à ce que tu t'imagines, nous ne parlons pas beaucoup de son mariage prochain. Il est donc difficile pour moi de lui confier mes secrets les plus intimes. Je me doute bien que tu dois t'être déjà posé des tas de questions à propos du mariage et de l'amour et je me sens plus à l'aise de te confier à toi plus qu'à d'autres certaines pensées intimes que je n'ai encore partagées avec personne.

Je t'ai déjà parlé de ce jeune homme que j'ai rencontré cet automne, Alexis. Eh bien, c'est fait, nous nous fréquentons officiellement depuis le mois de janvier. Je ne veux pas t'ennuyer en te vantant toutes ses qualités, mais j'avais promis de te donner des nouvelles à ce sujet. À toi, je peux bien l'avouer simplement, je suis amoureuse. Il n'y a plus de doute dans mon esprit depuis longtemps. Et il m'aime aussi, je crois. Et pourtant, je suis troublée par son silence puisque, après près de deux mois de fréquentations, aucun mot n'a été échangé entre nous au sujet d'un possible engagement. Il m'arrive bien parfois de laisser la conversation dévier sur le mariage prochain de Sophie, mais il ne relève jamais l'allusion et change vite de sujet. Je vois bien qu'il évite mon regard dans ces moments-là.

Crois-tu que cela veut dire quelque chose ? Peut-être que je me laisse entraîner par mon imagination. Je dois avouer que je n'ai aucune raison de me plaindre de son peu d'empressement, car il se montre affectionné et attentif à combler mes attentes, ni de son humeur, puisqu'il est de caractère agréable et réfléchi. Et pourtant, je le sens parfois si loin de moi et j'ai l'impression étrange de ne rien connaître de lui. Et j'ose avouer qu'il m'arrive de me demander parfois si son caractère aimable n'est pas seulement le reflet de ses bonnes manières et du respect qu'il me porte. Comme tu le vois, chère Antoinette, je suis dans un état des plus confus.

C'est avec grande hâte que j'attendrai de tes nouvelles en espérant que tu pourras me conseiller d'une manière avisée.

Ta chère cousine,
Amélia

Chapitre XIII

Assise bien droite sur le lit, Amélia attendait qu'Alexis prenne enfin la parole. Elle avait l'impression que le cœur sortirait de sa poitrine tellement il battait fort. Le jour dont elle rêvait depuis des semaines était enfin arrivé. Il allait lui faire sa grande demande. La tension exprimée par son visage, l'émotion qu'elle pouvait y lire ne pouvaient s'expliquer autrement. Une heure auparavant, lorsqu'Alexis l'avait abordée dans la rue, alors qu'elle rentrait à la maison, elle avait été alarmée par son air désemparé, légèrement hagard. Il s'était approché d'elle et, faisant fi des convenances les plus élémentaires, l'avait serrée dans ses bras presque à l'étouffer. Amélia en était restée muette d'étonnement. Puis, il s'était doucement écarté et, d'une voix à peine audible, lui avait demandé de l'accompagner jusque chez lui. Il avait quelque chose à lui dire. C'était important. Elle devait lui faire confiance et l'accompagner.

Et maintenant, elle attendait, remplie de crainte et d'espoir, dans la chambre minuscule où logeait Alexis lorsqu'il était à Montréal. Elle était parfaitement consciente de l'inconvenance de la situation, mais ne voulait pas y penser. Étrangement, Alexis se taisait. Il semblait en proie à une vive émotion. Le silence qui s'éternisait commençait à la mettre mal à l'aise.

– Alexis...

Le jeune homme sursauta au son de sa voix et dévisagea Amélia. Puis, il sembla se ressaisir. Il s'agenouilla devant elle et emprisonna ses mains dans les siennes. Il prit une profonde inspiration et serra ses mains plus fort.

– Amélia. Est-ce que tu sais à quel point tu comptes pour moi ? Que ton bonheur m'importe plus que tout ?

– Mais oui, je le sais, répondit-elle en l'encourageant d'un sourire à poursuivre.

Il sembla sur le point de dire quelque chose en retour, mais opta finalement pour le silence. Amélia ne put retenir un cri de surprise lorsqu'il lui prit le visage et qu'il déposa un long et doux baiser sur sa bouche. Sans la quitter des yeux, il vint s'asseoir tout près d'elle. Amélia pouvait sentir la chaleur que dégageait son corps. Elle s'étonna de son désir qu'il l'embrasse encore et s'enhardit à poser la main sur sa poitrine musclée. Elle le sentit se raidir à ce contact. Sa respiration s'accéléra et il l'incita, d'une légère pression, à s'étendre. Il s'allongea près d'elle et l'entoura de son bras avant de se mettre à couvrir ses joues, son front, ses lèvres de baisers. Lorsqu'il entreprit de déboutonner sa veste qu'il retira prestement avant de la laisser tomber sur le sol, Amélia reprit momentanément ses esprits. Elle esquissa un geste pour se relever, mais Alexis l'arrêta d'un geste de la main.

– Alexis, murmura-t-elle, le souffle court, ce n'est pas bien, on ne peut pas…

– On ne peut pas quoi ? S'aimer ? Qu'est-ce qu'il y a de mal à ça ?

– Mais…, balbutia Amélia en posant un regard craintif sur Alexis.

Elle avait peur. Une peur affreuse d'avoir mal, de commettre un péché qui la mènerait tout droit en enfer, de décevoir Alexis. Amélia se mit à trembler lorsqu'Alexis s'étendit près d'elle, à demi-nu, et qu'il commença à déboutonner son corsage.

– Tu ne dois pas avoir peur, l'entendit-elle murmurer à son oreille. Je ne veux pas te faire de mal.

Il la dévêtit lentement et elle se laissa faire. Elle avait l'impression étrange que son corps et son esprit s'étaient dissociés l'un de l'autre. D'instinct, elle tenta de le repousser, mais sans y mettre beaucoup d'effort. Immobile, elle laissa Alexis la caresser de ses mains habiles qui suivaient les courbes de son corps frémissant d'un désir qu'elle ne parvenait plus à contenir et encore moins à comprendre. Les lèvres d'Alexis parcouraient maintenant son ventre, ses seins, son cou. Elle frissonna et il s'écarta un instant afin de la contempler. Amélia ouvrit les yeux et les plongea dans le regard débordant de désir et d'amour d'Alexis. Elle aurait voulu se refuser à lui, mais tout son être lui criait le contraire.

Il l'aida à se glisser sous les draps, retira son pantalon et la rejoignit. Elle se blottit dans ses bras rassurants et huma son odeur. Son corps était brûlant. Elle s'abandonna aux caresses expertes d'Alexis et sursauta lorsqu'elle sentit la main du jeune homme se glisser entre ses cuisses. Une vague de chaleur se répandit dans tout son corps et elle souleva instinctivement les reins en se pressant contre le corps d'Alexis. Lorsqu'il la pénétra, elle laissa échapper un faible gémissement de douleur. Il lui fit l'amour avec une douceur extrême, lui murmurant à l'oreille des mots rassurants. Et lorsque le plaisir la submergea, il la tint serrée contre lui en tremblant.

Couchés côte à côte, ils restèrent silencieux. La main d'Alexis reposait sur le ventre d'Amélia, sa tête au creux de son cou. Elle aurait voulu que cet instant dure éternellement. Quelle révélation cette expérience était pour elle ! Elle savait maintenant qu'on pouvait aimer un homme de tout son être, le corps répondant en écho à l'appel du cœur. Et elle découvrait aussi que la crainte qu'elle éprouvait à l'idée de ce qu'était « l'acte », que tout ce qui se disait à ce sujet, était insignifiant en comparaison du plaisir ressenti et de l'émotion qui lui comprimait le cœur. Ce fut ce moment-là qu'il choisit pour prononcer les mots qui entacheraient à jamais le souvenir de ce pur bonheur.

Alexis avait redouté cet instant dès qu'il avait compris qu'il était amoureux d'Amélia. Son secret le rongeait. Celui-là même que Victor avait découvert à la suite d'une rencontre fortuite avec un jeune homme de Saint-Hyacinthe. La soirée avait pourtant bien commencé. Il était en compagnie de Victor, Eugène et Georges dans le petit hôtel de la rue Saint-Paul où ils avaient l'habitude de passer leurs samedis soir. L'alcool aidant, il se sentait d'humeur plutôt joyeuse. Tout à coup, sans même prendre le temps de se justifier, Victor lui avait assené un violent coup de poing en pleine figure. Déséquilibré, Alexis s'était étalé de tout son long, renversant au passage la table voisine. Excitée par la perspective d'une bagarre, la clientèle du bar s'était attroupée autour deux. Leurs cris d'encouragement résonnaient encore aux oreilles d'Alexis. Sonné, il avait porté la main à sa bouche douloureuse puis considéré avec stupeur le sang qui la couvrait, comme s'il n'arrivait pas à y croire. Il se rappelait avoir pensé que son ami était devenu fou. Le corps raidi, les jambes écartées, les poings serrés, Victor était manifestement prêt à remettre ça.

Visiblement décontenancés, Eugène et Georges s'étaient interposés. Le souvenir des événements qui avaient suivi afflua à sa mémoire tandis qu'il s'efforçait de trouver le courage de tout avouer à Amélia.

– Prends sur toi, Victor ! Qu'est-ce qui t'arrive ? avait crié Eugène.

– Lâchez-moi ! Je n'en ai pas terminé avec lui ! avait grogné Victor en tentant de se défaire de la solide emprise de ses deux compagnons.

– Calme-toi, Victor, ou on va se faire jeter dehors, l'avait semoncé Georges. Vous êtes des amis. Réglez vos affaires sans en venir aux mains comme deux ivrognes !

– Un ami, parlons-en, avait amèrement répondu Victor en désignant Alexis d'un doigt accusateur.

Alexis s'était relevé et s'efforçait de trouver une explication qui ne venait pas.

– Je ne sais pas pourquoi tu es autant en colère, mais si tu prends sur toi, on pourra peut-être se parler comme deux adultes raisonnables. Mais pas ici, avait-il précisé en jetant un œil sur la foule silencieuse qui était toute ouïe et qui, à défaut d'une bonne bagarre, se contenterait d'une révélation croustillante.

– D'accord, si c'est ce que tu veux, avait acquiescé Victor en recouvrant un peu son sang-froid.

Ils avaient marché en direction du fleuve et s'étaient arrêtés près du parapet qui surplombait les voies ferrées du port.

– Cette fois, je veux la vérité, avait lancé Victor.

– La vérité sur quoi ?

– J'ai rencontré une de tes connaissances, et pas plus tard que tout à l'heure.

– Ah oui ?

– Quelqu'un qui te connaît depuis des années. Un certain Oscar, dont je ne me souviens plus du nom de famille. Il m'a fait des révélations, ma foi, très... instructives.

Alexis avait réfléchi à toute allure, cherchant dans ses souvenirs la trace de ce mystérieux Oscar. Et puis, il l'avait compris : Oscar, le fils du bonhomme Filion, ce petit avorton pas trop futé. Au fur et à mesure qu'il prenait conscience de ce qu'impliquait cette rencontre, ses yeux s'étaient agrandis d'effroi.

– Ah, je vois que tu viens de comprendre, avait déclaré Victor. Alors, que dis-tu de cela ? Tu ne croyais tout de même pas que ton secret serait préservé parce que tu venais habiter à Montréal ?

– Ce n'est pas...

– Que tu aies une famille ailleurs, ce sont tes affaires. Ta vie, tu peux en faire ce que tu veux. Et ta femme, Aurélie, c'est bien ainsi qu'elle se nomme ? tu peux la traiter comme tu l'entends. Mais que tu agisses de la même façon avec

Amélia, ça non ! As-tu seulement pensé une minute à elle ? lui avait crié Victor, ses yeux lançant des éclairs.

Amélia se racla la gorge. Elle lui semblait si vulnérable. Ses yeux exprimaient toute la confiance qu'elle avait en lui et il n'aspira plus qu'à mettre rapidement un terme à cette douloureuse et pitoyable situation. Il se passa une main sur le visage et repoussa les couvertures. Il se leva, remit lentement son pantalon et revint s'asseoir sur le lit, près d'Amélia. La jeune femme s'était soulevée sur un coude et l'observait d'un air soucieux.

– Alexis ? murmura-t-elle.

Il prit une grande inspiration et tourna son visage vers elle.

– Je dois te parler d'Aurélie, laissa-t-il tomber dans un souffle.

– Aurélie ? reprit-elle comme en écho.

– Aurélie est ma femme, Amélia.

– Mais de quoi parles-tu ?

– J'aurais dû te le dire depuis longtemps. Mais j'ai cru que les choses s'arrangeraient. J'espérais… Laisse-moi seulement t'expliquer…

Alexis sembla se tasser sur lui-même. Il tendit la main vers Amélia qui l'ignora.

– Je ne comprends pas…, protesta Amélia en secouant la tête.

Comme la jeune femme ne disait plus rien, il se lança, le cœur battant, comme il l'avait fait la veille avec Victor.

– J'ai toujours connu Aurélie. On a grandi ensemble, joué aux mêmes jeux. En grandissant, ça nous a semblé normal de vivre aussi les mêmes expériences. De tomber amoureux. Elle avait une façon de me regarder qui semblait dire « Tu es juste à moi ». Je le croyais moi aussi. On s'est marié en 1878 ; j'avais vingt ans, elle dix-huit. On était jeunes et on s'aimait comme des fous. Ce bonheur-là, il a duré deux pleines années. On habitait chez mon père, en attendant de pouvoir construire notre maison à l'extrémité de sa terre. C'était prévu pour l'été suivant quand Aurélie m'a annoncé qu'elle avait un petit en route. J'étais tellement heureux. Il n'y a pas eu de problème jusqu'à la délivrance. C'est là que les choses ont changé. Dans les derniers mois, avant que le petit arrive, Aurélie a commencé à avoir des absences, à oublier toutes sortes de choses. Parfois, elle disparaissait des heures durant, puis elle revenait, la chevelure toute désordonnée, sa jupe couverte de brins d'herbe. Elle était partie se promener, disait-elle. Avant, on pouvait parler pendant des heures. Et là, on n'avait plus rien à se dire. Elle ne faisait même plus attention à elle. Elle pouvait passer des journées entières au lit ou à se bercer sur la galerie. Pendant tout l'hiver et le printemps suivant, je me suis échiné, avec mon père et mes oncles, à construire notre maison, en plus de toute la besogne qu'il y avait à faire sur la terre. Je le sais maintenant, mais dans ce temps-là, si je me tuais autant à la tâche, c'était pour ne pas voir ce qui arrivait à ma femme.

Le jour où Jean est venu au monde a été le plus beau de ma vie. Ce petit bonhomme-là, c'était mon sang qui coulait dans ses veines. C'était mon fils. Dès que j'avais une minute, je ne me privais pas de le bercer et de le cajoler. Un beau bébé en bonne santé. Et sage comme tout en plus de ça. Tout aurait été parfait sans Aurélie. Depuis la naissance de Jean, elle n'avait plus dit un seul mot. Trois semaines durant. Elle n'a jamais demandé à voir le bébé ni à le prendre dans ses bras. Ma mère en a pris grand soin, Dieu en est témoin. Mais je ne pouvais plus me mentir à moi-même : ma femme était devenue folle. Tu ne peux pas imaginer à quel point cela m'a chaviré le cœur. Il fallait que je fasse quelque chose, n'importe quoi. C'est peut-être ma faute si les choses ont mal tourné, mais je ne pouvais pas faire autrement. Je l'ai secouée, j'ai tenté de la faire réagir, mais c'était comme si elle ne me voyait pas. C'est à ce moment-là que j'ai placé le bébé de force dans ses bras.

Jean gigotait comme un diable. Moi, je criais sur Aurélie. Le petit s'est mis à pleurer, puis à hurler. Enfin, Aurélie a semblé le voir. Et j'ai vu dans ses yeux qu'elle était devenue folle pour de bon. J'ai eu peur et je lui ai enlevé l'enfant.

Et là, elle a commencé elle aussi à hurler, tellement fort que je me suis sauvé en courant, le bébé serré dans mes bras. Je l'ai remis à ma sœur. Ma mère et moi sommes retournés dans la chambre et j'ai bien pensé que j'allais devenir fou, moi aussi. Tous les objets sur la commode étaient répandus sur le sol. Aurélie était assise dans un coin de la chambre, entre le mur et le lit, et nous tournait le dos. Elle ne criait plus et se frappait la tête sur le mur. J'ai avancé vers elle pour l'empêcher de se faire du mal quand je me suis rendu compte que le sol était mouillé. À l'odeur, j'ai compris que c'était de l'urine. On a réussi à la recoucher dans son lit et à la laver un peu. Après, je suis allé chercher le docteur. Il était évident pour lui qu'il fallait l'interner. Il n'y avait pas d'autre moyen.

Elle a passé deux années à Saint-Jean-de-Dieu, ici à Montréal. Après ça, elle est revenue à la maison. Enfin quasi les pieds devant, puisque maintenant elle a plus l'air d'une morte que d'une vivante. Lorsqu'elle est partie à l'asile, j'avais encore l'espoir qu'elle guérisse un jour mais, à son retour, j'ai bien vu que je me faisais des illusions. J'ai donc décidé de partir. C'était trop pour moi, comprends-tu ? Je n'ai jamais achevé de bâtir notre maison et j'ai pensé que mon fils, à son âge, avait davantage besoin d'une mère que d'un père. Je l'ai laissé à ma mère pour qu'elle l'élève de son mieux.

Et je t'ai rencontrée... J'ai vraiment cru que le bon Dieu, dans sa sainte miséricorde, me donnait une nouvelle chance. Que je la méritais... Je me suis trompé.

Alexis avait débité son histoire d'un trait sans qu'Amélia ne l'interrompe. Il n'osait se tourner vers elle, ayant peur de ce qu'il pourrait lire sur son visage : incompréhension, dégoût, colère. Il attendit donc, silencieux, la gorge serrée.

Réfugiée au plus profond d'elle-même, la jeune femme l'entendait à peine. Ses mots ne l'atteignaient plus. Certains détails lui échappèrent, mais elle comprit très bien la signification de ce qu'il lui disait. Il ne pourrait jamais l'épouser, ni vieillir à ses côtés. C'était terminé, il lui faisait ses adieux.

– Si je suis retourné à Saint-Hyacinthe avant les fêtes, c'est parce qu'Aurélie était au plus mal, poursuivit lentement Alexis. On était certain qu'elle n'en avait plus pour longtemps. J'ai bien cru que ça y était, même si ça me brisait le cœur de la voir aussi misérable. J'ai prié Dieu pour qu'il me libère. Même si c'est un péché mortel d'espérer ce genre de chose. C'est à ce moment-là, à mon retour à Montréal, que je me suis déclaré. Tu te souviens ? J'ai été si heureux de savoir que mes sentiments étaient partagés. Et puis, Aurélie s'est remise…

Sa voix se brisa. À bout de souffle, il contempla la femme qu'il aimait. Elle était couchée sur le dos, immobile, les yeux perdus dans le vague.

– Pourras-tu me pardonner, Amélia ? Je t'aime… Dis quelque chose, la supplia-t-il en se penchant vers elle.

Amélia se raidit et continua à fixer le mur devant elle.

– Pourquoi…, réussit-elle à articuler avec peine. Comment peux-tu dire ça ?

– Que je t'aime ? Mais parce que c'est la vérité ! Il faut que tu croies en nous, en notre amour. Je ne peux pas t'épouser, Amélia, pas tant qu'Aurélie sera vivante. Mais un jour, nous pourrons être réunis, je te le promets…

Amélia était incapable de bouger. Ce que lui disait Alexis n'avait aucun sens. C'était tout son monde qui s'écroulait en cet instant et elle n'arrivait pas à comprendre ce qui lui arrivait. Tout se bousculait dans sa tête.

Sans même un regard pour le jeune homme qui l'observait avec inquiétude, Amélia trouva la force de se relever et de se vêtir, à peine consciente de sa nudité. Plongée dans une sorte d'hébétude qui la rendait sourde et aveugle à ce qui l'entourait, elle se dirigea vers la porte.

– Amélia..., réussit à articuler Alexis en retenant les larmes qui lui voilaient la vue.

Il avança d'un pas, la main tendue vers la jeune femme qui lui tournait déjà le dos. Elle ouvrit la porte et la referma doucement derrière elle. La main d'Alexis retomba contre sa cuisse. Il ferma les yeux et se laissa lourdement choir sur le lit. Il y resta un long moment, immobile, pressant son visage contre les draps qui avaient gardé l'odeur de la jeune femme.

Lorsque Amélia revint chez elle, l'obscurité s'installait. Sans même savoir comment, elle réussit à dissimuler à ses proches aussi bien son humiliation que l'indicible détresse qui lui déchirait le cœur. Cette nuit-là, elle finit par s'endormir, sans avoir versé une seule larme. Le regard brûlant d'Alexis fut la dernière image qui s'imposa à son esprit avant qu'elle ne plonge enfin dans un sommeil agité.

Les semaines qui suivirent, Amélia les vécut dans une sorte de transe. Elle avait annoncé sa rupture à ses parents et à ses amies, mais sans leur fournir le moindre détail. Ni les exhortations de Sophie, ni les regards tourmentés que lui jetait sa mère, ni les cajoleries de Lisie ne purent venir à bout de son mutisme.

Lorsqu'elle avait ouvert les yeux, le matin qui avait suivi cette horrible journée, elle avait d'abord ressenti une atroce douleur. La poitrine oppressée, la gorge nouée, elle avait eu l'inquiétante impression que l'air n'arrivait plus à se frayer un chemin jusqu'à ses poumons et que son cœur s'était arrêté de battre.

Les premiers jours, il y avait eu les larmes, brûlantes, intarissables, qu'elle s'autorisait à ne laisser couler que la nuit venue lorsque, une fois la maisonnée endormie, elle s'efforçait d'étouffer ses sanglots dans son oreiller détrempé. Le matin la retrouvait épuisée, les yeux gonflés et cernés, la tête douloureuse. Par elle ne savait quelle force mystérieuse, elle parvenait à affronter les regards de ses proches avec courage et désinvolture. Tous ceux qu'elle aimait lui étaient devenus des étrangers qui l'observaient et dans les yeux desquels elle ne lisait qu'embarras, impuissance ou pitié. À cette peine immense, qu'elle vivait en secret, s'était ajouté un autre sentiment qu'elle ne pouvait partager : la honte. Une honte humiliante, qui l'obligeait à taire les circonstances tragiques de sa rupture. Comment aurait-elle pu regarder qui que ce soit en face si elle avait avoué avoir été trompée et déshonorée comme une fille de rien ? Elle avait tourné le dos, de son propre gré, aux valeurs morales qui guidaient jusqu'alors sa vie. Son corps comme son âme seraient à jamais souillés par son manque de jugement et de pudeur. Comment aurait-elle pu avouer tout cela à ses parents ? Comment aurait-elle pu, surtout, leur confesser qu'elle ne ressentait aucun repentir lorsqu'elle se plaisait à se rappeler les caresses et les baisers dont l'avait couverte Alexis ?

Mais ce dont elle avait le plus honte, c'était d'avoir été trompée aussi aisément. Elle avait avalé le boniment de beau parleur d'Alexis, lui avait fait confiance et lui avait ouvert son cœur. Et lui, il s'était joué d'elle comme d'une pauvre idiote, il avait profité de sa naïveté. On ne l'y prendrait plus. Il avait même poussé l'affront jusqu'à lui jurer qu'il l'aimait et qu'il reviendrait, un jour.

Ses mains se raidirent sur le rebord de la cuve. S'il croyait qu'elle l'attendrait ! Ce matin-là, elle avait décidé d'en finir avec les larmes. La jeune fille naïve et enthousiaste n'existait plus ; une autre, plus lucide, avait pris sa place.

Amélia sortit un mouchoir de la poche de son tablier et essuya la sueur qui lui couvrait le front. Elle avait conscience d'être au cœur des discussions de ses amies. Elle voyait les regards à la dérobée que s'échangeaient Lisie, Blanche et Marguerite. Ne se sentant pas la force de les écouter se plaindre de tracasseries qui avaient perdu pour elle tout intérêt, elle avait même demandé à être affectée aux cuves, ces énormes récipients remplis d'eau bouillante qui dégageaient une chaleur insupportable.

À l'autre extrémité de la salle, Lisie, Blanche et Marguerite s'étaient rapprochées pour discuter.

– Il faut faire quelque chose, chuchota Lisie.

– Mais Lisie, comment peut-on faire, elle nous évite depuis des jours ? rétorqua Marguerite.

– Elle essaie de nous faire croire que tout va bien. En plus, on ne sait même pas ce qui s'est passé, renchérit Blanche. J'ai croisé sa sœur Sophie, l'autre jour. Sa famille n'en sait pas plus que nous. C'est vraiment...

– Mesdemoiselles, je ne vous paye pas pour jacasser comme des pensionnaires.

Elles sursautèrent en entendant la voix de Simon Blackburn. Depuis qu'il était revenu des États-Unis, on ne voyait plus que lui. Peut-être monsieur Blackburn était-il malade ? Elles se tournèrent vers leur jeune patron qui avait l'œil mauvais. Lisie se mit à trembler. Il lui faisait peur.

– On ne jacassait pas, monsieur, s'empressa-t-elle de répondre, les joues en feu et la voix mal assurée. On discutait.

– Ah ! Et quel était le sujet de cette discussion ? Ce devait être important pour que vous vous arrêtiez en plein travail, s'enquit-il, les mains maintenant posées sur ses hanches étroites.

– Eh bien..., commença Lisie, hésitante. Elle jeta un rapide coup d'œil à Blanche et à Marguerite qui écarquillèrent les yeux en signe d'avertissement. C'est que... on discutait des malheurs d'une amie. Son prétendant l'a laissé tomber et on est très inquiètes pour elle, précisa-t-elle.

– Et cette amie, je la connais ? s'enquit-il, davantage désireux de les tourmenter que d'en savoir plus.

Lisie hésita. Elle ne pouvait pas le lui dire. Cela lui ferait trop plaisir si on considérait le fait qu'il semblait trouver Amélia bien de son goût. Et en même temps, elle était profondément blessée par le silence de son amie. Elle ressentit l'envie soudaine et puérile de se venger.

– Bien sûr, lâcha-t-elle finalement en lui retournant impudemment son regard méprisant. C'est Amélia... Amélia Lavoie, précisa-t-elle.

À l'instant même où le nom d'Amélia franchissait ses lèvres, elle regretta son indiscrétion, et l'air satisfait de Simon Blackburn n'avait rien pour la rassurer.

Elle attendit, les yeux baissés. Lorsqu'elle osa les lever à nouveau, elle constata que Simon Blackburn s'était déjà éloigné en direction de son bureau.

– Mais à quoi as-tu pensé, Lisie ? lui chuchota Blanche en se remettant prestement à l'ouvrage. Amélia ne te le pardonnera jamais.

– Je n'ai pas pu m'en empêcher, gémit Lisie tout en sentant les larmes lui monter aux yeux. À part de ça, ce n'est pas notre faute, ajouta-t-elle rapidement en se ressaisissant. Si elle voulait qu'on garde le secret, elle n'avait qu'à se confier à nous et à nous le demander !

– Voyons, calme-toi ! Tout le monde nous regarde maintenant ! lui fit remarquer Blanche.

– Remettons-nous au travail. On discutera plus tard, ordonna Marguerite d'une voix autoritaire.

Leur journée s'acheva sans qu'elles aient échangé un mot de plus. Lisie fut désignée – histoire de se racheter – comme porte-parole pour parler à Amélia. Au moment où elle passait la porte, elle aperçut son amie qui s'éloignait déjà dans la rue Saint-Laurent. Elle dut accélérer le pas pour la rejoindre.

Le souffle court, Lisie prononça son nom. Amélia se retourna d'un seul bloc. Lorsqu'elle reconnut Lisie, ses yeux se plissèrent et sa bouche se pinça. Mais il en fallait plus que ça pour décourager la jeune femme. Elle rejoignit Amélia et l'entraîna sur un banc appuyé contre le mur de la cordonnerie tout près. Consciente que tenter de fuir ne ferait que retarder l'inévitable en plus d'attirer l'attention des passants, Amélia s'y laissa conduire, résignée.

Lisie réfléchissait à toute vitesse, cherchant les mots qu'il fallait, mais ne réussissant qu'à s'emmêler dans ses excuses et ses reproches. Elle craignait plus que tout de perdre définitivement l'affection d'Amélia.

– Amélia, lâcha-t-elle finalement dans un souffle, il faut que tu me parles. Je n'en peux plus, moi. Je suis ton amie...

Amélia ne réagit pas.

– Je te parle ! s'impatienta Lisie en haussant un peu le ton. Tu pourrais au moins me répondre !

– Qu'est-ce que tu veux tant savoir ? Il n'y a rien à dire, répondit finalement Amélia en regardant droit devant elle.

– Comment ça, rien à dire ? Comme si ça ne se voyait pas que tu es malheureuse. Tu as l'air aussi triste que des funérailles. Je m'inquiète pour toi, et Blanche et Marguerite aussi.

Amélia écoutait Lisie. Elle aurait aimé pouvoir se confier à elle comme auparavant. Mais la souffrance ne se partageait pas. On la vivait seul, entouré de vide et d'obscurité. Comment aurait-elle pu raconter, expliquer qu'elle était incapable de pleurer, que les larmes, d'abord versées abondamment, s'étaient soudain asséchées, impuissantes à soulager sa peine ? Et que penserait Lisie si elle lui avouait que son silence était préférable à l'épanchement de cette colère qu'elle sentait gronder en elle ? Sans doute prendrait-elle ses distances et Amélia ne voulait prendre ce risque, car si elle ne pouvait se confier aujourd'hui, un jour, plus tard, peut-être reviendrait-elle vers son amie.

Afin de calmer Lisie, elle consentit à partager avec elle une part infime de son tourment.

– Pardonne-moi, Lisie. Je ne suis plus la même ces derniers temps, confessa-t-elle à regret. Mais ne t'inquiète pas pour moi. Je suis un peu triste, c'est vrai, mais laisse-moi juste du temps.

– Tu vas me raconter un jour ce qui s'est passé ?

– Peut-être. On verra…

Amélia croisa les mains sur ses genoux et les pressa très fort l'une contre l'autre. Elle soupira profondément.

– Est-ce que c'est vraiment fini ? Si vous vous aimez encore, il y a peut-être encore de l'espoir que vous vous raccommodiez, s'enhardit à demander Lisie, encouragée par l'amabilité momentanée d'Amélia.

Amélia se tourna brusquement vers elle. Lisie ne put réprimer un sursaut.

– Je ne veux plus jamais que tu me parles de lui !

Elle détourna les yeux et serra les lèvres pour les empêcher de trembler.

Lorsque Lisie reprit la parole, ce fut pour prononcer des paroles empreintes d'une inhabituelle sagesse.

– Je comprends que tu ne veuilles pas me parler. Mais je vais te dire une chose. Ça ne te donnera rien d'être en colère. Je pense que tu l'as vu, ton Alexis, plus parfait qu'il ne l'était et il t'a déçue, c'est tout. Tu devrais l'oublier. Tu vas trouver un autre mari, tu verras. Tu devrais rentrer chez toi avant que la nuit tombe, conclut-elle après un court silence en se levant.

Amélia leva les yeux vers son amie.

– Bonsoir, Lisie… Et arrête de t'en faire pour moi, d'accord ? Il n'y a pas de raison. Je vais bien, se força-t-elle à ajouter, sa colère tout à coup retombée.

– Si tu le dis, je veux bien te croire, répondit Lisie en grimaçant un sourire.

Elle tourna les talons et s'éloigna d'un pas rapide, le cœur un peu plus léger.

Lorsqu'Amélia décida qu'il était temps de rentrer, le soleil, disparu derrière la masse des édifices, teintait le ciel d'un pâle rose orangé. Elle était restée assise sur ce banc plus longtemps qu'elle ne le pensait.

L'air frais du soir la calma et elle rentra chez elle sans attirer l'attention. Elle se mit au lit après avoir à peine touché à l'assiette que Sophie lui avait mise de côté, et s'endormit presque aussitôt.

Chapitre XIV

Le temps était doux. Le mois de mars tirait à sa fin et, avec lui, la froidure et la déprime de l'hiver. Peut-être le printemps augurerait-il des jours plus heureux ? Il y aurait la Fête-Dieu et la Saint-Jean-Baptiste, puis le mariage de Sophie à l'automne suivant. Amélia accueillait habituellement avec joie cette saison bénie, mais, cette année-là, tout lui semblait terne et anodin.

Dans les circonstances, la maladie de sa mère était tout de même bien tombée. Affaiblie et isolée dans sa chambre, Mathilde n'avait pas vraiment pu se rendre compte des changements qui s'étaient opérés chez elle depuis sa rupture avec Alexis. Pour ne pas causer plus de peine à sa mère, Amélia avait fait semblant que tout allait pour le mieux. Il y avait bien Sophie qui la tourmentait avec ses soupirs et ses regards en biais. Mais Amélia avait jusqu'à présent réussi à la tenir à l'écart. Elle n'était pas indifférente à la tristesse qu'elle lisait dans les yeux de sa sœur, mais elle craignait de ne pas pouvoir retenir ses larmes si elle laissait Sophie exprimer toute la compassion, sincère mais larmoyante, qu'elle lui inspirait.

Elle regarda autour d'elle. Son patron aurait déjà dû être là. Le doute s'insinua dans son esprit : peut-être s'était-elle trompée de jour ? Non, il avait bien parlé de samedi, après le travail. Ou encore il lui faisait une méchante blague. Ce serait bien son genre de se moquer d'elle ainsi. Elle n'aurait pas dû accepter. Elle n'avait soufflé mot à quiconque de l'invitation qu'il lui avait faite. Ses parents n'auraient jamais accepté qu'elle fréquente seule, ne serait-ce que quelques heures, un homme qui ne leur avait pas été présenté sans la présence d'un chaperon. Quant à ses amies, elles auraient assurément tenté de la dissuader d'accepter, prétextant qu'il ne voulait que profiter d'elle. Mais elle se moquait de leurs avertissements. Si elle avait accepté de souper avec lui, c'était en partie pour se convaincre qu'elle était en mesure de faire ses propres choix et en partie pour prouver à tous ceux qui disaient le contraire qu'on pouvait fort bien passer des moments agréables avec un homme sans en être amoureuse.

Il n'y avait pas que l'amour dans la vie. La fortune, la reconnaissance sociale, le prestige étaient aussi à considérer. Pourquoi ne pourrait-elle pas, elle aussi, comme essayait de l'en convaincre Lisie depuis si longtemps, habiter une grande maison au pied du mont Royal, avec des domestiques, des meubles luxueux et de somptueuses toilettes ? Plus besoin de se priver, de gratter le fond des tiroirs, de vivre serrés les uns contre les autres et de s'inquiéter des lendemains. Et tant pis si l'amour ne faisait pas partie du lot. Si on pouvait être amoureux même sans le sou, un mariage fondé sur la raison avait tout autant de chances d'être heureux. Amélia comprenait désormais ce que sa mère avait cherché à lui expliquer. Ces mots qu'elle se refusait alors à entendre.

La méfiance que Simon Blackburn lui inspirait lui semblait aujourd'hui dérisoire. Ce n'était qu'un homme. Comme les autres. Elle le trouvait aussi antipathique qu'auparavant mais, du moins, cela avait-il l'avantage de la prémunir contre le danger de se faire à nouveau prendre au piège.

– Belle soirée.

Tirée de ses réflexions, Amélia se retourna. Simon Blackburn se tenait tout près d'elle.

– Allons-y, lui dit-il sans plus de préambule en lui tendant son bras.

Il ne l'avait même pas saluée.

Amélia n'hésita qu'un court instant avant de glisser son bras sous le sien. Elle lui emboîta le pas.

– Où allons-nous ?

– Vous verrez bien, c'est une surprise. Mais je suis certain que vous n'oublierez pas de sitôt votre soirée, l'assura Simon en lui adressant un sourire en coin.

Ils marchèrent pendant un moment sans échanger autre chose que des banalités. Ils descendirent la rue Saint-Laurent jusqu'à la rue Notre-Dame, dépassèrent l'hôtel de ville et la place Jacques-Cartier et tournèrent rue Saint-Gabriel. De nombreux restaurants, certains parmi les plus renommés de Montréal, y avaient pignon sur rue. Sans doute Simon l'emmenait-il dans l'un d'eux.

Ils croisèrent un, puis deux restaurants, mais le jeune homme ne fit pas mine de ralentir. À l'approche de la rue Saint-Paul, Amélia crut qu'ils s'y engageraient, mais ils la traversèrent d'un bon pas. Elle commençait à avoir du mal à suivre les longues foulées de son compagnon et devait presque courir pour se maintenir à sa hauteur. Ils se rapprochaient de la rue des Commissaires lorsque Simon s'arrêta. Amélia regarda autour d'elle : une épicerie, des maisons, mais aucun restaurant en vue. À peine eut-elle le temps de s'interroger sur l'étrangeté de la situation que Simon l'attirait déjà vers la porte en façade d'un immeuble de deux étages en pierre gris pâle. D'un geste rapide, il extirpa de l'une de ses poches une clé qu'il introduisit dans la serrure. Saisissant Amélia par le coude, il la poussa fermement dans le petit escalier qui montait vers l'étage supérieur. La lourde porte se referma derrière eux dans un claquement sec.

– Où m'amenez-vous ?

– Je vous ai dit que c'était une surprise, lui répondit-il avec impatience en la forçant à gravir les marches étroites.

Amélia sentit l'affolement la gagner. Le pressentiment que quelque chose de terrible allait se passer traversa son esprit. Du coup, elle prenait conscience qu'elle continuait à grimper l'escalier, toujours plus haut, comme si son esprit fonctionnait au ralenti. Elle n'avait pas écouté ce que lui dictait son instinct, en bas dans la rue. Pas plus qu'elle n'avait saisi l'occasion de s'enfuir à toutes jambes pendant le bref instant où Simon cherchait sa clé pour ouvrir la porte. Elle était restée là, pétrifiée, à attendre qu'il l'entraîne dans une aventure dont son inconscient connaissait le dénouement mais qu'elle se refusait encore à admettre. Par pure bravade, elle s'était montrée intrépide et irréfléchie.

Ils atteignirent finalement le palier du deuxième étage et s'arrêtèrent devant la porte de l'appartement que Simon Blackburn ouvrit d'une simple poussée. Il empoigna rudement Amélia par le bras et la poussa à l'intérieur. Ses souvenirs des lieux ne se résumeraient plus tard qu'à quelques images fragmentaires. Elle se rappellerait seulement avoir pensé que le mobilier à l'opulence excessive et la décoration tape-à-l'œil avaient des traits communs avec le propriétaire des lieux.

Il serra encore plus fort son bras et le lui ramena brutalement derrière le dos de manière à la tenir tout contre lui. Amélia grimaça de douleur et tenta vainement de se libérer. Ses yeux s'agrandirent d'effroi. Elle se débattit, mais Simon la tenait fermement.

– Lâchez-moi tout de suite, réussit-elle à articuler malgré la peur qui lui asséchait la bouche.

– Tu n'aimes pas ma surprise, Amélia? lui demanda-t-il, un sourire triomphant sur les lèvres. Je suis sûr que tu vas bientôt changer d'avis. Tu n'es pas particulièrement bien tournée, mais je saurai m'en accommoder, lui murmura-t-il à l'oreille en lui retirant avec maladresse son manteau qu'il jeta sur le fauteuil derrière lui.

– Comment osez-vous? protesta Amélia.

– Je pense que tu n'as pas bien compris, Amélia. Tu croyais vraiment que j'allais me montrer en public en ta compagnie? s'étonna Simon.

Il éclata de rire et se pressa contre elle, l'écrasant contre la porte qu'il avait pris grand soin de boucler à double tour.

Ainsi coincée, Amélia sentit contre sa cuisse le répugnant durcissement qui confirmait ses craintes. L'ardeur du jeune homme semblait croître à la mesure de l'énergie qu'elle employait à le repousser.

– Tu devais moins faire l'effarouchée avec ton fiancé. Mais non ! se reprit Simon, c'est sûrement pour cette raison qu'il t'a laissé tomber. Je me trompe ? Ah, tu te demandes comment il se fait que je sois au courant, n'est-ce pas ? ajouta-t-il en considérant son air ébahi. Qu'est-ce que ça peut faire ? Il lui caressa la joue du dos de la main, son visage se contractant en une grimace de compassion. Pauvre petite fille, minauda-t-il. Tu aurais bien besoin d'être consolée.

Et sans plus de préambule, il lui empoigna brutalement un sein. Amélia laissa échapper un cri de surprise. Elle essaya de se défaire de son emprise, et sentit la panique la gagner. Elle se mit alors à lui donner des coups de pieds dans les tibias, ce qui n'eut pour seul effet que de le mettre en colère.

– Cela suffit maintenant ! décréta le jeune homme d'une voix qui n'augurait rien de bon.

Joignant le geste à la parole, il la souleva de terre et la porta jusqu'à la chambre. Amélia atterrit sur le grand lit de fer. Les ressorts grincèrent lorsqu'il se laissa tomber de tout son poids sur elle. Il se plaça de façon qu'elle puisse à peine bouger les jambes. Simon entreprit de lui arracher son corsage, luttant contre la résistance du tissu, s'escrimant à faire sauter les boutons solidement cousus. La bouche avide, il pressa ses lèvres humides contre celles d'Amélia, cherchant à introduire sa langue dans la bouche de la jeune femme. Amélia tenta de se soustraire à l'emprise de son assaillant en détournant la tête, mais elle se rendit vite compte que plus elle se débattait, plus celui-ci devenait brutal, redoublant d'ardeur et de force. Ce fut sans doute son instinct qui lui commanda de ne plus opposer de résistance. Son corps devint aussi inerte qu'un vieil oreiller avachi.

Encouragé par la docilité de la jeune fille, Simon relâcha peu à peu son étreinte. Quelque peu essoufflé d'avoir autant lutté, il se laissa choir tout contre Amélia, s'autorisant quelques secondes de répit. Enfin libre de ses mouvements, Amélia le poussa sur le côté, sauta sur ses pieds et s'élança hors de la pièce. Sous l'effet de la surprise, Simon prit quelques secondes pour réagir. Amélia gagna la porte d'entrée qu'elle réussit à ouvrir après avoir lutté avec le verrou. Les larmes coulaient sur ses joues, ses mains tremblaient, mais elle n'en avait que vaguement conscience, tenaillée par la peur de voir surgir Simon derrière elle. Elle parvint à sortir du logement, dévala les marches et se retrouva dans la rue. Elle cherchait des yeux un endroit où se réfugier lorsqu'elle entendit la porte de l'étage claquer et perçut l'écho du pas lourd de Simon Blackburn descendre l'escalier juste derrière elle. Affolée, elle se mit à courir en direction du port. Sans même prendre le temps de réfléchir, elle tourna à gauche dans la rue Saint-Paul et se précipita dans une ruelle qui ouvrait une brèche entre deux entrepôts. Elle déboucha rapidement dans la cour arrière de bâtiments et s'accroupit derrière une pile de cageots abandonnés. Le cœur battant, le souffle court, elle prêta l'oreille. Rien, un silence absolu régnait autour d'elle. Elle attendit un long moment avant de se risquer à se relever. Un long frisson la parcourut et elle se mit à trembler de froid et de peur. D'un pas prudent, la jeune femme s'engagea dans la ruelle et émergea à nouveau rue Saint-Paul. Elle scruta prudemment les alentours et laissa échapper un soupir de soulagement en constatant que la rue était déserte. Elle avait réussi à échapper à Simon Blackburn. Amélia prit soudain conscience de la situation dans laquelle elle se trouvait. Elle ne pouvait pas rentrer chez elle. Pas dans cet état. Machinalement, elle tenta de refermer les pans de son corsage dont plusieurs boutons manquaient et constata qu'elle avait laissé son manteau chez

Simon Blackburn. Lentement, elle entreprit de remonter la rue Saint-Paul sans cesser de jeter de rapides coups d'œil derrière elle. Deux hommes la croisèrent en riant et elle accéléra le pas.

La rue Saint-Paul s'étirait devant elle aussi loin que son regard pouvait porter. Elle distingua, plus loin sur la droite, le clocher de la chapelle Notre-Dame-de-Bonsecours. L'idée d'aller quérir le secours du curé lui traversa l'esprit, mais elle y renonça en songeant aux péchés qu'elle avait commis durant les dernières semaines et qu'elle devrait alors avouer. Amélia secoua énergiquement la tête pour chasser cette idée de son esprit. Non, ça ne servirait à rien de mêler Dieu à son histoire, elle devait se débrouiller autrement.

Pendant qu'elle réfléchissait, son regard accrocha le dôme cuivré du marché Bonsecours. Le déclic se fit presque instantanément dans son esprit : Alexis. C'était là que leur régiment avait ses quartiers. Peut-être pourrait-elle l'y trouver. Auprès de lui, elle serait en sécurité. Comme une somnambule, elle se remit en marche et se dirigea vers la grande bâtisse qui l'attirait comme un aimant.

Alexis... Comment avait-elle pu se montrer aussi inflexible et obstinée alors qu'il tentait, avec visiblement beaucoup d'effort, de lui expliquer les raisons de sa duplicité ? Sans chercher à se justifier, il lui avait ouvert grand son cœur, l'éclairant sur les événements qui l'avaient conduit à agir de la sorte, à mentir à la femme qui lui était la plus chère. L'émoi dans lequel la plongeait son agression avait eu raison de ses dernières défenses. La muraille qu'elle avait érigée pour se protéger se lézardait à une vitesse folle. Alexis l'aimait. Elle n'en doutait plus maintenant. Elle avait réagi sottement, dominée par une fierté certes mal placée mais qui avait eu l'avantage de rendre son humiliation un peu moins cuisante. Elle comprenait qu'Alexis n'était pas coupable de tous les maux. L'état de sa femme ne pouvait en rien lui être reproché, pas plus d'ailleurs le fait qu'il soit tombé amoureux d'elle. Son seul tort avait été de lui mentir, de lui laisser entrevoir la possibilité d'un bonheur inaccessible. Mais tout n'était peut-être pas aussi noir qu'elle le croyait. S'ils s'aimaient suffisamment, rien n'était impossible.

Tout en marchant d'un pas décidé, elle comprit qu'elle était prête à l'attendre le temps qu'il faudrait. À défaut de pouvoir officialiser devant Dieu leur amour, elle se contenterait de l'assurance de l'affection que lui portait Alexis. Elle ferait son deuil d'une vie telle que la vivaient ses parents et accepterait avec sérénité la réalité qui serait sienne.

C'est forte de cette décision qu'Amélia arriva près du marché Bonsecours. Après avoir cherché un peu, elle trouva l'entrée réservée aux militaires et qui donnait accès à leurs locaux situés à l'étage. Elle resta plantée devant la porte, incapable de se décider. Il n'était sûrement pas là. Ne lui avait-il pas dit qu'il retournait à Saint-Hyacinthe ? Elle n'arrivait pas à s'en souvenir. La porte s'ouvrit, livrant passage à un jeune homme qui la dévisagea avec curiosité.

– Avez-vous besoin d'aide, mademoiselle ? s'enquit-il.

– Je ne sais pas… J'avais pensé…, hésita-t-elle.

– Vous attendez peut-être quelqu'un ?

– En fait, je cherche quelqu'un, répondit Amélia, saisissant la perche que lui tendait le jeune étranger.

– Un monsieur, je suppose ? lui demanda-t-il en lui adressant un sourire malicieux.

Amélia fit signe que oui de la tête tout en rougissant de l'inconvenance de sa démarche.

– Quel est son nom ?

– Pardon ?

– Son nom, à votre ami. Ce sera plus facile pour le trouver, expliqua-t-il calmement.

– Ah, bien sûr. Ce que je suis distraite ! Veuillez me pardonner, je vous prie, s'excusa Amélia en baissant les yeux vers le sol. Alexis Thériault, lâcha-t-elle dans un souffle.

– Alexis Thériault… Le jeune homme prit quelques secondes pour réfléchir. Puis, ses yeux s'éclairèrent. Bien sûr, je le connais, Alexis. Oh, pas beaucoup, précisa-t-il avec un vague geste de la main, mais on a bavardé quelquefois. Je l'ai trouvé de bien bonne compagnie.

– Vous savez s'il est ici, je veux dire présentement ? l'interrompit Amélia, fébrile.

Elle n'en pouvait plus d'attendre ainsi, à faire la conversation. Elle était transie et épuisée. Les larmes perlaient à ses yeux et elle ne savait pas combien de temps encore elle parviendrait à les retenir.

– Il n'est pas en haut, ça, c'est sûr. Et m'est avis que vous ne le trouverez pas en ville non plus, ma petite dame. Si je me rappelle bien, il est parti, pas plus tard qu'hier, pour les États. Vous n'étiez pas au courant à ce que je vois ? s'inquiéta-t-il en voyant les efforts qu'Amélia faisait pour se retenir de pleurer.

– Je vous re… mercie…, balbutia-t-elle.

Elle recula de quelques pas et s'éloigna rapidement en direction de l'église.

– Attendez !

La vue brouillée par les larmes, la poitrine oppressée par le chagrin et les regrets, Amélia l'ignora. Pourquoi avait-elle pris autant de temps avant de comprendre, de pardonner ? C'était bien elle, ça, orgueilleuse comme dix ! Pendant toutes ses journées où elle ruminait de sombres pensées, ne s'intéressant qu'à sa propre humiliation, ressassant sa rancœur et sa déception, Alexis envisageait, puis préparait son départ. Peut-être aurait-elle pu le faire changer d'avis si elle avait eu le courage de le retenir. Perdue dans ses pensées, aveugle à ce qui se passait autour d'elle, Amélia heurta de plein fouet un homme qui tournait le coin de la rue Bonsecours.

– Je suis désolée ! s'excusa Amélia sans même lever les yeux, prête à continuer son chemin.

Mais l'homme la retint par le bras. Convaincue que Simon Blackburn l'avait retrouvée, Amélia leva un regard terrifié vers... Victor Desmarais!

– Oh! laissa-t-elle échapper dans un souffle.

Amélia tremblait de tous ses membres et le regard affolé, légèrement hagard, qu'elle posa sur lui l'ébranla.

– Amélia? Mais... Que vous arrive-t-il? lui demanda Victor en la saisissant doucement par les épaules.

Amélia secoua la tête. Elle ne parvint qu'à émettre un faible gémissement. En raison du trop plein d'émotions ou peut-être de l'à-propos de la sollicitude de Victor, elle éclata en sanglots, les mains pressées contre son visage. Ne trouvant pas les mots qui pourraient la consoler, Victor attira Amélia vers lui et la serra contre sa poitrine. Peu à peu, les sanglots de la jeune femme se muèrent en hoquets et son corps se raidit. Pressentant qu'elle lui fausserait bientôt compagnie, il se dépêcha de prendre les devants.

– Venez, l'encouragea-t-il d'une voix douce en passant un bras autour de ses épaules frissonnantes. Trouvons un endroit où nous pourrons être au chaud et tranquilles pour discuter.

Ils se réfugièrent dans un petit restaurant situé un peu plus loin, rue Saint-Paul. Victor échangea quelques mots avec l'homme à la stature imposante qui les accueillit à l'entrée et il les mena à une table à l'abri des regards indiscrets. Dans la modeste mais proprette salle à manger régnait une douce chaleur qui engourdit peu à peu les sens d'Amélia. Le petit verre de brandy, que lui commanda discrètement Victor et qu'elle avala d'un seul trait, y fut probablement aussi pour quelque chose.

Avec une patience et une délicatesse qui étonnèrent Amélia, Victor attendit qu'elle se remette un peu de ses émotions avant de l'interroger. Pelotonnée dans la veste du jeune homme, elle lui jetait des regards à la dérobée. Conscient qu'il tenait peut-être là l'unique chance qu'il aurait jamais de s'attirer la sympathie de la jeune femme, Victor attendait en silence. Puis, un jeune serveur vint poser devant Amélia un bol de soupe chaude et une belle tranche de pain doré, bien chaude elle aussi.

– Allez, mangez un peu, cela vous réchauffera, lui intima Victor.

Amélia réussit à avaler quelques cuillerées de bouillon, mais laissa de côté les gros morceaux de légumes ainsi que la presque totalité du pain. La gorge nouée, elle posa sa cuillère. Victor fronça légèrement les sourcils, mais n'émit aucun commentaire.

– Vous devez vous demander ce qui a bien pu m'arriver, n'est-ce pas ? J'imagine que je vous dois des explications, murmura Amélia tout en désignant de la main son corsage déchiré.

Victor ne répondit pas, mais la regarda avec plus d'attention. Il s'était penché vers elle, les deux coudes sur la table, les mains jointes sous son menton.

– Alexis et moi…, commença-t-elle d'une voix hésitante. Vous devez être au courant que moi et Alexis, nous avons rompu.

– En effet.

– Vous a-t-il raconté comment ça c'était passé ?

– Il m'a raconté… pour sa femme et son fils, c'est tout, précisa Victor, en préférant taire le fait qu'ils en étaient venus aux mains.

– Vous le saviez depuis longtemps ?

Victor fit signe que non de la tête.

– Eh bien, continuait Amélia, je suppose que vous pouvez comprendre que ce fut très difficile pour moi… les premiers jours…

Sa voix se cassa, brisée par l'émotion.

– Je comprends, ce n'est pas nécessaire de m'expliquer, la rassura Victor.

– Je ne sais pas ce qui m'a pris de lui faire cette promesse… à mon patron, son fils en fait, ajouta-t-elle bien qu'elle s'aperçut que Victor ne la suivait plus.

– Une promesse ?

– Je voulais tellement passer Noël à Saint-Norbert, avec ma famille. Lorsqu'il m'a proposé de souper en sa compagnie en échange de quelques jours de congé, j'ai dit oui sans réfléchir aux conséquences. Qu'aurais-je pu faire d'autre ? J'étais tellement heureuse, vous comprenez ?

Victor la considérait avec étonnement, quelque peu déconcerté.

– Ça devait être vite passé. Ce n'était pas grand-chose après tout, se justifia Amélia en baissant les yeux vers son bol de soupe dont le contenu était devenu tiède.

Elle posa les mains à plat sur la table et attendit que Victor dise quelque chose.

– Et…

– Et on s'est donné rendez-vous. On a marché le long de la rue Saint-Gabriel. J'étais certaine qu'il m'amenait dans l'un de ces beaux restaurants. Vous savez, c'est un coin réputé quand on veut bien manger… enfin, c'est ce qu'on dit. Et on a marché, marché, mais sans jamais s'arrêter. Et c'est là qu'il…

– C'est là qu'il a quoi ? Que s'est-il passé ? insista Victor.

– Je n'en suis plus certaine, tout a tellement été vite, balbutia Amélia, la lèvre frémissante. On s'est arrêté devant une maison. Et il m'a obligé à entrer, puis à monter jusqu'en haut. Je pense que c'était chez lui. Enfin, pas chez son père, mais chez lui quand même. Et puis, il a… il m'a…

Incapable d'en dire plus, Amélia retint d'une main les pans de son corsage qui s'étaient de nouveau ouverts, révélant une partie de son cache-corset.

– Vous a-t-il offensée de quelque manière que ce soit ? lui demanda Victor dont les traits s'étaient durcis.

Amélia fit signe que oui de la tête.

– Il va payer pour ça ! marmonna-t-il, les dents serrées. Où habite-t-il ?

– Qu'allez-vous faire ?

– Ne vous inquiétez pas de ça.

– Non, ne faites rien ! Je ne voudrais surtout pas qu'il vous arrive quelque chose ! De toute façon, je ne sais même pas si je serai capable de retrouver l'endroit exact. Il faisait noir et tout a été si vite. Je n'ai pas fait attention.

Victor ne répondit pas. Il sembla réfléchir quelques secondes, puis se leva. Voyant qu'il était prêt à partir, Amélia s'était levée elle aussi et attendait.

– Je vous raccompagne chez vous, lui annonça Victor.

Il aida Amélia à enfiler sa veste, qu'il boutonna de haut en bas.

Par chance, ils trouvèrent rapidement une voiture. Le long du chemin, Amélia n'ouvrit la bouche qu'une seule fois pour demander l'heure à Victor. Elle ne songeait qu'à son père, qui devait l'attendre, mi-inquiet, mi-mécontent. Elle cherchait une façon de justifier son retour tardif ainsi que la perte de son manteau, qui ne passerait certainement pas inaperçue, mais n'arrivait pas à ordonner ses pensées.

Lorsque la voiture s'arrêta, Amélia sursauta. Il lui semblait qu'ils venaient à peine de quitter le restaurant. Victor descendit le premier et tendit la main à Amélia. Il paya le cocher et lui demanda de l'attendre encore une dizaine de minutes. Amélia le considéra avec étonnement. D'une légère poussée, il l'incita à avancer.

– Vous ne pensiez tout de même pas que je vous laisserais rentrer seule à cette heure-ci ?

– Ne vous sentez pas obligé de me raccompagner. Je peux me débrouiller, répondit Amélia d'un ton peu convaincu.

– Allez, venez.

Comme Amélia s'y attendait, Édouard n'était pas encore couché. La cuisine était sombre, à peine éclairée par la lueur rougeoyante du poêle. L'odeur familière du tabac à pipe lui parvint distinctement et elle devina, plus qu'elle ne la vit, la silhouette de son père dans la chaise à bascule, près de la fenêtre. Elle s'immobilisa et attendit qu'il prenne la parole le premier.

– J'attends des explications, prononça lentement Édouard.

– Papa, je suis désolée, je n'ai pas vu l'heure passer. J'étais... j'ai pensé que..., bredouilla Amélia, confuse.

– Je peux tout vous expliquer, monsieur, l'interrompit Victor d'une voix ferme.

Édouard retira la cheminée de verre de la lampe à pétrole placée sur le bord de la fenêtre et alluma la mèche. La lumière éclaira son visage. Il dévisagea Victor quelques secondes puis jeta un coup d'œil à sa fille. Mal à l'aise, elle fixait le sol.

– Monsieur... ?

– Desmarais, Victor Desmarais. J'ai eu le plaisir de faire votre connaissance lors de la veillée du premier de l'an, précisa Victor. En fait, monsieur, j'ai accepté de raccompagner votre fille après notre souper chez les Prévost, poursuivit Victor. J'y étais aussi. Je croyais que vous étiez au courant, mais je vois que ce n'était pas le cas.

Amélia, exaspérée, lui signifia qu'il choisissait bien mal son moment pour en rajouter. Il lui jeta un regard d'avertissement qu'il ponctua, à l'insu d'Édouard, d'un clin d'œil malicieux. Puis il se tourna à nouveau vers le père d'Amélia qui, d'un signe de la main, lui fit signe de poursuivre.

– Ça ne me dit pas pourquoi vous ramenez ma fille à cette heure-là, dit Édouard sans quitter sa fille des yeux.

– Papa...

– Ne soyez pas trop dur avec votre fille, après ce qu'elle vient de vivre...

Amélia laissa échapper un faible cri et lança un regard paniqué à Victor.

– Sur le chemin du retour, poursuivit Victor avec aplomb, nous avons été assaillis par deux individus, visiblement peu recommandables, qui nous ont bloqué la voie. Le temps que je me remette de ma surprise, l'un d'entre eux avait réussi à détrousser Amélia de son manteau. Il s'en est fallu de peu pour que les choses tournent mal, d'autant plus que les deux vauriens étaient plutôt costauds. Mais je crois qu'ils ne s'attendaient pas à une riposte aussi énergique de ma part. Ils se sont enfuis sans demander leur reste.

Victor souriait d'un air ravi. Un sourire qui exprimait à la fois la satisfaction qu'il aurait dû ressentir au souvenir de la fuite de leurs prétendus assaillants et la fierté d'avoir inventé une histoire des plus convaincantes. L'air ébahi qu'affichait Amélia n'était pas pour lui déplaire non plus.

Le visage d'Édouard vira lentement au blanc. Il se dirigea prestement vers sa fille qu'il enlaça avec une brusquerie maladroite. Il la tint ainsi serrée contre lui un court instant. D'une légère pression des doigts sous le menton d'Amélia, il leva son visage vers le sien.

– Ma pauvre fille ! Tu n'as pas de mal au moins ?

– Non, papa, je vais bien, le rassura Amélia. Heureusement que monsieur Desmarais était là…

– Oh ! s'exclama Édouard en se retournant vers Victor. Il lui saisit la main qu'il secoua énergiquement. Je vous remercie, jeune homme, pour ce que vous avez fait. Ma fille vous doit une fière chandelle.

– C'est normal. N'importe qui aurait fait de même.

– Je ne sais pas. On ne peut jamais être sûr de personne, maugréa tout bas Édouard.

Il tourna la tête vers le cadran et constata qu'il était presque dix heures.

– Bon, je dois y aller maintenant, déclara Victor, sautant sur l'occasion qui se présentait. Le cocher doit s'impatienter.

Édouard hocha la tête.

– Monsieur Desmarais, je suis bien reconnaissant de ce que vous avez fait pour ma fille, mais vous devez savoir que je n'approuve pas qu'elle se promène toute seule dans la ville en compagnie d'un étranger…

– Je comprends, monsieur.

– Mais je pense aussi que vous êtes quelqu'un de bien. Et j'ai idée que ma femme penserait de même. Ça nous fera plaisir de vous revoir lorsque ma femme se portera mieux, comme de raison…

– J'en serais ravi, monsieur Lavoie, répondit Victor en s'éloignant vers la porte.

Édouard secoua le bras d'Amélia tout en lui faisant de gros yeux.

– Voyons Amélia, dis quelque chose ! C'est toute la reconnaissance que tu as ?

– Oh… Je vous remercie de tout cœur pour votre secours, s'empressa de répondre Amélia, reprenant ses esprits.

Elle déboutonna rapidement la veste de Victor, qu'elle portait toujours, et la lui tendit. Puis, le jeune homme salua Édouard et quitta la maison.

– Va te coucher maintenant, laissa tomber Édouard lorsqu'il entendit la porte se refermer. Et je pense que ce n'est pas la peine de raconter ce qui est arrivé à ta mère.

Amélia hocha la tête en signe d'acquiescement. À court de mots, l'air aussi préoccupé que soulagé, Édouard effleura d'un baiser le front de sa fille et la laissa seule dans la cuisine.

Amélia tira une chaise devant le poêle et s'y laissa tomber. Elle se mit à trembler et à claquer des dents sans pouvoir s'arrêter, victime des contrecoups des événements de la soirée mais également de la fatigue et du chagrin accumulés durant les dernières semaines. Elle s'endormit finalement, emmitouflée dans le châle de sa mère. Elle se réveilla au milieu de la nuit. Le poêle était éteint et elle était glacée. Elle se mit péniblement debout, replaça la chaise contre le mur et plia avec soin le châle qu'elle déposa à son emplacement habituel, sur le dossier de la chaise.

À cet instant-là seulement, elle prit conscience que Victor était au courant de son agression et peut-être aussi de la situation déshonorante dans laquelle l'avait mise Alexis. Il n'avait rien dit à son père, mais saurait-il garder sa langue auprès de ses amis ? Elle osait à peine imaginer ce qui arriverait si ses parents venaient également à l'apprendre. Sa mère en mourrait de chagrin à coup sûr.

Le cœur battant, elle se dévêtit à la hâte, enfila sa chemise de nuit et se glissa entre les draps tout en faisant attention de ne pas toucher sa sœur, profondément endormie. Incapable de trouver le sommeil, elle guetta l'arrivée du jour, les yeux tournés vers la fenêtre.

La voiture n'avait pas attendu Victor. Tant pis, l'air frais lui ferait du bien. Il s'éloigna à grandes enjambées, en direction du petit deux pièces qu'il occupait tout au bas de la rue Saint-Urbain, essayant de ravaler la colère qu'il sentait monter en lui.

En présence d'Amélia, il avait réussi à refouler ce qu'il ressentait afin de ne pas la troubler davantage. Il lui semblait entendre son père lui répéter qu'un homme se devait de maîtriser ses émotions en toutes circonstances. Qu'il ne devait en aucune manière se laisser aller à des accès de colère irréfléchis ou se laisser dominer par des emportements irraisonnés. C'était ainsi que se comportaient les petites gens, frustres et vulgaires. Ces préceptes paternels, qui lui avaient été inculqués dans son enfance, Victor en était venu à les considérer comme siens. Avec le temps, son caractère avait changé. Il était devenu plus tempéré. Le jeune garçon rétif et dissipé, réfractaire aux règles et aux conventions sociales, était devenu un homme. Il avait appris le silence, la maîtrise de soi et le détachement.

Il n'avait toutefois pu empêcher sa vraie nature de refaire surface. Ces accès de colère subite qui lui remontaient dans la gorge étaient de plus en plus fréquents. Comme si son esprit se rebellait contre lui-même, mais sans jamais parvenir à se libérer. Certes, il était bien arrivé à apprivoiser ce désordre de son esprit, à le faire taire lorsque les circonstances l'exigeaient. Amélia, bien malgré elle, avait contribué à ébranler ce fragile équilibre. La passion qui habitait la jeune femme, la fierté dont elle faisait preuve lui avaient fait comprendre qu'en dépit de ses origines modestes et des limites que lui imposait d'emblée son sexe, elle était plus libre qu'il ne le serait jamais. Libre de ressentir les choses, d'exprimer ses émotions, malgré la souffrance qui pouvait en résulter. Lorsqu'il était à ses côtés, il ressentait une tendresse et une paix inespérées qui lui donnaient enfin l'impression de pouvoir être quelqu'un d'autre, celui qu'il aurait toujours voulu être. Pour elle, il pourrait réaliser de grandes choses, il en était certain. La seule pensée qu'on pouvait lui vouloir du mal le mettait hors de lui. Il avait été en colère contre Alexis, mais s'était radouci quand il avait compris combien son ami était désespéré. Mais celui qui avait osé s'en prendre à la jeune femme ne méritait aucune pitié.

Il avait promis à Alexis de prendre soin d'Amélia. « Victor, tu dois m'aider, je ne sais plus quoi faire », l'avait supplié Alexis après lui avoir avoué la vérité. « Je suis marié à une femme que je ne peux plus aimer et j'en aime une autre que je ne peux pas épouser. » Victor l'avait exhorté à avouer la vérité à Amélia et Alexis avait fini par admettre qu'il n'avait pas le choix. « Ensuite, je partirai », avait-il ajouté d'un air las. « Aux États, je pense. Je pourrai trouver du travail là-bas. Et ce sera quand même mieux que de rester ici à me morfondre ou de retourner à la ferme et voir dépérir Aurélie jour après jour. » Victor s'était contenté d'acquiescer.

L'air froid de la nuit, le souvenir de sa conversation avec Alexis le calmèrent peu à peu et il abandonna l'idée de se rendre rue Saint-Gabriel afin de rendre la monnaie de sa pièce à Simon Blackburn. De toute façon, il n'avait aucune idée de l'endroit exact où celui-ci habitait et cogner à toutes les portes, au hasard la chance, à cette heure de la nuit, n'était pas l'idée du siècle.

Tout en marchant d'un pas rapide, insensible au vent qui pénétrait le tissu de sa veste à présent trempée par la fine neige qui s'était mise à tomber, Victor réfléchissait au moyen de venger Amélia. En dépit de son tempérament impétueux, il n'était pas violent. Et même s'il n'y avait rien comme une bonne bagarre pour calmer les esprits échauffés, certaines situations exigeaient davantage de réflexion et de ruse. Il existait bien des manières de se faire justice, de plus inoffensives mais ô combien plus payantes. Demain, à la première heure, il aurait une visite à faire. Une visite qui risquait fort de bouleverser la vie d'une famille qui n'était pour lui que le reflet de ce qu'il s'efforçait de fuir.

Chapitre XV

– Tu ne devineras jamais ce qui s'est passé aujourd'hui.

– Hum… ?

Amélia avait du mal à se concentrer sur ce que racontait Lisie. Comme à son habitude, la jeune femme était d'une volubilité exubérante, passant d'un sujet à l'autre depuis son arrivée.

Depuis deux jours, Amélia n'avait pas remis les pieds à la buanderie. Elle soupçonnait que la fièvre qui la clouait au lit était davantage due à la crainte de retourner au travail qu'au coup de froid qu'elle avait pris, mais préférait ne pas trop y penser. Durant la journée, elle s'était contentée de faire l'aller et retour entre son lit et celui de Mathilde, laquelle semblait d'ailleurs se porter mieux qu'elle. Paul, à qui on avait formellement interdit d'approcher sa mère, s'était montré fort heureux, sinon de la maladie d'Amélia, du moins de l'occasion qui se présentait de pouvoir quérir quelques câlins. Tôt le matin même, il avait rejoint Amélia dans son lit, mais l'ennui ayant vite fait de le gagner en présence de cette grande sœur qui manquait décidément d'entrain, il était retourné à ses jeux. De temps à autre, il échappait à la surveillance de Berthe Dumas et glissait sa petite tête blonde dans l'entrebâillement de la porte, guettant le moindre mouvement ou le plus petit signe de guérison. Chaque fois, il s'en retournait déçu. Avisant l'air de plus en plus renfrogné qu'affichait Paul pour lequel elle s'était prise d'une réelle affection, Berthe Dumas l'avait finalement entraîné à l'étage au-dessous. Ses pains d'épices en forme de petits bonshommes avaient rapidement eu raison de l'humeur morose du garçon.

– On a appris une nouvelle absolument stu-pé-fiante ce matin, et ce n'est pas des on-dit, tu peux me croire, parce que c'est monsieur Blackburn en personne qui nous l'a annoncée.

Amélia leva les yeux de son ouvrage, accordant maintenant toute son attention à Lisie dont les yeux brillaient d'excitation. Elle réussit, non sans peine, à dissimuler son trouble soudain à l'idée que son secret puisse avoir été révélé. Son cœur se mit à battre plus vite. Elle remercia le ciel de l'absence momentanée de sa mère, sortie faire sa promenade quotidienne en compagnie de Marie-Louise. La fenêtre était légèrement entrouverte et une brise fraîche pénétrait à l'intérieur de la cuisine où Amélia et Sophie étaient occupées à repriser pour la énième fois les vêtements usés de leurs frères.

– Ah oui ? Simon Blackburn ? s'enquit-elle d'un ton désinvolte.

– Mais non ! Le grand patron, lui-même, en personne ! Je te dis qu'il n'avait pas l'air content... ou peut-être qu'il était seulement souffrant. Il avait du mal à marcher. En tout cas, on a été bien étonnées en apprenant ça et quant à moi, c'est la meilleure nouvelle de l'année. Blanche a même failli crier de joie...

– Mais vas-tu finir par me dire ce qui s'est passé ? l'interrompit Amélia avec agacement.

– Ah oui, bien sûr...

L'exclamation d'Amélia attira l'attention de Sophie.

– Eh bien, il nous a dit... il nous a annoncé que son fils était parti, lâcha finalement Lisie en guettant la réaction d'Amélia.

– Comment ça, parti ? En voyage ? Pour le travail ?

– Mais quelle importance ? s'étonna Lisie. Ce qui compte c'est qu'on n'ait plus jamais affaire à lui. Si ce n'est pas une bonne nouvelle, je me demande bien ce qu'il te faut !

À la grande surprise de Lisie, Amélia se mit à rire. Une sorte de ricanement qu'elle tenta d'étouffer du dos de la main.

– Ah ! Je savais bien que ça te ferait plaisir à toi aussi ! s'exclama Lisie.

– Tu ne peux pas savoir à quel point... Mais je suis certaine que toutes les filles doivent être aussi contentes que moi, s'empressa d'ajouter Amélia devant l'air interrogateur de son amie. Qu'a-t-il dit d'autre, monsieur Blackburn ?

– Tu dois bien te douter que l'on n'a pas eu droit à beaucoup d'explications. Le patron a simplement dit qu'à partir de maintenant on ne verrait plus le jeune monsieur Blackburn, qu'il était en voyage à l'étranger pour une période in-dé-ter-mi-née et qu'il s'occuperait personnellement de la buanderie jusqu'à ce qu'il lui ait trouvé un remplaçant.

– En voyage à l'étranger ?

– C'est ce qu'il a dit, mais je trouve ça un peu bizarre, quand même...

– Pourquoi donc ? demanda Amélia avec appréhension.

– Oh, comme ça..., répondit Lisie avec un geste vague de la main. C'est seulement qu'une journée il est là et que le lendemain, pouf ! il est parti.

– Et puis alors ? Les patrons ne sont pas obligés de tout nous dire. Qu'est-ce que tu en sais ? C'était probablement déjà décidé depuis longtemps, conclut Amélia en reprenant son ouvrage de couture, signifiant par le fait même à Lisie que la discussion était close.

Mais que Simon ait plié bagage aussi vite, moins de deux jours après cette effroyable nuit, lui semblait tout de même étrange. Cela ne pouvait être une coïncidence. Peut-être avait-il avoué la vérité à son père ? Non, sûrement pas. Pas plus qu'elle ne croyait qu'il ait pu se sentir coupable et s'exiler de son propre chef. Victor... pouvait-il être responsable du départ de Simon Blackburn ? S'était-il arrangé, d'une façon ou d'une autre, pour que le vieux monsieur Blackburn soit mis au courant ? Son patron était un homme respectable et juste. En éloignant son fils unique, il pensait probablement châtier le coupable et aussi redresser les torts qu'il avait infligés. Amélia se rappelait les mots qu'avait prononcés Victor alors qu'ils s'étaient réfugiés dans le petit restaurant, la colère qu'elle avait lue dans son regard lorsqu'il lui avait dit de ne pas s'inquiéter, qu'il allait s'occuper de la venger. Bon, il ne s'était pas exprimé ainsi, mais c'était ce qu'il avait voulu dire, elle en aurait juré.

Ignorant l'apparente indifférence d'Amélia, Lisie s'était tournée vers Sophie.

– Amélia t'a-t-elle annoncé que j'avais un prétendant ? lui demanda-t-elle avec sérieux.

– Non, elle ne m'en a rien dit. Je le connais ?

– Mais je ne le savais pas ! s'exclama Amélia, écarquillant les yeux de surprise.

– Je ne te l'avais pas dit ? Ah bon, j'ai dû oublier...

Amélia connaissait suffisamment son amie pour savoir que son air désinvolte n'était qu'un trompe-l'œil. Le fait qu'elle ne s'adresse qu'à Sophie était, du reste, révélateur. Amélia ne se souvenait pas que Lisie lui ait fait mention d'un quelconque amoureux. La distance créée avec ses proches depuis sa douloureuse rupture avait été comme une parenthèse dans sa vie. Pendant ce temps-là, en dépit de tout, la vie des autres avait poursuivi son cours. Amélia contempla distraitement le profil de Lisie. Elle avait négligé son amie. L'affection de ses proches était tout ce qui lui restait et elle aurait dû s'en montrer plus digne. Lisie avait un prétendant ? À l'automne dernier, Lisie s'était entichée de Victor, affirmant à qui voulait l'entendre que ce sentiment était réciproque alors qu'il était évident que ce n'était pas le cas. Était-il possible qu'elle eût déjà jeté son dévolu sur quelqu'un d'autre, balayant du revers de la main ses sentiments pour Victor sans y mettre plus d'effort qu'il n'en fallait pour disséminer aux quatre vents les aigrettes d'un pissenlit ?

– Et peut-on savoir qui est l'heureux élu ? s'enquit Amélia d'un air détaché.

– Je ne crois pas que Sophie le connaisse, mais toi oui, répondit évasivement Lisie.

Amélia laissa échapper un soupir en regardant sa sœur. Elle devrait se résigner à tirer les vers du nez à son amie.

– Alors ?

– Eh bien, tu l'as rencontré à deux ou trois reprises depuis l'automne dernier...

– Son nom commence par quelle lettre ?

Amélia décida, malgré son agacement, de jouer le jeu des devinettes qu'affectionnait tout particulièrement Lisie.

– Son nom de famille ou son petit nom ?

– Son petit nom.

Les yeux de Lisie brillaient d'excitation. Un doigt appuyé sur les lèvres, elle arborait l'air espiègle d'une fillette luttant pour garder son sérieux.

– Ça commence par un « G », finit-elle par avouer.

– Gaspard...

– Non, non ! s'esclaffa Lisie. Sois sérieuse !

– Attends, réfléchit tout haut Amélia, se prenant malgré elle au jeu.

S'abandonnant à la gaieté du moment, Sophie s'enhardit à lancer à son tour quelques prénoms.

– Gédéon... Gontran...

– Non et encore non !

Incapable de se retenir plus longtemps, Lisie pouffa de rire. Amélia et Sophie joignirent spontanément leurs rires au sien. Ce fut ce joyeux brouhaha qui accueillit Mathilde et Marie-Louise à leur retour. Édouard et Paul se tenaient derrière elles. Les nouveaux arrivants contemplèrent d'un air interdit les trois jeunes femmes qui riaient maintenant aux larmes. Paul, désireux de ne pas être en reste, se précipita vers ses sœurs aînées. Il se hissa sur les genoux d'Amélia, qui eut à peine le temps de mettre de côté son reprisage et sa pelote couverte d'épingles.

– Pourquoi pleures-tu, Amélia ? Qu'est-ce qu'il y a ?

– Ce n'est rien, Paul, réussit à articuler Amélia en essayant de faire taire son fou rire. C'est juste qu'on s'est mises à faire des blagues et qu'on a trouvé ça bien drôle.

– C'était quoi, la blague ?

– Tu es trop jeune pour comprendre.

– Je veux savoir ! s'entêta le garçonnet en enserrant de ses petites mains le visage d'Amélia.

– Paul, veux-tu bien cesser !

– Mais, maman, je veux savoir pourquoi elles rient, les filles !

– Tu es trop petit. En plus, c'est impoli de se mêler des affaires des grandes personnes. Tu devrais déjà être au lit.

– C'est pas juste ! se plaignit Paul d'un air boudeur.

– Paul, écoute ta mère et va au lit.

Paul jeta un regard hésitant à son père. Même si le goût de répliquer lui brûlait les lèvres, il décida de ne pas rechigner. Après tout, il était petit, et son père plutôt grand.

– Allez, viens, l'encouragea Marie-Louise en lui prenant la main. Je vais te raconter l'histoire de Joseph et de ses frères si tu veux.

– Ah non ! rétorqua l'enfant d'un air buté. Pas l'histoire de Joseph. Moi, je veux Noé et les animaux !

– Encore ! s'exclama Marie-Louise. Mais ça doit faire au moins cent fois que je te la raconte ! Ce n'est pas comme ça qu'on va faire ton éducation religieuse.

– Pas besoin. Ah les filles ! ajouta-t-il en levant les yeux au ciel, toutes des graines de bonne sœur.

Édouard attendit que Marie-Louise ait fermé la porte de la chambre avant de laisser retentir un éclat de rire. Le reste de la famille se joignit à lui. Décidément, l'atmosphère était à la joie chez les Lavoie, ce soir-là.

Élisabeth Prévost et Georges Lévesque. Bien que la nouvelle l'eût quelque peu étonnée, Amélia trouvait finalement que ces deux-là avaient beaucoup de choses en commun : la même humeur mutine, la même spontanéité un peu frivole. Lisie avait vite oublié sa récente inclination pour Victor Desmarais et jeté son dévolu sur Georges après que ce dernier lui eut manifesté quelque intérêt.

Amélia aurait tant aimé pouvoir faire de même. Mais elle devait se faire une raison : jamais elle n'oublierait Alexis ni ne se pardonnerait de lui avoir tourné le dos. Personne ne pourrait le remplacer et elle finirait certainement vieille fille. Le bonheur des autres lui faisait mal. Autour d'elle, il n'était question que d'amour et de mariages : sa sœur Sophie, sa cousine Antoinette et maintenant sa meilleure amie. Bientôt, elle le pressentait, ce serait le tour des naissances. Comment ferait-elle alors pour donner l'impression d'être ravie alors que son cœur se briserait de désespoir ?

Victor attira Amélia vers un banc situé sous un grand orme aux branches encore dénudées. Dans le parc, l'air frais de la soirée fleurait bon la terre humide. Les journées allongeaient et il faisait encore clair. À quelques pas devant eux, un écureuil famélique fouillait activement le sol couvert de neige.

Amélia avait été brièvement déconcertée en sortant de la buanderie, lorsqu'elle avait aperçu Victor qui l'attendait au coin de la rue. Il lui avait discrètement fait signe et elle l'avait rapidement rejoint, intriguée malgré elle par la démarche singulière du jeune homme. Elle avait hésité quand il avait exprimé le souhait de lui parler seul à seule. Leur dernière rencontre s'était déroulée dans des circonstances difficiles et Amélia se sentait mal à l'idée de se retrouver seule en présence de Victor. Le secret qui les unissait malgré eux, et qu'il avait heureusement gardé pour lui, la poussait toutefois à se rapprocher du jeune homme. Elle savait qu'elle pouvait lui faire confiance, du moins en ce qui avait trait à sa discrétion. Elle avait donc accepté de l'accompagner. Personne n'en saurait rien de toute façon.

Amélia était jeune, mais elle dégageait une force, une gravité qui la faisait paraître plus âgée. Victor la trouvait attirante et ne se lassait pas de la regarder. Il aimait tout d'elle : sa démarche légèrement ondulante, les reflets mordorés de sa chevelure, le contour délicat de son visage, son regard volontaire qui laissait parfois entrevoir toute la détermination et l'entêtement dont elle pouvait faire preuve. Elle avait du caractère et cela lui plaisait. Il était bien sûr conscient du fait qu'elle était toujours amoureuse d'Alexis, mais il saurait se montrer patient. Elle finirait bien par se rendre compte qu'elle pouvait compter sur lui.

Amélia ne soufflait mot. Elle se sentait un peu perdue. Après tout, il y a peu, elle trouvait Victor Desmarais plutôt antipathique. Absorbée par son amour pour Alexis, les attentions irrévérencieuses de Victor lui avaient toujours paru particulièrement déplaisantes. Depuis, elle ne le considérait plus du même œil. Son impertinence avait cédé la place à une affabilité et à une galanterie qui le rendait beaucoup plus avenant. Elle se surprenait même à lui trouver un certain charme, sans doute encouragée en ce sens par la reconnaissance qu'elle éprouvait à son égard.

– Je voulais vous remercier. Pour tout… Et pour ce que vous avez dit à mon père…

Victor l'arrêta d'un geste de la main.

– Vous n'avez pas à me remercier. C'était tout naturel, l'assura-t-il d'un air distrait.

– Mon père tient beaucoup à ce que vous veniez nous rendre visite, vous savez. Il a parlé de la semaine prochaine, si cela vous convient, bien sûr.

Le jeune homme se contenta de hocher la tête. Amélia lui trouva l'air préoccupé. Si elle en avait eu le courage, elle aurait osé lui demander s'il avait joué un rôle dans le départ subit de Simon Blackburn, mais une sorte de pudeur la retint.

– Amélia, j'ai quelque chose d'important à vous dire, annonça-t-il en se tournant vers elle.

– Oui ? répondit-elle d'un ton faussement détaché, appréhendant la suite.

– Les nouvelles en provenance de l'Ouest sont mauvaises. La colère gronde chez les Métis.

Amélia retint un soupir de soulagement.

– Mon frère Joseph ne parle que de ça, répondit-elle. Il croit que les Sauvages seront rapidement matés et que la rébellion sera bientôt chose du passé.

– J'ai bien peur qu'il ne se trompe. Il n'y a pas beaucoup de monde au courant, mais des unités se constituent depuis quelques jours.

– Ça veut dire que vous allez partir ? Pour l'Ouest ?

Victor hocha la tête en signe d'acquiescement.

– Les Indiens ont attaqué les habitants du village du lac aux Grenouilles et les colons des environs de Battleford se sont réfugiés dans le fort de la police à cheval dans la crainte d'une nouvelle attaque.

– Je ne comprends pas très bien ces choses-là, mais vous ne pensez pas que tout le monde s'inquiète pour rien ?

– Je ne crois pas. Des innocents ont été massacrés, Amélia. On ne peut pas laisser faire cela sans réagir. D'autant plus que la rébellion risque de s'étendre si le gouvernement ne fait rien… Le départ a été annoncé pour jeudi prochain, le 2 avril, ajouta-t-il après un court silence.

– Si vite ? Beaucoup devront partir ?

– Notre bataillon part le premier. Les bataillons anglophones suivront ensuite, mais nous ne savons pas encore quand.

– Ça veut dire qu'Eugène et… oh mon Dieu… Georges aussi ! s'écria Amélia.

– Eh oui. Votre amie doit maintenant avoir appris la nouvelle.

– Pauvre Lisie ! Elle doit être dans tous ses états, soupira Amélia, pressentant qu'elle aurait bien des larmes à étancher dans les jours à venir. Pensez-vous que vous serez parti longtemps ?

– Comment le savoir ? Cela dépend de tellement de choses. Qui peut prédire le déroulement et l'issue d'une guerre ? Il y a tellement de facteurs à considérer.

Prenant soudain conscience de ce qu'impliquaient les dires de Victor, Amélia retint son souffle. La guerre ! C'était les combats, le sang, la mort. Depuis le début des troubles dans l'Ouest, elle n'avait accordé qu'une attention distraite à ce qui se racontait à ce sujet. C'était si loin le Manitoba, et les revendications des gens qui y habitaient la concernaient si peu, bien qu'elle fût sensible à la façon dont leur chef, Louis Riel, était traité. Si l'armée s'en mêlait, Riel ne se laisserait sûrement pas faire sans riposter.

– Mon père trouve qu'on exagère probablement la menace que représentent Louis Riel et sa bande, déclara Amélia d'un air réfléchi. Mais je sais que d'autres avaient prévu que la situation s'aggraverait si le gouvernement ne faisait rien pour essayer de calmer les agitateurs, ajouta-t-elle sans mentionner le fait que l'opinion de ces « autres » était celle d'Alexis. Et vous, qu'en pensez-vous ?

– Honnêtement ? Je ne sais plus trop. Le gouvernement ne se préoccupe aucunement des Indiens et des Métis du Manitoba. On leur a retiré leurs terres pour les donner aux colons anglais sans leur demander leur avis. Et cela a été bien pire pour les catholiques francophones, répondit Victor d'un air sérieux.

– Mais le gouvernement a accepté la création du Manitoba ! N'est-ce pas là une preuve de bonne volonté ?

Victor observa Amélia avec attention. Elle n'était peut-être pas instruite, mais elle était loin d'être idiote.

– Dans les faits, cela n'a pas changé grand-chose. Les Métis meurent toujours de faim, et la situation est tout aussi pénible pour les colons.

– Que voulez-vous dire ?

– S'installer là-bas, cela ne doit pas être facile tous les jours. Si, en plus, les Métis et les Indiens deviennent une menace… Il faut comprendre que ce n'est pas la faute des colons si les Métis se rebellent. Mais c'est quand même eux qui subissent les conséquences des décisions peu éclairées du gouvernement ! s'emporta Victor, frappant son poing fermé contre sa cuisse.

– Donc, vous vous portez à leur défense… Cette action vous honore, même si je n'en comprends pas tous les motifs.

– Que voulez-vous dire, Amélia ?

– Eh bien…

Amélia hésita. Après tout, ce n'était pas vraiment ses affaires. Elle avait encore parlé trop vite.

– Je me demande seulement pour quelle raison vous avez décidé d'aller vous battre, avoua Amélia, mal à l'aise.

– Vous croyez que nous avons le choix ? Nous allons là où nos officiers nous disent d'aller.

– Ce n'est pas ce que je voulais dire, s'empressa-t-elle de préciser. Je me disais seulement que ça doit être pénible pour vous de partir aussi loin, avec votre famille à Québec.

Décidément, il avait beau faire tous les efforts nécessaires pour s'affranchir de sa famille, celle-ci lui collait à la peau comme la guigne. Les gens le trouvaient étrange et ne pouvaient s'empêcher de l'interroger. C'était chaque fois la même chose. La perspective de se rendre au combat ne lui plaisait pas vraiment, mais il ne voulait pas le montrer. Il était entré dans l'armée pour une seule raison : s'éloigner de sa famille et des obligations dues à son rang. Eh bien, il était servi ! La veille, il avait écrit à son père pour lui annoncer son départ prochain et il pouvait sans peine imaginer sa réaction et celle de sa mère, du coup. Sans doute ne serait-il plus pour eux qu'un sujet délicat qu'on éviterait soigneusement d'aborder.

– Comment vos parents ont-ils pris la nouvelle ? lui demanda Amélia, comme si elle pouvait lire dans ses pensées.

Il lui en avait si peu dit, songea Amélia. Tout ce qu'elle savait, c'était que son père était médecin à Québec. Alors qu'elle-même ne manquait pas une occasion de parler de sa famille, il semblait quant à lui ne le faire qu'avec ennui. Elle aurait souhaité en savoir plus, mais n'osait lui poser davantage de questions. De toute façon, cela ne la regardait pas. Pour ce qui était des secrets de famille, elle avait déjà donné.

– J'ai écrit à mon père hier, se contenta de répondre Victor d'un air indifférent.

Il aurait tant voulu pouvoir se confier à Amélia. Lui avouer ses désirs les plus secrets, lui expliquer les raisons qui l'avaient poussé à s'éloigner de sa famille. Il aurait voulu lui exprimer tout l'intérêt qu'il lui portait, mais il en était incapable. Malgré lui, il se mit à penser à son père. Ce dernier aurait sans doute qualifié de piètre sensiblerie l'affection qu'il ressentait pour Amélia. Pour Napoléon Desmarais, l'amour n'était pas un sentiment qu'il fallait prendre en considération. Son mariage n'en était-il pas la preuve ? Il avait épousé Éléonore parce que cette union ne pouvait lui procurer que des avantages. Victor soupçonnait que sa mère n'avait pas été du même avis lorsqu'était venu le temps de choisir un époux, mais qui se souciait de ce que pouvait penser une jeune fille de bonne famille dont l'avenir était déjà tout tracé ? Fille unique d'un notaire qui avait plutôt bien réussi, enfant de la dernière chance, elle avait été, dès son plus jeune âge, choyée et dorlotée par ses parents et ses frères aînés. Les prétendants se bousculaient à la porte de son père qui avait finalement acquiescé à la demande de Napoléon, un homme de plus de vingt ans son aîné mais avec une belle situation. À quarante ans, Napoléon Desmarais occupait déjà un poste de choix comme médecin au département de psychiatrie de l'Hôtel-Dieu. Il avait une belle maison et possédait déjà, malgré son jeune âge, une fortune qui en faisait un parti des plus enviables. Victor n'avait jamais vu ses parents témoigner la moindre marque d'affection l'un envers l'autre. Peut-être en avait-il été autrement pendant les premières années de leur mariage, mais il en doutait. Certes, sa mère s'était toujours montrée attentive au bien-être de ses trois enfants, mais sans leur accorder davantage de tendresse qu'elle semblait en éprouver pour son mari. Si autrefois le cœur d'Éléonore Desmarais avait su rêver, s'enflammer et s'éprendre, il était depuis longtemps déjà emmuré derrière les parois solides et lisses érigées patiemment par l'observance des conventions et les usages de la haute société. Comme si l'abondance des moyens avait la capacité de geler le cœur le plus tendre, d'éteindre le feu de la passion pour le remplacer par la modération dans les sentiments, la médiocrité née du conformisme et de l'inertie des valeurs. Tout dans les manières d'Éléonore exhalait un parfum de tiédeur, d'ennui mélancolique.

Plongés chacun dans leurs pensées, Amélia et Victor laissèrent un silence légèrement embarrassant s'insinuer entre eux. Le soleil était bas à l'horizon, projetant une lumière orangée sur le parc. Une bonne épaisseur de neige recouvrait encore le sol, mais on pouvait entendre le léger crépitement des minuscules cristaux de glace qui se détachaient les uns des autres en fondant. Quelques promeneurs déambulaient ici et là, s'attardant à humer les signes annonciateurs du printemps. Un moineau sautillait non loin de là. Alerté par une menace inconnue, il tourna la tête, agita vivement la queue et prit son envol. Amélia le suivit distraitement des yeux jusqu'à ce qu'elle le perde de vue.

– Il se fait tard, je vais vous raccompagner, annonça tout à coup Victor.

– Oui, bien sûr. Vous devez avoir mille choses à régler d'ici votre départ, répondit Amélia en se levant.

Elle glissa sa main sous le bras que Victor lui tendait et ils se mirent en route, d'un pas lent, comme à regret.

– Vous comprenez que je doive décliner l'invitation de vos parents pour la semaine prochaine. Vous leur ferez mes excuses.

– Bien sûr... Est-ce qu'on pourra venir vous dire au revoir, à la gare ?

– J'aimerais beaucoup.

– Henri insistera pour assister au grand départ. Aussi bien l'accompagner. Et il y aura Lisie, ajouta-t-elle en soupirant.

– J'ai trouvé votre famille très accueillante. J'aurais bien aimé la revoir.

– Eux aussi, certainement.

– C'est une belle famille que vous avez. Et nombreuse...

– Pas tant que ça. Ma tante Delphine a six enfants, elle aussi. Et ma tante Léontine en a sept.

– J'imagine que cela doit apporter bien de la vie dans une maison.

– Pour ça, oui ! s'exclama Amélia, en se remémorant les fêtes passées à Saint-Norbert. Et vous, vous avez des frères et sœurs ?

– Un frère et une sœur. Plus jeunes.

– Oh, je comprends pourquoi vous trouvez que nous sommes nombreux chez nous !

– Voyez-vous souvent votre famille... je veux parler de vos oncles et de vos tantes ? s'enquit Victor, pressé de changer de sujet.

– Pas beaucoup. Le voyage en train coûte cher et avec le travail et tout... Mais on se donne des nouvelles. Ma cousine Antoinette m'écrit, de temps en temps...

– Et si je vous écrivais moi aussi ?

Amélia fronça les sourcils. Bon, ça y était, il recommençait à se moquer d'elle. Et pourtant, il avait l'air sérieux.

– Vous vous moquez de moi, déclara-t-elle, d'un air légèrement réprobateur.

– Bien sûr que non, qu'est-ce qui vous fait penser cela? Seulement, je pars pour je ne sais combien de temps et j'aurai bien besoin d'une amie…

Une amie? Ses parents trouveraient inconvenant qu'elle se lie d'amitié avec un homme et lui prêteraient certainement de mauvaises intentions. Et s'il attendait plus d'elle? C'était un risque à prendre. De toute façon, échanger quelques lettres, ce n'était pas la fin du monde. Ça n'engageait à rien. Amélia prit une profonde inspiration.

– Je pense qu'on pourrait s'écrire. Enfin, je ne sais pas si j'aurai la possibilité de le faire souvent, mais je serai certainement heureuse d'avoir de vos nouvelles… de temps en temps, ajouta rapidement Amélia en maudissant la rougeur qui lui montait aux joues.

– Bien sûr, je comprends. Je me limiterai à vous décrire les paysages et à vous raconter les étapes de notre périple, la rassura Victor avec un sourire amusé.

Ce satané sourire! Il faisait exprès de la tourmenter, c'était sûr. Et ça marchait. Elle le savait et ça marchait quand même. C'était désespérant!

Le 29 mars, dimanche des Rameaux, des messes spéciales furent célébrées dans toutes les églises de la ville, tant chez les protestants que chez les catholiques. On y pria pour la santé des soldats et pour que les hostilités prennent fin le plus rapidement possible. Le *God Save the Queen*, hymne national profane, y fut même entonné comme un cantique.

Amélia n'eut plus aucune nouvelle de Victor jusqu'au jour prévu du départ. Pour la famille Prévost, le départ prochain d'Eugène mais aussi celui de Georges Lévesque furent empreints d'un mélange de fierté et de tristesse.

Le 2 avril, les hommes reçurent leurs havresacs et des sacs de vivres. Les dispositions furent prises pour un départ dans l'après-midi. À six heures précises, le signal de l'embarquement fut donné. Les hommes se formèrent en rangs serrés et quittèrent le marché Bonsecours pour se mettre en marche vers la gare. C'est trempée par une fine neige mouillante que la foule des spectateurs, massée le long de la rue Saint-Paul jusqu'à la place Jacques-Cartier et de la rue Notre-Dame jusqu'au square Dalhousie, acclama bruyamment les deux cent cinquante hommes sur leur passage, aux accents de *The Girl I Left behind Me*.

Les Prévost, accompagnés d'Amélia et d'Henri, se rendirent à la gare où des gens s'étaient assemblés devant le train spécial composé de dix voitures tirées par une locomotive toute neuve qu'on disait la plus puissante de la ligne. La fierté se lisait sur le visage des hommes lorsqu'ils arrivèrent enfin, grisés par les acclamations de la population. L'émotion qui régnait était palpable. Pour ces hommes du peuple, Canadiens français de surcroît, partir ainsi les premiers, avant les régiments anglais, était considéré comme un honneur. À cette heure, personne n'osait envisager la possibilité que certains de ces jeunes gens valeureux ne reviendraient pas à la maison.

Les membres du petit groupe tentèrent bien d'apercevoir les trois soldats à qui ils venaient faire leurs adieux, mais la foule trop dense réduisit leurs efforts à néant. Les hommes s'alignèrent le long des voitures, prêts à y monter, et le colonel Harwood, grimpé sur une carriole, leur adressa la parole en français. Il leur conseilla de se conformer strictement à la discipline et à tous leurs devoirs, leur rappelant que beaucoup d'entre eux portaient des noms bien connus dans le

Nord-Ouest dont ils devaient soutenir la réputation. L'embarquement se fit dans le bon ordre et le train se mit lentement en marche sous les ovations et les hourras des spectateurs.

Amélia abandonna une Lisie en larmes, soutenue par sa mère et son père et retourna chez elle en compagnie d'Henri. Le ciel gris et les nuages lourdement chargés planaient comme une menace au-dessus de leurs têtes. L'humeur chagrine du temps y était peut-être pour quelque chose, mais Amélia se sentait étrangement navrée du départ de Victor. En arrivant à la maison, elle s'enferma dans un silence morose, indifférente aux câlineries de Paul et à l'air perplexe de Mathilde.

Chapitre XVI

Camp Magpie, 5 avril 1885

Chère Amélia,

En ce jour de Pâques, je parviens enfin à trouver un moment pour vous donner quelques nouvelles. Je ne suis pas certain que toutes ces considérations militaires puissent vous intéresser, mais comme vous m'avez assuré, au cours de notre dernière rencontre, que vous ne voyiez aucun inconvénient à ce que je vous écrive, je le fais avec grand plaisir.

Après avoir parcouru tout le chemin à pied depuis Algoma, et de nuit en plus, nous sommes arrivés ce matin au camp Magpie. Nous sommes partis hier de ce petit village situé à proximité du lac Supérieur, pour nous diriger vers le nord-ouest jusqu'à ce lieu perdu, à mille lieues de toute civilisation. En fait de camp, il serait plus juste de parler de quelques tentes qui ont été levées en cet endroit à notre intention. Autour de nous, il n'y a pas autre chose que des bois touffus, de la neige en quantité et un silence impressionnant.

Mais peut-être devrais-je commencer par le début. Il faisait déjà nuit quand les gros chars sont arrivés à Ottawa. Tout le long du chemin, nous avons été ovationnés et salués par les habitants des villes et villages que nous avons traversés, surtout au Québec, il va sans dire. L'humeur de tous était à la joie et le repas qui nous a été servi à Carleton Place, dans l'hôtel voisin de la gare, fut apprécié de tous bien que nous ayons dû repartir à peine une demi-heure plus tard. À une heure de l'après-midi, le vendredi saint, nous avons fait une courte halte à Mattawa puis continué sans nous arrêter jusqu'à Scully's Junction où nous étions censés avoir à souper. Malheureusement, ils avaient été avertis trop tard et nous avons dû remonter dans les wagons le ventre vide.

L'arrêt à Biscostasing s'est passé autrement. On nous y a servi des pruneaux confits, des fèves rôties, du lard salé et de la bière d'épinette. Un vrai festin. Nous y avons été très bien reçus malgré ce que nous craignions en raison de la réputation peu recommandable de cette ville ferroviaire. Je m'abstiens ici, chère amie, de vous décrire certaines choses que j'y aie vues. Le reste du voyage s'est plutôt bien déroulé et, bien que cela n'eût pas été prévu, nous avons pu atteindre Algoma, le chemin de fer continuant depuis peu jusque-là.

Quand le chemin de fer s'est interrompu, tout près d'Algoma, aucun d'entre nous n'était mécontent de descendre du train, car le voyage commençait sérieusement à manquer d'action. Aucun non plus ne s'est plaint quand nous avons compris que nous ferions le reste de la route en traîneau. La nuit était belle et tout le monde a été bien content d'apercevoir les traîneaux qui nous attendaient là. Nous sommes partis en chantant haut et fort sur le chemin d'abord éclairé par les feux d'épinette puis par la lune. J'ai eu la chance de monter dans les premiers traîneaux dans lesquels nous étions moins nombreux. Mais la longue route de quarante milles dans les bois a rapidement eu raison de notre bonne humeur d'autant plus qu'au matin nous

nous sommes retrouvés dans une tempête. Nous en sommes venus à regretter le train qui nous avait emmenés auparavant.

Je vous prie toutefois de ne pas vous inquiéter de ma santé qui est très bonne dans les conditions actuelles. Nous avons tous bien hâte de reprendre la route même si cet arrêt imprévu et prolongé au camp a au moins le mérite de nous donner un peu de repos. Nous devons partir d'ici peu de temps à Port-Munro, au bord du lac Supérieur. Si j'ai bien compris, le voyage se fera dans des wagons ouverts.

Je dois vous quitter ici, car l'appel ne saurait tarder, le colonel Ouimet étant enfin revenu d'Algoma. Nous avons encore beaucoup de chemin à parcourir jusqu'à Winnipeg et sans doute ne serai-je en mesure de vous écrire à nouveau qu'une fois là-bas.

Transmettez toutes mes amitiés à votre père et à votre mère.

VOTRE DÉVOUÉ,
VICTOR DESMARAIS

Amélia avait pris le parti de garder le silence au sujet de la lettre que lui avait écrite Victor et qu'elle avait lue, sur un banc, à deux pas du bureau de poste. Elle était consciente de l'inconvenance de la situation : une jeune fille recevant les lettres d'un homme qui ne lui était même pas promis, et en cachette de plus. La succursale où était acheminé le courrier adressé à sa famille se trouvait à quelques rues de la buanderie, au coin des rues Mignonne* et Saint-Laurent et c'était, fort heureusement, souvent à elle qu'incombait la tâche de s'y rendre une fois par semaine.

* Aujourd'hui, boulevard de Maisonneuve.

Et pourtant, ce que lui racontait le jeune homme était tout ce qu'il y avait de plus convenable. Certains passages l'attristaient et elle avait de la compassion pour les épreuves que devaient surmonter les miliciens, mais leur réalité lui échappait. Il s'agissait là de sujets qui se discutaient habituellement entre hommes. Amélia trouvait d'ailleurs étrange, lorsqu'elle y repensait, que Victor l'ait choisie comme confidente plutôt que son propre père ou encore son frère, ce qui aurait davantage été dans l'ordre naturel des choses. Elle s'était même demandé s'il n'éprouvait pas pour elle un intérêt plus qu'amical. Mais cette idée n'avait fait qu'effleurer son esprit. Avec le temps et la distance, elle en était plutôt venue à considérer la prévenance dont il faisait preuve davantage comme la conséquence directe de son excellente éducation.

Le départ de Victor l'avait attristée, mais ce sentiment s'était rapidement estompé tandis que le cours des jours reprenait son rythme habituel. Alors qu'elle approchait de chez elle, Amélia s'avisa que ce n'était pas plus mal ainsi. Un retour à une vie normale, c'était sans doute ce qu'il lui fallait si elle voulait retrouver un peu de paix.

Une surprise l'attendait à la maison. En gravissant l'escalier, elle entendit des voix qu'elle ne reconnaissait pas en provenance de la cuisine.

– Ah ! La voilà enfin !

Elle eut à peine le temps de pénétrer dans la pièce que déjà elle se faisait étreindre vigoureusement par sa tante. Antoinette se tenait debout près de Mathilde. Un large sourire éclairait son visage.

– Ma tante, mais qu'est-ce que vous faites ici ? s'exclama Amélia.

– Quoi ? Tu n'es pas contente d'avoir de la visite ? la gronda Léontine.

– Oh oui, bien sûr, se dépêcha de répondre Amélia. C'est la surprise.

– Mon Antoinette, elle voulait qu'on vous avertisse de notre visite, mais je n'ai pas voulu. Immanquablement que ta mère aurait essayé de me faire changer d'idée si je lui en avais parlé avant.

– Ce n'était pas nécessaire, confirma Mathilde, même si ça me fait bien plaisir de vous avoir ici toutes les deux. Mais par ce temps-là… Tu aurais dû attendre à l'été, Léontine.

– C'est vrai qu'il fait froid en ville. À Saint-Norbert, il y a encore en masse de la neige, mais ça sent le printemps. La tempête nous a surprises à la hauteur du Richelieu.

– C'est la tempête des corneilles… Amélia, ajouta rapidement Mathilde, tu vas aller faire des courses pour le souper. Emmène Antoinette avec toi. Vous avez sûrement bien des choses à vous raconter.

Son manteau vite enfilé, Antoinette emboîta le pas à Amélia et les deux cousines sortirent de la maison.

Elles furent aussitôt assaillies par la puanteur infecte de la rue. Antoinette ne put retenir un haut-le-cœur. Elle pressa sa main sur son visage et considéra avec étonnement sa cousine qui ne semblait pas en être le moindrement incommodée.

Les rues étaient de véritables dépotoirs. Comme à tous les printemps. Et il faudrait attendre des semaines, voire des mois, avant que les éboueurs n'aient fini de tout nettoyer. La neige fondante et la boue qui recouvraient encore le sol et les trottoirs de bois se mêlaient aux ordures jetées pendant l'hiver et qui s'accumulaient maintenant dans les rues et les ruelles. Des montagnes de cendres, de charbon, de restes en décomposition et de déjections humaines et animales rendaient les rues quasi impraticables. Comme tous les habitants de la ville, Amélia avait appris à respirer par la bouche sans trop se préoccuper de ses chaussures et de l'ourlet de sa jupe maculés en permanence de choses innommables qu'elle ne prenait même plus la peine d'essuyer.

Sans quitter le sol des yeux, Antoinette emboîta le pas à Amélia. Elles remontèrent lentement la rue Saint-Christophe tout en s'efforçant de ne pas perdre pied sur les plaques de glace traîtreusement dissimulées sous la boue et les déchets.

– Ta mère n'a pas l'air trop mal en point, déclara Antoinette lorsqu'elles débouchèrent enfin dans la rue Sainte-Catherine, plus achalandée et mieux entretenue.

– Elle a ses bons moments.

– Maman était très inquiète, comme tout le monde par chez nous. Surtout grand'man Délia. C'est dur pour elle de savoir sa fille si loin. Elle aurait bien aimé venir avec nous, mais l'hiver a été dur et elle se remet à peine d'une grosse grippe.

– Resterez-vous longtemps ? demanda Amélia.

– Oh, une bonne semaine, je pense bien. Tante Delphine s'occupe des plus jeunes et papa peut se passer de nous sur la ferme encore un bout de temps.

– Et ton fiancé ne va pas trop s'ennuyer pendant ton absence ? s'enquit Amélia.

– Olivier ? Il a pas mal à s'occuper ces temps-ci. Son père n'est plus très jeune et il doit s'occuper presque à lui seul des bêtes. C'est qu'il en a un gros troupeau, le père Vézina.

– Et après votre mariage, vous irez vivre dans sa famille ?

– Il faudra bien, répondit Antoinette. Au début du moins. Tu sais comment ça se passe. Mais je ne devrais pas me plaindre, c'est du bon monde et ils n'ont pas de fille, alors ils me considèrent un peu comme la leur.

– Je trouve que tu as bien de la chance, avoua Amélia.

Antoinette s'arrêta et retint Amélia par le bras.

– Ta mère nous a annoncé tout à l'heure, avant que tu arrives, que c'était fini avec Alexis.

Devant l'air renfrogné d'Amélia, Antoinette regretta bien vite son indiscrétion. Elle aurait dû attendre que sa cousine se confie d'elle-même.

– Je ne voulais pas être indiscrète, Amélia. Je ne suis pas comme ça. Mais comme tu ne m'avais rien dit, j'ai été surprise, c'est tout.

– Ça va, Antoinette. Je ne t'en veux pas, la rassura Amélia. J'aurais dû t'écrire pour te le dire.

– J'avoue que je me suis demandé pourquoi tu ne m'écrivais plus, avoua Antoinette. Mais j'ai pensé que tu avais la tête et le cœur ailleurs. Avoir su…

– Tu ne pouvais pas savoir. Et ça ne me dérange pas que tu sois au courant. Seulement, on dirait que les gens ne peuvent pas s'empêcher de se mêler des affaires des autres.

Antoinette baissa les yeux, l'air embarrassé. Elles se remirent en marche.

– Je ne parlais pas pour toi, tu sais, reprit aussitôt Amélia. Mais ici, ce n'est pas facile depuis quelques jours. Ma mère s'inquiète pour des riens depuis qu'elle est tombée malade. Et plus on essaie de ne pas parler de quelque chose, plus les autres veulent tout savoir. Alexis et moi, c'est fini, c'est tout. Il ne faut pas en faire un plat.

Antoinette retint à grand-peine la question qui lui brûlait la langue. Ils avaient l'air si épris ces deux-là, en tout cas si elle se fiait à ce que lui racontait Amélia. Ils ne pouvaient pas avoir rompu sans une bonne raison.

– Ça ne veut pas dire que tu ne vas pas le trouver, toi aussi, ton homme.

– J'avoue que je n'y crois plus tellement, soupira Amélia.

– Tu as encore le temps, il faut que tu gardes espoir.

– Ce n'est pas ça. À toi, je peux bien le dire, ajouta Amélia en baissant la voix. Je ne suis même plus sûre que je veux me marier.

Antoinette la considéra un moment sans rien dire, l'air stupéfait.

– Veux-tu bien me dire où tu es allée chercher une idée pareille ? demanda-t-elle en haussant les sourcils.

– C'est seulement que l'amour... Bah, laisse tomber, répondit Amélia, secouant la tête et se forçant à sourire.

– Tu as commencé maintenant. Tu peux te confier à moi, la rassura Antoinette.

Amélia inspira profondément.

– L'amour occasionne plus de problèmes que d'agrément, répondit finalement Amélia. Regarde ma mère, tu crois qu'elle est heureuse ? Et mon amie Lisie, qui vient de voir partir son fiancé à la guerre ? Je me dis parfois que je ne serais pas plus malheureuse si je vivais seule.

– Amélia, tu ne penses pas ce que tu dis ? Les hommes et les femmes ne sont pas faits pour vivre chacun de leur bord. C'est sûr que le mariage ce n'est pas rose tous les jours, mais quand tu tombes sur un bon mari, que tu sais que tu peux compter sur lui dans les moments durs, ça vaut tous les soucis. En plus de ça, vivre sans personne, c'est contraire à la nature. Dieu a créé l'homme et la femme pour qu'ils vivent ensemble. Devenir une vieille fille de son plein vouloir, aucune femme sensée souhaiterait ça de toute façon.

– Je croirais entendre Sophie !

– Sophie ? Elle a l'air plutôt heureuse, répondit Antoinette en fronçant les sourcils.

– C'est justement le problème ! s'énerva Amélia en détournant le regard.

– Je ne te reconnais plus, Amélia. Tu ne devrais pas juger les gens. S'ils sont heureux de se marier, qu'est-ce que ça peut te faire ?

Antoinette comprit d'un seul coup qu'Amélia les enviait. Elle était envieuse de Sophie et d'elle-même aussi. De toutes ces femmes qui avaient quelqu'un avec qui partager les joies et les peines de la vie. Son histoire avec Alexis l'avait visiblement laissée meurtrie et elle ressentait une profonde injustice lorsqu'elle voyait tous ces amoureux autour d'elle. Un fossé s'était creusé entre les deux cousines. Le malheur de l'une et le bonheur de l'autre les séparant plus sûrement que la plus grande des distances. Par chance, Antoinette était d'un naturel optimiste et pas rancunière pour un sou.

– Tu sais que tu pourras toujours compter sur moi, Amélia.

Amélia leva les yeux vers sa cousine.

– Je suis bien contente que tu sois venue, l'assura-t-elle finalement. Et je suis heureuse pour toi. Ton mariage et tout ça…

Momentanément rassurée, Antoinette lui sourit.

– Alors, où est-elle, cette épicerie ? C'est immense, cette ville. Toutes ces rues, je sais pas comment tu fais pour t'y retrouver. Et qu'est-ce que ça pue !

Amélia éclata d'un rire franc et saisit le bras de sa cousine pour lui faire traverser la rue. La ville était sale, mais c'était là le signe que l'été n'était plus bien loin.

⁂

– Je m'inquiète pour Amélia, soupira Mathilde.

– Pourquoi ? demanda Léontine en levant les yeux vers sa sœur.

– Tu n'as pas remarqué comme elle a changé ? Depuis l'hiver dernier, je ne la reconnais plus.

– Je ne sais pas trop, Mathilde. Je ne la connais pas tellement, Amélia. Peut-être que tu t'en fais pour rien. Tu devrais plutôt penser à toi pour une fois. Je trouve que tu as l'air fatiguée.

Les cernes bleutés qui marquaient le visage amaigri de sa sœur cadette, les plis qui s'étaient accentués aux commissures de ses lèvres, la façon dont sa robe collait aux os saillants de ses maigres épaules, ne lui disaient rien qui vaille. Léontine aurait voulu dire à Mathilde que c'était elle qui l'inquiétait le plus, mais sa sœur, comme toutes les mères, se faisait davantage de souci pour ses enfants que pour elle-même.

– Mais non. Je vais déjà mieux. Tu devrais parler à Amélia. Elle t'écouterait, toi, insista Mathilde. Tu sais comment c'est? Quand ça vient des autres, ça passe toujours mieux.

– Lui parler de quoi?

Mathilde lança un regard suppliant à sa sœur qui s'empressa de détourner les yeux.

– Il faut qu'elle comprenne que la vie n'est pas une partie de plaisir et que, si elle continue à tout prendre au tragique, elle aura bien du mal à passer au travers, répondit Mathilde en pinçant les lèvres.

– Quand je l'ai vue, je n'ai pas trouvé qu'elle avait l'air si changé. Qu'est-ce qui te tracasse au fait?

– Elle est toute silencieuse et renfermée. Pas un sourire depuis un bon bout et ses colères qui explosent sans raison, pour des broutilles. Il faut la prendre avec des pincettes.

– Ça date de quand, tous ces changements? demanda Léontine.

– Depuis cette histoire avec son monsieur Thériault, je dirais. Ça s'est terminé d'une drôle de façon. Et personne n'arrive à en savoir plus, soupira Mathilde. Même à Sophie, elle n'a rien dit.

– Je t'accorde que je ne m'attendais pas à cette nouvelle-là. Antoinette était d'avis que c'était du sérieux ces deux-là et qu'ils avaient vraiment l'air épris. Mais arrête de t'en faire, Mathilde. Un prétendant, elle en trouvera un autre bientôt, tu vas voir, et tout rentrera dans l'ordre.

– C'est vrai qu'il y a bien eu un autre jeune homme dans les parages, distingué, poli et bien élevé. Je l'ai vu une ou deux fois et il nous avait fait une bien bonne impression. Mais il est parti faire la guerre aux Sauvages, et on ne l'a plus revu, dit Mathilde.

– Bon, tu vois qu'il y a de l'espoir. Peut-être que ça aboutira quand il reviendra en ville.

– Ça m'étonnerait.

– Et pourquoi ?

– Amélia et lui, ils ne sont pas du même monde, lâcha Mathilde. Que veux-tu qu'il trouve d'intéressant à une fille de sa condition ? On est peut-être du bien bon monde, mais on ne fait pas partie de la haute, nous.

– Il n'est pas dans la milice ?

– Oui, mais sa famille est riche. Tout ce que je sais, c'est que son père est docteur dans un gros hôpital, à Québec.

– Au fait, tu crois que ça intéresserait Henri de venir passer quelque temps par chez nous, cet été ? demanda Léontine en changeant de sujet.

Cela l'avait toujours mise mal à l'aise ces comparaisons entre le pauvre monde et les biens nantis. Pour elle, il n'y avait pas de différence. Ce monde-là, ça mangeait et ça se soulageait comme les autres. De toute façon, à Saint-Norbert, personne n'en faisait un plat, du docteur. Peut-être qu'il avait une plus grosse maison, mais ça ne l'empêchait pas d'avoir besoin des fermiers pour se nourrir et s'habiller. Mais elle devait admettre qu'en ville les choses étaient différentes. Les riches, ils n'avaient qu'à aller au magasin pour se procurer ce qu'il leur fallait. Les ouvriers faisaient de même. C'était cela au fond le problème : tout le monde faisait pareil, mais certains avaient plus d'argent que d'autres.

– Henri ?

– Oui, Henri. Ça aiderait bien le père d'avoir des bras de plus. Ce n'est plus une jeunesse.

– Je sais bien, l'assura Mathilde en fronçant les sourcils. J'essaie seulement de pas trop y penser. Ça va être dur quand il ne sera plus là.

– Je pense qu'il n'est pas prêt de nous faire faux bond, le père. Mais il faut en prendre soin un peu. Moi et mon homme, on lui a bien proposé de venir habiter chez nous avec la mère, mais il ne veut rien savoir, dit Léontine en haussant les épaules.

– Comprends-le, c'est dur à cet âge-là de devoir admettre qu'on a besoin d'aide !

– Justement, d'avoir ton gars avec lui, ça ferait moins mal à son amour-propre. Il pourrait lui montrer ce qu'il sait.

– C'est sûr qu'Henri aimerait ça, répondit Mathilde, pensive. Mais sa paye est bien utile…

– Je suis certaine qu'on peut s'arranger. Depuis deux ans, le père a un engagé pour les gros travaux. La paye qu'il lui donne, il pourrait la donner à ton gars. Et ça t'en ferait un de moins sur les bras. Tu as encore besoin de te reposer.

– Je vais en parler à Édouard et on décidera après. J'aime mieux ne pas faire de fausse joie à Henri si son père n'est pas d'accord.

– C'est plein de bon sens, approuva Léontine. On attendra votre décision.

– Et les préparatifs du mariage ? Ça se passe bien ? demanda Mathilde en souriant.

– Si je me fie à ce que je vois, on est plus avancés que vous.

– Je le sais bien, soupira Mathilde. Mais au moins, on aura tout l'été pour s'y mettre.

– C'est sûr que par chez nous, avec les travaux à la ferme, on ne manque pas d'ouvrage pendant l'été, admit Léontine.

– Quand je pense que nos filles vont se marier, laissa tomber Mathilde d'un air sérieux.

– C'est sûr que ça ne nous rajeunit pas. Mais toi, tu es déjà passée par là, avec Joseph.

– Oui, approuva Mathilde. Mais pour Joseph, ça s'est fait tellement vite. Je suppose que c'est différent de marier sa fille, avec toutes les choses auxquelles il faut songer. Ça me rappelle mes propres noces aussi, et comment j'étais à l'âge de Sophie.

– Je vois ce que tu veux dire. C'est pareil pour moi. En tout cas, ça aurait été bien plaisant de pouvoir faire un mariage double.

– Tu sais bien que ce n'était pas possible, Léontine. Les parents d'Armand ont d'autres projets.

– Je trouve ça quand même étrange que ce ne soit pas les parents de la mariée qui organisent la noce, insista Léontine en hochant la tête.

– Il faut les comprendre. C'est leur seul enfant. Édouard et moi, on a bien été obligés d'accepter quand monsieur Frappier est venu nous demander si sa femme et lui pouvaient s'occuper de la noce. Le frère de sa femme a une maison de campagne à Laprairie. Il faut bien admettre qu'ici on aurait été un peu à l'étroit, ajouta-t-elle en parcourant la cuisine des yeux.

– C'est sûr, approuva Léontine. Et en plus, ça t'aurait fatiguée de préparer le repas de noce et de recevoir tout ce monde-là. C'est une grosse famille, les Frappier?

– Pas tellement, mais ils habitent tous dans le coin. C'est certain qu'ils seront présents. C'est plus facile pour eux.

Léontine sentit son cœur se serrer en voyant le regard de sa sœur s'assombrir. Elle était bien consciente que la parenté ne pourrait pas venir au mariage de Sophie. Le mariage d'Antoinette aurait lieu quasiment en même temps et comme la noce de celle-ci serait célébrée chez les grands-parents, ceux-ci ne pourraient évidemment pas faire le voyage jusqu'à Montréal. Même chose pour le reste de la famille. Léontine était triste pour Sophie et surtout pour Mathilde. Cela ferait une noce pas très joyeuse pour la famille Lavoie, qui se retrouverait seule parmi tous ces étrangers.

– C'est du bon monde au moins? demanda Léontine.

– Les Frappier? Je ne les ai pas vus souvent. Lui, il est épicier et je l'ai trouvé assez gentil, même s'il a l'air un peu nerveux. Elle, c'est une grosse dame autoritaire qui n'a pas la langue dans sa poche. Armand tient plus de son père, c'est sûr. J'espère seulement que Sophie n'aura pas trop de mal à s'entendre avec sa belle-mère.

– Ta fille ? Elle est bien trop accommodante pour faire de la chicane. Avec Amélia, ce serait autre chose…

– Je le sais bien, soupira Mathilde en levant les yeux au plafond. Comment ça se fait que mes enfants sont aussi difficiles à comprendre ?

– Tu exagères, voyons !

– Regarde Amélia, c'est une vraie soupe au lait qui risque toujours de déborder pour un rien. Et Henri, une girouette : un jour plein d'allant, le lendemain tout maussade. Marie-Louise, elle, je ne sais même plus quoi en penser tellement elle est secrète, cette enfant-là. Jamais un rire ni une crise de larmes. Elle était déjà comme ça bébé. Un petit Jésus de cire. J'oubliais Joseph. Le portrait de son père, mais en tellement plus intolérant.

– Et Paul et Sophie ?

– Sophie, ça va. Et Paul est encore bien jeune. Les tiens, est-ce qu'ils te causent autant de soucis ? demanda Mathilde.

– Ils ne sont pas toujours du monde, mais ce sont des bons petits. Ils sont serviables et ils ne rechignent pas à la tâche. Il n'y a pas un enfant semblable, Mathilde. Il y en a qui nous ressemblent, d'autres moins. Ça ne veut pas dire qu'on a raté notre coup. Tiens, prends les miens. Les filles ont la retenue de leur père tandis que les gars ne peuvent pas renier leurs origines maternelles. C'est drôle quand même…

– Quoi donc ? demanda Mathilde.

– Par chez nous, tu es la seule qui tienne davantage du père. En vieillissant, je veux dire, parce que tu n'étais pas comme lui dans le temps. Il ne dit jamais un mot de trop, il est patient comme dix et modéré dans ses transports. Ce n'est pas comme moi, Delphine et surtout Léandre. On est le portrait tout craché de la mère. Même encore aujourd'hui, alors qu'on devrait s'être assagis avec les années. Des vrais moulins à paroles et qui aiment prendre toute la place ! s'exclama Léontine.

– Pour ça, tu as bien raison. Je me demande comment j'ai fait pour vous endurer!

– Tu vois bien! Amélia et Henri, tu ne peux pas les renier, ils ont de la grand-mère dans le nez. Et si j'y pense, toi aussi au fond, ajouta Léontine en souriant. Amélia te ressemble plus que tu penses. Je me souviens de toi, à son âge... je te dis qu'il fallait s'y prendre de bonne heure si on voulait te faire changer d'idée sur quelque chose...

– C'est ça, dis donc que j'avais une tête de cochon pendant que tu y es! s'écria Mathilde, faussement vexée.

– De cochon, je ne sais pas, mais c'est sûr que tu étais pas mal obstinée, des fois. Je me rappelle entre autres d'un jour où la mère a essayé de te dissuader de marier un certain monsieur Lavoie... Sourde, aveugle et muette que tu étais!

– Ça va, laisse tomber!

Un large sourire éclaira le visage fatigué de Mathilde. C'était si bon d'avoir sa sœur près d'elle. Sa joie de vivre contagieuse adoucissait un peu les tourments des derniers temps.

Sans dire un mot de plus, de crainte de voir s'évanouir cette joie passagère, Mathilde posa sa main sur celle de Léontine qu'elle serra doucement, espérant que sa sœur comprendrait d'elle-même combien sa présence lui était précieuse.

Le jeudi soir qui suivit, Mathilde invita Antoinette et Sophie pour sa promenade quotidienne avec Marie-Louise, après avoir intimé à Paul d'aller jouer dans la cour. Léontine comprit que l'heure de la mission dont l'avait investie sa sœur avait sonné.

Amélia terminait tranquillement de ranger la vaisselle du dîner. Elle était soulagée d'avoir échappé à l'invitation de sa mère, mais en avait tout de même été étonnée. Sa tante récitait son rosaire en marmonnant, assise à la table de la cuisine. Amélia entendait le faible bruit des grains du chapelet défilant à toute vitesse entre les doigts de sa tante. Elle donna un dernier coup de torchon sur le comptoir et surprit le regard de Léontine étrangement fixé sur elle. Elle constata qu'elle était seule avec sa tante. Elle aurait pourtant juré que son père était là, comme à son habitude, tranquillement occupé à fumer sa pipe. Il s'était éclipsé sans faire de bruit. Appuyée contre le comptoir, les bras croisés, elle attendit que Léontine eût terminé son dernier « Je vous salue Marie ».

– Ne reste pas plantée là à me regarder comme ça, lui dit Léontine en déposant son chapelet sur la table. Fais-nous donc un peu de thé et viens t'asseoir à côté de moi.

Amélia hocha prudemment la tête en guise de réponse. Comme par magie, le thé était déjà prêt, encore chaud dans la bouilloire qui trônait sur le poêle. Décidément, il se passait quelque chose. L'air désinvolte qu'affichait sa tante n'était pas non plus pour la rassurer. Cela sentait le sermon.

Elle versa le thé dans deux tasses, en déposa une devant Léontine et, en soupirant, prit place à l'une des extrémités de la table. Elle attendit que sa tante prenne une gorgée de son thé, mais ne toucha pas au sien. Léontine se racla la gorge et, aussi subtilement qu'elle en était capable, passa à l'attaque.

– Comment vas-tu, ma nièce ? Il me semble qu'on n'a même pas eu le temps de piquer une petite jasette.

– C'est vrai, ma tante. Mais avec tout l'ouvrage qu'il faut faire ici en plus de mon travail, je n'ai pas une minute à moi.

– Je comprends, la rassura Léontine en hochant la tête. Mais tu dois être contente que ta cousine soit en ville.

– C'est sûr ! Mais c'est dommage que vous ne restiez pas plus longtemps.

– On va partir dimanche prochain, après la messe. Tu penses bien que ta mère veut absolument qu'on assiste à la messe de Notre-Dame. Je me doute que c'est un peu pour nous impressionner...

– C'est une église imposante, approuva Amélia.

– J'espère que ta mère sera assez bien pour nous accompagner. L'air est tellement malsain en ville. Ce n'est pas pour l'aider à se refaire une santé, si tu veux mon avis.

– C'est toujours pire à ce moment-ci de l'année. C'est à cause du dégel. Il faut donner le temps aux travailleurs de la ville de finir de ramasser toutes les saletés qui traînent.

– En tout cas, par chez nous, ça sent bon au printemps. Le parfum de la terre gorgée d'eau. Hum ! J'ai bien hâte de retrouver ça, dit Léontine en humant l'air ambiant comme si elle pouvait réellement sentir l'odeur du pays.

– Une chance que Joseph ne vous entend pas, ma tante. Il dirait que seuls les habitants sont assez simples d'esprit pour se vanter d'aimer la bouette et le crottin.

– Qu'il fasse juste s'essayer à me dire des affaires de même et je lui fais ravaler sa langue ! Il a beau être costaud, il va voir que sa tante Léontine, elle a encore pas mal de pogne.

– Il n'est pas méchant, Joseph, mais il a une sainte horreur de tout ce qui se rapporte à la campagne. À l'entendre, en dehors de la ville, il n'y a pas de salut. On ne l'écoute plus depuis longtemps, la rassura Amélia.

– Et sa femme et ses enfants, ils seraient peut-être plus heureux à vivre avec nous plutôt qu'à se morfondre dans un misérable logement. Hier, ta mère m'a amenée faire une visite à Françoise, expliqua Léontine devant l'air interrogateur d'Amélia.

– Ah bon.

– J'ai trouvé qu'elle faisait bien pitié. Elle n'a pas l'air d'en mener large et son petit dernier non plus. Tu ne trouves pas ?

– Je n'y suis pas allée depuis un bon moment, reconnut Amélia avec embarras.

– Je n'ai rien contre les grosses familles, je serais bien mal placée pour dire le contraire, mais il ne faut pas non plus forcer la nature. Quand le bon Dieu vous a fait aussi feluette, il ne faut pas espérer pouvoir faire son devoir aussi souvent qu'on le voudrait.

Léontine se tut aussitôt en constatant qu'elle mettait Amélia mal à l'aise.

– En tout cas, c'est bien malheureux, reprit-elle. Veux-tu bien me dire à quoi ça sert de mettre des petits au monde si c'est pour en faire des orphelins ?

– Moi, je ne ferai pas d'enfants pour qu'ils vivent dans la misère. J'aime mieux ne pas en avoir.

– Tu ne devrais pas parler comme ça, Amélia. Ce n'est pas parce que ta belle-sœur est partie en peur qu'il faut que tu exagères pareillement dans l'autre sens. C'est comme pour les hommes.

Amélia leva la tête et regarda Léontine. Cette discussion commençait à prendre une tournure qu'elle n'était pas certaine de vouloir. Elle aimait beaucoup sa tante et trouvait qu'elle était sensée, mais elle doutait que Léontine puisse comprendre la peine qui lui rongeait le cœur. Après tout, elle avait connu son Cléophas alors qu'elle était à peine sortie de l'enfance, sans avoir vécu la douleur causée par le rejet ou la honte du déshonneur.

– Quoi, les hommes ? se résigna-t-elle pourtant à demander.

– Une femme sans enfant, ce n'est pas ordinaire, mais une femme sans homme, j'ai pour mon dire que c'est encore pire, répondit Léontine.

Et voilà ! On y était. À force de tourner autour du pot, Léontine avait enfin fini par tomber dedans. Amélia n'avait pas du tout l'intention d'aborder le sujet de ses déboires amoureux avec sa tante, mais elle n'était pas dupe : elle pensait bien que sa mère avait demandé à Léontine de lui parler. L'air faussement détaché qu'affichait sa tante parlait de lui-même.

– Peut-être que je ne suis pas faite pour me marier, répondit Amélia un peu trop vite à son goût.

– Ah oui ? Et tu ferais quoi de ta vie ?

– Je peux toujours entrer au couvent.

– Rentrer chez les sœurs ! Elle est bien bonne celle-là ! s'esclaffa Léontine en s'assenant une claque sur la cuisse.

– Quoi ? Je ne vois pas ce que ça a de drôle. Ma sœur y pense bien, et personne ne se moque d'elle, se défendit la jeune femme, davantage étonnée d'avoir pu penser à une telle éventualité que véritablement vexée.

– Bien justement, le couvent c'est bon pour les filles comme Marie-Louise. Pas trop délurées, je veux dire, et capables d'être heureuses même enfermées entre quatre murs avec le bon Dieu et les anges pour seule compagnie. Tu n'es pas faite pour ce genre de vie-là, Amélia, crois-moi.

Amélia ne releva pas l'évidence énoncée par Léontine. Son regard se perdit dans la contemplation distraite de la croix fixée au mur devant elle. Le Christ, cruellement figé sur un bout de bois brun sombre, penchait la tête de côté. Elle décida de se taire et d'écouter. Enfin, si hocher la tête de concert avec les propos de Léontine pouvait être considéré comme de l'écoute. Elle s'arracha avec peine à sa contemplation du Christ agonisant – ou peut-être déjà mort, c'était difficile à dire – pour se concentrer sur les paroles de Léontine.

– … rester là à se morfondre et à jongler avec toutes sortes de choses, disait cette dernière, ça peut juste te torturer davantage. Ta grand-mère te dirait que quand on ne peut rien faire pour changer une chose, c'est bien moins forçant de prendre son mal en patience que de continuer de râler.

– C'est facile à dire, ma tante, laissa échapper Amélia malgré elle.

– Qu'est-ce que tu penses ? s'exclama Léontine, plus durement qu'elle ne l'aurait voulu. Que tu es la seule à vivre des misères ? ajouta-t-elle plus doucement. Ta grand-mère, elle l'a pas eu facile dans le temps, et penses-tu que c'était mieux pour ta mère ?

– Je suppose que non, reconnut Amélia en rougissant.

Décidément, écouter sans répliquer était plus facile à dire qu'à faire.

– Ta mère, elle s'est désâmée pour que vous ne manquiez de rien, toi et tes frères et sœurs. Tu ne t'en souviens peut-être pas, mais quand vous êtes arrivés en ville, il y avait des jours où tout ce que vous aviez à manger c'était du pain et des patates.

– Ça, je m'en souviens. Mais mon père était là. Quand on n'est pas seul pour passer à travers les épreuves, c'est plus facile.

Léontine hocha la tête et choisit de ne pas relever la contradiction énoncée par Amélia.

– Seul ou pas, qu'est-ce que ça change ? La misère, c'est la misère. Quand tu manges des pelures au déjeuner, au dîner et encore au souper, que tu aies ton homme assis à côté de toi, c'est quand même juste des pelures qu'il y a dans ton assiette, dit-elle.

Léontine porta sa tasse à ses lèvres et avala lentement quelques gorgées de son thé qui commençait à refroidir. Elle voyait bien qu'Amélia n'arrivait pas à lui faire suffisamment confiance pour lui ouvrir son cœur. Mais au moins elle avait réussi à attirer son attention. C'était toujours ça de pris.

– Tu sais, Amélia, il va falloir que tu arrêtes de penser juste à toi.

– Je ne suis pas une ingrate ! s'emporta Amélia, les yeux brillants de colère.

– Ce n'est pas ça que j'ai dit, voyons ! Mais regarde comment tu es. Tu prends tout à rebrousse-poil. Tu ne seras jamais contente de rien dans la vie si tu crois que tout le monde en a contre toi, Dieu y compris.

– Laissons Dieu en dehors de ça, voulez-vous. Pour ce qu'il aide, celui-là.

– Amélia ! Si ta mère t'entendait ! Dieu a tracé un chemin pour toi. Et ce n'est pas à toi d'en discuter le pourquoi ni le comment. Continue d'avancer et arrête de te faire déranger par toutes sortes de mystères et de tracasseries sans importance qui font juste rendre ta route plus cahoteuse. De toute façon, en fin de compte, on arrive tous à la même place, alors à quoi bon s'en faire ? C'est ma conviction et, crois-moi, c'est la seule façon d'être content de la vie qu'on a.

– C'est bien sage ce que vous conseillez, ma tante, mais c'est difficile de passer par-dessus les tracasseries, comme vous dites. Des fois, il y en a de plus ennuyeuses qui ne nous laissent pas en paix.

– Tu vois peut-être les choses pires qu'elles sont ? À ton âge, c'est ce qui arrive souvent.

Léontine devint tout à coup sérieuse comme un pape. Elle joignit les mains sous son menton et regarda Amélia d'un air grave.

– Aussi bien arrêter de se conter des histoires ? Qu'est-ce que tu en penses ? demanda-t-elle à Amélia qui ne sut quoi répondre. Tu dois bien te douter que ta mère m'a demandé de te parler… et que je suis au courant…

– Au courant de quoi ?

– Bien, au sujet de ton histoire avec ce monsieur, celle qui s'est mal terminée…

– Je n'ai pas de peine à imaginer que tous sont au courant, répondit Amélia en levant les yeux au plafond d'un air excédé, tout de même soulagée que la partie la plus embarrassante de son « histoire », comme l'appelait sa tante, ne soit pas au programme de la soirée.

– Que ça te plaise ou non, ta mère s'inquiète.

– De quoi s'inquiète-t-elle ? Que je reste vieille fille ou que je déshonore la famille ?

– Mais de quoi parles-tu, Amélia ? Franchement, si j'étais à ta place, j'aurais honte. Je peux comprendre que tu sois triste, mais il y a quand même des limites aux folies qu'on peut penser ! s'emporta Léontine en frappant la table de son poing potelé.

Amélia n'avait jamais vraiment vu sa tante en colère avant ce moment-là. Son teint avait viré au cramoisi et la peau de son cou tremblotait tandis qu'elle secouait nerveusement la tête de gauche à droite. La jeune femme regretta aussitôt ses paroles. Il s'en était fallu de peu qu'elle avoue son déshonneur à sa tante. Se taire et approuver, c'était encore ce qu'elle avait de mieux à faire. Mieux pour elle et pour les autres. Mais il faudrait qu'elle prenne sur elle. À ce sujet-là, sa tante avait raison. Elle commençait à beaucoup trop attirer l'attention sur elle.

– Vous avez raison, ma tante. Je ne sais pas ce qui m'a pris. Ce n'est pas bien charitable de ma part de dire des choses comme ça, s'excusa Amélia d'un air contrit en baissant la tête.

– C'est bon, la rassura Léontine en lui tapotant la main. Il ne faut pas te mettre dans des états pareils, voyons. Belle comme tu es, ce ne sera pas long que tu vas mettre le grappin sur un bon diable et convoler à ton tour. Tu sauras me le dire.

– On verra bien, rétorqua Amélia en haussant inconsciemment les épaules.

– Et fais un effort pour ne pas inquiéter ta mère. Si elle continue à se faire du mauvais sang comme ça, elle ne sera jamais capable de prendre du mieux. Fais semblant si tu n'es pas capable de faire autrement, ajouta Léontine en grommelant. Il y a bien assez de ses gars pour qui elle se fait du mouron. S'il faut en plus que ses filles…

Parce qu'évidemment, ils avaient le droit, eux, d'inquiéter leur mère. C'était des garçons ! Amélia se retint d'exprimer son indignation. De toute façon, sa tante n'aurait pas compris. Comme toutes les femmes de son âge, elle considérait que les femmes devaient mettre les bouchées doubles pour gagner l'estime d'autrui. On s'attendait naturellement à ce que les filles fassent davantage d'effort que les garçons. Elles devaient, dès l'enfance, être plus obéissantes, plus débrouillardes, plus travailleuses, plus sérieuses et plus soignées que les garçons. Après tout, il fallait en faire des hommes, forts et courageux. Alors à eux les courses dans les ruelles ou les champs, les bagarres entre copains, les mille et une diableries et les rêvasseries. Et lorsqu'ils devenaient finalement des hommes, cela ne changeait pas tellement : à la maison, il fallait les servir, en société leur céder la parole, en famille leur concéder l'autorité. Et en échange, tout ce que les femmes s'accordaient, c'était la liberté d'accepter cet état de choses avec ou sans le sourire.

– C'est injuste !

– Injuste ? s'étonna Léontine.

Amélia sursauta en constatant qu'elle avait parlé tout haut.

– Qu'est-ce qui est injuste ? insista Léontine en plissant les yeux.

– Les garçons ne sont pas d'une grande aide dans la maison, répondit Amélia.

– Tu ne trouves pas ça normal ?

– Pour Paul, c'est sûr que oui. Mais Henri pourrait se forcer un peu. Il passe ses soirées à courir la ville, Dieu seul sait où, répliqua sèchement Amélia.

– Ton frère file un mauvais coton, c'est tout. Ça va lui passer.

– Et en attendant, mes sœurs et moi, on doit s'occuper de tout.

– C'est ainsi que ça marche, Amélia. Tu es une femme et tu seras bien obligée de faire avec. Arrête de t'imaginer que ça pourrait être autrement. Les jeunes, vous croyez que c'est possible de faire mieux que ceux qui étaient là avant vous. Mais vouloir, ce n'est pas pouvoir. Les deux sonnent pareil mais ne vont pas souvent ensemble, ça, tu peux me croire. J'ai été jeune aussi, qu'est-ce que tu penses ! Moi non plus, je ne voulais pas finir comme ma mère. J'avais la tête pleine d'espérance et de rêveries. C'est comme si tu ne voyais pas les choses comme elles sont dans la réalité. Et après, tu vieillis, tu fondes une famille. Les choses changent, et la réalité, tu n'as pas vraiment le choix de la voir comme elle est. Elle est bien plus forte que nous, celle-là, même quand on est plein d'allant et de bon vouloir.

Sans s'en rendre compte, Amélia s'était mise à écouter attentivement ce que disait Léontine. Il lui semblait presque entendre sa mère. Mais la voix de sa tante était forte, son ton assuré. Tout le contraire de Mathilde dont les avis et les conseils sonnaient souvent comme des reproches. Il était impossible de la contredire ou de lui exprimer le fond de sa pensée sans se sentir aussitôt coupable de lui avoir causé du chagrin. Amélia aurait bien aimé confier son secret à sa tante ou encore à sa cousine Antoinette, mais leur lien de parenté rendait la chose impossible.

– Je me doute bien que ce que je te dis ne doit pas te sonner bien fort les cloches. Ce sont des choses que tu vas apprendre par toi-même, avec le temps. Tout ce que je te demande, c'est de me promettre de faire attention à ta mère, conclut Léontine. Peux-tu faire ça pour ta vieille tante ?

– Vous n'êtes pas si vieille que ça, répondit Amélia en souriant malgré elle. Bon, je peux bien vous promettre ça, ajouta-t-elle en soupirant.

– Tu es bien fine. Et ne t'en fais pas. Bientôt tu verras que tous tes problèmes se régleront d'eux-mêmes.

– Si vous le dites, ma tante. Si vous le dites, répondit Amélia en tournant machinalement les yeux vers le crucifix.

Chapitre XVII

Mathilde suivit des yeux la charrette conduite par Édouard jusqu'à ce qu'elle tourne le coin de la rue et disparaisse. Le temps d'un battement de cœur, le faible espoir qu'elle avait de revoir un jour sa sœur s'évanouit. Si elle avait pu partir avec elle et rejoindre les siens, peut-être que l'ombre qu'elle sentait de plus en plus nettement planer au-dessus de sa tête s'éloignerait définitivement, lui accordant ainsi une autre chance. Elle avait peur de mourir, peur d'abandonner ses enfants. Et pourtant, elle commençait à s'y résigner.

Tandis que la chaleur de la main de son plus jeune fils gagnait lentement la sienne, Mathilde comprit que sa vie ne serait bientôt plus qu'un pâle souvenir. Elle ne voulait pas contredire Sophie et Marie-Louise, convaincues que les bons soins du docteur et les prières récitées en secret viendraient à bout de son mal. Mais elle n'avait plus la force de se battre. C'était probablement un péché de penser ainsi; il faudrait qu'elle en parle au père Bourget. Peut-être pourrait-il la conseiller.

Mathilde observa ses enfants qui se tenaient côte à côte sur le trottoir. Il n'y avait bien maintenant que la messe pour permettre à la famille de se trouver réunie. C'était même un des rares moments où elle parvenait à voir un peu son aîné. Joseph était si distant. Mais Mathilde comprenait que c'était sa façon à lui de prouver qu'il était maître de sa vie. Dans l'ombre de son père, il n'y arrivait pas. Joseph se débrouillerait sans elle, pas de doute, mais elle s'inquiétait quand même pour Françoise et les enfants, si fragiles, si innocents.

Son regard se posa sur sa fille aînée. La voie de Sophie était toute tracée. Comme la sienne l'avait été. Elle se marierait, aurait des enfants qu'elle élèverait de son mieux dans la simplicité et le respect des valeurs chrétiennes. Des enfants qui ne connaîtraient leur grand-mère maternelle que par le truchement d'histoires pauvres en rebondissements et qu'on arrêterait bien vite de leur raconter.

Mathilde baissa les yeux vers la tête bouclée de son petit ange. Il s'accrochait à sa main, l'air étrangement calme. Elle lui caressa doucement les cheveux et il leva son visage vers le sien. Il était si jeune, si vulnérable encore. Comment Paul s'en sortirait-il sans elle ? C'était là son plus grand souci. Elle espérait que Sophie et Armand pourraient le prendre avec eux et l'élever avec leurs propres enfants. C'était sans doute là la meilleure solution. Comment Édouard pourrait-il en effet s'occuper d'un bambin de cinq ans, un peu trop chouchouté, sans l'aide d'une femme ? Son cher Édouard… lui manquerait-elle ? Elle n'osait l'imaginer remarié, fondant une nouvelle famille.

Un peu en retrait, Henri s'acharnait sur un tas de cailloux qui jonchaient le trottoir. Il frappait méthodiquement du bout du pied les petites pierres qui s'éparpillaient tout autour de lui. Moitié enfant, moitié homme, tiraillé entre prudence et témérité, désinvolture et responsabilité, Henri traversait un moment difficile de sa vie. Mathilde espérait que son air morose ne serait bientôt plus qu'un mauvais souvenir. Elle devrait parler à Édouard de la proposition de Léontine, et le plus tôt serait le mieux. Cela ne pourrait pas lui faire de mal. Au moins, s'occuper à la ferme lui changerait les idées.

Amélia se tenait près de Sophie, les bras croisés sur la poitrine. Mathilde lui trouvait mauvaise mine. Même Sophie avait le teint plus éclatant à côté d'elle. Pourrait-elle se passer de sa mère ? Sans doute, mais Mathilde pressentait qu'Amélia vivrait de nombreuses désillusions. Il ne pouvait en être autrement lorsqu'on fonçait tête baissée, sans prendre le temps de réfléchir. Elle aurait aimé pouvoir la conseiller, mais était-elle en mesure de le faire, de lui montrer où se trouvait son bonheur, alors qu'elle-même tâtonnait dans le noir?

Sa sœur cadette ne semblait pas davantage heureuse, si l'on se fiait à son air distant et torturé. Et pourtant, c'était probablement la plus sereine de ses cinq enfants. Dieu l'accompagnait et cela lui suffisait. Si Marie-Louise devait choisir de consacrer sa vie au Seigneur, elle aurait à faire de grands sacrifices, mais elle la savait suffisamment déterminée dans sa foi pour parvenir à y trouver le bonheur.

Mathilde retint un soupir et entraîna Paul vers la porte d'entrée restée grande ouverte.

– Venez les enfants! On a de la bonne soupe à manger ce midi. Amélia, Sophie, pouvez-vous rentrer le linge? J'ai l'impression qu'il va mouiller, leur lança Mathilde en scrutant le ciel qui se couvrait.

Paul lâcha la main de sa mère et s'élança au pas de course dans l'escalier. Sophie et Amélia se dirigèrent vers la cour arrière, sans se préoccuper d'Henri et de Marie-Louise qui s'attardaient. Elles pénétrèrent dans la cour et gravirent l'escalier menant à l'étage. Amélia s'appuya négligemment à la balustrade. Elle ferma les yeux et savoura la chaleur vivifiante du soleil d'avril qui caressait la peau de son visage. Pour la première fois depuis des jours, elle se sentait détendue. Soulagée, même, du départ de sa tante et d'Antoinette qui n'avaient fait que lui rappeler Alexis et la cruauté de son absence. Elle en avait même oublié Victor.

– Ça ne te rend pas triste, toi? demanda Sophie en saisissant le panier d'osier posé près de la porte.

– Quoi donc? demanda Amélia sans ouvrir les yeux.

– Mais qu'Antoinette soit partie! Vous vous entendez bien, ça se voit, elle va certainement te manquer.

– Bien sûr, se contenta d'approuver Amélia.

– Je trouve que c'est une fille pleine de prévenance. Venir aider chez nous comme ça, alors qu'elle n'y était pas obligée. Et ma tante Léontine, elle me fait tellement rire, ajouta Sophie en souriant. Pas toi ?

– Pas tant que ça.

– Ah...

Amélia se mordit la lèvre. Elle avait encore parlé trop vite, sans réfléchir. Ordinairement, Sophie se serait contentée de soupirer et n'aurait pas insisté davantage. Mais l'attitude de sa sœur commençait à l'irriter.

– Votre conversation entre quatre yeux aurait-elle mal tourné ? osa-t-elle demander en s'étonnant elle-même de l'aplomb dont elle faisait preuve.

Amélia se risqua à ouvrir les yeux.

– Est-ce que tu as fini avec tes questions ? la rabroua-t-elle en lui jetant un regard noir.

– C'est juste... je me disais que..., bredouilla Sophie.

Et, comme toutes les fois où sa sœur s'emportait contre elle, Sophie sentit les larmes lui monter aux yeux. C'était plus fort qu'elle. Petite, déjà, l'impétuosité d'Amélia la terrifiait. Et cela n'avait pas changé. Comme en ce temps-là, les larmes étaient la seule arme dont elle disposait pour apaiser les emportements de sa sœur cadette. Cette émotivité mal contenue, qu'Amélia considérait comme une preuve de faiblesse, étouffait automatiquement chez Sophie toute velléité de riposte.

– Ah non, tu ne vas pas pleurer en plus, tempêta Amélia en baissant la voix pour ne pas attirer l'attention d'Henri, qui s'était assis sur la première marche de l'escalier et passait le temps en frappant les barreaux de la rampe avec un bout de bois.

– Henri ! Arrête, c'est énervant à la fin, lui cria Amélia en commençant à décrocher les draps, un à un, avant de les empiler dans le panier que tenait Sophie.

Ignorant sa sœur, Henri continuait son manège. Exaspérée, mais tout de même bien aise de pouvoir déverser sa mauvaise humeur sur une cible moins impressionnable, Amélia lui lança une pince à linge qui manqua de peu sa tête. Elle rebondit mollement sur les marches avant de s'arrêter aux pieds du garçon. Sans lever la tête, il s'en empara et, en signe de provocation, enrichit son orchestre improvisé de cet instrument « tombé du ciel ».

Amélia répliqua par un grognement qui se mua en cri de stupeur lorsque Sophie la heurta après avoir elle-même été bousculée par Paul. Le garçonnet avait choisi exactement cet instant pour jaillir en coup de vent par la porte de la cuisine. Amélia manqua tomber du cageot sur lequel elle était grimpée, mais réussit à recouvrer son équilibre et à éviter de justesse la culbute fatale par-dessus la rambarde. Encore secouée, le cœur battant la chamade, elle entreprit de reprendre son souffle. Momentanément épargné, Paul tournoya sur lui-même et s'élança dans les escaliers, motivé à la fois par son désir de se soustraire au courroux de sa sœur et par la hâte qu'il avait de rejoindre ses compagnons de jeu. Il dévala les marches aussi vite que le lui permettaient ses petits pieds encore maladroits, se glissa entre Henri et la rampe et partit à fond de train en direction de la rue et de son salut.

– Il serait grandement temps de lui apprendre à respecter ses aînés, déclara Amélia en le suivant des yeux.

– Ce n'est qu'un enfant, Amélia, la sermonna gentiment Sophie.

Devant l'expression indulgente de sa sœur, Amélia baissa honteusement la tête, mais ne put s'empêcher d'en rajouter :

– Et il y a quelqu'un d'autre qui devrait faire de même, ajouta-t-elle en haussant le ton et en se penchant vers la cour.

Henri avait disparu. Et la pince à linge aussi. Seul le petit bout de bois utilisé plus tôt gisait, abandonné, sur l'une des marches.

– Mais veux-tu bien me dire où il est encore allé, celui-là ? demanda Amélia tout en parcourant la cour des yeux.

– Laisse-le donc tranquille, lui intima Sophie avec détachement. Et aide-moi à rentrer tout ça ou tu termineras toute seule, continua-t-elle en lui désignant du menton les deux derniers draps qui flottaient sur la corde. L'un d'eux était à moitié décroché et pendait mollement dans le vide.

Amélia plissa les yeux et pivota sur elle-même. Tout en tentant de décrocher le drap qui semblait prendre un malin plaisir à lui échapper des mains, elle se surprit à penser que sa sœur commençait vraiment à lui porter sur les nerfs.

Pourtant, il n'y avait pas encore très longtemps, elles s'entendaient plutôt bien. À quel moment s'étaient-elles perdues de vue ? Avant son histoire avec Alexis ou après ? Lorsqu'elle était convaincue qu'elle seule pouvait prendre la mesure de l'amour qui les unissait ou plutôt juste après l'instant où elle s'était dit que personne autour d'elle n'était assez avisé pour qu'elle puisse révéler une part même infime de son tourment ? Elle avait toujours eu de l'affection pour Sophie, de cette sorte d'adoration que les petites filles ressentent à l'égard de leurs sœurs aînées. Déjà toute petite, la facilité avec laquelle elle acquiesçait à tout sans jamais s'impatienter ou protester forçait le respect d'Amélia. Tant de fois on lui avait donné sa sœur en exemple. Mais aujourd'hui, Amélia voyait Sophie comme l'adulte qu'elle était devenue : sa modestie s'était muée en docilité et son égalité d'humeur en fadeur. Sa sœur allait se marier l'été prochain et elle serait bientôt délivrée de ses reproches silencieux. Amélia paraissait en effet toujours si déraisonnable lorsqu'on la comparait à Sophie. L'angelot et le petit diable, comme se plaisait à les désigner leur père lorsqu'elles étaient petites.

Sophie était retournée à l'intérieur munie de son chargement de draps qui dégageraient pendant quelques jours un parfum insistant. Un mélange singulier de savon du pays et d'odeurs si caractéristiques du printemps. Amélia ne tarda pas à la suivre. Il y avait encore les chemises à repasser, le sol à balayer et les meubles à épousseter.

Amélia terminait de donner un coup de balai sur le sol de la cuisine tandis que ses sœurs mettaient la table lorsqu'Édouard revint à la maison.

– Ça a été long, constata Mathilde en jetant un coup d'œil à l'horloge.

– Le train a mis du temps à partir, expliqua Édouard.

Il suspendit son chapeau et se lissa machinalement les cheveux avant de s'asseoir. Laissant à Marie-Louise le soin de remplir les assiettes, Sophie poussa Paul jusqu'à sa chaise non sans lui avoir d'abord lavé mains et visage d'un expéditif coup de serviette.

– En plus de ça, j'ai ramené notre troisième voisin, et on a fait un brin de jasette en revenant.

Toute la famille s'était finalement mise à table. Les plats circulaient de main en main, les assiettes se garnissant de bouilli au lard salé, de restes de betteraves marinées et de ketchup aux fruits apportés par Léontine. Ordinairement animée, la tablée était ce soir-là plutôt silencieuse. Bien que contents de souffler un peu et de se retrouver en famille, ils se rendaient compte, une fois la visite partie, que le vent de fraîcheur soulevé par sa présence s'en était allé avec elle. Le retour de la routine, heureux pour certains, dessinait grise mine sur le visage des autres.

Édouard connaissait bien ses enfants et pouvait lire sur leur visage les émotions ressenties par chacun d'entre eux. L'impassibilité de Sophie, l'indifférence d'Henri, l'enthousiasme insouciant de Paul, l'humeur chagrine de sa femme, que rachetait à elle seule la joie de Marie-Louise et le soulagement d'Amélia. Édouard regarda plus attentivement Amélia. Elle ne semblait pas le moins du monde affectée par le départ de sa cousine pour laquelle elle éprouvait pourtant une grande affection. Édouard savait que Mathilde avait demandé à sa sœur de parler à Amélia. Et il se doutait que celle-ci avait dû se cabrer comme un animal sauvage pris au piège. Il n'y avait pas pire moyen que les reproches pour faire entendre raison à sa fille. Même si elle était loin d'être idiote, elle était bien trop orgueilleuse pour admettre ses torts. En cela, elle lui ressemblait, songea Édouard en souriant.

Mathilde déposa sa fourchette, laissant de côté son assiette à peine entamée. Par affabilité autant que par désir de se changer les idées, elle s'efforça d'animer la conversation.

– Tu parles de Télésphore Gauvin, je suppose. Et qu'est-ce qu'il avait de bon à raconter, cette fois-ci ?

– Les mêmes affaires qui font jaser un peu partout de ce temps-là. À l'en croire, on parle trop du Nord-Ouest, les éboueurs ne sont pas foutus de nettoyer les rues comme il faut, le droit de vote accordé aux femmes ça ne passera jamais à Ottawa, le maire dépense l'argent du fonds civil pour acheter du champagne et on se demande bien quand les ultramontains se décideront enfin à le débouter, termina Édouard qui avait tout débité d'un trait, le buste penché sur la table, les yeux bien ronds.

Cette imitation de Télésphore Gauvin fit éclater de rire Mathilde et les enfants.

– Et à part de ça, mon cher monsieur, continua Édouard sur le même ton, avec cette boue répugnante qui flotte dans les rues après les débordements que connaîtra bientôt le fleuve, vous verrez bien que le choléra va se répandre dans toute la ville.

À la seule mention du choléra, les enfants cessèrent de rire, se demandant si leur père parlait sérieusement ou non. Cette terrible maladie, qui vous vidait les entrailles en moins de deux, par le haut comme par le bas, pouvait vous dessécher sur pied en moins de quelques heures et vous tuer sans plus de préavis après vous avoir fait subir les pires tortures.

Édouard s'arrêta net en pleine imitation, comprenant qu'il avait effrayé tout le monde.

– Voyons, ne faites pas cette tête-là ! Vous n'allez pas vous en faire avec les dires d'un vieux bonhomme un peu dérangé ? À part de ça, il paraît que la débâcle ne fera pas des siennes cette année. C'était écrit dans le journal. C'est comme pour la picote* ça, continua Édouard en hochant distraitement la tête. Le Comité d'hygiène a décidé qu'il y avait un début d'épidémie et Télésphore Gauvin apeure tout le monde des environs avec ses prédictions. Un vrai porte-malheur celui-là.

– Une épidémie de picote ? s'étonna Mathilde. On en aurait entendu parler, il me semble.

– Ils en parlent depuis quelques jours dans les journaux, précisa Henri.

– Depuis quand lis-tu les journaux, toi ? demanda Amélia.

C'était comme si personne ne l'avait entendue. Tous les regards étaient tournés vers Henri. Vexée, Amélia baissa le nez vers son assiette.

– Et que disent-ils ? interrogea Sophie.

– Oh pas grand-chose ! Il y a eu quelques cas à l'Hôtel-Dieu, mais ils ont été transférés à l'hôpital des varioleux.

– Quand ça ? s'exclama Marie-Louise.

Tous les visages se tournèrent vers elle avec surprise. Elle ouvrait si rarement la bouche, surtout à table.

– Ça ne fait pas trop longtemps. Hier, je pense, répondit Henri en se grattant la tête.

– S'il s'agit que de quelques cas, il ne faut pas en faire un plat, déclara Édouard.

* À l'époque, appellation commune de la variole aussi appelée « petite vérole ».

– Surtout s'ils ont été changés d'hôpital, approuva Mathilde. C'est bien moins risqué pour la contagion.

– Et en plus, ça disait qu'ils avaient entrepris des grands travaux pour désinfecter les salles de l'hôpital. Ils ont donc renvoyé tous les autres malades chez eux.

– Il y avait autre chose ? ne put s'empêcher de demander Amélia, intéressée malgré elle.

– Rien. C'est tout.

– Bon, ça confirme ce que je pensais, déclara Édouard. Le bonhomme Gauvin a dû lire ça dans le journal, et il a encore trouvé le tour d'empirer les choses.

Mathilde approuva d'un hochement de tête.

– Mais les patients qui sont retournés dans leur famille ne peuvent-ils pas apporter la maladie avec eux ? demanda Sophie, visiblement alarmée.

– Il y a déjà beaucoup de gens qui se sont fait vacciner, paraît-il, reprit Henri en haussant les épaules.

– Ça fonctionne, le vaccin ? demanda Sophie.

– Qu'est-ce que j'en sais, moi ? Je ne suis pas docteur. Mais il y a déjà quatre ou cinq gars à l'ouvrage qui sont allés voir les vaccinateurs publics. Peut-être que je vais faire la même chose…

– Mon Dieu ! J'espère bien que non ! s'écria Mathilde en blêmissant.

– Il faudrait demander l'avis du docteur Boyer, conseilla Amélia, en jetant un regard agacé à sa mère. Comme on ne s'y connaît pas trop, ce serait la meilleure chose à faire.

– Bon ! Ça suffit ! lança Édouard. Vous allez m'arrêter ça tout de suite, poursuivit-il d'une voix moins forte, mais tout aussi grave. Vous le savez qu'il ne faut pas trop faire attention aux racontars des journaleux. Il suffit juste d'attendre pour voir comment les choses tournent, et si on a besoin de l'avis de quelqu'un, on demandera au docteur. Après tout, c'est lui l'expert. Henri, ajouta-t-il en lançant un regard sévère au jeune homme qui jouait distraitement avec sa fourchette, que je ne te reprenne pas à raconter des peurs à tes sœurs. Les femmes n'ont pas l'entendement qu'il faut pour se raisonner sur ces affaires-là. Elles sont trop impressionnables et se morfondent à rien. Est-ce que c'est compris ?

– Oui, papa, obtempéra docilement Henri.

Outrée, Amélia réussit néanmoins à se retenir de répliquer. Exprimer tout haut sa désapprobation n'aurait de toute façon rien donné, si elle se fiait à l'air docile qu'affichaient ses frères et sœurs.

– De toute façon, c'est propre comme un sou neuf ici. Il n'y a pas de danger que la maladie aboutisse ici. Mais comme il vaut mieux ne pas prendre de chance, Henri, tu vas me nettoyer la cour dès que la neige aura fini de fondre. Et tes sœurs vont t'aider. Ça ne peut pas faire de mal de faire un peu de récurage. C'est le printemps, après tout !

– C'est une bonne idée, approuva Mathilde. Mais il faut avouer que nos filles sont d'une grande aide pour l'ordinaire. De bien vaillantes filles qu'on a là, ajouta-t-elle avec affection en serrant la main de Sophie.

– Voyons donc, maman, c'est normal qu'on vous aide, l'assura Sophie en souriant. Et on va commencer à nettoyer dès qu'on pourra. Et tout le monde va s'y mettre… sans rouspéter, précisa-t-elle en jetant un regard lourd de sous-entendus à son frère.

– Bon, maintenant finissez de manger, déclara Édouard, désireux de clore le débat.

Le souper se termina dans un silence à peine ponctué par les soupirs d'Henri et le raclement des fourchettes sur les assiettes.

Édouard se réveilla la bouche pâteuse, les yeux rougis, un peu désorienté. Il se souvenait vaguement d'avoir rêvé d'enfants qui pleuraient et du fleuve qui débordait, inondant la ville entière.

Il tourna la tête vers la fenêtre et fut surpris de n'y voir qu'un carré noir. Il faisait encore nuit. Il était seul. De toute évidence, Mathilde était encore debout. Depuis quelque temps, elle avait du mal à dormir; la position allongée gênait sa respiration.

Édouard se redressa, repoussa les couvertures et resta assis sur le bord du lit à se gratter nerveusement la tête. Maintenant bien éveillé, il se leva et sortit de la chambre. Il fut à peine surpris de découvrir sa femme occupée à laver l'intérieur des armoires de la cuisine. La table était couverte de plats, d'assiettes, de tasses et de bols. Mathilde lui tournait le dos, grimpée sur un petit tabouret à trois pattes.

– Veux-tu bien descendre de là! lui dit Édouard.

Surprise, Mathilde se tourna brusquement et faillit dégringoler de son escabeau de fortune. Voyant son mari avancer, les bras spontanément tendus vers elle, elle secoua la tête.

– Ça va, j'arriverai bien à descendre sans me briser le cou, rétorqua-t-elle sèchement.

En voyant l'air contrit qu'affichait Édouard, elle regretta de s'être emportée.

– Excuse-moi. Mais je vais bien, Édouard.

Elle commença à ranger les tasses dans l'armoire.

– Laisse faire ça et viens te coucher. Tu pourras dormir un peu avant que le soleil se lève. Ça ne devrait pas tarder.

– Je ne peux pas laisser la cuisine dans cet état-là.

– Tu finiras demain, c'est tout. Allez, viens, ajouta-t-il plus doucement en lui tendant la main.

Mathilde considéra pendant un instant la pagaille qui l'entourait, soupira et suivit Édouard jusqu'à leur chambre. Ils se glissèrent sous les couvertures que Mathilde remonta jusque sous son menton.

Malgré la chaleur qui commençait à s'installer, elle était glacée. Elle avait beau vouloir nier les faits, sa santé ne s'améliorait pas. Lorsqu'elle était allongée, sa respiration lui arrachait des grimaces de douleur. Surtout au milieu de la nuit. Parfois, elle réussissait à se concentrer suffisamment pour prier, se refusant à bouger de peur d'éveiller Édouard. Elle restait dans le noir, couchée sur le dos, et écoutait le bruit que faisait sa respiration sifflante, à peine couverte par les ronflements de son mari. Mais à d'autres moments, comme cette nuit, prier ne suffisait plus et elle ne pouvait supporter de rester au lit.

Édouard se tournait d'un côté et de l'autre, tirant les couvertures, puis les repoussant. Il se mit finalement sur le dos et se racla la gorge avant d'expirer avec force.

– Ce ne serait pas une mauvaise idée que tu ailles passer quelques semaines chez tes parents, lâcha-t-il tout à coup. Tu pourrais amener Paul avec toi.

Mathilde se tourna sur le côté pour faire face à son mari. Le profil rassurant de celui-ci se détachait dans la faible lueur projetée par les premiers balbutiements de l'aube. Même si elle n'en discernait pas l'expression, elle devinait sans peine la tension que devait exprimer son visage. Cette façon qu'il avait de plisser les yeux, et ce frémissement presque imperceptible qui gagnait ses narines lorsqu'il était soucieux. Elle aurait voulu le rassurer, mais elle n'en était pas capable.

– Tu n'y penses pas ? se contenta-t-elle de répondre.

– J'y pense depuis le départ de Léontine. On ne peut pas dire que ta santé se soit améliorée depuis la fin de l'hiver. Et avec toutes les mauvaises odeurs charriées par l'air de ce temps-là, ce n'est pas pour t'aider, tu penses bien. Tu serais mieux à respirer le bon air frais de la campagne.

– Et qui va s'occuper de tout, ici ?

– Nos filles sont capables de le faire à ta place.

– Un peu plus, tu dirais que je ne sers plus à grand-chose…

– Ne dis pas ça, répondit Édouard avec une pointe de tristesse dans la voix.

Il se tourna vers sa femme et la prit dans ses bras, conscient qu'elle ne serait pas toujours là, près de lui. Déconcertée par cette marque d'affection spontanée, Mathilde eut une brève hésitation. Édouard desserra si vite son étreinte qu'elle n'eut pas le temps de la lui rendre.

– Je ne suis pas certaine que ça me tente d'aller me faire couver par ma mère et par mes sœurs, avoua Mathilde après un moment de réflexion. Mais je pense que je pourrais m'y faire si Henri m'accompagnait.

– Tu ne vas pas revenir là-dessus, grommela Édouard en se retournant sur le dos. Tu sais ce que j'en pense.

En d'autres circonstances, Mathilde n'aurait pas insisté. Mais elle pensa à son fils, à son avenir, à son bonheur, et son cœur de mère sut d'emblée ce qu'il convenait de faire.

– Tu le sais bien que j'ai pas l'habitude de te contredire, mais là j'y suis obligée. Laisse-moi finir, ajouta-t-elle en levant une main pour le faire taire. Henri, c'est un bon petit gars. Je le sais que depuis un bout de temps, il bourrasse pas mal...

– Il n'est pas de service, tu veux dire! Il est toujours à rebours contre nous autres, quand il ne passe pas son temps à jongler des mauvais coups et à aller jeunesser Dieu sait où.

– Édouard!

– Oh, ça va, je n'ai rien dit, s'empressa-t-il d'ajouter.

– Depuis un moment, reprit-elle plus lentement en se massant le front, notre gars rumine beaucoup trop à mon goût. Je le sais ce que tu penses: en allant travailler à la ferme il ratera peut-être sa chance de se trouver une bonne situation. Mais si c'est ça qui le rend heureux, lui, de labourer, de semer, de récolter et de s'occuper des bestiaux. Qu'est-ce qu'on peut y faire? Veux-tu bien me le dire?

– Si tu veux mon avis, on lui a trop laissé la bride sur le cou à notre gars. Crois-moi, ce qu'il faut c'est lui mettre un peu de plomb dans la tête. Il va falloir qu'il comprenne qu'on ne peut pas toujours faire ce qu'on aime dans la vie.

– Et pourquoi pas, si c'est possible. Mes parents, ils n'attendent que ça d'avoir un peu d'aide. Et on ne sait jamais, ça peut même lui donner une bonne partance... De toute façon, je ne pense pas que ça servirait à grand-chose de lui mettre les cordeaux, à Henri. Tu sais à quel point il est prompt à prendre ombrage...

– Et il n'est pas le seul dans son cas, ajouta-t-il en songeant à Amélia.

– C'est vrai qu'il a le tempérament de son père, le taquina Mathilde. En tout cas, Henri est malheureux comme les pierres, et s'il reste en ville, ça ne s'arrangera pas. Ça me chavire de le voir ainsi et je n'ai pas envie qu'il passe toute sa vie à espérer.

– C'est sûr que d'aller s'éventer un peu l'esprit dans l'arrière-pays en plus de s'éreinter à travailler, ça ne peut pas l'empirer...

– Bon, alors c'est décidé, conclut Mathilde en tournant le dos à Édouard pour qu'il ne voie pas l'expression satisfaite de son visage. Et je te laisse le plaisir d'annoncer la nouvelle à ton fils, bien sûr...

Édouard fixa pensivement le dos de sa femme et soupira. Il avait l'impression de s'être fait bougrement manipuler. Mais cela n'avait aucune importance puisqu'il avait aussi obtenu ce qu'il souhaitait. Mathilde irait se reposer loin de l'air lourd de Montréal. Henri pouvait ramasser autant de crottin qu'il lui plairait, si c'était le seul prix à payer. Ce serait étrange, tout de même, de vivre ici seul avec ses filles. Il ferma les yeux sur cette dernière pensée, à peine conscient de la nuit qui s'achevait.

Chapitre XVIII

Calgary, 17 avril 1885

Chère Amélia,

Le 65e est arrivé à Calgary le 12 avril en après-midi. Ce soir, on nous a donné congé pour écrire à nos proches. J'en profite donc pour vous écrire ces quelques lignes.

Le trajet que nous avons parcouru depuis le camp Magpie a été des plus éprouvants. Je vous ferai grâce des difficultés que nous avons dû surmonter tout au long de notre route, qui s'est effectuée surtout à pied ou entassés dans de mauvais wagons plats où nous avons souffert autant du froid que de la fatigue. Heureusement, pas un seul homme n'est tombé malade pendant les six jours qu'a duré notre périple. Nous avons traversé de nombreux villages où on nous a accueillis aussi bien qu'on le pouvait. Dans la seule journée du 8 avril, nous avons parcouru plus de cent cinquante mille.

Je prends ici quelques instants pour vous décrire un phénomène assez étrange dont nous avons tous été témoins un peu avant notre arrivée à Winston's Harbour. Nous traversions le lac situé tout près de ce petit village lorsque nous avons assisté à une sorte de mirage. Aussi loin que notre regard pouvait porter, on ne voyait que d'immenses blocs de glace qui semblaient empilés les uns sur les autres jusqu'au ciel. Ce spectacle dura près d'une demi-heure. Il paraît que cela se produit chaque fois que le vent souffle de l'est.

À notre arrivée à Red Rock, un train nous attendait pour nous amener à Winnipeg. Nous sommes montés à bord fort joyeux. Enfin, seulement ceux qui, comme moi, ont eu la chance de ne pas être obligés de faire le chemin à pied. À cause d'une erreur des entrepreneurs, semble-t-il, il n'y avait en effet pas assez de voitures pour transporter le bataillon en entier. Le train était luxueux et confortable, ce qui nous changea bien de ce que nous avions connu jusqu'alors.

À notre arrivée à Winnipeg, nous avons eu la surprise de voir la ville et ses habitants tout endimanchés. Une foule énorme nous a accueillis à la gare et nous avons pu visiter la ville pendant les quelques heures de congé qui nous ont été accordées. Winnipeg est une ville plutôt impressionnante, avec de grandes bâtisses récemment construites. La rue principale est en terre battue, mais quatre fois plus large que les rues de Montréal. Il y a aussi des tramways, des magasins de toutes sortes et des trottoirs de bois le long des rues. Si ce n'était des cow-boys, des Métis et des Indiens qui circulent dans la ville, on pourrait se croire à Montréal. En tout cas, tant qu'on reste au cœur de la ville, car en s'en éloignant, on constate bien vite qu'on se trouve en pleine prairie avec pour toute compagnie de la terre sèche et des grands champs d'herbes fraîches. Les arbres sont rares ici et le sol qui soutient la ville est si plat qu'on dirait que celle-ci y a été simplement déposée comme par magie.

Il était d'abord prévu que nous descendions à Qu'Appelle pour rejoindre par les sentiers les troupes qui marchent sur Batoche, sous le commandement du général Middleton. Mais des nouvelles alarmantes provenant de Calgary nous ont obligés à changer notre destination. Les Cris des plaines, et leur chef Gros-Ours, ont pris le chemin de la guerre dans le district d'Edmonton et on nous a dit que les tribus des Pieds Noirs, établies au sud et à l'est de Calgary, étaient particulièrement agitées elles aussi. Il semble que le 65e sera employé à combattre ce Gros-Ours. Le bataillon a accueilli cette nouvelle avec excitation. La perspective de l'action à venir satisfait tous les soldats.

Pour la première fois depuis notre départ, on nous a donné du savon et des peignes pour que nous puissions faire notre toilette. La nourriture qu'on nous sert est bonne. Bien que le bataillon soit basé dans une prairie située un peu au sud de Calgary, nous avons bien sûr eu l'occasion de visiter la ville et de parler avec ses habitants. Il faisait une telle chaleur à notre arrivée que nous aurions pu nous croire en plein mois de juin. Avec nos uniformes d'hiver, nous devions donner un bien étrange spectacle. Sans doute seriez-vous grandement étonnée de voir de quelle façon parviennent à cohabiter, autant par l'apparence que par les mœurs, les Blancs et la grande proportion d'Indiens et de cowboys, tous vêtus de la plus étrange façon. J'ai été particulièrement impressionné par l'agilité dont ces derniers font preuve en selle, montés sur des petits chevaux indomptés. La ville compte à peine plus de six cents habitants et des groupes de bâtiments sont dispersés ici et là dans la vallée située en contrebas des collines qui s'étirent jusqu'au pied des montagnes Rocheuses, tout près de la rivière Saskatchewan. Les maisons, érigées sur de grands terrains entourés de clôtures blanches, semblent égarées au milieu de la prairie dénudée.

Depuis notre arrivée à Calgary, nous sommes passés sous les ordres du major-général Strange. C'est un homme qui mérite le respect et qui s'est distingué pour sa bravoure aux Indes où il a fait de nombreuses campagnes. Nous avons de la chance d'être sous ses ordres puisqu'il connaît très bien le terrain, s'étant lui-même établi dans le Nord-Ouest à sa retraite il y a quelques années de cela. Le seul fait qu'il ait offert ses services au gouvernement lorsque l'insurrection a éclaté prouve sa valeur.

Le temps est resté beau durant les deux jours qui ont suivi notre installation à Calgary et nos journées se sont déroulées sans que rien de particulier ne se passe, notre temps étant partagé entre les exercices et les sorties dans les hôtels de la ville. Mercredi, le temps s'est refroidi et la neige s'est soudainement mise à tomber. Toute la journée du lendemain, nous avons eu droit à une véritable tempête de neige, le chinook comme l'appellent les indigènes par ici. En quelques heures, nos tentes ont été remplies de neige et nous avons été forcés de sonner la retraite vers les casernes occupées par les quelques hommes de la police à cheval qui ne sont pas partis au combat.

Hier, le général Strange a fait l'inspection du 65e et s'est exprimé en termes très flatteurs à notre sujet. Il nous a dit avoir toujours trouvé que les Canadiens français étaient de braves gens qui remplissaient tous les devoirs qui leur étaient assignés avec intelligence et sans se plaindre. Il a terminé en ajoutant que nous faisions honneur à nos ancêtres. On nous a donné l'ordre du départ pour le 19. Notre destination est Edmonton et, pour nous y rendre, nous devrons entrer dans un pays sauvage, couvert de forêts et de marécages entourés d'Indiens hostiles. Je ne sais donc à quel moment je serai en mesure de vous donner des nouvelles. Sans doute à notre arrivée à Edmonton, si Dieu le veut. Mais soyez assurée que je fais preuve de la plus grande prudence bien que jusqu'ici aucun événement fâcheux ne nous soit arrivé.

Encore une fois, je vous prie de transmettre mes salutations à vos parents.

Votre dévoué,
Victor Desmarais

Amélia oublia rapidement les nouvelles encourageantes que lui avait fait parvenir Victor. Car à Montréal, on ne parlait plus que de l'inévitable inondation printanière. Chaque année, c'était la même chose : la débâcle des glaces accumulées sur le fleuve Saint-Laurent entraînait la crue des eaux du fleuve, inondant les quartiers situés près du port. Cette année-là, les Montréalais espéraient s'en tirer sans trop de dommages. L'hiver avait été particulièrement rigoureux et les précipitations s'étaient faites plutôt rares. Mais les fortes averses de pluie qui suivirent au cours du mois d'avril firent craindre le pire aux habitants de la ville.

Au cours de la journée du 23 avril, les embâcles qui s'étaient formés en amont de l'île firent monter le niveau de l'eau de manière inquiétante. À chacune des extrémités du pont Victoria, les amoncellements de glace atteignirent presque les rails de la voie ferrée. Comme à tous les printemps, la rue des Commissaires ne fut pas épargnée : après seulement quelques heures, l'eau avait déjà inondé les cours des habitations jusqu'à une hauteur de plus de cinq pieds. Les Montréalais qui passèrent par là durant la nuit furent témoins d'une scène impressionnante : vis-à-vis l'extrémité nord-est du marché Bonsecours, une montagne de glace s'était élevée, à la faveur d'un arrêt momentané de la crue, juste devant les cabanes de bois qui longeaient l'un des côtés de la chapelle Notre-Dame-de-Bon-Secours. Mais ce répit fut de courte durée. Quelques heures plus tard, dans la matinée du 24 avril, les glaces emprisonnées dans le bassin entre Laprairie et l'île des Sœurs envahirent la voie ferrée du Grand Tronc sur la culée du pont à Pointe Saint-Charles. Dans les heures qui suivirent, une soixantaine d'ouvriers du Grand Tronc furent appelés d'urgence pour déblayer la glace qui recouvrait le pont.

La débâcle s'était dégagée dans l'après-midi sur la rivière des Prairies, charriant la glace avec tant de violence que le pont Viau faillit être emporté. Sur la rive sud, les villages de Laprairie, de Longueuil et de Saint-Lambert furent submergés par l'eau et les chemins devinrent impraticables. Tant que le pont Victoria ne serait pas dégagé, aucun train ne sortirait de la ville. Le voyage à Saint-Norbert fut donc reporté.

La situation n'était pas plus enviable à Pointe Saint-Charles où les égouts avaient commencé à déborder à plusieurs endroits. L'eau monta si rapidement que de nombreux habitants durent se réfugier au deuxième étage de leur maison. Saint-Gabriel et Griffintown connaissaient les mêmes inquiétudes. On commença à déménager des familles entières à bord de chaloupes tandis que d'autres personnes se contentaient de sillonner les rues inondées, juchées sur des radeaux de fortune. Après une légère accalmie durant la nuit, l'eau avait recommencé à monter. Partout dans la ville, on ne parlait que des inondations et de l'angoisse qu'elles occasionnaient, surtout chez les gens qui s'étaient réfugiés dans les mansardes et pour ceux encore qui avaient dû quitter leurs domiciles pour aller se réfugier où ils le pouvaient.

Ce même samedi, Édouard était rentré tôt du travail. Il avait tourné en rond tout l'après-midi, puis il avait quitté son poste d'observation à la fenêtre, prétexté une course à faire et s'était éclipsé sans plus d'explication. Le reste de l'après-midi s'était écoulé lentement, au rythme monotone de la pluie qui continuait à tomber. Les filles et Henri étaient rentrés trempés, au grand bonheur de Paul qui avait dû passer la journée enfermé à l'intérieur et que la solitude commençait drôlement à ennuyer.

Tout le monde s'apprêtait à se mettre à table, sans plus attendre Édouard, lorsque celui-ci pénétra en coup de vent dans la cuisine. Sans se préoccuper de ses habits dégoulinants de pluie et de l'air surpris de son épouse, il se dirigea d'un pas résolu vers leur chambre. Il en ressortit, quelques secondes plus tard, les bras chargés de couvertures et de catalognes. Sans prendre la peine de fournir la moindre explication, il retourna près de la porte de la cuisine, saisit son manteau et son chapeau puis le manteau d'Henri qu'il lui tendit brusquement. Celui-ci le regardait, bouche bée, tout comme le reste de la famille.

– Habille-toi, lui ordonna-t-il.

Henri, perplexe, s'empressa d'enfiler son manteau. Puis il attendit, immobile, que son père lui fasse signe. Ce dernier parcourut la pièce des yeux.

– Amélia, tu viens avec nous, lui intima-t-il. Mathilde, garde-nous à manger et prépare des lits de plus. On en aura besoin, ajouta-t-il avant de sortir à l'extérieur.

Amélia boutonna à moitié son manteau, saisit le foulard que Sophie était allée lui chercher et se précipita à la suite de son père et d'Henri.

À peine arriva-t-elle au bas de l'escalier qu'un coup de vent glacé manqua lui arracher son foulard des mains. Même si la pluie avait momentanément cessé, elle s'empressa de le nouer serré sous son menton.

À l'abri de la porte cochère, Édouard terminait d'atteler le cheval qui attendait tranquillement sans broncher. Henri avait déjà pris place à l'arrière de la voiture. D'un geste souple, Amélia posa le pied sur le marchepied et, saisissant la main que lui tendait Henri, se hissa sans peine dans la voiture. Elle s'assit à l'arrière, près de son frère, sur l'étroite planche tenant lieu de banquette et acheva de boutonner son manteau. L'essieu gémit lorsqu'Édouard grimpa sur le siège avant. D'un léger claquement de rênes, Édouard exhorta l'animal à se mettre en route et la charrette sortit de l'ombre de la porte cochère pour s'engager dans la rue. Amélia suivit distraitement des yeux les traces que laissaient les roues dans la boue.

Ils se dirigèrent vers la rue Notre-Dame qu'ils empruntèrent vers l'ouest jusqu'à Peel, puis ils prirent Wellington un peu plus bas. Amélia et Henri échangèrent un regard et ils devinèrent immédiatement leur destination. Les rues, d'une tranquillité relative jusqu'alors, devinrent de plus en plus animées à mesure qu'ils se rapprochaient du canal de Lachine. Un peu avant d'arriver au pont Wellington, ils commencèrent à croiser des équipages qui venaient en sens inverse ; des charrettes où s'entassaient des familles entières accompagnées de leurs maigres effets, en quête d'un refuge temporaire. Amélia suivit des yeux une mère et ses deux enfants, trempés, avançant tête baissée pour se protéger de la pluie qui s'était remise à tomber. Ils réussirent à traverser le pont et se retrouvèrent de l'autre côté du canal. Au coin de Saint-Patrick et de Condé, une voiture et son chargement de bois s'étaient renversés, bloquant en partie l'accès à la rue Saint-Patrick. La foule était de plus en plus dense près de la rue de Condé. Édouard dut ralentir, puis finalement s'arrêter. Trempés et grelottants, serrés les uns contre les autres, les badauds formaient une masse compacte qui avançait et reculait au rythme de la montée de l'eau qui gagnait du terrain.

Amélia et Henri se levèrent et étirèrent le cou pour tenter d'apercevoir l'étendue des dégâts.

– On ne peut pas aller plus loin. Il va falloir s'arrêter ici et continuer à pied, décréta Édouard en actionnant le frein avant de sauter en bas de la charrette. On va passer un peu plus loin, par Shaerer. L'eau n'est sûrement pas montée jusque-là. Amélia, tu attends ici, ajouta-t-il en faisant signe à Henri de le suivre. On ne devrait pas être trop longs.

Amélia suivit des yeux son père et son frère qui réussirent à se frayer un chemin dans la foule et à atteindre l'autre côté de la rue. Elle continua à fixer leurs silhouettes tandis qu'ils s'éloignaient vers l'ouest.

La rue où habitait Joseph n'était pas située dans le secteur le plus touché par l'inondation. Mais en même temps, qui pouvait prédire jusqu'où l'eau continuerait de monter, surtout avec toute cette pluie ? Histoire de s'assurer que le cheval reste bien immobile, Amélia se hissa sur le siège avant et empoigna les rênes d'une main ferme. La brave bête était d'un naturel paisible, mais on ne savait jamais, avec toute cette foule à proximité. Un souffle froid dérangea les brins de paille éparpillés sous le siège, et les poils sur le dos du vieux cheval se hérissèrent à son contact.

La pluie tombait maintenant bien plus fort, à l'oblique. Amélia regretta de ne pas avoir pris le temps de prendre son chapeau. Ses cheveux étaient maintenant aussi trempés que le foulard qui lui couvrait la tête.

Un petit groupe d'hommes passa derrière la charrette. La foule s'ouvrit pour les laisser passer. Ils entreprirent d'arracher un grand pan de trottoir puis avancèrent dans l'eau noire qui leur monta rapidement jusqu'aux genoux. Deux d'entre eux se hissèrent tant bien que mal sur ce radeau de fortune tandis que les autres les poussaient doucement jusqu'à ne plus pouvoir continuer sans risquer de se noyer.

La frêle embarcation se fraya un chemin parmi les débris, les pièces de mobilier et les cadavres de petits animaux qui flottaient à la surface de l'eau. Soutenus par les cris d'encouragement de la foule, les passagers tentèrent d'atteindre une maison située un peu plus loin rue Condé. L'eau rasait les châssis du second étage où l'on pouvait apercevoir, posté à l'une des fenêtres, un homme qui faisait de larges signes d'un bras. L'autre tenait un jeune enfant gesticulant.

La foule, attirée par le spectacle, devint plus nombreuse devant Amélia et lui cacha la vue. Elle apercevait toujours l'homme à sa fenêtre, mais plus le bout de trottoir flottant. De toute part, les gens continuaient d'affluer, criant ou discutant, ceux qui se trouvaient devant tentant de faire reculer ceux qui se trouvaient derrière eux lorsque l'eau s'approchait de trop près.

Amélia se rendit compte qu'elle observait la scène la bouche grande ouverte. Comme tous les spectateurs, elle était totalement impuissante devant tant de malheur. C'était une vraie vision d'horreur que cette eau noire qui montait à l'assaut des rues. Elle semblait ne plus vouloir s'arrêter. Et pourtant, d'ici quelques jours, l'inondation ne serait plus qu'un mauvais souvenir et les habitants du quartier réintégreraient leur domicile. Leur infortune n'en serait toutefois pas moins grande lorsque la boue, les débris et les carcasses d'animaux noyés s'amasseraient dans les rues et les cours, charriant une odeur épouvantable de putréfaction et de gaz méphitique. Déjà Amélia pouvait deviner, juste à l'odeur, que les égouts étaient bouchés et qu'ils avaient commencé à déborder. Elle plissa le nez en imaginant ce que cela devait être de patauger jusqu'à la taille dans cette eau sombre avec tous ces horribles débris qui flottaient autour.

Deux policiers portant des paniers et un rouleau de corde firent s'écarter la foule afin de déposer leur chargement dans une chaloupe, où prirent place deux jeunes gens. C'était le seul moyen dont disposaient les autorités de la ville pour ravitailler en pain, en lait et en charbon les habitants isolés dans leurs demeures.

Amélia frissonna dans ses habits mouillés qui lui collaient à la peau. Elle retira son foulard qu'elle tordit pour en retirer l'excédent d'eau. Elle renonça à le remettre en place et le jeta au fond de la charrette. Cela devait faire au moins une heure qu'elle attendait lorsqu'elle crut distinguer à travers la foule la silhouette massive de son père. Elle aperçut ensuite Joseph et soupira de soulagement. Les deux hommes portaient dans leurs bras Edmond et Charles. Henri suivait en soutenant Françoise qui tenait serré contre elle son jeune bébé emmitouflé dans une couverture. Un prêtre se dirigea vers eux et se pencha sur le bébé. Joseph lui adressa quelques mots et le prêtre s'éloigna en parcourant la foule des yeux.

Amélia descendit à l'arrière de la charrette juste au moment où son père y déposait l'un des petits garçons. Charles fixa Amélia de ses yeux larmoyants et elle s'empressa de l'envelopper dans l'une des couvertures que son père avait mises à l'abri sous la banquette. Edmond se retrouva aussitôt aussi emmitouflé que son petit frère. Immobile, il observait avec curiosité ce qui se passait autour de lui. Il chercha sa mère des yeux et se détendit lorsqu'il vit Henri l'aider à monter à son tour dans la charrette. Françoise, son bébé toujours serré contre sa poitrine, adressa à sa belle-sœur un pâle sourire et s'assit près d'elle.

Henri et Joseph grimpèrent sur la banquette avant et l'équipage se mit aussitôt en route, conduit par Édouard qui marchait devant le cheval. Joseph n'avait pas adressé un seul regard à Amélia. Le voyage de retour se déroula dans un silence à peine ponctué par les questions d'Edmond, que sa mère faisait aussitôt taire d'un « chut » impérieux.

Lorsqu'ils arrivèrent à la maison, trempés et épuisés, ce fut le branle-bas de combat. Sophie et Marie-Louise accoururent vers leurs neveux. Charles s'était endormi et Sophie le prit dans ses bras. À l'intérieur, le poêle fonctionnait à plein régime et il régnait dans le logement une chaleur bienfaisante. Une bonne odeur de soupe fit soupirer Amélia de contentement.

Après qu'ils se furent tous séchés, restaurés et bien réchauffés, toute la famille put enfin respirer un peu et se remettre de ses émotions. Edmond et Charles furent couchés dans le lit d'Henri, et Mathilde déposa le bébé profondément endormi dans le lit de Marie-Louise.

– Françoise et Joseph, vous prendrez le lit des filles. Les enfants, vous irez dormir chez madame Dumas. Elle a gentiment accepté de vous loger le temps qu'il faudra, dit Mathilde.

– Ça n'a pas de bon sens de vous occasionner autant de dérangement, protesta Françoise.

– Bien voyons donc, ça ne nous dérange pas du tout, la rassura doucement Mathilde. Les enfants seront très bien chez la voisine.

– Françoise a raison, déclara Joseph. On aurait très bien pu rester chez nous et se débrouiller.

Édouard observa le visage renfrogné de son fils.

– Assez de finasseries, dit-il en s'adressant à Joseph. Si les parents ne peuvent même plus aider leurs enfants...

– Et maintenant, on ne se tournera plus les sens à imaginer le pire, conclut Mathilde.

– On apprécie beaucoup ce que vous faites pour nous, n'est-ce pas Joseph ? déclara Françoise en lançant un regard implorant à son mari.

– Comme tu dis, comme tu dis..., marmonna Joseph.

Pendant quelques minutes, on n'entendit plus que les sons quotidiens de la maison : le tic-tac de l'horloge, le crépitement rassurant des bûches qui brûlaient dans le poêle, le craquement des arceaux des chaises à bascule. Sophie étouffa un bâillement du dos de la main.

Mathilde regarda discrètement son petit monde réuni et remercia Dieu en silence d'avoir permis que tout se fût arrangé pour le mieux. Lorsqu'elle avait vu Édouard partir un peu plus tôt en compagnie d'Amélia et d'Henri, elle avait deviné ce qui se passait et elle avait craint qu'il ne revienne bredouille. Le père et le fils avaient toujours eu du mal à s'entendre, et le fait que Joseph ait fondé sa propre famille n'avait pas arrangé les choses.

Son fils était un homme, avec tout ce que cela impliquait : des obligations à assumer, une respectabilité à édifier, et surtout un amour-propre à ménager... Édouard n'arrivait pas à accepter cela. Il considérait encore en partie Joseph tel l'enfant qu'il avait été. Admettre que son fils aîné était devenu un adulte, c'était se voir déjà comme un vieil homme. Il n'avait pourtant sûrement pas oublié qu'à une époque, il s'était retrouvé dans la même position, face à un père tout aussi difficile à satisfaire. Mathilde n'aurait jamais pu lui faire admettre cette vérité. Alors elle patientait, se disant que le temps arrangerait les choses tout en faisant ce qu'elle pouvait pour préserver le lien fragile qui unissait encore son mari et son fils. Joseph avait choisi sa voie et ses parents ne pouvaient rien faire pour l'en éloigner. Comment l'auraient-ils pu de toute façon ? Les enfants, comme disait sa sœur, il fallait les laisser voler de leurs propres ailes.

Sa famille... Elle pensait souvent à elle ces derniers jours. Elle avait été la première surprise de la déception qu'elle avait ressentie lorsque son départ pour Saint-Norbert avait dû être retardé. Henri en avait été encore plus attristé, mais cela, elle s'y attendait. Bah, ce n'était plus qu'une question de jours avant qu'elle puisse enfin respirer le bon air de la campagne. Et elle ne doutait pas que ses filles seraient capables de prendre soin d'elles-mêmes et de leur père, de même que de prendre en charge l'ordinaire de la maison. Il y avait Amélia qui lui causait tout de même un peu de souci. Dernièrement, elle s'était un peu raplombée. Elle souriait davantage et son humeur s'était adoucie. Le temps s'occupait lentement de guérir ses plaies. Mais elle avait encore ces moments étranges où, pendant quelques secondes, elle devenait comme absente à ce qui l'entourait. Une sorte de mélancolie qui laissait Mathilde perplexe. Si, au moins, elle s'était confiée à elle, elle aurait peut-être pu la conseiller ou à tout le moins lui apporter un peu de réconfort. Mais tout comme Joseph s'était éloigné de son père, Amélia prenait de plus en plus ses distances avec elle. Bien que

Mathilde se sente fière de voir sa fille devenir une femme, elle ne pouvait empêcher son cœur de mère de se serrer à cette idée.

Lorsque les enfants furent descendus chez Berthe Dumas, les bras chargés de leurs vêtements de nuit et de leurs couvertures, et que les adultes se furent mis au lit après s'être maladroitement dit bonne nuit, Mathilde, allongée dans son lit, pria Dieu d'accorder à ses enfants la paix du cœur et de l'esprit qu'elle jugeait garante de leur bonheur. Elle ne demanda rien pour elle. Il était trop tard pour cela.

⁂

Amélia finit sa lecture et leva les yeux vers Lisie qui la regardait d'un air pensif. Les deux jeunes femmes étaient assises sur le lit de Lisie, l'une en face de l'autre, leurs genoux se touchant. Elle s'était fait longuement prier par son amie avant d'accepter de lui lire la dernière lettre qu'elle avait reçue de Victor, une semaine plus tôt. Avec le chambardement causé par l'inondation, elle en avait pratiquement oublié la teneur. Ce qu'elle comprenait maintenant, après en avoir terminé la lecture, c'était que pas une seule fois celui-ci n'avait mentionné Eugène ou Georges. Pas plus que dans sa lettre précédente, d'ailleurs.

– Je te dis qu'il écrit bien, Victor, constata Lisie. C'est évident qu'il est instruit. Il y a plein de mots que je ne comprends même pas.

Amélia hocha la tête et rougit légèrement.

– J'aimerais ça que Georges m'écrive des lettres semblables, soupira Lisie. En tout cas, reprit-elle en souriant, je suis bien contente que tu m'en lises des extraits et que tu sois venue dormir chez nous.

– Tu es certaine que ça ne dérange pas tes parents que je reste ici ?

– Tu veux rire ? répondit Lisie d'un ton égal. Tu sais bien que maman t'adore.

– J'avoue que ça me soulage un peu, reconnut Amélia en soupirant. C'est la pagaille à la maison. Avec les garçons qui se chamaillent et qui sont toujours dans nos jambes en plus du fouillis qui règne partout. Et je ne te parle même pas de Joseph qui erre comme une âme en peine, vu qu'il n'a pas encore recommencé à travailler, et qui ne nous dit pas plus de trois mots par jour, d'Henri qui ne fait rien d'autre que d'attendre le départ pour Saint-Norbert, de ma mère qui s'épuise à vouloir contenter tout le monde...

– Ouh là ! Arrête, tu m'étourdis ! Je ne sais pas comment tu fais pour supporter ça ! s'exclama Lisie dont la bonne humeur naturelle était revenue sans crier gare.

– Pourquoi penses-tu que j'ai demandé asile à tes parents ?

Les deux amies éclatèrent de rire.

– Je pense que je deviendrais folle, moi, poursuivit Lisie, toujours en riant.

– Mais non.

– Je te dis que si, insista-t-elle. Juste les soupirs de ma mère, ça m'exaspère à un point que tu ne peux pas imaginer !

– Ce ne doit pas être facile pour elle, dit Amélia en reprenant son sérieux. Vous avez eu des nouvelles d'Eugène et de Georges ?

En posant la question, elle ne put s'empêcher de penser à Victor et à sa lettre qu'elle venait juste de lire à son amie. Bien que Lisie n'ait fait montre d'aucune jalousie à son égard, Amélia se doutait bien que le fait qu'elle ait reçu des nouvelles de Victor l'attristait davantage qu'elle ne le laissait paraître.

– Il n'est pas très fort sur l'écriture, mon frère, et Georges non plus d'ailleurs. Je suppose qu'ils doivent être très occupés.

– Probablement. Je suis bien contente de voir que tu prends ça aussi bien.

– Il y a assez de maman qui s'imagine le pire. Une journée, elle est persuadée qu'Eugène est blessé, le lendemain qu'il est agonisant quelque part dans une prairie ou un bois rempli de Sauvages sanguinaires. Ce n'est pas le temps de l'encourager dans son délire.

– Tu ne devrais pas être aussi dure avec elle. Elle trouve sûrement cela éprouvant que son seul fils soit parti pour la guerre, lui reprocha Amélia.

– Crois-tu que c'est plus facile pour moi ? se contenta de répliquer Lisie. Je ne passe peut-être pas tout mon temps à gémir et à implorer les saints, mais je m'ennuie quand même de Georges, et même un peu de mon frère, c'est pour te dire.

– Et ton père ?

– Il fait bien tout ce qu'il peut pour rassurer ma mère, mais tu sais comment sont les hommes, répondit Lisie d'un air désinvolte. Ils sont plein de bonnes intentions, mais dès qu'ils ouvrent la bouche, ils ne font souvent qu'empirer les choses.

– En tout cas, je te trouve bien courageuse. Si j'étais à ta place, j'aurais de la peine à ne pas penser au pire. Victor est juste un ami pour moi, et pas très intime c'est sûr, mais si c'était mon frère ou mon fiancé qui était là-bas, ce ne serait pas pareil.

– Mais que veux-tu qu'il arrive ? s'enquit Lisie, sincèrement surprise. C'est sûr que des accidents peuvent toujours se produire, mais tu ne penses quand même pas que le bon Dieu est assez cruel pour séparer deux promis avant même leurs accordailles officielles ? Tu vas voir, Georges reviendra bientôt et on pourra se marier.

– Je te le souhaite, dit Amélia en hochant la tête.

Elle considéra son amie avec perplexité. Avait-elle conscience que son frère et son fiancé étaient tous deux partis à la guerre, comme Victor et de nombreux autres jeunes gens ? Parfois, Lisie s'exprimait comme s'ils étaient partis en expédition dans une lointaine contrée, alors qu'à d'autres moments, un mot prononcé ou un regard échangé donnaient l'impression qu'elle était bien plus lucide qu'elle ne le laissait croire. Chère Lisie.

– Pourquoi souris-tu, Amélia?

– Oh, pour rien, répondit Amélia en reprenant contact avec la réalité.

– C'est ça, je vais te croire...

Lisie observa attentivement son amie tout en mordillant l'ongle de son index.

– Tu vas bien, toi? demanda-t-elle finalement. Je te trouve bizarre.

– Qu'est-ce que j'ai de bizarre?

– Je te trouve un peu pâle. Et tu es souvent distraite.

– C'est vrai que je suis un peu fatiguée, ces temps-ci, admit Amélia. C'est toute cette agitation aussi. Il est temps que cela finisse et qu'on retrouve un peu de calme.

– Quand est-ce que ton frère et sa famille retourneront chez eux?

– Après-demain, si tout se passe comme prévu. Et maman partira peu après, avec Henri et Paul. Ce sera étrange de se retrouver seules avec papa à la maison.

Amélia se laissa tomber sur le dos. Ses cheveux s'étalèrent, épars, sur la courtepointe blanc crème ornée d'étoiles plumetées couleur cerise. Lisie saisit la brosse posée près d'elle et commença à brosser son épaisse chevelure dorée. Amélia ferma les yeux.

– En tout cas, reprit Lisie, papa dit qu'il ne faut pas trop s'inquiéter. Que les «p'tits gars», comme il les appelle, qu'on a envoyés dans l'Ouest, sont bien entraînés et que, de toute façon, les bataillons canadiens-français ne seront pas envoyés là où c'est dangereux.

– Il a sûrement raison, affirma Amélia, les yeux toujours clos, en se disant que son père à elle tenait cependant un tout autre discours.

Lisie secoua la tête et, la brosse toujours à la main, s'allongea près de son amie.

– Dis, tu crois qu'on sera heureuses?

Amélia tourna la tête vers Lisie qui fixait le plafond d'un air songeur.

– Pourquoi me demandes-tu ça ? Il y a quelque chose qui te tracasse ?

– Oh non ! Enfin, pas vraiment, répondit Lisie. C'est seulement que... on n'est plus des petites filles. Bientôt on va se marier, c'est obligé, et il va falloir satisfaire notre mari... tu sais bien, faire ces choses avec lui...

La rougeur lui monta aussitôt aux joues. Amélia avait beau être sa meilleure amie, cela ne rendait pas la discussion moins embarrassante pour autant.

– C'est juste normal. Ça te fait peur ?

– Bien oui. Pas toi ?

– Ça ne sert à rien de penser à ça maintenant, répondit laconiquement Amélia, d'un air qu'elle s'efforçait de faire paraître détaché.

– Je me demande seulement comment c'est, répliqua Lisie.

– Bon, il est tard. On devrait dormir, décréta Amélia, désireuse de couper court à la conversation.

Lisie opina machinalement de la tête et se leva pour souffler la lampe. Les deux jeunes femmes se glissèrent sous les couvertures.

– Bonne nuit, Amélia.

– Bonne nuit, répondit celle-ci en tournant le dos à son amie.

– Je suis bien contente que tu sois là, Amélia.

– Moi aussi. Dors maintenant.

Lisie s'endormit rapidement, le sourire aux lèvres. Près d'elle, Amélia tentait d'apaiser les battements de son cœur. Elle finit par sombrer dans un sommeil hanté de visions fragmentaires, d'images confuses. Des images qu'elle aurait voulu pouvoir effacer de sa mémoire.

Chapitre xix

Amélia s'adossa à la clôture. Elle avait des nausées et la tête lui tournait un peu. Cela faisait deux bonnes heures qu'ils avaient commencé à nettoyer la cour arrière et elle semblait toujours aussi sale. Le vent soufflait plutôt fort, charriant les odeurs nauséabondes dégagées par les immondices accumulées à leurs pieds. Elle réprima avec peine un haut-le-cœur et sentit les larmes lui monter aux yeux.

Joseph et Françoise étaient partis avec leurs enfants et le quotidien avait naturellement repris son rythme normal. Elle revoyait le visage de son frère aîné lorsqu'il avait embrassé leur mère, se forçant à prononcer du bout des lèvres quelques mots de remerciement. Contrairement à son habitude, Françoise avait été plus démonstrative, exprimant sa gratitude sans retenue. Malgré l'émotion presque palpable qui régnait alors, Amélia avait été soulagée de les voir partir. Elle était navrée pourtant pour les garçons, qui retournaient à leur triste vie. Elle se doutait bien que Mathilde aurait souhaité, si cela n'avait été de sa santé déclinante, les prendre un peu plus souvent. Mais Amélia savait que son frère n'y aurait jamais consenti.

Marie-Louise et Sophie, armées chacune d'une pelle, ramassaient les déchets jonchant le sol et les chargeaient dans une vieille brouette en bois. La neige venait à peine de fondre et une boue visqueuse couvrait le sol. Henri avait hérité de la tâche qui consistait à récupérer tous les objets et les débris de métal qu'il pouvait trouver. Le guenillou, ce curieux bonhomme qui sillonnait les rues et les ruelles à bord de sa charrette délabrée tirée par un cheval maladif et dont Paul avait une peur bleue, se chargerait de les en débarrasser.

Pour l'instant, Henri n'avait réussi à dénicher qu'une vieille casserole trouée et une roue de charrette dont le moyeu était cassé. Quant à Paul, qui ne semblait nullement incommodé par les odeurs malsaines et la saleté de la cour, il avait entrepris de dégager le coin d'où émergeait la vieille balançoire qui lui appartenait maintenant en propre. Grimaçant sous l'effort, il charroyait les détritus jusqu'à la brouette avec sa pelle miniature qui déversait sur le sol la moitié de son chargement à chacun des voyages qu'il effectuait.

Une odeur de pourriture monta jusqu'aux narines d'Amélia et elle plissa le nez de dégoût. Tournant la tête, elle considéra avec méfiance les latrines situées au fond de la cour. Elles ne servaient plus depuis que leur propriétaire avait fait installer des toilettes à l'intérieur de son logement et de celui des Lavoie. Le raccord avec les égouts municipaux n'ayant pu être effectué à l'époque, le contenu des toilettes aboutissait encore dans la fosse située sous les anciennes latrines qu'on avait, heureusement, conservées dans cet unique but. Le seul désagrément, c'était qu'il fallait vider et drainer la fosse de temps à autre. Le pire, c'était au printemps, alors que la dernière vidange remontait à l'automne précédent.

À chaque changement de saison, Édouard tirait au sort parmi les membres de la famille à qui incomberait la tâche ingrate de vider et de brûler le contenu de la fosse. Amélia compta sur ses doigts. Si on excluait Paul et sa mère, elle avait quatre chances sur cinq d'échapper à cette corvée. Enfin, probablement plutôt trois, car elle soupçonnait son père d'accommoder le tirage à son avantage, son nom n'ayant encore jamais été tiré jusqu'à ce jour. « Seigneur, je vous en supplie, faites que ça ne soit pas moi qui sois obligée de nettoyer la fosse. Je vous en prie, Seigneur... », psalmodia Amélia, dans un murmure, les yeux fermés bien fort.

– Amélia, que fais-tu ?

Elle ouvrit les yeux et lança à Sophie un regard vide de toute expression.

– Tu le vois bien. Elle lambine, répondit Henri.

– Je ne lambine pas, rétorqua Amélia. Je me reposais un peu, c'est tout.

– Si tu ne veux pas nous aider à faire la cour, on peut t'envoyer nettoyer la ruelle...

– Essaie pour voir ! lui lança-t-elle en le menaçant de sa pelle tendue.

– Amélia, veux-tu bien arrêter de le provoquer, dit Sophie. Il cherche juste à te faire fâcher. Tu le sais bien qu'on n'a pas à les nettoyer, les ruelles. Ce sont les éboueurs qui sont payés pour le faire. Comme à chaque printemps.

– En tout cas, personne n'est venu encore, répliqua Henri. Et s'ils n'ont pas le temps, il va falloir le faire nous-mêmes.

– Tu dis n'importe quoi ! s'énerva Amélia en tapant du pied.

Henri pouffa de rire et s'approcha de la clôture. Il se hissa jusqu'à ce qu'il puisse voir de l'autre côté.

– Que ça pue ! Les filles, je suis certain que ça vous plairait de patauger là-dedans, s'exclama Henri en se hissant encore plus haut.

Appuyé sur ses avant-bras, un pied ballant, l'autre posé sur l'extrémité d'un clou dépassant d'une planche, le jeune garçon considéra le spectacle avec gravité. Paul avait laissé tomber sa pelle et sautillait sur place.

– Qu'est-ce que tu vois ? Qu'est-ce que tu vois ? Allez dis-moi ? insista le garçonnet en tapotant de la main la jambe de son frère.

La ruelle était en partie obstruée par une masse de neige qui tardait à fondre et par les déchets à divers stades de décomposition qui en jonchaient le sol. Près de chaque porte donnant accès aux cours des maisons se dressait un tas de cendres et de morceaux de charbon couvert de toutes sortes de déchets. Des contenants remplis de vieux légumes et de restes de poisson, d'os et de coquilles d'œufs baignant dans de l'eau croupie se dressaient ici et là, parmi les éclats de verre et les rebuts de ferraille. Un peu plus loin, sur un petit monticule composé de briques cassées et de fumier reposait le cadavre d'un rat à moitié déchiqueté.

– Tu veux savoir ? répondit finalement Henri. Es-tu sûr ?

– Oui, oui ! Dis-moi ! insista Paul.

– C'est plein de rats morts et de choses bizarres. Ah ! s'écria brusquement Henri.

– Qu'est-ce que tu as vu ? demanda Paul, plus craintif que curieux.

– Ça ressemble à un bras, et ça bouge...

Henri sauta de son perchoir et s'empara subrepticement d'un morceau de bois pourri qui gisait à ses pieds. Le tenant contre lui, en partie dissimulé sous son manteau, il se retourna tout à coup et, lâchant un cri de panique, agita son simulacre de bras juste devant Paul. L'enfant ouvrit grand la bouche et laissa échapper une sorte de piaillement qui enfla lentement pour se transformer en véritable cri d'effroi. Sans demander son reste, il se précipita vers l'escalier qu'il gravit d'une seule traite et disparut à l'intérieur de la maison. Henri éclata de rire. Marie-Louise, figée sur place, le considérait avec stupeur, la bouche ouverte.

– Reviens, voyons ! cria Henri. C'est juste un bout de bois !

– Il y en a un qui aura des problèmes..., chantonna Amélia en se remettant rapidement au travail.

Mathilde sortit sur le balcon, Paul accroché à sa jupe. Elle fustigea Henri du regard qui, mine de rien, farfouillait dans un tas de planches où il avait négligemment jeté le bras fautif.

– Henri ! lui lança Mathilde, si je te prends encore à effrayer ton frère, tu auras affaire à ton père… Et ne fais pas celui qui ne sait pas de quoi je parle.

– Il mériterait une punition bien plus sévère, dit Amélia.

Elle parcourut des yeux la cour jusqu'à ce que son regard tombe sur les infectes latrines.

– Tiens, pourquoi est-ce qu'il ne viderait pas la fosse ? Papa n'aura pas le souci de tirer ça au sort cette année…

Henri lui décocha un regard assassin.

– Ce n'est pas une mauvaise idée ça, répondit Mathilde. Henri, tu sais quoi faire.

– Oh non maman, ce n'est pas juste ! s'écria Henri.

– Ne discute pas. Et remettez-vous à l'ouvrage. Je veux que la cour soit terminée avant la fin de la journée.

Mathilde caressa les cheveux de Paul et retourna à l'intérieur.

– Amélia, tu vas me le payer, grommela Henri à l'adresse de sa sœur qui le regardait en souriant.

– C'est ça…

– Tu es seulement jalouse parce que je vais passer l'été chez les grands-parents.

– Jalouse de quoi ? demanda Amélia, piquée au vif. De ramasser du crottin de cheval ?

– J'aime mieux ramasser du crottin de cheval que d'avoir à te supporter tous les jours, répliqua Henri, les mains posées sur les hanches.

– Bon ! C'est assez ! s'écria Sophie. On dirait deux enfants ! Qu'est-ce que vous attendez ? Que maman revienne et vous tire les oreilles ?

Amélia et Henri se défièrent encore un moment du regard, puis retournèrent à leur tâche en grommelant.

– Nous tirer les oreilles… Tu en as de drôles d'idées, Sophie, quand même, renchérit Amélia.

– C'est tout ce que vous méritez, à agir comme des enfants.

– Toi, on le sait bien, insista Henri d'un air boudeur, tu vas te marier bientôt et on devra faire tout le travail à ta place.

Sophie regarda tour à tour son frère et sa sœur et lâcha un soupir de découragement.

– On n'en est pas encore là, répondit-elle simplement en détournant les yeux.

– Que veux-tu dire ? demanda Amélia. Tu ne vas pas te marier au mois de novembre, comme prévu ?

– Il faudra voir. Avec maman qui sera partie un bout de temps et toutes les choses à faire ici, on va peut-être devoir reporter le mariage après les fêtes, répondit Sophie en baissant la tête.

Amélia fronça les sourcils et s'approcha de sa sœur.

– Tu sais bien que maman ne reporterait ces noces-là pour rien au monde. Tu t'en fais pour rien, la rassura Amélia. Tu vas voir, d'ici que l'été et l'automne s'achèvent, tu seras installée avec Armand et tu auras bien assez à t'occuper pour t'inquiéter de nous.

– Jamais ! s'exclama Sophie, les yeux brillants. Vous êtes ma famille. Comment est-ce que je pourrais vous oublier ? C'est toi maintenant qui dis des bêtises, Amélia, ajouta-t-elle plus doucement avec un pâle sourire.

– Il y a encore eu d'autres cas de variole.

Sophie, Amélia et Henri se tournèrent tous dans un même mouvement vers Marie-Louise et la considérèrent avec étonnement.

– De quoi parles-tu ? demanda Henri. Tu as une façon de changer de sujet, toi.

– Comment ça, d'autres cas ? demanda Sophie. Ils ont dit que l'épidémie était terminée.

– Pas dans Saint-Jean-Baptiste, répliqua Marie-Louise d'un air grave.

– Mais c'est à l'autre bout du monde ! De quoi as-tu peur ? demanda Henri.

– De rien. C'est seulement triste que des gens meurent.

– Moi, ça ne me surprend pas que la maladie continue là-bas.

– Pourquoi dis-tu ça, Amélia ?

Amélia se tourna vers Sophie et haussa les épaules.

– Les gens y sont tellement pauvres. Et malpropres.

– Ce n'est pas comme ici, approuva Henri. Regarde Marie-Louise, c'est pour ça qu'on nettoie la cour et qu'on fait le grand ménage. Pour que les maladies ne nous tombent pas dessus.

– Peut-être qu'on devrait quand même se faire vacciner. Juste au cas où, se risqua à ajouter Amélia.

– Tu n'y penses pas ! s'exclama Sophie. Tu sais ce que maman en pense.

– J'ai vu un enfant qui a failli mourir après avoir été vacciné, lâcha Marie-Louise.

– Quoi ? Où ça ? À l'hôpital ? demanda Sophie, alarmée.

Marie-Louise hocha la tête en signe d'acquiescement.

– C'était vraiment affreux, reprit-elle dans un murmure, se parlant presque à elle-même. Il avait le bras tout rouge et enflé et couvert de plaies.

– C'est horrible ! Comment une mère peut-elle laisser faire ça ? À quoi pensent les docteurs ?

– Voyons, Sophie, dit Amélia. Ce n'était sûrement pas pour mal faire. J'imagine que ça peut arriver qu'un vaccin tourne mal.

– Qu'est-ce que tu connais là-dedans, toi ? demanda Henri. En tout cas, moi, il n'y a personne qui va me rentrer une aiguille dans le bras juste au cas où. Les docteurs sont d'accord pour dire que la vaccination est un vrai fléau, ajouta-t-il avec sérieux.

– Un fléau… Ce n'est pas certainement pas toi qui as trouvé ce mot-là, rétorqua Amélia.

– On devrait demander son avis au docteur Boyer, suggéra Sophie.

– J'y avais pensé, tu le sais bien, releva Amélia. Le docteur Boyer serait certainement de meilleur conseil que les journalistes.

– Tu ne penses pas la même chose lorsqu'il est question d'avoir des nouvelles de l'Ouest, ajouta Henri.

– Que veux-tu dire ? demanda Amélia.

– Tu as toujours le nez planté dans le journal quand on y raconte ce qui se passe là-bas.

– Tu dis n'importe quoi, répliqua la jeune femme d'un air indifférent.

– C'est ça. En tout cas, je ne sais pas ce que les parents en penseraient s'ils savaient que tu reçois des lettres du beau Victor Desmarais…, ajouta Henri en haussant négligemment les sourcils.

– C'est vrai, ça ? demanda Sophie.

Amélia ignora sa sœur et se tourna vers Henri qu'elle foudroya du regard. Il lui sourit effrontément.

– Il fallait mieux les cacher, tes lettres. Sous ton oreiller, ce n'était pas trop difficile à trouver…

– Tu n'avais pas le droit ! s'écria Amélia en se retenant pour ne pas étrangler son frère.

– Victor Desmarais t'écrit des lettres ? reprit Sophie d'un air étonné.

– Je ne vois pas ce qu'il y a de mal. Il me raconte seulement ce qui se passe là-bas.

– C'est ça. Comme si ça t'intéressait vraiment, dit Henri.

– Bien quoi, c'est normal, répliqua Amélia en rougissant. On y connaît du monde. Eugène et Georges…

– Et ton monsieur Desmarais, termina Henri, avec insistance.

– Lui aussi, c'est vrai. Une chance qu'il y a des hommes pour aller défendre les intérêts des plus faibles. Ce n'est pas comme certains qui passent leur temps à s'amuser et à se plaindre…

– Ah non ! Vous n'allez pas recommencer ! s'écria Sophie.

– Maman dit de venir manger ! cria Paul du haut des escaliers.

– Sûrement encore de la soupe aux pois. Ce n'est pas ça qui va nous aider à rendre l'air plus respirable, dit Henri en se pinçant le nez.

– Idiot ! lui lança Amélia en lui donnant un coup de coude.

– Venez ! C'est prêt !

– Oui, oui. On arrive, Paul, répondit Sophie en déposant sa pelle. On finira tout à l'heure. J'ai faim, moi.

– Gardez-moi une assiette. Je pense que je vais commencer à vider la fosse, dit Henri en brandissant sa pelle.

– Moi, je ne reste pas là, s'écria Amélia.

Elle saisit Marie-Louise par le bras et, relevant sa jupe de l'autre main, se dirigea d'un pas rapide vers la maison. Sophie les suivit en riant.

– Vous n'êtes que des poules mouillées ! Vous allez voir, je vais vous faire ça en moins de deux... Et après, je vais aller vous embrasser.

– Tu n'as pas intérêt ! lui lança Amélia en le menaçant du doigt avant de disparaître avec ses sœurs dans la maison.

Ce soir-là, Amélia se fit longtemps prier par Henri, puis par Sophie avant d'accepter de lire à voix haute la lettre qu'elle avait reçue de Victor, la veille. L'air intéressé qu'affichaient son père et son frère acheva de la rassurer. Quand Henri avait parlé des lettres, Édouard avait demandé à Amélia de leur en lire le contenu afin de s'assurer qu'elles ne contenaient rien de compromettant pour sa fille.

Fort Edmonton, 4 mai 1885

Chère Amélia,

Nous sommes arrivés à Fort Edmonton il y a deux jours et nous y avons trouvé les colons qui s'étaient réfugiés au fort en proie à la plus grande panique. Des éclaireurs avaient rapporté, lors de notre passage à Calgary, que les Sauvages gardaient une attitude provocante et que les Métis menaçaient de se révolter. La population terrifiée avait été avertie qu'elle allait devoir se défendre elle-même au mieux en attendant les renforts.

Le 18 avril, le général Strange nous apprenait que la moitié du bataillon serait envoyée à Edmonton. Je fus de ceux-là. Nous avons assisté à la messe dans la chapelle de la mission située à deux milles du camp. Tout le monde était ému de se retrouver entre les quatre murs blanchis de la petite chapelle tandis que l'aumônier nous rappelait le triomphe qui nous attendait à notre retour à Montréal et celui qui attendrait, au ciel, ceux qui perdraient la vie pendant la campagne.

Le surlendemain après-midi, après l'inspection générale, les quatre compagnies envoyées à Edmonton se sont mises en marche. Les premiers soixante milles ont été les plus faciles, mais à partir de la rivière du Chevreuil Rouge, la route fut plus pénible. Des prairies noircies par les feux allumés par les Sauvages, de la terre molle et des marécages humides infestés de moustiques. Un long convoi suivait derrière, sur presque deux milles de longueur. Les hommes durent souvent aider les chevaux à tirer les wagons embourbés dans la vase. Mais ce que la plupart d'entre nous ont trouvé le plus dur, ce fut de s'encourager à continuer d'avancer dans cette plaine qui n'en finissait plus et qui nous donnait l'impression du faire du surplace.

Le reste du voyage fut un peu moins difficile. La vue de petits lacs, de quelques coteaux couverts d'herbes, de bosquets d'arbres et de rivières à l'eau claire a suffi à nous remonter le moral. S'il n'y avait eu l'obligation des gardes et des patrouilles de nuit, la fatigue de la marche, les nuits passées à dormir sur la terre humide et la chaleur du soleil qui nous brûlait le visage, cette partie de la campagne aurait même pu être agréable.

Une fois arrivés à Fort Edmonton, nous avons appris ce qui en avait été de la bataille de l'Anse-au-Poisson et de la défaite des troupes. La police à cheval du Nord-Ouest est partie hier pour Victoria avec deux compagnies du 65e pendant que le reste des hommes restera ici en garnison. Nous devons partir dans trois ou quatre jours pour les rejoindre avec les transports.

Je ne sais si cette lettre pourra vous parvenir, car le service postal est passablement perturbé depuis quelque temps. Je suis en ce moment en train de vous écrire assis près du petit bâtiment qui sert de bureau de poste. J'ai un peu de mal, je dois l'avouer, à vous décrire correctement tout ce que je vois depuis que je suis parti. Dans ces prairies perdues, les forts sont des villes en soi. Ils sont perdus au milieu de nulle part, composés de quelques bâtiments de bois et entourés de hautes palissades, mais en même temps, il s'agit là du seul refuge possible pour les colons qui commencent à s'établir autour. À mon avis, ils sont une bien mince menace pour les Indiens et les Métis qui disposent de territoires bien plus grands. Et j'ai peine à croire que cela changera beaucoup à l'avenir. Nous devons mener ici une étrange guerre, afin de protéger quelques familles de pauvres fermiers qui doivent subir les attaques des Indiens révoltés. Sans doute doivent-ils bien manquer d'action pour s'en prendre ainsi à ces pauvres diables sans défense qui ne cherchent que le bien de leur famille.

Recevez l'assurance de mon amitié,

VICTOR DESMARAIS

– Tu es certaine que ça se termine ainsi ? demanda Henri lorsqu'elle eut terminé sa lecture.

– Bien sûr, pourquoi ?

– Je trouve que ça finit un peu sec. Tu ne nous as pas tout lu, insista Henri en décochant à sa sœur un sourire moqueur.

– Que vas-tu imaginer ? demanda Amélia en rougissant. Monsieur Desmarais, c'est un homme bien comme il faut. Ce n'est pas son genre d'écrire des mots doux… et de toute façon, que veux-tu qu'il écrive d'autre ? se reprit-elle rapidement.

– Je ne sais pas, moi. Peut-être qu'il te fait la cour et qu'on n'en sait rien.

– Je te défends de dire de telles choses ! s'écria Amélia en se levant.

Édouard ne savait trop que penser de cette lettre. Elle n'avait rien d'inconvenant, il devait bien l'admettre. Mais sa fille avait un drôle d'air. En plus, elle leur avait caché cette nouvelle amitié, ce qui n'était pas pour lui plaire. En revanche, c'était la première fois depuis sa mésaventure avec cet autre jeune homme dont il oubliait le nom qu'il la voyait s'intéresser à quelqu'un. C'était tout de même encourageant, se dit-il en tournant la tête vers Mathilde.

Le frère et la sœur continuèrent un instant à se chamailler puis abandonnèrent. Amélia savait, au fond, qu'Henri avait raison. Si Victor n'allait pas jusqu'à lui faire la cour, il terminait sa lettre d'une façon tout autre qu'elle ne l'avait laissé entendre. Et ces mots-là, elle voulait être la seule à les connaître, pour éviter que ses parents s'imaginent des choses.

… Je me trouve bien loin de Montréal et de son activité et si je n'avais la possibilité de vous raconter tout cela, sûrement que son souvenir se serait déjà effacé de ma mémoire. Parfois, je m'efforce de vous imaginer marchant dans la rue ou vous rendant au

marché, et des images qui me semblent appartenir à une autre vie me viennent à l'esprit…

Perdue dans la contemplation de la peinture accrochée au mur, Amélia attendait patiemment son tour. Elle avait prétexté souffrir d'un incommodant désordre gastrique et s'était absentée du travail en plein cœur de l'après-midi. Les heures manquées ne lui seraient pas payées, mais elle s'en souciait à peine. Depuis quelques jours, elle ne cessait de penser à ce qu'avait raconté Marie-Louise et avait décidé d'en avoir le cœur net.

À deux pas de chez eux, rue Saint-André, un cas de variole avait été diagnostiqué. L'enfant, un petit garçon de sept ans, était allé passer quelques jours chez sa tante, dans le village de Saint-Jean-Baptiste. Lorsque Berthe Dumas leur avait rapporté la nouvelle, Amélia avait tout de suite été confortée dans son idée de solliciter l'avis du docteur Boyer.

Quelques semaines auparavant, des vaccinateurs publics avaient commencé à vacciner tous ceux qui avaient été en contact avec des malades ou qui en faisaient simplement la demande. Et puis, les journaux s'étaient mis à raconter que le vaccin avait causé de graves effets secondaires chez certaines personnes. La panique avait gagné la population. On n'entendait plus parler que de cette guerre à laquelle se livraient les médecins de la ville au sujet de cette pratique dangereuse. Les détracteurs de la vaccination blâmaient les conditions atmosphériques changeantes qui prévalaient à cette époque de l'année, alléguant qu'elles pouvaient aggraver les effets néfastes de la vaccination. Afin de calmer les esprits, la vaccination publique avait été temporairement suspendue.

Cette mesure obligeait ceux qui souhaitaient malgré tout se faire vacciner à s'adresser à leur médecin de famille, et

Amélia n'avait pas hésité à venir solliciter l'avis du docteur Boyer. Elle avait pleine confiance en lui. Il saurait la conseiller au mieux, elle n'en doutait pas.

Elle était assise sur une chaise droite dans le hall étroit qui servait de salle d'attente. La porte d'entrée, percée d'une longue fenêtre de verre givré, laissait passer un peu de lumière. De pâles rais de soleil s'étiraient sur le parquet de bois ciré. Le mur à l'autre extrémité du hall disparaissait presque complètement derrière l'imposante cheminée de bois foncé surmontée d'un miroir ovale. En face d'elle se trouvaient un petit bureau aux pieds effilés et une chaise. Quelques dossiers y étaient posés à côté d'un encrier et de sa plume. À gauche se trouvait une porte fermée. Sur le mur, il y avait une plaque de bois vernis où s'affichait en lettres noires « Philippe Boyer, Md ».

Des voix se firent entendre de l'autre côté de la porte qui s'ouvrit presque aussitôt. Une dame âgée, aux formes rebondies, enveloppée dans un châle noir, en émergea, suivie du docteur Boyer. Le regard de ce dernier croisa celui d'Amélia, qui s'était levée à leur arrivée. Il marmonna quelques mots d'encouragement à son imposante visiteuse et la reconduisit jusqu'à la porte qu'il ouvrit pour la laisser passer. Il passa une main sur son crâne presque entièrement dégarni et se tourna vers Amélia.

– Bonjour, mademoiselle Lavoie.

– Bonjour, docteur.

– Tout le monde se porte bien chez vous ? demanda-t-il en s'approchant d'elle.

– Oh, oui... Maman va beaucoup mieux, s'empressa de répondre Amélia en comprenant ce que sa visite avait d'inhabituel.

– Je suis bien content de vous l'entendre dire, déclara-t-il. J'espère qu'elle suit bien mes recommandations.

– En tous points, docteur. En fait, elle est partie à la campagne pour quelques semaines, chez mes grands-parents, en attendant que l'air de la ville soit plus sain. C'est papa qui en a eu l'idée.

– C'est très bien, répondit le médecin en hochant vigoureusement la tête. Je crois fermement qu'il n'y a rien de mieux que de faire confiance aux remèdes naturels. Et respirer un bon air pur en est un… Mais je suis là à discourir alors que vous êtes certainement venue me voir pour autre chose, ajouta-t-il en prenant doucement Amélia par le coude pour l'entraîner jusqu'à la porte de son cabinet.

Elle pénétra dans la pièce et s'assit sur la chaise que le docteur Boyer lui désignait. Il fit le tour du bureau et prit place sur la chaise de cuir qui craqua sous son poids. Le buste penché en avant, les mains croisées sous son menton, il observa Amélia avec gravité. Dans son cabinet, il arborait un air beaucoup plus respectable que lorsqu'il leur rendait visite à la maison.

Le regard d'Amélia croisa celui du médecin.

– En quoi puis-je vous être utile, mademoiselle ? s'enquit-il enfin avec douceur.

Intimidée malgré elle, Amélia oublia pendant un court instant ce qu'elle était venue faire ici.

– Seriez-vous indisposée ? lui demanda-t-il.

– Oh non. Je vais bien docteur, réussit finalement à articuler Amélia. J'ai seulement pensé que vous pourriez m'aider à me faire une idée. Avec vos connaissances dans le domaine…

– Et quel est ce sujet qui requiert mon aide ?

– La vaccination, docteur.

– La vaccination ? répéta le médecin.

– On en dit tellement de mal, poursuivit-elle, légèrement mal à l'aise, regrettant d'être venue déranger le médecin, sans doute très occupé, avec ses questions importunes.

– Oui, je le sais bien, approuva le docteur Boyer en hochant gravement la tête. Que voulez-vous savoir ?

– Eh bien, j'ai pensé qu'il serait peut-être plus prudent de me faire vacciner. Le petit garçon d'une de nos voisines a attrapé la variole et ça m'inquiète un peu.

– Je ne vois pas pourquoi, se contenta-t-il de répondre.

– Mais c'est une maladie très contagieuse, docteur. C'est ce qu'on dit en tout cas.

– En effet, vous avez raison. Mais tant que vous et votre famille vivez sainement, il n'y a pas lieu de vous inquiéter. C'est comme pour le choléra. Ces maladies-là ne se répandent que dans les milieux pauvres où la saleté est une chose normale. Connaissant votre mère, je suppose que votre maison est d'une tenue impeccable.

– Ça oui, admit Amélia.

Le petit homme se leva et se pencha vers elle.

– Je sais qu'il se dit et s'écrit toutes sortes de choses sur cette maladie depuis un moment. Mais il ne faut pas écouter tout ce qu'on vous raconte, croyez-moi. Je n'ai jamais été d'accord avec ces docteurs qui administrent à tort et à travers toutes sortes de remèdes à leurs patients. En ce qui me concerne, il ne s'agit souvent que de poisons qui peuvent engendrer pire que la maladie qu'on cherche à traiter. Et si vous me demandez mon avis, je vous dirai que ce serait prendre un risque inutile que de vous faire vacciner. Une jeune femme en bonne santé comme vous n'a pas besoin de ça.

– Vous croyez vraiment que le vaccin soit si dangereux ?

– Je ne vous cacherai pas que certains exagèrent un peu les risques, répondit-il sur un ton plus familier en se rasseyant. Il retira ses lunettes et se frotta machinalement l'arête du nez. Je ne suis pas d'accord avec ceux qui sont d'avis que la vaccination peut transmettre des maladies graves comme la syphilis ou qui crient tout haut qu'elle est sans autre effet que d'empoisonner le sang de nos enfants… Je dois me faire vieux, ajouta-t-il en soupirant. Tous ces jeunes médecins avec leurs théories modernes… Si j'étais à votre place, j'éviterais le vaccin, conclut-il en remettant ses lunettes.

Philippe Boyer fixa distraitement un point invisible sur le mur derrière Amélia. Elle attendit patiemment qu'il reprenne la parole. Au lieu de cela, il se leva et vint se placer à côté d'elle. Derrière ses petites lunettes rondes, son regard était distant, presque triste.

– J'espère que j'ai pu vous éclairer, articula-t-il finalement en baissant les yeux vers Amélia.

Il lui sourit avec bienveillance et recula de deux pas vers la porte. Amélia comprit qu'il lui signifiait ainsi son congé. Elle paya la brève consultation, se leva à son tour et suivit le médecin jusqu'à la porte. La main posée sur la poignée, il se tourna vers la jeune femme.

– Vous transmettrez mes compliments à vos parents.

– Bien sûr, docteur, je n'y manquerai pas, dit Amélia.

Il ouvrit la porte et la laissa passer devant lui.

– Ah, et dites à votre mère de venir me voir lorsqu'elle sera revenue de son séjour à la campagne.

– D'accord. Et merci pour tout, ajouta-t-elle à l'attention du médecin qui lui signifia de la main qu'elle n'avait pas à le remercier.

Amélia sortit sans plus attendre. Elle descendit les trois marches menant au trottoir et traversa la rue d'un pas rapide.

De la fenêtre de son bureau, le médecin suivit des yeux la jeune femme qui s'éloignait. Le soleil était encore haut dans le ciel. Il pouvait sentir la chaleur sur son visage. C'était une belle journée, un avant-goût de l'été qui approchait. Comme tous les habitants qui allaient et venaient dans la rue, Philippe Boyer, docteur en médecine à l'aube de la retraite, n'aurait jamais pu se douter que ces beaux jours qu'il espérait seraient marqués à tout jamais par l'horreur et le chagrin.

Le cabinet du docteur Boyer ne se trouvait pas très loin de la buanderie située rue Saint-Laurent. En temps normal, elle rentrait directement chez elle en tramway, mais il faisait si beau qu'elle décida de marcher un peu. Elle n'aurait qu'à prendre le tramway un peu plus haut, à la hauteur de la rue Dorchester.

Amélia aimait bien la rue Saint-Laurent. Surtout au début de l'été, lorsque le nettoyage printanier était enfin terminé et que les habitants pouvaient s'y promener sans être incommodés par les mauvaises odeurs. Les commérages allaient bon train tandis que les commerçants, postés sur les trottoirs, ne perdaient pas un mot de ce qui se racontait ici et là. On s'entretenait de tout et de rien : de politique municipale et nationale, plus rarement de ce qui se passait ailleurs dans le monde, du temps qu'il faisait, de la vie des uns et des autres, des bonnes nouvelles comme des mauvaises. En plein cœur de Montréal, la « Main », comme on l'appelait communément, était une véritable fourmilière humaine, débordante d'activité, où se croisaient au gré du hasard et des circonstances petits artisans, gens de métiers, ouvriers, ménagères, commerçants et hommes d'affaires. Deux vieux Juifs, aussi noirs de barbe que de costume, passèrent près d'Amélia sans lui accorder la moindre attention. Lorsqu'ils la dépassèrent, têtes baissées, elle perçut quelques mots échangés à voix basse en yiddish.

Amélia se laissa distraire un moment par l'animation qui régnait dans la rue la plus colorée de la ville. Jusque vers les années 1850, le chemin Saint-Laurent était la seule route qui donnait accès aux limites nord de la ville. Une longue ligne qui s'étirait depuis le fleuve jusqu'aux fermes et aux vergers situés au-delà de l'escarpement de la rue Sherbrooke, lieu alors prisé par la grande bourgeoisie montréalaise qui y trouvait de plus grandes terres et un environnement agréable, loin de la ville et de son brouhaha.

Comme les choses avaient changé depuis. L'arrivée en ville de nombreux ruraux en quête de travail et celle, plus timide, d'immigrants fraîchement débarqués d'Europe, avait causé, à partir des années 1870, un véritable bouleversement. Les villages de Saint-Jean-Baptiste et du Coteau-Saint-Louis, qu'Amélia avait connus enfant, à l'époque où on y retrouvait encore de petites maisons de bois de style campagnard, s'étaient transformés avec l'industrialisation, stimulant la construction de maisons destinées aux ouvriers et aux gens de ce secteur.

Un peu avant d'arriver à l'arrêt du tramway, Amélia ralentit le pas et s'autorisa quelques secondes de repos pour admirer la vue qui s'offrait à elle. Elle aimait à se tenir là, sans bouger, et laisser ses yeux errer le long de la ligne légèrement sinueuse de la rue Saint-Laurent qui s'étirait jusqu'à l'horizon, alors que l'enfilade de maisons et de commerces qui la bordaient, à l'est comme à l'ouest, semblait fusionner en un seul et même point, là-bas, au loin. Un point minuscule qui se perdait dans la masse mouvante des arbres et des champs. Amélia contempla un instant les rondeurs du mont Royal qui se découpaient à l'horizon, surplombant de ses pâles couleurs printanières la ville s'étalant à ses pieds. La *Main* portait bien son nom. Cette large voie désignée comme la ligne de partage entre l'est et l'ouest de Montréal, point de rencontre entre riches et pauvres, entre anglophones et francophones, illustrait à elle seule les multiples visages de la ville.

Mathilde n'aimait pas que ses enfants s'y attardent trop longtemps. Encore attachée aux souvenirs de sa vie d'avant, lorsque la vie à la campagne ne laissait aucune place à l'inconnu, parce que tout était prévisible et familier, la rue Saint-Laurent représentait à ses yeux le symbole même de la confusion qui régnait dans ce monde en pleine évolution. Il y avait trop d'étrangers dans ce coin-là, affirmait-elle, et trop de gens différents d'eux par la fortune et le rang.

Amélia arriva à l'arrêt. De l'autre côté de la rue Dorchester se dressait le marché Saint-Laurent, fermé ce jour-là. De l'endroit où elle se tenait, elle pouvait apercevoir une partie des toitures de bois qui recouvraient les étals extérieurs, de même que l'enseigne « Ham Depot » qui se balançait à l'extrémité du mur de l'entrée donnant sur la rue Saint-Laurent. La manufacture de bottes et de chaussures Fogarty & Bro., où travaillait Sophie, était située un peu plus haut, au coin de la rue Sainte-Catherine. Amélia aurait pu aller attendre sa sœur à la sortie, sa journée de travail étant presque terminée, mais elle décida de n'en rien faire, désireuse de prolonger le plus longtemps possible ce moment béni de solitude.

Une dizaine d'autres personnes attendaient au coin de la rue : une mère et son jeune garçon, une dame entre deux âges toute vêtue de noir qui triturait son ticket de passage entre ses doigts, d'autres femmes encore, avec à leur bras un panier contenant sans doute les emplettes de l'après-midi, un vieil homme ridé à la barbe grisonnante, modestement vêtu. Tous arboraient le même air absent, à peine distraits par le va-et-vient des charrettes et des passants.

Derrière Amélia, un jeune crieur du quotidien *La Patrie* déclamait les grands titres du journal qu'il tenait dans sa main droite, haut levé et brandi comme un étendard.

– Dépêche spéciale ! Nouvelle victoire du général Middleton ! Nouveaux détails sur la prise de Batoche ! Les rebelles mis en déroute ! Riel et Dumont s'échappent !

Amélia s'approcha du jeune garçon qui s'époumonait. Elle lui toucha l'épaule et il se retourna vivement.

– Vous voulez un journal, m'dame ? Ça vous fera un cent.

Amélia lui remit une pièce et saisit le journal qu'il lui tendait. Le tramway se pointa enfin un peu plus bas sur la rue Saint-Laurent. Lorsque l'omnibus ouvert pourvu de longs marchepieds s'arrêta, elle s'empressa d'y grimper. Elle prit place sur l'un des bancs, près d'une jeune femme rondelette, et attendit que le conducteur vienne ramasser son ticket. Malgré le coût élevé du passage – six cents –, la balade en valait la peine. Le tramway se mettait tout juste en branle qu'elle avait déjà le nez plongé dans le journal qu'elle tenait plié sur ses genoux, ses yeux parcourant nerveusement les lignes et les colonnes et cherchant le nom de Victor dans l'énumération maintenant familière des noms des disparus et des blessés. Le nom qui lui sauta aux yeux, à l'avant-dernière ligne, fit bondir son cœur dans sa poitrine.

Chapitre XX

Amélia arriva chez les Prévost à huit heures passées. Il y avait de la lumière au salon. À la porte, elle hésita quelques instants, tout à coup moins empressée de partager l'affliction de son amie et de sa famille. Elle cogna à la porte et attendit, les bras ballants, le cœur palpitant.

Ce fut Isidore Prévost qui vint lui ouvrir. Le petit homme, aux cheveux châtains striés de gris et hérissés comme des épis, la regarda sans vraiment la voir pendant un court moment. Son visage exprimait une profonde tristesse, mais il lui adressa un sourire en la reconnaissant.

– Ma petite Amélia, murmura-t-il en avançant vers elle. Comme c'est gentil à toi de venir apporter un peu de réconfort à ma fille.

– J'ai lu dans le journal… je me suis demandé…, bredouilla Amélia avec gêne.

– Eh bien, tu en sais tout autant que nous, articula-t-il lentement en levant la main pour lui faire signe de le suivre à l'intérieur.

– Comment va madame Prévost ? demanda Amélia.

– Pas très bien. Elle a passé la nuit à pleurer avant de finir par s'endormir. Et depuis ce matin, elle ne dit plus rien. Notre fille est bouleversée, elle aussi. Et l'état dans lequel se met sa mère n'est pas pour l'aider. Surtout avec son fiancé qui n'a pas donné de nouvelles depuis un moment. Tu dois bien te douter qu'elle imagine le pire pour lui aussi.

– Pensez-vous que c'est le bon moment pour lui rendre visite ? s'enquit la jeune femme en se surprenant à espérer que monsieur Prévost lui conseille de revenir un autre jour.

– Oh, je suis certain que ça lui fera plaisir. Ça ne peut pas lui faire de mal de se changer un peu les idées.

Amélia pénétra dans la cuisine. Lisie était assise à la table, la tête posée sur ses bras croisés. D'un signe de tête, Isidore Prévost encouragea Amélia à rejoindre sa fille et se dirigea vers le corridor menant aux chambres. Amélia le suivit distraitement des yeux jusqu'à ce qu'il disparaisse. Elle se tourna vers son amie.

– Lisie, c'est moi…

Lisie releva la tête et tourna ses yeux rougis vers son amie.

– Oh, Amélia ! lâcha-t-elle dans un sanglot en se levant maladroitement pour se jeter dans ses bras.

– Je suis désolée, Lisie, la consola Amélia en lui caressant le dos.

Lisie sanglotait doucement, mouillant de ses larmes le cou d'Amélia. Le corps de la jeune femme fut parcouru d'un long frisson et elle s'écarta lentement.

– C'est affreux ! Si tu savais ! souffla-t-elle en s'affaissant sur sa chaise. J'ai été idiote de croire qu'il ne pouvait rien arriver.

Les larmes coulaient librement sur ses joues sans qu'elle ne fasse un geste pour les essuyer. Amélia fut submergée par une vague de pitié. Elle prit place à côté de la jeune femme et lui prit la main.

– Cesse de dire des bêtises.

– Tout ce qu'on sait, c'est que mon frère a été blessé, ajouta Lisie en se mordant la lèvre. Rien de plus. On ne sait pas si c'est grave. S'il va revenir estropié ou pire encore.

– Ne dramatise pas trop. Il n'a peut-être rien de bien sérieux. Eugène a une forte constitution. C'est sûr qu'il va s'en remettre.

– Tu le crois vraiment ?

– Il faut garder espoir. Et prier, répondit Amélia.

– Je ne fais que ça, prier, soupira Lisie en s'essuyant les yeux du revers de la main.

– Alors ne te décourage pas. Dieu t'écoutera, c'est sûr.

– Je prie pour maman aussi. C'est difficile de la voir aussi triste.

– Je prierai pour vous deux, assura Amélia. Et pour Eugène aussi, bien entendu...

Lorsque, quelques minutes plus tard, Isidore Prévost réapparut dans la cuisine, Amélia était toujours assise près de son amie. Elles priaient toutes les deux en silence, mains jointes, têtes baissées. Elle les quitta vers les neuf heures, après avoir affectueusement étreint Lisie et salué poliment monsieur Prévost. Un horrible mal de tête lui vrillait les tempes et les muscles de son cou étaient tendus et douloureux. Appuyée contre le mur de la maison, elle ferma les yeux quelques instants, s'efforçant de faire le vide dans son esprit.

Elle se coucha dès son retour à la maison. Sophie avait de la couture à terminer et elle pouvait profiter du lit pour elle seule encore quelques instants. Marie-Louise dormait déjà, tournée face au mur. Amélia écarta les jambes sous le mince drap et étira ses bras jusqu'à toucher du bout des doigts les bords de chaque extrémité du matelas. Elle resta ainsi, les yeux ouverts à fixer le plafond. Son mal de tête s'était atténué, mais les images de sa soirée chez les Prévost n'en continuaient pas moins de défiler dans sa tête : la détresse d'Isidore Prévost, mais, surtout, les larmes de Lisie.

De par son caractère insouciant, Lisie ne se laissait aller que très rarement à de telles manifestations de chagrin. Les larmes n'étaient pas, chez elle, un signe de faiblesse, mais plutôt la démonstration de son incapacité à expliquer les causes de son malheur. Durant les derniers mois, Amélia avait compris que les larmes n'étaient pas un remède à la peine et que, si elles soulageaient momentanément sinon le cœur du moins le corps, elles finissaient par vous ôter tout courage, toute chance de guérison ; chaque soupir, chaque sanglot ne servant qu'à abreuver le malheur, qu'à le fortifier. L'épreuve que devaient subir les Prévost attristait Amélia et elle espérait de tout cœur qu'Eugène n'ait rien de trop grave et qu'il rentre vite chez lui, avec Georges aussi. Mais elle avait du mal à partager leur angoisse. Cela l'aurait obligée à envisager l'idée que Victor puisse également être blessé. Comment le saurait-elle d'ailleurs ? Elle n'était pas de la famille. Il y avait bien sûr les listes dans les journaux, mais il suffisait qu'elle en manque un… Et de toute façon, pouvait-on se fier à ces listes ? Les morts et les blessés étaient peut-être encore plus nombreux que ce que l'on disait.

Victor était peut-être mort… Cette soudaine prise de conscience la sidéra. Pas tant le fait qu'il pouvait être étendu sans vie depuis des jours sur un champ de bataille déserté, mais plutôt qu'elle s'en était à peine inquiétée. Les bons sentiments qu'elle avait commencé à éprouver à son endroit, au moment de son départ, s'étaient effectivement mués depuis en une déférence polie dont elle ne s'étonnait pas vraiment. Après tout, ils se connaissaient si peu. Elle ne pouvait toutefois feindre le fait que les lettres qu'il lui faisait parvenir avaient, dans une certaine mesure, suscité son intérêt. Elle s'était mise malgré elle à se préoccuper de choses qui l'auraient normalement laissée froide. Lorsque les hommes discutaient des événements qui se déroulaient dans l'Ouest, elle se surprenait à prêter oreille à leurs propos. Victor avait une écriture soignée et élégante, mais si menue qu'elle devait presque coller son nez sur le papier pour arriver à en déchiffrer le contenu. Il lui avait décrit ce qu'il voyait, le chemin parcouru, mais si peu sur ce qu'il ressentait, sans trop s'attarder à évoquer les difficultés que lui et ses compagnons devaient surmonter ou les souffrances qu'ils devaient endurer. Amélia comprenait maintenant qu'il lui avait épargné les aspects les plus pénibles de la réalité.

Jusqu'à ce soir, elle avait cru que la presse déformait sciemment la vérité sur les événements du Nord-Ouest, exagérant l'intensité et la barbarie des combats de même que le nombre des blessés et des morts, de manière à exacerber le mécontentement des francophones catholiques à l'égard des orangistes accusés d'avoir lancé l'initiative de cette guerre. Amélia était un peu dépassée par toutes ces disputes, elle devait l'avouer.

Son père avait tenté de lui expliquer comment le gouvernement canadien avait acquis de la Compagnie de la Baie d'Hudson le territoire de Rupert, sans même consulter la population indienne et métisse qui y habitait, puis comment il avait envoyé des arpenteurs à la rivière Rouge pour préparer la venue des colons même si la vente n'avait pas encore été conclue. Il lui avait aussi raconté comment Louis Riel, avec ses amis métis, avait formé en 1869 un comité national formé de Métis de langue française ainsi qu'un conseil militaire afin d'empêcher l'entrée dans la colonie du lieutenant-gouverneur du nouveau territoire, William McDougall, jusqu'à ce que le gouvernement à Ottawa accepte de négocier le partage des terres avec les habitants. Livrés à eux-mêmes, abandonnés par le gouvernement légal de la Compagnie de la Baie d'Hudson, les Métis s'étaient révoltés et avaient pris d'assaut le fort Garry où s'étaient réfugiés les colons anglais qui n'avaient pas apprécié le départ forcé de McDougall. Son père lui avait parlé de Thomas Scott et de ses amis, des orangistes ontariens, qui avaient tenté de neutraliser Riel et les Métis français, mais qui avaient finalement été emprisonnés. Ce Scott, particulièrement agressif, avait fini pendu sur l'ordre de Riel, ce qui avait déclenché une tempête de haine en Ontario et plus particulièrement chez les orangistes, anticatholiques et antifrancophones.

La suite des événements laissait Amélia un peu perdue. Riel avait été banni, s'était exilé aux États-Unis, était revenu, avait pris la tête d'une nouvelle rébellion pour s'opposer aux vues du gouvernement de Macdonald qui voulait s'emparer de l'ensemble des terres du Nord-Ouest et le tout avait dégénéré en guerre à cause de l'intransigeance de Macdonald, disait Édouard.

La politique, c'était vraiment n'importe quoi. Qu'on puisse se chamailler et s'entre-tuer pour des territoires ou des opinions lui semblait complètement absurde.

⁂

Le lendemain soir, Édouard revint à la maison, légèrement essoufflé. Il annonça à ses filles, venues à sa rencontre, que Louis Riel avait été capturé par Middleton. N'obtenant aucune réaction, il considéra celles-ci avec agacement. Qu'est-ce qu'elles en avaient à faire de la politique après tout ? Il aurait tout aussi bien pu leur dire que les Indiens débarquaient en ville avec leurs arcs et leurs flèches qu'elles l'auraient regardé du même air impassible.

– Est-ce que ça veut dire que les hommes vont bientôt revenir ? demanda enfin Amélia.

– Bien sûr qu'ils vont revenir, répondit Édouard en opinant de la tête. Mais ce n'est pas pour demain. Ils vont en avoir des choses à régler avant de plier bagage. Et la route est longue jusqu'ici.

– Ça ne changera pas grand-chose pour ceux qui ont laissé leur vie sur le champ de bataille, répliqua Amélia.

– Oui, mais au moins, il n'y aura plus de danger pour les autres, ajouta Sophie.

Édouard approuva d'un signe de tête.

– Et comment les choses se passent-elles chez ton amie Lisie ? s'enquit-il. Ont-ils reçu des nouvelles d'Eugène ?

– Non, aucune. Et je vous dis qu'ils n'en mènent pas large.

– C'est bien triste, tout ça, conclut Édouard en dépliant le journal qu'il tenait toujours à la main.

Il leur fit la lecture pendant quelques minutes avant d'aller se coucher, Marie-Louise sur ses talons.

Amélia étouffa un bâillement. Sophie s'installa derrière la machine à coudre et entreprit de coudre l'ourlet d'une jupe qui devait être rapportée le lendemain. Pour rassurer sa mère, elle avait accepté de terminer la réparation de quelques pièces de vêtements que Mathilde s'était déjà engagée à rendre avant la fin du mois.

Amélia leva les yeux vers l'horloge. Déjà dix heures. Elle s'étira et s'essuya machinalement le front du revers de la main. Elle avait la tête lourde et se sentait lasse.

– Il fait tellement chaud ! gémit-elle. Et on n'est qu'au mois de mai. Qu'est-ce que ce sera à l'été ?

– Ce n'est pas si pire que ça, répondit laconiquement Sophie sans lever les yeux de son ouvrage.

Amélia était d'une humeur plutôt morose ces jours-ci et il était inutile d'encourager ses jérémiades.

– Je suis allée voir le docteur Boyer hier.

Cette fois, Sophie leva les yeux.

– Tu n'es pas malade au moins ? s'inquiéta-t-elle.

– Mais non.

– Pourquoi es-tu allée voir le docteur alors ? s'enquit Sophie en fronçant les sourcils.

– Pour avoir de vraies réponses à mes questions.

– Des questions au sujet de quoi ?

– Au sujet de la variole et de la vaccination, qu'est-ce que tu penses !

Sophie considéra Amélia avec des yeux tout ronds.

– Cesse de me regarder avec cet air-là, dit Amélia. Je ne vois pas ce qu'il y a de surprenant. On avait dit que la meilleure façon de savoir serait d'aller demander conseil au docteur.

– C'est sûr, admit Sophie en hochant la tête. Mais je ne pensais pas que tu le ferais pour vrai. Moi, je n'en aurais jamais eu le courage.

– Je ne vois pas pourquoi. On ne peut pas dire que le docteur Boyer soit quelqu'un de difficile, répondit Amélia en omettant de spécifier que celui-ci l'avait tout de même un peu intimidée.

– Je suis bien d'accord, approuva Sophie. Mais papa ne serait pas content de savoir que tu es allée là-bas toute seule. Il vaudrait mieux que tu le lui dises.

– Je ne pense pas que c'est une bonne idée. Il le répéterait à maman. Tu la connais, elle se tracasserait encore pour rien alors qu'il n'y a vraiment pas à s'en faire pour si peu.

– Et puis, que t'a-t-il dit le docteur ? Au sujet de la vaccination, je veux dire, reprit Sophie.

– Pour tout t'avouer, je m'attendais à plus de lui.

Devant le regard interrogateur de Sophie, elle poursuivit.

– Il répète toujours la même chose : qu'il faut bien manger, prendre l'air, se reposer et être propre de son intérieur comme de sa personne. Je veux bien croire que c'est plein de bon sens et je lui fais confiance, mais il me semble que ce ne sont pas des armes bien fortes pour se battre contre une telle maladie.

– Donc, je suppose qu'il n'est pas trop d'accord avec le fait que les gens se fassent vacciner.

– C'est ce qu'il a dit, admit Amélia.

– Mais il ne t'a pas convaincue, c'est ça ? demanda Sophie.

– Un peu quand même.

– En tout cas, moi je ne sais plus trop quoi penser, dit Sophie en reprenant son ouvrage. Les docteurs ont beau être instruits, on dirait qu'ils passent leur temps à argumenter et à être en désaccord.

– Ah bien là, je suis d'accord avec toi, soupira Amélia en levant les yeux au plafond.

– Quant à moi, on ferait mieux d'attendre. De toute façon, il n'y a pas beaucoup de danger pour nous. Il faut juste faire attention à nos fréquentations.

Amélia acquiesça de la tête tout en s'éventant des deux mains.

– Il y a Marie-Louise qu'il faudrait surveiller, dit-elle. Elle est toujours à l'hôpital. Ce n'est pas prudent…

– Je fais attention, vous saurez.

Amélia et Sophie sursautèrent en entendant la voix de leur jeune sœur et se tournèrent vers elle. Marie-Louise se tenait dans l'embrasure de la porte de la cuisine et les observait, immobile, ses yeux se posant tour à tour sur Amélia et Sophie.

– Tiens, tu n'es pas couchée, toi? lui lança Amélia. Tu ferais mieux de venir t'asseoir avec nous autres au lieu d'écouter aux portes.

Marie-Louise hocha la tête et tira une chaise près de Sophie. Elle se mit à fixer Amélia en silence. L'air mi-réprobateur mi-affligé qu'affichait sa jeune sœur porta aussitôt sur les nerfs de la jeune femme.

– Loulou, ne fais pas cette tête-là, voyons! On s'inquiète pour toi, c'est tout.

Sophie hésita à répondre. Prendre position pour l'une ou pour l'autre ne pourrait que lui attirer des embêtements.

– Je suis certaine que Marie-Louise ne fera pas d'imprudence, ajouta-t-elle finalement.

Marie-Louise hocha la tête en silence.

– Je ne suis pas sûre de ça, moi, répondit Amélia.

Sa jeune sœur la considéra avec indulgence et lui sourit.

– Amélia, tu te fais des peurs pour rien. Tu penses bien que s'il y avait eu des risques, le Comité d'hygiène n'aurait pas ordonné aux autorités de cesser de vacciner les gens.

Amélia ouvrit la bouche, mais la referma aussitôt. Que pouvait-elle répondre à cela?

– Ils ont des problèmes bien plus urgents à régler. Il n'y a qu'à lire tout ce qui est écrit dans les journaux sur la malpropreté de la ville, poursuivit Marie-Louise.

Sophie approuva d'un signe de tête. Surprise de la soudaine volubilité de sa jeune sœur, elle n'en était pas moins contente que celle-ci ose pour une fois tenir tête à Amélia.

– En tout cas, sois prudente quand même...

– Amélia a raison, approuva Sophie. On ne veut pas t'empêcher de continuer tes bonnes œuvres, mais fais attention à toi.

– Bon, je vais me coucher, lança Amélia en se levant. J'ai l'estomac un peu barbouillé, ajouta-t-elle en se tapotant le ventre. Bonne nuit.

– Bonne nuit, Amélia, répondit Sophie.

Marie-Louise regarda sa sœur s'éloigner vers le corridor plongé dans la pénombre. Amélia semblait ignorer la mesure du malheur qui affligeait les pauvres et les malades. Elle se demanda, l'espace d'un court instant, si elle prenait la mesure de la chance qu'elles avaient d'avoir un toit et de quoi manger tous les jours. Mais cette réflexion stérile fut rapidement balayée par la vision autrement plus tangible de toute cette misère qu'elle s'efforçait de côtoyer aussi souvent qu'elle le pouvait. Ces « bonnes œuvres », comme les appelait Sophie, étaient à ses yeux son unique chance de salut dans un monde où la souffrance était considérée comme une grâce rédemptrice.

Incapable de s'endormir, ouvrant et fermant les yeux dans le noir, Amélia s'affolait. Elle entendait la respiration régulière de sa jeune sœur, manifestement endormie, Dieu merci. Ses appréhensions de la veille, dans le bureau du docteur, lui semblaient pour l'heure tellement dérisoires, depuis l'instant où son esprit avait été foudroyé par une évidence si manifeste qu'elle lui était passée sous les yeux. Partagée entre la peur et le doute, elle tenta de calmer les battements effrénés de son cœur.

Lorsque Sophie se glissa sous les couvertures, peu de temps après, Amélia était sur le point de s'assoupir. Elle sombra peu à peu malgré elle dans un sommeil providentiel.

Le lendemain matin, elle s'éveilla pourtant avec une seule pensée à l'esprit. Elle devait maintenant se rendre à l'évidence : ses craintes de la veille lui semblaient plus que fondées, sinon comment expliquer les nausées du matin et le retard dans ses règles. Ce n'était pas difficile à calculer : elle en était à deux mois passés. Elle n'arrivait tout simplement pas à y croire. Il fallait que cela tombe sur elle !

Il faisait sombre dans le réduit exigu qui faisait office de cabinet d'aisance pourvu, outre bien sûr du siège d'aisance et de sa lunette dissimulée sous un couvercle arrondi, d'une table en merisier sur laquelle étaient posées une cruche et une vasque aux motifs désassortis. Sur une étagère fixée au mur reposaient le blaireau et le rasoir de son père ainsi qu'un petit miroir. Une serviette était suspendue à un crochet, sur le mur.

La pièce n'était éclairée que par l'unique carreau de la petite fenêtre, mais Amélia arrivait tout de même à discerner son reflet dans le minuscule miroir. Ses yeux étaient cernés et son visage affichait une pâleur anormale. Amélia s'appuya des deux mains à la table, tentant de se calmer et de retenir la nausée qu'elle sentait monter. Elle souleva la cruche, versa le peu d'eau qu'elle contenait encore dans la vasque décorée de fleurs roses et y plongea les mains. L'eau froide sur son front et sur ses joues la calma un peu.

Mais qu'allait-elle faire ?

– Amélia, qu'est-ce que tu fais ? On va être en retard à la messe !

– Oui, Marie-Louise. J'arrive dans une minute.

Amélia s'essuya le visage avec la serviette, la remit à sa place sur son crochet et ferma les yeux un instant. Elle sentit la panique monter en elle. Elle lutta contre l'horrible sensation qui la clouait sur place. Déjà, elle sentait son cœur se serrer, sa respiration s'accélérer et ses jambes devenir lourdes. Jamais elle n'arriverait à sortir de la maison et à accompagner son père et ses sœurs à l'église en faisant semblant que tout allait bien. Ils se rendraient compte que quelque chose n'allait pas.

– Amélia! Papa s'impatiente...

Marie-Louise fut interrompue par la porte du cabinet qui s'ouvrit en grand, tout près de son visage. Elle sursauta légèrement, fixa le visage de sa sœur et tourna les talons pour rejoindre leur père. Amélia, figée d'étonnement, mit quelques secondes à lui emboîter le pas. Marie-Louise l'avait regardée sans même sembler s'apercevoir qu'elle n'était pas dans son état normal. À bien y penser, la réaction de sa jeune sœur n'avait rien de surprenant. Elle ne voyait jamais rien de ce qui se passait autour d'elle, d'autant plus que son seul et unique souci du moment devait être de ne pas arriver en retard à la messe.

Amélia inspira profondément et releva la tête pour se donner du courage. D'un pas décidé, elle rejoignit son père et ses sœurs qui l'attendaient sur le trottoir. Dans le plus parfait silence, le petit groupe se mit en route.

Étrangement, elle réussit à se ressaisir et à agir normalement tout le temps que dura la messe, mais elle n'aurait su dire, en sortant, quel avait été le sujet du sermon du curé.

Sur le chemin du retour, Amélia prétexta une ampoule au pied afin de pouvoir ralentir le pas et marcher seule. Désorientée, elle tentait de mettre de l'ordre dans ses pensées, de faire taire la clameur qui grondait dans son esprit. Son père et ses sœurs, les gens autour d'elle, semblaient indifférents à son infortune. Et puis, la peur, aussi soudainement qu'elle avait afflué dans toutes les parties de son corps, décrut jusqu'à n'être plus qu'un murmure bourdonnant, une terreur diffuse, semblable à celle que l'on ressent au réveil alors que flottent encore dans notre souvenir les réminiscences d'un cauchemar particulièrement effrayant.

L'évidence s'imposa d'elle-même : elle ne pouvait pas garder ce bébé. En même temps, tellement peu de choix s'offraient à elle. Aurait-elle le courage de supporter les commérages et de voir réduites à néant ses chances de trouver un parti convenable ? Sans compter le chagrin qu'elle causerait à sa famille. Elle se mit à penser à toutes ces histoires d'horreur que l'on colportait, à mots couverts, au sujet de la fille d'untel qui ne se pointait plus le nez à l'église, de la cousine dont on n'entendait plus parler ou, pire encore, d'une voisine morte de fièvre à l'hôpital des suites d'une « malencontreuse intervention ».

Plus Amélia s'efforçait de trouver une solution à son problème et plus elle prenait conscience qu'elle ne pourrait faire autrement que d'en accepter l'inéluctable aboutissement.

Chapitre XXI

Fort Pitt, 28 mai 1885

Très chère Amélia,

J'espère que vous vous portez au mieux et toute votre famille également. J'ai hésité longuement avant de vous écrire cette lettre. L'état de la situation dans l'Ouest doit vous sembler bien éloigné de vos préoccupations. Je crois cependant que vous laisser dans l'ignorance de ce qui se passe ici ne pourrait qu'accroître l'inquiétude que vous éprouvez sans doute pour vos amis qui sont allés combattre. Aussi ai-je finalement décidé de vous exposer les choses telles qu'elles sont dans la réalité.

Nous nous sommes installés pour quelques jours près de Fort Pitt, un ancien poste de traite de la Compagnie de la Baie d'Hudson. Cette mission maintenant en ruine ne peut faire autrement que de me rappeler les affreux moments que nous avons vécus ces derniers jours. Je n'ai aucun mal à imaginer les souffrances qu'ont dû endurer les colons de la mission de Frog Lake qui s'y étaient réfugiés pour échapper à la violence des guerriers cris des plaines et de leur chef Gros-Ours. Notre arrivée aux abords de Frog Lake, le 23 mai dernier, restera à jamais gravée dans ma mémoire comme l'un des moments les plus éprouvants de cette campagne. Je vous épargnerai ici l'horreur de la scène dont nous avons été témoins à Frog Lake et l'état dans lequel se trouvaient les victimes du massacre, dont nous avons inhumé les restes dans le modeste cimetière de la mission. Il nous a paru tout naturel de marquer cet endroit afin que la mémoire des colons qui y ont perdu la vie soit préservée. Avec l'aide de nos officiers, nous avons érigé une croix haute de plus de quarante pieds sur la montagne située à proximité de la mission.

Je ne vous cacherai pas que d'avoir été ainsi témoins de l'extrême cruauté que peuvent montrer des êtres humains, quand bien même il ne s'agirait que de Sauvages, nous a tous fortement révoltés. La colère que nous avons ressentie a sans doute fortement contribué à l'issue de la bataille de la Butte-aux-Français qui s'est déroulée hier. C'est au sommet de ce haut plateau, du côté nord de la rivière Saskatchewan, que le détachement de Winnipeg commandé par le général Strange a trouvé l'ennemi établi dans une forte position. Le général a ordonné au 65ᵉ de descendre dans le ravin qui se trouve au bas du front escarpé du plateau et nous nous sommes élancés au pas de charge. Plusieurs d'entre nous ont été blessés ou mortellement touchés par les balles ennemies. Je ne vous cacherai pas que cette avancée dans le marais fut un moment des plus éprouvants pour tous les soldats. Ces marais se sont avérés infranchissables et les munitions ont commencé à manquer. Strange a ordonné la retraite et le retour au camp s'est effectué en bon ordre. Ce n'est que le lendemain que nous avons appris par des éclaireurs que la bande de Gros-Ours avait abandonné sa position. Malgré la joie que nous avons ressentie à cette nouvelle, nous sommes tous conscients que Gros-Ours s'est échappé et que nous devrons nous lancer à sa poursuite. Et cette seule idée suffit à me décourager.

J'ose vous confier qu'il me tarde de revenir au pays. Comme la majorité d'entre nous sans doute. Et pourtant, je dois admettre que je suis séduit par le Nord-Ouest. J'aimerais que vous puissiez voir de vos propres yeux le paysage qui m'entoure. Tout ici a un parfum de nouveauté et de pureté. Les grandes plaines couvertes d'herbes encore à peine foulées par le pied humain, l'odeur des herbes transportée par le vent, le ciel et la terre à perte de vue, me donne l'impression que les rêves les plus improbables peuvent ici devenir réalité. Vous serez sans doute étonnée d'apprendre que j'envie les colons qui ont émigré dans ces contrées lointaines et qui ont la possibilité de tout recommencer à neuf. Ce sentiment de liberté qui m'habite a au moins l'avantage de rendre moins pénibles les privations que nous devons endurer et la cruauté dont nous sommes témoins.

Je m'en voudrais de terminer cette lettre sans vous rassurer sur l'état de santé de notre ami Eugène. Vous avez sans doute été informée par sa famille du déplorable accident dont il a été victime. Il a fait preuve d'une réelle témérité en voulant prêter main-forte aux conducteurs d'un chariot qui tentaient de maîtriser leurs chevaux. Les bêtes se sont emballées au moment de traverser à gué la rivière Vermillon et le chariot s'est renversé sur lui. Il a été blessé à la jambe, mais il devrait s'en remettre sans trop de mal. Soyez donc rassurée sur son état de santé de même que sur le mien et celui de Georges, qui se trouve près de moi, et qui vous transmet ses salutations respectueuses.

Recevez l'assurance de l'amitié que je vous porte toujours.

Victor Desmarais

Amélia n'avait pas su quoi penser de la dernière lettre de Victor. Pour la première fois, il y exprimait son découragement mais aussi son enthousiasme à l'égard d'événements qui, dans ses lettres précédentes, ne semblaient pas l'émouvoir. Elle fut étonnée de constater qu'elle n'arrivait pas à éprouver la moindre compassion pour Victor, ni même de soulagement pour la famille Prévost. L'angoisse insoutenable qui lui comprimait la poitrine était tout ce qui lui importait. Elle n'arrivait pas à penser à autre chose. Et elle y pensait toujours pendant la grand-messe de dix heures, à laquelle elle avait assisté en compagnie de son père et de ses sœurs. L'église Notre-Dame était remplie à craquer et il y régnait une chaleur moite et oppressante. Amélia était bien passée près de s'évanouir. La pluie qui tombait depuis le matin avait forcé les autorités à retarder le départ de la procession de la Fête-Dieu et Édouard, peu disposé à retourner à la maison, avait laissé ses filles libres de leur temps pendant qu'il allait occuper le sien dans un bar de la rue Craig.

Amélia aurait pu aller se promener avec Sophie, mais l'envie lui avait manqué. Elle ne tenait pas à être trempée et n'avait de toute façon pas le cœur à ça. Même la perspective de devoir assister à la procession la rebutait. Entourée de centaines de personnes, obligée d'endurer la proximité des autres corps, des odeurs de sueur et de misère…

Finalement, les trois sœurs s'étaient mises à l'abri sous l'auvent d'un café de la rue Notre-Dame et avaient patienté en attendant que le temps s'éclaircisse. Marie-Louise s'efforçait à la fois de se protéger de la pluie et d'éviter tout contact avec le mur souillé. Amélia s'y adossa sans hésiter. Indifférente à ce qui l'entourait, glacée malgré la chaleur humide qui lui collait les vêtements à la peau, elle s'était mise à fixer d'un regard vide les façades des bâtiments situés de l'autre côté de la rue. L'eau dégouttait des enseignes des magasins et des corniches jusque sur les trottoirs pavés.

Vers midi, les nuages se dissipèrent enfin pour faire place à un soleil éclatant. Sophie et Amélia laissèrent leur sœur cadette à l'église Notre-Dame, où elle se joindrait au défilé. La longue procession se mit en marche au rythme des cloches qui sonnaient à toute volée et des chants entonnés par la foule exaltée, massée le long des rues. L'itinéraire prévoyait de remonter les rues Saint-Jacques, McGill, Sainte-Radegonde et De La Gauchetière jusqu'au reposoir de l'église Saint-Patrick, puis reviendrait à l'église Notre-Dame en suivant les rues Saint-Alexandre, Dorchester, Bleury, Sainte-Catherine, Saint-Laurent et Craig. Leur père ayant choisi de se poster vers la fin du parcours, Amélia et Sophie pouvaient prendre leur temps pour l'y rejoindre.

Elles remontèrent la rue Notre-Dame d'un pas mesuré, s'éloignant peu à peu du brouhaha occasionné par l'effervescence populaire. Les échos des chants, de la musique, des roulements de tambours et des récitations psalmodiées leur parvenaient de moins en moins distinctement tandis que la procession progressait vers l'ouest. Amélia savoura ce court instant de répit en rendant grâce à la réserve naturellement silencieuse de sa sœur aînée.

Amélia et Sophie longèrent le Cathedral Block*, dépassèrent le magasin de meubles Labelle et s'arrêtèrent devant le *dry goods* de Thomas Mussen à l'intersection des rues Notre-Dame et Saint-Lambert**. Une voiture passa tout près des deux jeunes femmes, éclaboussant légèrement le bas de la jupe de Sophie.

* À l'époque, appellation familière de l'ensemble de huit immeubles érigés sur l'ancien site de la cathédrale anglicane Christ Church, incendiée en 1856.

** La portion de l'actuelle rue Saint-Laurent s'étendant entre les rues Notre-Dame et Craig (l'actuelle rue Saint-Antoine) s'appelait alors rue Saint-Lambert.

C'était là, à cet endroit, que la rue Saint-Lambert arrêtait soudainement sa course, à quelques rues du port, devant les murs de la maison mère de la congrégation Notre-Dame. Il s'agissait d'un long bâtiment de pierres de taille, troué en son centre par une porte cochère surmontée d'un campanile pourvu d'une grande horloge. Des boutiques s'alignaient du côté est de la porte cochère. Par l'ouverture, on pouvait accéder à la propriété des religieuses et au pensionnat, mais Amélia n'y était jamais entrée. La façade de l'église Notre-Dame-de-Pitié, située au centre de la cour intérieure, était visible de la rue Notre-Dame. L'allée dallée qui y menait était bordée par une rangée d'arbres couverts de petits fruits rouges. Dans la niche qui surmontait la porte centrale de l'église, une statue de la Vierge portant l'Enfant Jésus veillait sur la communauté. Au-dessus du fronton triangulaire, le clocher formé de deux lanternes s'étirait le cou par-delà les hauts murs, portant son regard sur la ville qui l'enserrait de toute part.

Une religieuse glissa sans bruit, visage et cornette baissés, et disparut au coin de l'aile du pensionnat.

– Tu viens ? demanda Sophie en pressant légèrement le bras de sa sœur.

Amélia hocha la tête et elles tournèrent le coin de la rue pour remonter Saint-Lambert. Bien que silencieuse, Sophie n'en pensait pas moins. Elle voyait bien à quel point Amélia se torturait depuis la fin de son histoire avec Alexis Thériault. Elle ne s'en était d'abord pas inquiétée outre mesure : sa sœur avait assez de cran pour passer à travers cette épreuve-là. Sophie s'était dit que, comme à son habitude, Amélia rongerait son frein pendant un moment puis qu'elle passerait vite à autre chose. Mais son état semblait plutôt s'aggraver. Après les yeux rougis et les sautes d'humeur des premières semaines, Amélia s'était murée dans un silence hostile. Sophie se sentait impuissante devant la souffrance de sa sœur. Malgré toute sa bonne volonté, elle avait quasi abandonné l'espoir de pouvoir ouvrir une brèche dans les remparts qu'Amélia avait érigés autour d'elle. Il était décidément temps que leur mère revienne. Elle, du moins, saurait quoi faire. Elle savait toujours mieux qu'elle-même comment s'y prendre avec Amélia.

Les spectateurs se firent de plus en plus nombreux et animés à mesure qu'Amélia et Sophie approchaient de la rue Craig. Sur le parcours de la procession, on avait érigé plusieurs grandes arches. Rue Saint-Laurent, entre les rues Sainte-Catherine et Craig, on en comptait trois, composées de verdure, décorées de fleurs et de guirlandes. La dernière, située un peu après la rue Craig, était formée de deux imposantes colonnes tapissées de verdure surmontées chacune d'un drapeau : l'Union Jack britannique et le tricolore vert, blanc et rouge de la société Saint-Jean-Baptiste. Sur le devant de l'arche, une banderole blanche portait l'inscription « *Ecce Panis Angelicus* ».

Amélia et Sophie s'arrêtèrent au coin de la rue, devant la boucherie Meunier. Hommes, femmes et enfants, plantés sur les trottoirs de part et d'autre de la rue, se faisaient signe, se souriaient, échangeaient quelques mots. Sur les perrons, les commerçants à la mine réjouie par ce jour de congé qui leur permettait de souffler un peu observaient avec intérêt la foule qui se pressait sur la rue, tandis qu'aux fenêtres les habitants du coin épiaient les allées et venues des uns et des autres à leur insu. Juchés sur les épaules de leur père, les petits, les yeux tournés vers l'ouest, guettaient l'arrivée du défilé.

– Est-ce que tu vois papa ? demanda Sophie.

Amélia étira le cou, cherchant à apercevoir son père parmi les hommes qui se tenaient de l'autre côté de la rue. « Juste devant l'épicerie », leur avait-il dit. Il s'agissait bien sûr de l'épicerie du père d'Armand Frappier.

– Non. Il y a trop de monde. Comment veux-tu trouver quelqu'un ici ?

– Je ne comprends pas, il avait pourtant dit qu'il serait ici, s'étonna Sophie sans cesser de parcourir la foule des yeux.

On pourrait aller voir chez monsieur Frappier. Qu'en penses-tu ?

Amélia haussa les épaules.

– Vas-y, toi. Je vais rester ici au cas où papa arriverait.

Sophie hocha la tête et traversa la rue d'un pas rapide sans même s'assurer que la voie était libre. Heureusement, ce jour-là, la circulation était interdite dans les rues où circulait la procession. Sophie disparut à l'intérieur de l'épicerie, qui occupait l'angle des rues Craig et Saint-Laurent. Le bâtiment de trois étages avec combles avait été décoré spécialement pour la Fête-Dieu. Au-dessus de la porte était fixée une enseigne en forme de losange. Les lettres blanches tranchaient nettement sur le fond noir : *Frappier & Fils, Dealers in Groceries, Wines and Liquors, n° 513 Craig Street, Montreal P.Q.* La pluie tombée un peu plus tôt avait arraché de nombreuses décorations. Certaines avaient été remises en place, d'autres pas. Sur le mur de façade du commerce de rembourrage Hudon & Painchaud, situé à côté de l'épicerie, un drapeau de l'Union Jack avait légèrement basculé de l'ancrage qui le retenait et pendait mollement au-dessus de la tête des spectateurs. Écœurée par l'odeur fade qui émanait de la boucherie, Amélia réprima un haut-le-cœur, la main pressée contre sa bouche.

À son grand soulagement, Sophie émergea enfin de l'épicerie. Elle était accompagnée d'une femme, un peu courte sur pattes, madame Frappier. Amélia n'arrivait plus à se souvenir de son prénom. Elle portait un tablier blanc qui faisait ressortir son tour de taille honorable et sa poitrine rebondie.

S'approchant de Sophie, elle lui désigna quelque chose en lui glissant quelques mots à l'oreille. Sophie sourit, hocha la tête, gratifia sa future belle-mère d'un léger baiser sur la joue et se tourna en direction d'Amélia. Lorsqu'elle fut certaine qu'Amélia la regardait, elle pointa à son tour le doigt vers quelque chose sur sa droite et fit signe à Amélia de venir la rejoindre.

Édouard les attendait devant la taverne de Thomas Burdette. Il était en compagnie d'Armand Frappier et du père de ce dernier. Amélia fit un signe de la main à Sophie et entreprit de se frayer un chemin jusqu'à la rue. Elle était coincée entre un gros bonhomme malodorant et une vieille femme tout en os lorsque les cris excités des enfants annonçant l'arrivée du défilé se firent entendre par-dessus le brouhaha des conversations. Les parents tournèrent la tête, suivant des yeux les petits doigts pointés vers la rue Saint-Laurent. Les cous s'étirèrent avec curiosité.

– Voilà la procession qui arrive !

– Chut ! Chut, voyons !

À mesure que la procession se rapprochait, les voix se firent de plus en plus murmurantes, les éclats de rire devinrent toussotements. Le cortège arriva enfin, porté par les hymnes et la musique sacrée. Les hommes se découvrirent. Les femmes se signèrent dévotement. L'excitation d'avant était retombée et les enfants se tenaient maintenant tranquilles.

Les différentes paroisses arrivèrent en premier, représentées par leurs sociétés, leurs congrégations et leurs corps organisés qui tenaient bien haut leurs bannières et leurs insignes. Derrière les paroisses Saint-Pierre puis Sainte-Brigide apparut enfin celle de Saint-Jacques : les élèves des frères, d'abord, puis les enfants de Marie Immaculée portant la bannière de la Sainte Vierge.

Immobilisée par la foule qui l'encerclait de toutes parts, Amélia tentait d'apercevoir Marie-Louise parmi les jeunes filles qui participaient au défilé. Elles se ressemblaient toutes avec leurs robes blanches agrémentées d'un large ceinturon de satin bleu pâle, leurs grandes ailes de carton doré et leur chevelure couronnée de fleurs. Des plus petites aux plus grandes, elles arboraient la même expression grave empreinte de fierté et de recueillement. Amélia se rappelait très bien l'époque où, encore enfant, elle faisait elle aussi partie de la procession de la Fête-Dieu. Elle se surprit à observer avec nostalgie la pluie de pétales de roses blanches que les fillettes puisaient dans les paniers d'osier suspendus à leur cou pour les lancer à leurs pieds sur le sol poussiéreux de la rue Craig.

Habituellement, Amélia prenait plaisir à assister à la procession durant laquelle on portait en triomphe le corps du Christ dans les rues de la ville afin qu'il sanctifie et bénisse les rues et les maisons de Montréal. C'était une imposante manifestation où se trouvaient réunies dans un pieux recueillement des personnes de toutes les classes sociales. Plusieurs défilés étaient organisés dans la ville, mais celui qui partait de la basilique était le plus beau.

Malgré toute sa bonne volonté, Amélia ne put repérer Marie-Louise. Elle ne s'en étonna pas : c'était toujours les plus jolies qui étaient placées sur les côtés, bien en vue des passants...

Isolée sur son bout de trottoir, impuissante à aller rejoindre sa famille qui se trouvait de l'autre côté de la rue, Amélia rebroussa chemin. L'air mécontent, les gens qu'elle bousculait lui jetèrent des regards agacés. Elle réussit non sans mal à s'extirper de la foule et alla s'appuyer au mur de la boucherie. Ce ne fut qu'à cet instant qu'elle constata qu'elle tremblait de la tête aux pieds. Elle devait avoir une tête épouvantable. Et impossible de retourner à la maison. Elle devait attendre la fin du défilé, puis refaire encore une fois tout le chemin jusqu'à la basilique pour participer aux ultimes prières. Un léger étourdissement l'obligea à pencher brusquement la tête vers l'avant. Elle ne pouvait tout de même pas perdre connaissance ici, sur le trottoir, et pendant la procession de la Fête-Dieu en plus ! Afin de sauver les apparences, elle simula une entorse et se mit à palper sa cheville droite.

Peu à peu, sa vision s'éclaircit et elle put se redresser. Elle se mit à fixer le défilé en suivant des yeux les bannières qui semblaient flotter au-dessus de la tête des spectateurs. Les dames de la Congrégation de Marie Immaculée, les dames de Sainte-Anne, la Société de Tempérance. Puis ce fut le tour des paroisses Saint-Patrick, Sainte-Anne et Sainte-Marie. Chacune était une réplique de la précédente, chacune comptant plusieurs centaines de participants. La procession avançait si lentement.

La paroisse Notre-Dame, la plus importante de Montréal, amena tout de même de belles surprises. La musique du collège de Montréal et celle de la société de Notre-Dame des Anges créèrent une agréable diversion. La foule se joignit aux chantres et aux musiciens, entonnant avec ferveur l'hymne au Très Saint-Sacrement, le *Pange lingua*. Un chœur formé de milliers de voix, frissonnantes d'émotion, unies pendant un court instant pour chanter les louanges du Seigneur dans un pur élan de ferveur chrétienne. Comment aurait-on pu rendre plus admirable témoignage de foi dans le divin sacrement de l'Eucharistie ? Un peu plus tard, ce serait le tour du *Panis angelicus* et, bien sûr, du *Lauda Sion*, véritable credo du Saint-Sacrement, qui n'était chanté que sur le chemin du retour.

Au moment où apparaissait le dais, sous lequel avançait monseigneur Fabre portant en triomphe le Saint-Sacrement, Amélia eut une sorte d'illumination. La solution à son problème lui apparut de manière si inopinée qu'elle sentit son cœur bondir dans sa poitrine. Elle eut l'impression que Dieu, malgré tout ce qu'elle avait pu en penser, lui envoyait un signe. Juste au moment où Son Corps passait devant elle, porté par l'évêque de Montréal.

Mue par un soudain désir de s'amender, Amélia s'élança vers la foule massée le long du trottoir. Sur la pointe des pieds, elle tenta d'apercevoir le Saint-Sacrement entre les mains de l'évêque. Trop tard, elle ne put distinguer que de dos la petite troupe qui accompagnait le dais : l'évêque, les deux abbés de chaque côté, les quatre notables endimanchés qui tenaient les cordons du dais, les porte-flambeaux et, devant, le clerc en surplis, qui portait la croix de la cathédrale, flanqué de deux servants tenant des cierges allumés.

Amélia se mordit la lèvre de dépit. Elle n'avait pas tellement le choix : il lui faudrait attendre la messe pour dire ses prières. Et cette procession qui n'en finissait pas. Les zouaves pontificaux, les représentants de la magistrature, et là, maintenant, la foule des fidèles, hommes et femmes séparés, qui fermaient la marche.

De façon intermittente, elle réussissait à apercevoir son père et sa sœur parmi la foule. Édouard paraissait de fort belle humeur et Amélia suspecta l'alcool d'en être la cause. Avec le temps qu'il fallait à la procession pour retourner à la basilique, il aurait suffisamment dégrisé pour ne pas se faire remarquer.

Amélia réussit finalement à rejoindre son père et sa sœur, au grand soulagement de celle-ci. Sophie ne put toutefois dissimuler sa surprise devant le soudain empressement d'Amélia de retourner à l'église. Il était presque six heures du soir lorsque tout ce qu'il y avait de sociétés, de congrégations, d'hommes, de femmes et d'enfants, se trouva enfin réuni à Notre-Dame, accompagné par les chœurs vibrants et porté par les vers inspirés du *Lauda Sion* et du *Tantum ergo*.

Les chants, la musique et même l'odeur de l'encens ne réussirent pas à distraire Amélia de la prière qu'elle récitait dans sa tête, enchaînant les mots comme autant de grains de chapelet, en une litanie obsédante. Bercée à la fois par le timide espoir de salut qu'avaient fait naître en elle sa décision d'écrire à Victor Desmarais et les vers du *Te Deum* qui résonnaient dans l'enceinte de Notre-Dame, Amélia sut qu'elle avait commis le plus grand des péchés en voulant s'affranchir de Dieu, en croyant qu'elle pourrait décider de sa vie par elle-même, sans l'aide divine. *Miserere nostri, Domine, miserere nostri…*

Postée dans l'encadrement de la porte, Amélia observait le va-et-vient dans la cuisine. Puis elle bougea enfin et entreprit d'aider ses sœurs à mettre la table. Ils avaient commencé à manger en silence lorsqu'Édouard se frappa tout à coup le front du plat de la main.

– Ah ! J'ai oublié de vous dire. J'ai reçu une lettre de Saint-Norbert aujourd'hui, annonça-t-il en fouillant la poche de sa chemise.

Il en sortit une enveloppe toute chiffonnée.

– Vous ne pouviez pas le dire avant ! s'écria Sophie en tendant la main.

Édouard l'ignora et déposa l'enveloppe sur la table. Il la lissa machinalement pour en enlever les plis.

– Elle est de votre cousine Antoinette.

– Que dit-elle ? demanda Marie-Louise en déposant sa fourchette.

– Oh, pas grand-chose, répondit laconiquement Édouard. Elle nous rassure sur l'état de santé de votre mère et dit que tout le monde va bien, qu'Henri en travaille un coup et que Paul s'ennuie de vous.

– C'est tout ? demanda Amélia.

– Vous savez comment c'est, se contenta de répliquer Édouard. Les histoires de famille, les potins de Saint-Norbert… Vous pourrez la lire quand on aura fini de souper, si vous voulez, ajouta-t-il en se remettant à manger, l'enveloppe posée à côté de sa main comme un mouchoir abandonné.

– Papa ?

Édouard se tourna vers sa plus jeune fille. Elle le regardait avec gravité, attendant qu'il lui fasse signe de poursuivre.

– Oui, Marie-Louise ?

– Est-ce que maman va revenir bientôt ?

– Je ne sais pas, se contenta de répondre évasivement Édouard en continuant de manger. Pourquoi ?

– Oh ! pour rien, répondit-elle en secouant la tête.

Une mèche de cheveux lui tomba devant les yeux, dissimulant l'expression de contentement qui illumina un court instant son mince visage.

Amélia considéra sa jeune sœur avec curiosité. Marie-Louise ne posait jamais de question sans avoir une bonne raison. Elle avait quelque chose derrière la tête, c'était évident. Et leur père était bien sûr trop aveugle pour s'en rendre compte. Sophie n'était pas dupe, elle non plus. Amélia l'interrogea du regard, mais sa sœur se contenta de hausser les épaules en signe d'impuissance. Amélia laissa échapper un soupir et repoussa discrètement son assiette. Rongée par le lourd secret qu'elle s'efforçait de dissimuler à ses proches, elle trouvait les petites cachotteries de Marie-Louise absolument sans conséquence.

Amélia retint les larmes qui lui montaient aux yeux. De chagrin ou de soulagement, elle n'aurait su le dire. Elle avait perdu le bébé. Elle avait été réveillée en pleine nuit par une douleur lancinante dans le ventre. Enfermée dans les cabinets, elle avait attendu que se tarissent d'eux-mêmes les saignements abondants qui avaient suivi. Il y avait deux semaines de cela déjà. Cinq jours avant le retour de sa mère et des garçons à Montréal. Ses prières avaient été exaucées et elle aurait dû en éprouver une reconnaissance infinie. Mais perdre ce bébé, celui d'Alexis, conçu dans l'amour et la confiance, avait ravivé chez elle le cruel souvenir de cette autre perte dont elle avait tant souffert. Elle avait naïvement cru que la blessure s'était refermée, mais les événements venaient de lui prouver le contraire. Au prix d'un grand effort de volonté, elle était parvenue à dissimuler sa fausse couche à son entourage, mais lorsqu'elle se retrouvait seule, elle mesurait la pleine mesure de son chagrin qui n'avait en rien perdu de son intensité.

En cette fin de juin 1885, la vie avait repris son cours habituel. Et elle aurait probablement pu parvenir à reléguer tout au fond de son esprit cet épisode douloureux si cela n'avait été de la honte qu'elle éprouvait pour un acte autrement plus inconséquent qu'elle avait commis deux semaines auparavant. Elle avait fait part de son état à Victor dans une lettre réécrite maintes et maintes fois. Sur le moment, cela lui avait semblé la chose à faire. Mais maintenant, elle se disait qu'elle n'aurait jamais dû la lui poster. Qu'aurait-il pu y faire de toute façon ? Heureusement, elle n'avait reçu aucune réponse de celui-ci.

Depuis leur retour, Mathilde et ses deux fils avaient du mal à reprendre le cours de leur vie. Mathilde, bien que mieux portante, avait le regard absent et Henri faisait la tête. Même Paul semblait grognon. La vie au grand air et les jeux partagés avec les cousins lui manquaient et il ne se passait pas une journée sans qu'il ne demande à sa mère à quel moment il pourrait retourner chez les grands-parents.

À son retour, Mathilde avait été bouleversée, comme tous les Montréalais, d'apprendre la mort de monseigneur Ignace Bourget. Ce grand homme, figure emblématique du catholicisme à Montréal, s'était éteint paisiblement quelques heures après les célébrations de la Fête-Dieu. C'était à lui qu'on devait la recrudescence des manifestations religieuses depuis les dix dernières années. Le vendredi suivant la Fête-Dieu, Édouard et ses filles avaient bien sûr assisté aux funérailles publiques, grandioses, organisées en l'honneur de leur évêque.

Mathilde avait demandé à Sophie de lui raconter dans le moindre détail le déroulement de la messe du Requiem. À l'évocation du chœur de sept cents voix qui avaient empli la cathédrale de ses louanges, Mathilde n'avait pu retenir quelques larmes.

Amélia soupira et se replongea dans la lecture du roman que lui avait prêté Lisie en dépit du fait qu'elle commençait décidément à trouver les amours vertueuses et dévotes d'Angéline de Montbrun* particulièrement insipides.

– Voulez-vous entendre ce qu'ils disent des troupes du 65e dans *La Minerve* ? lança Édouard en baissant son journal.

Tous les yeux se tournèrent vers lui. Amélia rougit et se contenta de hocher la tête d'un air grave.

– Oui, papa, que disent-ils ? demanda Henri.

Il se mit derrière son père et tenta de lire par-dessus son épaule.

– Veux-tu bien aller t'asseoir, mon grand écornifleux ! le taquina Édouard en posant le journal contre sa poitrine pour en dissimuler le contenu.

Vexé, Henri retourna s'asseoir près de sa mère.

– Bon, êtes-vous prêts ? demanda Édouard en savourant ce court moment où toute sa famille était suspendue à ses lèvres.

– Lis-nous ça pour voir, dit Mathilde.

Édouard plongea le nez dans le journal. Laborieusement, il commença sa lecture. Il lut tout d'une traite, se contentant d'insister sur certains mots qu'il trouvait particulièrement importants.

> Toronto, 30 juin – Fort Pitt, 29 – L'infanterie légère de Winnipeg et le 65e bataillon sont arrivés, ce matin, de la rivière aux Castors. Le 65e a fait 33 milles en un jour. Le vapeur *Baroness* est parti, cette après-midi, pour Edmonton où il prendra les détachements de troupes échelonnées le long de la rivière et à son retour, dans quatre ou cinq jours, toute la brigade partira pour revenir à ses foyers.

* Héroïne à la conscience tourmentée de l'œuvre littéraire *Angéline de Montbrun*, écrite par Laure Conan et publiée à Québec en 1884.

Winnipeg, 30 juin – On ne saurait parler avec trop d'éloges de l'infanterie de Winnipeg et des deux compagnies du 65e pour le courage dont elles ont fait preuve dans la longue marche de Calgary à la rivière aux Castors. Les soldats ont fait 800 milles à pied sans murmurer et sans même avoir les rations ordinaires. Ils sont tous brûlés par le soleil et noirs comme des Sauvages mais toujours de bonne humeur.

Le 65e surtout mérite les plus grands éloges. Ce qu'on a écrit de mal sur son compte est aussi faux qu'injuste. Depuis sept semaines, je suis la colonie de Strange et je dois dire des soldats de Montréal qu'ils sont braves et courageux et ont enduré les fatigues avec une patience rare*.

Édouard baissa le journal, qu'il se fit presque aussitôt arracher des mains par Henri. Le garçon s'assit à table avec son butin et se mit à lire en silence, l'air absorbé.

– Eh bien, que dites-vous de ça? demanda Édouard en souriant avec contentement. On dirait bien que cette histoire de guerre est sur ses derniers milles.

Dans quatre ou cinq jours. C'était tout ce qu'Amélia avait retenu de la lecture que leur avait fait son père. Combien de temps durerait le voyage? Sans doute pas plus de deux semaines…

– Pauvres garçons, ne put s'empêcher de dire Mathilde en secouant la tête d'un air navré. Ils ont dû bien souffrir de toutes ces privations-là.

* Extrait tiré de *La Minerve*, 1er juillet 1885.

– Imaginez donc, huit cents milles à pied ! C'est quelque chose quand même. Il faut du courage pour tenir le coup, ajouta Édouard avec sérieux.

Et cela expliquait bien des choses, se dit Amélia. Comment Victor aurait-il pu trouver le temps de lui écrire dans de telles conditions ?

– Et toi, Amélia, qu'en penses-tu ? demanda Mathilde en se tournant vers sa fille.

– Je suis plutôt rassurée… comme tout le monde, répondit Amélia.

– C'est ton amie Lisie qui sera contente, ajouta Sophie. Est-ce qu'elle a eu d'autres nouvelles de son frère ?

– Pas de récentes. J'imagine qu'il doit revenir bientôt, lui aussi. Comme son fiancé. Je vais en entendre parler demain matin.

Depuis que les Prévost avaient appris qu'Eugène se remettait d'une blessure à la jambe et qu'il ne fallait pas qu'ils s'inquiètent pour lui, Lisie avait retrouvé sa bonne humeur. Elle ne tarissait plus d'éloges sur le courage de son frère blessé au combat.

– Ça dit aussi que d'autres malades de la picote ont été trouvés dans Saint-Jean-Baptiste. Ils les ont envoyés à l'hôpital des varioleux, annonça Henri sans lever les yeux du journal. Ah ! et là, ça parle des remèdes qui seraient, paraît-il, plutôt efficaces. Une once de crème de tartre dans seize onces d'eau…

– C'est assez pour ce soir, l'interrompit Mathilde.

Édouard surprit un tremblement dans la voix de sa femme. Il ne comprenait pas très bien pourquoi celle-ci se montrait aussi alarmée lorsqu'il était question de la variole, mais il n'en réagit pas moins.

– Vous avez entendu votre mère ? Henri, donne-moi ce journal et va te coucher.

Amélia suivit des yeux son frère qui obtempérait avec mauvaise grâce. Dans quelques jours…, songea-t-elle avec une étrange appréhension.

Chapitre XXII

Le mois de juillet était chaud. Trop chaud. Les nuits étouffantes succédaient aux journées où la chaleur ne donnait quasiment aucun répit aux habitants de Montréal. Les trottoirs de la rue Saint-Christophe étaient envahis jusque tard dans la soirée par des familles incapables de rester plus longtemps enfermées dans des logements où l'air était irrespirable.

Les Lavoie avaient descendu les chaises de la cuisine et les avaient installées devant la porte cochère. Amélia, assise entre sa mère et Berthe Dumas, essuya d'une main lasse la sueur qui coulait sur sa tempe. Elle prêtait une attention distraite à la conversation des deux femmes tout en se disant qu'elle avait bien hâte qu'il pleuve. Marie-Louise, un peu en retrait dans l'ombre de la porte cochère, écoutait elle aussi ce que les adultes racontaient.

– Maman, maman !

Paul arriva au pas de course et trébucha sur le bord du trottoir avant de tomber sur les genoux de sa mère.

– Voyons, calme-toi ! lui dit Mathilde en le remettant sur ses deux pieds

Elle lui essuya le visage d'une main experte et le maintint devant elle en le regardant dans les yeux.

– Tu vois bien que tu es tout essoufflé. Ça n'a pas d'allure de s'énerver comme ça par une telle chaleur.

– Je suis pas essoufflé, la rassura Paul en souriant.

– Qu'est-ce que tu as à t'exciter alors ? lui demanda Mathilde en le soulevant pour l'asseoir sur ses genoux.

– C'est Ernest, répondit-il en pointant le doigt vers un petit garçon à la tignasse noire ébouriffée qui l'attendait de l'autre côté de la rue. Il dit que son père va l'emmener voir le cirque. Dis maman, on va pouvoir y aller aussi ? Dis oui, dis oui !

Mathilde jeta un regard à Amélia et soupira.

– Il faudra que tu demandes à ton père. Mais ne te fais pas trop d'idées.

– Quand est-ce qu'il rentre, papa ?

– Bientôt.

– Il va dire oui, c'est sûr ! s'exclama le petit garçon.

Il courut retrouver son ami en lui criant qu'il irait au cirque comme lui.

– Ces pauvres enfants. Si on pouvait empêcher qu'ils se mettent à rêver à toutes sortes de choses qu'ils ne peuvent avoir, ce serait bien mieux pour eux, dit Mathilde en secouant la tête d'un air navré.

– C'est vrai qu'on parle beaucoup de la venue du Doris Circus. Il paraît qu'il y aura des manèges, un musée de monstres et des animaux féroces, ajouta Amélia.

– Ne me dis pas que tu as envie d'y aller toi aussi ! s'exclama Mathilde.

– Pensez-vous ! Je suis trop vieille pour ça, répondit Amélia d'un air indifférent.

Mathilde et Berthe échangèrent un regard moqueur.

– De toute façon, ce n'est peut-être pas une bonne idée d'aller se mêler à tout le monde qu'il y aura là, avec la picote qui court en ville, ajouta Berthe Dumas en s'éventant d'une main.

– C'est vrai qu'il commence à y avoir pas mal de gens malades. Je ne comprends pas que les médecins nous aient dit que l'épidémie était terminée. Ça m'a tout l'air que c'était juste des mensonges.

– Voyons, Amélia, répondit Mathilde en fronçant les sourcils.

– C'est vrai, s'impatienta la jeune femme. Il y a eu deux nouveaux cas dans la rue Beaudry. Ce n'est quand même pas si loin de chez nous.

– Il paraît que dans Jacques-Cartier*, la voiture noire est passée hier soir, ajouta Berthe en baissant la voix.

La voiture noire, comme les gens l'appelaient, était en fait un corbillard que le service de santé de la ville utilisait comme ambulance pour transporter les malades à l'hôpital.

– La ville oblige les familles à poser une affiche sur leur maison, poursuivit Berthe. C'est écrit « Smallpox-Picotte » dessus. Mais il paraît que plusieurs les arrachent, ce qui fait qu'on ne sait pas trop où il y a des malades.

– Les gens se cachent pour ne pas qu'on sache qu'ils sont malades. Je les comprends un peu. Voir du monde débarquer chez vous pour tout désinfecter, ça ne doit pas être bien plaisant. Surtout avec les voisins qui regardent et qui ne doivent pas se gêner pour jaser, ajouta Mathilde.

– En tout cas, moi, je vous le dis, si je vois quelqu'un dans la rue avec des boutons sur le visage, je ne me gênerai pas pour dénoncer.

– Madame Dumas ! Ce n'est pas très chrétien de penser ainsi, répondit Mathilde en se tournant vers sa voisine qui transpirait de plus en plus.

– Ça ne fait rien. Je n'ai pas envie d'attraper cette maladie-là. Et je ne voudrais pas que ça arrive chez vous non plus, ajouta-t-elle, radoucie.

– Mon mari dit qu'on s'en fait pour rien, dit Mathilde pour clore la discussion. Selon lui, quelques cas ici et là, ce n'est pas la fin du monde.

Berthe Dumas hocha vigoureusement la tête et soupira. Dieu qu'il faisait chaud.

* Aujourd'hui, rue Saint-Thimothée.

⁂

Le 20 juillet fut un grand jour pour les habitants de Montréal. Leurs valeureux petits gars, les soldats du 65e bataillon, rentraient à la maison. Le soleil brillait dans un ciel sans nuage, la ville était superbement décorée, les drapeaux flottaient sur tous les édifices et la foule s'était déplacée nombreuse pour accueillir ses héros. Plusieurs entreprises de la ville avaient donné congé à leurs employés le temps que durerait l'accueil à la gare et la buanderie Blackburn faisait partie du lot.

Fébriles, Amélia et Lisie s'étaient lentement dirigées vers la gare en se frayant un chemin dans la foule. Lisie avait apporté avec elle des vêtements de rechange qu'elle s'était empressée d'enfiler en se dissimulant derrière le corps de Blanche qui lui faisait parfaitement écran. Un chapeau gris orné de plumes était posé un peu de travers sur sa tête. Elle resplendissait de bonheur.

Amélia était un peu plus réservée. Elle était contente que Victor revienne enfin mais, en même temps, elle appréhendait de le revoir. Elle n'avait plus eu de ses nouvelles depuis un bon moment et craignait par-dessus tout que sa lettre fut la cause de ce silence. Elle avait bien essayé de se convaincre qu'il ne l'avait sans doute pas reçue, que cette lettre s'était perdue quelque part dans la prairie ou au fond d'un marécage, mais elle n'y était pas vraiment parvenue. S'il devait lui apprendre qu'il avait bien reçu sa lettre, elle en mourrait de honte.

– Amélia, arrête de lambiner, on va arriver en retard à ce rythme-là, lui lança Lisie.

Heureusement, Lisie, toute à sa joie, ne se rendait compte de rien. Amélia inspira profondément et hâta le pas pour rejoindre son amie.

Une foule considérable était massée sur le quai de la gare. Des hommes, des femmes, des enfants. Tous les regards étaient tournés vers l'horizon, guettant l'arrivée imminente du train. Les gens chantaient et poussaient à chaque instant un cri qui gonflait toutes les poitrines: «Vive le 65e!»

À dix heures, le train entra en gare. La foule se pressa et se rua en avant, escaladant les wagons, cherchant à faire sortir les soldats en les tirant par les bras. La police dut intervenir et les soldats purent enfin descendre des wagons. Les hommes se découvraient, les femmes pleuraient. Tous cherchaient parmi ces hommes à la peau brûlée par le soleil, aux uniformes en lambeaux, aux chaussures trouées, à la barbe et aux cheveux hirsutes, le père, le frère, le fils ou l'époux pour lequel ils avaient tant prié.

Amélia étira le cou, cherchant à repérer un visage connu parmi cette masse de corps amaigris. Lisie lui serrait le bras si fort qu'elle lui faisait mal.

– Élisabeth!

Les deux jeunes femmes tournèrent la tête en même temps. Isidore Prévost se tenait à quelques pas d'elles, soutenant sa femme en larmes.

– Amélia, c'est papa et maman. Allez, viens!

Alors qu'Amélia emboîtait le pas à son amie elle aperçut Eugène dans la foule. Appuyé sur une canne mais mieux vêtu que ses compagnons, il se dirigeait lentement vers sa famille. Amélia s'arrêta net. Elle observa à distance les retrouvailles émues de la famille Prévost maintenant réunie.

Elle rebroussa chemin. Ce ne fut que lorsqu'un officier dont elle ne connaissait pas le nom commença à parler, criant presque pour se faire entendre par-dessus le grondement de la foule, qu'elle comprit que les retrouvailles des familles avaient pris fin.

«...viennent vous souhaiter la bienvenue, et vous exprimer en même temps leur admiration pour le courage, l'énergie et les qualités essentiellement militaires dont vous avez donné tant de preuves dans la guerre du Nord-Ouest.

Tous avez mérité la reconnaissance du pays entier, en contribuant dans une large part à faire respecter la loi et à rétablir l'ordre troublé. Nous n'ignorons pas que ce n'a été qu'au prix de grands sacrifices personnels, de privations de toutes sortes, de marches longues et pénibles, et même au prix de votre sang que vous avez assuré la tranquillité du pays… »

Tous les vétérans du 65e, maintenant en rangées sur le quai, écoutaient avec plus ou moins d'attention les éloges qui leur étaient faits.

« …Vous avez montré sur le champ de bataille le sang-froid, la valeur, qui distinguent de vieux soldats aguerris. Les annales conserveront le souvenir des travaux accomplis et des succès remportés par le 65e bataillon Carabiniers Mont-Royaux.

« Vous avez attaché un tel prestige au bataillon que l'honneur d'y appartenir rejaillit sur ceux qui y ont appartenu, et nous, vos amis, vos anciens compagnons d'armes, pouvons dire avec orgueil : "Nous avons été au 65e."

« Vous avez fait honneur à votre race ! Vous êtes les bienvenus. Puissiez-vous trouver dans le sein de vos familles le repos que vous avez si bien mérité. Salut, honneur, reconnaissance au 65e* ! »

Ces paroles furent reçues par des hourras et des « Vive le 65e ! ». Puis les commandements se firent entendre et soldats et officiers se mirent en marche, accompagnés par la musique du régiment.

* Allocution prononcée par le capitaine DesRivières, président du comité de réception, lors de l'arrivée du 65e bataillon à la gare Dalhousie, le 20 juillet 1885.

Tandis que les habitants de la ville s'égayaient de par les rues, suivant ou précédant le défilé qui devait se rendre à l'hôtel de ville puis à la basilique Notre-Dame, Amélia prit conscience du fait qu'elle se retrouvait presque seule sur le quai de la gare.

Il n'y avait aucune trace de Victor. Amélia regarda autour d'elle, espérant sans trop y croire qu'il se tiendrait là sur le quai, silencieux comme à son habitude, occupé à la regarder d'un air indifférent. Mais bien vite elle dut se faire une raison. Soit il s'était joint au défilé avec ses compagnons sans qu'elle ait pu l'apercevoir, soit il n'était jamais descendu du train. Elle sentit un frisson lui parcourir l'échine malgré la chaleur ambiante. Où était-il ? Il ne pouvait pas être mort à la guerre. Elle l'aurait su par les journaux. Elle n'en avait pas manqué un depuis les dernières semaines en s'attendant chaque jour à y lire le nom de Victor.

Amélia avait prévu d'assister au feu d'artifice qui devait avoir lieu au Champ-de-Mars, plus tard dans la soirée, mais là, elle n'en voyait plus l'utilité.

Elle rentra chez elle, indifférente aux cris de la foule qui accompagnaient la marche de ces pauvres diables épuisés et affamés. Elle ne vit pas certains d'entre eux s'effondrer, victimes d'un coup de chaleur. Pas plus qu'elle n'assista à la débandade de la fin du défilé alors que les soldats abandonnaient tout semblant de discipline pour se disperser par petits groupes dans la ville.

Le 3 août, Montréal apprendrait que Louis Riel avait été reconnu coupable et condamné à être pendu. L'affaire Riel exacerbait toujours les passions. Francophone et catholique, Riel servait malgré lui la cause des extrémistes canadiens anglais. Ce traître était bien à l'image du Québec, accusé par ceux-ci d'être déloyal envers l'Angleterre, de profiter de l'aide financière de l'État et d'être un frein au progrès. Quelques jours plus tard, des Canadiens français en colère réclameraient la clémence pour Riel en manifestant sur le Champ-de-Mars. Deux jours après le retour de Victor à Montréal.

Victor était revenu sans crier gare, alors qu'elle ne l'espérait plus. Il était venu l'attendre à la sortie de la buanderie et l'avait suivie jusqu'à ce qu'elle soit enfin seule.

Amélia n'avait pu retenir un cri lorsqu'il avait prononcé son nom. Elle s'était retournée et l'avait trouvé là, devant elle. Il était tel que dans son souvenir. Plus bronzé et amaigri, mais toujours aussi distingué.

Elle s'était retrouvée assise près de lui sur un banc du parc Viger. Il avait plu dans la journée et des flaques d'eau miroitaient sous le soleil de la fin de l'après-midi.

– Allez-vous dire quelque chose, enfin ? s'impatienta Victor en haussant les sourcils.

Amélia tourna la tête vers le jeune homme.

– Pardonnez-moi, c'est la surprise sans doute, dit-elle sèchement.

– Je vous dois des excuses, je l'admets.

– Je ne vous le fais pas dire ! ne put-elle s'empêcher de répondre.

– Ah, je vois que vous êtes telle que je vous ai laissée !

– Mais pour qui vous prenez-vous, Victor Desmarais ! s'écria Amélia en lui décochant un regard noir. Vous me laissez sans nouvelles pendant des semaines et vous croyez que je vais sauter de joie en vous revoyant !

– Ne me dites pas que vous vous êtes fait du mauvais sang pour moi...

– Mais qu'est-ce que vous croyez ! Vous auriez pu être mort !

– Quelle délicatesse...

Amélia se leva d'un coup et s'éloigna de quelques pas. Victor la rattrapa sans peine et vint se placer devant elle. La jeune femme s'arrêta et le foudroya du regard.

– Je vois que nous sommes mal partis… encore une fois. Je ne suis pas revenu pour vous tourmenter, Amélia. Croyez-moi.

– Je veux bien vous croire, mais vos manières n'aident pas.

– Vous avez raison. Je m'y prends bien mal.

– Je dois rentrer maintenant. Je suis enchantée de vous savoir bien portant et tout aussi habile à me rendre la vie impossible.

– C'est ce que vous pensez de moi ? s'étonna Victor, l'air sincèrement surpris. Si vous saviez pourtant comme je ne veux que votre bien.

– Mon bien ? En quoi cela vous concerne-t-il, voulez-vous bien me dire ? demanda Amélia qui commençait à s'impatienter.

– Mais je croyais…, enfin, après la lettre que vous m'avez écrite…

Amélia ouvrit grand les yeux.

– Je dois vous avouer que j'ai d'abord été choqué par ce que vous m'avez annoncé, continuait Victor sans la quitter des yeux. Mais j'ai eu tout le temps de réfléchir et j'ai pensé que, peut-être, vous pourriez considérer la demande que je m'apprête à vous faire.

– Une demande ? réussit à articuler Amélia d'une voix faible.

– Je veux vous demander de m'épouser. N'est-ce pas ce que vous aviez en tête lorsque vous m'avez appris votre… état ?

Amélia sentit la tête lui tourner. Est-ce cela qu'elle avait souhaité ? Non, pas vraiment. Plus maintenant. Et là, au milieu du parc, il lui demandait sa main. Tout allait de travers.

– Et bien… je… non, je n'ai jamais pensé à ça. De quel droit aurais-je pu vous suggérer une telle chose ? Un homme de votre condition, répondit Amélia en pressant une main tremblante sur son front moite.

– Ma condition n'a rien à y voir. Je vous fais une demande. Libre à vous de l'accepter.

Elle le dévisagea un instant sans rien dire. Il était sérieux. Comment cela se pouvait-il ? Elle devait refuser. Surtout maintenant, alors que la situation avait changé.

– Alors ?

– Mais je ne peux pas vous répondre comme ça ! C'est trop… trop… inattendu, lâcha Amélia en rougissant malgré elle.

– Eh bien, pensez-y.

Amélia ne pouvait dire oui. Mais en même temps, elle ne pouvait pas le rejeter comme ça, après tout ce qu'il avait fait pour elle.

– Je vais y réfléchir… Donnez-moi quelques jours.

Victor hocha la tête en signe d'acquiescement. Puis il saisit la main d'Amélia dans la sienne et l'effleura d'un léger baiser. La jeune femme rougit violemment et se mordit la lèvre inférieure. Troublée, elle hésita un instant avant de retirer sa main.

Il la regarda s'éloigner tout en lissant sa moustache d'un doigt distrait. Il l'avait surprise, mais l'épouser lui semblait toujours la meilleure chose à faire. Il pouvait sans peine s'imaginer passant sa vie à ses côtés. Et ce, malgré tout ce qu'on pourrait lui dire pour le convaincre du contraire.

Amélia arriva chez elle en proie à la plus grande des confusions. Si elle avait eu toute sa tête, elle aurait avoué à Victor qu'elle avait perdu l'enfant et aurait répondu négativement à sa demande. Mais elle était restée étrangement muette. Comment allait-elle bien pouvoir se sortir de ce mauvais pas ? Partagée entre la volonté de faire preuve d'honnêteté à l'égard de Victor et la possibilité qui s'offrait à elle, elle devait bien se l'avouer, de s'élever au-dessus de sa condition, elle se trouvait dans une impasse. Et cette fois-ci, elle ne s'en sortirait pas sans avouer la vérité.

⁂

– Amélia, tu ne penses pas qu'il serait temps de me dire ce qui te tourmente depuis un bout ? Et un bon bout à part de ça.

Cet instant, Amélia l'avait redouté et repoussé autant qu'elle avait pu. Elle leva les yeux vers sa mère et fondit brusquement en larmes.

– Voyons, que se passe-t-il ? demanda Mathilde en se levant pour prendre sa fille dans ses bras.

Bien qu'alarmée par les sanglots d'Amélia, Mathilde se réjouit de voir enfin la carapace de sa fille voler en éclats. Dieu avait entendu ses prières.

– Maman, si vous saviez ! hoqueta Amélia en essuyant d'un geste brusque les larmes qui lui brouillaient la vue.

À regret, elle s'écarta de sa mère et lui tourna le dos. Les mains crispées sur la balustrade du balcon, elle prit le temps de respirer à fond afin de retrouver son calme.

La cour était pleine de soleil. C'était quand même étrange tout ce soleil, se dit Amélia, alors qu'elle-même se sentait si triste. Mathilde s'était rassise et attendait en silence les confidences de sa fille. Édouard et les enfants avaient été prévenus : ils faisaient mieux de ne pas pointer le bout de leur nez sur le balcon ou dans la cour avant qu'elle ne le leur en ait donné l'autorisation.

– Quand vous étiez à Saint-Norbert, avec Paul et Henri, commença lentement Amélia, il est arrivé quelque chose… Vous vous rappelez d'Alexis Thériault ?

– Bien sûr, Amélia, continue, l'encouragea doucement Mathilde.

– Eh bien, avant notre rupture, on a eu un… un moment d'intimité. Je n'aurais pas dû, je sais bien ! s'écria Amélia en se remettant à sangloter.

Mathilde regardait les larmes couler sur le visage de sa fille. Comme elle avait changé. C'était une femme maintenant. Comment avait-elle pu être aussi aveugle ? Elle s'était inquiétée de la voir se replier sur elle-même, mais sans chercher à en savoir plus. Si elle l'avait surveillée un peu plus et si elle avait tenté de la raisonner alors qu'il était encore temps, peut-être aurait-elle pu lui éviter le déshonneur. Sa petite fille. Elle aurait voulu pouvoir la consoler, la rassurer, lui dire que les choses s'arrangeraient, mais elle ne le pouvait pas. Amélia était devenue une adulte et son devoir était de lui faire comprendre qu'elle devait agir comme telle. Elle avait toujours pensé que ses enfants, ses filles surtout, étaient dignes de confiance. Elle avait fait de son mieux pour les élever dans le respect des bonnes valeurs chrétiennes, afin d'en faire des femmes honnêtes et vertueuses. Où avait-elle failli avec Amélia ? Car la faute lui en incombait, incontestablement. Elle était sa mère.

Mathilde expira bruyamment et tourna le dos à Amélia. Elle se devait maintenant d'arranger les choses.

– Ce qui est fait est fait, articula-t-elle péniblement.

Amélia baissa les yeux.

– C'est qu'il y a autre chose, ajouta-t-elle à regret.

– Tu ne vas pas me dire que… Sainte Mère de Dieu ! Tu es en… famille, s'écria Mathilde en chuchotant le dernier mot.

Elle porta la main à sa poitrine en espérant ainsi calmer les battements de son cœur.

– Non, non. Ne vous en faites pas pour ça, se dépêcha d'ajouter Amélia. Le bon Dieu en a décidé autrement…

– Ne mêle pas Dieu à ça, ma fille, l'interrompit Mathilde d'un ton sec. Bon. Si c'est arrangé, c'est tant mieux. Tu imagines ce qui serait arrivé ?

– Je n'ai pensé qu'à ça pendant des semaines… Mais là, j'ai un autre problème, reprit Amélia.

Mathilde soupira.

– C'est Victor Desmarais. Il m'a demandé de l'épouser, lâcha Amélia d'un seul trait.

– Quoi ? Ne me dis pas que tu as mêlé ce jeune homme comme il faut à tes histoires !

– Quand vous étiez à Saint-Norbert, je lui ai écrit... je ne savais plus quoi faire. J'étais toute seule et j'avais ce... problème à régler. Je lui ai tout avoué.

– Mais veux-tu bien me dire à quoi tu as pensé ! J'aurais dû rester ici aussi. Je l'avais bien dit à ton père que ce n'était pas une bonne idée de vous laisser seules avec lui. Et ton monsieur Thériault ?

– Ce n'est pas la peine d'en parler, marmonna Amélia en essuyant ses joues mouillées de larmes. Il est parti pour de bon.

– Après t'avoir déshonorée comme une fille à tout le monde ?

– Maman !

Sa mère ne s'était jamais exprimée de façon aussi brutale et cela troubla profondément la jeune femme. Elle se surprit à penser que, sans doute, celle-ci avait maintenant cessé de l'aimer. Le visage de Mathilde avait pris une expression sévère tandis qu'elle réfléchissait aux solutions qui s'offraient à elles.

– Eh bien tu vas l'épouser. C'est tout.

Amélia considéra sa mère avec surprise.

– Qui ça ? demanda-t-elle en ne sachant plus quoi penser.

– Victor Desmarais.

– Mais maman, je ne peux pas, gémit Amélia. C'est sûr qu'il ne voudra plus de moi lorsqu'il apprendra la vérité.

– Qui sait ? S'il t'a fait sa demande, c'est parce qu'il doit au moins éprouver quelque sentiment pour toi.

– Mais je ne l'aime pas, moi. Enfin, pas comme on aime son mari...

– Et alors, qu'est-ce que ça peut faire ? Il me semble que tu as dépassé depuis longtemps l'âge de te raconter des histoires.

C'est un bon parti. Il vient d'une famille en vue, respectable. Il est bien élevé, instruit, vaillant et en plus, il a le cœur à la bonne place. Des hommes comme lui, ça ne court pas les rues. Tu sais que je ne veux que ton bien, Amélia, et ce qui t'arrive me chagrine beaucoup. Cette demande que t'a faite monsieur Desmarais est un vrai cadeau du ciel. Tu devrais lui en être reconnaissante au lieu de te plaindre.

Sans accorder le moindre regard à Amélia, Mathilde ouvrit la porte et disparut à l'intérieur du logement, laissant Amélia plantée là, seule avec son désarroi.

⁂

Édouard était sous le choc. La nouvelle que venait tout juste de lui annoncer Mathilde le laissait sans voix.

– Ce n'est pas possible, marmonna-t-il en s'asseyant sur le bord du lit.

– Bien sûr que oui. Qu'est-ce que tu penses ? Amélia est devenue une femme.

– Je le sais bien. Mais il me semble qu'on aurait vu quelque chose… Je suis resté seul avec les filles pendant un gros mois.

– Justement. Je n'étais pas là, c'est ça le problème. Édouard, qu'est-ce que tu connais aux jeunes filles ? Penses-tu qu'Amélia serait venue te confier ses secrets ? rétorqua Mathilde.

– Pas à moi, c'est sûr. Mais Sophie était là.

– Il y a des choses qu'on ne peut dire à personne. Sauf à une mère. J'aurais dû rester ici.

– Tu ne vas pas commencer à te faire des reproches, dit Édouard en se retournant vers sa femme qui s'était allongée tout habillée par-dessus les couvertures.

Mathilde fixait le plafond, les larmes aux yeux.

– Je n'arrive pas à y croire, ajouta-t-il en prenant peu à peu conscience de ce que cette révélation impliquait pour eux. Veux-tu bien me dire ce qu'on a fait pour mériter ça ?

– Si je le savais…

– Ciboire ! jura Édouard en frappant brutalement le dessus de la commode de son poing fermé.

Mathilde ouvrit machinalement la bouche pour le réprimander de son blasphème, mais elle y renonça.

– En tout cas, il va falloir la marier, et vite, avant que Victor Desmarais change d'idée.

– Il est sérieux, tu penses ? demanda Édouard. Je trouve quand même étrange qu'un homme de son rang veuille marier notre fille.

– Qu'est-ce qu'on en sait ? Il l'aime peut-être pour vrai.

Édouard hocha la tête en guise de réponse.

– C'est certain que ça pourrait être pire, reprit Mathilde. Mais j'ai peur qu'elle ne veuille pas l'épouser.

Édouard s'allongea près de Mathilde et lui prit la main. Elle était froide et moite malgré la chaleur qui régnait dans la chambre.

– Elle serait bien folle de refuser une offre comme celle-là ! murmura-t-il.

Mathilde soupira et tourna la tête vers Édouard.

– Je ne peux pas dire que je suis d'accord avec ce mariage-là. Mais tu as raison, on n'a pas vraiment le choix.

– Pourquoi dis-tu ça ? demanda Édouard, sincèrement surpris.

– Les mariages d'intérêt, ça tourne toujours mal, surtout quand ils sont dépareillés. Les parents ne devraient pas marier leurs enfants sans leur demander leur avis. Surtout qu'Amélia en aime un autre, c'est assez évident, répondit Mathilde en fermant les yeux.

– Est-ce que c'est bien grave qu'elle ne soit pas amoureuse ?

– Non. Elle va apprendre. J'ai essayé de lui faire entendre raison, admit Mathilde.

– Il vaudrait mieux qu'on dorme maintenant, ajouta-t-il après un moment, en se glissant sous les couvertures. Arrête de te tourner les sens avec ça. Maintenant qu'on sait quoi faire, les choses vont s'arranger, conclut-il d'un ton qui se voulait rassurant.

Mathilde ne répondit pas. Édouard avait probablement raison. Mais elle était incapable de penser à autre chose. Sa fille jouait son avenir et elle se sentait totalement impuissante. C'était sans doute ainsi que les choses devaient se passer quand vos enfants devenaient des adultes, se dit-elle.

❧

– Je ne peux pas vous épouser.

Victor se tenait devant Amélia, qui dut rassembler tout son courage afin de soutenir son regard.

– Et puis-je connaître la raison de votre refus ? demanda Victor.

– C'est à cause de… l'enfant, répondit simplement Amélia en baissant les yeux.

Ils se trouvaient tous les deux sur le trottoir, devant la maison. Victor était arrivé chez les Lavoie sans même s'annoncer, impatient de connaître la décision d'Amélia. Alors qu'il s'apprêtait à frapper à la porte, Marie-Louise était arrivée derrière lui. La jeune fille l'avait salué poliment et lui avait simplement dit qu'elle allait avertir sa sœur.

Amélia avait sursauté en apprenant que Victor l'attendait en bas. Elle s'était précipitée dans les escaliers en priant pour que ses parents ne s'aperçoivent de rien.

– Ce n'est pas un problème pour moi. Je croyais que vous l'aviez compris.

– Je… Pardonnez-moi, Victor, mais j'avoue que je ne vous suis pas.

– Je veux que vous deveniez ma femme, Amélia. C'est tout. Qu'y a-t-il à comprendre d'autre? Un homme doit-il avoir des raisons pour demander à la femme qu'il aime de l'épouser?

Il l'aimait! Comment cela se pouvait-il, malgré tout ce qu'il savait d'elle? Une simple ouvrière sans le sou, marquée par le déshonneur en plus.

Victor sourit à Amélia.

– Vous m'aimez? demanda Amélia en rougissant.

– Bien sûr. Vous en doutiez?

– C'est que... avec tout ce qui s'est passé depuis. C'est un peu... surprenant, répondit Amélia.

– Voyons, ne me regardez pas de cette façon! s'exclama Victor en s'approchant pour lui prendre la main. Est-ce que vous ne m'aimez pas aussi un peu? Quand même? Qu'est-ce qui vous empêche d'accepter?

Amélia baissa les yeux et se mit à fixer les mains du jeune homme. La conversation qu'elle avait eue avec sa mère lui revint en mémoire et elle se mit à douter. Elle n'était pas amoureuse de Victor Desmarais, mais c'était un bon parti, ça, elle ne pouvait dire le contraire. Qui voudrait d'elle maintenant, de toute façon? Si elle attendait trop, elle risquait de finir vieille fille. Il y avait peu de temps de cela, cette éventualité lui paraissait parfaitement envisageable, mais son bon sens avait repris le dessus. Comme le lui avait si bien dit Antoinette, aucune femme sensée ne pouvait vouloir devenir vieille fille de son plein gré. Elle leva les yeux vers lui. C'était un bel homme, charmant et distingué. Elle pourrait l'aimer, si elle s'en donnait le temps et la peine. L'éventualité qu'il ne veuille plus d'elle, si elle lui avouait maintenant avoir perdu le bébé, la troubla étrangement. Les mots qu'elle s'apprêtait à prononcer refusèrent de franchir ses lèvres

– Oui, s'entendit-elle répondre.

– Qu'avez-vous dit?

– Je veux bien vous épouser. Si c'est ce que vous voulez.

Victor porta la main d'Amélia à sa bouche et y déposa un baiser. Puis, lentement, il approcha son visage de celui de la jeune femme et posa ses lèvres sur les siennes. Ils s'embrassèrent doucement, presque poliment. La moustache de Victor chatouilla le nez d'Amélia.

– Dans ce cas, je vais dès à présent faire ma demande à votre père, lança Victor en la repoussant gentiment.

– Quoi ? Vous n'y pensez pas ! Ça ne se fait pas d'arriver comme ça à l'improviste pour...

– Pourquoi veux-tu attendre plus longtemps, Amélia ? J'aime mieux la faire maintenant. Au cas où tu voudrais changer d'avis.

Amélia cligna des yeux en entendant Victor la tutoyer, naturellement. Mais après tout, n'allaient-ils pas se marier et vivre le restant de leurs jours ensemble ? Cela autorisait une certaine familiarité. Elle le regarda et prit conscience qu'elle ne pouvait plus faire marche arrière.

– De toute façon, nous devrons faire vite, avant que les choses deviennent trop... apparentes, ajouta Victor en baissant les yeux vers le ventre plat d'Amélia.

Amélia hocha la tête et préféra se taire. Elle se sentait honteuse de ne pas avoir avoué la vérité à Victor, mais elle avait été prise au dépourvu par la rapidité avec laquelle les événements s'étaient déroulés.

L'esprit embrouillé, elle ouvrit machinalement la porte et se retourna pour s'assurer que Victor la suivait tandis qu'elle s'engageait dans l'escalier menant à l'étage.

Lorsqu'elle pénétra dans la cuisine, Victor sur ses talons, elle comprit tout de suite que plusieurs indiscrets les avaient espionnés de la fenêtre du salon. Sa mère affichait une expression soulagée et ses frères et sœurs la dévisageaient avec un sourire qui en disait long sur ce qu'ils avaient pu voir.

Amélia ne sut jamais ce qui s'était dit ce soir-là. Édouard avait invité Victor à passer au salon où ce dernier lui avait fait sa grande demande. Lorsqu'ils revinrent dans la cuisine, une vingtaine de minutes plus tard, Victor semblait un peu désorienté, mais visiblement soulagé.

– On s'est entendu pour le 9 septembre, se contenta d'annoncer Édouard.

– Aussi vite ! s'exclama Sophie malgré elle, les yeux agrandis par la surprise.

Elle jeta un coup d'œil à sa sœur puis à sa mère en cherchant à comprendre. Elle rougit violemment et baissa la tête en prenant conscience qu'une telle hâte ne pouvait s'expliquer que d'une seule façon.

– Asseyez-vous, Victor, s'empressa de dire Mathilde en considérant Amélia d'un air perplexe.

– Merci, madame Lavoie.

Sophie considéra un instant Victor sans rien dire, puis tourna la tête vers Amélia. Elle avait du mal à reprendre contenance. Son père affichait un air absent. Henri et Marie-Louise avaient quant à eux l'impression d'avoir manqué quelque chose d'important. Ils se regardèrent et haussèrent les épaules.

– Victor, parlez-nous un peu de vous, dit Mathilde.

– Qu'aimeriez-vous savoir, madame Lavoie ?

– Bien, parlez-nous de votre famille. Vous devez avoir hâte d'annoncer la nouvelle à vos parents.

– Oui, bien sûr, répondit Victor en s'efforçant de soutenir le regard de Mathilde.

– Et vont-ils venir aux noces, selon vous ?

– Il ne faudrait pas trop compter là-dessus madame Lavoie. Ne le prenez pas mal surtout, s'empressa-t-il d'ajouter. Mon père pourra difficilement s'éloigner de Québec, avec son travail, et ma mère ne viendra certainement pas seule à Montréal, précisa-t-il en haussant négligemment les épaules.

– Vous avez une sœur et un frère plus jeune, je crois ? demanda Mathilde.

– Oui. Julia et François. Peut-être pourront-ils venir. Je ne sais pas.

– En tout cas, on est bien contents que vous soyez revenu du Nord-Ouest sain et sauf, ajouta Mathilde en regardant son mari. N'est-ce pas, Édouard ?

– Quoi ?

Édouard abaissa son journal et lança à sa femme un regard lourd de reproches. Il avait vainement espéré pouvoir s'éviter de participer à cet échange de banalités qu'il considérait comme absolument ridicules. Tout ça pour sauver les apparences. Mais aux yeux de qui, grand Dieu ! À part Henri et Marie-Louise, tout le monde savait ce qui se passait dans la cuisine en ce moment même.

– C'est certain, répondit-il en se tournant vers Victor. Il faudra que vous nous racontiez ça, un moment donné.

Il avait beau ne rien avoir à reprocher à ce garçon, il trouvait tout de même difficile de lui témoigner une affection sincère. Les circonstances qui avaient mené à cette demande en mariage lui étaient trop pénibles.

Victor prit congé tôt. Amélia, comme le reste de la famille, se limita à des salutations polies. En fait, l'ambiance était si tendue que son départ apporta un soulagement évident.

Leur invité parti, Mathilde et ses filles se sentirent plus à l'aise pour discuter des préparatifs de la noce. Ce serait un peu juste, mais elles décidèrent, avec l'approbation d'Édouard, de s'en tenir à une réception toute simple après la cérémonie à l'église.

– Ça nous occasionnera beaucoup d'ouvrage, les filles. Je me demande bien comment on arrivera à compléter un autre coffre en aussi peu de temps, dit Mathilde en se tournant vers sa fille aînée. Amélia pourrait prendre une partie de ton trousseau, Sophie. Comme ton mariage est prévu pour novembre, ça va nous laisser du temps pour finir le tien.

Amélia regarda sa sœur et sentit son cœur se serrer. Sophie avait beau être la personne la plus généreuse qui soit, elle ne pouvait pas lui demander de se sacrifier pour elle.

– Ça n'a pas de sens, protesta Amélia en posant sa main sur celle de sa sœur.

– Mais non, maman a raison. On n'aura qu'à travailler plus vite. Et ça me fait plaisir de te donner une partie de mes affaires, la rassura Sophie. Tu en as mis du temps, toi aussi, sur ce trousseau-là pendant l'hiver. C'est correct que tu en prennes une partie.

Amélia garda le silence et serra un peu plus la main de Sophie qui lui répondit par un sourire embarrassé.

Ce soir-là, Sophie et Amélia se firent des promesses, évoquèrent des souvenirs d'enfance et imaginèrent leur avenir. Sophie pleura, à la fois heureuse pour Amélia et dévastée par ce qui, croyait-elle, arrivait à sa sœur, tout en s'excusant de sa sensiblerie. Amélia eut du mal à se retenir d'avouer à Sophie que ce mariage arrangé ne l'était qu'en partie. Elle ne sut pas non plus quoi répondre lorsque Sophie lui demanda où elle et Victor avaient prévu de s'installer après leur mariage.

Sophie lui avait rappelé que la famille de son fiancé était fortunée et bien en vue et qu'elle aurait une vie merveilleuse. Amélia avait su gré à sa sœur aînée de sa totale absence d'envie, mais elle ne pouvait s'empêcher de craindre quand même un peu cette famille qu'elle ne connaissait pas. Ses beaux-parents seraient-ils capables de l'aimer, eux qui devaient certainement souhaiter pour leur fils une bien meilleure union que celle-là ? Un fils de docteur avec une ouvrière… Lisie en serait verte de jalousie.

Amélia s'endormit avec le sourire aux lèvres. Elle commençait tranquillement à se faire à l'idée de devenir l'épouse de Victor Desmarais, mais elle devait avouer que cette éventualité la déroutait un peu. Les mots prononcés par sa mère avaient fait leur chemin dans son esprit : elle apprendrait à aimer Victor. Après tout, n'était-elle pas tombée amoureuse d'Alexis alors qu'ils étaient de parfaits inconnus l'un pour l'autre ? Mais il y avait aussi ce mensonge sur l'enfant qu'elle avait perdu qui revenait sans cesse à son esprit. Elle s'était mise dans une situation difficile en dissimulant la vérité à Victor et, maintenant, elle ne savait plus trop comment s'en sortir.

Montréal, 11 août 1885

Ma très chère Antoinette,

Sans doute la nouvelle que je m'apprête à t'annoncer en t'écrivant cette lettre te surprendra-t-elle grandement. Je vais me marier le mois prochain. Avant que tu ne te poses la question, je te confirme tout de suite que tu ne connais pas mon promis. Si je ne t'ai jamais parlé de lui, c'est parce que sa demande en mariage a été une surprise pour tout le monde, moi y compris. Il s'appelle Victor Desmarais. J'ai fait sa connaissance l'automne dernier, en même temps que celle d'Alexis Thériault. Je ne te cache pas qu'après t'avoir confié mon désir de ne jamais me marier, je me sens un peu ridicule de t'annoncer mon mariage. Mais je suppose que tout le monde a le droit de changer d'idée lorsque la bonne fortune se présente. C'est un homme très bien, de bonne éducation et provenant d'une famille aisée de la bonne société de Québec. Mes parents l'apprécient grandement et l'ont accueilli avec joie dans la famille. Je n'aurais jamais cru, je dois bien te l'avouer, qu'il était épris de moi au point de ne pas davantage s'embarrasser des convenances et de souhaiter s'unir à une simple ouvrière. Je te mentirais si je te disais que j'éprouve à son égard des sentiments aussi forts que les siens. Mais j'ai compris qu'un mariage réussi est tout autant fondé sur l'affection et le respect que sur l'amour que deux époux se portent. Victor est un homme prévenant et je ne doute pas de parvenir un jour à lui témoigner une affection qui saura le récompenser de sa patience.

Tu es sûrement étonnée que ce mariage se fasse aussi vite. Mais Victor ne souhaite pas prolonger inutilement nos fréquentations. Peut-être craint-il que je ne change d'avis. Qu'importe, cela me convient également. Bien sûr, cela me laisse peu de temps pour garnir mon coffre d'espérance. Heureusement, ma chère Sophie, dans sa grande bonté, a proposé que je conserve certaines des pièces que nous avons confectionnées ensemble pour son propre coffre. Je lui en suis infiniment reconnaissante.

Je suis triste à l'idée que ni les tantes, ni les oncles, ni les cousins ne pourront assister à mon mariage, mais j'ose espérer qu'ils auront au moins une petite pensée pour moi lors du grand jour.

Embrasse ta chère mère pour moi comme je t'embrasse aussi affectueusement.

AMÉLIA

Chapitre XXIII

Deux jours plus tard, Sophie revint profondément bouleversée du travail. Le patron de chez Fogarty & Bro. s'était rallié à la décision des principaux fabricants de bottes et de chaussures de la ville et obligeait ses employés à se faire vacciner contre la variole. Tout comme les autres ouvriers, Sophie devait produire un certificat de vaccination d'ici dix jours ou courir le risque de se faire congédier.

– Qu'est-ce que je vais faire? se plaignit Sophie en pleurant et en se tordant les mains.

– Tu n'as pas le choix. Tu vas devoir te faire vacciner, répondit Amélia en baissant la voix.

Elles étaient assises sur le balcon. L'air était doux, ce vendredi-là, et la chaleur un peu moins écrasante. L'été tirait à sa fin.

– Et s'il m'arrivait quelque chose? Si je tombais malade? ne put s'empêcher de s'inquiéter Sophie en guettant du coin de l'œil la porte de la cuisine

– Je peux y aller avec toi, si tu veux.

– Tu ferais ça? Tu te ferais vacciner aussi, même si tu n'y es pas obligée? demanda-t-elle en reniflant.

– Pourquoi pas? De toute façon, rien ne dit que monsieur Blackburn ne va pas exiger la même chose de nous, à la buanderie. Ce sera fait!

– Ça ne te fait pas peur?

– Un peu, c'est sûr. Mais il ne faut pas croire tout ce qu'on dit. J'ai entendu des filles en parler à la buanderie. Il paraît que les Anglais se font tous vacciner. Qu'ils n'ont pas peur du vaccin, eux, et que les médecins anglais les encouragent à le faire.

– Moi, je ne comprends rien à tout ça, admit Sophie en soupirant. Crois-tu qu'on devrait en parler aux parents ?

– Tu es folle ! s'exclama Amélia en haussant involontairement le ton.

Elle se tut et écouta les bruits qui lui parvenaient de la cuisine.

– Il ne faudrait surtout pas que maman apprenne ça, poursuivit-elle en chuchotant. Déjà que sa santé n'est pas trop bonne. Il ne faut pas l'inquiéter pour rien. Si tu veux, on ira au centre de picote. Ce n'est pas loin, sur la rue Sainte-Catherine. Tu n'auras qu'à montrer les papiers à ton patron.

– Il faudra payer. Une piastre que ça coûte, plus une piastre pour le certificat, dit Sophie en comptant tout haut. Ça veut dire que ça fera quatre piastres juste pour nous deux.

– Ce n'est pas donné, admit Amélia. Mais aimerais-tu mieux te faire renvoyer ?

– Bien sûr que non. Mais papa va sûrement l'apprendre, réalisa Sophie en se tordant les mains de plus belle. Il va le lire dans les journaux.

– On verra ça quand ce sera le temps, répondit Amélia. Si ça se trouve, lui aussi devra se faire vacciner.

– Tu penses ? C'est fou ! Il me semble qu'on fait toute une histoire de cette maladie-là.

Amélia hocha la tête. C'était vrai qu'on en parlait beaucoup de l'épidémie de variole. Surtout depuis les dernières semaines. Le dimanche précédent, une messe spéciale avait été chantée à Notre-Dame pour invoquer saint Roch, le patron des maladies contagieuses. Mathilde avait obligé toute la famille à y assister au grand déplaisir d'Henri qui avait boudé pendant toute la durée de l'office. Le curé leur avait déclaré que l'épidémie qui sévissait bel et bien dans la ville était la punition du ciel pour leurs péchés. Amélia n'avait pu s'empêcher d'en parler à Victor, lorsqu'ils s'étaient vus quelques jours plus tard.

– Victor dit que la vaccination n'est pas dangereuse et que c'est faire preuve d'inconscience que de croire les docteurs qui sont contre, déclara Amélia en baissant les yeux.

Mentionner Victor était chaque fois pour elle aussi difficile que d'évoquer le souvenir d'Alexis. Et elle tentait autant que possible d'éviter l'un comme l'autre en présence des membres de sa famille.

– Et tu penses comme lui ?

Amélia haussa les épaules en guise de réponse.

– J'imagine qu'il sait ce qu'il dit, ajouta Sophie en s'essuyant les yeux. Son père est docteur, après tout. Il s'est fait vacciner, lui ?

– Oui.

– Et il n'est pas tombé malade ? Alors ce n'est peut-être pas si dangereux que ça. Pourquoi le docteur Boyer nous déconseille-t-il de nous faire vacciner, dans ce cas ?

– Tu poses trop de questions, Sophie, répondit Amélia.

Sophie se rembrunit et se tut.

– Tu es bien gentille de venir avec moi. Ça me soulage.

– C'est bon, Sophie. Arrête d'en parler, maintenant. Il ne manquerait plus que les parents nous entendent. On devrait rentrer, déclara-t-elle en levant les yeux vers le ciel. Il commence à faire noir et j'en ai assez de me faire piquer par les moustiques.

– Penses-tu que les autres devraient se faire vacciner aussi ? conclut Sophie. Je veux dire Henri, Marie-Louise et Paul ?

– Ils n'ont pas encore leur majorité. On ne peut pas faire ça sans l'accord des parents, répondit Amélia en se levant.

Elle se dirigea vers la porte et se tourna vers Sophie.

– Cesse d'y penser. On va aller au centre de picote demain, on va faire ce qu'on a à faire et on n'en parlera à personne. Compris ?

Sophie hocha la tête et sourit à Amélia. Elle était l'aînée, mais c'était elle qui s'appuyait sur sa sœur. Elle aurait tant aimé avoir l'assurance d'Amélia à qui rien ne semblait faire peur.

Comme Sophie le craignait, Édouard apprit que plusieurs manufactures de la ville exigeaient de leurs employés qu'ils se fassent vacciner. Il ne savait qu'en penser ni qui croire. Les médecins, les curés, les autorités civiles, les journalistes, aucun ne s'entendait sur ce qu'il fallait faire. S'il n'en avait tenu qu'à lui, il aurait fait vacciner tous les membres de sa famille. Sa propre santé ne l'inquiétait pas trop. Il était robuste. Mais les enfants, c'était autre chose. Il faudrait les surveiller d'un peu plus près. Quelques jours auparavant, dans le tramway, il avait eu la peur de sa vie en constatant que l'homme assis en face de lui avait le visage marqué par la maladie. Sa peau était couverte de croûtes, encore suppurantes par endroits, que l'homme grattait d'une main distraite sans même sembler remarquer l'horreur qu'il suscitait autour de lui. Plusieurs personnes le montrèrent du doigt et demandèrent à descendre du tramway.

Édouard sentait bien à quel point les Montréalais étaient sur le qui-vive. On se méfiait de tout le monde, des amis, des commerçants, des étrangers. Le moindre soupçon devenait vite certitude, et l'affolement qui les gagnait se faisait aussi contagieux, sinon plus, que la maladie elle-même. Comment savoir de qui il fallait se méfier ? Et pourtant, selon les autorités et ce qu'on lisait dans les journaux, l'épidémie tirait à sa fin. Il suffisait de se montrer prudent.

Comment aurait-il pu savoir que les journaux anglophones diffusaient un tout autre avis? Selon eux, le nombre de victimes ne cessait d'augmenter et les autorités se croisaient les bras en préférant attendre que l'épidémie cesse d'elle-même, malgré le fait que de plus en plus de médecins affirmaient haut et fort que la vaccination était la seule solution au problème.

Lorsqu'Édouard revint à la maison, il fut surpris de n'y trouver personne. Il crut d'abord que Mathilde était partie faire une promenade avec Paul et Marie-Louise, peut-être même Henri ou ses deux filles aînées l'avaient-ils également accompagnée. Mais alors que l'heure avançait et que le moment du souper approchait, il commença à se faire du mauvais sang. Sans plus faire de cas de son estomac qui gargouillait, il décida de se rendre chez Berthe Dumas.

Leur voisine était bien chez elle, mais seule. Elle avait vu Mathilde quitter le domicile en compagnie de Paul quelques heures plus tôt, mais ne savait pas où ils étaient allés. Elle n'avait vu aucun des autres enfants revenir à la maison. Devait-elle s'en inquiéter? Édouard l'avait rassurée d'un geste de la main en lui disant que Mathilde lui avait sûrement dit où elle comptait se rendre cet après-midi-là, mais qu'il avait oublié.

Alors qu'il sortait de chez Berthe Dumas, il tomba nez à nez avec Amélia et Sophie qui sursautèrent en l'apercevant. Sophie baissa les yeux en se mordant la lèvre.

– Voulez-vous bien me dire où vous étiez? demanda Édouard d'une voix forte. Ça fait au moins une heure que je suis rentré et que je me demande où tout le monde a bien pu passer.

– On est allées se promener, mentit Amélia.

Ces deux-là avaient un air coupable, c'était certain. Fatigué de sa journée, Édouard préféra toutefois s'abstenir de les questionner à ce sujet.

– Savez-vous où est votre mère?

– Je crois qu'elle est allée chez Joseph, répondit Amélia sur un ton détaché. En tout cas, c'est ce qu'elle a dit ce matin.

– Toute seule ?

– Avec Paul et Marie-Louise, sûrement. Pourquoi demandez-vous ça ? Elle n'est pas encore rentrée ? demanda Amélia en levant les yeux vers leur logement.

– Non. Et je meurs de faim, moi !

– Venez papa, je vais m'occuper du souper, s'empressa d'ajouter Sophie, désireuse d'échapper à un interrogatoire.

Elle se frotta machinalement l'intérieur de la cuisse, là où l'aiguille avait transpercé la chair tendre. La peau lui brûlait atrocement et elle était paniquée à l'idée qu'il s'agissait là des premiers signes de la maladie qu'elle avait sûrement contractée. Le docteur qui lui avait inoculé le vaccin avait bien dit qu'une légère sensation de brûlure serait normale dans les prochaines heures, mais elle avait l'impression que cela chauffait bien plus que cela n'aurait dû.

Amélia lui jeta un regard lourd de sous-entendus et les deux jeunes femmes précédèrent leur père dans l'escalier. Henri arriva quelques minutes plus tard, légèrement essoufflé d'avoir couru. Heureux de ne pas être arrivé en retard pour le souper, il dut quand même répondre aux questions de son père.

– Je ne suis pas allé traîner, papa. J'étais avec des amis et on discutait, marmonna Henri en réponse à la question d'Édouard.

– Discuter de quoi, veux-tu bien me dire ? Qu'est-ce que des garçons de votre âge peuvent avoir de si important à discuter ?

– C'est qu'on parle de nous obliger à nous faire vacciner. C'est le patron qui nous l'a annoncé, rétorqua Henri.

Au même moment, Mathilde entra dans la cuisine, précédée de Paul qui courut jusqu'à son père.

– On est allés jouer avec Edmond et Charles !

– C'est là que vous étiez ! Il faudrait penser à m'avertir, la prochaine fois. Je me suis tracassé en ne te voyant pas à la maison, Mathilde, dit-il à sa femme en prenant place à table où son assiette l'attendait. La prochaine fois, emmène Henri ou une des filles avec toi.

– J'ai pensé qu'une petite visite chez mon garçon était une bonne idée, se contenta de répondre Mathilde en retirant son chapeau. Henri, va dételer le cheval, veux-tu ? Le souper est prêt ? ajouta-t-elle à l'adresse de Sophie. C'est bien gentil, ma fille. Je me sens un peu fatiguée.

– J'imagine, maman. Assoyez-vous, je vais vous servir, répondit Sophie.

– Où est Marie-Louise ? demanda Mathilde en constatant l'absence de la jeune fille.

Amélia haussa les épaules.

– Elle a dû aller traîner elle aussi ! ne put s'empêcher de marmonner Henri.

Édouard lui lança un regard sévère.

Amélia, Sophie et Paul se joignirent à la tablée, bientôt rejoints par Henri qui ne se fit pas prier pour reprendre du bouilli.

– Tout le monde va bien chez Joseph ? demanda Amélia en se levant pour desservir.

– Ça peut aller, répondit Mathilde. Le bébé a l'air plus costaud et Françoise se remet. J'espère juste qu'elle ne repartira pas trop vite en famille. Tu devrais parler à ton gars, Édouard.

– Pour ce que ça donnerait. Il ne m'écouterait pas plus que les autres, répondit-il d'un air découragé qui arracha un sourire à Mathilde.

– Je ne vois pas pourquoi tu dis ça. Tout le monde t'écoute, ici.

– Ah oui ? Peux-tu me dire dans ce cas pourquoi tes deux filles ont l'air aussi coupable ? demanda Édouard en désignant Amélia et Sophie du regard. Elles n'ont rien voulu me dire. Et Henri, qui est allé traîner Dieu sait où…

– Je ne suis pas allé traîner !

Henri fut interrompu par l'arrivée soudaine de Marie-Louise qui rougit en constatant que tous les regards étaient fixés sur elle.

– Tiens, te voilà, toi. Je peux savoir où tu étais ?

– Nulle part, papa, réussit à articuler Marie-Louise. Je suis allée donner un coup de main à madame Veilleux.

– C'est qui, celle-là ?

– C'est une voisine, Édouard, répondit Mathilde à la place de sa fille. Qu'est-ce que tu es allée faire chez elle, Marie-Louise ?

– Son petit dernier est malade et elle n'a pas assez de temps pour s'occuper des trois autres. Je suis allée l'aider. Elle n'a pas de grands comme chez nous. Et son mari n'est pas souvent là, répondit Marie-Louise.

– C'est bien d'être charitable, ma fille, mais il ne faudrait pas que tu négliges ton travail à la maison, lui dit Mathilde sur un ton plus conciliant.

– Ta mère a raison, approuva Édouard en se levant pour aller chercher sa pipe.

– Qu'est-ce qu'il a, le petit de madame Veilleux? demanda Amélia.

– On ne le sait pas trop. Il fait de la fièvre.

– J'espère que ce n'est pas grave. Ce n'est pas la picote au moins ?

– Je ne crois pas. Il n'a pas de boutons.

– C'est peut-être contagieux! s'alarma Mathilde. À partir de maintenant, tu n'iras plus chez eux… au moins tant qu'on ne sait pas ce qu'il a, ajouta-t-elle en voyant les yeux de Marie-Louise se remplir de larmes.

– Ne t'en fais pas, la rassura Sophie. On va t'en trouver, des gens à aider. Tiens, tu pourrais aller voir madame Gagné, qui habite en face. Elle est toujours contente d'avoir de la visite depuis que son mari est mort.

– La vieille Gagné ! s'exclama Henri. Il faudrait être un saint pour l'endurer plus de deux minutes !

– Henri, sois un peu charitable avec les vieilles personnes, le sermonna Mathilde. C'est vrai, ça, ajouta-t-elle en se tournant vers Marie-Louise. Ça lui ferait plaisir d'avoir de la compagnie.

– J'y penserai, répondit Marie-Louise en se levant. Je vais aller lire dans ma chambre.

Tout en suivant des yeux sa fille qui s'éloignait, Mathilde remercia le bon Dieu de lui avoir donné une enfant aussi bonne et vertueuse. Elle laissa échapper un soupir et se tourna vers Amélia.

– Avez-vous trouvé où vous allez habiter après le mariage ?

– Pas encore.

– Il va falloir que vous en discutiez, toi et Victor. Les logements libres sont rares à ce moment-ci de l'année.

– Victor vient nous rendre visite après-demain. On pourra en parler, répondit Amélia.

L'idée de discuter de cette question assez personnelle devant ses parents la rebutait. Si elle était chanceuse, peut-être sa mère accepterait-elle que seule Sophie leur serve de chaperon pour la soirée. Devant sa sœur, elle serait un peu moins mal à l'aise.

– C'est une bonne idée. On en profitera pour régler les derniers préparatifs de la noce, dit Mathilde.

Amélia ne répondit pas. Elle se frotta l'intérieur de la cuisse en grimaçant. C'était vrai que ça brûlait. Atrocement.

⁂

Lisie lâcha le livre qu'elle tenait à la main.

– Tu vas épouser Victor Desmarais ? s'écria-t-elle en ouvrant grand les yeux.

Amélia se contenta de hocher la tête en signe d'acquiescement.

– Eh bien ça alors! Je n'arrive pas à y croire! J'ai dû en manquer un bout. Mais allez, raconte, la pressa Lisie.

Leur journée de travail terminée, Lisie avait proposé à Amélia de se joindre à sa famille pour le souper. Amélia avait accepté en se disant que ce serait là le moment rêvé pour annoncer sa grande nouvelle à Lisie. Elle s'en voulait un peu de ne pas s'être confiée plus tôt à son amie, mais elle espérait que la jeune femme ne lui en tiendrait pas rigueur.

Après le souper, elles s'étaient enfermées dans la chambre de Lisie pour se faire la lecture à voix haute. Perdue dans ses pensées à chercher les mots qui ne venaient pas, Amélia avait laissé Lisie terminer son chapitre avant de lui annoncer son mariage.

– Que veux-tu savoir? demanda Amélia d'un air faussement détaché.

– Bien d'abord, depuis quand vous fréquentez-vous?

– Pas longtemps, répondit Amélia. Je comprends que ça te surprenne, ajouta-t-elle après un bref silence. Ça a été assez subit, je l'admets.

– Tu parles! Il n'y a pas si longtemps, tu le détestais, Victor!

– Tu exagères, Lisie. Je ne le détestais pas, se défendit mollement Amélia.

– C'est pour ça que tu n'arrêtais pas de dire qu'il était prétentieux et arrogant...

– Disons que j'ai appris à mieux le connaître, ces derniers mois, l'interrompit Amélia.

– J'aurais bien aimé que tu m'en parles, reprit Lisie, l'air boudeur. C'est toujours comme ça avec toi. On ne sait jamais rien avant que tout soit décidé.

Amélia soupira et posa la main sur l'avant-bras de la jeune femme.

– Je le sais, admit-elle avec sérieux. Pardonne-moi, Lisie. Mais ça s'est passé tellement vite. Même moi, j'ai été surprise qu'il me demande de l'épouser, avoua Amélia en baissant les yeux.

Lisie se mordilla les lèvres, cherchant visiblement ses mots.

– Je te crois, approuva-t-elle finalement en hochant vigoureusement la tête. Un homme de ce milieu qui s'intéresse à une fille comme toi…

Elle porta la main à sa bouche.

– Je ne veux pas dire que tu…, bafouilla-t-elle.

– C'est bon, Lisie, l'interrompit Amélia. Je le sais bien que c'est surprenant.

– Ça prouve qu'il est épris, j'imagine, reprit Lisie d'un air visiblement soulagé. Quand s'est-il déclaré ? Et comment ça s'est passé ?

– Il a fait sa grande demande à papa jeudi dernier, et c'est tout.

– Ce que tu peux être secrète, toi ! s'exclama Lisie en faisant la moue. Vous avez bien dû vous courtiser un peu, insista-t-elle d'un air entendu.

– Il m'a écrit quand il était dans le Nord-Ouest, reconnut Amélia. Tu le sais déjà. Et on s'est revus une ou deux fois depuis qu'il est revenu. Il n'y a rien de bien intriguant à raconter, ajouta-t-elle en haussant négligemment les épaules.

– Pas de galanteries ? Allez, ne me laisse pas me morfondre, insista Lisie.

– Victor est un homme courtois, laissa tomber Amélia. Les privautés, ce n'est pas dans sa nature. Les hommes comme lui savent se tenir.

– Ah bon ? Ça doit être ennuyeux de toujours bien se tenir, ne put s'empêcher de renchérir Lisie. Maman dirait que c'est une preuve de bonne éducation. En tout cas, ce n'est pas mon Georges qui serait capable de se retenir ainsi, souffla-t-elle en rougissant. Si c'était pas de ma mère qui ne nous quitte pas des yeux une minute, ça ferait un moment qu'on aurait été obligés de faire sonner les cloches !

– Lisie ! s'écria Amélia en lui jetant un regard inquiet.

– Mais non ! Je te taquine ! De toute façon, on a décidé d'attendre encore deux ans avant de se marier, ajouta Lisie en reprenant son sérieux.

– Ah oui ? s'étonna Amélia.

– Ça va me donner le temps de me former avec madame Vigneault. Devenir modiste, c'est mon rêve, tu le sais, Amélia. Une fois mariée, ce ne sera plus possible. Mais comme dit maman, « Une femme avec un métier ne sera jamais dans la misère. » Et Georges va avoir le temps de se faire une situation. Je n'ai rien contre les fréquentations, ajouta-t-elle avec un sourire. Ça me plaît bien, au fond.

Elle releva la tête d'un air digne et haussa les épaules. Amélia se retint d'ajouter que la vision qu'avait Lisie de son avenir était à cent lieues de celle qu'elle lui dépeignait à peine un an plus tôt. Elles avaient toutes les deux changé, songea Amélia. La vie les avait rattrapées, balayant sur son chemin leurs rêves et leurs illusions de jeunes filles.

– ... Si ce n'était pas de ses frères qui accaparent toute l'attention de leur père, Georges serait depuis longtemps impliqué dans l'entreprise, poursuivait Lisie avec enthousiasme.

– Que fait son père ? demanda Amélia en s'efforçant de reprendre le fil de la conversation.

– Je ne te l'ai jamais dit ? s'étonna la jeune femme. C'est que Georges commence tout juste à s'y intéresser...

– Son père ? répéta patiemment Amélia.

Elle était depuis longtemps habituée aux monologues décousus de Lisie.

– Ah oui ! Il est dans l'emballage. Une compagnie qui fabrique des boîtes de carton. Pour le transport, l'emballage, ces choses-là, répondit-elle d'un air évasif. Aïe! s'écria-t-elle subitement en se frappant le front de la main. Je n'arrête pas de parler de moi et je ne t'ai même pas demandé quand tu allais te marier. J'imagine que ce sera de vraies noces de grande dame!

Amélia se sentit pâlir. Elle détourna les yeux en espérant que son amie ne s'apercevrait pas de son soudain émoi.

– On ne fera pas les choses en grand, avoua finalement Amélia en baissant involontairement le ton. Papa est allé voir le curé dimanche passé, pour publier les bans. Le mariage se fera ici, dans trois semaines*.

Lisie ne put retenir une expression stupéfaite. Elle ouvrit la bouche, comme pour dire quelque chose, mais aucun son n'en sortit.

– Ne va pas t'imaginer des choses, s'empressa d'ajouter Amélia en pinçant les lèvres.

Lisie expira bruyamment par la bouche.

– Pourquoi faites-vous ça aussi vite, alors? s'enquit-elle en plissant les yeux, l'air suspicieux. Ce n'est pas trop courant de se fréquenter aussi peu, ajouta-t-elle en dévisageant Amélia.

– Victor est d'avis que ça ne sert à rien d'attendre, répondit Amélia en haussant les épaules. Et que les conventions sont bonnes pour ceux qui ne peuvent penser par eux-mêmes.

– Je te dis que c'est tout un numéro, ton Victor! Mais si je ne me trompe pas, tu n'as pas encore rencontré ses parents? En tout cas, je n'ai pas eu connaissance que tu sois allée à Québec.

– Tu ne te trompes pas, admit Amélia. Ils sont très occupés. En plus, ce n'est même pas sûr qu'ils pourront venir aux noces...

* Au Québec, les fiançailles sont interdites en 1698 par Mgr de Saint-Vallier, qui reprochait aux fiancés de prendre des libertés qui n'étaient pas permises hors du mariage. Il faudra attendre le début du XXe siècle pour voir réapparaître cette coutume.

– Comme c'est bizarre ! s'exclama Lisie. Elle laissa échapper un profond soupir. J'imagine que vous aurez le temps de faire connaissance quand tu auras déménagé à Québec.

– Sans doute. Mais on n'a rien décidé encore.

– Je vais m'ennuyer quand tu ne seras plus là, ajouta Lisie.

– Moi aussi, Lisie. Mais on est des adultes maintenant. C'est comme ça que les choses doivent se passer.

– Si tu le dis, marmonna Lisie en replongeant le nez dans son livre. Toi et Victor Desmarais ! Je n'arrive pas encore à y croire ! Tu as conscience de la chance que tu as ?

– Mais oui, Lisie, répondit Amélia en remerciant le ciel de la providentielle naïveté dont était pourvue son amie.

Chapitre XXIV

Amélia descendit du tramway au coin des rues Saint-Patrick et Richmond. Devant elle se dressait la raffinerie de sucre de John Redpath. Les cheminées de l'imposant édifice de briques rouges crachaient des panaches de fumée aux odeurs caramélisées qui se mêlaient à celle, plus infecte, des lourds nuages de suie brune produite par la fonderie Mitchell, située un peu plus bas, rue Richardson. Là où elle habitait depuis son mariage. Joseph leur avait trouvé un logement libre, à deux pas de chez lui. « Tu n'auras pas de mal à te trouver quelque chose dans une des usines de la Pointe, même si je ne comprends pas trop pourquoi tu veux travailler dans une usine, avec l'instruction que tu as. Mais j'imagine que tu as tes raisons », avait-il dit à Victor le jour même de leur mariage. « La maison est petite, mais ça devrait vous aller, pour commencer », avait-il poursuivi. Victor avait accepté. « En attendant de trouver mieux », avait-il murmuré à Amélia lorsqu'ils avaient emménagé la semaine suivante.

Le jour de son mariage, il avait plu à plein ciel du matin au soir et, même si Sophie lui avait rappelé qu'un mariage sous la pluie était de bon augure, Amélia se serait bien passée de toute cette eau qui mouillait sa robe et son fin voile de tulle, qui imbibait son chignon et dégoulinait sur son visage. Le tonnerre avait grondé durant toute la cérémonie et la jeune mariée n'avait pu s'empêcher de penser que Dieu y était pour quelque chose.

À la sortie de l'église, les invités s'étaient empressés de monter dans les voitures et s'étaient rendus chez Édouard et Mathilde où on les attendait. Personne n'avait pu venir de Saint-Norbert, en raison des noces d'Antoinette qui aurait lieu la semaine suivante, et cela était aussi bien. Amélia avait ainsi pu échapper aux commentaires malhabilement tournés de la parenté. Un mariage précipité, c'était mieux que d'avouer avoir été déshonorée, mais cela faisait quand même jaser. D'autant plus qu'Amélia se sentait honteuse d'avoir caché à Antoinette la raison de son union avec Victor.

Comme Victor l'avait prédit, ses parents ne se déplacèrent pas à Montréal, mais sa sœur Julia leur avait fait parvenir un cadeau.

Le temps gris n'arrangeant pas les choses, les mariés furent d'une humeur peu engageante toute la soirée. Si Mathilde avait souhaité un mariage un peu plus heureux pour sa fille, elle n'en laissa toutefois rien paraître. Cela n'aurait servi à rien d'empirer les choses.

Une semaine déjà. La petite maison qu'Amélia avait tenté d'aménager au mieux de ses moyens était dans un piètre état. Elle faisait partie d'un ensemble de bâtiments disparates, accolés les uns sur les autres et érigés en bordure de trottoir. Sur la façade, recouverte de planches à la peinture jaunie et écaillée, les quatre fenêtres étroites, disposées deux par deux de chaque côté de la porte, étaient fermées par des jalousies peintes en vert. L'édifice était surmonté d'un toit pentu percé de deux lucarnes minuscules également pourvues de jalousies. Pour accéder à la cour arrière, minuscule, il fallait passer par l'intérieur de la maison et traverser l'étroit corridor qui s'étirait d'un bout à l'autre de celle-ci. Les pièces, disposées de part et d'autre de ce corridor, étaient petites et sombres. À l'avant, le salon et la chambre à coucher ; à l'arrière, la cuisine et une pièce exiguë qui, dans l'immédiat, tenait lieu de débarras. Tout près du poêle, un escalier, si abrupt qu'il fallait relever haut ses jupes pour le gravir, menait aux combles où une chambre avait jadis été aménagée. Amélia préférait ne pas penser à ce que devait être une nuit passée là-haut, dans la chaleur de l'été ou le froid de l'hiver. Il lui semblait inconcevable qu'on puisse seulement penser y dormir.

L'emménagement avait dû se faire rapidement et Victor s'était réjoui de pouvoir conserver le mobilier et les effets personnels de l'ancien locataire. Le vieil homme était décédé un mois plus tôt en ne laissant pour tous héritiers que deux neveux. Le barda de l'oncle, rapidement oublié, était resté là, aussi immobile et triste qu'un chien attendant patiemment le retour de son maître. Amélia avait frissonné lorsque ses yeux s'étaient posés sur le lit en bois au matelas creusé par le temps. Les draps portaient encore l'empreinte du corps du défunt. Amélia avait commencé son grand ménage par la chambre. La literie avait été jetée et le matelas remplacé. Pendant deux jours, Victor et elle avaient passé tout le temps libre dont ils disposaient à nettoyer la maison et à trier les effets du précédent locataire. C'était à cette condition qu'ils avaient pu intégrer le logement un peu plus tôt. Amélia avait gardé une partie des ustensiles de cuisine, ainsi que les tapis et les rideaux. Elle pourrait les remplacer plus tard, lorsqu'elle aurait le temps de se mettre à la couture.

La maison était propre maintenant, mais Amélia la trouvait toujours aussi déprimante. Comme le logement de ses parents lui semblait lumineux et spacieux à côté de ce logis misérable, avec son plancher pentu, ses fenêtres qui laissaient passer les courants d'air et les gros insectes à la carapace dégoûtante qui allaient ici et là et semblaient proliférer à une vitesse folle. Amélia en avait encore écrasé un le matin même. Chez ses parents, il y avait toujours une âme courageuse prête à se dévouer. Mais ici, elle devait se débrouiller seule. Amélia était beaucoup trop orgueilleuse pour laisser voir à Victor qu'elle avait une peur bleue de ces insectes grouillants qui ne cherchaient qu'à s'infiltrer par tous les trous, à vous passer sur le visage pendant votre sommeil ou à se cacher dans le garde-manger.

Elle ne pouvait plus se permettre de mépriser les conditions dans lesquelles vivaient Joseph et sa famille. Les taudis, les manufactures enfumées et les rues plus sales que partout ailleurs, tout, autour d'elle, lui rappelait la déception qu'elle avait ressentie lorsque Victor lui avait fait visiter leur futur domicile de la rue Richardson.

La majorité des immigrants irlandais qui avaient quitté l'Irlande pendant la grande famine des années 1840 s'étaient établis dans les quartiers ouvriers de Griffintown et de Pointe Saint-Charles. La proximité du port et du canal de Lachine, puis la construction du pont Victoria avaient, dès la première moitié du siècle déjà, favorisé l'établissement de nombreux entrepôts, industries et manufactures. Sur les *docks*, dans les fonderies, les briqueteries, les manufactures, les brasseries, les entrepôts, les Irlandais mais aussi de nombreux Canadiens français constituaient la principale main-d'œuvre. C'était cette effervescence industrielle qui avait attiré Joseph.

Depuis deux jours, Victor travaillait à la raffinerie de sucre Redpath. Charger et décharger les sacs de sucre. Voilà ce à quoi avait servi sa bonne éducation. Amélia ne comprenait pas les choix qu'avait faits Victor. Ce qui avait motivé son désir de s'éloigner de sa famille et des avantages que son rang aurait dû lui procurer. Elle tentait également de se convaincre qu'avec le temps, elle en viendrait à aimer son mari. Victor était un homme bon et généreux, elle ne pouvait le nier et elle aurait été la plus ingrate des femmes de s'en plaindre. Lorsqu'il la courtisait, elle s'était laissé entraîner par sa propre vanité, se plaisant à recevoir les marques d'attention du jeune homme, y cherchant une consolation qu'il n'était pas en mesure de lui procurer, malgré toute la bonne volonté dont il faisait preuve. Car depuis sa nuit de noces, le souvenir d'Alexis la hantait.

La nuit venue, lorsqu'elle s'abandonnait aux étreintes hésitantes mais attentionnées de son mari, elle ne parvenait pas à effacer de son esprit les images d'une autre nuit semblable à celles-là, mais si différente. La respiration haletante de Victor, l'humidité de sa peau, la chaleur de ses baisers la faisaient sombrer dans la nostalgie de cet amour perdu, ravivant chaque fois la douleur de la plaie qu'elle croyait refermée. Et c'était le visage d'Alexis qui s'imposait à elle tandis qu'elle s'efforçait de cacher sa déception et de contenir les larmes qui lui brûlaient les yeux. Victor n'était pas Alexis. Il ne le serait jamais.

Amélia remonta lentement la rue Saint-Patrick, tête baissée, peu pressée de rentrer à la maison. Elle dépassa la rue Saint-Étienne et ne consentit à lever les yeux que lorsqu'elle parvint devant chez elle. Françoise l'attendait sur le pas de la porte, le petit dernier posé sur sa hanche. Elle leva la main en guise de salut et lui sourit.

– Françoise ! s'écria Amélia en s'approchant de sa belle-sœur.

– Bonjour, Amélia. J'ai pensé te faire une visite. J'espère que ça ne te dérange pas ?

– Bien sûr que non, ça me fait toujours plaisir de te voir, l'assura Amélia en déverrouillant la porte.

– J'ai laissé Edmond et Charles chez ma voisine. Elle a des enfants du même âge, ajouta Françoise en pénétrant dans la maison à la suite d'Amélia.

– Viens donc t'asseoir dans la cuisine. Je vais préparer du thé. Il a bien grandi depuis la dernière fois que je l'ai vu, ajouta-t-elle en effleurant du doigt la joue du bébé qui grimaça un sourire.

– C'est vrai, approuva Françoise.

La jeune femme posa un baiser sur le fin duvet brun qui couvrait la tête de l'enfant.

– Si ça ne te dérange pas, je vais aller le coucher, pour qu'on puisse parler tranquillement. Je peux le mettre dans ton lit ? Avec des oreillers, ça devrait aller.

– Oui, bien sûr. C'est par là, répondit Amélia en désignant de la main la porte à sa gauche.

Lorsque Françoise entra dans la cuisine, Amélia était déjà assise à la table.

– J'ai dû l'endormir, expliqua Françoise.

Les deux femmes profitèrent un instant du silence qui régnait dans la maison, tout en buvant de petites gorgées de leur thé brûlant.

– Je trouve que tu as bien arrangé ça, ici, dit soudainement Françoise.

– C'est gentil, Françoise, mais ça pourrait être mieux. Dès qu'on le pourra, on ira habiter ailleurs.

– J'espère que ce ne sera pas pour bientôt, répondit la jeune mère en fixant Amélia dans les yeux. Je ne suis pas aussi à l'aise avec nos voisines que je le suis avec toi.

– Je n'ai pas encore eu le temps de rencontrer tous les voisins. J'ai parlé un peu avec les Poirier, qui habitent en face, et j'ai croisé la femme d'à côté. C'est à peine si elle m'a regardé.

– Marie-Jeanne Beaudry ? Ça ne me surprend pas, répondit Françoise en pinçant légèrement les lèvres. Je dois avouer qu'on ne s'entend pas trop bien. Tu devrais faire attention, toi aussi. Elle n'est pas très avenante.

– Elle vit seule ? Je n'ai pas vu son mari.

– C'est une vieille fille. Et une vraie. Je te le dis, tiens-toi loin d'elle.

– Voyons, elle ne doit pas être si pénible que tu le dis, rétorqua Amélia en souriant malgré elle.

– Attends qu'elle commence à te donner son avis sur la façon dont tu tiens ton ménage. Au moins, tu n'as pas encore d'enfant. Moi, elle ne s'est pas gênée au début pour se plaindre des miens. Les femmes dans son genre, ça ne peut pas savoir ce que ça veut dire que de se sacrifier pour sa famille. Quand tu n'as qu'à t'occuper de toi-même, tu ne peux que devenir une orgueilleuse. Ces vieilles filles-là, elles nous regardent, les femmes mariées, avec le cœur plein d'envie. Au début, elles se disent que la vie est injuste, mais ça ne prend pas de temps qu'elles finissent par nous rendre responsables de leur mauvaise fortune. Comme si le fait de nous rabaisser pour tout et pour rien leur permettait de regagner un peu d'amour-propre.

– Les vieilles filles ne sont pas toutes comme ça, dit Amélia en considérant sa belle-sœur d'un air étonné.

De la voir s'emporter ainsi, pour une simple histoire de voisinage, la surprenait vraiment. Elle devait admettre qu'elle connaissait peu Françoise. Jusqu'à présent, elle ne l'avait côtoyée qu'en présence de Joseph. Sa belle-sœur lui avait toujours semblé plutôt soumise, presque perdue dans l'ombre que projetait son frère aîné. Mais sans doute Françoise n'était-elle pas si différente d'elle-même.

– En surface sans doute pas, mais si tu creuses un peu…, poursuivit Françoise, sans se soucier de l'air légèrement ahuri d'Amélia. Il faut se dire qu'au fond, elles sont bien à plaindre, ces femmes-là. Crois-tu qu'elles sont heureuses de vivre ainsi ? À se morfondre dans leur coin en attendant que le bon Dieu se rappelle enfin qu'elles existent. J'ai beau en avoir plein les bras avec mon mari et mes petits, je n'échangerais ma vie pour rien au monde avec celle de Marie-Jeanne Beaudry. J'aime autant avoir les yeux cernés que d'avoir la face ridée à force de râler.

– Ah, pour ça tu as bien raison ! s'exclama Amélia en éclatant de rire.

Elles se turent en entendant le bambin chigner. Françoise plaça son index sur ses lèvres et tendit l'oreille.

– Fausse alerte. Il s'est rendormi.

Françoise but une gorgée de son thé.

– Comment vas-tu, Amélia ? demanda-t-elle en reposant sa tasse. Je ne te trouve pas très jasante. Je ne t'ennuie pas au moins ?

Amélia rouvrit les yeux, qu'elle avait fermés un court instant.

– Excuse-moi. J'avais la tête ailleurs. Tout ce ménage en plus de mes journées de travail, ça m'a fatiguée, répondit Amélia.

– En tout cas, moi et Joseph, on est bien contents de t'avoir près de nous. Et ton mari aussi, bien sûr, même si on n'a pas eu la chance de le voir souvent depuis votre mariage.

– Son nouveau travail prend beaucoup de son temps, répondit Amélia en haussant les épaules.

– Je peux te poser une question ? demanda Françoise en se penchant au-dessus de la table. Joseph dirait que ce n'est pas de mes affaires. C'est certain…

– Que veux-tu savoir ? l'interrompit Amélia en soupirant légèrement.

– Eh bien… On… je me demande pourquoi vous n'êtes pas allés vous installer à Québec ? laissa tomber Françoise en rougissant de son audace.

Amélia fronça les sourcils. De toute évidence, Joseph avait demandé à sa femme de lui poser la question.

– Tu vas te moquer de moi, mais je n'en sais rien, répondit-elle en agitant la main pour chasser la mouche qui voletait près de son oreille.

– Vous n'en avez pas parlé ?

Amélia secoua négativement la tête.

– J'attends que ça vienne de lui, dit-elle après un court silence.

– Peut-être ne veut-il tout simplement pas dépendre de son père pour vous faire vivre. C'est possible. Les hommes sont assez orgueilleux pour ces affaires-là, ajouta Françoise d'un air navré.

Amélia ouvrit la bouche pour répondre, mais la referma aussitôt. Parler de son mari l'embarrassait. Surtout avec Françoise. Le fait qu'elle soit la femme de son frère y était certainement pour quelque chose. Elle se surprit à penser à Antoinette. Plus que jamais, sa cousine lui semblait la seule personne à qui elle pouvait se confier. Mais elle était si loin. De toute façon, qu'aurait-elle bien pu lui écrire ? Qu'elle avait honte de son misérable logement alors qu'elle avait cru et laissé sous-entendre qu'elle allait mener la grande vie ? Que malgré tous ses efforts, elle était déçue de ne point ressentir autre chose pour son mari qu'une tiède affection qui la laissait sur sa faim ? Qu'elle doutait de pouvoir un jour parvenir à oublier Alexis ? Amélia inspira profondément et secoua la tête pour chasser de son esprit ces réflexions inavouables. Antoinette ne comprendrait pas. Pour elle, comme pour le reste de la parenté d'ailleurs, Amélia s'était mariée obligée. Et ce genre « d'arrangement » ne se discutait pas ouvertement. C'était gênant pour tout le monde. On faisait avec, et puis voilà.

– Sa sœur nous a posté un très beau cadeau, s'exclama tout à coup Amélia en s'efforçant de dissimuler son embarras sous des manières enjouées.

– Montre-le moi, la pressa Françoise.

Amélia se leva et se dirigea vers le réduit où étaient restés entassés les quelques effets qu'elle n'avait pas encore eu le temps de ranger. Elle en ressortit avec un grand plat de service qu'elle tint levé devant Françoise de manière qu'elle puisse bien le voir.

– C'est vraiment beau ! Tu as vu ? On dirait que les oiseaux qui y sont dessinés sont en or.

– C'est possible, répondit Amélia en hocha la tête.

– Il faut qu'ils soient riches pour faire des cadeaux de la sorte. Ce n'est pas donné, une assiette comme celle-là, tu peux me croire. Sa sœur, elle est mariée ?

– Non, elle habite encore avec les parents de Victor.

Françoise n'ajouta rien. Le regard fixe, elle jouait distraitement avec une mèche de cheveux, près de son oreille, qu'elle enroulait et déroulait autour de son doigt. Amélia bougea légèrement et sa chaise émit un faible craquement. Comme si elle émergeait d'un rêve éveillé, Françoise tourna la tête vers elle.

– C'est sûr que vous ne pourrez pas rester ici longtemps, lança-t-elle en parcourant la pièce des yeux. Si vous avez des enfants, je ne sais bien pas où vous allez pouvoir les mettre. Le débarras pourra faire l'affaire au début, mais après ça…

Amélia se leva, ramassa les tasses et les déposa dans l'évier. Elle resta immobile quelques secondes, tournant le dos à Françoise.

– Je ne pense pas qu'on agrandira la famille tout de suite, déclara-t-elle d'un ton assuré en se tournant vers sa belle-sœur.

– Ah non ? s'étonna Françoise en croisant les bras sur sa maigre poitrine.

Son regard se posa sur le ventre d'Amélia. Une fraction de seconde seulement, mais suffisamment longtemps pour faire monter le rouge aux joues de Françoise et rappeler à Amélia qu'elle avait choisi ce soir-là pour enfin annoncer à Victor qu'elle avait perdu le bébé. Elle espérait qu'il serait soulagé.

– C'est un péché de vouloir empêcher la famille, entendit-elle Françoise murmurer, comme si elle se parlait à elle-même. Un péché mortel, ajouta-t-elle en levant les yeux vers Amélia.

Victor considéra sa femme avec attention. Tout s'arrangeait pour le mieux. Il s'approcha d'Amélia, la prit doucement par les épaules et l'embrassa.

– Cela va simplifier les choses, laissa tomber Victor, l'air pensif.

– Que veux-tu dire ?

– Avec un bébé, nous aurions été obligés de rester ici encore un bon moment.

– Tu veux dire qu'on va déménager ! s'exclama Amélia en se retenant de ne pas crier de joie.

– Pas si vite ! Nous n'en sommes pas encore là. Mais ce sera pour bientôt. Je t'avais dit que nous n'habiterions ici qu'un certain temps, en attendant de trouver mieux.

Amélia réfléchissait à toute vitesse.

– On ira vivre à Québec ?

– À Québec ? Non, pourquoi ? demanda-t-il.

– C'est que... je comprendrais que tu veuilles te rapprocher de ta famille, se risqua à répondre Amélia.

– Je ne sais pas ce qui a pu te faire croire une telle chose ? s'étonna Victor.

– Je me le demande, en effet, rétorqua Amélia. Je ne la connais même pas, ta famille ! Tu trouves ça normal que tes parents ne m'aient jamais vue ?

Amélia se surprit elle-même d'avoir cette audace. L'agressivité de ses propos heurtait Victor. Elle aurait voulu continuer. Poser les questions qui lui brûlaient les lèvres. Mais elle choisit d'en rester là.

Victor tendit la main à Amélia, désireux de ne pas envenimer la discussion qui s'annonçait mal.

– Rencontrer mes parents ne t'apporterait rien de bon. Fais-moi confiance. Tout ce que je peux te dire, continua-t-il, c'est que la dernière rencontre que j'ai eue avec mon père s'est plutôt mal déroulée.

– Quand ça ?

– Juste avant notre mariage, répondit Victor. Mais nous n'avons pas besoin de mon père, crois-moi. J'ai des projets pour nous, Amélia. En fait, je prépare notre avenir depuis longtemps...

Victor serra la main de sa femme dans la sienne et la fixa dans les yeux.

– J'ai réglé certaines affaires à Winnipeg... avant de revenir à Montréal.

– Ah...

– J'ai acheté un lot.

– Un lot? Où ça? De quoi parles-tu? demanda Amélia qui ne suivait plus du tout.

– Un lot de colonisation. À quelques milles de Winnipeg. De la bonne terre cultivable. Nous nous installerons là-bas…

Amélia fixa Victor, le regard vide. Elle devait avoir mal entendu. Il ne pouvait pas avoir dit qu'ils iraient vivre chez les Sauvages, loin de tout, loin de chez elle.

– Dis quelque chose, la pressa Victor. Ce sera formidable. Nous pourrons commencer une nouvelle vie. Je vais nous construire une maison et…

– C'est hors de question! explosa Amélia en retirant sa main d'un geste brusque.

– Mais…

– Tu ne crois pas que j'ai mon mot à dire? Je le sais bien qu'une femme doit obéissance à son mari, mais il y a des limites! C'est ici, chez moi. Ma famille est ici, mes amis…

Plus Amélia se mettait en colère, plus elle voyait les traits de Victor se durcir. Après l'avoir observée en silence pendant un court instant, il tourna les talons et sortit en claquant la porte. Amélia resta plantée au milieu de la cuisine, les larmes aux yeux.

Quand Victor rentra à la maison, il faisait nuit. Amélia était déjà couchée. Elle fit semblant de dormir lorsqu'il la rejoignit au lit et retint son souffle en ne sachant plus trop si elle souhaitait qu'il dise quelque chose ou qu'il s'endorme au plus vite. Mais Victor lui tourna le dos sans avoir prononcé un seul mot. Dans sa tête, la dernière conversation qu'il avait eue avec son père, peu de temps après son retour du Nord-Ouest, ne cessait de le tourmenter. Le dîner chez ses parents s'était plutôt bien déroulé. Comme toujours, les plats et le vin étaient excellents. Éléonore avait interdit à son mari de parler de la campagne du Nord-Ouest et Victor n'avait pas osé leur faire part de son expérience.

Après le repas, Victor avait émis le souhait de se retrouver seul avec son père et les deux hommes s'étaient retirés dans la bibliothèque.

Bien calé dans une bergère de cuir, un verre de bourbon à la main et un cigare dans l'autre, Napoléon Desmarais avait attendu que son fils aîné prenne la parole.

– Père, il y a quelque chose dont j'aimerais vous parler, avait-il commencé d'une voix peu assurée.

– Oui. Qu'y a-t-il ?

– En fait, j'ai quelque chose à vous annoncer.

– Une nouvelle ? Bonne, j'espère ?

– Et bien, j'ai rencontré quelqu'un à Montréal... une femme. Je lui ai demandé de m'épouser, avait-il finalement lâché.

Un large sourire avait éclairé le visage de son père.

– Mais c'est une excellente nouvelle que tu m'annonces là ! Qui est-elle ?

– Elle s'appelle Amélia Lavoie.

– Et quand comptes-tu nous la présenter ?

– Je ne sais pas. En fait, j'avais pensé que nous pourrions nous marier avant la fin de l'année.

– Si vite ? s'était étonné Napoléon.

– Ce n'est pas ce que vous pensez, père. Mais pourquoi attendre ? Sa famille est établie à Montréal, alors les noces auront lieu là-bas.

– Ta mère en fera une maladie. Le premier mariage dans la famille et elle ne pourra même pas en organiser le déroulement. Et cette demoiselle, elle t'a dit oui ?

– Pas encore. En fait j'attends sa réponse avant de demander sa main à son père.

– Que fait son père ?

Là, les choses s'étaient compliquées.

– Il travaille dans la ferblanterie...

– Un industriel ?

– C'est un ouvrier, père. Il travaille le métal.

– Un ouvrier ? Tu te moques de moi ?

– Je n'oserais pas, avait-il répondu en soutenant le regard de son père.

Ce dernier s'était levé et s'était mis à arpenter la pièce de long en large.

– Alors nous en sommes là, avait-il marmonné sans cesser d'aller et venir. Après m'avoir défié en ce qui concerne le choix de ta carrière, tu parais décidé à agir par toi-même pour tout ce qui concerne les affaires les plus importantes de la famille. Je t'ai placé au collège dans l'espoir de te voir embrasser une profession libérale et dans ton entêtement tu as tout abandonné...

– Ça ne me convenait pas, père...

– Ne m'interromps pas ! Je savais que sur ces questions-là tu te permettais de différer d'opinion avec moi. Et j'ai fermé les yeux sur cette insolence pour plaire à ta mère et avoir la paix dans ma maison. Mais là, tu dépasses les bornes ! Tu oublies le respect que tu dois au nom de ton père en aspirant à une alliance avec une fille d'ouvrier.

Victor s'était attendu à cette réaction de la part de son père. Mais il était bien décidé à ne pas céder.

– Ma décision est prise. Et vous ne me ferez pas changer d'idée. Pas plus que mère, avait-il ajouté d'un ton décidé.

– Tu veux la faire mourir de honte, ta mère ? As-tu pensé au scandale ? Tu vas t'enlever ces idées-là de la tête immédiatement, mon fils. Il est temps de mettre un frein à ton esprit d'indépendance. Je ne donnerai jamais mon consentement à ce mariage.

– J'aurais préféré ne pas avoir à vous désobéir, père. Mais comme l'année dernière, je me vois forcé d'agir contre votre volonté. Je suis jeune et le monde est assez grand pour qu'Amélia et moi puissions aller là où l'on ignorera nos différences. Je suis un homme maintenant, quoique vous puissiez en penser, et il est de mon devoir d'agir selon ma conscience. J'aime Amélia Lavoie et j'ai bel et bien l'intention d'en faire ma femme.

– Dans ce cas-là, tu ne me laisses pas le choix… Tu devras te débrouiller seul. Ne compte pas sur moi pour subvenir à vos besoins de quelque façon que ce soit.

– Vous pouvez garder votre argent, père. Je n'en aurai pas besoin. Avec mes économies, je vais acheter un lot dans l'Ouest. Nous irons nous établir là-bas.

Son père s'était laissé tomber dans le fauteuil.

– Un fermier. Mon fils veut devenir fermier…, avait-il marmonné, les dents serrées.

Victor avait attendu un moment, ne sachant plus trop s'il devait sortir ou rester là, à attendre les foudres paternelles. Mais rien ne s'était passé. Son père s'était levé et lui avait résolument tourné le dos. Les paroles qu'il avait alors prononcées résonnaient toujours dans l'esprit de Victor, telle une funeste sentence

– Je n'ai pas besoin de te dire ce que tu as à faire. Quitte cette maison tout de suite et n'y remets jamais les pieds. Et ne t'avise surtout pas d'essayer d'entrer en contact avec l'un de nous. Tu n'es plus le bienvenu dans notre famille.

Lorsqu'il avait quitté la maison, quelques minutes plus tard, sans même avoir eu la possibilité de saluer sa mère, Victor avait cru entendre son père pleurer derrière la porte fermée de la bibliothèque. Il était parti sans regretter un instant le choix qu'il avait fait. Il avait des rêves plein la tête. Des projets aussi. Il était alors bêtement convaincu qu'Amélia, la femme qu'il aimait et qu'il souhaitait épouser, approuverait la décision qu'il avait prise. Il s'était trompé.

Chapitre XXV

– Bonjour, madame Lavoie. Puis-je vous parler un instant ?

Mathilde sursauta en entendant son nom et se retourna. En reconnaissant son gendre, elle chercha sa fille du regard.

– Victor ! Qu'est-ce que tu fais ici ? Amélia...

– Elle va bien, la rassura Victor en s'approchant de sa belle-mère.

– Qu'est-ce qui se passe mon garçon ? Tu as un drôle d'air...

– C'est que... j'espérais bien que vous iriez faire votre promenade ce matin. J'ai pensé que ce serait un bon moment pour vous parler.

– Me parler de quoi, Victor ?

– Vous demander conseil, en fait, précisa le jeune homme d'un air sérieux.

– Marchons, veux-tu ? Ça me fait plaisir d'avoir de la compagnie. C'est plutôt rare, ces temps-ci.

Mathilde glissa son bras sous celui de Victor et ils se dirigèrent d'un pas lent vers la rue Saint-Hubert. Sa santé s'était améliorée depuis le printemps dernier, surtout parce qu'elle s'appliquait à suivre les recommandations du docteur Boyer, mais dernièrement elle avait recommencé à tousser un peu.

– Ma fille ne te fait pas trop de difficultés au moins ? lança-t-elle brusquement.

Mathilde ralentit un peu le pas et jeta un regard à Victor.

– Je la connais, Amélia, reprit-elle plus doucement. Elle n'est pas toujours facile à vivre.

Elle aurait pu ajouter que sa fille s'était certainement attendue à mieux en acceptant de l'épouser. Et que le fait de se retrouver aussi vite liée à un homme qu'elle connaissait à peine, obligée d'habiter un logement misérable dans un quartier inconnu, n'était pas pour arranger les choses. Mais elle préféra se taire.

– Pour dire vrai, madame Lavoie, j'aurais besoin de votre avis... sur une question un peu personnelle.

– Vas-y. Si je peux t'aider, l'encouragea Mathilde en lui tapotant le bras.

C'était tout de même étrange que ce jeune homme, distingué et discret, lui demande son avis. Elle en était flattée.

– J'ai fait des projets pour Amélia et moi, commença lentement Victor.

– Quel genre de projets ?

– Lorsque j'étais dans l'Ouest, j'ai fait l'achat d'un lot de colonisation. Cent soixante acres de bonne terre cultivable près de Winnipeg, à un prix plus qu'avantageux. Rien à payer durant les deux premières années. Avec le petit capital que j'ai amassé, je vais pouvoir bâtir une maison et mettre une partie de la terre en culture et peut-être aussi acquérir quelques têtes de bétail. Il y a un bois tout près qui fournira tout ce qu'il faut pour construire et se chauffer, précisa Victor avec enthousiasme. C'est une ville importante, Winnipeg. Je pensais qu'Amélia serait contente...

– Tu lui as demandé d'aller vivre là-bas ? l'interrompit Mathilde en considérant Victor d'un air surpris.

– Il me semblait que c'était la meilleure chose à faire. Commencer à neuf...

– Je pense que tu n'as pas bien réfléchi, mon gendre. Si tu pensais qu'Amélia sauterait de joie en apprenant cette nouvelle-là, c'est que tu ne la connais pas. Elle n'est pas faite pour vivre sur une ferme. Ça, tu peux me croire. Sophie, je ne dis pas, mais Amélia… Et pourquoi veux-tu partir aussi loin. Tu en as parlé à ton père ?

– Mon père et moi, nous ne nous parlons plus.

– Il s'est passé quelque chose ? C'est à cause de nous, c'est ça ?

– Un peu, avoua Victor. Mais c'est plus compliqué. Mon père, se résigna-t-il à ajouter, n'accepte pas le fait que je prenne un autre chemin que celui qu'il a déjà tracé pour moi. Il ne veut pas voir que je suis devenu un homme et que je suis en droit de faire mes propres choix, autant en ce qui concerne mon présent que mon avenir.

Qu'est-ce qu'ils avaient donc tous, les pères et les fils, à être incapables de se parler ? songea Mathilde.

– Ton père doit être bien triste de ne plus te voir, se contenta-t-elle de répondre en réprimant un sentiment de curiosité.

– Pas autant que vous le croyez, répondit évasivement Victor. De toute façon, j'ai bien d'autres soucis en ce moment. Comment convaincre Amélia que tout ce que je souhaite, c'est notre bonheur à tous les deux ? C'est tellement beau comme endroit, soupira-t-il. Que vais-je faire de ce lot maintenant ? Je n'ai pas le choix, madame Lavoie, il faut qu'Amélia change d'avis. Vous pourriez lui parler…

– Je pourrais, répondit Mathilde. Mais ça ne veut pas dire que ça donnerait quelque chose. Et je ne peux pas encourager ma fille à partir si c'est pour la mettre dans la misère, loin de sa famille.

– Je suis travailleur et je n'ai pas peur de me salir les mains.

– Ça, je n'en doute pas. Mais qu'est-ce que tu connais au travail de la terre ? Il faudra vous attendre à trimer dur. Dessoucher, épierrer, planter, faucher et labourer, ce n'est déjà pas facile avec des bras pour aider, mais fin seul, c'est une vraie folie. Ce n'est pas Amélia qui sera d'une grande aide. Elle est vaillante pour l'ordinaire de la maison, mais elle ne connaît rien au travail de la ferme.

– Je sais tout ça. Mais je crois que tout s'apprend quand on s'en donne la peine. Et j'ai la chance d'avoir acheté avant que les terres commencent à se vendre.

– Tu ne penses quand même pas que les gens vont se battre pour avoir un bout de terrain en pleine prairie? Déjà qu'on a plus de place qu'il nous en faut ici.

– Qui sait?

Ils se remirent en route. Après quelques minutes de silence, Mathilde laissa échapper un soupir.

– Bon, je veux bien essayer de parler à Amélia. Mais ne te fais pas trop d'illusions.

– Je vous remercie sincèrement, madame Lavoie. Pourquoi ne viendriez-vous pas souper avec monsieur Lavoie jeudi de cette semaine. Nous devrions avoir fini de nous installer, et Amélia serait heureuse…

Victor s'arrêta brusquement. Mathilde fit de même et regarda autour d'elle. Ils se trouvaient au coin des rues Sainte-Catherine et Saint-Hubert. À proximité de l'asile des sœurs de la Providence*, des cris attiraient l'attention des passants qui ralentissaient le pas pour regarder avant de s'enfuir promptement. Une jeune femme était postée sur le trottoir et couvrait d'invectives les personnes qui passaient devant elle. Son visage était marqué de cicatrices rouges.

– Tu as peur de la picote? Viens ici que je t'embrasse. Non, sauve-toi pas!

La femme tenta de saisir le bras d'une fillette qui se mit à hurler en s'accrochant à sa mère.

* Aujourd'hui, la station de métro Berri-UQAM.

– Mon Dieu ! murmura Mathilde en serrant le bras de Victor.

– Venez. Il vaut mieux s'en aller. Je vais vous raccompagner chez vous, dit Victor en rebroussant chemin.

– Pourquoi fait-elle ça ? C'est bien assez épouvantable cette maladie-là sans qu'on en rajoute, il me semble, décréta Mathilde. J'espère que toi et Amélia faites bien attention, s'alarma-t-elle. Il y a eu plusieurs cas de picote dans votre coin ces derniers jours.

– Nous ne connaissons personne qui l'a attrapée. Et nous sommes prudents, dit-il pour la rassurer en se rappelant juste à temps qu'il valait mieux taire le fait qu'Amélia et lui étaient vaccinés.

Il n'y avait pas de danger. Pas pour eux.

– Je me demande comment Amélia trouve sa nouvelle vie.

Mathilde cessa d'essuyer l'assiette qu'elle tenait à la main. Elle tournait le dos à Sophie et la jeune femme ne put voir l'expression de tristesse qui assombrit le visage de sa mère.

– C'est étrange de penser qu'elle est mariée, reprit Sophie.

Elle contempla d'un air perplexe les points de broderie qu'elle venait de terminer sur le coin de la nappe et hocha la tête.

– C'est demain que vous allez souper chez eux ?

– Hum.

– C'est quand même une chance qu'ils se soient trouvé quelque chose aussi vite et pas trop loin de chez Joseph. Ça lui fait au moins Françoise à qui parler.

– C'est sûr.

– Vous n'êtes pas très jasante ce soir, déclara Sophie.

Elle se planta à côté de sa mère.

– Que se passe-t-il, maman ? Vous avez l'air préoccupée. C'est Amélia ?

– Mais non, répondit Mathilde tout en continuant d'essuyer la vaisselle. Tiens, aide-moi plutôt, ajouta-t-elle en tendant un linge à Sophie.

– Vous savez, maman, ça peut juste lui faire du bien, à Amélia, de vivre sa vie.

Mathilde se tourna vers sa fille et la considéra avec étonnement.

– Je le sais bien que vous vous sentez coupable, poursuivit Sophie. Depuis les noces, on dirait que vous passez votre temps à réfléchir. Je me doute bien que ce n'est pas de son plein gré qu'Amélia s'est mariée et je devine aussi pourquoi, même si elle ne m'a rien dit.

– Au moins, ça s'est arrangé pour elle, avoua Mathilde en soutenant le regard de sa fille.

– Mais vous pensez qu'elle n'aurait pas dû se marier avec cet homme-là, finalement. C'est ça ? demanda Sophie.

Mathilde rangea l'assiette que lui tendait sa fille. La perspicacité de Sophie la surprenait. Étrangement, elle se sentait soulagée de pouvoir se confier à quelqu'un qui, elle le savait, ne la jugerait pas trop durement.

– C'est vrai, admit-elle. Je m'en veux. Ce n'est pas que c'est un mauvais gars, Victor, mais je me suis trompée à son sujet. Si j'avais su qu'ils finiraient par vivre la même vie que nous… Son père et lui sont en brouille. C'est ce qu'il m'a dit.

– Vous ne pensez pas que ça peut s'arranger avec le temps ?

– C'est possible, mais ce serait étonnant, répondit Mathilde en soupirant. Quand un homme se braque dans sa fierté, on ne peut pas grand-chose pour le faire changer d'idée. Les femmes sont capables d'oublier et de pardonner, mais les hommes…

– Je suis bien contente qu'Armand s'entende bien avec ses parents, dit Sophie.

– Ce sont des futurs beaux-parents très bien que tu as là, ma fille. Compte-toi chanceuse et arrange-toi pour que ton promis s'en rende compte aussi.

La jeune femme acquiesça d'un signe de tête.

– Je me demande ce que ça fait d'être mariée...

– Tu le sauras bien assez vite.

Le regard de Sophie revint se poser sur sa mère. Son attitude la déroutait. Elle aurait dû être contente de marier ses filles. Si elle avait pu lire les pensées de Mathilde, elle aurait compris ce que cela signifiait d'être mère. Quand les grands enfants quittaient la maison, on ne pouvait faire autrement que de remonter les années pour faire le compte de la somme des efforts, des sacrifices et du dévouement qui avait été investie, corps et âme, dans ces petits êtres imparfaits et vulnérables. Et alors on constatait que tous ces jours passés à chérir, à soigner et à consoler avaient été en fait son unique raison d'être. Que, grâce à ces fils et à ces filles pourtant conçus par devoir, on avait finalement l'impression d'être infiniment utile. De pouvoir prétendre à une immortalité, autrement inaccessible. Cette part d'éternité, qui se dérobait maintenant un peu plus à chaque nouvel adieu, la ramenait malgré elle à sa condition humaine et l'obligeait à affronter sa propre fatalité. Mathilde aurait pu expliquer cela à Sophie. Mais en aurait-elle compris le sens ?

La mère se réfugia dans le regard de sa fille. Elle n'y chercha aucune consolation, mais y puisa le courage qui lui était nécessaire non pour lutter mais pour renoncer. Le courage de s'en remettre à la volonté divine au risque de se voir dépouillée ainsi d'une autre partie d'elle-même.

Le jeudi suivant, chez Victor et Amélia, on parla de l'aménagement de la maison du jeune couple, de leurs nouveaux voisins, des dernières facéties d'Henri mais aussi de Paul qui commençait à prendre du pic, comme disait Édouard. Mathilde avait reçu une lettre de sa mère et les mit au courant des dernières nouvelles en provenance de Saint-Norbert. Mémé avait attrapé un coup de soleil qui lui avait donné une bonne fièvre deux jours durant. Il y avait aussi le grand-père Alphonse qui trouvait qu'il y avait beaucoup trop de travail à faire avec le battage, l'engerbage et le foulage des grains, sans oublier, bien sûr, le mariage d'Antoinette. De bien belles noces, aux dires de grand-mère Délia. Antoinette transmettait ses salutations affectueuses à Amélia et lui réitérait tous ses souhaits de bonheur dans sa nouvelle vie. En voyant l'air renfrogné d'Amélia, Mathilde préféra garder le reste pour elle. Pourquoi faire de la peine à sa fille en lui racontant combien la robe de mousseline de sa cousine était jolie, que le soleil avait brillé haut et fort durant les trois jours qu'avaient duré les réjouissances et que toute la famille réunie, oncles, tantes, cousins et cousines, avaient mangé, bu, dansé, chanté et ri à la santé des mariés. Mathilde pouvait sans peine imaginer le tableau. Ces parents, endimanchés et émus, la maison brillant comme un sou neuf, la table croulant sous les plats et les fleurs du jardin, les enfants accourant en riant pour accueillir le cortège des bogheys... Les mots de Délia la ramenaient à ses propres noces. Elle aurait tant aimé que ses filles puissent vivre la même chose. Savourer ce jour unique, gorgées d'espérance.

Puis, les hommes passèrent au salon pour siroter le whisky qu'Édouard avait apporté pour l'occasion. Mathilde et Amélia se dépêchèrent de faire la vaisselle et s'installèrent dans les chaises à bascule que les parents de Lisie leur avaient offertes. Elles étaient usées et grinçantes mais quand même encore utilisables. De toute façon, elles dormaient depuis des années dans la poussière du grenier, comme Lisie l'avait maladroitement assuré à Amélia, en espérant ainsi la faire se sentir moins redevable à l'égard des Prévost.

Mathilde put enfin parler à sa fille. Mais elle eut beau tenter de la raisonner, de la convaincre qu'elle devait suivre son mari au Manitoba, rien n'y fit. Amélia refusa de changer d'avis. Elles s'interrompirent en entendant frapper à la porte. Les deux femmes entendirent des pas suivis du son étouffé de la voix de Victor.

– Je me demande qui ça peut être, dit Amélia en se levant.

– Amélia, pourrais-tu venir ! demanda Victor d'une voix forte.

La jeune femme se dirigea vers la porte d'entrée. Mathilde lui emboîta le pas. Amélia n'arrivait pas à voir à qui s'adressait Victor. Il avait laissé son visiteur sur le trottoir et se tenait dans l'embrasure de la porte.

– Qu'y a-t-il ? s'enquit Amélia en se plaçant derrière son mari.

Victor lui désigna de la tête les deux hommes qui se tenaient devant eux.

– Madame, la salua le plus âgé des deux en retirant son chapeau.

Amélia lui répondit d'un hochement de tête poli. Tous les deux étaient bien habillés et rasés de près. Le plus jeune, qui devait avoir dans la trentaine, tenait dans ses mains une liasse de feuilles qu'il se mit à consulter avec attention. L'autre homme avança d'un pas et sourit au jeune couple.

– Ce monsieur est médecin, expliqua Victor. Et l'autre ?

Victor se tourna vers le jeune homme et le questionna du regard.

– Oh, excusez-moi ! dit-il avec empressement. Jean-Baptiste Fortin. Je suis un volontaire. Pour le porte-à-porte...

L'homme plus âgé afficha un air légèrement exaspéré et lui donna un discret coup de coude.

– Je suis le docteur Jacques Lacroix, répéta-t-il avec sérieux à l'attention d'Amélia.

– Ces messieurs travaillent pour le Comité d'hygiène, l'interrompit Victor.

– Le Comité d'hygiène?

– Ils tentent de convaincre les gens de se faire vacciner contre la variole. Ils veulent savoir combien de personnes vivent ici et nous expliquer ce qu'il faut faire si l'un de nous tombait malade.

– Tu leur as dit… qu'on était…

Amélia baissa la voix en jetant un coup d'œil nerveux derrière elle. Mathilde et Édouard se tenaient près de la porte du salon.

– Oui, je le leur ai dit, répondit Victor. Mais ils veulent quand même nous expliquer les nouvelles règles.

Mathilde toussa et Jean-Baptiste Fortin s'étira le cou en direction de la porte.

– Il y a quelqu'un d'autre qui vit ici? demanda-t-il, l'air soupçonneux.

– Ce sont mes parents, expliqua Amélia. Ils sont venus souper. Et ils ne sont pas malades, si c'est ce qui vous inquiète.

– Excusez-nous, ajouta le docteur Lacroix en souriant poliment. Vous ne voyez pas d'inconvénient à ce qu'on entre quelques minutes?

Victor haussa les épaules et leur céda le passage. Tout en leur désignant de la main l'entrée du salon, il jeta un regard à Amélia. Résignée, la jeune femme rejoignit les deux hommes.

– Pourquoi est-ce que le Comité d'hygiène fait du porte-à-porte? demanda Édouard, sans attendre que les deux hommes aient le temps d'ouvrir la bouche.

Surprise, Mathilde leva les yeux vers son mari.

– C'est à cause de l'épidémie de variole, monsieur, répondit poliment le docteur Lacroix. Notre travail consiste à rencontrer les gens pour leur parler des avantages de la vaccination, mais aussi des mesures à prendre si par malheur l'un de vous tombait malade.

– Ils n'ont pas dit qu'on n'avait plus besoin de se faire vacciner ? ne put s'empêcher de demander Mathilde

– Je suis bien d'accord avec vous pour dire que certaines personnes ont volontairement exagéré les risques et l'importance de cette épidémie, approuva le médecin. Mais il faut tout de même se montrer prudent. Il y a eu beaucoup de cas récemment dans ce quartier. Avez-vous tous été vaccinés, s'enquit-il.

– Moi et ma femme, on n'est pas intéressés à votre vaccin, décréta Édouard en entourant d'un bras protecteur les épaules de Mathilde qui se serra contre lui. Il n'y a personne ici qui en a besoin.

– Mais je croyais, balbutia Jean-Baptiste Fortin en tournant un regard surpris vers Victor.

– Laissez tomber, répondit-il en désignant discrètement ses beaux-parents.

Le regard que lui renvoya le volontaire était vide de toute expression.

– Vous ne m'avez pas dit tout à l'heure que vous et votre femme aviez été vaccinés ?

Mathilde laissa échapper un faible gémissement et agrippa le bras d'Amélia.

– Ce n'est pas vrai ? Tu n'as pas fait ça ?

– Voyons maman, ne vous énervez pas. Vous le voyez bien que je ne suis pas malade, et Victor non plus. Si vous voulez tout savoir, Sophie aussi y est allée. C'était ça ou elle perdait sa place chez Fogarty...

Le médecin et le volontaire échangèrent un regard embarrassé.

– C'est vrai ce que dit la dame, confirma ce dernier. Certaines entreprises ont songé à renvoyer tous les ouvriers qui ne seraient pas vaccinés. Les fabricants de chaussures de la ville ont même tenu une réunion le mois dernier pour en discuter. Mais finalement, le conseil municipal s'en est mêlé et il a plutôt décidé de remettre en fonction la vaccination publique, expliqua Jean-Baptiste Fortin.

– Nous ne sommes pas ici pour vous forcer à faire quoi que ce soit, l'interrompit le médecin en lissant sa moustache. Mais si vous changez d'idée, vous n'avez qu'à vous rendre dans l'un des bureaux de vaccination. Vous avez la liste et les adresses ici.

Son collègue hésita un instant, puis tendit une feuille à Victor.

– Nous devons également vous informer que le Comité d'hygiène de la ville a reçu tous les pouvoirs, de l'autorité même du Conseil de santé provincial, pour imposer l'affichage sur les maisons infectées, ainsi que la désinfection des lieux. En tant que citoyen, vous avez la responsabilité de déclarer au Comité les cas de variole dont vous pourriez avoir connaissance...

– Vous voulez dire dénoncer ses voisins ou se dénoncer soi-même, marmonna Édouard.

– Il ne s'agit pas de dénoncer pour le plaisir, monsieur, rétorqua le médecin en pinçant les lèvres. La variole est une maladie très contagieuse et des mesures strictes doivent être appliquées pour en éviter la propagation. Tous les malades doivent être soit isolés soit transportés à l'hôpital civique.

– Vous n'allez quand même pas obliger les gens à obéir contre leur gré ! s'exclama Mathilde.

– Non, madame, il n'en est pas question, répondit Jean-Baptiste Fortin. Simplement, il est normal que tous soient au courant des dangers de la contagion.

– Bon. Je pense que tout le monde ici a bien compris, le coupa Victor. Vous avez sûrement d'autres visites à faire. Nous ne voudrions pas vous retenir.

Il adressa un sourire forcé à leurs visiteurs et les raccompagna jusqu'à la porte.

Sur le trottoir, les voisins, en petits groupes, se turent et dévisagèrent les deux hommes. Ceux-ci ne semblèrent pas le moins du monde dérangés par les regards apeurés ou soupçonneux qu'on leur jetait. Dans la majorité des maisons qu'ils visitaient, ils n'étaient pas les bienvenus. Et ils ne s'attendaient certainement pas à ce qu'on leur réserve un accueil chaleureux.

Victor salua d'un bref mouvement de tête leurs voisins d'en face qui discutaient avec un couple âgé visiblement ébranlé par la présence des deux hommes, qui venaient de se faire claquer la porte au nez par Marie-Jeanne Beaudry.

Lorsqu'il revint dans le salon, Victor trouva Amélia assise près de sa mère sur le sofa élimé. Elle commençait visiblement à perdre patience.

– Voyons, maman, vous n'avez pas entendu ce qu'a dit monseigneur Fabre, il y a deux semaines ? Qu'il fallait écouter les docteurs et se faire vacciner ?

– J'ai entendu.

– Si on a un malade dans la famille, il a même dit que c'était une raison suffisante pour ne pas se rendre à la messe...

– Comment les familles des malheureux vont-elles faire pour prier pour leur guérison si elles ne peuvent même plus aller à la messe ?

– Ils n'auront qu'à prier chez eux ! s'énerva Amélia en se relevant brusquement.

– Madame Lavoie, vous ne devriez pas vous en faire ainsi. Ce serait toutefois une bonne idée que votre famille se fasse vacciner, intervint Victor en regardant son beau-père. Je vous le dis, il n'y a pas de danger et nous serions rassurés à l'idée que vous êtes protégés, vous aussi.

Édouard fixa le mur devant lui, l'air songeur. Il se tourna vers sa femme, sans faire attention aux supplications muettes que lui adressait Amélia.

– Ce n'est pas que je sois personnellement contre ce vaccin-là, déclara-t-il d'un ton égal. Mais j'ai aussi confiance aux conseils du docteur Boyer. Si je me fie à toi, ma fille, ajouta-t-il en s'adressant à Amélia, il n'avait pas l'air certain qu'on en avait besoin.

Amélia acquiesça à contrecœur.

– C'est vrai, mais c'était il y a plusieurs mois. Peut-être a-t-il changé d'avis depuis.

– Et il y a d'autres docteurs qui ne sont pas trop pour. Si on se fie à ce qu'ils disent dans le journal, en tout cas. Pour eux, les vaccins sont des poisons.

– Vous ne pensez pas qu'ils exagèrent? Moi et Sophie, on est encore en bonne santé.

– C'est vrai, monsieur Lavoie, ajouta Victor. Les docteurs ne sont pas mieux que les autres, vous savez. Ils ne sont pas toujours d'accord entre eux et ça discute beaucoup dans ce milieu-là. Avec toutes les recherches et les découvertes que la science a faites ces dernières années, il ne faut pas se surprendre que les avis soient aussi partagés. Et si vous voulez mon avis, les journalistes ne s'entendent pas mieux entre eux.

– Ah non? Pourtant, il me semble qu'on lit toujours la même chose, dit Édouard en fronçant les sourcils.

– C'est parce que vous ne lisez pas les journaux anglais, précisa Victor. Selon eux, le nombre de malades et de morts ne cesse d'augmenter et personne à la mairie ne semble prendre le problème au sérieux.

– Et si on en croit les journaux français, en tout cas à *La Minerve*, ce serait juste de l'exagération de parler d'épidémie. On nous demande après ça de se fier à ce qu'on nous dit!

– Là-dessus, je vous donne bien raison, admit Victor.

D'un geste rapide, il puisa dans la poche de sa veste un petit cigare et une boîte d'allumettes. Une légère odeur de soufre se répandit dans l'air confiné de la petite pièce lorsqu'il secoua l'allumette pour l'éteindre.

– Maman, ça vous dirait qu'on prenne une tasse de thé ? Il vaut mieux laisser les hommes discuter entre eux, vous ne pensez pas ?

– C'est vrai que ces affaires-là..., répondit Mathilde en prenant Amélia par le bras. Tu as raison, on sera bien mieux dans la cuisine.

Une trentaine de minutes plus tard, Édouard et Mathilde étaient déjà prêts à partir. Peu désireuse de se heurter à l'entêtement d'Amélia, Mathilde avait préféré éviter le sujet d'un éventuel déménagement dans l'Ouest. Édouard devait quant à lui admettre que l'instruction dont avait visiblement bénéficié son gendre le mettait mal à l'aise. Il n'aurait su dire si c'étaient les connaissances, le vocabulaire ou les réflexions émises par ce dernier qui en étaient la cause, mais son amour-propre en avait pris pour son rhume. À son âge, il se sentait inférieur à un petit jeunot qui n'avait même pas de situation. Juste parce qu'il était instruit. Et il ne pouvait pas lui en vouloir, car Victor n'était pas un m'as-tu-vu. Au contraire, jusqu'à maintenant, il avait toujours fait preuve de respect à son égard. En fait, il lui plaisait et lui déplaisait à la fois. Sans doute parce qu'il se reconnaissait un peu en lui. Ce ressentiment que Victor semblait éprouver pour ses parents, cette volonté de vouloir se distinguer, ces idéaux trop grands pour être possibles : c'était tout à fait lui au même âge.

Édouard aida sa femme à se hisser sur la banquette de la voiture et se dirigea vers sa fille et son gendre côte à côte, sur le pas de la porte.

– Merci bien pour le souper. Et ne vous gênez pas pour venir faire votre tour vous aussi.

Victor serra la main que lui tendait son beau-père.

– Repensez au vaccin, monsieur Lavoie, lui dit-il tout bas. Amélia serait rassurée. Fiez-vous à moi, vous n'avez rien à craindre.

– Je veux bien te croire, vu que tu es un fils de docteur, murmura Édouard. Mais ma femme, elle n'est pas de constitution bien forte et elle a tellement peur de ça. Je pense que ce ne serait pas une bonne idée de la forcer et de faire pareil pour les enfants. Mais vous, faites ce que vous pensez être correct… on n'est pas obligés de le savoir, termina-t-il d'un air entendu.

Il embrassa Amélia et rejoignit Mathilde qui l'attendait. La jeune femme suivit la voiture des yeux jusqu'à ce qu'elle tourne le coin de la rue.

Les conversations des voisins qui se trouvaient encore à l'extérieur leur parvenaient par bribes. Les Poirier, leurs voisins d'en face, étaient toujours là, mais le couple âgé avait été remplacé par un autre, plus jeune.

– Ça ne vous fait pas peur de savoir que vos enfants jouent avec eux ?

– Je les surveille, mes enfants ! Et à partir de maintenant, il est interdit de sortir de la cour sans surveillance. Vous pouvez en être certaine ! s'exclama Aurore Poirier.

Amélia avait tout de suite aimé Aurore Poirier. La jeune mère de vingt-cinq ans et son mari Cyrille habitaient la maison d'en face avec leurs trois jeunes enfants. Aurore était brune et un peu rondelette. Plutôt jolie. Elle aimait rendre service et se plaignait rarement. Mais surtout, elle savait écouter. Lorsque sa nouvelle voisine était venue la saluer deux jours auparavant, alors que, grimpée sur une chaise, elle était occupée à laver la fenêtre du salon, Amélia avait été surprise de constater que celle-ci ne semblait pas le moins du monde gênée de pénétrer ainsi chez des gens qu'elle ne connaissait pas. Aurore ressemblait à Lisie. Elle avait la même humeur égale et gaie.

– Tiens, voilà nos nouveaux voisins, lança Aurore en apercevant Amélia et Victor qui les observaient.

D'un pas rapide, elle traversa la rue, entraînant son mari derrière elle.

Victor soupira. Leur voisine était bien aimable, mais elle commençait à l'exaspérer avec ses commentaires sur les uns et les autres.

Déjà, Aurore saisissait la main d'Amélia et l'attirait près d'elle. Victor salua Cyrille Poirier d'un bref hochement de tête.

– On parlait des Labrie, enchaîna Aurore en désignant de la main une maison délabrée un peu plus bas dans la rue. Leur fille a été enterrée ce matin. La picote. Il paraît qu'elle a beaucoup souffert, la pauvre. On a vu sa mère tantôt. Je vous dis qu'elle semblait abattue.

– Je suppose qu'ils n'étaient pas vaccinés, dit Amélia.

– Pourquoi faire ? s'étonna Aurore en fronçant les sourcils. C'est le bon Dieu qui a envoyé la maladie dans cette maison-là. Que peut-on y faire ? ajouta-t-elle en haussant les épaules comme s'il s'agissait d'une évidence.

Amélia, déconcertée, tourna les yeux vers Victor. Il ouvrit la bouche pour dire quelque chose, puis se ravisa. Qu'avait-il à faire de toute façon de ces gens-là ? S'ils aimaient mieux prendre le risque de tomber malades, c'était leur problème, pas le sien. L'espace d'un instant, il se demanda ce qu'il faisait là. Tandis qu'il observait sa propre épouse discuter tout naturellement avec cette femme à l'air un peu bête, il se surprit à penser que sa vie avait pris un tournant qu'il n'avait pas du tout prévu. Il feignit de s'intéresser aux paroles du petit groupe tandis que ses pensées, elles, erraient vers d'autres lieux, transportées vers de vastes étendues sauvages portant déjà en elles les germes d'un rêve auquel il n'avait pas l'intention de renoncer.

Amélia frappa à la porte pour s'annoncer et pénétra à l'intérieur. Elle s'apprêtait à grimper l'escalier lorsque la large silhouette de son frère, les mains campées sur les hanches, s'encadra sur l'étroit palier de l'étage.

– Bonjour, Joseph.

– Ah, c'est toi, marmonna Joseph en croisant les bras, l'air méfiant. Qu'est-ce qui nous vaut l'honneur ?

– Je suis venue vous voir, comme ça, en passant. On ne peut pas dire que tu donnes souvent de tes nouvelles...

– Pourquoi est-ce que j'en donnerais si je n'ai rien à raconter ?

– Est-ce que Françoise et les petits vont bien ? demanda Amélia sans relever la remarque de son frère.

– Tout le monde va bien.

– Ça ne te dérange pas si je monte saluer ta femme ?

Joseph haussa les épaules.

– Maintenant que tu es là...

Il tourna les talons et disparut à la vue d'Amélia qui laissa échapper un soupir exaspéré.

En entrant dans la minuscule cuisine, elle prit conscience que sa vie était devenue semblable à celle de son frère. Elle en aurait pleuré de dépit. Elle n'en eut pas le temps. Son neveu surgit de nulle part et se pendit à ses jupes. Amélia baissa la tête et caressa les boucles de Charles.

– Charles ! Fais attention ! lui lança Françoise en s'essuyant les mains sur son tablier. Amélia, quelle belle surprise tu nous fais !

– Je me suis dit que ce serait une bonne idée de venir vous faire une petite visite, répondit Amélia en tentant de repousser doucement son neveu. En vain.

– Charles, laisse ta tante Amélia tranquille.

La jeune mère le prit par un bras et le tira doucement vers elle.

– Je me demande bien où il a pris ces frisettes-là, ajouta Amélia en souriant. Un vrai petit Jean-Baptiste.

– Il tient ça de mon père, répondit Françoise en caressant la tête de son fils.

– Comment va ton mari ? l'interrompit Joseph.

– Bien. Il travaille fort.

– Il a été chanceux de se trouver une place à la raffinerie, déclara Joseph. Dans le moment, les affaires tournent au ralenti.

– Comme tu le dis. Il y a aussi de moins en moins de commandes qui entrent à la buanderie.

– Je me demande bien ce qui t'oblige à continuer de travailler là, marmonna Joseph en plissant les yeux. Maintenant que tu es mariée…

– Et ta mère, comment se porte-t-elle ? demanda Françoise en se tournant vers sa belle-sœur. Ça fait un moment que je ne l'ai pas vue.

– Elle va mieux depuis cet été. J'espère seulement que l'hiver ne sera pas trop dur cette année. Tu devrais aller voir nos parents plus souvent, Joseph. Ça ferait plaisir à maman, ajouta-t-elle d'un ton réprobateur en se tournant vers son frère.

– Si tu es venue pour me faire des reproches…, commença Joseph en jetant un regard noir à Amélia.

Amélia pinça les lèvres. Cela ne servait à rien de répondre à Joseph. Il avait toujours le dernier mot de toute façon.

– Va jouer dehors avec ton frère, ajouta Françoise à l'attention de Charles en le poussant doucement. Allez ! On a des affaires de grands à se dire.

– Je vais vous laisser entre femmes, rétorqua Joseph en saisissant sa pipe d'une main et sa blague à tabac de l'autre.

Charles renifla, s'essuya le nez du revers de la main et suivit son père en traînant les pieds.

– Fais attention de ne pas tomber dans l'escalier ! lui cria Françoise. Veux-tu boire un peu de thé, Amélia ? J'allais justement en faire.

– Ce n'est pas de refus, répondit Amélia en se laissant tomber sur une chaise.

– Tu sais, en ce qui concerne Joseph, il ne faut pas que tu t'en fasses, dit Françoise en posant la bouilloire sur le poêle. Il bourrasse, mais ce n'est pas un sans-cœur. Oh, il ne le dira pas, mais je le sais qu'il a eu de la peine quand ta mère est tombée malade, au printemps dernier.

– Si tu le dis, rétorqua Amélia en haussant les épaules. Françoise ? reprit-elle après un court silence, quand sa belle-sœur eut pris place à la table, devant elle.

– Oui ?

– Si je suis venue jusqu'ici c'est parce que je voulais te parler de quelque chose, commença Amélia.

– Je m'en doute bien. De quoi s'agit-il ? l'encouragea Françoise en posant sa main sur celle de la jeune femme.

– Victor et moi, on a souvent parlé de vous ces derniers jours.

– À propos de quoi ? s'étonna Françoise.

– Avec l'épidémie et tous les malades qui vont et viennent dans la ville... On s'est dit que ce serait une bonne idée que je vienne vous voir. Je sais bien ce que mon frère en pense, mais je me suis dit que de t'en parler à toi serait peut-être mieux.

– Me parler de quoi, Amélia ?

– Bien, ce ne serait pas une mauvaise chose que toi et les enfants vous alliez vous faire vacciner...

Françoise retira brusquement sa main et la porta à son visage.

– J'espère que tu n'as pas parlé de ça à ton frère ! s'exclama-t-elle en jetant un regard inquiet en direction de la porte de la cuisine.

– Bien sûr que non.

– Monsieur le curé a dit qu'on devait écouter les docteurs. Et si ce n'était pas de ton frère, c'est ce que je ferais, reprit Françoise. Mais il ne faut pas rêver. Joseph ne me laissera jamais faire ça. Il croit que la vaccination est une façon qu'ont trouvée les docteurs pour faire plus d'argent sur notre dos et il ne leur donnera pas une seule cenne de l'argent qu'il gagne à la sueur de son front.

– Tu n'es pas toujours obligée de l'écouter, Françoise. Mon frère, ce n'est pas le bon Dieu…

– Amélia !

– Excuse-moi, mais je le connais, Joseph. Parfois, il vaut mieux le laisser parler et ne pas trop faire attention à lui. Tu pourrais venir avec moi. Il n'est pas obligé de le savoir.

– Je ne peux pas faire ça, rétorqua Françoise en fixant le mur devant elle.

– Pense à tes garçons. Tu ne voudrais pas qu'ils attrapent cette maladie-là et qu'ils en meurent ! s'emporta Amélia en se levant.

Elle se mit à faire les cent pas dans la cuisine sans se rendre compte que Françoise s'était mise à pleurer doucement, le visage dissimulé entre ses mains.

– Tu ne peux pas être aussi têtue que mon frère et manquer de cœur à ce point ! poursuivit-elle en se tournant brusquement vers sa belle-sœur. Oh, Françoise ! Pardonne-moi, ce n'est pas ce que je voulais dire !

Amélia s'approcha et se pencha pour prendre la jeune femme dans ses bras.

– Je le sais bien que tu n'es pas sans-cœur. Ce serait bien plutôt le contraire.

L'expression qu'Amélia lut sur le visage de Françoise la bouleversa. Jamais elle n'avait vu un regard empreint d'autant de tristesse.

– Que veux-tu que je fasse ? demanda Françoise d'une voix étrangement calme.

Amélia réfléchit un instant. Elle pouvait parler à son frère, mais cela ne ferait qu'empirer les choses. Elle pouvait aussi laisser tomber et revenir chez elle.

– J'ai trouvé, lâcha-t-elle en aidant Françoise à se mettre debout. On n'a qu'à dire à Joseph que j'aimerais bien avoir tes garçons avec moi un après-midi. Victor et moi, on pourrait les amener avec nous après la messe, demain. Qu'en pensestu ?

– Ce n'est pas une mauvaise idée. Mais comment ferat-on, pour l'argent ? Les vaccins coûtent cher. Il n'a pas tort là-dessus, mon Joseph.

– Une piastre chacun, avoua Amélia. Tu n'as pas un peu d'argent de côté ?

– Rien du tout, tu dois bien t'en douter.

– Tu ne pourrais pas demander à ton père de t'en avancer un peu ?

Françoise hocha la tête et sourit à Amélia.

– C'est bon. Je vais en parler à Joseph ce soir. Je veux dire pour que Charles et Edmond aillent faire un tour chez vous demain dimanche. Pour l'argent, c'est mieux que je ne lui dise rien.

– C'est mieux, en effet, admit Amélia en secouant la tête. Bon, viens me montrer le petit dernier, que je l'embrasse avant de partir.

Françoise l'entraîna vers la chambre à coucher.

– Amélia..., dit-elle en s'arrêtant devant la porte. Tu es sûre qu'on fait bien, je veux dire au sujet du vaccin. Ils ne sont pas bien costauds encore, mes garçons. Je ne voudrais pas qu'il leur arrive quelque chose, je ne me le pardonnerais pas...

– Cesse de t'en faire. Je vais bien m'en occuper de tes petits, Françoise.

– Oh, je te fais confiance, Amélia, répondit Françoise en pénétrant dans la pièce.

Chapitre XXVI

En cette fin septembre, une chaleur de plein été avait plongé la ville dans une léthargie profonde, aggravée par le fait que les gens se terraient chez eux. L'épidémie aurait dû être terminée depuis longtemps, mais la situation ne faisait qu'empirer.

Quelques semaines auparavant, le maire Honoré Beaugrand avait présidé une importante réunion qui regroupait les personnes les plus influentes de Montréal. Des religieux, prêtres et évêques, des universitaires et des dirigeants d'entreprise avaient enfin osé soulever la question des dangers que couraient les Montréalais aux prises avec une épidémie qui ne cessait de se répandre. Déjà plus de trois cents décès avaient été enregistrés. On en était venu à la conclusion qu'il n'était pas trop tard pour réagir. L'épidémie n'était pas si grave. Il fallait seulement s'assurer que la population soit convenablement informée des risques de contagion et des mesures à prendre afin d'éviter que la situation ne s'aggrave. Les membres du comité d'hygiène avaient rencontré monseigneur Fabre et les nombreux curés de la ville afin de les exhorter à encourager les paroissiens à se faire vacciner ou, à tout le moins, à pratiquer l'isolement des malades. La majorité des médecins s'étaient ralliés à la cause commune, tandis que les curés et les pasteurs recommandaient à leurs ouailles d'obéir aux médecins. Le nombre de victimes avait diminué et l'espoir était revenu. Jusqu'au samedi précédent. Quarante-huit nouveaux cas en un seul jour. La panique commença à gagner certains membres du Conseil de santé qui promulgua l'hospitalisation ou l'isolement complet des malades. On décida également de faire appel aux sœurs de la Providence dont le rôle consisterait à visiter les maisons pour découvrir et dénoncer les cas non déclarés. Naturellement, elles pourraient également apporter leur aide et leurs soins aux familles des malades qui auraient opté pour l'isolement.

Et puis, il y avait eu cet abbé, à l'église Saint-Jacques, qui ne s'était pas gêné pour admonester ses paroissiens, les rendant responsables de l'épidémie qui s'abattait sur la ville. Dieu, disait-il, avait été offensé par les péchés commis par les Montréalais, prompts à se vautrer dans les plaisirs de la chair et du vice, notamment pendant le carnaval d'hiver. La colère de Dieu retombait maintenant sur ses enfants. Au péché, Dieu répondait par la mort.

Dans les rues, dans les commerces de la ville et dans les lieux publics, on s'observait avec suspicion. Tel voisin ne s'était pas montré le bout du nez depuis quelques jours ? On supposait le pire. Les volets de telle maison étaient clos malgré la chaleur ? On y cachait sûrement des malades. Des enfants au visage couvert de croûtes à peine cicatrisées s'amusaient avec ceux qui étaient en pleine santé. Encore contagieux, ils s'échangeaient entre eux des jouets de fortune que les plus petits mettaient dans leur bouche. La ville, désertée par les visiteurs et les investisseurs, semblait incapable de se sortir du marasme dans lequel l'épidémie de variole l'avait plongée. Le Conseil de santé ne savait plus où donner de la tête. L'isolement des malades était un échec, les familles cachaient leurs malades, arrachaient les affiches placardées sur leur maison quand elles avaient eu le malheur d'être dénoncées. Des pères et des mères dont les enfants étaient mourants ou décédés continuaient d'aller travailler et de vaquer à leurs occupations, sans se soucier du fait que la maladie était peut-être en train d'incuber et qu'ils risquaient de contaminer les gens qu'ils côtoyaient tous les jours.

Victor et Amélia ne faisaient même plus de cas de la voiture noire qui passait de plus en plus souvent dans le quartier. Henri avait suivi l'exemple de ses sœurs aînées et s'était fait vacciner. Amélia avait quant à elle pris le soin d'amener Paul au bureau de vaccination, après que son père l'eut déposé chez elle à l'insu de Mathilde. Tout comme elle l'avait fait pour ses deux jeunes neveux. Toutes ces cachotteries n'avaient pas duré longtemps. Lorsqu'était venu le temps du bain, quelques jours plus tard, Mathilde avait tout de suite repéré la cicatrice du vaccin que le petit garçon arborait sur la cuisse. La grosse pustule qui s'était formée sur sa peau, à l'endroit où le médecin avait gratté avec une plume avant d'appliquer le liquide contenant le virus de la variole, était déjà recouverte d'une croûte brunâtre qui avait fait sursauter Mathilde. Croyant son mari responsable de cette abomination, elle n'avait rien dit, mais lui avait tout de même battu froid durant plusieurs jours. Pendant une semaine, elle avait rigoureusement examiné la cuisse de Paul, cherchant les signes d'une quelconque infection, et n'avait consenti à pardonner qu'au moment où elle avait été certaine que tout danger était écarté. Depuis lors, Paul exhibait avec fierté la marque qui témoignait de son courage mais aussi, aux dires de sa mère, de son incroyable chance. Si elle avait su que son plus jeune fils ne se lassait pas de baisser sa culotte devant filles et garçons, il aurait sans doute eu droit à une fessée digne de ce nom. Mais Mathilde était occupée à surveiller sa fille. Elle s'était efforcée de suivre les recommandations du curé, mais c'était plus fort qu'elle. La vaccination lui faisait peur, et il était hors de question qu'elle revive les nuits passées à s'inquiéter pour Paul. Cette fois, Édouard ne réussirait pas à tromper sa vigilance. Elle ne quitterait pas Marie-Louise des yeux.

Amélia se massa la nuque en soupirant. La chaleur était étouffante dans leur logement pratiquement dépourvu de fenêtres, dans lequel aucun souffle d'air ne parvenait. Victor était rentré une heure plus tôt et ils s'étaient mis à table alors que la nuit tombait déjà. Il rentrait tard depuis qu'il avait déniché cet emploi à la raffinerie. C'était un travail ingrat, éreintant et mal payé, mais il ne se plaignait pas. Amélia était bien consciente des efforts qu'il faisait pour tenter de se convaincre que sa vie le satisfaisait. Mais elle n'était pas dupe. Les journaux qu'il laissait traîner sur la table de la cuisine étaient invariablement ouverts à la page où apparaissaient des articles de plus en plus nombreux vantant les mérites de la colonisation. Il rêvait toujours de cette vie qu'il considérait comme essentielle à leur bonheur, et elle préférait faire comme si elle ne voyait rien.

Amélia observa Victor. Certains détails auxquels elle n'avait jamais fait attention lui sautèrent aux yeux : la fine cicatrice qui s'étirait sur sa tempe, près de son sourcil droit, ou encore cette habitude qu'il avait de pincer les lèvres lorsqu'il était concentré. Le visage de cet homme qu'elle avait choisi comme époux lui sembla tout à coup celui d'un étranger. Ce qu'il était en fait, elle devait bien se l'avouer. Jamais ils n'avaient eu l'un pour l'autre de ces gestes affectueux et tendres qui sont le propre des amoureux. Entre eux, il n'y avait jamais eu rien d'autre qu'une attraction motivée par l'urgence de combler un vide, de panser des plaies qui les faisaient tous les deux souffrir. Et cette souffrance, qui aurait dû pourtant les rapprocher, les pousser à se consoler mutuellement, semblait plutôt s'amplifier lorsqu'ils se retrouvaient dans l'intimité. Incapable de surmonter sa honte et ses regrets, Amélia s'était repliée sur elle-même, tout comme Victor, rongé par le dépit, avait choisi de se murer dans le silence.

Alors qu'elle l'observait ainsi, étrangement partagée entre le désir de se rapprocher de son mari et celui, plus fort encore, de se sauver à toutes jambes, le souvenir d'Alexis surgit à son esprit. Sa vie aurait-elle été différente auprès de lui ? À cette seule pensée, Amélia sentit une grosse boule se former dans sa gorge, qu'elle se força à avaler en inspirant profondément. Troublée, elle détourna le regard et fixa la fenêtre.

Victor voyait bien que sa femme s'efforçait à grand-peine de retenir les larmes qui lui brûlaient les yeux. Il lui aurait été si facile d'aller vers elle et de la prendre dans ses bras pour la consoler, la rassurer. Mais il n'en fit rien. Retenu par une pudeur naturelle, qu'il ne cherchait d'ailleurs pas à réprimer, Victor se surprit surtout à ne ressentir aucune pitié pour Amélia. Elle avait changé. Où était passée la jeune femme énergique et volontaire qui l'avait tant séduit ? Celle pour qui il avait tout abandonné, sans s'inquiéter du lendemain ? Depuis leur mariage, elle ne cessait de lui échapper. Et les reproches muets qu'il croyait voir dans son regard lui étaient chaque jour un peu plus pénibles. Il l'aimait tout autant qu'avant et ne se formalisait pas de son peu d'empressement à son égard. Mais il commençait à douter qu'elle puisse oublier Alexis Thériault. Il y avait cru pourtant. Avec le temps, il s'était dit que les choses finiraient par changer. Et maintenant, il en doutait. Le chagrin qu'il éprouvait à l'instant se mua rapidement en ressentiment.

Laissant tomber sur le canapé le journal qu'il tenait à la main, il se leva et fit un pas vers Amélia. La jeune femme sursauta.

– Cela a assez duré !

Bouche bée, Amélia se leva.

– Qu'est-ce qui t'arrive ? parvint-elle à articuler.

– Ce serait plutôt à moi de te poser la question, tu ne crois pas ? répondit Victor sans se soucier de l'air étonné de sa femme.

– Je ne comprends pas...

– Ah non ?

– Explique-moi, lui dit-elle simplement.

– Tu crois que je ne vois rien ? Que je ne te vois pas aller ? Cela fait des semaines que tu m'ignores !

Il saisit Amélia par le bras et la secoua pour la forcer à réagir.

– Lâche-moi, se contenta de répondre la jeune femme en se libérant d'un mouvement sec.

– C'est à cause des projets dont je t'ai parlé ? s'enquit Victor.

Le regard d'Amélia se durcit.

– Je t'ai dit ce que j'en pensais et je ne veux plus qu'on en parle, répondit-elle en pinçant les lèvres.

– Il va pourtant falloir que tu te fasses à l'idée, rétorqua Victor en tentant de se ressaisir.

Il ne voulait pas se mettre en colère contre sa femme. Mais la situation lui échappait, malgré tous les efforts qu'il faisait.

– Pardonne-moi, Amélia. Je n'aurais pas dû m'emporter de la sorte. Mais essaie de comprendre. Tout ce que je veux, c'est que nous puissions nous faire une belle vie, laissa-t-il tomber. Qu'est-ce qui te déplaît autant dans le fait d'aller nous installer ailleurs ?

– Chez les Sauvages, tu veux dire ! explosa Amélia.

– Tu ne sais pas ce que tu dis. Tu pourrais au moins attendre de voir comment c'est, là-bas. Cela te plairait, j'en suis certain, insista-t-il. Je n'ai rien d'autre à t'offrir. Qu'espérais-tu donc en acceptant de m'épouser ?

– Je ne sais pas, répondit Amélia en se mordant la lèvre.

Victor inspira profondément.

– J'aurais voulu que tu tiennes compte de mes sentiments, poursuivit Amélia, encouragée par le silence de Victor.

– J'ai pris la décision que je croyais la meilleure pour nous deux, pour notre famille. C'est ainsi que j'ai été élevé. Prendre les décisions, c'est une affaire d'homme. Et je suis encore le seul homme dans cette maison !

Amélia saisit la perche que lui tendait Victor.

– Eh bien parlons-en, d'où tu viens, si c'est ce que tu veux ! Tu ne parles jamais de ta famille. Comment est-ce que je peux savoir, moi, ce qui se passe ?

– Tu sais que je n'aime pas aborder ce sujet, laissa tomber Victor avec froideur. Je me suis fâché avec mon père, je te l'ai déjà dit. Je n'ai rien à ajouter de plus.

– Pourquoi? Que s'est-il passé à Québec? insista Amélia.

Elle tendit la main vers Victor, mais celui-ci l'ignora.

– Je n'ai rien dit. Pour te protéger, répondit-il après un court silence en serrant les poings.

– Me protéger de quoi?

– De ma famille! Que crois-tu, Amélia? Qu'ils t'auraient accueillie à bras ouverts? Cette union, notre mariage, est pour eux la pire des humiliations, laissa-t-il tomber, sans plus se soucier de préserver les sentiments de la jeune femme.

Amélia se tut et considéra son mari d'un air interdit. C'était donc ça. Elle aurait dû le comprendre bien avant. Elle avait été folle de croire qu'en épousant Victor, sa vie changerait pour le mieux. Elle se laissa tomber sur la chaise près d'elle et s'efforça de retenir les larmes de dépit qui lui montaient aux yeux.

– Mon père m'a chassé de chez lui. Il a interdit à ma mère, à ma sœur et à mon frère de me revoir, poursuivit Victor, désireux d'en finir. Je ne puis désormais plus compter que sur moi-même pour nous faire vivre. J'ai pensé que cela ne ferait pas de différence pour toi. J'ai même cru que tu serais contente de partir d'ici, loin de tout ça, de cette vie...

– Cette vie, c'est la mienne, répondit Amélia avec dureté. Et je n'ai pas besoin que tu...

– Si je n'avais pas été là, l'interrompit-il sans la quitter des yeux, crois-tu vraiment que ton patron se serait envolé comme ça?

– Que veux-tu dire? demanda Amélia en rougissant.

– Tu crois que Simon Blackburn est parti parce qu'il était rongé par le remords? Si je n'étais pas allé voir son père après notre rencontre, il serait toujours là. Tu peux te compter chanceuse que ce soit un homme d'honneur.

Amélia fixait Victor d'un air consterné.

– J'ai été patient, Amélia, continua Victor. J'ai bêtement cru que tu pourrais un jour ressentir les sentiments que j'éprouve moi-même pour toi.

Il laissa échapper un profond soupir.

– Je t'aime, Amélia, ajouta-t-il doucement. Malgré ce que tu peux en penser, je t'ai épousée parce que je t'aimais. Je ne peux rien faire de plus.

– Victor…, commença Amélia.

Elle sursauta en entendant la porte d'entrée s'ouvrir et se refermer violemment. Elle se retourna d'un coup et fut surprise d'apercevoir son frère apparaître dans la cuisine.

– Henri, veux-tu bien me dire…

– C'est Marie-Louise, bredouilla le jeune homme en tentant de reprendre son souffle. Elle est malade…

– Comment ça, malade ? Qu'est-ce qu'elle a ? demanda Amélia en se rapprochant de son frère.

– Je ne sais pas, répondit Henri en secouant la tête. Elle a de la fièvre et mal à la tête. Et elle a vomi ce matin.

– Et tu as fait tout ce chemin pour venir me dire ça ? Le docteur Boyer est-il passé la voir ?

Henri secoua la tête.

– Maman n'a pas voulu. Elle aime mieux attendre de voir.

– Ce n'est pas très raisonnable.

– Sophie et moi, on a bien essayé de la faire changer d'idée, rétorqua Henri. Mais elle n'a rien voulu entendre. Elle t'écouterait, toi, insista Henri.

Amélia se tourna vers Victor. Encore ébranlé par leur dispute, il considérait Henri d'un air perplexe.

– Ce n'est peut-être pas bien grave, répondit Amélia. De toute façon, je ne pourrais rien faire de plus. Je ne suis pas docteur, ajouta-t-elle. Est-ce que papa sait que tu es venu jusqu'ici ?

– Non, répondit Henri en baissant la tête.

– Il me semblait aussi.

Henri semblait désemparé. Elle ressentit un élan spontané de tendresse pour son jeune frère.

– Il vaudrait peut-être mieux que je vienne avec toi, déclara finalement Amélia. Comme je les connais, maman et Sophie sont bien capables d'empirer la situation à force de s'inquiéter. Qu'en penses-tu ? demanda-t-elle en se tournant vers Victor.

– Si cela peut rassurer Henri, approuva Victor.

Le jeune garçon laissa échapper un soupir de soulagement.

– Je n'arriverai sûrement pas à prendre le dernier tramway. Je vais apporter quelques affaires et dormir là-bas.

Victor hocha la tête et tourna le dos à sa femme et à son jeune beau-frère.

– Cela vaudrait mieux, en effet, admit-il en hochant gravement la tête.

⁂

Amélia gravit l'escalier à la suite d'Henri qui la laissa passer une fois sur le palier. Il se mordit la lèvre en regardant sa sœur retirer son chapeau et se diriger vers son ancienne chambre, au bout du couloir.

Sophie était assise sur une chaise près du lit et tenait la main de Marie-Louise. De l'autre côté du lit, Mathilde pressait une serviette humide sur le front de sa fille. Son visage était figé en une expression qui trahissait à la fois l'inquiétude éprouvée par son cœur de mère et la conviction partagée par ce même cœur que rien ne pourrait arriver à Marie-Louise tant qu'elle veillerait sur elle.

Elle leva la tête et aperçut Amélia.

– Amélia, qu'est-ce que tu fais ici ?

– C'est Henri…

– Il n'aurait pas dû te déranger. Ce n'est pas si grave, dit-elle en reposant les yeux sur sa fille endormie.

Amélia tourna la tête en direction du couloir. Henri n'était plus là.

– Qu'est-ce qu'elle a ? demanda-t-elle en s'approchant du lit.

– Juste de la fièvre, répondit Mathilde à voix basse.

– Depuis quand est-elle comme ça ?

Marie-Louise marmonna quelque chose qu'Amélia ne réussit pas à comprendre et ouvrit les yeux. Elle les referma aussitôt et se rendormit. Ses cheveux, humides de sueur, étaient plaqués sur sa tête et son front.

– Deux jours, répondit Sophie.

– Il faudrait peut-être demander au docteur Boyer de passer la voir…

– Maman voulait attendre encore un jour ou deux.

Sophie porta sa main à sa bouche et commença à mordiller nerveusement l'ongle de son pouce.

– Et vous n'avez pas pensé que ça pourrait être plus grave ? Maman, regardez-moi !

– Ne parle pas si fort ! Tu vas la réveiller.

– C'est peut-être la…, commença Amélia en sentant la paume de ses mains devenir moites.

– Que vas-tu chercher encore ?

Le regard glacial que Mathilde posa sur elle la cloua sur place. Amélia détourna les yeux et les posa sur sa jeune sœur. Comment sa mère pouvait-elle être à ce point inconsciente des risques qu'elle faisait courir au reste de la famille ? Elle se doutait bien que ses parents avaient décidé de ne pas se faire vacciner. Sophie et les garçons l'avaient été, bien sûr, mais pouvait-on se fier totalement à l'efficacité de ce vaccin ? Et si elle et Victor s'étaient trompés ? S'ils risquaient, tout autant que les autres, d'attraper cette horrible maladie ? Son cœur s'emballa et se mit à battre à tout rompre et elle eut l'impression que, d'un seul coup, le sang se retirait de son visage. Elle ferma les yeux et inspira profondément. Puis, sans ajouter un seul mot, elle tourna les talons et rejoignit son père qui était assis sur le balcon. Paul, sur la dernière marche de l'escalier, tourna la tête vers elle en l'entendant arriver.

– Amélia ! s'écria-t-il en se levant d'un bond pour se précipiter vers la jeune femme.

Elle le souleva sans difficulté et le serra contre elle.

– Arrête ! s'écria le petit garçon en riant et en se tortillant pour échapper à son étreinte.

Elle le laissa finalement retomber sur ses pieds après l'avoir gratifié d'un bruyant baiser sur la joue. Paul s'essuya énergiquement le visage en grimaçant et dévala l'escalier.

– Un jour, il va se rompre quelque chose, celui-là, déclara Édouard.

– Papa, je viens de voir Marie-Louise, lança Amélia sans même prendre la peine de saluer son père.

– Veux-tu bien me dire ce que tu fais ici, toi ? Il fait presque nuit, lâcha Édouard.

Elle se planta en face de lui, l'air résolu. Édouard soupira.

– Comment va la petite ? demanda-t-il en soutenant le regard de sa fille.

– Elle n'est pas très bien. Par chance, Henri est venu me chercher.

Édouard chercha des yeux son fils. Henri s'était prudemment esquivé.

– Je ne sais pas à quoi il a pensé. Comme si ta mère et ta sœur n'étaient pas capables de veiller sur elle.

– Ce n'est pas ça et vous le savez. Avec ce qui se passe en ville, vous ne pouvez pas faire semblant. Il faut que les garçons partent d'ici au plus vite.

– Il ne faudrait pas s'alarmer pour rien non plus. C'est peut-être juste un coup de chaleur.

– Quand même, ce serait plus prudent. Les garçons pourraient venir habiter chez nous Je sais bien qu'il n'y a pas tellement de risque, étant donné qu'ils ont été vaccinés, mais ce ne serait pas une mauvaise chose de les éloigner pendant quelque temps. Et ce serait moins fatigant pour maman...

Ce dernier argument était le bon. Dans l'état d'esprit où Amélia se trouvait, l'éventualité que sa mère puisse s'épuiser était le moindre de ses soucis. Mais, elle le savait, c'était la seule chose à dire pour faire entendre raison à son père.

Édouard prit quelques secondes pour réfléchir.

– Je vais en parler à ta mère.

– Quand ça ?

– Quand ça adonnera. On ne va quand même pas virer fou pour un peu de fièvre, souffla Édouard.

– Merci, papa, murmura-t-elle en se penchant pour l'embrasser. Si ça ne vous dérange pas, je pense que je vais dormir ici cette nuit, ajouta-t-elle après un court silence.

– Bon, si tu penses que c'est ce qu'il y a de mieux à faire, se contenta de répondre Édouard.

Assise au chevet de sa sœur, Amélia se retenait de toutes ses forces pour ne pas crier sa colère à la Vierge Marie, à Jésus et à tous les saints. Et à sa mère aussi.

Marie-Louise avait la variole. Son visage était couvert d'horribles pustules. De même que ses bras et sa poitrine. Mais le comble de l'horreur, c'était que tout l'intérieur de sa bouche et de sa gorge en était envahi. La jeune fille se mourait. De faim, de soif et de douleur. La souffrance qui se lisait dans ses yeux était insupportable. La fièvre avait baissé, mais cela ne faisait qu'ajouter à la cruauté de la maladie. Lucide, parfaitement consciente de son pitoyable état, Marie-Louise priait en silence. Pour elle-même et pour les autres malades qui cherchaient à comprendre le sens de toute cette souffrance.

Trois jours auparavant, lorsque la fièvre était tombée et que les premières taches rougeâtres étaient apparues sur le visage de Marie-Louise, Sophie avait fait sortir Mathilde de la chambre et était allée chercher Amélia pour qu'elle convainque ses parents d'aller habiter chez elle. Rien n'y avait fait. Si Mathilde avait finalement accepté de ne pas mettre les pieds dans la chambre où sa plus jeune fille luttait contre l'horrible maladie, elle avait catégoriquement refusé de s'en aller. Édouard, impuissant à faire changer sa femme d'avis, était resté lui aussi. Il était fort et en bonne santé et ne craignait pas trop la contagion. Mais il s'inquiétait pour Mathilde.

Marie-Louise avait contracté la variole en prenant soin des enfants d'une voisine qui avait dû passer quelques jours à l'hôpital Notre-Dame pour une intervention mineure. La plus vieille des cinq enfants avait à peine dix ans et leur père passait toutes ses soirées à la taverne. Il s'était avéré par la suite que l'un des garçons avait attrapé la variole. Marie-Louise n'avait rien dit et avait passé les jours suivants à se recueillir. Elle savait bien que prier pour elle-même était faire preuve de bien peu d'humilité, mais sa peur de la maladie avait été plus forte que tout.

Elle priait la Vierge et les saints pour qu'ils intercèdent auprès de Dieu. Elle priait saint Roch, le patron des malades. Et pourtant, malgré tout, elle sentait déjà la brûlure sur son corps et à l'intérieur de ses entrailles.

Amélia se leva et s'approcha de la fenêtre. Elle l'entrouvrit et inspira profondément une bouffée d'air frais. Une odeur fétide régnait dans la chambre de la malade. Les pustules avaient envahi le corps de Marie-Louise jusque dans ses parties les plus intimes, et le pus qui s'en échappait était la chose la plus horrible qu'Amélia ait vue de toute sa vie. Elle était incapable de prendre soin de sa sœur autrement qu'en la veillant. Seule Sophie réussissait à surmonter son dégoût et à la toucher. Avec courage et dévouement, elle étendait sur la peau gonflée et suppurante de sa sœur la potion rafraîchissante à la crème de tartre que Mathilde préparait pour elle, lui posait sur le visage des compresses d'eau froide, lui faisait boire, en la soutenant, du lait de poule additionné de whisky..

Mais l'état dans lequel elle se trouvait maintenant l'empêchait d'avaler autre chose qu'un peu d'eau. Et encore, chaque gorgée lui arrachait une grimace de souffrance. Son état empirait et Amélia sentait le découragement l'envahir.

Elle se retourna et jeta un coup d'œil rapide à la jeune malade qui, épuisée, s'était finalement assoupie. Puis elle ouvrit la porte et se dirigea vers la cuisine. Comme toutes les fois où elle sortait de la chambre, elle dut soutenir le regard implorant de sa mère.

– Elle dort, se contenta de dire Amélia.

Elle se laissa tomber dans la chaise à bascule de sa mère et ferma les yeux.

– Je vais prendre ta place. Repose-toi un peu, dit Sophie en soulevant la pile de serviettes propres posées sur la table.

Mathilde posa une main sur la tête d'Amélia qui ouvrit les yeux.

– Elle ne va pas mieux ? demanda Mathilde.

– Je pense que son état s'aggrave.

L'heure des larmes était passée. Mathilde se mordit la lèvre.

– Il faut appeler le docteur, maman, lâcha doucement Amélia.

– Pour qu'ils l'envoient mourir à l'hôpital ? Ils vont devoir me passer sur le corps avant. Elle a besoin de nous. De nos soins et de nos prières.

– Maman, ça ne sert plus à rien. Elle ne guérira pas.

– Ne parle pas comme ça ! s'écria Mathilde en pointant le doigt vers elle. Sa main tremblait. Il y en a qui s'en sortent. Pourquoi pas elle ?

Amélia baissa la tête et referma les yeux.

– Les voisins vont finir par nous dénoncer. Vous le savez bien, répondit-elle d'un ton résigné.

– Qu'ils essaient pour voir.

– Mathilde, calme-toi.

Édouard était entré dans la cuisine et regardait sa femme d'un air attristé.

– Si notre fille dit qu'il n'y a plus rien à faire, on devrait peut-être appeler le docteur Boyer. Il ne nous dénoncera pas.

– Qu'est-ce que tu en sais ? Il n'est pas mieux que les autres, répondit Mathilde.

– Les filles ont une vie à vivre aussi, ajouta Édouard. Pense un peu à elles. Déjà que Sophie a dû retarder la date de son mariage...

– Un mariage. Penses-tu qu'on a le cœur à ça en ce moment ?

– Bien sûr que non. Je veux seulement dire qu'il ne faudrait pas oublier qu'on a d'autres enfants aussi. Paul et Henri ne peuvent pas continuer à embarrasser Victor encore longtemps. Avec son travail, il ne peut pas s'occuper d'un enfant.

– Ça va, papa. Ça ne nous dérange pas. De toute façon, depuis qu'Henri a quitté son travail, il a le temps de s'occuper de Paul.

– Quand je pense qu'il a perdu son travail, laissa tomber Édouard d'un air navré. Comme toi, d'ailleurs.

– Je n'ai pas perdu mon travail, papa. La buanderie a été fermée temporairement. Vous le savez bien. C'est à cause de cette femme qui venait travailler même si elle était malade.

– Quand même, insista mollement Édouard.

– De toute façon, vous devez bien vous douter que la proposition des grands-parents n'est pas tombée dans l'oreille d'un sourd, poursuivit Amélia.

– Pour une fois, je trouve que c'est une bonne idée qu'il aille passer quelque temps à Saint-Norbert. Ça vaut toujours mieux que de rester ici à rien faire.

Il sursauta lorsqu'il entendit le cri de Sophie, en provenance de la chambre.

– Oh mon Dieu ! s'écria Mathilde.

Sans prendre le temps de réfléchir, elle s'élança vers la chambre. Édouard échangea un regard avec Amélia qui sentit son cœur bondir dans sa poitrine. Elle se dirigea vers la chambre et ne vit pas son père fondre en larmes silencieuses, assis à la table, la tête enfouie dans ses bras.

Mathilde était restée figée dans l'encadrement de la porte. Pâle comme un linge, elle fixait le lit. Amélia la poussa doucement et s'approcha pour regarder. Ce qu'elle vit la figea elle aussi. Un haut-le-cœur fit remonter un flot de bile jusque dans sa bouche.

Sophie se tenait près de Marie-Louise. Elle avait soulevé la couverture et était restée dans cette position, incapable de faire un geste de plus. Le drap sur lequel reposait la jeune malade, tout comme sa chemise de nuit, était couvert de sang. Le rouge écarlate de la tache s'étalait autour de son bassin et remontait jusque dans son dos.

– Seigneur ! s'exclama Amélia en se retenant d'une main à la commode située à côté d'elle.

– Elle ne va pas bien. Pas bien du tout, réussit à articuler Sophie en reculant d'un pas, la main toujours agrippée à la couverture.

– Maman, gémit faiblement Marie-Louise en ouvrant lentement les yeux.

Elle tendit une main hésitante vers Mathilde puis la laissa retomber. Mathilde secoua la tête comme si elle cherchait à reprendre ses esprits.

– Ne bouge pas.

– Ça me brûle, maman, et je suis toute mouillée. Qu'est-ce qui se passe ?

– Ce n'est rien du tout. On va s'occuper de toi.

Mathilde rassembla ses forces, obligea ses lèvres tremblantes à esquisser un sourire, et s'approcha de sa fille.

– Ça va aller, ma Loulou. N'aie pas peur, maman est là.

⁂

– Monsieur Lavoie, vous devriez vous calmer.

– C'est facile à dire ! s'écria Édouard.

Il se tut en constatant qu'il se trouvait au beau milieu de la salle d'attente, heureusement vide à cette heure avancée de la soirée, devant ce bon vieux docteur qui le regardait avec de grands yeux étonnés.

– Suivez-moi dans mon cabinet, nous serons plus tranquilles pour discuter, lui dit Philippe Boyer en désignant la porte entrouverte sur sa droite.

Les deux hommes pénétraient dans la pièce plongée dans le noir lorsqu'une voix haut perchée retentit derrière eux.

– Philippe ? Voulez-vous que j'appelle la police ?

Édouard se retourna à demi et considéra d'un air morne la femme qui se tenait devant la porte menant à l'étage. D'un geste nerveux, elle resserra plus étroitement les pans du large peignoir qui suffisaient à peine à dissimuler son opulente poitrine.

– Tout va bien. Monsieur Lavoie est venu me demander conseil.

– Monsieur Lavoie ! s'exclama-t-elle en avançant d'un pas. Votre femme n'est pas souffrante, j'espère ?

– Ma fille…

– Pas la belle Amélia !

– Non, Marie-Louise, répondit Édouard en priant silencieusement pour que la grosse femme retourne se coucher.

Comme s'il avait pu lire les pensées d'Édouard, le docteur Boyer désigna d'un signe de la tête la porte laissée grande ouverte derrière sa femme.

– Je m'en occupe, Cécile. Retourne te coucher.

Cécile Boyer observa les deux hommes pendant un court instant, puis hocha la tête.

– Je vous souhaite une bonne nuit, monsieur Lavoie. Et j'espère que votre fille se remettra vite.

– Merci bien, répondit Édouard en suivant le docteur Boyer qui l'attendait dans le cabinet.

– Bon, expliquez-moi ce qui se passe.

Édouard prit place sur la chaise que lui désignait le médecin.

– C'est ma plus jeune, docteur, elle est malade... en fait, c'est ma fille Amélia qui m'a convaincu de venir vous voir.

– Ah, Amélia. Elle avait beaucoup de questions à me poser au printemps dernier.

– Elle est venue ici ?

– Vous n'étiez pas au courant ? J'aurais dû m'en douter. Elle avait l'air plutôt troublée, votre fille. Au sujet du vaccin...

– Bien justement, tous mes enfants l'ont eu, le vaccin, sauf Marie-Louise. Et là, elle est malade...

– Vous n'êtes pas en train de me dire que votre fille a la variole ! s'exclama Philippe Boyer.

– C'est la picote qu'elle a attrapée.

– C'est la même chose, monsieur Lavoie.

– En tous les cas, elle est pleine de boutons et brûlante de fièvre. Elle est comme ça depuis cinq jours et, si j'en crois Amélia, son état s'aggrave. Il faut que vous veniez la voir, docteur, ajouta Édouard.

Philippe Boyer laissa échapper un soupir.

– Je ne peux rien faire pour vous, monsieur Lavoie.

– Comment ça ? demanda Édouard en se levant.

– Il n'y a pas de remède connu contre la variole, répondit le médecin en secouant la tête d'un air navré. Il faut juste attendre et prier pour qu'elle guérisse.

– Prier ! Mais on ne fait que ça, prier ! Et ça n'a pas l'air de fonctionner ! s'écria Édouard.

– Il n'y a rien d'autre à faire, malheureusement.

– Et ma femme, qu'est-ce que vous en faites ? Vous le savez que sa santé n'est pas bien bonne. Si elle tombe malade elle aussi…

– Il va falloir sortir votre fille de chez vous…

– Quoi ! Vous n'allez pas nous dénoncer quand même ?

Le médecin recula d'un pas devant le poing menaçant qu'Édouard Lavoie tendait maintenant vers lui.

– Ma femme en mourra si les autorités viennent lui arracher sa fille… Et si, comme vous dites, il n'y a rien à faire pour la guérir, qu'est-ce qu'ils pourront faire de plus à l'hôpital ? demanda Édouard en baissant son bras tendu.

– Rien, sans doute, avoua Philippe Boyer. Mais il faut que vous pensiez au reste de votre famille.

– Les garçons sont chez mon gendre. Et mes filles aînées ont été vaccinées.

– Vous n'auriez pas pu vous y soustraire, de toute façon. Il y a deux jours, le Conseil de santé a pris la décision de rendre le vaccin obligatoire. Le 28 septembre. Pour tout le monde.

– Ils veulent vacciner les gens de force ?

– Nous n'en sommes pas là, Dieu merci. Disons plutôt que les autorités prévoient pour l'instant d'offrir gratuitement le vaccin à tous les citoyens.

– Et pour les malades ?

– Mon cher monsieur, vous avez le choix : hospitaliser votre fille ou l'isoler complètement à la maison, avec votre famille. Ce sont les nouvelles mesures qu'a prises le Conseil de santé.

– C'est impensable ! s'exclama Édouard. Et qu'est-ce qui se passera si je refuse de me plier à ça ?

– J'ai bien peur, dans ce cas-là, que votre nom n'apparaisse sur la liste, répondit le médecin.

– Quelle liste ?

– La liste sur laquelle apparaîtront les noms de ceux qui auront refusé de se soumettre à ces instructions, répondit le médecin en élevant malgré lui légèrement la voix.

Édouard se tassa sur sa chaise.

– Et qu'arrivera-t-il aux personnes qui seront sur la liste ? réussit-il à articuler, la gorge serrée par l'appréhension.

– Qui peut savoir ? répondit le médecin en fermant les yeux. Je suppose que cela dépendra de la façon dont les gens réagiront... en se soumettant ou en se révoltant...

Dans un tout autre contexte, Philippe Boyer se serait bien défendu de parler aussi ouvertement de politique avec un de ses patients. Mais la situation actuelle le mettait dans un tel état d'agitation qu'il ne pouvait s'en empêcher.

– Je n'approuve pas davantage que vous les méthodes du Conseil de santé, continua Philippe Boyer. La vaccination obligatoire, j'ai bien peur que ça ne serve qu'à semer le désordre dans la ville. Savez-vous que les anglophones nous accusent, nous les Canadiens français, d'être responsables de cette épidémie, en raison de la malpropreté de nos maisons et de notre ignorance ? La ville est au bord du gouffre, mon cher monsieur. Je crains le pire. Mais je comprends votre douleur, croyez-moi, conclut-il en baissant la voix. Si je pouvais vous aider, croyez bien que je le ferais...

Le docteur Boyer se passa une main sur la nuque.

– Je vais demander aux sœurs de la Providence d'aller vous voir. Elles font des visites dans les maisons au nom du Conseil, laissa-t-il tomber en soupirant.

– C'est tout ? Vous n'avez rien d'autre à me donner ? Un remède, quelque chose pour la soigner ? Je ne sais pas, moi...

– Elles vont bien s'occuper d'elle, monsieur Lavoie. Je ne peux rien faire de plus, je suis navré, répondit le médecin en ouvrant la porte.

Édouard considéra avec stupeur le médecin qui se tenait devant lui et dont le visage n'exprimait rien sinon une vague lassitude. Édouard comprit qu'il était seul et quitta le cabinet sans même un regard en arrière. Cet homme ne pouvait rien pour lui et sa famille. Philippe Boyer regarda s'éloigner le père accablé et prit conscience qu'il ne lui avait même pas offert une parole de réconfort ou d'encouragement. C'était le troisième visiteur depuis le matin. Le troisième qui lui posait les mêmes questions et lui faisait part du même tourment. Ses certitudes avaient disparu, comme si on les lui avait arrachées à froid avec une tenaille. Et personne ne pouvait comprendre son désarroi. Pas même cet homme tout aussi désemparé qui venait de le quitter. Surtout pas cet homme.

CHAPITRE XXVII

– Maman…

Mathilde se pencha vers l'abomination qu'était devenu le visage de sa fille. Instinctivement, elle retint sa respiration. Elle attendit que Marie-Louise dise autre chose, mais ne perçut que le gargouillement qui s'échappait de sa gorge enflée et obstruée par les mucosités tandis qu'elle tentait d'aspirer l'air qui la maintenait encore en vie. Mathilde voulut allonger la main pour la poser sur celle de sa fille, mais retint son geste. La peau, des doigts jusqu'au poignet, était rouge et tuméfiée, couverte de papules. Elle jeta un regard désemparé à la religieuse qui se tenait debout près d'elle.

– Il faut faire quelque chose pour elle, ma Sœur, implora Mathilde en agrippant la manche de la religieuse.

– Priez, ma fille, répondit sœur Marie-Anne en se libérant d'un geste souple.

Mathilde leva la tête. Le regard impassible de la religieuse lui souleva le cœur.

– Voulez-vous bien me dire à quoi ça sert de prier ? murmura-t-elle en pinçant les lèvres. Je ne fais que ça, ma Sœur, et regardez, ma fille est couchée sur son lit de mort. Est-ce que c'est là la preuve que Dieu a écouté mes prières ?

– Elle recouvrera la santé si telle est la volonté de Notre Seigneur, renchérit sœur Marie-Anne. Nous nous donnons bien du mal pour guérir le corps, et pourtant, c'est l'âme qui requiert davantage de soins. N'oubliez pas cela, ma fille. Dieu se préoccupe avant tout de nos âmes. Il faut prier pour celle de votre fille. Implorer Sa miséricorde pour qu'il lui pardonne ses péchés et abrège ses souffrances.

– Ma petite fille... si pieuse, si bonne chrétienne. Je ne peux pas croire que le bon Dieu lui refuse sa bénédiction...

– J'ai déjà informé le père Bourget. Mais je ne sais pas s'il pourra venir à temps...

Mathilde observa sa fille le cœur serré. Quitter ce monde sans avoir reçu les derniers sacrements l'aurait anéantie si elle en avait eu conscience.

– Allégez, nous Vous en prions, ô notre Rédempteur, par la Grâce du Saint-Esprit, les souffrances de cette enfant. Vous qui brûlez d'un si ardent amour pour les âmes, nous vous en conjurons par votre sainte agonie et par les douleurs de votre Mère Immaculée. Amen.

– Amen, répéta Mathilde.

Les deux femmes s'étaient agenouillées près du petit lit. Elles prièrent pendant une bonne partie de la nuit, ne s'interrompant que pour éponger le front couvert de sueur de Marie-Louise ou pour lui murmurer à l'oreille de vaines paroles de réconfort qu'elle n'entendait déjà plus.

Les dernières lueurs du jour s'accrochaient encore aux murs de la chambre. Un rayon insistant s'étirait jusque sur la catalogne fleurie. Sur la petite table près de la tête du lit, une branche de rameau trempait dans une soucoupe pleine aux trois quarts d'eau bénite. À côté, une chandelle brûlait dans un chandelier d'étain.

Un courant d'air froid venant de la fenêtre ouverte fit vaciller la flamme qui se mit à danser avec insolence. Le suaire qui recouvrait le visage de la jeune fille frémit au contact du vent et se souleva légèrement. Amélia sentit la main de Sophie se raidir au creux de la sienne et ferma les yeux, se refusant à contempler une fois de plus le visage à la peau boursouflée et cloquée qui se devinait sous le mince voile.

La veillée du corps de Marie-Louise ne durait que depuis le matin et déjà une horrible puanteur régnait dans la pièce. En dépit de la coutume qui voulait que le corps soit veillé durant trois jours, les funérailles auraient lieu dès le lendemain.

Amélia ouvrit les yeux. De l'autre côté du lit, Mathilde priait. Agenouillée près du lit, un petit chapelet noir entremêlé entre ses doigts, elle marmonnait depuis des heures la litanie du Sacré-cœur. *Seigneur, ayez pitié. Christ, ayez pitié. Seigneur, ayez pitié. Christ, écoutez-nous.*

Amélia tourna la tête vers sa sœur aînée.

– Sophie, murmura-t-elle, il faut que je te parle…

La jeune femme leva la tête et la regarda sans vraiment la voir. De larges cernes bleutés soulignaient ses yeux.

– On va aller dans la chambre des garçons, ajouta Amélia en se levant.

Les doigts toujours enlacés, les deux sœurs sortirent de la chambre après avoir jeté un dernier regard à leur mère qui ne semblait même pas avoir conscience de leur présence.

– Qu'est-ce qu'il y a qui ne peut pas attendre, Amélia ? s'enquit Sophie en s'asseyant sur le petit lit de Paul.

Machinalement, elle se mit à lisser les plis formés sur la couverture, les yeux baissés vers le sol.

– Maman s'épuisera si elle continue comme ça, laissa tomber Amélia.

– Demain tout sera fini.

– Ah oui ? Et comment penses-tu qu'elle s'en remettra ? On dirait qu'elle n'a plus toute sa tête.

Sophie leva un regard surpris vers sa sœur.

– Réalises-tu que notre sœur est morte ? Notre Loulou ! s'emporta Sophie.

– Je le sais et j'ai autant de peine que toi, tu le sais bien. Mais ce n'est pas une vie de toujours pleurer et souffrir autant...

Le regard que lui lança Sophie la fit taire d'un coup.

– Je vais te dire juste une chose, Amélia Lavoie, répliqua Sophie en retenant un sanglot. Il va falloir que tu arrêtes de ne penser qu'à toi. Tu n'es pas la seule qui compte, tu sauras...

Amélia fit mine de vouloir l'interrompre, mais Sophie l'arrêta d'un signe de la main.

– Crois-tu que je ne souffre pas, moi aussi, de voir maman dans cet état-là ? Tu oublies peut-être également que j'ai dû reporter mon mariage à cause de toi et de tes histoires de cœur pas trop catholiques ! Si ça se trouve, Armand se découragera et se trouvera une autre femme d'ici à ce que soit terminé notre deuil. C'est un bon gars, mon Armand, mais c'est un homme, et la patience, ce n'est pas leur fort, aux hommes. Comment crois-tu que je me sens quand je te vois avec Victor ? Je t'envie. Et toi, tu n'as même pas la décence de faire au moins semblant de l'aimer, pour ne pas me faire regretter le sacrifice que j'ai fait. Tout le monde dit que je suis bonne et charitable. Mais il y a tout de même des limites à ambitionner sur le pain bénit...

Elle se tut, presque à bout de souffle. Amélia la considérait d'un air stupéfait.

– Je pense que tu ferais mieux de retourner chez toi, reprit Sophie.

Elle se leva et, ignorant la main toujours tendue d'Amélia, se dirigea vers la porte.

– Notre famille vit un grand malheur, ajouta-t-elle. Est-ce trop te demander de nous laisser vivre ça ?

– Mais je ne veux pas être ailleurs qu'ici ! Tu ne peux pas me demander de partir, Sophie !

– Tu seras certainement plus utile ainsi. Il faudra expliquer à Henri et à Paul ce qui se passe. Peux-tu au moins faire ça ?

– Bien sûr, mais…

– Alors fais-le. Je vais m'occuper de maman.

Amélia attendit que sa sœur ait quitté la pièce et qu'elle ait refermé la porte derrière elle avant de se laisser tomber sur le lit d'Henri et de laisser éclater sa peine. Le visage pressé contre le petit oreiller de plumes, elle pleura pour Sophie, pour Marie-Louise et pour sa mère. Elle s'efforça aussi de prier, mais sans y arriver. Les mots qu'elle débitait lui semblaient aussi dépourvus de sens que ceux prononcés par Marie-Louise, quelques jours auparavant.

« Ne sois pas triste, Amélia. Dieu est juste. Quand le blé est prêt à être récolté, le fermier doit le couper. Ce ne serait pas normal de laisser le grain pourrir juste pour le préserver de ce qui doit advenir au bout du compte. J'ai compris ça, tu sais. Dieu va m'accueillir dans son paradis parce que je suis prête pour ça. Tu devrais être heureuse pour moi… »

À quelques rues de là, Victor marchait d'un pas assuré, ignorant tout du drame qui se déroulait chez les Lavoie. Depuis leur violente dispute, à aucun moment il n'avait pu se retrouver seul en compagnie d'Amélia. Sans lui demander son avis, elle avait décidé que Paul et Henri habiteraient chez eux, le temps que Marie-Louise se remette. Il y avait près d'une semaine de cela, et l'état de Marie-Louise avait empiré. En larmes, Amélia lui avait annoncé que sa jeune sœur était atteinte de la variole. Impuissant à la consoler, la présence des garçons les privant de toute intimité, il s'était résolu à accepter qu'elle s'installe chez ses parents.

Ses deux jeunes beaux-frères ne l'importunaient pas trop. Paul était un enfant obéissant et Victor commençait à éprouver une réelle affection pour Henri qui lui rappelait son jeune frère François. Mais Amélia lui manquait. Il regrettait les paroles blessantes qu'il lui avait jetées à la figure. Et il aurait dû se trouver près d'elle en ce moment, alors qu'elle avait plus que jamais besoin de son soutien.

Un peu plus tôt, il s'était rendu aux supplications muettes d'Henri, qui errait dans la maison comme une âme en peine, et il avait décidé de se rendre chez les Lavoie. Victor était parti sans informer Henri de sa destination. Ce dernier aurait sûrement voulu l'accompagner, ce qui, dans les circonstances, n'aurait fait que le troubler davantage.

Décidant de faire une partie du trajet à pied, histoire de s'aérer et de mettre de l'ordre dans ses idées, Victor descendit du tramway au coin des rues Saint-Denis et Dorchester. Il entendit des cris à l'instant même où il trouvait surprenante la tranquillité qui régnait dans la rue. Il accéléra le pas, puis se mit à courir. Les éclats de voix lui parvinrent de plus en plus distinctement à mesure qu'il descendait la rue Saint-Denis. Il ralentit le pas devant l'église Saint-Jacques où un attroupement s'était formé.

Un groupe apparut au coin de la rue Sainte-Catherine. Des jeunes gens, pour la plupart, bientôt suivis par d'autres, puis d'autres encore. Ils marchaient d'un bon pas, certains chantant, d'autres criant : « À bas la vaccination obligatoire ! À bas les vaccinateurs ! »

Victor se rapprocha de deux hommes élégants coiffés de chapeaux haut-de-forme qui se tenaient un peu à l'écart des autres, près de la clôture de bois ceinturant la cour de l'école Saint-Jacques. Ils discutaient à voix basse en jetant autour d'eux des regards méfiants.

– *These French Canadians*, disait le plus vieux. *All stupid fools. We try to save their lives and look what happens*, ajouta-t-il en désignant la foule d'un air exaspéré.

Les manifestants affluaient maintenant en grand nombre. Par dizaines. Une certaine confusion semblait régner dans leurs rangs tandis qu'ils se regroupaient au milieu de la rue, à l'intersection des rues Sainte-Catherine et Saint-Denis.

Sans quitter la foule des yeux, Victor se pencha légèrement vers le plus âgé des deux hommes.

– Veuillez me pardonner, *Sir*, auriez-vous l'amabilité de me dire ce qui se passe ?

Dans un même mouvement, ils se tournèrent vers lui et le dévisagèrent d'un air soupçonneux.

– C'est une émeute, monsieur, répondit le plus jeune des deux hommes en hochant vigoureusement la tête de haut en bas.

– Une émeute ?

– C'est à cause de la vaccination. *You know...*

– Mais ça n'a pas de sens ! s'exclama Victor.

– *Come on, be quiet!* Vous voulez qu'ils nous entendent *or what* ? s'exclama son aîné.

Son regard se posa lentement sur Victor, qu'il considéra avec intérêt.

– Ils sont très énervés, approuva son compagnon.

– Ils viennent d'où, tous ces gens ? demanda Victor en baissant la voix.

L'homme haussa les épaules et se tourna vers la foule qui commençait à chahuter.

– D'un peu partout. Ils sont en colère contre le Conseil de santé depuis que...

Il se tut soudainement. Victor tourna la tête en direction de ce qui avait attiré l'attention de son interlocuteur.

Une grosse pierre, lancée par un bras anonyme, survola la foule jusqu'à l'une des vitrines de la pharmacie Baridon, qui se fracassa sous l'impact. Des cris de joie fusèrent et d'autres pierres furent projetées vers le bâtiment.

– *They are going damn crazy*, murmura le plus âgé des deux hommes.

Incapable de détacher les yeux de la foule dont l'agitation commençait à prendre des proportions alarmantes, Victor aperçut dans la mêlée une tête blonde qu'il n'eut aucun mal à reconnaître.

– Où allez-vous ? s'écria le jeune étranger en le voyant se diriger vers les émeutiers.

Victor l'ignora et se fraya un chemin jusqu'à Eugène. Celui-ci se retourna brusquement lorsqu'il lui mit la main sur le bras, prêt à en découdre si nécessaire.

– Victor ! s'écria-t-il en le reconnaissant. Il le prit par les épaules et le serra fortement contre lui. Ça, c'est une surprise ! Regarde, Georges, qui j'ai trouvé !

Georges lâcha la pierre qu'il tenait à la main et assena une claque retentissante dans le dos de Victor.

– Ça alors !

– Voulez-vous bien me dire ce que vous faites là ? demanda Victor en tirant Eugène par le bras pour l'éloigner de la foule.

– Tu le vois bien, on proteste.

– Contre quoi ?

– Est-ce que c'est important ? répondit Eugène en baissant la voix

– La vaccination obligatoire, ça ne fait l'affaire de personne, ajouta Georges d'un air assuré. On n'a pas à se faire dicter notre conduite. N'est-ce pas, Eugène ?

– Tout à fait ! Il est temps de montrer à ceux qui veulent tout décider à notre place qu'on a notre mot à dire.

Au même instant, un homme se mit à crier « Tous à l'hôtel de ville ! » D'autres voix se joignirent à celle de l'émeutier inspiré et la foule se mit rapidement en mouvement.

– Viens avec nous. Allez !

– Tu es devenu fou, Eugène ! Je ne peux pas croire que vous vous joignez à ce monde-là.

– Et pourquoi pas ? rétorqua Georges.

– Parce que vous êtes plus intelligents que ça. Ne venez pas me dire que vous pensez comme eux…

– On s'en fiche pas mal de ce qu'ils peuvent penser, répondit Eugène en baissant le ton. Il va y avoir de l'action et il ne sera pas dit qu'on va manquer ça !

– Je suis bien d'accord ! On a même fait le plein de provisions, déclara Georges en tâtant ses poches.

Comme pour prouver ses dires, il plongea la main dans l'une d'elles et en sortit une petite pierre ronde qu'il s'amusa à faire sauter dans sa main. Puis, sans crier gare, il pivota sur lui-même et, d'un rapide mouvement du poignet, lança la pierre qui alla percuter le globe d'un réverbère. Le verre éclata en morceaux.

Victor saisit brutalement son ami par le bras, lui arrachant une expression de surprise.

– Georges ! Mais qu'est-ce qui t'a pris ?

Le jeune homme se dégagea d'un coup d'épaule et lança un regard hésitant à Eugène.

– Je te dis que tu es ennuyeux depuis que tu es marié, Victor Desmarais, rétorqua finalement ce dernier, au grand soulagement de Georges qui ne semblait plus trop savoir de quel côté se ranger.

– Il vient un temps, mon cher Eugène, où un homme doit commencer à agir comme tel.

– Mais il est vraiment sérieux ! se moqua Eugène. Où est-il passé, le Victor d'avant ? Celui qui ne manquait pas une occasion de s'amuser ?

– J'ai vieilli, c'est tout. Je n'ai pas l'impression que ce soit votre cas.

Sans vraiment s'en rendre compte, Victor avait emboîté le pas au groupe des émeutiers qui descendait maintenant la rue Saint-Denis. Leur marche était ponctuée de cris, de chants et de bruit de verre brisé. La cible de prédilection des plus vindicatifs était les vitrines des pharmacies du voisinage soupçonnées de fabriquer et de vendre des vaccins. Sur leur chemin, la maison d'un médecin vaccinateur fut littéralement assiégée.

«Assassin!» «À mort le vaccinateur!» Heureusement, l'interpellé ne se montra ni à la fenêtre ni à la porte de sa demeure, s'évitant ainsi des représailles hostiles.

Lorsqu'ils arrivèrent près de la rue Gosford, Victor réalisa l'ampleur de la colère qui grondait autour de lui. Encouragés par quelques agitateurs, de nombreux citoyens avaient contribué à grossir les rangs de la foule. Ce qui avait débuté comme une simple manifestation de mécontentement s'était mué en une hostilité grandissante qui semblait vouloir dégénérer en conflit.

– Regardez! s'écria Eugène en pointant le doigt vers l'hôtel de ville qui se dressait un peu plus loin devant eux.

Le groupe d'émeutiers qui ouvrait la marche s'était massé devant les murs du bureau principal du Conseil de la santé et avait lancé l'assaut. Armés de pierres et de pavés arrachés à la rue, ils attaquaient l'édifice. Quelques policiers apparurent pour tenter de calmer la foule. Ils ne réussirent qu'à la faire redoubler d'énergie. La rue Notre-Dame et la place Jacques-Cartier étaient envahies de toutes parts par la foule en colère.

Eugène et Georges, suivis de près par Victor, jouèrent des coudes afin de se rapprocher de l'hôtel de ville. Les cris de rage se muèrent en une véritable ovation lorsque les vitres de l'imposant édifice commencèrent à voler en éclats.

Figé sur place, Victor entendit retentir le tocsin à l'instant même où il se surprenait à penser que rien ne pourrait plus arrêter la population déchaînée. Les cloches de Notre-Dame sonnaient l'alarme. Une rumeur confuse s'éleva des rangs des émeutiers, dont les munitions de fortune commençaient à manquer, lorsque des coups de feu furent tirés des fenêtres du second étage de l'hôtel de ville. La foule stoppa net, ne sachant plus ce qu'il convenait de faire. Victor profita de l'accalmie passagère pour pousser Eugène vers le mur ouest de l'hôtel de ville. Après avoir hésité un bref instant, Georges leur emboîta le pas.

À demi dissimulés par l'escalier de l'entrée principale, ils assistèrent bouche bée à l'apparition soudaine de troupes de constables armés de matraques et à la dispersion des émeutiers qui s'éparpillèrent dans toutes les directions. Deux hommes passèrent devant eux en vociférant, le poing levé vers l'hôtel de ville, comme si les murs pouvaient entendre leurs insultes.

– Tous au *Herald*[*] ! hurla le plus costaud des deux en s'arrêtant un peu plus loin devant un groupe d'hommes à l'air égaré.

Eugène décocha à Georges un regard entendu, et ils s'élancèrent à la suite des hommes qui s'éloignaient déjà vers l'ouest en courant.

– Eugène ! Georges ! s'écria Victor en avançant d'un pas.

Il s'immobilisa sur place. Un détachement de policiers passa à quelques mètres devant lui. Impuissant, il regarda ses deux amis s'éloigner au pas de course dans la rue Notre-Dame, en direction du *Herald*. Autour d'eux les insultes pleuvaient, et certains policiers durent s'arrêter à quelques reprises pour repousser à coups de matraque les émeutiers qui se montraient trop insistants.

Une femme cria et s'enfuit en se tenant la tête à deux mains. La place Jacques-Cartier se vida peu à peu tandis que les émeutiers fuyaient vers les rues avoisinantes. Sans vraiment réfléchir, Victor emprunta la même direction tout en restant à bonne distance. Des images se mirent à affluer dans son esprit. Des images de sang et de bataille. L'espace d'un instant, il eut l'impression de revoir les grandes plaines de l'Ouest. Son cœur bondit dans sa poitrine et il s'arrêta net, pris d'une

* Le *Montreal Herald*, l'un des plus importants quotidiens de langue anglaise de la ville de Montréal, avait ouvertement affirmé au début du mois de septembre 1885 que l'épidémie de variole était causée par la malpropreté de la population francophone, exacerbant la haine que se vouaient alors les communautés francophone et anglophone.

forte nausée. Il s'appuya au mur d'une maison de la rue Notre-Dame et regarda autour de lui. À part quelques hommes qui remontaient la rue Saint-Denis en courant, il n'y avait plus âme qui vive dans les environs. La chaussée était jonchée de pierres et de verre brisé.

Lentement, Victor se remit en marche. Un silence pesant régnait dans l'est de la ville, durement touchée par l'épidémie. Victor s'arrêta un instant afin de reprendre son souffle. Quelques curieux étaient sortis de leur domicile et s'épiaient les uns les autres. On avait entendu le tumulte et les cris en provenance du centre-ville, mais personne ne saurait rien avant le lendemain quant aux événements tragiques qui étaient survenus dans la soirée.

Victor s'arrêta devant le numéro 223 de la rue Saint-Christophe. Une affiche portant l'inscription « Smallpox-Picotte » avait été collée sur le mur, près de la porte menant au logement des Lavoie. Victor ferma les yeux un instant et les rouvrit en espérant avoir rêvé. L'affiche était toujours là, collée un peu de travers. Les lettres noires le fixaient, comme pour l'empêcher d'avancer davantage. Il recula d'un pas, regarda autour de lui et, ne voyant personne, s'engouffra dans la porte cochère qui ouvrait sur la cour intérieure.

– Amélia ! s'écria-t-il, incapable de garder plus longtemps son sang-froid.

Un vieil homme apparut sur le balcon de l'immeuble voisin.

– Dégage de là, toi ! aboya-t-il en se penchant vers l'avant. Tu ne vois pas que cette maison est contaminée ?

– Ma femme est à l'intérieur, rétorqua Victor en commençant à gravir l'escalier.

– Ne rentre pas là ! continua l'homme en balayant l'air de son bras. Tu veux attraper la mort ou quoi ?

– Ne vous en mêlez pas, monsieur.

Le vieillard hocha la tête d'un air navré et disparut.

La cuisine était plongée dans l'obscurité. La flamme vacillante d'une chandelle posée sur le rebord de la fenêtre faisait danser les ombres au plafond.

Victor avança de quelques pas et sursauta en entendant un gémissement. Il plissa les yeux et retint son souffle. Peu à peu, il parvint à distinguer une vague silhouette affaissée sur une chaise près du couloir. D'un pas hésitant, il s'approcha et se racla la gorge.

Ses yeux s'habituant à l'obscurité, Victor reconnut son beau-père.

– Monsieur Lavoie. Que se passe-t-il ?

En entendant le sanglot qui s'échappa des lèvres d'Édouard, il fut saisi par un horrible pressentiment.

– Où est Amélia ? s'enquit-il en posant une main sur l'épaule d'Édouard.

– Victor ? marmonna Édouard d'une voix pâteuse. Il leva les yeux vers le jeune homme et le dévisagea pendant un instant comme s'il peinait à le reconnaître.

– Où est Amélia ? répéta Victor en jetant un regard inquiet en direction du couloir.

– Dans la chambre… Marie-Louise…

Incapable de prononcer un mot de plus, il cacha son visage dans ses larges mains.

Comprenant ce qui s'était passé, Victor avança en direction de la chambre. Il crut percevoir des pleurs s'échappant de la pièce située sur sa droite et s'arrêta un instant pour écouter. Il bondit lorsque la porte s'ouvrit brusquement. Amélia se tenait devant lui. Son visage était baigné de larmes. Elle frémit en le reconnaissant et se jeta dans ses bras en tremblant.

– C'est Marie-Louise, hoqueta-t-elle. Elle est…

– Je suis là, tout va bien.

– Non ! s'écria Amélia.

Elle s'éloigna de lui et le repoussa brusquement.

– Marie-Louise est morte ! Comment est-ce que ça peut bien aller !

– Calme-toi, Amélia.

Elle respira à fond et observa son mari.

– Que fais-tu ici ? demanda-t-elle en clignant des yeux.

– Je suis venu te chercher. Tu ne peux rien faire de plus. Je te ramène à la maison.

– C'est ici, ma maison, répondit-elle dans un souffle.

– Allez, viens.

Il la saisit doucement par le bras, mais elle se libéra d'un mouvement sec.

– Je reste.

– Cesse de t'entêter, veux-tu ?

– Amélia !

Elle tourna brusquement la tête en direction de la cuisine. Édouard se tenait là, l'air absent et un peu désorienté.

– Papa, gémit-elle en faisant un pas vers son père.

Les épaules d'Édouard s'affaissèrent.

– Va avec ton mari, ma fille. C'est le mieux que tu puisses faire, laissa-t-il tomber d'une voix où perçait tant de tristesse que Victor se sentit profondément ébranlé.

– Mais papa, je veux rester avec vous... Maman a besoin de moi.

– Victor, emmenez-la. Cela vaudra mieux. Les garçons ont besoin de toi, reprit-il à l'intention d'Amélia qui lui lança un regard suppliant.

Alertée par les cris de protestation d'Amélia, Sophie sortit de la chambre où reposait Marie-Louise et referma doucement la porte derrière elle. Elle jeta un regard lourd de reproches à sa sœur.

Si Victor n'avait pas su que Sophie se trouvait dans la maison à ce moment-là, il aurait eu du mal à reconnaître la femme qui se tenait devant lui. Les épreuves avaient marqué prématurément son visage. Elle semblait avoir vieilli de plusieurs années en seulement quelques semaines. Son regard, surtout, laissait entrevoir toute la souffrance et l'horreur qui s'étaient gravées dans sa mémoire. Elle était de celles qui portent la misère du monde sur leurs épaules, de cette race de femmes pour qui le don de soi n'était que l'aboutissement naturel d'une vie faite de sacrifices et de dévouement aux autres. Incapable de soutenir plus longtemps ce regard, il baissa les yeux.

Amélia s'était réfugiée dans leur chambre. Elle s'était allongée tout habillée sur le lit et caressait d'une main distraite la tête de Paul qui s'était blotti contre elle. Le petit garçon s'était endormi. Elle contemplait d'un air hébété le jour qui se levait derrière la vitre embuée. Les mots prononcés par sa sœur, la nuit précédente, ne cessaient de la tourmenter. Comment Sophie pouvait-elle croire que la mort de Marie-Louise lui importait moins que son propre bien-être ? Elle aurait tout donné pour sa famille.

Avec délicatesse, elle repoussa son jeune frère qui se recroquevilla sur lui-même. Elle le borda avec tendresse, le contempla avec envie pendant un instant et sortit de la chambre.

Victor et Henri étaient assis de part et d'autre de la table de la cuisine et discutaient à voix basse. Ils se turent lorsqu'elle pénétra dans la pièce et tournèrent la tête vers elle.

– Paul s'est endormi, annonça Amélia d'une voix éteinte.

– Veux-tu une tasse de thé ? demanda Henri en se levant.

– Oui, je veux bien.

Elle se laissa tomber sur la chaise laissée libre par son frère et leva les yeux vers son mari.

– Comment les choses se passent-elles dehors ?

Henri se retourna, une tasse à la main.

– Pas trop mal, répondit Henri en posant la tasse pleine devant sa sœur.

– Vous n'êtes pas sortis au moins ?

– Pas longtemps…

– Nous sommes seulement allés faire un tour, l'interrompit Victor.

– Et…

– Il paraît que les émeutiers ont fait beaucoup de dégâts. Des pharmacies et des maisons de docteurs ont été saccagées, continua Henri. La police a arrêté des gens.

– Le monde est devenu fou, souffla Amélia en avalant une gorgée de thé.

– Il y a des rumeurs qui disent que ça va recommencer. Des docteurs ont même reçu des menaces de mort. Ce ne sera pas beau à voir si la police s'en mêle…

Amélia lança un regard sévère à son frère.

– Tu es mieux de ne pas t'en mêler, toi aussi !

– Voyons, tu me connais mal, se défendit le garçon en rougissant. Je n'ai pas l'habitude de traîner avec des voyous…

– En tout cas, je t'ai à l'œil, l'avertit-elle en jetant un regard à Victor qui hocha la tête d'un air entendu.

– De toute façon, la milice sera sûrement appelée en renfort, ajouta Henri. Ce ne serait pas une très bonne idée de se retrouver sur son chemin.

– Est-ce qu'il y a des chances que tu sois obligé d'y aller ? demanda-t-elle à Victor.

– Tu le sais bien que je ne suis plus impliqué. De toute façon, si j'en crois Georges, aucun homme du 65e n'a encore été appelé.

Il se tut en espérant qu'Henri ne le trahirait pas. Il valait mieux qu'Amélia ne sache pas ce qui s'était passé la veille. Quelques heures plus tôt, il s'était rendu avec son jeune beau-frère au domicile des Prévost. Eugène avait reçu un coup de matraque sur la tête et se remettait tant bien que mal, non pas tant de sa blessure que de l'humiliation qu'il avait ressentie. Comme toujours, Lisie était au bord de la panique et Georges n'avait pas arrangé les choses en racontant avec force détails la façon dont ils avaient tenu tête à un petit groupe de policiers. Ils avaient évité de justesse d'être arrêtés.

Eugène s'était indigné du fait que plusieurs régiments avaient été prévenus de se tenir prêts. Les First Prince of Wales Rifles, le Montreal Engineers, les Sixth Fusiliers, tandis que le 65e bataillon attendait toujours les nouveaux uniformes qu'on leur avait promis.

« Que des Anglais ! » s'était-il exclamé. « Eh bien, ça ne m'étonne pas. Le gouvernement nous a toujours traités comme des chiens ! Juste parce qu'on parle français. Et ce n'est pas parce qu'on est allés se battre en son nom que les choses vont changer ! »

Ce n'était qu'après avoir fait promettre à Georges de rester bien sagement à l'abri et d'empêcher Eugène de faire de nouvelles bêtises que Victor était rentré en compagnie d'un Henri étrangement fasciné par toute cette agitation qui régnait autour de lui.

– Le monde est vraiment devenu fou, répéta Amélia.

– Qui est fou ?

Paul se tenait dans l'encadrement de la porte et les observait avec curiosité.

– Personne, mon poussin. Tu ne dors pas, toi ?

Amélia se leva et prit l'enfant par la main.

– Aimerais-tu que je te fasse un bon bol de gruau ?

Paul hocha la tête et se laissa conduire docilement. Il grimpa sur une chaise et posa les deux mains sur la table sans quitter des yeux Victor et Henri.

– Quand est-ce qu'on va rentrer à la maison ? demanda-t-il soudainement.

Amélia se mordit la lèvre pour retenir les larmes qui lui montaient aux yeux. Comment allait-elle annoncer à Paul qu'il ne reverrait plus sa grande sœur ? Car il allait bien falloir le faire tôt ou tard. Étrangement, ce fut Henri qui trouva les mots qui délivrèrent momentanément Amélia de cette tâche qu'elle ne se sentait pas la force d'accomplir.

– Il va falloir attendre encore un peu, Paul. Tu le sais bien que Marie-Louise est malade. Je te l'ai déjà expliqué. Elle sera peut-être obligée d'aller dans un hôpital, loin d'ici, pour se faire soigner. Après, on pourra retourner chez nous.

– À l'hôpital, ils vont la guérir ? demanda Paul d'une petite voix tremblante.

– C'est sûr ! s'exclama Henri. Mais ça peut prendre du temps avant qu'elle revienne à la maison.

– Ce n'est pas grave. Si elle est guérie. J'ai faim, moi, ajouta-t-il l'air de rien.

Pour lui, la question était réglée. Il n'apprendrait la triste vérité que plusieurs mois plus tard. Par hasard, en surprenant une conversation échangée à voix basse entre son père et Sophie.

Chapitre XXVIII

Marie-Louise avait été portée en terre deux jours auparavant. Sa dépouille abandonnée, avec pour seules prières celles du curé qui s'était rendu au cimetière Notre-Dame des Neiges pour recommander à Dieu les âmes de cette nouvelle vague de victimes qu'avait fait l'épidémie et que rien ne semblait pouvoir arrêter.

Les malades et les morts, de plus en plus nombreux, ne faisaient qu'ajouter à la panique d'une population qui cherchait à comprendre ce qu'elle avait fait pour mériter un sort aussi horrible. Nuit et jour, les autorités luttaient contre la rage désespérée des pères et des mères qui se faisaient arracher leurs enfants de force. Partout, les gens cachaient leurs malades et refusaient qu'on placarde leur maison.

Quelques échauffourées eurent encore lieu ici et là les jours suivants, mais rien de tel que ce qu'avait connu Montréal dans la soirée du 28 septembre. Près de l'hôtel de ville, de nouveaux attroupements obligèrent les forces de police, mieux organisées, à répliquer ouvertement. Appelés en renfort, les soldats du Prince of Wales et du Royal Scots s'appliquèrent quant à eux à protéger les maisons des médecins. Les émeutiers se firent de moins en moins nombreux, impressionnés malgré eux par les troupes qui défilaient dans les rues de la ville, prêtes à intervenir à la moindre provocation. Quelques foyers de résistance se maintenaient dans l'est, mais il s'agissait presque essentiellement de petits groupes isolés : des voisins en colère, des parents hystériques armés de bâtons qui continuaient à opposer une résistance farouche aux efforts faits par les vaccinateurs et aux mesures plus sévères d'isolement. Plusieurs agitateurs parmi les émeutiers furent arrêtés et amenés devant les tribunaux. Les meneurs les plus virulents se virent imposer des amendes substantielles ou des peines de prison pouvant aller jusqu'à une année complète.

Dans toutes les églises de la ville, on continuait d'implorer la Vierge Marie pour qu'elle mette fin à l'épidémie. Les processions se multiplièrent au grand dam des autorités civiles qui assistaient, impuissantes, à ce nouveau moyen de propagation de l'épidémie. Mais en même temps, elles ne se sentaient pas le pouvoir de refuser à la population, en proie au désarroi, ce dernier réconfort.

Après les funérailles, Mathilde s'était murée dans le silence. Pas même Paul n'était parvenu à lui arracher un mot pendant plusieurs jours. Lorsqu'elle se décida enfin à ouvrir la bouche, ce fut pour déclarer que Paul passait beaucoup trop de temps chez Berthe Dumas, que le sol de la cuisine avait besoin d'un bon savonnage et qu'elle ne voulait plus entendre la moindre allusion au fait qu'elle devait se ménager.

– Je ne sais pas trop comment te dire ça... C'est ma femme qui voulait que je te parle... Elle s'est dit qu'entre hommes, on pourrait discuter sans partir en peur pour des riens.

Édouard triturait sa pipe éteinte entre ses mains. Il avait passé outre l'avis de quarantaine et s'était rendu chez sa fille. Amélia était chez Aurore et il avait pu persuader Victor de l'accompagner.

Les deux hommes s'étaient retrouvés assis à une petite table au fond d'une taverne de la rue Saint-Patrick. À cette heure – il était passé cinq heures de l'après-midi –, ils étaient peu nombreux à s'être réfugiés dans le seul lieu où on arrivait encore à parler d'autre chose que de l'épidémie.

Ils s'observèrent un instant en silence.

– J'ignore ce que vous voulez me dire, monsieur Lavoie, mais cela semble vous tracasser, lâcha Victor.

– C'est vrai que ça me gêne un peu, avoua Édouard en posant son chapeau sur la table. C'est que ce ne sont pas vraiment mes affaires... Tu as toujours des plans... je veux dire, en rapport avec ton idée d'aller t'installer au Manitoba?

Victor ne put feindre l'étonnement. Il posa sa chope de bière et se pencha en avant, l'air intrigué.

– Pour quelle raison me posez-vous la question?

– C'est toujours dans tes plans, oui ou non? insista Édouard.

– Oui, bien sûr...

– Alors, fais-le.

– Pardon? Je ne suis pas sûr de bien vous suivre...

– N'attends pas, c'est tout! C'est le temps ou jamais de partir, avec ce qui se passe en ville et le malheur qu'on vit dans la famille... C'est ce qu'il y a de mieux à faire.

– Vous savez bien qu'Amélia ne veut pas en entendre parler, rétorqua Victor.

– Et depuis quand les femmes décident-elles de ce genre de choses? s'étonna Édouard. Fais un homme de toi! Ma fille n'est pas différente des autres femmes. Elle se fera à l'idée. Et à part de ça, il paraît que la terre est bonne pas à peu près dans ce bout-là.

– Vous pouvez le dire! s'exclama Victor, encouragé par l'intérêt que portait son beau-père à ses projets. C'est la meilleure! Et je l'ai eue pour presque rien. Deux dollars et demi l'acre.

– C'est ce que ma femme m'a dit. Ce n'est pas que j'y connaisse grand-chose, mais ça semble quasiment trop beau pour être vrai.

– Ce ne sont pas des histoires, monsieur. La terre du Manitoba est la plus fertile du pays. Il y a de l'eau en quantité et les pâturages sont abondants à un point que vous ne pouvez même pas imaginer.

– C'est vrai que tu as vu tout ça de tes propres yeux. Mais il doit faire froid là-bas ?

– Pas plus qu'ici.

– En tout cas, c'est loin. Ça, il faut le dire.

– Vous avez raison, acquiesça Victor l'air sérieux. Mais avec le chemin de fer de la Baie d'Hudson, nous serons en communication directe avec les États-Unis et avec tout le reste du Canada.

– Ah oui. Une chose est sûre, il y en aura au moins un de nous qui ne trahira pas sa race en allant se faire exploiter aux États, admit Édouard. Le Canada est bien assez grand pour ceux qui ont le cœur à l'ouvrage. Des gars vaillants et… Je te le dis, si j'avais ton âge…

– Je croyais que vous n'aimiez pas la terre.

– Parfois, mon garçon, on ne pense pas juste avec sa tête. Et c'est bien malheureux.

Perdu dans ses pensées, Édouard se mit à fixer le mur devant lui.

– Mon père et moi, on ne peut pas dire que c'était l'entente parfaite, laissa-t-il tomber comme à regret. On argumentait pour tout et pour rien. C'était une vraie tête dure, le père, et il n'a jamais voulu comprendre que je ne voulais pas vivre comme lui.

Édouard s'interrompit brusquement.

– Je ne devrais pas te raconter tout ça, se reprit-il en secouant la tête, ce ne sont que des vieilles histoires qui n'intéressent personne. Oublie ça. Suis mes conseils et fais ce que tu dois faire.

Ne sachant plus quoi dire, il détourna le regard.

– Je vais bien prendre soin de votre fille, monsieur Lavoie. Soyez tranquille, promit Victor d'un ton ému.

Lorsqu'Édouard revint chez lui, la soirée était déjà bien avancée. Sa conversation avec Victor l'avait remué. Des images de son enfance étaient remontées à sa mémoire. Son père, qu'il détestait plus que tout parce qu'il le voyait encore avec ses yeux de petit garçon, lui semblait moins odieux. Joseph le jugeait-il de la même façon ? Avait-il davantage compris son fils que ne l'avait fait son propre père ? On connaissait si peu ses enfants. Il le comprenait à cet instant. Avait-il seulement connu Marie-Louise ? Elle était morte aujourd'hui et déjà il oubliait ce qu'elle avait été.

Les pensées de Victor suivaient un tout autre chemin. Il avait rayé de son esprit les souvenirs qui le rattachaient à sa vie d'avant. Il était déjà ailleurs, prêt à commencer une nouvelle vie. Avec Amélia à ses côtés, il savait qu'il pourrait oublier.

Mathilde attendit le retour de son mari jusque tard dans la soirée, bien après que les enfants se furent mis au lit. Lorsqu'elle s'évanouit et s'écroula lourdement sur le sol, personne n'en eut connaissance. Elle ne sentit pas les bras vigoureux de son mari la soulever et la porter jusqu'à son lit. Lorsqu'elle revint à elle, il faisait nuit. Édouard lui tournait le dos, debout devant la fenêtre. Elle l'observa pendant un moment, comme pour s'assurer qu'il était bien là. Puis il se tourna vers elle.

Mathilde savait qu'elle était malade. Elle n'en avait rien dit à Édouard, mais elle se doutait bien qu'il avait compris. Cela la réconfortait de le savoir près d'elle en cet instant. Son seul regret était de ne pouvoir lui épargner, à lui comme à ses enfants, l'affreux spectacle de son agonie. Elle avait vu mourir sa fille et savait ce qui l'attendait. Et pour rien au monde elle ne souhaitait les obliger à revivre cela.

Depuis la mort de Marie-Louise, toute la famille avait été isolée. Interdiction formelle de quitter les lieux sans avoir auparavant présenté une preuve de vaccination. Sophie, Amélia et Henri s'étaient fait vacciner et, même si sur le moment elle avait craint le pire, elle devait admettre que ses trois aînés avaient malgré tout conservé une santé de fer. Elle avait également préféré ne plus rien dire au sujet de la marque de vaccin qu'elle avait repérée sur la cuisse de Paul. Elle soupçonnait ses filles d'avoir agi en douce. Et son mari aussi.

Mais elle ne pouvait leur en vouloir. Aujourd'hui, elle regrettait de s'être montrée aussi obstinée en suivant aveuglément les conseils de gens mal avisés. Mais comment aurait-elle pu savoir? Les médecins, les journalistes et les politiciens, les Canadiens français et les Canadiens anglais, tous avaient un avis différent. Même les prêtres et les religieux, contraints de se conformer aux directives des autorités civiles, ne semblaient qu'à moitié convaincus. Mathilde était toujours aussi perplexe quant à l'efficacité du vaccin. Et dans le doute, mieux valait s'abstenir, lui aurait dit son père s'il avait été là. C'était ce qu'il disait lorsque, petite fille, elle lui demandait si le bon Dieu le savait lorsqu'elle faisait des bêtises.

Mathilde tendit la main vers Édouard et la laissa retomber sur la couverture. Elle se sentait fiévreuse et aussi faible que lorsqu'elle était tombée malade, le printemps dernier. Mais cette fois-ci, les choses se passeraient différemment. D'ici un jour ou deux, elle irait à l'hôpital. C'était ce qu'il y avait de mieux à faire. Pour les siens. Mais auparavant, elle devait voir au bonheur de ses enfants. Le cas d'Henri avait été réglé facilement. Lorsque son père lui avait appris qu'il partirait dès le lendemain pour Saint-Norbert, Henri n'avait pas caché sa joie. Édouard était allé le conduire à la gare le matin même. Quant à Amélia, elle espérait que Victor réussirait à trouver les mots pour la convaincre de le suivre dans l'Ouest. Si Dieu exauçait ses prières, sa fille serait déjà loin lorsqu'elle quitterait ce monde.

Il ne restait que Sophie. Et Paul. Son plus grand souci. Qu'allait-il devenir lorsqu'elle ne serait plus là? Les forces commençaient à lui manquer et, déjà, assurer l'avenir de ses enfants lui semblait une tâche insurmontable. Édouard devrait s'en charger. Et Sophie. Sa Sophie, si bonne, si dévouée.

Édouard se retourna et observa sa femme pendant un court moment. Elle lui sourit et il s'approcha. Sans dire un mot, il s'allongea près d'elle et la prit dans ses bras. Elle le repoussa faiblement, horrifiée à la pensée qu'il puisse tomber malade à son tour. Devant son insistance, elle se résigna et se blottit contre lui.

Ils restèrent ainsi pendant des heures, à écouter le temps passer. Ce temps qui leur était maintenant compté et qui n'en était que plus précieux. Ils ne connaissaient pas d'autre moyen de se prouver leur amour que de partager ensemble ces derniers instants.

Amélia était malade d'inquiétude. Les premières lueurs d'avant l'aube baignaient d'une pâle clarté la pièce où, la nuit durant, elle avait tenté de trouver le sommeil. En vain. Victor n'était pas rentré. Depuis quelque temps, il rentrait de plus en plus tard. Mais elle ne lui posait aucune question. Il ne rentrait pas saoul, c'était déjà ça. Elle l'avait attendu une partie de la soirée, sans vraiment se demander où il était allé. Et puis les heures avaient passé, la nuit était tombée, et elle s'était mise à craindre le pire. Il lui était certainement arrivé quelque chose. Il lui arrivait de rentrer tard, mais il était toujours revenu à la maison avant le matin. Elle sentit les larmes lui monter aux yeux et se mit à frissonner. Peut-être qu'il en avait finalement eu assez d'elle et qu'il avait décidé de la quitter. Depuis leur mariage, elle n'avait cessé de l'accabler de reproches. Elle l'avait ignoré, repoussé même. Sophie avait raison.

Elle ne pensait qu'à elle. Alexis était parti parce qu'elle avait refusé de l'écouter, de le comprendre. Il l'aimait et elle l'avait laissé partir. Victor l'avait épousée. Elle prit conscience qu'elle pouvait également le perdre. Amélia était sur le point de fondre en sanglots lorsqu'elle entendit la porte se refermer doucement. Elle bondit sur ses pieds et s'élança vers l'entrée.

– Victor ! s'écria-t-elle en se jetant dans ses bras.

– Amélia ? Mais que...

– Tu es revenu !

– Mais bien sûr, répondit Victor, cherchant le visage d'Amélia qu'elle tenait pressé contre sa poitrine. Veux-tu me dire ce qui t'arrive ? Amélia ? insista-t-il en l'éloignant doucement de lui.

– Rien. Tout va bien, mais j'ai eu si peur, murmura la jeune femme en essuyant son visage baigné de larmes.

– Il est tard, je sais. Je suis désolé..., commença Victor.

– Ce n'est pas grave, l'interrompit-elle. Oh, Victor ! Je m'en veux tellement ! Pourras-tu jamais me pardonner ?

– Mais te pardonner quoi ? s'enquit Victor en jetant un regard inquiet à Amélia.

– D'être une si mauvaise épouse.

– Que vas-tu chercher là ? Tu es invivable, je te l'accorde, mais tu es la seule épouse que je veux.

– Arrête de me torturer ! Je le sais bien que j'ai été impossible avec toi, répondit Amélia en baissant la tête. Je te promets que je vais changer, ajouta-t-elle rapidement en redressant les épaules.

Elle plongea son regard dans celui de son mari qui lui sourit en retour. Il s'approcha d'Amélia et prit son visage entre ses mains.

– Je regrette moi aussi toutes les choses que je t'ai dites. Je ne les pensais pas...

Amélia se hissa sur la pointe des pieds et le fit taire d'un baiser. Et elle comprit, à cet instant précis, qu'elle suivrait Victor où qu'il aille.

Montréal, 9 octobre 1885

Ma très chère Antoinette,

Je t'écris cette lettre dans les plus tristes circonstances qu'on puisse imaginer. Lundi dernier, ma petite sœur, notre douce et innocente Marie-Louise, a expiré après une cruelle agonie de près de quatre jours des suites de la picote. Ces deux dernières semaines ont été affreusement éprouvantes pour nous tous et je trouve seulement maintenant le temps, et surtout le cœur, de t'écrire pour te faire part de cette affligeante nouvelle. Tu serais bien accommodante de la transmettre également à la famille.

Je n'ai jamais vu quelqu'un souffrir autant. Presque jusqu'à la fin elle avait sa pleine connaissance et cela n'a rendu que plus méritantes les souffrances qu'elle a endurées. Je prie pour que Dieu abrège son Purgatoire en raison de sa grande piété et pour le courage exemplaire qu'elle a montré jusqu'à la fin. Je l'espère de toute mon âme, car je dois te confesser que j'ai été pendant un temps très en colère contre Dieu. Qu'il permette qu'une enfant aussi pure subisse de tels tourments est indigne de Lui.

Si les malheurs servent à éprouver la foi, j'ai bien dû la perdre à un moment donné. Car les deux dernières semaines ont été riches en épreuves pour moi. Victor a pris une décision qui m'a bouleversée, mais que j'ai fini par accepter : nous allons déménager dans l'ouest du pays, près de la ville de Winnipeg, dans les terres du Manitoba. Victor y a acquis plusieurs acres où nous allons bientôt nous installer. Je t'avoue que cette idée d'aller vivre loin de ma famille et d'habiter un lieu étranger me fait affreusement peur. Mais une femme ne doit-elle pas obéissance à son mari ? S'il ne peut en être autrement, je dois bien me résoudre à suivre mon mari où qu'il aille. D'un autre côté, je me plairai peut-être à cette nouvelle vie et tu me dirais sûrement d'attendre de voir avant de me faire une opinion.

Je t'écrirai quand je serai arrivée à Winnipeg pour te donner mon adresse là-bas. Dépêche-toi de m'écrire à ton tour. Tes lettres seront assurément un réconfort pour moi dans ces lieux éloignés.

Adieu. Porte-toi bien et accepte, chère Antoinette, l'assurance de mon affection pour la vie.

Amélia

Sophie et Lisie discutaient de tout et de rien. Amélia avait prévu d'annoncer à Lisie son départ prochain pour le Manitoba. Sa sœur était déjà au courant, et elle l'avait invitée en espérant que sa présence lui faciliterait les choses. Maintenant que le moment était venu, elle hésitait. Il faisait un soleil splendide en cette fin d'après-midi d'octobre et le soleil faisait miroiter le sol du salon. Amélia aurait voulu pouvoir figer le temps sur cet instant de bonheur tout simple qui lui donnait l'impression que la vie était redevenue comme avant. Son regard croisa celui de Sophie qui lui sourit. Elles n'avaient plus reparlé des derniers instants de Marie-Louise et de la conversation qu'elles avaient eue ce jour-là. Sophie ne s'était pas excusée et Amélia avait pardonné. Entre sœurs, certaines choses n'avaient pas besoin d'être exprimées ouvertement. La mort de Marie-Louise mais aussi la décision qu'elle avait prise de partir avec Victor avaient transformé Amélia. Elle était plus conciliante, s'était radoucie même. Depuis quelques jours, elle parvenait même à envisager avec espoir la nouvelle vie qui l'attendait.

Elle se racla la gorge.

– Lisie…

– Oui ?

– Si je t'ai fait venir ici aujourd'hui, lança Amélia, c'était pour t'annoncer quelque chose.

– Ah oui ? Tu es en famille ! s'écria Lisie après un bref moment de silence.

– Non. Ce n'est pas ça.

– De quoi s'agit-il, alors ?

– Je vais partir, Lisie, laissa tomber Amélia. Pour de bon. Victor et moi allons nous établir dans l'Ouest, au Manitoba.

Lisie la considéra un instant sans rien dire, bouche bée.

– Tu me fais marcher ? s'enquit-elle enfin.

– Non. Victor a acheté un lot près de Winnipeg. Nous partons dans deux jours.

– Et c'est maintenant que tu me le dis ?

– On a pris notre décision très vite, précisa Amélia en soutenant le regard de son amie.

– Mais qu'est-ce que je vais faire sans toi, moi ? demanda Lisie en retenant ses larmes.

– Tu te marieras bientôt, Lisie. Comme moi. Tu auras bien assez à t'occuper pour ne pas t'ennuyer. Et on s'écrira, bien entendu, la rassura Amélia.

– Amélia a raison, ajouta Sophie. Et elle pourra peut-être venir nous visiter de temps en temps.

Lisie hocha lentement la tête.

– Et tu es heureuse d'aller vivre aussi loin ? demanda-t-elle.

Amélia réfléchit pendant un court moment et releva la tête.

– Oui, répondit-elle d'un ton assuré. Victor est convaincu qu'on pourra se faire une belle vie là-bas. Et je ne vois pas pour quelle raison il me mentirait à ce sujet. Je lui fais confiance. Mais vous allez aussi me manquer, c'est sûr, ajouta-t-elle rapidement.

Amélia se leva et se glissa entre Sophie et Lisie, sur le canapé. Elle saisit les mains des deux jeunes femmes dans les siennes et les serra très fort.

– Nous serons toujours là les unes pour les autres, n'est-ce pas ? s'enquit-elle en se forçant à sourire.

– Bien sûr que oui, répondit Sophie.

– Tu parles ! renchérit Lisie en souriant elle aussi à Amélia.

Chapitre XXIX

Ce jour-là, sur le quai de la gare, les passagers qui attendaient de monter dans les wagons se pressaient les uns contre les autres pour se protéger du vent. Le ciel était gris et nuageux. Quelques employés affairés se hâtaient de transporter les bagages. Tête baissée, ils allaient et venaient entre les passagers qui attendaient fébrilement l'appel pour l'embarquement. La majorité d'entre eux étaient anglophones, mais il s'y trouvait également quelques Canadiens français. Les regards hostiles qu'on leur jetait exprimaient toute la méfiance et le mépris qu'ils inspiraient. C'étaient dans les quartiers francophones que la maladie faisait le plus de victimes. Par leur faute, tous les Montréalais étaient maintenant considérés comme des pestiférés aux yeux des étrangers. Sortir de la ville devenait de plus en plus difficile.

Le chemin serait long jusqu'à Winnipeg. Amélia avait insisté pour retarder leur départ, du moins jusqu'à ce que la ligne du Canadian Pacific, qui pourrait les mener directement jusqu'au Manitoba, soit enfin mise en fonction. On parlait du début du mois de novembre. Mais Victor n'avait rien voulu entendre. Ils partiraient aussitôt que possible et passeraient par les États-Unis en faisant un détour par Chicago.

Amélia contemplait l'énorme locomotive dont les flans d'acier laissaient échapper des jets de vapeur sifflante. Elle était sourde et aveugle à l'agitation qui régnait autour d'elle. Une excitation empreinte de nostalgie régnait sur le quai : celle des départs et des adieux mais aussi celle des regrets. Pourquoi avait-elle l'impression que nul retour en arrière ne serait possible dès l'instant où elle mettrait les pieds dans ce train ? Elle sentit une boule se former dans sa gorge et laissa son regard errer sur la marée des voyageurs qui se faisaient plus nombreux à mesure que l'heure du départ approchait. Sa mère lui manquait. Elle aurait tellement aimé pouvoir lui dire au revoir.

Elle sentit un corps s'appuyer sur le sien. Émue jusqu'aux larmes, Lisie semblait impressionnée par tout ce va-et-vient. Georges et elle avaient insisté pour les accompagner jusqu'à la gare où ils avaient retrouvé Sophie et Édouard qui les y attendaient.

– Vous n'avez pas beaucoup de bagages, lança Georges à Victor en considérant d'un œil étonné les deux sacs de voyage posés sur le sol près de son ami.

– Nous pourrons trouver tout ce qu'il nous faut dès que nous serons arrivés à Winnipeg, expliqua Victor en haussant les épaules.

– Et pour t'installer, comment feras-tu ? insista Georges.

– Nous logerons à l'hôtel pendant quelques semaines, le temps de nous équiper en outils et en meubles.

– Je veux bien. Mais après ? Il vous faudra une maison et des bâtiments.

– Nous en construirons, rétorqua Victor d'un air légèrement irrité, comme si cela était une évidence.

– Tu veux rire ! s'exclama le jeune homme. Tu n'as jamais rien construit de ta vie. Comment vas-tu faire ça ?

– J'apprendrai… Et Amélia sera là pour m'aider.

– Je n'y avais pas pensé ! Si c'est toute l'aide que tu as, j'ai bien peur que tu sois obligé de passer l'hiver à l'hôtel.

Georges se mit à rire, mais cessa net en apercevant l'air mécontent d'Édouard.

– Je ne veux pas dire que votre fille est une bonne à rien, balbutia-t-il dans l'espoir de se faire pardonner. Mais c'est une femme…

– Si j'étais toi, je n'ajouterais rien, lui conseilla Victor en retenant un sourire.

Il jeta un coup d'œil à Amélia. Visiblement perdue dans ses pensées, elle n'avait pas bronché.

Georges rougit jusqu'aux oreilles et baissa les yeux, l'air contrit.

– Vous avez vos certificats, j'espère? enchaîna Édouard comme si rien n'était.

– Je les ai, répondit Victor en tapotant la poche de sa veste.

– Quand je pense qu'on ne peut même plus prendre le train sans avoir ses papiers de vaccination! Il paraît même qu'en Ontario, ceux qui refusent de montrer leurs papiers sont renvoyés chez eux, lança Georges, incapable de rester silencieux.

– Tu exagères un peu, Georges, lui répondit Victor.

– Du tout!

– Il ne faut pas en faire une histoire, conclut Victor. Nos papiers, nous les avons.

– Je répète seulement ce que j'ai entendu dire, moi, se défendit Georges en se tournant vers Lisie.

Comme si elle revenait à elle, Amélia tourna la tête vers Sophie. Celle-ci jeta un regard nerveux à son père et prit la main d'Amélia qu'elle serra de toutes ses forces. Elle adressa une prière silencieuse à tous les saints du paradis, les implorant de donner à sa sœur le courage dont elle allait avoir besoin pour survivre aux épreuves qu'ils auraient à traverser dans les temps à venir.

Sept heures et demie. Les employés du chemin de fer, reconnaissables à leur casquette et à leur tunique grise, se postèrent à l'entrée des wagons.

– *All aboard*! *All aboard*! cria le chef de train en déambulant le long du quai.

La locomotive émit un sifflement perçant. Amélia sursauta et s'accrocha désespérément à Sophie. Elle sentit à peine son père la serrer maladroitement dans ses bras et l'embrasser sur la joue. Toute son attention était accaparée par le monstre d'acier qui fumait et grondait devant elle.

Avec sang-froid, Sophie se libéra et poussa fermement Amélia vers Victor.

– Allez, viens, Amélia. C'est l'heure, la pressa Victor avec douceur.

D'un geste leste, Victor souleva leurs sacs qu'il remit à un employé. Le jeune garçon les empoigna fermement et se dirigea vers le wagon à bagages.

Amélia avait l'impression d'être dans un rêve. Elle avançait bel et bien, suivant Victor avec docilité, mais elle avait l'impression qu'une autre partie d'elle-même restait derrière, près des siens.

Déjà à bord, Victor lui tendit la main et l'aida à monter sur le marchepied du wagon. La main moite et glacée de la jeune femme se referma sur la poignée de métal fixée près de la porte. Elle tourna la tête et enveloppa du regard le petit groupe qui se tenait devant elle. Georges et Lisie, serrés l'un contre l'autre, arboraient le même air solennel, légèrement ahuri. Sophie lui souriait d'un air confiant, mais elle s'était néanmoins rapprochée de son père, comme pour y puiser un peu de courage. Édouard lui fit un signe de la main, l'air digne et fier, comme toujours.

La cheminée de la locomotive laissa échapper un nuage de fumée noire. Un autre sifflement, aussi déchirant que le précédent, se fit entendre. Les essieux grincèrent et le train s'ébranla.

– Écris-nous, lui cria Lisie en agitant la main au-dessus de sa tête.

– Sophie! Dis à maman que je l'aime! cria Amélia.

Elle laissa échapper un sanglot et s'affaissa contre la poitrine de Victor. Il la soutint, son bras entourant fermement sa taille, puis recula d'un pas. Le couple disparut à la vue de la foule qui agitait mouchoirs et chapeaux en signe d'adieu.

Victor conduisit Amélia jusqu'à un banc au cuir usé et renfoncé. Dans un élan, elle se précipita vers la fenêtre ouverte. Elle étira le cou et parvint à repérer son père dans la foule mouvante. Sa silhouette rétrécit jusqu'à devenir un point minuscule, perdu dans la masse à mesure que le train prenait de la vitesse. Amélia sentit le vent froid fouetter son visage. Sifflant dans ses oreilles et irritant ses yeux, il lui arracha des larmes qu'elle laissa librement couler sur ses joues.

Sophie resta silencieuse durant tout le trajet de retour. La charrette cahotait dans les ornières et une fine bruine s'était mise à tomber.

Lorsqu'ils tournèrent le coin de la rue Saint-Christophe, Sophie fut brutalement projetée contre le rebord du banc. Avant même qu'elle ait pu se rendre compte de ce qui se passait, Édouard avait immobilisé la voiture et sauté à terre. Sophie laissa échapper un faible cri et porta la main à son visage.

Une voiture noire était garée dans la rue et un attroupement s'était formé sur les trottoirs. Sophie repéra le visage bouleversé de Berthe Dumas parmi ceux d'un groupe de femmes postées près du mur de la maison voisine. Trois hommes se trouvaient à côté de la voiture. Ils gesticulaient en montrant le poing aux agents de la police sanitaire qui tentaient de les calmer et de les repousser. La colère se lisait sur leur visage. La peur aussi.

Édouard se rua vers la foule qui s'écarta pour le laisser passer. Il s'arrêta soudainement et regarda autour de lui, comme s'il ne parvenait pas à comprendre ce qui se passait. Puis, il fonça sur l'un des agents et le saisit par le collet. L'une des femmes se mit à crier.

Effrayé par toute cette agitation, le cheval se cabra et se déporta brusquement sur la droite. Incapable d'atteindre les rênes, Sophie se laissa glisser sur le sol et se précipita vers le cheval. D'une main ferme, elle le saisit par la bride.

– Calme-toi. Tout va bien, lui chuchota-t-elle à l'oreille tout en lui caressant l'encolure.

– Personne ne touchera à ma femme!

Sophie pivota sur elle-même, sans lâcher la bride du cheval. Les agents de police tentaient d'immobiliser Édouard qui se débattait comme un beau diable. Avec horreur, Sophie vit l'un d'entre eux lever haut sa matraque, prêt à en assener un coup sur la tête de son père, ce qu'il aurait fait sans nul doute si Édouard ne s'était pas brusquement figé sur place.

La porte menant à leur logement s'était ouverte. Un agent en sortit, suivi d'une religieuse. Cette dernière s'arrêta sur le palier et se tourna vers l'entrée. Mathilde apparut dans l'embrasure. Emmitouflée dans une couverture qui la couvrait presque entièrement, elle considéra avec stupeur les gens rassemblés autour de la voiture noire. Tous s'étaient tus en la voyant apparaître. Son regard fiévreux se posa sur les visages qui l'observaient avec curiosité. Il lui sembla reconnaître quelques-uns d'entre eux. Son regard se posa enfin sur son mari, encerclé par les agents de la police sanitaire. Affolée, elle adressa un signe de tête à la religieuse qui s'était avancée pour la soutenir. Les deux femmes s'avancèrent vers la voiture.

D'un geste sec, Édouard se libéra de l'emprise de l'agent qui le retenait toujours par un bras et s'élança vers Mathilde.

– Qu'est-ce que vous faites? Mathilde! gémit-il en tentant d'atteindre sa femme qui recula d'un pas.

– Je dois y aller, murmura Mathilde en inspirant profondément. Laisse-moi partir, Édouard...

– Tu ne peux pas faire ça! Où l'emmenez-vous? cria-t-il en tentant de saisir Mathilde.

Les agents se ruèrent à nouveau sur lui et l'immobilisèrent avec fermeté.

– Soyez raisonnable, monsieur. On l'emmène à l'hôpital, répondit la religieuse en entraînant Mathilde vers la voiture.

– Vous ne pouvez pas faire ça ! Lâchez-moi ! C'est ma femme ! Elle va rester ici, avec sa famille ! Je peux m'occuper d'elle.

– C'est votre femme qui a demandé qu'on vienne la chercher.

Édouard considéra avec stupeur l'agent qui venait de lui adresser la parole avant de jeter un regard désespéré à sa femme.

– Mathilde, tu n'as pas pu…

– Sois raisonnable, Édouard… c'est mieux ainsi, gémit faiblement Mathilde.

– Qui d'autre habite ici, monsieur ? demanda l'un des agents.

– Il y a un jeune garçon à l'intérieur, répondit celui qui était resté posté près de la porte d'entrée. J'ai vérifié, il est vacciné.

Un murmure parcourut l'assistance. Une femme avança d'un pas.

– C'est leur fille, déclara-t-elle en montrant Sophie.

Glacée d'effroi, la jeune femme regardait d'un air hébété tous ces gens qui l'observaient avec crainte. Elle sentit sous sa main la chaleur que dégageait le cheval et se mit à trembler.

– Laissez-la tranquille. Elle a été vaccinée, elle aussi ! s'écria Édouard en jetant un regard désespéré à sa fille.

– Nous sommes désolés, mais nous devons nous assurer que votre famille n'est un risque pour personne, expliqua le plus jeune des agents. Je suis navré, mais je vais devoir vous demander de ne plus sortir de chez vous à partir de maintenant…

Il le fixa avec un calme insistant. Du coin de l'œil, Édouard vit Mathilde grimper dans la voiture. Sous le regard suspicieux de l'agent, il déboutonna sa braguette et baissa légèrement son pantalon, de manière à lui faire voir la marque laissée par l'aiguille du vaccinateur. Mathilde ferma les yeux. De résignation ou de soulagement, il n'aurait su le dire. Elle tendit la main vers lui, paume ouverte, et le fixa avec insistance pendant un court instant. Puis la porte se referma sur elle.

L'agent qui se tenait toujours immobile devant Édouard hocha la tête en silence et grimpa à son tour dans la voiture.

Le souffle coupé, Édouard tomba à genoux sur la terre détrempée de la rue. Il sentit les bras de Sophie entourer ses épaules et son corps s'appuyer sur le sien. Il aurait voulu hurler sa douleur, mais seul un cri rauque s'échappa de sa gorge serrée. Secouée par de violents sanglots, Sophie sentit la main de son père saisir la sienne. Le visage enfoui au creux de son cou, elle saisit les mots qu'il se murmurait à lui-même, si bas qu'elle les entendit à peine:

– Adieu. Adieu, mon aimée...

L'hôpital tout entier résonnait des cris et des gémissements qui s'échappaient par les portes ouvertes des salles où s'entassaient les malades. L'odeur était insupportable. L'urine et les excréments souillaient les draps et les matelas, les corps en proie à la fièvre exhalaient des relents de pourriture et de mort.

Il faisait froid, et noir aussi. La nuit, aucune lueur ne venait éclairer les épaisses ténèbres qui enveloppaient le vieil hôpital pour varioleux. Il s'agissait en fait d'une ancienne maison de ferme située juste derrière l'Hôtel-Dieu, dans un verger surplombant Fletcher's Field, un vaste boisé s'étendant au pied du mont Royal. Le long de la clôture délabrée, qui bordait le terrain envahi par les mauvaises herbes et où poussaient plusieurs pommiers, se trouvait le chemin qui gravissait la montagne. Les gens et les voitures y déambulaient, indifférents à ce qui se passait derrière les murs de pierre de l'hôpital

Saint-Roch, sursautant parfois devant l'apparition grotesque d'un ou deux patients convalescents errant parmi les herbes folles et les détritus qui encombraient le verger.

Le bâtiment semblait étrangement déséquilibré, avec ses trois ailes supplémentaires érigées d'urgence au cours de l'été. Un nouvel hôpital serait construit au printemps suivant, mais en attendant on s'arrangeait avec celui-là. L'hôpital Saint-Roch était plein. Même le grenier avait été aménagé de façon à y loger quelques malades. Et le personnel était si peu nombreux. Les soins n'étaient prodigués que par une poignée de sœurs grises et quelques garçons de salle et infirmières aux qualifications douteuses. La nuit, un seul homme assurait le service.

Lorsque Mathilde était arrivée à l'hôpital, quatre jours plus tôt, la préposée à l'entrée l'avait conduite dans la première des quatre salles et lui avait désigné un lit inoccupé, situé juste à côté de la porte. Neuf autres malades se trouvaient déjà dans la salle. Quatre d'entre eux étaient des enfants. Une jeune fille semblait sur le point de sortir. Si l'on feignait d'ignorer sa peau grêlée, couverte de croûtes noirâtres, de bosses et de creux et sa maigreur extrême, elle avait l'air en assez bonne santé et se permettait même quelques promenades dans le long corridor qui reliait les salles entre elles. Elle retournerait bientôt à la maison, lorsqu'elle ne représenterait plus aucun risque de contagion pour les siens. Elle avait de la chance. Car l'hôpital Saint-Roch, en dépit des efforts déployés par les sœurs grises, n'était pas un hôpital. C'était un mouroir. On n'y emmenait pas les malades pour les soigner, mais pour les isoler. En cet automne 1885, presque tous les patients étaient Canadiens français. Les rares anglophones qui contractaient la maladie préféraient être soignés et mourir dans leurs grandes maisons, à l'abri des regards indiscrets.

Mathilde ouvrit les yeux et les referma aussitôt. Même la pâle lumière du jour la brûlait atrocement. Il lui sembla sentir une présence près d'elle. Une main se posa sur son épaule.

– Vous voulez boire un peu d'eau?

Elle reconnut la voix au timbre aigu de la jeune convalescente. Marguerite ou Marie? Elle ne savait plus trop.

– Vous n'en voulez pas? continua la voix.

Mathilde s'obligea à ouvrir les yeux. À travers le voile qui lui masquait la vue, elle distingua la silhouette de la jeune fille et celle d'une autre personne, couverte d'un drôle d'habit qui la recouvrait de la tête aux pieds. Les mots prononcés lui parvenaient difficilement, comme coupés par le vent qui s'engouffrait en sifflant dans ses oreilles. D'où venait-il ce vent froid qui lui donnait étrangement chaud?

– La fièvre aurait déjà dû tomber, dit la religieuse en posant une main sur le front de la malade.

– Vous êtes sûre qu'elle a attrapé la picote? demanda Marguerite. Elle n'a même pas de boutons. Elle respire bizarrement en plus. On dirait qu'elle va étouffer.

– Je vais demander au docteur Nolin de passer la voir cet après-midi. Retournez vous coucher.

La religieuse souleva la couverture. Aucune trace de sang. Elle poussa un soupir de soulagement. Ce n'était pas la picote noire. En tout cas, elle l'espérait. Parce que ceux qui l'attrapaient mouraient rapidement, dans d'atroces souffrances, le corps couvert de plaques rouges suppurantes et affaiblis par les hémorragies internes. Personne ne les nourrissait ni ne les lavait puisque de toute façon, présumait-on, ils n'en réchapperaient pas.

Elle n'aurait pas voulu que cette femme soit atteinte de la variole hémorragique. Elle lui faisait pitié. Pas un cri, pas une plainte ne s'étaient échappés de sa bouche depuis son arrivée à Saint-Roch. Elle montrait alors tous les symptômes de la variole, mais son cas évoluait différemment. Normalement, la fièvre, qui faisait délirer les patients durant les premiers jours qui suivaient leur admission, diminuait pour laisser apparaître les premières éruptions. En très peu de temps, quarante-huit heures tout au plus, les vésicules remplies de pus commençaient à apparaître et à se répandre sur leur visage, leurs bras, leur poitrine, puis sur leur corps tout entier. Cette patiente-là avait bien la variole, cela se voyait aux plaques rouges légèrement boursouflées qui couvraient le haut de son corps, mais elle semblait déjà aux portes du tombeau alors même que la maladie n'en était qu'à ses débuts.

Elle se pencha légèrement vers le corps amaigri qui se dessinait sous la mince couverture couverte de taches suspectes. La malade respirait avec difficulté, comme l'avait fait remarquer la jeune Marguerite. En se redressant, la religieuse nota mentalement qu'elle devrait en toucher un mot au docteur Nolin lorsqu'il viendrait faire sa ronde de visites. Elle sourit à Marguerite et sortit de la salle. Elle avait d'autres malades à voir, d'autres âmes à apaiser.

Déjà, le souvenir de Mathilde s'effaçait de son esprit. Une malade parmi tant d'autres. Elle ne serait ni la première ni la dernière à succomber à la variole. Elle avait du mal à croire que son Dieu, si bon et si miséricordieux, celui auquel elle avait voué sa vie, ait pu voir en cet épouvantable fléau le moyen de les punir tous de leurs fautes. Quel péché, aussi irrémissible soit-il, pouvait mériter une punition aussi cruelle? Mais s'il s'avérait qu'une telle chose soit possible, si Dieu avait le pouvoir de leur envoyer la variole, n'était-il pas aussi en mesure de pardonner et de sauver la ville et ses habitants? Sœur Marie-Ange se sentait tellement impuissante. Même ses prières à saint Roch et à la Vierge Marie ne semblaient avoir aucun effet.

Elle s'arrêta sur le palier de la porte menant à la deuxième salle. Des gémissements lui parvenaient depuis le bout du couloir. C'était là que se trouvait la salle des malades atteints de la variole hémorragique. Elle savait qu'elle devrait y entrer avant que la nuit ne tombe, mais pas tout de suite. De toute façon, personne ne pouvait rien pour eux. Aucun de ces malades n'en réchapperait. Des images de la nuit précédente affluèrent à son esprit : les corps, enroulés dans des draps poisseux de sang, traînés sur le sol, le bruit de leur tête cognant durement sur les marches de l'escalier menant à la porte arrière, les cercueils en bois empilés dans la cour. Habituellement, elle avait déjà quitté l'hôpital lorsque les autorités venaient chercher les corps pour les mener au cimetière Notre-Dame-des-Neiges, commodément situé sur la montagne, tout près. Depuis quelques semaines, il était ouvert jusque tard dans la soirée, pour les enterrements d'urgence. Mais ce soir-là, elle avait dû aider aux cuisines où le personnel se faisait de plus en plus négligent. Elle aurait dû s'y terrer en attendant que le corbillard ait quitté les lieux, mais Dieu seul savait pourquoi, elle ne l'avait pas fait.

La religieuse frotta ses yeux rougis par la fatigue et pénétra dans la salle suivante. Quelqu'un avait ouvert les fenêtres, sans doute pour chasser la puanteur, et la pluie entrait dans la pièce. Un petit garçon se tenait debout près de l'un des lits. Il tourna son visage couvert de pustules vers elle et s'effondra sans un bruit sur le sol. Sœur Marie-Ange, qui, dans une autre vie, avait été la sœur aînée d'une famille nombreuse, sut à cet instant précis que Dieu les avait abandonnés.

– Ses poumons ne tiendront pas le coup. C'est aussi bien pour elle. Cela lui évitera des souffrances inutiles.

– Passera-t-elle la nuit ?

– J'en doute, répondit le docteur Nolin en caressant d'une main distraite sa barbe grisonnante. Il faudrait penser à l'installer ailleurs. Au cas où.

Sœur Marie-Ange jeta un regard suppliant au médecin.

– Il le faut vraiment ? Ce n'est pas la picote noire, vous l'avez dit vous-même.

– J'en suis presque certain, mais on ne sait jamais…

– Je pense qu'elle avait déjà les poumons fragiles lorsqu'elle est arrivée ici, poursuivit la religieuse, étonnée de son audace.

Le médecin considéra avec méfiance la petite religieuse qui se tenait devant lui. Quel âge pouvait-elle avoir ? Trente-cinq, quarante ans ? Suffisamment vieille en tout cas pour en avoir déjà beaucoup vu. Elle semblait épuisée, mais ses yeux brillaient de… de colère contenue ? Il devenait fou, sans doute. Il secoua la tête pour chasser cette pensée ridicule de son esprit.

– Faites donc ce que bon vous semble, ma sœur, laissa-t-il finalement tomber en haussant les épaules.

Il tourna les talons et se dirigea vers le lit voisin, sans même jeter un dernier regard à la patiente qu'il venait de quitter. Il ignorait même comment elle s'appelait. De toute façon, quelqu'un prononcerait-il jamais son nom à nouveau ?

⁂

À l'hôpital Saint-Roch, la journée s'achevait dans l'horreur habituelle. Dévorée par la fièvre, Mathilde était plongée dans une torpeur apaisante. En proie au délire, elle ne ressentait plus la douleur qui avait pris possession de tout son corps et s'acharnait à consumer le peu de forces qui lui restait. Sa mémoire partait en lambeaux. Oubliés les souvenirs des derniers mois et des dernières années. Dans un dernier effort, elle parvint à ouvrir les yeux.

Une pluie fine tombe sur son visage qu'elle tient levé vers le ciel. Le vent souffle sur le champ au milieu duquel elle s'est assise. Autour d'elle, les épis de maïs ondulent gracieusement, leurs feuilles frémissent dans un doux bruissement. On dirait qu'ils chantent juste pour elle. Cette année, la récolte sera bonne. Papa l'a dit. Au loin, le toit de la maison se découpe sur le ciel gris, avec ses bardeaux de cèdre bruns, délavés par les années, et sa cheminée de pierres des champs. Les vaches sont au pâturage ; elle les entend meugler de temps en temps. Papa les ramènera à l'étable un peu avant le souper. L'eau lui vient à la bouche en pensant aux bonnes choses qui se retrouveront sur la table et que toute la famille engloutira avec appétit.

Est-ce la voix de sa mère qu'elle entend tout à coup ? Les enfants, éparpillés à tout vent, se font prier pour rentrer. C'est toujours comme ça. Surtout pendant les chaudes journées d'été.

Lentement, comme à regret, elle déplie ses jambes et se relève. La brise du soir vient caresser la peau de son visage. Elle sent son cœur battre plus fort à mesure qu'elle se rapproche de la maison. Maman a allumé la lampe. Elle se tient sur le seuil de la porte, les mains sur les hanches, et regarde dans sa direction. Mathilde veut crier, mais aucun son ne sort de sa bouche. Elle ne réussit qu'à émettre un faible gémissement qui suffit à l'effrayer. Délia lève le bras et lui fait signe. « C'est l'heure de rentrer, ma fille. C'est l'heure de rentrer à la maison… »

Épilogue

Amélia sortit du bureau de poste d'un pas alerte. Elle s'arrêta un instant sur le trottoir et s'imprégna de l'ambiance qui régnait sur Main Street. Winnipeg était une ville étrange. Dans le train qui les avait emmenés jusqu'ici, elle avait imaginé un village perdu au milieu de nulle part, habité par des Sauvages, des cow-boys et des fermiers sans le sou. À sa grande surprise, elle s'était rapidement rendu compte que Winnipeg était plus que cela. C'était une ville imposante avec de larges rues, des bâtiments neufs et des commerces aussi bien approvisionnés que l'étaient ceux de Montréal. Les rues étaient éclairées à l'électricité. On y trouvait même un opéra. L'architecture de certains édifices était des plus excentriques, comme le Collège du Manitoba avec ses tours mauresques, ou encore les nombreuses églises toutes plus étranges les unes que les autres.

Elle devait admettre qu'elle était sous le charme. Une nouvelle vie commençait ici pour elle. Et pour Victor aussi, bien sûr. Son mari avait changé depuis leur arrivée à Winnipeg. Elle avait même du mal à reconnaître l'homme qu'elle avait épousé dans ce jeune homme rieur et enthousiaste qui n'avait de cesse de lui montrer tous les coins de la ville et de s'émerveiller devant les charmes qu'elle recelait. La vie à l'Hôtel Royal plaisait bien à Amélia, même si elle commençait à ne plus trop savoir quoi faire de ses temps libres. Victor la laissait souvent seule pour « s'occuper de leur avenir », comme il se plaisait à lui dire. Le soir venu, il revenait à l'hôtel épuisé mais heureux.

Amélia s'apprêtait à retourner à l'hôtel lorsqu'elle constata qu'il faisait bien trop beau pour s'enfermer. Le soleil n'avait pas cessé de briller depuis leur arrivée et le temps était incroyablement doux pour cette période de l'année. Du moins, c'est ce qu'elle aurait pensé si elle s'était trouvée à Montréal. Elle avisa un banc libre juste devant le magasin de chaussures MacDonald dont la façade de pierre richement décorée détonnait à côté des façades de bois des autres commerces.

Elle s'assit sur le banc et posa sur ses genoux les deux lettres qu'on lui avait remises au bureau de poste. Il y avait une lettre de Sophie ; elle reconnaissait son écriture un peu penchée sur la gauche. Le timbre avait été oblitéré le 10 octobre, huit jours auparavant. L'autre avait été expédiée de Saint-Norbert. Elle était plus récente.

Lentement, elle fit courir son doigt le long du rabat de l'enveloppe et en sortit une feuille pliée en deux.

Saint-Norbert, 25 octobre 1885

Ma chère cousine,

J'imagine sans mal la peine que tu dois ressentir au moment où tu lis ces mots que je t'écris. Toute la famille, ici à Saint-Norbert, a été profondément attristée en apprenant la nouvelle. Encore maintenant, je dois me retenir pour ne pas pleurer en pensant à ma chère tante, à ta très chère mère qui nous a quittés si rapidement. J'aimerais pouvoir te serrer dans mes bras et te dire combien je compatis à ta peine. J'espère au moins que tout se déroule bien pour toi là-bas et que ta nouvelle vie t'apporte un peu de bonheur dans ces moments difficiles. Je ne sais pas si Dieu permettra que l'on se revoie un jour, mais je t'assure que je pense très fort à toi à chacun des jours qu'Il m'accorde. J'attends de tes nouvelles avec impatience. Maman t'embrasse et grand-maman aussi.

Avec ma fidèle affection,

ANTOINETTE

Incapable de saisir la portée des mots d'Antoinette, Amélia parcourut à nouveau des yeux la courte missive. Ses mains se mirent à trembler tandis qu'elle saisissait la seconde enveloppe. Elle l'ouvrit lentement et, prenant son courage à deux mains, commença à déchiffrer les mots de sa sœur.

Montréal, 20 octobre 1885

Ma très chère sœur,

Je ne sais comment débuter. Car je t'écris dans les plus tristes circonstances qu'on puisse imaginer. Mon cœur se serre à la pensée que je ne serai pas auprès de toi pour t'apporter le réconfort qu'une sœur aînée se doit de procurer à sa cadette. Malheureusement, les mots que j'emploierai, aussi délicats soient-ils, ne changeront rien à la dure réalité.

C'est avec beaucoup de tristesse que je t'annonce que notre mère nous a quittés. Le soir même de ton départ, elle s'est sentie mal. Son état de santé s'est rapidement détérioré et le docteur Boyer nous a conseillé de la faire admettre à l'hôpital Notre-Dame. Les épreuves que nous avons dû surmonter ces dernières semaines lui auront sans doute causé trop de douleur. Elle s'est éteinte doucement, sans trop souffrir. Je me doute bien que cette nouvelle te causera le plus grand des chagrins. D'autant plus que tu te trouves déjà si loin de nous et que tu n'auras pu lui faire tes adieux, comme cela se doit. Si cela peut te réconforter, sache que jusqu'à la fin, papa et moi sommes restés près d'elle et que nous ne l'avons pas quittée un instant. Elle sera enterrée vendredi à neuf heures et nous allons faire le mieux possible pour que tout soit solennel.

Après avoir longuement réfléchi, j'ai décidé d'annuler mon mariage avec Armand. Je ne me sentais pas le droit de lui demander de m'attendre et lui ai rendu sa liberté. Cette situation me cause beaucoup de peine, mais je suis certaine d'avoir pris la bonne décision. Papa et Paul auront besoin d'une femme pour prendre soin d'eux. Ma situation ne sera finalement pas très différente de celle que j'aurais connue en me mariant. Je te défends bien de tenter de me faire changer d'avis.

Je ne te cacherai pas que papa a beaucoup de mal à surmonter son chagrin. Mais j'ai bon espoir de le voir refaire sa vie dans un avenir prochain.

La situation ici est allée en empirant après ton départ. Le mois des morts porte bien son nom cette année. Dans tous les journaux, on peut lire que l'épidémie a fait maintenant plus de deux mille cinq cents victimes à Montréal. On a décidé de faire sonner les cloches de Notre-Dame tous les soirs jusqu'à la fin du mois. Nous pouvons parfois les entendre d'ici lorsque le vent souffle du bon côté. La ville est envahie par des agents de police qui s'occupent de sortir les malades pour les emmener à l'hôpital. La voiture noire passe si souvent dans les rues autour que je ne m'en préoccupe même plus. C'est terrible d'en être là.

Henri habite toujours chez les grands-parents. Je pense qu'il n'est pas près de revenir en ville. Je me console de son absence en me disant que c'est ce que maman aurait souhaité pour lui. Joseph, Françoise et les enfants vont bien.

Ta présence me manque déjà et j'espère que tu trouveras l'occasion de nous donner bientôt de tes nouvelles et qu'elles seront bonnes. Embrasse Victor pour moi et dis-lui que je compte sur lui pour prendre bien soin de toi.

Ta sœur qui t'aime,

Sophie

Le souffle coupé, Amélia sentit son cœur s'arrêter, puis se remettre à battre à une vitesse folle. Elle avait sûrement mal lu. Elle tenta de reprendre la lecture de la lettre qu'elle tenait à la main, mais sa vue se brouilla. Sourde et aveugle à l'animation qui régnait autour d'elle, elle ne put retenir un long sanglot. Un frisson la parcourut et la lettre qu'elle tenait à la main glissa sur le sol poussiéreux.

NOTES DE L'AUTEURE

L'épidémie de variole fit soixante-dix victimes de plus en 1886. Les derniers cas furent enregistrés le 21 mai 1886. Selon les chiffres officiels, vingt mille personnes furent contaminées par le virus à Montréal et dans les villages avoisinants. Sur ce nombre, il y eut près de six mille morts. En 1885, 91,2 % des victimes étaient des Canadiens français et 86 % d'entre elles des enfants de moins de dix ans. Les cas furent probablement beaucoup plus nombreux que ce que les chiffres officiels de l'époque rapportèrent*.

En 1886, Montréal fit construire un nouvel hôpital pour varioleux dans le quartier Hochelaga. L'hôpital Saint-Roch fut démoli.

La variole réapparut dans la province en 1888, en 1891, en 1897, puis au tournant du siècle, mais sans commune mesure avec l'épidémie que connut Montréal en 1885. Après la Première Guerre mondiale, durant les années 1920, on dénombra annuellement au Canada de mille à deux mille cas de variole.

Au début des années 1950, la variole avait été pratiquement éradiquée en Amérique du Nord et en Europe, mais la maladie continuait de faire deux millions de victimes par année dans les pays du Tiers-Monde.

* Statistiques tirées de Michael Bliss, *Montréal au temps du grand fléau. L'histoire de l'épidémie de 1885*, Éditions Libre Expression, Montréal, 1991.

En 1959, l'Organisation mondiale de la santé (OMS) accepta de mettre sur pied une campagne de vaccination massive pour tenter d'éradiquer la variole de la surface du globe. Les efforts conjugués de la vaccination préventive et d'une stratégie concertée de surveillance et d'isolement des foyers d'épidémie eurent peu à peu raison de la variole.

La dernière grande épidémie européenne eut lieu en Yougoslavie en 1972. Le virus infecta cent soixante-quinze personnes. Grâce à la mise sur pied d'une campagne massive de vaccination, l'application de la loi martiale et l'imposition d'une quarantaine sévère, l'épidémie s'éteignit en moins de deux mois. La variole fut éradiquée de l'Amérique du Sud en 1970, de l'Asie en 1975 et de l'Afrique en 1979.

En décembre 1980, l'OMS annonçait que la variole avait été totalement éradiquée de la planète. La vaccination fut supprimée à la suite de ce succès.

La vaccination systématique de la population canadienne contre la variole a été abandonnée en 1972.

Officiellement, deux souches du virus sont conservées à des fins de recherche au Centre for Disease Control à Atlanta, aux États-Unis, et à l'Institut d'État de virologie et de biotechnologie à Koltsovo, en Russie. En 1999, l'OMS annonçait que les réserves de vaccins disponibles à l'échelle planétaire n'étaient pas assez importantes.

Après les attentats du 11 septembre 2001 et les récentes attaques aux bacilles du charbon, le gouvernement américain a relancé la production du vaccin.

En France, un plan de vaccination collective contre la variole prévoit, dans l'hypothèse d'une réapparition de la maladie, des mesures permettant de procéder à la vaccination de la totalité de la population française en quatorze jours.

La Belgique annonçait en janvier 2008 qu'elle avait décidé de créer un stock de vaccins disponibles pour lutter contre une éventuelle attaque bioterroriste.

« Le gouvernement du Canada s'engage à protéger sa population et procède actuellement à l'acquisition d'au moins dix millions de doses de vaccin supplémentaires qui viendront s'ajouter à ses stocks actuels à titre de mesure de précaution dans l'éventualité peu probable d'une épidémie de variole, tout en disposant de réserves suffisantes pour vacciner l'ensemble de la population si la situation l'exige. [...]

« Un certain nombre d'intervenants de première ligne ont accepté de recevoir le vaccin contre la variole, à titre préventif, à compter du début de 2003. Ces intervenants de première ligne, tels les travailleurs de laboratoire, le personnel de secours et les agents d'hygiène publique, entre autres, seraient les premiers à être mobilisés dans l'éventualité peu probable d'une flambée de variole au Canada. [...]

« En l'absence de cas de variole, les experts en santé publique s'accordent pour dire que la vaccination systématique des personnes bien portantes à titre préventif n'est pas recommandée pour l'instant. [...]

« La variole peut être contrôlée et éliminée, comme cela a déjà été fait dans le passé. Le gouvernement du Canada a adopté une stratégie dite de "recherche et confinement", recommandée par des experts en santé publique canadiens et internationaux, notamment ceux du Comité consultatif national de l'immunisation du Canada, du Conseil des médecins hygiénistes en chef du Canada et de l'Organisation mondiale de la santé. Cette approche est la même que celle qui a été utilisée pour éliminer la variole à l'échelle du globe à la fin des années 1970. La stratégie de "recherche et confinement" serait immédiatement mise en branle dès qu'un cas de variole serait confirmé. Toute personne qui aurait pu entrer en contact avec le virus serait rapidement identifiée et vaccinée dans les quatre jours suivant l'exposition au virus. Les personnes vaccinées seraient isolées, de manière à assurer le confinement de la maladie. [...] Au besoin, selon la dynamique de la propagation, on pourrait procéder à la vaccination de tout un quartier, d'une ville ou d'une région*. »

Il n'existe à ce jour aucun traitement curatif contre le virus de la variole.

* Extraits tirés du site Internet officiel de l'Agence de la santé publique du Canada, 2010.

AUTRES TITRES PARUS

DANS LA MÊME COLLECTION

Alain, Sonia, *Le masque du gerfaut*
Audet, Dominike, *L'âme du minotaure*
Barcelo, François, *J'enterre mon lapin*
Barcelo, François, *Tant pis*
Barthe, Pierre, *Îlu. L'homme venu de nulle part*
Bergeron, Mario, *Ce sera formidable!*
Berrubey, Isabelle, *Les seigneurs de Mornepierre*
Borgognon, Alain, *Dérapages*
Borgognon, Alain, *L'explosion*
Bouchard, Roxanne, *Whisky et paraboles* (Prix Robert-Cliche 2005)
Boulanger, René, *Les feux de Yamachiche*
Boulanger, René, *Trois p'tits chats*
Breault, Nathalie, *Opus erotica*
Caron, Pierre, *Thérèse. La naissance d'une nation. T. I*
Caron, Pierre, *Marie. La naissance d'une nation. T. II*
Caron, Pierre, *Émilienne. La naissance d'une nation. T. III*
Cliff, Fabienne, *Kiki*
Cliff, Fabienne, *Le nid du Faucon*
Cliff, Fabienne, *Le royaume de mon père. T. I : Mademoiselle Marianne*
Cliff, Fabienne, *Le royaume de mon père. T. II : Miss Mary Ann Windsor*
Cliff, Fabienne, *Le royaume de mon père. T. III : Lady Belvédère*
Collectif, *Histoires d'écoles et de passions*
Côté, Jacques, *Les montagnes russes*
Côté, Reine-Aimée, *Les bruits* (Prix Robert-Cliche 2004)
Désautels, Michel, *La semaine prochaine, je veux mourir*
Désautels, Michel, *Smiley* (Prix Robert-Cliche 1998)
Dufresne, Lucie, *L'homme-ouragan*
Dufresne, Lucie, *Neige maya*
Dupuis, Gilbert, *Les cendres de Correlieu*
Dupuis, Gilbert, *La chambre morte*

Dupuis, Gilbert, *L'étoile noire*
Dussault, Danielle, *Camille ou la fibre de l'amiante*
Fahmy, Jean Mohsen, *Frères ennemis*
Fauteux, Nicolas, *Comment trouver l'emploi idéal*
Fauteux, Nicolas, *Trente-six petits cigares*
Fortin, Arlette, *C'est la faute au bonheur* (Prix Robert-Cliche 2001)
Fortin, Arlette, *La vie est une virgule*
Fournier, Roger, *Les miroirs de mes nuits*
Fournier, Roger, *Le stomboat*
Gagné, Suzanne, *Léna et la société des petits hommes*
Gagnon, Madeleine, *Lueur*
Gagnon, Madeleine, *Le vent majeur*
Gagnon, Marie, *Des étoiles jumelles*
Gagnon, Marie, *Emma des rues*
Gagnon, Marie, *Les héroïnes de Montréal*
Gagnon, Marie, *Lettres de prison*
Gélinas, Marc F., *Chien vivant*
Gevrey, Chantal, *Immobile au centre de la danse* (Prix Robert-Cliche 2000)
Gilbert-Dumas, Mylène, *1704*
Gilbert-Dumas, Mylène, *Les dames de Beauchêne. T. I* (Prix Robert-Cliche 2002)
Gilbert-Dumas, Mylène, *Les dames de Beauchêne. T. II*
Gilbert-Dumas, Mylène, *Les dames de Beauchêne. T. III*
Gilbert-Dumas, Mylène, *Lili Klondike. T. I*
Gilbert-Dumas, Mylène, *Lili Klondike. T. II*
Gilbert-Dumas, Mylène, *Lili Klondike. T. III*
Gill, Pauline, *La cordonnière*
Gill, Pauline, *Et pourtant elle chantait*
Gill, Pauline, *Les fils de la cordonnière*
Gill, Pauline, *La jeunesse de la cordonnière*
Gill, Pauline, *Le testament de la cordonnière*
Girard, André, *Chemin de traverse*
Girard, André, *Zone portuaire*
Grelet, Nadine, *Entre toutes les femmes*
Grelet, Nadine, *La belle Angélique*

Grelet, Nadine, *Les chuchotements de l'espoir*
Grelet, Nadine, *La fille du Cardinal. T. I*
Grelet, Nadine, *La fille du Cardinal. T. II*
Grelet, Nadine, *La fille du Cardinal. T. III*
Gulliver, Lili, *Confidences d'une entremetteuse*
Gulliver, Lili, *L'univers Gulliver 1. Paris*
Gulliver, Lili, *L'univers Gulliver 2. La Grèce*
Gulliver, Lili, *L'univers Gulliver 3. Bangkok, chaud et humide*
Gulliver, Lili, *L'univers Gulliver 4. L'Australie sans dessous dessus*
Hébert, Jacques, *La comtesse de Merlin*
Hétu, Richard, *Rendez-vous à l'Étoile*
Hétu, Richard, *La route de l'Ouest*
Jasmin, Claude, *Chinoiseries*
Jasmin, Claude, *Des branches de jasmin*
Jasmin, Claude, *Papamadi*
Jobin, François, *Une vie de toutes pièces*
Lacombe, Diane, *La châtelaine de Mallaig*
Lacombe, Diane, *Gunni le Gauche*
Lacombe, Diane, *L'Hermine de Mallaig*
Lacombe, Diane, *Moïrane*
Lacombe, Diane, *Nouvelles de Mallaig*
Lacombe, Diane, *Sorcha de Mallaig*
Laferrière, Dany, *Cette grenade dans la main du jeune Nègre est-elle une arme ou un fruit?*
Laferrière, Dany, *Le goût des jeunes filles*
Lalancette, Guy, *Il ne faudra pas tuer Madeleine encore une fois*
Lalancette, Guy, *Les yeux du père*
Lamothe, Raymonde, *L'ange tatoué* (Prix Robert-Cliche 1997)
Lamoureux, Henri, *L'infirmière de nuit*
Lamoureux, Henri, *Journées d'hiver*
Lamoureux, Henri, *Le passé intérieur*
Lamoureux, Henri, *Squeegee*
Landry, Pierre, *Prescriptions*
Lapointe, Dominic, *Les ruses du poursuivant*
Lavigne, Nicole, *Les noces rouges*
Lazure, Jacques, *Vargöld. Le temps des loups*
Major, Ginette, *Napoléon. T. I*

Massé, Carole, *Secrets et pardons*
Maxime, Lili, *Éther et musc*
Messier, Claude, *Confessions d'un paquet d'os*
Moreau, Guy, *L'amour Mallarmé* (Prix Robert-Cliche 1999)
Nicol, Patrick, *Paul Martin est un homme mort*
Ouellette, Sylvie, *Maria Monk*
Racine, Marcelle, *Éva Bouchard. La légende de Maria Chapdelaine*
Renaud, Jean, *Le camée et le bustier*
Robitaille, Marc, *Des histoires d'hiver, avec des rues, des écoles et du hockey*
Roy, Danielle, *Un cœur farouche* (Prix Robert-Cliche 1996)
Saint-Cyr, Romain, *Belle comme un naufrage*
Saint-Cyr, Romain, *L'impératrice d'Irlande*
Sicotte, Anne-Marie, *Les accoucheuses. T. I : La fierté*
Sicotte, Anne-Marie, *Les accoucheuses. T. II : La révolte*
Sicotte, Anne-Marie, *Les accoucheuses. T. III : La déroute*
St-Amour, Geneviève, *Passions tropicales*
St-Hilaire, William, *Les femmes planètes*
Thibault, Yvon, *Le château de Beauharnois*
Tremblay, Allan, *Casino*
Tremblay, Françoise, *L'office des ténèbres*
Trussart, Danielle, *Le train pour Samarcande* (Prix Robert-Cliche 2008)
Turchet, Philippe, *Les êtres rares*
Vaillancourt, Isabel, *Les mauvaises fréquentations*
Vignes, François, *Les compagnons du Verre à Soif*
Villeneuve, Marie-Paule, *Les demoiselles aux allumettes*
Villeneuve, Marie-Paule, *L'enfant cigarier*
Yaccarini, Antoine, *Meurtre au* Soleil
Yaccarini, Antoine, *Magouille au Manoir*

Cet ouvrage composé en Garamond corps 13 a été achevé d'imprimer au Québec
en novembre deux mille dix sur papier Enviro 100 % recyclé
pour le compte de VLB éditeur.